靖 净
茶 歌

QINGJING CHAGE

江俊涛　著

山西出版传媒集团　北岳文艺出版社

·太原·

图书在版编目(CIP)数据

靖净茶歌 / 江俊涛著. -- 太原：北岳文艺出版社，2025.6. -- ISBN 978-7-5378-7029-0

Ⅰ.I247.5

中国国家版本馆CIP数据核字第20246CN290号

靖净茶歌
QING JING CHAGE

江俊涛 / 著

//

出品人
董利斌

选题策划
王朝军

责任编辑
王朝军

书籍设计
张永文

印装监制
郭　勇

出版发行：山西出版传媒集团·北岳文艺出版社

地址：山西省太原市并州南路57号　邮编：030012

电话：0351-5628696（发行部）　0351-5628688（总编室）

传真：0351-5628680

经销商：新华书店

印刷装订：山西人民印刷有限责任公司

成品尺寸：165 mm × 230 mm

字数：417千　印张：23.25

版次：2025年6月第1版

印次：2025年6月山西第1次印刷

书号：ISBN 978-7-5378-7029-0

定价：68.90元

本书版权为本社独家所有，未经本社同意不得转载、摘编或复制

序　曲

如果您喜欢饮茶，请看我这部小说。

如果您不喜欢饮茶，也请看我这部小说。

相传在唐朝时，位于南江流域的南州府南建县，还是山高林密，阴森潮湿，瘴气盛行，人迹罕至，仍有不少蛊毒流行，也就留下了许多跟蛊毒有关的故事传说。这些年我从故纸堆中搜罗出不少这方面的资料，最为著名的就是发生在南建县青石桥镇境内的一场震惊朝野的"群蛊"事件，至今仍让人谈之色变。那么，蛊是什么玩意儿？您一定会说，蛊者，毒也；放蛊者，借毒害人也。

古代传说，把许多毒虫放在器皿里使其互相吞食，最后剩下不死的毒虫叫蛊，用来放在食物里害人。长期以来，蛊总是令人生畏，凡是与蛊有关的词语，也都让人害怕，比如蛊虫、蛊惑、蛊杀……而蛊毒生灵、蛊惑人心、蛊迷心窍，就是对这个虫子所作所为的形象注释。同样，与蛊有关的小说，也带有一层神秘色彩和紧张气氛，比如我这部《靖净茶歌》。

然而，人间的事总是相伴而生，相生相克。有蛊毒，就有解除蛊毒的良药。话说这青石桥镇境内有一座靖净山，庞然矗立在南江边上，因水汽丰盈，靖净山上便终日云雾缭绕，树木愈加生机勃勃。这样的环境非常适合茶树生长，于是此地便出产一种茶，茶以地名，人称"靖净茶"。又因此地"晴时早晚遍地雾、阴雨成天满山云"，"兰花遍地开、云雾常年润"，茶树沉浸在云蒸霞蔚之中，且受满山香花熏染，遂造就了"靖净茶"独特的佳茗风格。

与此同时，该地流传一首神秘的歌谣，叫作《靖净谣》。据说，依照《靖净谣》可制作出上好的靖净茶，此茶醇厚爽口，回味无穷，饮之荡昏寐，吃之通仙灵，至今仍无人超越。然而，这种茶不仅好饮，还为解除那场"群蛊"发挥了巨大的作用。于是，便有文人雅士总结道：茶者，饮也；用茶者，除蛊解惑也。读到这里也许您忍不住要问，那场"群蛊"因何而起？过程怎样？结果如何？

  莫急，请听我慢慢道来。

正　剧

那是春天的一个傍晚，青石桥镇乡下。

一片山林里隐藏着一座房子，夯土为墙，茅草盖顶，散发出一股阴森森的气息。忽然，几个黑衣人从树林里闪身出来，其中有一个面容清秀、个子高挑、胸脯挺拔的女子，她一挥手，几个黑衣人便守住茅屋的门。另一个黑衣人推了一下门，"吱呀"一声，茅屋门很不情愿地打开了，她走了进去。

屋内点着一根蜡烛，烛光昏暗，物品凌乱，并且散发出一阵酸臭。一个蓬头垢面的老妇人坐在墙角，嘴里念念有词，好像在跟谁说话。面容清秀的女子用目光搜索了一会儿，眼前的情景让她大吃一惊，只见屋顶上盘着一条大蛇，吐出猩红的芯子。老妇人对它说："蛊爷，很快就会放蛊了，会让你满足的。"随后，老妇人向上扔了一只鸡，大蛇一口咬住，闻了一会儿，却又松开口，鸡便掉落下来，大蛇发出一阵"嘶嘶"的叫声。

面容清秀的女子见状惊叫一声，后退两步。大蛇听见响动，眨眼间就不见了踪影。女子壮着胆子往前走了两步，发现那个老妇人正用一双浑浊的眼睛看着她。女子走上前，拱手施礼道："请问……你就是草蛊婆？"草蛊婆点点头，随即问："东西带来了？"女子一招手，一个黑衣人便拎过来一个袋子。女子打开袋子，抓出一把铜钱递给草蛊婆。

草蛊婆接过铜钱，放在手里掂量了一会儿，然后放在地上，又随手从脚边拿起一个小罐子递给女子，说："这是你要的东西。"女子接过小罐子，打开，看了一会儿，满意地点点头，转身就走。草蛊婆却问："为什么要让他神经错乱？"女子停住脚步，说："这是你该问的吗？"草蛊婆却说："大概是因爱生恨吧？"

女子猛然转身用剑指着草蛊婆，说："信不信我杀了你？"草蛊婆微笑着看了她一眼，女子立即感到那目光像剑一样锐利，让人不寒而栗。草蛊婆说："你以后还会找我要蛊虫。记住，蛊只吃人的灵魂精气，不吃人的血水骨肉。"女子愣了一下，慢慢收起剑，走出茅草屋。身后又传来草蛊婆的声音："你们要去的地方，有我一个徒弟。她擅长放情蛊，曾经毒死了她那负心的丈夫。"

女子脚步顿了一下。

几个黑衣人闪身隐入山林里，一切复归宁静。

次日晚上，夜色晦暗。南建县县城内一间客舍里烛光摇曳，一个身穿白衣、面容清瘦的男子正坐在灯下看书，手边放着一把扇子；门口站着的三个男子是他的贴身侍卫，一个身穿青衣，一个身穿灰衣，一个身穿紫衣，三人都是身体健壮，动作干练，他们手握武器，警惕地观察四周。

外面，几个黑衣人隐身在竹丛中，几双眼睛紧紧地盯着客舍里面的人。其中一双眼睛明亮清澈却暗藏杀机，它的主人正是那个面容清秀的女子。她见客舍里一个侍卫正在煮茶，便悄无声息地靠近窗户。这时，另一个黑衣人学了一声猫叫，客舍里正在煮茶的侍卫急忙抬头去看，女子乘机伸手一弹，一个像莲子心一般大小的东西便飞入茶罐中。

侍卫煮好了茶，先倒一盏尝了尝，点点头，随后便送进去呈给白衣人。白衣人端起茶盏刚要饮用，紫衣人却说："皇嗣（太子）殿下，且慢。"哦，白衣人原来是当朝皇嗣。只见他愣了一下，便把茶盏放在桌子上。紫衣人从腰带上解下一个袋子，从中拿出一个小陶罐，打开，倒出一点粉末到茶盏里。不一会儿茶盏里便出现几条虫子，不住地蠕动着。白衣人吃惊地看着紫衣人，紫衣人说："这是蛊虫，有人在茶水里下蛊了。"

白衣人转头看着刚才煮茶的侍卫。

煮茶的侍卫吓得脸色苍白，立即跪地叩拜，说："小、小的，没、没有放蛊，请皇嗣殿下明察。"白衣人伸手把他扶起来，说："寡人当然知道你不会放蛊。"可就在这时，煮茶的侍卫突然口吐白沫倒在地上，手脚开始抽搐，随即又手舞足蹈地跳起来，并圆睁双眼狂笑着，一边笑一边指着白衣人说："李旭轮，你不得好死！"

哦，白衣人居然是当朝皇嗣李旭轮。

李旭轮大惊，紧张不安地看着紫衣人。

这时，煮茶的侍卫忽然掏出佩刀砍向李旭轮。青衣人眼疾手快，挥手一刀便解决了他。看着横在地上的尸体，李旭轮惊呆了。紫衣人便解释说："他中蛊了，要刺杀皇嗣殿下。"李旭轮终于缓过神来，说："这茶水里真的有蛊毒？"紫衣人说:"是,他也饮用了茶水。"李旭轮就说:"奇怪,前天那个侍卫,跟他一样的症状,难道也是中蛊了?"

紫衣人回答:"是,也中蛊了。"李旭轮就看着紫衣人,吃惊地问:"你怎么都知道?"紫衣人就拱手施礼道:"禀报皇嗣殿下,属下出生在湘西苗家,自幼就接触过蛊毒,凭感觉就能察觉出各种蛊毒;加上祖上世代行医,家传有解除蛊毒的秘方。最近这几天,属下感觉有人在跟踪我们,伺机下蛊,所以就格外小心……"

李旭轮看了看躺在地上的尸体,皱着眉头说:"蛊毒也能让人神志错乱?"紫衣人就说:"有种蛊叫'草标蛊',也叫'癫蛊',就是蛊婆事先摘一根糯谷草,扎成草标,供在蛊坛上。蛊婆斋戒沐浴净身后念动咒语,将巫术施附在草标上,然后把草标跟蛊虫一起烧掉,将灰烬做成小丸子。下蛊时便把小丸子放进水中,人若饮了那水就中了蛊,神志不清,言行癫狂。"

李旭轮倒吸了一口冷气,问道:"那,为什么不早点告诉我?"紫衣人说:"属下……为了不让皇嗣殿下担心,所以就没说。再说了,属下有解蛊的秘方,应该没事。"李旭轮就说:"蛊,我早就听说过,可没想到如此神奇,如此阴毒。究竟是如何培养的?"紫衣人说:"我们那里若有人想养蛊,要把正厅打扫得干干净净,全家老少都要洗澡吃素,跪在祖宗牌位前焚香叩拜,对天地神灵默默地祷告,十分敬畏。"

紫衣人顿了一下,继续说:"等到端午节那天,到田野间捉十二种爬虫回来,这些爬虫大都是蜈蚣、蜥蜴、螳螂、蝎子、毒蛇……总之凡是会飞的动物一律不要。只要一些有毒的爬虫,把它们放在瓮缸中,把瓮缸埋在地下。随后一年里,那些爬虫在瓮缸中相互吞噬,毒多的吃毒少的,强大的吃弱小的,最后只剩下一只,就成了蛊……"

李旭轮脸上露出了害怕和厌恶的表情,他想了一下,说:"没想到我们误打误撞,来到了蛊区,难道冥冥之中上天早有安排……我敢肯定,这蛊就是冲着我来的。为了安全起见,我们以后专走小路,越偏越好。另外,我还是用化名吧。朱靖塘、秦坤郧、孙梵天,你们记住,从现在起,我叫……'喻羿廷'。当然,你们还可以继续叫我'八郎'。"

朱靖塘、秦坤郧和孙梵天三个侍卫点头称是。

为了叙述方便,我还是使用他的本名"李旭轮"。

随后,李旭轮一边摇着扇子一边自言自语道:"是谁给我放的蛊呢?蛊毒、巫蛊,蛊毒、巫蛊……哦,我明白了……难道是她?"过了一会儿,李旭轮忽然打开窗户,对着外面喊叫:"韦团儿,我知道是你!你我无冤无仇,为什么要对我下蛊?为什么要用巫蛊诬陷我的两个妃子?为什么要苦苦相逼?你这恶毒的女人!"

然而,外面却无人应答。

那么,韦团儿是谁?就是外面那个面容清秀的女子。她曾经是当朝皇帝武则天的宠婢,此时她正躲在一个山洞里,恨恨地说:"没想到那个孙梵天精通除蛊之术,坏我大事!死兵奴!"一个黑衣男子说:"大堂主,放蛊太麻烦,干脆一刀解决李旭轮算了。"韦团儿却瞪了他一眼,说:"你懂什么?有权杀他的,只有圣上(当朝皇帝)……魏王吩咐过,只能让李旭轮神经错乱,不可取他性命,明白吗?"

黑衣男子想了一下,说:"哦,一个神经错乱的人还怎么当皇嗣,属下明白了!这么说,把他弄到这里来,也是……"韦团儿却急忙打断他的话,说:"那个孙梵天,是我们放蛊的障碍,必须除掉!不,不止他一个,我要让李旭轮身边的人一个一个地死去!"随后便一掌打在石头上,石头上居然出现了五个清晰的手指印。

而李旭轮呢,在次日早上继续赶路。

尽管危机重重,李旭轮仍不忘欣赏路上的风景。此时初阳映照,烟霞升腾,南江像一条温柔的手臂,轻轻地挽住埪净山。爬上山坡,赫然看见檀铁寺矗立眼前,木鱼声响,诵经声悦。寺院四周都是茶园,漫山遍野,层层叠叠,一派郁郁葱葱。空气都是甜丝丝的,深吸一口气,嘴里肺里心里都弥漫着茶叶的清香。

这片茶园大都是姚家的,它的主人是名乡绅,叫姚森伯,五十岁左右,也是一名里正(唐朝时百户为里,里正相当于现在的村主任)。这姚森伯的祖上为避战乱,从西南迁来此地,不仅保持了良好的饮茶习惯,还带来了先进的种茶技术,甚至引领了当地的饮茶风尚。到了姚森伯这一代,他更爱茶,影响到全家都爱茶;同时他也爱药材,更爱用茶入药,时常捣鼓出一些新的配方,他也因此被檀铁寺住持释怀悯师父称作"茶头药师"……此时茶园里已开始热闹起来,他的大女儿姚琲娘正带着一群姑娘们采茶。

采茶的间隙,姚琲娘的阿妹姚伊娘就唱起了歌:"埪净岭头春露香,十八女儿手指长;过船爬坡采茶去,晌午归来茶满筐……"紧接着,响起了一个浑厚的男声:"妹儿采茶在山腰,青苔闪了妹儿腰;有心拦腰扶一把,怎奈隔着河一条。"另一个姑娘又唱道:"这山采茶望那山,讨得嫩叶做饼团;阿兄不嫌味道苦,卖茶买来米油盐……"随后就是一阵笑闹声。

笑闹声中,不远处却正上演着另一番情景。

四个人在山路上狂奔,跌跌撞撞的,白衣人李旭轮跑在前面,手里攥着一把扇子；青衣人朱靖塘和灰衣人秦坤郧、紫衣人孙梵天跟在后面，三人手握佩剑，不时转身指向几个蒙面黑衣人，一阵刀光剑影叮当作响，地上又多了两具尸体。随后，李旭轮、朱靖塘、秦坤郧、孙梵天继续跌跌撞撞地奔跑着，想来已经是惊恐万状疲惫不堪了。

在一个转角处，韦团儿和五个黑衣人把孙梵天逼到山边，黑衣人举刀便砍，孙梵天急忙躲避，却一脚踩空跌下山去。李旭轮愣了一下，站立不稳，也跌下山去。那把扇子也掉落下去。朱靖塘和秦坤郧见状大叫一声"八郎"，秦坤郧紧跟着也跳了下去；朱靖塘看了黑衣人一眼，稍微迟疑了一下，也跳了下去。山间滚过一阵声响，然后又复归宁静。韦团儿站在悬崖边往下扫了一眼，异常陡峭，深不见底。她挥挥手说："下去看看！"转眼间隐入山林之中。

阳光照进山下的丛林里，却让人感觉不到一丝暖意。

朱靖塘慢慢苏醒过来，只觉得寒意侵人，浑身疼痛难忍。他艰难地爬起来，眼光四处搜寻，却找不到李旭轮和秦坤郧、孙梵天。目光又搜寻了一会儿，终于看到秦坤郧了，于是就艰难地爬到他的身边，伸手在他鼻子下试了一下，还有气息，随即就把他摇醒了。朱靖塘问："八郎呢？"秦坤郧嘴巴张了张，没有说出话来，一脸的茫然。

就在这时，两人听见了一阵脚步声从树林那头传来，还有嬉戏打闹的声音，遂急忙滚进草丛里，透过草叶的间隙看去，隐隐约约看见几个姑娘的身影。朱靖塘似乎意识到没有危险，于是就用尽全身力气喊叫："救命，救命啊！"连续喊了好多声，林子那头似乎有了反应——姑娘们采完茶了，正准备回去哩。姚珻娘说："哎，好像有人在喊叫？"另一个姑娘说："我也听到了，走，过去看看吧。"

一阵脚步声由远而近，朱靖塘在模糊的视线中看见几个姑娘来到跟前，他用力挥挥手，复又扑在地上。姑娘们一脸惊愕。姚珻娘走到青衣人旁边问："你……怎么了？"朱靖塘说："快……救……我家……喻（李）八郎。"姚珻娘解下随身携带的竹筒，将里面温热的茶水喂给他饮。朱靖塘饮了几口茶水，又说："快救……我家喻（李）八郎。"

"你家喻（李）八郎是谁？"姚珻娘问。

朱靖塘说："就……在……附近……穿白衣……"

朱靖塘说完又闭上眼睛，看样子很痛苦。

秦坤郧也说："快……去！"

姑娘们于是散开搜寻，很快就在一片灌木丛中发现了那个身穿白衣叫"喻

（李）八郎"的男人，他的衣服被撕开了好几道口子，鲜血都渗了出来，一动不动地躺在地上。孙梵天躺在离他不远的地方，也昏迷不醒。幸亏他们四人跌下时砸在树枝上落在荆丛中，不然定会粉身碎骨。

一个叫吴小六的男人望着李旭轮，说："看样子是被人追杀。"另一个男人就说："被人追杀？情杀？仇杀？会不会是朝廷要犯？珻娘，这事儿可碰不得！"姚珻娘却说："朝廷要犯又怎么啦？不该救吗？"男人说："多一事不如少一事，算了，还是……不蹚这浑水吧？"

姚珻娘就说："你要是害怕就趁早滚回去！今天这事儿我姚珻娘管定了！见死不救，有损福报……六阿兄，去砍几根竹竿做担架吧。""六阿兄"就是吴小六，他立马回答说："好嘞，老九你们两个跟我来。你们几个也过来！"不远处的几个男人闻声便跑了过来，随即，一阵杂沓的脚步声向右拐去。

姚珻娘单膝跪在李旭轮面前伸手给他号了一下脉，扭头对阿妹说："快，拿竹筒来。"姚伊娘急忙递过竹筒。姚珻娘接过竹筒，将黏稠得近乎难以化开的茶水灌进李旭轮的嘴里。随后，她又用茶水清洗李旭轮肩上的伤口，将一把茶叶敷在伤口上，用一块布包扎好。忙完这些，几个男人也把四副担架做好了，众人用担架抬着李旭轮和朱靖塘、秦坤郧、孙梵天走出丛林。

朱靖塘忽然挣扎着坐起来，吃力地问："这是……哪里？"吴小六说："后面是靖净山，这里是青石桥镇的姚家里。"姚珻娘走上前说："放心吧，我们吃不了你们也卖不了你们。"朱靖塘忽然双手合十说："求求……你们……一定救……我家……喻（李）……八郎……"也许是精神放松了，疲惫至极浑身难受的朱靖塘居然又沉沉睡去。

与此同时，檀铁寺里。正在"静斋"里打坐的释怀悯师父忽然睁开眼睛，停住手里的念珠，双手合十说："阿弥陀佛，善哉善哉！"他起身煮茶，抓一把黑乎乎的老茶放进砂锅里，不一会儿便满室飘香。他倒一盏茶水，端起来细细品了一下，开始时是苦涩的，后来就是甘甜的。饮了几盏，他走到书桌前提起毛笔写了一个"蛊"字，又写了一个"茶"字，随后便走到室外望着青石桥镇，自言自语道："扇子……千万不能丢。"

回到村里，姚珻娘让众人把四个伤者放在自家院子里。姚森伯懂得不少中医土方，他闻声出来查看李旭轮和朱靖塘、秦坤郧、孙梵天的伤情，随后拿出一包秘制跌打损伤膏给四人敷上。姚珻娘的阿嫂陈五娘也出来帮忙，姚森伯就让她把前院的西厢房"靖净舍"和"靖净宫"打扫干净，收拾好床铺，将四人安顿住下，姚珻娘还拿出被子给他们盖上。

我在这里需要交代一下，姚珻娘生性顽皮，还有些幽默搞笑。因家住靖净山脚下，她便给家里的房间都起了一个好听的名字，比如父亲的书房叫"靖净斋"，父亲的卧房叫"靖净居"，家里的客厅叫"靖净堂"，阿兄阿嫂的卧房叫"靖净苑"，她自己的卧房叫"靖净闺"，阿妹姚伊娘的卧房叫"靖净谷"，前院的几间客房分别叫"靖净阁""靖净舍""靖净寮"和"靖净宫"，茶房叫"靖净岩"，茶室叫"靖净馆"。

李旭轮住在"靖净宫"里。其余三人住在"靖净舍"里。这时候，四个人还都有些迷迷糊糊，尤其是李旭轮，一直在昏睡；其余三人偶尔是清醒的，但他们却不想说话，就闭着眼睛躺着。李旭轮面色苍白，似如禅定；秦坤郧面色晦暗，神情安然；孙梵天面色红潮，略显疲倦；朱靖塘面色沉郁，满脸蜡黄。他微微睁开眼睛，轻轻扭动一下脑袋，随即又闭上眼睛，心里却想，姚家大院后面就是靖净山，他自己住在"靖净舍"里，而一个人想要的正是《靖净谣》，难道真的是巧合吗？

安顿好四个伤者，姚珻娘吩咐阿妹去烧水煮茶，随后她亲自给每人端上一盏热腾腾的像稀饭一样的"茗粥"。众人饮下去个个额头上沁出汗珠，抹了抹嘴说："好茶！珻娘做的茶就是不一样！"吴小六就看着姚珻娘说："那当然，不然怎么叫'茶娘'呢？珻娘做茶的手艺，可是全青石桥镇第一哦！"

姚伊娘就笑着说："六阿兄，马屁都拍不到点子上，我阿姐是全南州府第一好不好？"另一个姑娘说："人家珻娘叫'茶珻娘'，六阿兄，你把'珻'字独吞了？想金屋藏'珻'吗？"众人一片哄笑。姚珻娘骂道："去去去，长舌妇！择茶去！"姚伊娘拎着茶壶本来想给吴小六的茶盏里加满，一听这话，伸出的茶壶又收了回来，白了他一眼，扭身走了。

吴小六笑嘻嘻地说："珻娘不但茶做得好，还是菩萨心肠。哎，珻娘，听说你是菩萨下凡，是不是啊？"姚珻娘笑着说："你看我像吗？"转身忙活去了。吴小六咧嘴笑了一下，跑到门口看看李旭轮，又看看朱靖塘和秦坤郧、孙梵天，忽然又问："珻娘，你打算怎么安排这四个人呀？"姚珻娘说："我自有办法，不用你操心。"

"啊，大郎回来了！大郎回来了！"

说话间一个人背着双手走进院子，后面跟着两个随从。姚珻娘一见就大叫一声："阿兄，你回来啦？"蹦过去拉住他的手。姚森伯也微笑着迎上来说："大郎，这么快就回来啦？这一路还顺利吧？"这个男人叫姚嘉木，姚森伯唯一的儿子，年纪大约二十岁，面目清秀，身穿淡蓝色长袍。他常年在外销售茶叶，虽为商人，却自带一股书卷气。

姚嘉木笑着拍拍姚珝娘的脑袋，对姚森伯说："阿耶（唐朝时对父亲的称呼），挺顺的，该办的事都办了。"另几个人也跑过来聚拢在姚嘉木周围。陈五娘看着丈夫，眼角眉梢都是喜悦，她端过一盏茶递给姚嘉木。姚嘉木接过茶盏却没看她一眼，一饮而尽，抹了一下嘴："走遍天下，还是我家珝娘熬的茶好喝！"众人都笑了起来，姚珝娘笑得更开心。陈五娘却低头看地，随即转身走进房间。

几个人在石凳子上坐下。吴小六凑到姚嘉木跟前说："大阿兄，你走南闯北见多识广，给我们讲讲外面的故事吧。"姚伊娘也接过话头说："阿兄，这一趟又听到了什么新鲜事？快说来听听。"姚嘉木沉吟一下说："我是贩茶的，那我就说说跟茶叶有关的，我听说朝廷要扩大贡茶的范围……"

吴小六问："什么叫贡茶呀？"姚嘉木就说："就是把上好的茶叶无偿地献给皇宫，名义上好听，其实是……巧取豪夺、变相盘剥。"姚森伯轻声叹了一口气。吴小六"哦"了一声，没头没脑地说了一句："珝娘做的茶，比贡茶都好喝。"姚珝娘笑了一下，急忙问："又要扩大贡茶范围呀？会不会扩大到我们这里？"姚嘉木双手一摊说："谁知道？但愿不会。"

吴小六就接过话头说："扩大贡茶范围，我们坚决不同意！"姚珝娘却说："你不愿意有什么用？难道没听说'普天之下莫非王土'，这天下的土地都是皇家的，天下的茶园也都是皇家的，人家想要哪块就要哪块……"吴小六却别着脖子说："都是皇家的？就没有界线？"姚嘉木就拍了拍他的肩膀说："什么界线？小六，别痴人说梦了！"吴小六愣了一下，不说话了。

是啊，皇权大如天，岂是这些小老百姓随便议论的？再说了，众人似乎对这个遥远的事情也不太感兴趣，这些年不都这么过了吗？于是便都沉默了。片刻之后，姚珝娘问："阿兄，还有什么新鲜事吗？"姚嘉木想了一下，忽然说："哎，我听说……你们出去不要乱说啊……"姚嘉木的神情有点儿严肃，这反倒极大地勾起了众人的好奇心，大家眼睛一眨也不眨地盯着他，大气都不敢出，并且使劲儿地点点头。

姚嘉木说："我在神都（洛阳）时听说当今皇嗣……的两个妃子……被秘密处决了……"众人"啊"的一声惊叫。吴小六问："被处决了？被谁处决了？"姚嘉木就用手指了一下天，说："还能有谁？圣上呗。"众人又是一声惊叫："啊？为什么呀?"姚嘉木说:"听说一个叫韦团儿的奴婢,向圣上告密说皇嗣的两个妃子对圣上放巫蛊,用恶毒的咒语陷害圣上。"

众人瞪大了眼睛,惊叫道:"巫蛊?天啊!"姚琍娘说:"这恶毒的女人,竟然敢对圣上放蛊,处死活该!"姚嘉木又说:"后来,圣上专门下发诏书,要严查放蛊的人,抓到了一律杀头。"姚琍娘就说:"放蛊太狠,是该杀头!两个妃子被处死了,那皇嗣呢?"姚嘉木说:"皇嗣当时倒没事,只是后来也……神秘失踪了……"

"啊!"众人又是一阵惊愕,面面相觑。

或许您会觉得"蛊"这个字有些奇怪。古体的"蛊"字是上面三个"虫"字,下面一个"皿"字,"虫"就是毒虫,"皿"就是碗碟杯盘一类用具的统称,上下合在一起就是指放在罐子里的毒虫,至少三条,相互撕咬。后来的"蛊"字只剩一条毒虫了,虽然数量少了,个头却变大了,想必是它吃掉了其他的毒虫而壮大了自己。"皿"字就是毒虫们的住所,也是他们厮杀的地方。这样一想,您是否觉得有意思?

好了,回到小说《埥净茶歌》中来吧。

然而,片刻之后,众人似乎觉得这个事情更加遥远,皇嗣的事远在天边,跟他们有什么关系?"你们斗你们的,跟我们有什么关系?我们才懒得去管"。还是说点眼前的吧,吴小六就说:"琍娘,你打算怎么安排那四个……"姚琍娘却岔开话题说:"好啦,如今正是采茶季节,耽误大家时间了,都上山去吧。伊娘,你留下来帮我。"

吴小六说:"我也留下来吧?"

姚琍娘却说:"叫你走你就走,废话真多!"

吴小六笑嘻嘻地跟着众人走了。

姚嘉木挥手让两个随从也走了。

等众人都走了,姚嘉木就问:"琍娘,怎么回事啊?"姚琍娘就笑着把前后经过告诉了兄长。姚嘉木说:"带我去看看。"兄妹三人便朝"埥净宫"走去。推开"埥净宫"的房门,姚嘉木就看见李旭轮躺在床上,似乎真的睡着了,还发出了轻微的鼾声;朱靖塘等另外三人睡在"埥净舍"里,也是昏昏沉沉的。

姚嘉木双手合十说:"菩萨保佑,早日康复。"

姚森伯走过来对儿子说:"大郎,路上辛苦了,回房休息吧。"姚嘉木于是就走了。姚森伯忽然拉过大女儿,悄声说:"琍娘,那四个人身上有'公验'(唐朝的身份证明)吗?从哪里来?到哪里去?你知道吗?"姚琍娘一摊手说:"不知道。"姚森伯说："你把他们弄回家来，如今管制很严，要是让上头知道了可不是好事。"

姚珨娘说："阿耶，你不是里正吗？万一上头知道了，你给通融一下嘛。"姚森伯沉吟不语。姚珨娘又说："阿耶，你不是常说救人一命胜造七级浮屠？我们这是积德行善啊！师父知道了肯定会支持！"姚森伯想了一下，就说："那……接下来……要怎么办？"姚珨娘却笑着说："养在家里呗，嘿嘿嘿。"

姚伊娘接过话头说："阿姐，干脆招为上门女婿吧？"姚珨娘随口就说："好啊，我两个你两个。"姚伊娘却说："去你的，我才不要！"姚森伯瞪了两个女儿一眼，嗔怪地说："小娘家家的，不害臊？"姚珨娘就吐了一下舌头，说："阿耶放心，等养好伤了就让他们走。"见父亲不说话，姚珨娘就拉住姚森伯的手说："好阿耶，求你了……"姚森伯只好说："嗨，你这孩子啊……"

四个伤者就在姚家大院住了下来。

吴小六自告奋勇地前来照顾他们。

次日下午，吴小六刚刚伺候完李旭轮解小便，也许心生不悦，他就抱怨说："我说珨娘，为什么要对他们四个这么好？多辛苦哇！"姚珨娘就说："六阿兄，没人强迫你干哦。"吴小六立即换了一副笑脸："是我自愿，我自愿好吗？可这要干到什么时候啊？"姚伊娘递给吴小六一盏茶，说："一辈子，够吗？"吴小六接过茶盏，笑嘻嘻地说："当然，只要能待在你们家……"姚珨娘却撇了一下嘴，说："想得美！"

恰在这时，吴小六的母亲，一个精瘦的中年妇女，迈步走进来说："小六，回来一下。"姚珨娘和姚伊娘看见吴母了急忙打招呼说："姑妈好。"吴母只是点了一下头，转身就走了。吴小六跟着母亲往回走时，姚伊娘瞥了他一眼，抿嘴笑了，忽然冒出一句："哼，是不是阿姐给你放了情蛊？"吴小六就转身说："那倒好……"姚珨娘听见了，就说："伊娘，这话可不能乱说，要割舌头的。"姚伊娘就吐了一下舌头，做了一个鬼脸。

吴母听见了，脚步顿了一下，忽然就有了一个想法。

"姚里正，姚里正，赵耆老（唐朝时五里为乡，每乡设一名耆老，相当于现在的乡长）他、他……"话音刚落，就见姚家佣人孟七娘跑了过来，此人二十出头，身材微胖，皮肤白皙，长相甜美，她气喘吁吁地说："姚里正，赵耆老他、他……你得管一管……"因为紧张，她语气急促，面色潮红，有一种特别的美。姚森伯皱着眉头说："什么事儿呀？你慢点儿说。"

……

"赵耆老说要征用我家茶园！"

孟七娘说："我们不愿意，可赵耆老说这是上头的意思，不同意也得同意……姚里正，你得管管他……"姚森伯摇了一下头，哭笑不得地说："赵耆老官比我大，我哪管得了他？"孟七娘就低下头说："这样啊。"姚晦娘说："你们不愿意，他难道还能强迫不成？"孟七娘说："这可说不准！"

姚森伯又皱了一下眉头，挥挥手说："这事儿我知道了，你去忙吧。"孟七娘转身就走了。姚晦娘看着她的背影，叹息一声，说："唉，七娘她……也可怜，可恶的草蛊婆！"姚森伯也叹息一声，说："唉，还有那四个男人，真是畜生！唉，多事之秋呀……还是先顾眼前吧。"

那么，横在姚家人眼前的李旭轮等人，情况怎么样呢？经过姚家父女的精心调治，李旭轮和朱靖塘、秦坤郧、孙梵天终于度过了危险期。三天后，李旭轮彻底清醒过来，他看着四周陌生的景物，第一反应就是，我是谁？家住何方？这又是哪里？我怎么会来到这里？想了很久，终于捋清了头绪：

……他带着几个侍卫，奉母亲之命去房州（今湖北省房县）探望阿兄，返回时他们被人追杀，一路逃到南州地界。他们小心应对，专走偏僻小道，却仍然甩不掉尾巴。在一个客舍里，韦团儿带着一群黑衣人尾随而至，居然对他放蛊。两名忠心耿耿的侍卫替李旭轮中蛊而疯，并丢了性命。他知道韦团儿虽然怨恨他，但还没有胆量取他性命，她一定是受人指使。

那么，韦团儿背后的指使者是谁呢？在一次打斗中他听见对方说话，一个高个子黑衣男人说："大堂主，真杀了他的侍卫，万一圣上怪罪下来怎么办？"韦团儿说："可魏王的命令你敢违抗吗？杀！"……李旭轮顿然明白追杀他们的人是谁，浑身不寒而栗。幸好秦坤郧和朱靖塘、孙梵天武功高强，他们才捡回一条性命。

回想起这些年的遭遇，李旭轮禁不住悲从心来，眼泪顺着脸颊淌了下来。这时，朱靖塘忽然推开"埥净宫"的房门走了进来，随即返身关上房门，小声说："八郎，八郎，你……怎么样？"李旭轮微微摇了一下头。朱靖塘就问："我们今后该怎么办？"李旭轮望着屋顶沉思良久，忽然叹了一口气说："听天由命吧！"

"埥净宫"的门又被悄然打开。朱靖塘闪身躲到门后。姚晦娘手里拎着一个罐子走了进来，她蹑手蹑脚地走到李旭轮的床前。早上的阳光从窗棂里穿透进来洒在李旭轮的脸上，姚晦娘看见有晶莹的泪光在他的脸上闪动。姚晦娘惊讶地说："啊，你怎么哭了？"

朱靖塘急忙跪在地上磕了几个响头，拱手对姚瑃娘说："多谢小娘子救命之恩！"姚瑃娘认真看了一下，朱靖塘的脸上有了血色，眼睛也活泛多了，就说："这位小郎，你感觉身体怎么样？"朱靖塘扶住床头站了起来，伸了一下手臂，咧着嘴说："恢复得不错，哼，就那几个杀……哪里是老子们的对手？"

姚瑃娘就问："谁要杀你们啊？"朱靖塘说："嗨，说来话长。"他看了躺在床上的李旭轮一眼，继续说："我家主人是个书生，人称喻（李）八郎。我们原本要进京赶考，不承想路上遇到了仇家，他们打不过我们，就想用下三烂手段……对我家八郎放蛊，要不是那个孙……嗨，真是下三烂！"

姚瑃娘惊叫一声，说："放蛊？真是下三烂？你家主人跟他们有什么仇啊？"朱靖塘支吾着说："这个……我家八郎……"姚瑃娘打量着朱靖塘，说："你一口一个'我家八郎'，你是他什么人呀？"朱靖塘就说："我和那两个人都是喻（李）八郎的……随从加保镖，我的名字叫朱靖塘，那个灰衣人叫秦坤郧，紫衣人叫孙梵天，我家八郎……叫、叫、叫喻荛廷（李旭轮）。"

一个声音忽然在背后响起："一个书生带三个保镖……"姚瑃娘回头看见兄长姚嘉木走了进来，就叫了一声"阿兄好"。朱靖塘急忙向姚嘉木抱拳施礼，姚嘉木也抱拳还礼。姚嘉木盯着朱靖塘看了一会儿，继续说："你们看来很阔绰啊！"朱靖塘咧嘴笑了一下，有点儿不自然。

姚嘉木又盯着躺在床上的李旭轮看了一会儿，说："嗯，气度不凡，我怎么感觉你们是从神都来的？"朱靖塘愣了一下，急忙说："姚大郎抬举我们了，我等生在江南小地方，还没去过神都哩……打扰你们了，你们要是觉得不便，我们这就走……"姚瑃娘悄然拉了一下姚嘉木的手，并冲他摆摆手。姚嘉木就笑着说："我只是随便问问，没事了。"

姚嘉木走出房间，顺手也把姚瑃娘拉了出来。两人走到一个房间窗户旁边，姚嘉木说："瑃娘，我感觉这四个人大有来头，你要小心啊。"姚瑃娘说："管他什么来头，救人要紧。"姚嘉木拍着她的肩膀说："我的好阿妹，阿兄知道你心地善良，但你要学会保护自己，千万不要惹火烧身！"姚瑃娘就说："阿兄放心，我注意就是啦。"

他们说话的时候，秦坤郧在房间里听得一清二楚。

这时，姚森伯和姚伊娘走进了"靖净宫"，姚嘉木和姚瑃娘便也跟着走了进去。朱靖塘看见姚森伯了又是一阵跪拜，说着感谢的话。姚森伯扶起他说："你们终于挺过了这几天，不过还不能大意……快回到床上躺着吧。"说完走到李旭轮床前问:"这位郎君感觉怎么样?"李旭轮却面朝墙壁,没有回答。

朱靖塘急忙接过话头说:"我家喻(李)八郎受了伤,心里窝着火,这会儿不想……说话,还望老人家多多体谅。"姚森伯哈哈一笑说:"心里有气?多饮几盏靖净茶就消了。伊娘,给客人沏茶!"姚伊娘就从柜子里拿出几个茶盏,拎起罐子一一沏上茶水,递给朱靖塘一盏,另一盏放在李旭轮床头的案几上。

朱靖塘饮了一口,叫一声:"好香的茶!哪里产的?"

姚伊娘说:"我们这里产的,叫靖净茶。"

朱靖塘:"靖净茶?怎么从来没听说过?"

姚珝娘说:"天下茶园那么多,你去过几家?"

朱靖塘说:"这倒也是。"

姚伊娘接过话头说:"这盏中茶呀,是我阿姐煮的,我阿姐特会煮茶,人称'茶珝娘'。饮了她煮的这盏靖净茶,你就不想再去别家了。"说完自个儿先笑了,脸儿红红的。朱靖塘也笑着说:"这位小娘子真会说话,看来能饮上这靖净茶也是我的福分了。"说完仰脖一口饮干,还咂巴了几下嘴巴。几个人都笑了起来。

姚珝娘不经意间瞟了一眼李旭轮,见他还是一动不动地躺着,于是就对朱靖塘努了一下嘴。朱靖塘就走到李旭轮跟前说:"八郎,起来饮盏茶吧?"李旭轮还是没有动静,朱靖塘就伸手将李旭轮扶了起来。李旭轮脸上的泪痕还没有消失,脸色呈灰白色。朱靖塘将茶盏端到他面前,他却像没看见一样。朱靖塘说:"八郎,这是上等好茶,饮一口吧,解解乏。"李旭轮还是没有动静。

秦坤郧猛然走了进来,从朱靖塘手里接过茶盏,跪在地上双手将茶盏高高举起,说:"八郎请饮茶,我秦坤郧没保护好八郎,罪该万死!"说话的时候,他用眼睛的余光瞟了一下朱靖塘,而朱靖塘的目光一直在床头游移不定,好像在寻找什么东西。他的目光关注的地方,却正是李旭轮习惯于放扇子的地方,那把他时常拿在手里形影不离的扇子。秦坤郧微微皱了一下眉头,又高声说:"八郎请饮茶!"

然而,李旭轮还是没有动静。

姚珝娘忽然间呆住了,愣怔地看着李旭轮。就在这一刻,她的眼前竟然出现一个人形,宽大的白袍包裹着精瘦的身子,头戴白帽,手捧茶壶,整个人被一团蓝光笼罩着,那眼神像极了释怀悯师父。当然,只有姚珝娘本人看得到。与此同时,她的大脑里响起一个声音:你要用茶的醇厚和心的柔情为他疗伤,记住,这是你的使命……

随后，姚珝娘回过神来伸手接过茶盏，唱了起来："一盏清茶待友朋，知心人到茶水浓；三盏浓茶当美酒，品茶味在不言中。"她唱歌的时候，姚伊娘就跳起了当地的采茶舞。阿姐皮肤白皙，阿妹皮肤微黑，但无论黑白都透出健康的红润。她们俩宛若山野里的精灵、茶园中的清风、枝头上的天音。

也许是受到了歌声的感染，站在"靖净宫"门口的姚嘉木和父亲姚森伯忍不住朝里面看了一眼，他们看到躺在床上的李旭轮，也看到载歌载舞的姚家姐妹花，姚嘉木跟父亲对视一眼，两人的眼神都意味深长。姚森伯就对儿子说："大郎，去书房吧，阿耶有事同你商量。"两人随后便走进姚森伯的书房"靖净斋"。姚森伯关上房门，示意儿子坐下。

姚森伯说："前阵子你不在家，县令胡左伟来找我，说朝廷贡茶紧缺，要搞什么'官焙'茶场，让我家捐出一部分茶园。"姚嘉木忽然站起来说："我家每年都交不少茶税，还不够吗？现在又要捐茶园，还让不让人活了？"姚森伯对儿子摆摆手说："坐下坐下，少安毋躁。"

姚嘉木就坐了下来，接着说："除了税，那个胡左伟每年从我们这里拿走不少好茶，都供他自个儿享用，胃口越来越大了！"姚森伯就说："哎，他是他，两码事儿。"姚嘉木却说："只怕他打着'官焙'的旗号，为自己捞取好处！"姚森伯看着儿子，叹息一声，说："唉，牢骚归牢骚，捐茶园这事儿恐怕也不是随便说说，我们得当一回事儿。"姚嘉木就冷静下来，想了一会儿说："是得想个周全的办法。"

书房的窗台上落着一只麻雀，叫得人心烦。

回头再到"靖净宫"里。李旭轮缓缓抬起头看向姚家姐妹俩，只觉得两人面若桃花身如云燕，忽然就想起了曾经相伴在自己左右的两个女人，可如今她们在哪里？在哪里啊？我猜想，有那么一瞬间，李旭轮恍然觉得眼前的姐妹俩就是那两个女人，尤其是姚珝娘，她的眼神多像刘妃！李旭轮的心绪渐渐平静下来。

李旭轮目不转睛地看着姚珝娘。

姚珝娘感应到了李旭轮的目光，不觉微微红了脸。

姚珝娘唱罢把茶盏端到李旭轮面前。李旭轮犹豫了一下，伸手接过茶盏，先小酌一口，立即感到唇齿留香，一种独特的香味在嘴里弥漫开来，像庭前的蕙兰，像屋后的蜡梅，或者像某个女人的胭脂，在他嘴里似乎化开了似乎又没化开……他有些迷醉了，闭着眼睛沉思片刻，忽然睁开眼睛一扬脖子把一盏黏稠的青黄色的茶水灌了进去，开口就说："再来一盏！"

姚珝娘愣了片刻，笑着说："天啊，这茶居然能让哑巴开口！"说话间已倒好了茶递给李旭轮。李旭轮接过茶盏又是一饮而尽。姚珃娘就说:"别呛着了,没人跟你抢。"李旭轮一连饮了四盏茶,额头上微微出了汗,感觉浑身畅快多了,疼痛感饥饿感似乎也一扫而光。他倒头又睡下了,背对着姚珃娘。姚珃娘没好气地说:"哎,你这没良心的,饮完了就睡,连声感谢都不说?"

秦坤鄋急忙赔着笑脸说:"我家八郎受了惊吓,一时半会儿还没恢复,请珃娘多多包涵,我替他谢谢小娘子了。"姚珃娘指了一下罐子说:"茶水留下,你们慢慢饮。我们去干活儿了。哎,我说这个喻莽廷(李旭轮)喻(李)八郎,你要是再给我个背,中午饭可是没的吃!"

"我有的吃吗?珃娘?"

一阵脚步声由远而近,随即一个声音就在李旭轮的房间门口响了起来,话音未落,人已经进来了,原来是吴小六。姚珃娘愣了一下,就问:"六阿兄,你怎么来啦?"吴小六笑嘻嘻地说:"想饮茶了呗。嘿嘿,珃娘煮的茶就是好饮!"说完伸手做出一个讨要的动作。姚伊娘急忙倒上满满一盏茶端给他,问:"我煮的呢?"

吴小六接过茶盏一饮而尽,抹了抹嘴说:"伊娘煮的茶,嘿嘿嘿……"姚伊娘就说:"笑你的头啊!"吴小六就说:"茶……我这是刚采完茶回来,哎,你们家的另一片茶园我也顺便采了,筐子就放在屋檐下。"姚珃娘抿嘴笑了起来。吴小六问:"珃娘,你笑什么?"姚珃娘就说:"瞧你笨手笨脚的样子,还会采茶?"吴小六也笑了,摸着后脑勺说:"这不是跟你学的吗?"

姚伊娘就接过话头说:"六阿兄,采茶怎么不叫上我?"吴小六说:"这种粗活儿哪敢叫伊娘去?"姚伊娘就噘着嘴说:"那你为什么每次都叫阿姐一起去?"吴小六呵呵笑了起来,姚珃娘则红了脸,说:"我什么时候跟他去采过茶?想去你去!"吴小六笑了一下,急忙转换话题,指着几个伤人说:"嘿嘿,采茶……不急……着急的是他们住这里怕是不方便。珃娘,要不,让他们住到我家去吧,我家也有金枪药……"

姚珃娘就说:"可你家有跌打损伤膏吗?有好茶吗?房子够大吗?"吴小六脸色暗了一下,摸着后脑勺说:"没有……我这不是怕拖累你吗?"姚伊娘立即接过话头说:"六阿兄,我也怕拖累……"吴小六却说:"小娘家家的,一边去……"姚伊娘噘着嘴瞪了他一眼。

也许是因为刚才的一番话,秦坤鄋对吴小六有了好感,于是就主动搭讪,对吴小六抱拳施礼说:"六阿兄,谢谢你!"吴小六却不冷不热地说:"不用谢我,要谢就谢这位'茶珃娘',是她要收留你们。"秦坤鄋却看着他没话找话地说:"六阿兄，看你体格健壮，肌肉发达，一定练过武功吧？"

吴小六这才从上到下仔细打量了一番秦坤郧，只见他身材匀称，动作敏捷，右手指头上结着厚厚的老茧，想来也是同道中人，并且他说话比较客气，于是就缓和语气说："不错嘛，还能看出来。你是不是也练过？"秦坤郧又抱拳施礼说："秦某不才，对武术略知一二，还请六阿兄多指教！"

这句话让吴小六很受用，就笑了一下，说："那，你平时用什么家伙？棍？枪？"秦坤郧说："我使的是剑，一把……御赐……宝剑……"躺在床上的李旭轮忽然咳嗽一声，秦坤郧紧张地看了他一眼，急忙改口说："是、是鱼刺……宝剑，就像鱼刺一样，尖尖的……长长的……"还用手比画了一下。

朱靖塘捂住嘴偷笑了一下。吴小六说："鱼刺宝剑？我还头一回听说……"朱靖塘捂住嘴又笑了一下。吴小六就问："你笑什么？"朱靖塘却别过头去不看吴小六。吴小六就瞪了朱靖塘一眼，说："莫名其妙！"随后却继续问秦坤郧："秦四郎，你的剑现在在哪儿？"

秦坤郧有点儿不好意思地说："可惜……几天前……丢在山上了……"吴小六就说："嗯……我家也有一把剑，要不你先用着吧？"秦坤郧急忙拱手相谢。朱靖塘就说："也借我一把剑吧？"吴小六却说："穷乡僻壤的物件，你哪里瞧得上？"朱靖塘讨了个没趣，低头不语了。吴小六就笑着对朱靖塘说："你的兵器难道也丢在山上了？看看你们……"

朱靖塘和秦坤郧都低头不语了。吴小六就改口说："我家还有镰刀，就怕你不会用。"朱靖塘却说："那不一定，在别人手里是镰刀，在我跟孙梵天手里就是宝剑。镰刀虽土，也能杀人！"吴小六却露出不屑的表情，又说："你们那个孙梵天，他的兵器难道也丢了？"秦坤郧轻轻地点了一下头，说："再说，他的主要任务不是护卫……打斗……"吴小六问："不是打斗？那是什么？"朱靖塘脱口而出："防蛊，除蛊。"

吴小六不解地问："除蛊？还有这任务？有意思！"朱靖塘又想接话，秦坤郧却赶紧碰了一下他的胳膊，又冲吴小六笑了一下，岔开话题："孙梵天他擅长用铜，可惜也丢了……"站在一旁的姚晦娘忽然说："哎，你们尽尽说些刀呀剑呀的，还说上了蛊，听着就瘆人，出去说，出去说。"一边说一边把吴小六往外推。

恰在这时，姚森伯在院子里喊："小六，我这里蜣螂和独活两味药材没有了，麻烦你到檀铁寺找释怀悯法师要一下。"吴小六立即回答："好嘞，我这就去。"说完闪身出门，还回头对秦坤郧说："找个机会切磋一下。"望着吴小六的背影，秦坤郾小心翼翼地问姚琋娘："他是……你们家……什么人？"姚琋娘淡淡地说："一个山野武夫。"姚伊娘则说："六阿兄的功夫可好了！"

要做午饭了，秦坤郾弯着腰将姚琋娘姐妹俩送出房间。

姚琋娘姐妹俩一走，秦坤郾急忙将门关上，插上门闩，还把耳朵贴在门上听了一会儿，转身"扑通"一声跪在李旭轮床前说："八郎，我知道你心里憋屈，可姚家对我们有救命之恩，你这样老不说话，于情于理都说不通，恐怕他们会生气呀。"见李旭轮还是不回应，秦坤郾就对朱靖塘招了一下手。朱靖塘也急忙跪下说："八郎，你说话呀。"秦坤郾又说："要是秦某说错了，请八郎惩罚！"

李旭轮仍然面朝墙壁说："扇子。"

秦坤郾和朱靖塘对视一眼，没有回答。

李旭轮又说："我的扇子丢了，估计在山林里。"

朱靖塘的眉毛跳了一下，眨了一下眼睛。秦坤郾说："不过一把扇子……丢了再换一把……"李旭轮却说："那不是一般的扇子，那是我老师送我的，我用了好多年。"朱靖塘急忙说："我们去找回来，这就去。"说完就要往外走。李旭轮却缓缓转过身说："扶我起来。"

秦坤郾和朱靖塘赶紧把李旭轮扶了起来，朱靖塘打开房门，秦坤郾扶着李旭轮站在门口，抬头看着苍天。天上的乌云已经散尽，湛蓝的天幕上有一轮橘红色的太阳，温暖的光波投射下来，他感到了一阵久违的暖意，忽然打了一个响亮的喷嚏，惊飞了树上的鸟儿。

姚家大院里有一株槐树，此时正开满了白花，空气里飘散着一股清香。李旭轮忽然觉得生活是多么美好，于是就双手抱拳，对着姚琋娘的背影弯下腰说："多谢老伯！多谢两位小娘子！多谢各位乡亲！喻（李）某这厢有礼了！"秦坤郾忽然背过身去擦眼睛，而朱靖塘则傻呆呆地看着李旭轮。

正在指挥下人做饭的姚琋娘冲着李旭轮挥了一下手。她注意到，李旭轮身材魁梧，年纪大约三十出头，面容俊朗，气宇轩昂，一身白布衣衫更衬托出他不凡的气质，一看就是见过世面的人。她忽然冒出一个念头：如此一个书生，多像私塾先生！如果再配上一把扇子就更好了，她不知道自己为什么会有这种奇怪的想法。

这时，孙梵天从房间里跑了过来，对李旭轮弯腰抱拳道："八郎，你终于开口说话了，太好了，我还以为你中蛊了……"秦坤郾一听这话大惊失色，急忙拦住孙梵天，说："孙二郎，你整天睡觉，一声不吭，一开口就吓死人……"孙梵天吐了一下舌头。李旭轮却笑着说:"孙二郎,我命大,中不了蛊,再说,不是有你吗?"

说完,李旭轮又回到房间,朱靖塘忽然对他弯腰施礼道:"八郎,我去把扇子找回来。"秦坤郧急忙说:"我也去。"朱靖塘却说:"我一人去就行,你跟孙二郎在家照顾八郎。"李旭轮却说:"你们俩一起去,孙二郎留下。"两人正要出门,李旭轮又交代道:"注意保密。"两人答应一声,遂走出门外。

姚家大院门前有一条清凉溪,溪上架着一座青石桥,跨过青石桥,沿着一条小路就可上山。可是,山林很大,哪里才是他们坠落的地方?正犹豫不决时,姚珝娘和阿嫂陈五娘出来洗菜,看见两人在桥上徘徊,姚珝娘就问他们在干什么。朱靖塘就硬着头皮问:"珝娘,请……我们坠崖的地方在哪里啊?"

姚珝娘笑着说:"问这个干什么?难道想再跳一次?"朱靖塘急忙摆手说:"不不不……我……我们吃饭的家伙丢了,想找回来。"姚珝娘就告诉他详细的路径。朱靖塘转身就走。陈五娘忽然说:"快中午了,带点儿东西路上吃吧?"说完从溪水中拎起提篮,从提篮中挑出两个大个儿的红薯递给朱靖塘。朱靖塘接过红薯,递给秦坤郧一个,两人弯腰致谢,遂快步向山林里走去。

走了一会儿,秦坤郧忽然回头问:"我看那把扇子也没什么特别之处,八郎为什么如此看重?"朱靖塘回答道:"这个……我也说不清。"他心里却说,但愿能找到扇子,既解开心中的谜团,也算是交了差。来到他们当时坠崖的地方,地上的压痕和树枝上的血迹依稀可辨,两人仔细查找,却怎么也找不到扇子,也找不到武器。两人失望地坐在地上啃起了红薯。

一阵脚步声由远而近。秦坤郧和朱靖塘急忙就地一滚钻进灌木丛中。当脚步声越来越近时,他们俩透过枝叶的间隙看见几个黑衣人从眼前走过,其中一个面容清秀的女子正是韦团儿,她一边走一边指着远处的村庄说:"应该就藏在这一带。"另一个黑衣女子问:"会不会中蛊了?"韦团儿说:"不会,那个孙梵天手段高超,我们很难得逞。"秦坤郧和朱靖塘紧张得大气不敢出,不是为自己,而是为李旭轮和孙梵天的安全担心。随后,黑衣人消失在密林深处。

秦坤郧和朱靖塘只得空手而归。

回头再说吴小六,他来到檀铁寺直奔一间叫"静斋"的僧房,释怀悯师父正在里面打坐,闭着眼睛问:"施主,是'茶头药师'派来的吧?"吴小六大吃一惊,急忙说:"正是,我阿舅说要些蜈螂和独活。"释怀悯师父指了一下左边的案几,说:"自己拿吧。"吴小六看见案几上放着一个袋子,打开一看果然是蜈螂和独活。

转身欲走时释怀悯师父又说:"让珝娘施主有空的时候上山来找贫僧。"

吴小六拎起袋子走出"静斋"时,后面又传来释怀悯师父的声音:"有了蜣螂,才能独活。南无阿弥陀佛。"吴小六愣了一下,终究是听不明白,于是就转身下山,山上树木高大,遮天蔽日,阴森恐怖,吴小六一路小跑下山。回去把药袋子交给姚森伯,姚森伯让姚珝娘赏了他一包茶叶,他开心极了,一双眼睛定定地看着姚珝娘,只看得姚珝娘红了脸,没好气地说:"还嫌少吗?快走!"他这才捧着茶叶喜滋滋地往外走,却在大门口跟人撞个满怀,茶包掉在地上被对面的人踩在脚下。

吴小六一看是朱靖塘,立马拉下脸说:"怎么走路?眼睛瞎了?"朱靖塘原本想说声对不起,可一看吴小六的架势也不高兴了,就说:"你怎么骂人?"吴小六说:"就骂你了,怎么的?"朱靖塘指着吴小六说:"你……"秦坤郧急忙拉着吴小六的手说:"六阿兄,对不起对不起……"推着朱靖塘就走。

吴小六却继续骂:"瞎了你的狗眼!"朱靖塘转过身对骂起来。骂声惊动了姚珝娘,她跑过来大声对吴小六说:"你干什么呀?别动不动就骂人!"李旭轮也过来了,对朱靖塘说:"你跟他计较什么呀?"这句话让吴小六更不高兴了,就大声对姚珝娘说:"珝娘,这几个人来路不明,你们要小心!"姚珝娘却说:"这是我家的事,用不着你管。"

吴小六却说:"你家的事也是我的事,我为阿舅好,也为你们好!他们再不走我就去报官!"李旭轮听到这句话,愣了一下,就走到姚珝娘跟前说:"多谢小娘子的收留之恩,属下无礼冒犯了,请多包涵!"说完对姚珝娘施了一个礼,对吴小六也施了一个礼,随后从腰间摘下一个黄色的香囊递给吴小六,说:"这位小郎,这个香囊请收下……就算赔你的茶叶了。"

吴小六却不接。姚珝娘就从李旭轮手里接过黄色的香囊看了一下,转手递给吴小六,说:"还嫌不够吗?接着!"吴小六这才接过黄色香囊。随后,姚珝娘看着李旭轮点了一下头,又看了李旭轮一眼,李旭轮也看了姚珝娘一眼。这是他们第一次近距离对视。吴小六大约是看见了两人的表情,气哼哼地走了。

姚嘉木站在大门口,把这一切都看在眼里,等吴小六走到身边时,他就从吴小六那里要过黄色香囊看了一会儿,还放在鼻子下面闻了一下,自言自语道:"好香!好精致!好大方!"吴小六瓮声瓮气地问:"这东西很值钱吗?"姚嘉木笑了一下,把黄色香囊还给吴小六,转身走出大门。

李旭轮带着朱靖塘和秦坤郧回到"靖净宫",关上房门,李旭轮有些生气地说："我们现在寄人篱下，凡事都要小心！千万不要自找麻烦！"朱靖塘低头不语。李旭轮问扇子找到没？秦坤郧回复说没有找到。李旭轮沉默一会儿，挥挥手，朱靖塘和秦坤郧就回到他们暂住的房间"埥净舍"里。

第二天下午，朱靖塘和秦坤郧再上山寻找扇子，依然无果。山里天黑得早，夜幕降临后就关门闭户上床睡觉。也许是走路辛苦了，秦坤郧很快就进入了梦乡，孙梵天也打起了呼噜。朱靖塘似乎也睡着了，可当他听见秦坤郧和孙梵天的鼾声时却悄然起身，迅速穿好衣服，轻轻打开房门闪身出去消失在夜幕中。村巷里传来几声狗叫，然后又复归宁静。

许久之后，"吱扭"一声，"埥净舍"的门忽然被推开了，秦坤郧和孙梵天惊醒过来急忙跳下床摆出搏斗的架势，定睛一瞧原来是李旭轮。李旭轮问："睡觉怎么不插上门闩？哎，朱靖塘呢？"秦坤郧的目光扫向对面的床铺，果然空空如也，就惊讶地说："我们一起睡的，他……怎么不见了？也许……是……上茅房去了？"

李旭轮点了一下头说："这么晚来找你们，是想说说扇子的事……"秦坤郧急忙跪地说："秦某无能，还是没找到扇子。"李旭轮伸手扶起他，说："这不怪你，我在想，要不要让姚家人帮忙找？"秦坤郧说："八郎，恕属下直言，那扇子真的很重要吗？毕竟……我们现在活命要紧啊！"李旭轮沉吟一下说："老师说……扇子在危难的时候有大用处。唉！没想到……"

也许您已经注意到了，我又说到了扇子。古代的文人随身携带扇子，是再寻常不过了。扇面上可题诗作画，那是另一个江湖。我若说李旭轮扇子上隐藏着惊天秘密，您不一定相信，但我若说诸葛亮的扇子里藏着雄兵百万，您不一定会反对。此时的扇子已不是一般的扇子。小小扇子，大千世界。扇子不仅可以扇风，也可以煽情，比如我现在说的话……好了，就此打住。

秦坤郧就问："属下不才，请教八郎，什么是危难时候？"李旭轮想了一下，说："我们现在够艰难的。"孙梵天就说："偏偏这个时候丢了扇子，难道是天意？"秦坤郧就说："别瞎说，扇子肯定能找到……哎对了，朱靖塘好像对扇子很上心，有他在，一定能找到扇子。"李旭轮看了一眼朱靖塘空荡荡的床铺，说："他上茅房这么久还不回来？秦坤郧，你去看看。"秦坤郧便得令而去。

这时候，孙梵天已点亮了油灯。

孙梵天犹豫了一下，凑到李旭轮跟前说："皇嗣殿下……"李旭轮纠正道："叫八郎。"孙梵天就笑着说："八郎，我这两天没事儿时出去转了一下，发现这镇街上总有一股阴气,好像有人在养蛊。"李旭轮吃了一惊,说:"养蛊?不会吧?你可别瞎说。"孙梵天就赶紧说:"没有蛊更好,不过还是小心为上……"正说着秦坤郧跑了进来,反身关上门,压低声音说:"朱靖塘不在茅房里。"李旭轮就不解地说:"奇怪,深更半夜的,他跑哪儿去了呢?"

忽然,油灯摇曳了一下,一股阴风吹来。

秦坤郧回头一看,捂住嘴惊叫一声。

……

门被推开了,朱靖塘走了进来。

朱靖塘愣住了,李旭轮和秦坤郧、孙梵天也愣住了。

李旭轮就问:"朱靖塘,你到哪儿去了?"朱靖塘迟疑一下,就捂住肚子回答道:"回八郎的话,刚才肚子疼去茅房了……"他的脸色有点儿不自然。秦坤郧却说:"我刚去了茅房,怎么不见你呀?"朱靖塘就露出尴尬的表情,说:"我今天拉肚子,去茅房时里面有人,我憋不住了,就……就跑出去了……"

李旭轮看了一眼朱靖塘,拍了一下他的肩膀,说:"好好休息。"转身就出去了。秦坤郧注意到朱靖塘的鞋子和裤脚上沾了一些草屑。孙梵天却冷不丁冒出一句:"朱靖塘,你就不怕遇到草蛊婆?"朱靖塘浑身哆嗦了一下,随即走过去抓住孙梵天的胳膊,说:"你这乌鸦嘴!"秦坤郧却"嘘"了一声,说:"赶快睡觉,别吵醒人家了。"

灯熄了,姚家大院复归宁静。

次日,李旭轮醒来时,天光已大亮。

他抬头看着窗户,阳光穿过雕花窗棂照射进来,对面的墙壁上一片斑驳,可以看见灰尘在光柱中浮动。他伸了一个懒腰,感觉伤痛已好了很多。忽然感觉口干舌燥,想饮茶了。连日来,每天都饮不少当地土茶,对,就是那种埕净茶,饮下去微微出汗,让人感觉神清气爽,几天下来已经上瘾了。

李旭轮随口喊了一声"秦坤郧",没人应;又喊"朱靖塘、孙梵天",也没人应,这时隐隐约约听见院子里有说话的声音,他就穿衣起床,推门走了出去。太阳已经爬到树梢上了,院子里阳光灿烂。东边横屋里有几个前来帮忙的姑娘正在说笑,李旭轮感觉好奇就走了过去。

一个姑娘说:"珝娘,这采茶有什么讲究?你给大伙儿说说吧。"姚珝娘就说:"讲究可多了,当茶叶新芽长到四五寸长时就可采摘了,下雨天不能采,晴天有云也不能采,天气晴朗时才去采,最好在有露水的早晨去采,采下的芽叶要完整、新鲜、匀净，不能夹带鳞片、鱼叶、茶果和老枝叶，采的时候要轻提慢放，不能顺枝捋，也不能一把抓……看，这茶叶就太老了……"

姚珥娘接着说："春茶一般要摊在外面晾晒三到四个时辰。伊娘，你们两个把篮子里的茶叶摊在竹席上放到屋檐下晾晒，注意不要暴晒，最好是阴干……"姚伊娘答应一声就推门出来，嘴里念叨："茶好，我才好！"刚好跟李旭轮打了个照面。她惊讶地说："啊，是你？你在干什么呀？"

听见声音，姚珥娘急忙走了出来，一看是李旭轮，也有些惊讶地问："你……偷听小娘子们说话啊？"李旭轮略显尴尬，镇定了一下，就背着双手看着院子里的一棵柿子树，侧身对着姚珥娘，说："我……来看看朱靖塘他们仨……是不是在里面？"姚珥娘转到李旭轮面前说："你找他们啊？我看他们仨一大早出去了，不知道去干什么……你大概是饿了吧？对，你肯定是饿了，不然不会找到这里。"

李旭轮愣了一下，随后竟然笑了一下，虽然只是那么一瞬间的一个浅笑，但还是被姚珥娘捕捉到了，她就指着李旭轮的脸说："啊，你笑了？你也会笑？好，就冲你笑了，小娘我今天亲自给你盛饭！"说完拉着李旭轮的袖子直奔厨房，中间还回头喊叫一声："伊娘，记得煮茶！"孟七娘闻声过来说："珥娘，这活儿哪是你干的？我来，我来。"姚珥娘却说："今天我高兴。"就把孟七娘推走了。

姚珥娘在厨房里一阵忙活，桌子上便摆上了一碗稀饭、两个蒸饼、一碟酸菜、一个咸鸭蛋。她说请吧，李旭轮也不客气，端起碗就吃。这几天一直吃不下饭，李旭轮今天特别饿，风卷残云般把桌子上的饭都吃完了，抬眼看看姚珥娘，而姚珥娘也正看着他，四目相对，都有些不好意思了。

姚珥娘说："你刚从饿牢里拉出来？吃那么快？"李旭轮舔了一下嘴唇，问："还有吗？"姚珥娘惊呼一声："还吃？你是饭桶啊？"说归说，还是端上了一碗稀饭一个蒸饼一碟酸菜一个咸鸭蛋，李旭轮又风卷残云般地吃完了。随后，李旭轮放下筷子，微微闭上眼睛，感觉食物在体内慢慢变成了能量，舒服极了。

虽然比不上以往吃的山珍海味，但此刻足矣。

李旭轮正沉醉其中的时候，冷不丁听见一声大喝，他吓了一跳，急忙睁开眼睛，就看见姚珥娘的脸凑在跟前，笑着说："是不是很享受啊？"李旭轮慌乱中点了一下头。姚珥娘说："你很享受，可我还饿着肚子哩。"李旭轮说："那……你也吃呀。"姚珥娘说："你把我的那一份也吃了。"李旭轮说："啊，这……怎么办？"

姚珥娘说："怎么办？罚你干活儿，走，择茶去。"李旭轮急忙摆摆手说："可我不会呀。"姚珥娘说："不会我教你。"伸手拽住李旭轮的袖子。李旭轮急忙站起来说："好好好，我去干活儿，不过……你得先让我饮盏茶。"姚海娘眼睛一瞪，说："吃饱了还想饮茶，想得美？"李旭轮就笑着说："谁让……你的茶……那么好饮呢？"

李旭轮最后这句话是用纯正的男中音说出来的，还带有一些感情色彩，也许感染到了姚海娘，她便松开手，认真看了李旭轮一眼，只见李旭轮面容沉静，目光忧郁，有一种婴儿般淳朴的气质，似乎正渴望着母性的关怀。或许在那一瞬间，姚海娘心底最柔软的部分被击中了，她轻轻叹息一声，转身朝门外喊："伊娘，把茶端来。"

说到茶，便勾起了李旭轮对靖净茶的念想。我估计，李旭轮可能压根儿都没意识到，眼前的这个姚海娘，接下来会用母性般的关怀和靖净茶的柔和治好他身体的伤痛，抚平他心头的忧创，他从此便与靖净茶深度结缘。不仅如此，我翻阅地方史志时，发现靖净茶居然跟蛊毒也扯上了关系，究竟是怎么回事儿？请继续往下看。

姚伊娘端着一个罐子走过来。

您一定听说过，唐朝早期人们饮茶时大都是把茶叶放在锅里煮，就像熬稀饭一样，并加入盐、姜、葱、枣等各种佐料，煮好后就装在一个罐子或者竹筒里，茶汤呈黄绿色或者黑黄色。对于这样的粥饮茶，尽管后来的茶圣陆羽评价其无异于使茶汤变成沟渠中的废水，却也不得不承认它的现实存在。但有一点儿不可否认，即便汤色不好看，可香味却不容忽略。所以，人还没到茶香倒先到了。

李旭轮吸了一下鼻子，叫一声："好香！"

姚海娘说："鼻子真灵，属狗的吧？"李旭轮不说话，又吸了一下鼻子。姚伊娘给李旭轮倒了一盏茶，看起来色绿、汤绿、叶绿，也就是后人总结的"干茶色绿、汤水清绿、叶底鲜绿"，李旭轮端起来就饮，有点儿迫不及待，一连饮了四盏，额头上沁出了细密的汗珠。后来他说虽然自己饮过不少琼浆玉液，但跟盏里的靖净茶相比，也不过如此，称之为"晚甘侯"也不为过。

姚海娘说："又是四盏？你以为我这是茶馆啊？"李旭轮闭着眼睛享受了一会儿，忽然睁开眼睛说："奇怪，刚才离得远闻着很香，这会儿就在跟前反倒闻不到香味了，怎么回事儿？"姚海娘笑着说："哎，没想到你还挺细心，连这都品出来了。告诉你吧，我今天没放佐料，保留了茶的原汁原味，而我们靖净茶的一个显著特点就是近闻不香，远闻芬芳。"

李旭轮诧异道："啊，这么神奇？"

姚伊娘说:"饿你三天,保证饮什么都香。"

姚琦娘拍了一下阿妹的肩膀,示意她到厨房去。等姚伊娘走了,姚琦娘才接着刚才的话头说:"其实说近闻不香也不全对,因为离近了香味太浓烈,反倒让人失去了分辨力;距离恰到好处的时候就能闻到本真的香味。这就像看戏时离戏台太近反倒听不清,因为太吵。"

说这话的时候,姚琦娘一改往日的嘻嘻哈哈活活泼泼,换成了一种严肃认真不苟言笑的神态,这反倒吸引了李旭轮,他定定地看着姚琦娘,听她又说:"这就像人们常说的'当局者迷、旁观者清''身在福中不知福',有时候跳开一步或许看得更清楚。"

李旭轮冷不丁问:"你是在说茶吗?"

姚琦娘反问:"你说呢?"

姚琦娘接着说:"这就好比一个皇帝,在宫里时被一大堆美人围着,反倒不觉得美人有多美,等他流落到乡间,看见一个美人了就觉得很美,你知道为什么吗?"忽然转身指着李旭轮的鼻子。李旭轮正为她的这句话而吃惊,身上的冷汗都冒出来了,冷不防被她一问,额头的汗也出来了,结结巴巴地说:"不、不、不、不知道……"

姚琦娘又换成了嘻嘻哈哈的神态,用手指点着李旭轮的额头说:"那是因为……高手在……民间……哈哈哈哈……"看着李旭轮目瞪口呆的样子,姚琦娘又说:"好了,吃饱了饮足了该干活儿了,走,择茶去!"李旭轮说:"我……我真的不会啊?"姚琦娘揪住李旭轮的耳朵说:"你想耍赖吗?快去!"

李旭轮就说:"我……不会择茶,可我字写得不错,要不我给你写几幅字吧?"姚森伯刚好从旁边经过,急忙停住问:"喻蒜廷(李旭轮)……喻(李)八郎,你喜欢写字?太好了,老夫我除了喜欢摆弄药材,另一大爱好就是收藏字画。"说话间人已经走了进来,接着说:"给我写几幅吧?"

李旭轮立即拱手施礼说:"喻(李)某只是喜欢而已,实在拿不出手啊。"姚森伯却对着院子里吆喝:"伊娘,快去我书房里把笔墨纸砚拿过来。"姚琦娘赶紧把餐桌收拾干净。片刻之后,姚伊娘拿着笔墨纸砚过来了,姚森伯接过来将一种麻做的硬黄纸铺陈在桌面上,把毛笔递给李旭轮,说:"请吧!"

李旭轮不再推让,接过毛笔饱蘸墨汁,稍做思考,在纸上写下一个大字:茶。字体龙飞凤舞潇洒飘逸,姚森伯连连点头。姚琦娘姚伊娘姐妹俩在父亲的熏陶下也通晓文墨,对这个字的书法章法还是懂得的,于是也跟着点头。李旭轮似乎受到了鼓励,又写了一幅"茶缘"和一幅"靖净茶",皆受到父女三人的点头赞赏。

李旭轮一鼓作气,又挥毫写下四个字"除蛊安民"。姚珣娘看了一会儿,忽然说:"写这四个字,不怕……把蛊毒……招来吗?可是不太吉利哦!"李旭轮却说:"此地瘴气很重,蛊毒早已存在,所以除蛊决不可松懈呀。"姚伊娘就脱口而出:"说得这么瘆人,哪里有蛊毒呀?即便有,也是你招来的吧?……还是写点儿别的吧?"

姚森伯愣了一下,急忙收起"除蛊安民"那四个字,说:"珣娘,伊娘,你们不知道,多年前我们这里还真发生过蛊毒,还引发了一场瘟疫……所以说'除蛊安民'这句话……说得好,好就好在早做防备未雨绸缪,喻(李)八郎也是一番好意,这幅字我也收藏了。"

李旭轮有点儿兴奋,就说:"老伯要是喜欢,我以后多写几幅。"姚森伯就笑呵呵地说:"太好了,太好了,我一看你就知道绝非常人……"姚伊娘看父亲高兴,忽然冒出一句:"喻莽廷(李旭轮),你以后每天都写,阿耶一高兴,就让你们免费吃住……"说完却红了脸,歪着脑袋看着父亲。

姚森伯依然笑呵呵地说:"好好好,全免,全免……"刚好有人来看病,姚森伯捧着几幅字走了。姚伊娘也到横屋里去忙活了,厨房里就只剩下姚珣娘跟李旭轮。李旭轮仍然低头在纸上写字,姚珣娘就说:"喂,答应我的呢?"李旭轮头也不抬地说:"不是已经写了吗?"姚珣娘说:"不是写字,是择——茶!"

李旭轮抬头说:"不是说用写字来抵吗?"

姚珣娘说:"我可没答应!"

李旭轮说:"啊?你说话不算数?"

姚珣娘又揪住李旭轮的耳朵说:"去不去?"就在这时,秦坤郧和吴小六一头撞了进来,眼见姚珣娘正揪住李旭轮的耳朵,秦坤郧大惊失色道:"哎哟,这是干什么呀?姚家大娘,姚珣娘,珣娘,快松手,快松手!"一边说一边跑上前拉住姚珣娘的手。姚珣娘却对着秦坤郧大吼一声:"择茶去!"

秦坤郧愣了一下,松开手,转眼去看吴小六。而吴小六的眼神里却射出一丝不快,他走上前说:"好了,珣娘,闹够了吧?"也伸手去拉姚珣娘的手,且暗中捏了一下李旭轮的耳朵。谁知姚珣娘也对着吴小六大吼一声:"你,择茶去!"吴小六浑身哆嗦了一下,有些手足无措地说:"你……择什么茶呀?"

姚珣娘这才松开手,忽然笑了起来,笑得弯腰蹲在地上,上气不接下气地说:"呵呵呵,你们……都给我……择,茶,去!不能……白吃……白饮……白睡……"吴小六松了一口气,粗声粗气地说:"嗨,不就是择个茶吗?搞得人紧张兮兮的。"姚珥娘却说:"你懂什么呀?择茶如择人!茶择不好就制不好。"

姚伊娘走进来冷不丁地说:"阿姐,你是想择夫吧?"说完却捂住嘴巴,紧张地看着阿姐,等阿姐的目光转向她了,她却又把眼神投向吴小六。秦坤郧看着李旭轮,表情复杂。吴小六也看着李旭轮,嘴角泛起了一丝不屑,轻声哼了一下。姚珥娘终于反应过来,说:"你这长舌妇,择茶去!"推着阿妹走了出去。

吴小六追了出去,厨房里只剩下李旭轮跟秦坤郧了。李旭轮轻轻掩上门,给秦坤郧倒了一盏茶,随后看着秦坤郧,似乎有话要说。秦坤郧躬身施礼道:"启禀八郎,小的早上跟吴小六切磋了几招,回来晚了,请八郎恕罪。"李旭轮看着窗外说:"这个吴小六……怎么样?"秦坤郧说:"感觉不错。对了,他还借给我一把剑。"

李旭轮这才注意到秦坤郧的腰间多了一把佩剑,他伸手摸了一下,忽然叹口气说:"可惜了那把宝剑!"秦坤郧顿然明白了,急忙伏地磕头说:"小的弄丢了那把剑,罪该万死,罪该万死!"李旭轮扶起秦坤郧说:"不怪你。"随后,李旭轮走到窗前,长久地看着院子里的那棵高大挺拔的柿子树,许久之后才问:"哎,朱靖塘和孙梵天呢?"秦坤郧回答道:"他俩不愿跟吴小六切磋,到山上找扇子去了。"

李旭轮就说:"看来,朱靖塘对扇子很感兴趣啊!"

秦坤郧侍立在李旭轮身边,不知道说什么才好。过了好一会儿,李旭轮忽然低声问:"我们到这里半个多月了吧?"秦坤郧回答说是。李旭轮说:"接下来该怎么办?是走?是留?也不知道家里的情况,唉!"秦坤郧说:"去留暂且不说,我最大的担心是那些黑衣人,我有一种预感……"说完小心翼翼地看着李旭轮。

李旭轮等了一会儿没见话音,就回头问:"你怎么不说了?"秦坤郧就说:"小的不敢。"李旭轮说:"但说无妨。"秦坤郧就压低声音说:"小的怀疑那些黑衣杀手不只听命于魏王……"李旭轮立即伸手做了一个制止的动作。秦坤郧紧张地看着李旭轮。李旭轮沉吟片刻说:"我看此地民风淳朴,人心良善……先住下,再从长计议,如何?"

秦坤郧想了一下说:"这样也好,一来此地偏僻闭塞便于藏身;二来八郎身体刚刚恢复,还需要静养些时日;三来京城原本就危机四伏,回去早了未必是好事。可是……我们来这里圣上毕竟不知道啊,要是圣上怪罪下来怎么办?"李旭轮来回走动几步,想了一会儿说:"我去房州看望阿兄也是奉阿娘之命,如今遭人迫害、追杀,陷入困境,流落此地也是身不由己,相信阿娘会体谅……唉,先活下来,到时再说。"

　　一个声音忽然飞了进来："喻（李）八郎，出来择茶呀？"李旭轮跟秦坤郧对视一下，打开房门走了出去，秦坤郧紧跟其后。院子里的青砖地面上铺着一张竹席，上面堆满了茶叶，几个姑娘正在择茶。李旭轮走上前对姑娘们笑了一下，伸手抓了一把茶叶，却不知道该怎么做，有点儿尴尬地站在那里。

　　姚珝娘就走过来说："看你笨手笨脚的，我来教你。这择茶呀，就是把茶叶中的老叶、烂叶、黄叶、鱼叶等杂质去掉。瞧，这是老叶，这是鱼叶……去除它们了才能保证茶叶品质……"姚珝娘一边说一边示范，随后抓一把茶叶递给李旭轮，李旭轮伸手去接茶叶，却不小心抓住了她的手。

　　姚珝娘就看着李旭轮，李旭轮也看着她，姚珝娘的脸上忽然晕出了两朵红云，两只手便迅速分开。恰在这时，吴小六拎着篮子从横屋里走了出来，一眼就看见李旭轮跟姚珝娘站在一起，距离很近，两人的表情似乎有些暧昧。吴小六有点儿不高兴了，哼了一声，扔掉手里的篮子，大踏步地走了出去。

　　姚伊娘在后面喊："哎，六阿兄，你怎么走了？"几个姑娘偷偷笑了起来。姚珝娘跟李旭轮这才反应过来，赶忙低头干活儿，姚珝娘随手抓起一把茶叶，复又扔掉，扭身进横屋去了。李旭轮抓起一把茶叶，按照姚珝娘教的方式仔细从里面挑出鱼叶，他上手很快，挑得也很仔细，博得了几个姑娘的赞赏。

　　干活累了，姚伊娘就唱起了歌："四月望郎正栽秧，小妹田间送茶汤，送茶不见情哥面，不知我郎在何方。"一个姑娘就笑着说："伊娘，一会儿不见就想了？你的六郎八成又到槐树下练功去了。"姚伊娘说："你这多嘴婆！"那个姑娘就模仿姚伊娘的声音说："茶好，我才好！"另一个姑娘却说："不对，是——他好，我才好！"几个姑娘哄笑起来。姚伊娘抓起一把茶叶朝她俩身上扔过去，几个人闹作一团。

　　李旭轮看着姑娘们打闹，忽然觉得心境沉静下来。

　　下午时变了天，乌云密布，不久就下起了雨。姚珝娘正在横屋里忙活，忽然扔下铲子说："不好，阿耶早上去给释怀悯师父送茶叶，估计这会儿正在回来的路上，没带雨具……"说完就冲进杂物间找出一把雨伞和一件蓑衣。姚伊娘嚷着也要去，姚珝娘让她待在家里，自己就迈步往外走。李旭轮走过来犹豫了一下，接住蓑衣说："我跟你一起去吧。"

　　姚珝娘愣了一下，手却没松开。

　　李旭轮又说："这事儿该男人去。"

姚伊娘忽然冒出一句："要是六阿兄在就好了。"

姚玬娘松开手，李旭轮拿过蓑衣。

秦坤郧说："我也去。"

姚伊娘就将另一件蓑衣递给秦坤郧。

雨越下越大，村外通往檀铁寺的必经之路泥泞难行，三个人深一脚浅一脚地走着。一阵风将姚玬娘手里的雨伞吹得摇摇晃晃，穿着蓑衣的李旭轮急忙上前帮助扶正，他们的手再次碰在一起，一股暖流便在彼此的手臂上传递，但他俩谁都没有说话，也没有移开手。

姚玬娘在一座土地庙前发现了父亲，正躲在窄小的屋檐下避雨，半个身子已经淋湿了。姚玬娘快步上前说："阿耶，我们还是来晚了……"秦坤郧眼疾手快，抢先脱掉穿在身上的蓑衣递给姚森伯。姚森伯接过蓑衣，笑呵呵地说："我跟释怀悯法师多坐了一会儿禅，不然早就回来了。没事儿，好在这雨不大……还劳烦两位小郎……"李旭轮急忙说："老伯客气了，主要是令爱善良孝顺……"

姚玬娘有点儿羞涩地低下头。

李旭轮脱下蓑衣甩掉上面的水。准备往回走的时候，秦坤郧忽然从李旭轮手里拿过蓑衣。李旭轮双手一摊问："你拿走了蓑衣，我怎么办？"秦坤郧却笑着说："不是还有伞吗？"说完穿上蓑衣掉头就走。而姚森伯呢，早已走在前面，一边走一边吟诗：惟昊天兮昭灵，阳气发兮清明；风习习兮和暖，百草萌兮华荣；菫荼茂兮扶疏，蘅芷雕兮莹娱……

姚玬娘跟李旭轮对视一下，抿嘴笑了。

李旭轮看着姚玬娘说："这雨……就一把伞……"

姚玬娘看着李旭轮说："就一把伞……这雨……"

两人站在土地庙窄小的屋檐下，肩膀都被淋湿了。

李旭轮忽然从姚玬娘手里拿过雨伞撑开，说："走吧。"雨伞不大，仅容两人。他们的身体便挨得很近。李旭轮撑伞，手臂时常蹭着姚玬娘的手臂，一种温馨的氛围就在雨伞下暗自萌生。姚玬娘有些恍惚了，眼前忽然又出现了一个人，宽大的白袍包裹着精瘦的身子，头戴白帽，手捧茶壶，整个人被一团蓝光笼罩着，那眼神像极了释怀悯师父，用低沉的声音说：你要用茶的醇厚和心的柔情为他疗伤，记住，这是你的使命……

一阵沉默，伞外是哗哗的雨声。

李旭轮开口问："他们为什么叫你'茶玬娘'？"姚玬娘回答："因为我茶做得

好也煮得好。"李旭轮问："怎么那么会制茶？"姚珥娘答："制茶是师父教的，煮茶是自己摸索的。"李旭轮问："你师父是谁？"姚珥娘回答："檀铁寺的释怀悯师父。"李旭轮就说："僧人，茶人，有意思。哎……你可以教我制茶吗？"姚珥娘答："当然……你到这里来不会是学制茶吧？"

李旭轮没有回答，他不知道该怎么回答。

经过一道篱笆墙时，刚好遇见了吴小六跟另外两个男人，每人都披着蓑衣，吴小六手里还拿着一件蓑衣。猛然看见姚珥娘跟李旭轮共用一把伞且挨得那么近，吴小六又不高兴了，就"哼"了一声，把手里拿的和身上穿的蓑衣都扔在地上，转身就走。躲在雨伞下面的李旭轮和姚珥娘都没有注意到这个细节。

另一个细节李旭轮和姚珥娘也没注意到。就在他们离开土地庙后，几个黑衣人从土地庙后面的竹林里悄然现身，他们身披蓑衣手握快刀，个个脸色阴沉。一个高个子黑衣男人说："大堂主，你猜得没错，那四人果然没死，原来躲到这里了。"韦团儿盯着李旭轮的背影没有说话，胸脯却剧烈地起伏着。她的脑海里浮现出这样的画面：

那时候她刚刚十五岁，正是如花似玉的年龄，住在深宫大院里。某个傍晚，她正倚靠在栏杆上，一双手忽然从背后抱住了她，她知道是他，一个英俊少年，一个流淌着高贵血统的英俊少年，他们早已暗生情愫。她无法抗拒他的激情，心底其实也有一份渴望。他把她抱进卧室，为她宽衣解带，她把自己的童贞献给了他……

那时的她不知道，宫廷里有很多像她这样的女子，她们充当着太子或者皇子的启蒙性伴侣，当然，说玩物也可以，她们让太子或者皇子们获得了性经验，走向了性成熟，可她们最后却被抛弃，被毁掉……但她却固执地认为，他对她是有感情的，虽然几年过去了，他对她越来越冷淡。

于是，某个深夜，她浓妆艳抹，千媚百态地走进一间书房，站在一个男人面前，把手轻轻地搭在他的肩上。当年的那个英俊少年，而今的这个成熟男人却无动于衷。她把嘴凑到男人的跟前。男人却低声说："请你自重。"她笑了一下，解开裙带，衣服滑落下来。男人却猛然站起来说："请你自重！不然我喊人了！"说完甩手出门……

那个男人就是李旭轮，女人就是韦团儿。

这对韦团儿来说简直就是奇耻大辱！想到这里依然难以释怀，就恨恨地说："他以为把名字改成喻蒢廷（李旭轮），我就找不到他了？嗯，名字改成喻蒢廷

（李旭轮），那我下蛊的对象就是喻舛廷（李旭轮），不是他李旭轮，这样对我们更有利。哼哼，暂且让他的那些随从多活几天吧，迟早是老子的刀下鬼……'雪兰花'，村子里的情况搞清楚没？"另一个叫"雪兰花"的黑衣女子回答道："搞清楚了。"

高个子黑衣男人却迟疑着说："大堂主，可他……毕竟是……皇嗣，给他下蛊，万一圣上责怪怎么办？"韦团儿叹了口气说："魏王也有这个顾虑，所以才让我们找草蛊婆，并且一再叮嘱我们要秘密进行。秘密进行，明白吗？"高个子黑衣男人说："魏王这是留了一手，如果圣上怪罪，他就把责任都推给我们……"

韦团儿却勃然大怒："混账！说这话是要杀头的你知不知道？即便为魏王而死，也是你的幸运！"高个子黑衣男人急忙跪下磕头，说："小的也是为大堂主好……小的该死，再也不敢了。"韦团儿就缓和一下语气说："起来吧，我还是信任你的。下不为例。"高个子黑衣男人就连连磕头谢罪，爬了起来。

随后，韦团儿说："魏王虽说是圣上的侄儿，可圣上看得比亲儿子还重。据说那年在万象神宫举行祭祀典礼时，圣上让魏王为亚献。按照惯例，皇太子才有资格当亚献。圣上如此看重魏王？什么意思？还不明白吗？记住，我们生是魏王的人，死是皇家的鬼，忠于魏王，忠于朝廷，忠于圣上！"

高个子黑衣男人立即带领其他黑衣人齐声说："忠于魏王，忠于朝廷，忠于圣上！"随后，高个子黑衣男人又说："那，现在就去把他的几个随从杀了吧？"韦团儿却伸手制止说："不急，目前朝廷局势微妙，魏王让我们暂缓行动，等他新的指令。我们现在只需牢牢盯住他们。再说……那个秦坤郧是侍卫中剑术最高超的，朱靖塘刀法精湛，孙梵天也不好对付……再等等吧。"

雨渐渐小了。

片刻之后，高个子黑衣男人问："大堂主，那个草蛊婆说她有个徒弟就在这附近，要不要会会她？"韦团儿说："若论蛊术，恐怕谁也比不过草蛊婆，连梁王……至于草蛊婆的徒弟，需要时再说吧。""雪兰花"接过话头说："大堂主，要不……还用巫蛊术吧？"韦团儿愣了一下，却指着"雪兰花"说："住嘴！""雪兰花"赶紧躬身抱拳施礼。

韦团儿却冷笑一声，走到"雪兰花"面前说："你是想起了李旭轮的刘妃和窦妃吧？告诉我，你对那件事儿是怎么看的？""雪兰花"说："我……不太清楚……"韦团儿说："你不说我也知道，肯定也跟其他人一样，怀疑我陷害两个妃子吧？"几滴雨水落到"雪兰花"的脖子里，她打了一个冷战，低声说："不……"韦团儿忽然笑了,说:"人们说我诬陷刘妃和窦妃,却不问问我为什么要那么做?"

见"雪兰花"露出不解的表情,韦团儿又说:"后来在刘妃和窦妃的床下,真的找到了两个木头小人,上面插满了钉子,还刻着圣上的名字。你们知道那两个小木人是谁放的吗?"几个黑衣人都低头不语。韦团儿就笑着说:"就是我放的,因为我要报复!我要报复谁?当然是李旭轮!"她随后凑到"雪兰花"的耳边,轻声说:"我不敢陷害李旭轮,只能找他的妃子出气。同样是女人,凭什么她俩能当妃子,而我们只能当玩物?"说着说着声音就哽咽了。

"雪兰花"吃惊地看着韦团儿,两行泪水顺着韦团儿的脸颊流了下来。"雪兰花"就说:"大堂主,不必自责……你也是受人指使……"韦团儿却粗暴地打断她的话,说:"谁自责了?谁受人指使了?再说信不信我灭了你?""雪兰花"赶紧低眉顺眼地说:"小的说错了,请大堂主恕罪!"

韦团儿又说:"两个妃子死了,李旭轮在人前没有任何忧伤的表现,还严禁东宫任何人谈论此事,如此城府连圣上都感到害怕,只是可怜了那两个妃子,死得太不值得了!""雪兰花"就小心翼翼地说:"大堂主,死在皇宫里的女子还少吗?小的以为,离开皇宫,未必是坏事儿,比如现在的你我。"韦团儿看了"雪兰花"一会儿,点了一下头。

真是无巧不成书。吴小六当时正从旁边经过,听见说话声便躲在一棵松树后面。从那几个黑衣人的打扮及神态来看,他觉得他们来者不善,于是便多听了一会儿,可不敢靠太近,听的便不是很清,从只言片语中他明白那些黑衣人是冲着喻菶廷(李旭轮)来的,他的心里居然有一种莫名其妙的兴奋。那些黑衣人都没戴面罩,虽然离得不太近,但吴小六还是记住了他们的长相尤其是眼神。

就在这时,一只手拍了一下吴小六。

吴小六惊问:"谁?"回头一看,愣住了。

……

吴小六回头一看,原来是姚伊娘。

姚伊娘手里拿着蓑衣,说:"六阿兄,你在干什么?"吴小六"嘘"了一声,指了一下前面,赶紧把姚伊娘推到松树后面。韦团儿朝这边看了一眼,随后便带着几个黑衣人离开了。姚伊娘就问:"他们是谁呀?"吴小六说:"我也不知道,也许是……路过的。哎,你来干什么?"姚伊娘就说:"给你送蓑衣呀。"说完把蓑衣递给吴小六。吴小六接过蓑衣却没有穿上,看了一眼韦团儿远去的方向,转身就走。姚伊娘说："哎，等等我，你这没良心的。"赶紧追了上去……

雨下了两天，终于停了。这天下午，风清气爽。姚琜娘决定上山去看望释怀悯师父。可山高路远，一个姑娘家不太方便，思来想去，决定让阿兄姚嘉木陪她去；阿兄自作主张地叫上了吴小六，姚琜娘虽不太愿意，她不太喜欢吴小六，可嘴上也没说什么。吴小六却很开心，主动用扁担挑着蔬菜、粮食和茶叶，迈开步子往山上走去。

埥净山从苍茫的远方一路延伸过来，形势巍峨，延绵不绝，就像臂弯一样把青石桥镇揽入怀中，成为小镇的屏障和庇护，而姚家大院就紧邻埥净山。正是春季，叶儿绿了，花儿开了，鸟儿唱了，山涧的清流也欢腾起来，人的心情便也舒朗起来。不断有茶农上山下山，这是寻常的日子，也是诗意的生活。

来，我们一起念叨——从前有座山，山上有座庙，庙里有个老和尚……这山便是埥净山，这庙便是檀铁寺，这老和尚便是释怀悯师父。您千万别小看这檀铁寺，该寺由高僧释道安师父的大弟子创建。当时佛教主要在中国北方弘传，佛祖的灵光还没有普照南方大地。可以说，檀铁寺的落成为北佛南渐奠定了基础，而释道安师父的弟子慧远师父的主要贡献在于他宣传死后转生"净土"的信仰，为佛教净土宗的建立开辟了道路。

姚琜娘、姚嘉木和吴小六三个人说说笑笑地走进檀铁寺，将带来的东西送到伙房，随后来到"静斋"门口，就见一个僧人站在那里双手合十说："南无阿弥陀佛，师父已等候多时。"三个人抬脚就要往进走，僧人却说："师父只请琜娘小施主进去。"姚琜娘就冲阿兄和吴小六摆摆手，扮了一个鬼脸，走了进去。

"静斋"室内飘散着浓郁的茶香，姚琜娘知道这是释怀悯师父自己种的茶，与她的埥净茶同为一派。释怀悯师父正在念佛："南无阿弥陀佛，南无阿弥陀佛。"姚琜娘双膝一软跪在蒲团上，双手合十，也念起了"南无阿弥陀佛"。原来这姚琜娘虽年方十八，却根机很深，深信因果，几年前已皈依在释怀悯师父座下做了居士，法名悯旭，专修净土宗。

念了一会儿佛，释怀悯师父睁开眼睛说："坐吧。"姚琜娘就坐了下来。释怀悯师父问："你家来了四个陌生人？"姚琜娘吃惊地说："什么都瞒不过师父。"释怀悯师父说："前世因缘，命中注定。"姚琜娘说："请师父开示。"释怀悯师父就说："悯旭，你虽是居士，但仍是在家人，既然是在家人就要尽到在家人的责任。现在，一个人需要你的帮助，所以你要……"忽然停住不说了。

姚琜娘又说："请师父开示。"

释怀悯师父沉吟片刻说:"你要用茶的醇厚和心的柔情为他疗伤,记住,这是你的使命。"姚姆娘的眼前忽然又出现了那个人,宽大的白袍包裹着精瘦的身子,头戴白帽,手捧茶壶,整个人被一团蓝光笼罩着,说的也是这样的话,难道就是她的师父?随即思路又回到现实中来,于是就问:"师父,请问他是谁?"

释怀悯师父说:"到时候你自然会知道。你更要记住,你不是为自己,而是为天下苍生。"这句话把姚姆娘吓了一跳,就忐忑不安地说:"为天下苍生?师父,我只是个乡间女子,哪有那种境界?"释怀悯师父却又闭上眼睛说:"善因善果,恶因恶果,只管播种,莫问收获。"

片刻之后,释怀悯师父又睁开眼睛,从一个袋子里拿出一把扇子递给姚姆娘。姚姆娘接过扇子却不解地看着师父。释怀悯师父就说:"这是师父在山下捡到的,命中注定与师父有缘,也与你有缘。它的主人就是住在你家的喻荞廷(李旭轮)。"姚姆娘说:"师父的意思……是让我把扇子还给他?"释怀悯师父点点头说:"是的,关键时候这把扇子会有大用处。"

释怀悯师父补充道:"疗伤、除蛊、启智。"

对师父的话姚姆娘是从来都不怀疑的,师父常说念佛的人要做到"真信切愿",还要戒掉"贪嗔痴慢疑",所以师父说什么她都信。她想了一下又问:"师父,既然这样,为什么不直接让喻荞廷(李旭轮)自己来取呢?"释怀悯师父说:"机缘成熟后,这把扇子的秘密只有你才能破解,记住,关键时候,扇子大有用场。"

对此,姚姆娘依然深信不疑。

随后,释怀悯师父又说:"悯旭,如果家人让喻荞廷(李旭轮)走,你就把这张纸交给你阿耶。救人一命胜造七级浮屠!南无阿弥陀佛!"说完就从袖笼里掏出一张纸条递给姚姆娘,姚姆娘看都没看就直接装进口袋里。释怀悯师父又微闭双眼敲响木鱼念起"南无阿弥陀佛"。姚姆娘向师父跪拜后退着离开,心里却想,师父让她用茶疗伤的那个人莫非就是那个"喻荞廷(李旭轮)"?

下山的时候,姚嘉木问阿妹释怀悯师父给她说了些什么,姚姆娘迟疑着说:"师父……让我将……一把扇子……交给……喻荞廷(李旭轮)。"吴小六一听急忙问:"扇子?什么扇子?在哪儿?"姚姆娘却没有理他,他有些失落,就踢踢踏踏地走着,肩膀上的扁担和扁担上的箩筐晃晃悠悠的,挂在腰间的黄色香囊也晃晃悠悠的。

姚嘉木盯着挂在吴小六腰间的黄色香囊看了一会儿,亲热地拍了一下吴小六的肩膀，说："六阿弟，你知道你那个香囊值多少钱吗？"吴小六问："值多少钱啊？"姚嘉木眼珠一转，说："够你买一壶酒。"吴小六就从腰带上取下那个黄色香囊，举在眼前看了一会儿，说："不就是个袋子吗？哪能跟酒比？有酒有肉，才叫享受！"姚嘉木忽然把手搭在他的肩膀上说："六阿弟，既然你不喜欢，就送给我吧，我请你吃酒。"

吴小六想了一下，却转身对姚玳娘说："玳娘，这个香囊给你吧？姑娘家才用得着。"姚玳娘却说："我不要，谁想要你就给谁吧。"姚嘉木眼神里流露出一丝不屑和不满，拍了一下自己腰间的蓝色香囊，对吴小六说："如今城里男人也开始用香囊啦。"吴小六却不屑地说："城里人就是娇气。"他对香囊不感兴趣，还有个原因，是他对李旭轮不感兴趣，所以对李旭轮的东西也不感兴趣。

姚嘉木就伸手夺过黄色香囊，说："既然你不喜欢，还是给我吧，我请你吃酒。"吴小六看了姚嘉木一眼，想说什么却又咽了回去。姚嘉木随手从自己腰带上解下蓝色香囊递给吴小六，说："这个也给你。"吴小六却说："我不要，阿兄自己留着吧。"姚嘉木就把两个香囊随手塞在腰间。

吴小六对香囊不感兴趣，却抓住扇子不放，就对姚玳娘说："玳娘，那把扇子……我替你交给喻莽廷（李旭轮）吧？"姚玳娘说："不用，我自己还给他。"姚嘉木似乎听出了话外之音，就问："还给他？这么说，扇子原本就是那个喻莽廷（李旭轮）的？"姚玳娘笑着说："还是阿兄聪明。"姚嘉木就说："拿出来看看。"姚玳娘只好拿出扇子递给阿兄。

此时已走到山下，树木阴森。姚嘉木接过扇子打开，只见扇面上画着一株兰花，一股异香从扇面上飘散开来；题款处盖着一个红色的印章。姚嘉木说："这扇子上面没有喻莽廷（李旭轮）的名字呀？怎么证明就是他的？"吴小六也凑过来说："对呀，没有他的名字，不一定就是他的……"

突然间，一只手从背后伸了过来，一把抓过扇子。姚嘉木大吃一惊，扭头一看就见朱靖塘站在旁边，扇子牢牢地握在他手中。姚嘉木有些不高兴地说："你……干什么？"吴小六也大声说："把扇子拿来。"说完放下挑担伸手去夺，朱靖塘却闪身躲开，吴小六再伸手夺，又被朱靖塘躲开；吴小六急了，挥拳就打，可就是打不着朱靖塘。

姚玳娘大叫一声："你们……住手！"

吴小六这才停下。朱靖塘打开扇子看了一会儿，说："没错，这就是我家喻（李）八郎的扇子。"姚嘉木走到他跟前问："何以见得？"朱靖塘指着扇面说："这个印章就是我家八郎的,这兰花也是他画的。"姚嘉木点点头说:"看来,你家喻(李)八郎是个高雅之士。"朱靖塘可能想缓和一下气氛,就说:"姚大郎这样讲,说明你也很高雅。"

姚嘉木笑了一下,拍了一下手。

姚珬娘把手伸到朱靖塘面前。朱靖塘不解地问:"你……这是?"姚珬娘说:"扇子。"朱靖塘迟疑了一下,就把扇子还给了她,随后却问:"奇怪,扇子怎么在你们这里?我找了好多次……"姚珬娘笑着说:"天机不可泄露。"说完蹦蹦跳跳地小跑起来。朱靖塘又说:"我把扇子拿给喻(李)八郎吧?"回应他的却是姚珬娘的笑声。

回到家时天色已暗,见姚珬娘走进"靖净闺",孟七娘赶紧端来了热茶。姚珬娘先饮了一盏热茶,随后开始洗脸梳妆打扮,还在脸上擦了一些胭脂。姚伊娘走过来说:"阿姐这是要出去吗?"姚珬娘点点头。姚伊娘又说:"阿姐画这么好看是要见郎君吗?"姚珬娘红了脸,骂道:"去去去,择茶去!不说话没人说你是哑巴。"姚伊娘笑着走开了。

姚珬娘出门后径直走到"靖净宫"门口,犹豫了一会儿才举手敲门。门开了,李旭轮站在门口,一看是姚珬娘就愣住了,随后就说:"是姚家大娘啊,有……事吗?"姚珬娘双手背在身后,看着李旭轮说:"有件东西要送给你。"李旭轮问:"什么东西?"姚珬娘说:"你猜。"李旭轮笑了一下说:"茶叶?"姚珬娘摇了一下头。李旭轮摇摇头说:"天下万物,我哪里猜得到?"

姚珬娘就伸手把扇子递到李旭轮面前。李旭轮一见扇子,眼睛顿时放出光来,伸手就抓。姚珬娘却收回手,说:"你好无礼,就不请我进去坐坐?"李旭轮就做出一个请的动作。姚珬娘走进房间,一眼就瞥见案几上亮着一盏油灯,旁边放着笔墨纸砚,还有一个茶壶,一盏茶水正冒着热气。

李旭轮从姚珬娘手中拿过扇子,打开,仔细看了起来,随后把扇子贴在胸口说:"菩萨保佑,总算失而复得。"他的样子把姚珬娘逗笑了,就说:"哎,你眼里只有扇子,一个大活人就视而不见吗?扇子是我师父找到的,他才是你的活菩萨!"李旭轮这才回过神来,对姚珬娘拱手说:"对不起对不起……"随后倒了一盏茶水递给她。

姚珬娘接过茶盏,随口问:"这把扇子对你很重要吗?"李旭轮想了一下说:"我是个书生,习惯了手拿一把扇子,如果少了这把扇子,作诗写字就没有灵感。"姚珬娘点头说:"就像那个朱靖塘和秦坤郯,手里没有刀剑就不自在一样,对吧?"

说完向门外看了一眼，天色已经黑透了，对面的灯笼也点亮了。

两人说话的时候，隔壁的朱靖塘和秦坤郧、孙梵天都听见了，朱靖塘显得很兴奋，就说："太好了，扇子找到了，太好了！"一连说了好几遍。秦坤郧有点儿好奇地看着他。朱靖塘忽然拉着秦坤郧的手问："今天十几呀？"秦坤郧回答道："初九。"朱靖塘说："啊，再过几天就是十五？月亮就圆了？"说完跑出房间看看天上的月亮。秦坤郧和孙梵天只觉得朱靖塘今天有点儿怪异。

姚珝娘从"靖净宫"出来时看到朱靖塘正对着天空发呆，就问："朱九郎，你在干什么？"朱靖塘这才发觉自己失态了，笑了一下说："我看天气，明天不会下雨，可以晒茶……"说完赶紧跑回房间。姚珝娘看着他的背影说了一句："莫名其妙。"随后就走回房间。

夜深人静时，秦坤郧和孙梵天已呼呼大睡，朱靖塘却瞪着眼睛看屋顶，脑海里忽然闪现出这样的画面：一个男人背对着他说，月圆之夜，你要想办法拿到扇子，并且看清写在上面的《靖净谣》，一定要记住那些字，再设法杀掉李旭轮，但在此之前你要保护他……朱靖塘蹑手蹑脚地下床走到秦坤郧和孙梵天跟前，确信他俩睡着了，就轻轻地打开门闪身出去。

院子里月光如水，宁静无声。一个强烈的念头在朱靖塘心里升起，他想看看扇子，非常想，而且就是现在。于是，他走到"靖净宫"门口，伸手推了一下，感觉里面插上了门闩，他犹豫一下，就四下寻找工具，刚好"靖净宫"门口不远处就是柴房，墙上挂着一把镰刀。他取下镰刀，用刀尖轻轻拨动门闩，门闩被拨开了，他轻轻地推开房门。

朱靖塘哪里知道，一双眼睛在暗处盯着他。

朱靖塘走进"靖净宫"，听见从床上传来轻微的鼾声。借助从门缝里照进来的月光，他看见那把扇子放在桌子上，就抓起扇子来到院子里，对着月亮打开扇子，只见扇子上还是那幅兰花图和一个印章，并没有他想要的文字。他翻来覆去地看了好几遍，还是没有他想要的文字，不免有些失望，就把扇子合上，再次悄然潜入"靖净宫"，把扇子放到原处。

随后，朱靖塘关上房门，又用镰刀把门闩插上，并把镰刀放回原处。他的动作干净利落，几乎没发出任何声响。当朱靖塘回到自己住的房间"靖净舍"时，姚嘉木从暗处走了出来，拿起那把镰刀看了一会儿，镰刀上反射出月光，惨白、清冷、阴郁，他忽然打了一个冷战，急忙放下镰刀回到房间。

次日早上，朱靖塘和秦坤郧出门时，迎面遇到了姚嘉木。姚嘉木拱了一下手，笑着说:"两位壮士要去哪里?"朱靖塘回答道:"去练功。"姚嘉木说:"好勤奋!"朱靖塘和秦坤郧都笑了一下。姚嘉木忽然指着朱靖塘说:"哎,朱九郎,你怎么赤手空拳,你的武器呢?"朱靖塘不好意思地挠了一下头皮说:"丢、丢了。"秦坤郧就接过话头说:"吴小六说要送给他一把镰刀。"

姚嘉木一拍手说:"好!镰刀好!哎,我家也有镰刀,送你一把!"说完转身走到柴房前从墙上取下镰刀。随后,他把镰刀递给朱靖塘,说:"看看合适吗?"朱靖塘有些晕头巴脑的,接过镰刀后胡乱比画了一下,说:"还行,多谢姚大郎!"姚嘉木笑着摆摆手,又说:"你们俩身手不错,这镰刀也算是物尽其用。嘿嘿,走喽!"说完就拱手告辞。

朱靖塘看着镰刀,回味着姚嘉木的话。

姚嘉木信步走到"埕净宫"门口,瞥见李旭轮正在写字,就在门口敲了一下。李旭轮一看是姚嘉木,就放下毛笔,拱手说:"是姚大郎啊,快请进。"姚嘉木走进来,目光瞟向桌子,李旭轮却急忙走过去想收起桌上的纸张。姚嘉木就说:"哎,喻(李)八郎,奇文共赏嘛!"就盯着桌子上李旭轮写的一句诗"上弦明月半",竖起大拇指说:"不错,很有功力!"

李旭轮就说:"你也经常练字吧?"姚嘉木点点头说:"姚某不才,略懂一二。"随后吟出一句"激箭流星远"。李旭轮大吃一惊,说:"没想到这首诗你也知道!"姚嘉木笑着说:"姚某闲来无事爱看些书,献丑了!"李旭轮愣了一会儿,拉过一把笙蹄(椅子)让姚嘉木坐下,接着问:"那,冒昧问一下,你为什么不去考功名呢?"

姚嘉木笑着说:"山野之人,自由散漫惯了,受不了官场的约束。再说了,我爱茶,也喜欢卖茶,这才是我想要的生活。"李旭轮沉吟片刻说:"做个闲云野鹤也好,真羡慕你!"姚嘉木却说:"我更羡慕你,诗书画俱佳。哎,你那扇子上的兰花是你画的吧?"李旭轮说:"正是,贻笑大方了。"

姚嘉木却话锋一转说:"你的画肯定很值钱,不然那个朱靖塘也不会那么卖力地去寻找扇子,他对你真是忠心耿耿!"李旭轮大约对这个话题还没有心理准备,就说:"这个,这个……"恰在这时门口传来一声"茶来喽",姚珝娘和姚伊娘拎着茶罐子走了进来,看见姚嘉木也在房间里,姚珝娘吐了一下舌头,微微红了脸。

姚嘉木笑着说:"珝娘送茶来,请!"做了一个弯腰的动作,把大家都逗笑了。姚珝娘把桌子上的茶盏倒满茶水,姚嘉木端起一盏递给李旭轮,两人相互说声"请",一饮而尽。李旭轮只觉得神清气爽,忍不住说:"好茶!好茶!"姚伊娘就说:"每次饮完茶就是这句,不能说点儿别的吗?"

姚嘉木笑着说:"伊娘,说点什么别的呢?那我就替喻(李)八郎说吧——茶好!"姚伊娘立即接过话头说:"我才好!"说完自个儿先笑了。几个人也笑了起来。李旭轮笑过之后说:"说实在的,我饮过很多茶,但都没有你们这种茶的气息,一种独特的气息,好像兰花香,又好像桂花香、板栗香……总之,很好的香气!"姚珝娘说:"算你有眼光!这款茶是我们的极品埫净茶,每年才产五十斤,你真有口福。"

李旭轮又饮了一口茶,笑着说:"五十斤?你们茶园一年产多少斤?"姚珝娘说:"六千多斤。"李旭轮说:"啊?这么多?看来真是茶中大户。"姚嘉木却放下茶盏说:"唉,大户恐怕做不成喽。"李旭轮就问:"此话怎讲?"姚嘉木说:"嗨,你们不知道,朝廷要扩大贡茶采摘面积,县令看中了我们的茶园,让我们捐出一半……"

"啊?"姚珝娘叫了一声,"又是捐献,无偿捐献,无偿进贡,说是自愿的,可谁愿意?这跟抢有什么区别?"姚伊娘也愤愤地说:"这就是抢!强盗!皇宫里的人要饮茶,有本事自己种去……"姚珝娘急忙伸手捂住阿妹的嘴。姚嘉木看着李旭轮说:"喻(李)八郎是见过世面的,你给评评理,这样做合适吗?"李旭轮沉吟片刻,轻轻地摇了一下头。

也许是话题太沉重了,姚嘉木就叹息一声说:"不好意思,自家私事,让喻(李)八郎见笑了,走了!"兄妹三人遂走出房间。姚珝娘临走的时候看了李旭轮一眼,她的目光跟李旭轮的目光相遇,两人都没有立即躲开,她微微红了脸,他也轻轻低了头。

茶的香味仍然在李旭轮的口中回味,他忽然找到了一种似曾相识的感觉,那种感觉越来越清晰,顺着这种茶香,他想到了过去,那时他也爱饮茶,一个侍女便专门为他煮茶,那个侍女名叫"雪兰花",在他面前总是低眉顺眼,他几乎忽略了她的存在,只是因为这茶香才想起了她。而此时,"雪兰花"就在离他不到两里的地方。在一片密林的空地上,"雪兰花"手握剑柄靠在树干上,思绪却飞到很远的地方……

那是一个金碧辉煌的地方,武功高强的"雪兰花"侍奉在一个妩媚高贵霸道、拥有至高无上的权力的女人身边。女人高兴的时候,就让"雪兰花"给她的儿子送茶,一来二去"雪兰花"就认识了一个面容沉静英俊潇洒名叫李旭轮的男人,并且暗恋上了他。可他出身高贵,从来没有正眼瞧过她,她的暗恋便空付了流水。

后来,她听说韦团儿用巫蛊陷害他的两个妃子,她居然有一点儿幸灾乐祸。或许,身在皇城中的女子,哪个不想独享皇子的欢爱?可她的幸灾乐祸依然是一场空!他身边的美女太多,哪里轮得到她?再后来,那个妩媚高贵霸道、拥有至高无上的权力的女人交给她一项绝密任务,虽然危险且艰巨,但她依然愿意赴汤蹈火、万死不辞……

我翻阅史书时,偶然发现"巫蛊之祸起自朱安世"。

那是汉武帝征和元年,汉武帝的女儿阳石公主暗恋当朝宰相公孙贺的儿子公孙敬声,便请"阳陵大侠"朱安世给公孙敬声放了情蛊。后来,朱安世犯法后被汉武帝下诏通缉,公孙贺将其抓获归案。朱安世怀恨在心,就向汉武帝揭露公孙敬声和阳石公主通奸,并说公孙敬声曾经在汉武帝必经的驿道上埋木偶为巫蛊,诅咒汉武帝早死。汉武帝大怒,就将公孙贺父子和阳石公主斩首。

好了,闲话少叙,书归正传。

这时,韦团儿忽然走过来拍着"雪兰花"的肩膀说:"想什么呢?""雪兰花"一个激灵直起身子,急忙说:"回大堂主的话,没,没……想什么。"韦团儿却冷笑一声,说:"你的眼神告诉我你在想什么。我知道你在想什么,不过我得提醒你,想归想,关键时候可不能手软,否则……堂规你是知道的。"

"雪兰花"急忙低头说:"明白。请大堂主放心!不过,他的三个侍卫武功高强,尤其那个孙梵天是大卧龙山幻影派掌门的弟子,我们恐怕不是对手……"韦团儿大喝一声:"住口!不要长他人威风灭自己志气!""雪兰花"就低头看地不敢出声。韦团儿虽然语气强硬,但对孙梵天、朱靖塘和秦坤郧的功夫却是不敢小觑的,于是就想,怎样才能除掉他们呢?尤其是那个孙梵天。

就在她们说话的时候,朱靖塘和秦坤郧练完功走进了姚家大院,秦坤郧去了茅房,朱靖塘就坐在石凳子上歇息。这时,陈五娘来到井边打水,也许是桶太粗了,她的身体便有些颤颤巍巍的。朱靖塘见状急忙走过去接过绳子三下五除二就打了满满一桶水上来。

陈五娘说声"多谢小郎",朱靖塘就问:"放哪里?"陈五娘说:"拎到屋里。"朱靖塘就拎起水桶大步流星地送到她住的房间"埔净苑"里。陈五娘踮着脚紧随其后,又是一番感谢的话。朱靖塘就说:"家里不是有用人吗?怎么自己打水?"陈五娘说:"两个长工家里有事回去了,三个家奴到茶园去了……"

朱靖塘又说:"那,你家大郎呢?"陈五娘说:"到县城去了,得好几天才回来。"说着就递上一盏茶。朱靖塘接过茶水"咕咚咕咚"一口气饮完,抹了一下嘴说：“以后有这种粗活喊一声，我们帮你。”陈五娘心头一热，赶紧说：“先谢谢了！”朱靖塘抬脚便走了出去。

姚嘉木是三天后回来的，却带回一个不好的消息，他对父亲说上面要加强对流民（流动人口）的管制，凡是拿不出"公验"的就当作逃奴和浮浪户，一律抓起来关押。姚森伯说：“大郎，你是担心家里来的那四个人吧？”姚嘉木点点头。姚森伯沉吟一下说：“去把珦娘叫来。”

姚嘉木就去把姚珦娘叫到父亲的书房"靖净斋"里，并把刚才说的情况向她复述一遍。姚森伯看着女儿说：“珦娘，那个喻茀廷（李旭轮），还有他的几个随从，住我们家有些时日了，如今上头管得严，你阿兄担心引来祸端，接下来他们是去是留，阿耶想听听你的意见。”

姚珦娘就问：“阿兄的意见呢？”姚嘉木笑呵呵地说：“我嘛，嘿嘿……那个喻茀廷（李旭轮）出手大方，气度不凡，肯定有些来头，我们不能把事情做绝。可是，这上面的规矩也不能破坏，这……”等于没说。姚森伯看着儿子，心里却想，儿子的心思都在生意上，对家事基本上是不闻不问，加上生性圆滑，所以……唉，随他去吧。

姚珦娘忽然想起师父的交代，就从口袋里掏出那张纸条交给父亲，说：“阿耶，这是师父给你的。”姚森伯接过纸条打开一看，只见上面写着两句话：天上下雨地下流，姚家有茶不用愁。姚森伯把纸条递给儿子，姚嘉木看了一眼说：“阿耶做主吧。”随手把纸条递给阿妹，姚珦娘这才看见了纸条上的字。姚森伯说：“释怀悯师父的意思是留。珦娘，你的意思呢？”

姚珦娘捋了一下头发，说：“阿耶，阿兄说得不错，那个喻茀廷（李旭轮）是有些来头，最起码是个富裕人家，说不定还是个官宦人家，如今遭难了在我们这里暂避，我们可借此攀缘，如果硬要赶他走，日后对我们未必就有利；至于上头的规矩，我们可以想个两全其美的办法，即便上头要查办，恐怕也得掂量一下他的来头。”

姚嘉木说：“就怕连累我们。”姚珦娘说：“他们既然已经在我们家住下了，住十天半月跟住一年是一样的，如果说有风险，已经牵连上我们了，接下来就只能绑在一起想办法。我看他们不像坏人，所以，我们最大的风险无非是罚点儿款……这是从世俗的角度来考虑。”

停了一下，接着说：“如果从佛教的角度看，我们跟喻茀廷（李旭轮）注定有缘，是福不是祸，是祸躲不过，我们不妨顺着缘分走。你们觉得呢？”姚森伯站在窗前盯着外面的槐树看了一会儿，忽然转身说："先留下他们，上头若问起我来解释。另外，大郎，你让他们想办法搞到'公验'。"姚嘉木却说："阿耶，我明天又要出门了。"姚珥娘就说："我来想办法。"

他们说话的时候，吴小六刚好从旁边经过，听得一清二楚。姚珥娘出来后，一看是吴小六，就问道："六阿兄，干什么啊？"吴小六急忙掩饰道："哦，我明天要去县城里买盐，珥娘，你要带点儿吗？"姚珥娘说："我家的盐还没吃完，多谢六阿兄了。"吴小六笑了一下，转身就走出大门。但他并没有跑远，而是躲在外面，把耳朵贴在"靖净宫"的墙壁上。

姚珥娘走进"靖净宫"，只见李旭轮他正坐在"筵蹄"上看着扇子发呆。姚珥娘咳嗽一声，李旭轮才发现来人，急忙站起来说："哦，姚家大娘来了，有事吗？"姚珥娘说："没事就不能来串门啊？"李旭轮笑了一下，放下扇子，给姚珥娘倒了一盏茶水，双手端着递给她。

姚珥娘接过茶盏，却看着案几上的扇子说："你整天看着扇子发呆，那扇子上难道有什么秘密吗？"李旭轮笑着说："没有啦，看看而已。"姚珥娘又问："想家了？"李旭轮愣了一下，又拿起扇子，把头转向窗外，打开扇子扇了几下，随即却又合上扇子，坐了下来，脸上有些忧郁。

姚珥娘想了一下，就说："是这样的，阿耶说如今管得很严，要清查流民，你们带'公验'没？前阵子你们伤还没好，不好意思问。"李旭轮抬头看了姚珥娘一眼，说："有，不过在路上丢了。"姚珥娘说："丢了？这可怎么办呀？"李旭轮说："我……我……"姚珥娘说："要不，你们补个'公验'吧？"李旭轮却面有难色地说："人生地不熟的，找谁补办啊？"顿了一下，又说："没事，上头问起，就让他们来找我，我堂堂……"

姚珥娘说："没有'公验'，上头不光要找你们麻烦，也要找我们麻烦……"李旭轮却说："不会吧？"姚珥娘就说："拿不出'公验'，官府就当作逃奴，要坐牢！"李旭轮忽然就恼火了，说："什么狗屁'公验'？老子什么时候用过那玩意儿？你们要是嫌麻烦，我们大不了不住了！哼！秦坤郧，秦坤郧——"正在墙外偷听的吴小六心想，寄人篱下还这么大脾气，真想进去扇他两个大耳光。

姚珥娘也有点儿不高兴了，放下茶盏说："你……没有'公验'还那么大脾气？我这是为你们好，知道吗？别不识抬举！"话音未落秦坤郧已跑了进来，赶紧向姚珥娘拱手施礼道："哎哟，姚家大娘，实在抱歉，我们的行李在路上被抢了，'公验'也被抢了，你给阿耶说说通融一下吧？"

姚㿽娘却语气生硬地说:"怎么通融?这个我做不到。要通融你们找县令去。"李旭轮就说:"县令算什么?刺史见了我……"姚㿽娘说:"有本事去找圣上。"这句话大概刺激到了李旭轮,他就说:"你……放肆!秦坤郧,我们走!"姚㿽娘就生气地说:"要走不留!"说完就气鼓鼓地走了。秦坤郧急忙追上去,连声道歉。后面却忽然传来"哐"的一声巨响,姚㿽娘吓得扭头一看。

……

姚㿽娘扭头一看,李旭轮把茶盏摔在了地上。

可姚㿽娘却并不搭理,径直走进了后院。

秦坤郧返回"靖净宫",见朱靖塘也来了,他就关上房门,"扑通"一声跪在李旭轮面前说:"八郎,上面查得严,不能怪姚家大娘。如今形势对我们不利,还是不能暴露身份,所以,我们还得委屈一下。"朱靖塘也跪下说:"八郎,主子,人在屋檐下,不得不低头,我们不能得罪他们啊。"

过了好一会儿李旭轮才说:"那,你们说该怎么办?"朱靖塘就说:"我感觉这姚家都是善良之人,尤其是那姚㿽娘,对我们并无恶意,好像对、对八郎还有好感,应该不会出卖我们,只要我们跟他们搞好关系,应该没有问题……"秦坤郧插话说:"八郎,你刚才太冲动了,恐怕惹姚家大娘生气了,解铃还须系铃人,可能需要你出面安抚她……"

李旭轮想了一会儿说:"你们起来吧。"

朱靖塘站起来说:"八郎,我觉得应该给姚家一笔钱,算是住宿费,以表达我们的诚意。"秦坤郧接过话头说:"对,我们不能白住,也不能白吃。"李旭轮就招了一下手说:"你们去办吧。"朱靖塘和秦坤郧于是就回到"靖净舍",他们从枕头下面拿出一个袋子,从袋子里拿出一小块金子,朱靖塘还用手掂了一下,随后快步出门,直奔茶房"靖净岩"。

这间"靖净岩"是姚家制茶和储茶的地方,此时姚㿽娘和陈五娘正在里面忙碌。朱靖塘把金子放在桌子上,说:"姚㿽娘,这是我家阿郎给你的,说是算我们的房费……"姚㿽娘只顾忙活,看都没看他一眼,也没看金子一眼。陈五娘瞥了一眼金子,微微吃了一惊。秦坤郧也说:"还有生活费。姚㿽娘,这些天打扰你们了,我家八郎的一点儿心意,收下吧。"

姚㿽娘却淡淡地说:"我们不差钱。"

朱靖塘和秦坤郧面面相觑,不知道该怎么回答。陈五娘就接过话头说:"你们家八郎怎么不自己来?好没诚意!"朱靖塘愣了一下,扒拉一下秦坤郧的胳膊,两人扭头就走，回到"靖净宫"对李旭轮说了陈五娘的意思。李旭轮想了一会儿，决定亲自来找姚珥娘。可当他们仨又来到"靖净岩"时，却发现房门紧闭。李旭轮在门口站了一会儿，忽然从袖笼里掏出一张纸放在窗台上，还捡起一块石子压在上面。

接下来姚珥娘会有什么样的反应呢？

先按下不表，现在来看吴小六，他将李旭轮、朱靖塘、秦坤郧三个人的对话听在耳里，闷闷不乐地走开了。第二天，他到街上买盐，一个熟识的人见到他就问："哎，小六，听说你阿舅要招女婿了？"吴小六愣愣地说："没，没有啊。"那人说："听说你阿舅家住进了四个男人，这不是为招女婿做准备吗？"吴小六一听就不高兴了，没好气地说："呸！胡说八道！小心烂了舌头！"

没心思逛街了，吴小六一溜小跑回到家，放下盐，旋身就来到姚家大院，撞见一个长工，就问："珥娘在哪里？"回答说在茶房里，他就走了过去。姚珥娘正在整理茶罐，吴小六闯进来开口就说："珥娘，你知道外面人怎么说你吗？"姚珥娘吓了一跳，直起腰来说："什么事儿啊？六阿兄，瞧你冒冒失失的样子。"

吴小六就把街上人们的议论说了一遍。姚珥娘愣了一下，却淡淡地说："那些人闲得无事就喜欢嚼舌根子，让他们说。"吴小六说："你一个姑娘家，就不怕坏了名声？"姚珥娘说："身正不怕影子斜。"吴小六说："你不怕，阿舅还怕哩。"大约姚珥娘认为他管得太宽了，就说："这关你什么事儿？我还要干活，你没事儿就走吧……"

吴小六只得怏怏地离开，可他终究心不甘，就跑去找阿舅，又把街上人们的议论复述了一遍，还添油加醋地说："阿舅，街上好多人都在议论，恐怕会败坏珥娘的名声；还有，人们说你是里正，家里却住进几个来路不正的男人，说你……"姚森伯急忙问："说什么？"吴小六说："说你知法犯法。"姚森伯皱着眉头想了一会儿，挥挥手说："好了，我知道了，你走吧。"

等吴小六离开后，姚森伯起身来到"靖净岩"，一眼瞥见窗台上放着一张纸，拿起来一看上面写着"姚家好茶"几个字，想了一下，就装进袖笼里走进茶房，见女儿姚珥娘正在把茶罐子往柜子上放，就走过去帮忙。姚珥娘一见父亲，有些惊讶地说："阿耶今天怎么有空？"姚森伯笑而不语。

放好了茶罐子，姚森伯才把那张纸交给女儿。姚珥娘接过来看了一眼，有点儿不明白阿耶的意思。姚森伯就说："他写的。"姚珥娘"哦"了一声便收起纸张。姚森伯就换个话题说："刚才小六郎找阿耶了。"姚珥娘就笑着说："我说嘛，阿耶今天这么悠闲？他都跟你说什么啦？"姚森伯说："他肯定也跟你说了，就是关于喻（李）八郎他们四个……"

姚珻娘犹豫了一下，问："那……阿耶怎么看？"姚森伯顿了一下，说："俗话说'唾沫星子淹死人'，珻娘，那些闲言碎语不能不防啊！再说了，阿耶是里正，要是为这事儿丢了乌纱帽，我们损失可就大了……"姚珻娘紧问一句："那，阿耶的意思是让他们走？"

姚森伯摆了一下手说："阿耶知道你是个有主见的人，凡事都懂得分寸，懂得进退，阿耶信得过你，所以这几年家事都交给你管。可这件事儿非同小可，阿耶怕你担不起呀！"姚珻娘站在窗前沉默不语。姚森伯又说："珻娘，人是你救回来的，你心地善良，深信因缘，深信释怀悯师父的说法，所以，留与不留，还是你决定吧。"姚森伯说完就走了。

姚珻娘站立窗前陷入沉思之中。留还是不留？真的让她犯了难，于是就信步走出茶房，来到前院，又站在槐树下发呆。这时，孟七娘拉着一个女孩走过来说："珻娘，能帮个忙吗？"姚珻娘就问："孟七娘，什么事儿啊？"孟七娘就说："是这样的，我家大女儿要送到她姑姑家寄养一年，需要写个'手实'（唐朝的户籍证明）报到里正那里，可我们都不识字……"

姚珻娘注意看了一下，孟七娘的女儿十三四岁，身材消瘦，穿着一身补丁衣服，不时用手背擦一下鼻子。她忽然心生怜悯了，就笑着说："我虽然认得几个字，可不会写那玩意儿呀。"孟七娘就说："这可怎么办呀？"姚珻娘跟着着急，忽然瞥见李旭轮站在不远处，想叫他却又说不出口。也许是心有灵犀，也许是李旭轮听到了她们的对话，居然走过来问："是写'手实'吗？我会。"

孟七娘喜出望外地说："那太好了！"李旭轮说："跟我来吧。"孟七娘拉着女儿就跟了上去，她的女儿似乎很不情愿，却被她硬拖了过去。姚珻娘也想去，可就是迈不动脚步。李旭轮回头看了一眼，他的目光跟姚珻娘的目光相遇，姚珻娘虽没有回避，却还是没有迈动脚步。

李旭轮很快就写好了"手实"交给孟七娘，忽然看见她的女儿衣衫破旧瘦骨嶙峋，于是就动了恻隐之心，从案几上拿过一个小袋子，从中掏出几枚铜钱递给孟七娘，说："给你女儿买件像样的衣服吧。"孟七娘愣了一下，却摆着手说："不不不，郎君已经帮我们了，这钱不能要，不能要。"

李旭轮说："收下吧，我的一点儿心意。"孟七娘还是不肯收。姚珻娘听到从"堷净宫"里传出的说话声，犹豫一下，就走到门口说："孟七娘，收下吧。"孟七娘这才收下，又是一番千恩万谢，拉着女儿走了。李旭轮冲站在门外的姚珻娘点了一下头，好像在说"谢谢你哦"，姚珻娘却转身走了。李旭轮有点儿尴尬地笑了一下。

谁也没想到，那张"手实"会给姚珻娘带来麻烦。这天上午，姚珻娘跟阿妹姚伊娘来到镇街上闲逛，迎面走来一个戴着草帽的男子，他突然拦住姚珻娘姐妹俩，拿出一张纸对姚珻娘说："姚、姚、姚家大娘，看、看、看你干、干的好事儿。"姚珻娘接过来一看，原来是李旭轮给孟七娘写的那张"手实"，她有些不解地看着男人。

男人就说："我、我叫潘、潘老三，我、我娘子孟、孟七娘在你家当、当用人，她想、想卖、卖掉我女儿，我不、不同意，没想到她、她、她背着我找你写、写了'手实'，这、这怎么能、能写呢？"姚珻娘说："这不是我写的，你别胡说八道。"潘老三一把夺过"手实"说："你、你识文断、断字，还、还不承认？我、我怀疑你、你跟孟七娘合、合谋卖掉我、我女儿！"

由于口吃，潘老三憋得满脸通红。姚珻娘本来同情他，可一听他这样说气就不打一处来，指着潘老三的鼻子说："放屁！你血口喷人！"姚伊娘也说："你诬陷好人！"潘老三愣了一下，随即抖着那张"手实"大声吆喝："哎，老、老少爷们儿，大、大家都来、来看啊，姚、姚家珻娘干、干了伤天害、害理的事儿！"

人们立即围拢过来，有人说："啊，卖人？报官啊！"又有人说："里正家的珻娘带头卖人，报官有用吗？"姚珻娘越发生气了，就伸手打了潘老三一个耳光。潘老三摸着生疼的脸，说一声"你、你、你敢打、打我"，挥拳就向姚珻娘打来。关键时刻，一只手臂却挡住了潘老三的拳头，潘老三再挥拳，那人就抱住了他的手臂，说："有话好好说，不要动手。"

来人正是李旭轮，他对潘老三说："那张'手实'是我写的，跟姚珻娘没有关系，要算账就冲我来。"潘老三挣脱了他，再次挥拳要打。朱靖塘和秦坤郧飞奔而来，朱靖塘轻轻一抓，潘老三顿然失去了力气。李旭轮手里摇着一把扇子，慢悠悠地说："'手实'是你家孟七娘找我写的，她没说实话，不能怪我，更不能怪姚珻娘。"说完看了一眼姚珻娘，姚珻娘没有躲避他的目光，却微微红了脸。

两个黑衣人躲在暗处观察着。

潘老三明白遇到了高手，语气就软下来说："你、你说的，谁、谁能作、作证？"姚珻娘就说："找你家孟七娘对质。"李旭轮就点点头说："对，去你家对证。"潘老三说："去、去就去。"扭头就走。姚珻娘看了李旭轮一眼，点了一下头,拉着阿妹跟在潘老三后面。李旭轮正欲迈步,朱靖塘却拉了他一把,说:"八郎,小心有诈。"李旭轮却摆了一下手说:"没事。"抬脚就走。朱靖塘和秦坤郧只好跟上。

躲在暗处的黑衣人也悄然跟上。

穿过一条繁华的街道,走过一片居民区,七弯八拐地走进了一个村子,花红柳绿,清风荡漾,一片桃树掩映下矗立着一座房子,却是破破烂烂的,跟街上的房屋形成了鲜明的对比。潘老三叫一声:"七、七娘!"不一会儿走出来一个女子,正是孟七娘。她一看这阵势急忙往屋里躲,潘老三却一把将她拽了出来,厉声说:"'手、手实'到、到底是怎么回、回事儿?"孟七娘嗫嚅着不说话。

潘老三挥拳就要打孟七娘,李旭轮用手制止了他,随后走到孟七娘面前说:"你家大女儿虽不是你亲生的,但又不是奴隶,怎能随便送人?这违反了唐律,要坐牢的,知道吗?"孟七娘吓得浑身颤抖。姚珥娘对李旭轮摆摆手示意他不要说了,然后走过去拍了一下孟七娘的肩膀,语气柔和地问:"七娘,到底是怎么回事儿?"

孟七娘"哇"地一声哭了起来,随即"扑通"一声跪在潘老三面前,声泪俱下地说:"三郎,我一时糊涂……对不起你……可我并不是……想卖掉女儿,只是……想过继给……她姑姑……"这时几个孩子从院墙上露出头来,都是蓬头垢面的样子,其中一个正是潘老三的大女儿。

孟七娘哭着说:"三郎,你的女儿……也是我的……女儿,我哪……舍得……送给别人?可……没办法呀,家里……都揭不……开锅了,她下面还有两个儿子两个女儿……都要养……"姚珥娘问:"你家不是有茶园吗?怎么就揭不开锅了?"孟七娘哭得更厉害了,说:"茶园……被人……强占了……"姚珥娘就问:"啊?这到底是怎么回事儿?"目光就转向潘老三。潘老三低垂着头,好一会儿才说:"这、这几年真是时、时运不济……"

李旭轮说:"孟七娘,还是你说吧。"

孟七娘于是就说:"我家公公婆婆都病了很久,为他们看病已债台高筑。可屋漏偏逢连夜雨,今年春节过后,赵耆老说朝廷要扩大贡茶面积,动员我们捐献一部分茶园。我们不愿意,他就说要征用,我们还是不同意,赵耆老就把我家三郎绑起来,让人抓住他的手在征地契约上按了手印。两亩茶园只给我们十几个铜板……我家就靠茶园生活,没了茶园,可怎么过?"

潘老三掉下了眼泪。姚伊娘也红了眼眶。

姚琦娘说："还有这样的事？"

李旭轮问："你们怎么不找县令告状？"

孟七娘说："告状也没用，赵耆老赵鸿垚跟县令胡左伟穿一条裤子。他们早就看中了我家的茶园，这次借着朝廷贡茶的名义强占茶园，其实都是为了他们自己捞取好处……"姚琦娘就说："太不像话了！"李旭轮面色严峻地说："光天化日之下他们竟敢强占，还有没有王法？"潘老三说："王、王法就、就是用来治我、我们小老、老百姓的。"

李旭轮就说："以后……我登……"朱靖塘赶紧扯了一下他的衣角，李旭轮明白过来，就改口说："我登上檀铁寺为你们祈福！那个……孟七娘，即便这样也不能把女儿随便送给别人……"扑在墙头的那个女孩不住地抹眼睛。随后，李旭轮给秦坤郧使了一个眼色，秦坤郧就从腰带上取下一个小袋子，拿出一把铜钱递给潘老三。

潘老三不解地看着秦坤郧。秦坤郧就说："我家八郎送给你们的，接着吧。"潘老三愣了一下，急忙跪下低头说："多、多谢恩、恩公！多、多谢恩、恩公！"随即双手接过铜钱。姚琦娘从地上捡起那张"手实"撕得粉碎，转身对孟七娘说："七娘，家里有困难你就跟我说，以后不许干这种糊涂事了。"孟七娘含泪答应下来。姚琦娘等几个人就往回走去。

姚琦娘和李旭轮走在前面，朱靖塘和秦坤郧走在后面，姚伊娘自觉地走在中间。过了一会儿，李旭轮回头用扇子招了一下，朱靖塘和秦坤郧赶紧走上前，李旭轮说："你们俩走前面。"朱靖塘和秦坤郧于是就走到前面去了。姚伊娘见状也跑到前面去了，还回头冲阿姐扮了一个鬼脸。姚琦娘捂住嘴偷笑了一下。

李旭轮没话找话地说："那个孟七娘实在可怜！"姚琦娘犹豫一下，问："你知道她的……经历吗？"李旭轮摇了一下头。姚琦娘就叹了一口气，说："她的母亲是个蛊婆，想把放蛊的绝技传给她，但她坚决不干，她为此经常遭到母亲的毒打。有一天晚上挨打后她独自跑到镇街上，结果……被一群男人……强暴了……"李旭轮露出惊讶的表情。

姚琦娘接着说："她跳河自尽，被潘老三救了起来。那潘老三刚好死了妻子，就把她纳为填房……可她至今都没有生养……唉，真是苦命……"李旭轮叹息一声，说："她这也是变相被蛊所害。"姚琦娘就说："也许是吧……好在她活了下来……"李旭轮看着远处的茶园，说："孟七娘，潘老三，没想到这里的茶农也这么艰难！"

姚玮娘就说:"你是大户公子,高高在上,哪里知道人间疾苦?"李旭轮就反驳说:"你不也是大户小娘吗?彼此彼此。"姚玮娘说:"我哪敢跟你比?不过是乡间茶姑!"两人一边走一边说,阳光明媚,春色迷人,心情也荡漾起来。此前的不快正在消融,他们之间似乎氤氲着暧昧的气息。

与此同时,那两个黑衣人躲在不远处看着李旭轮一行。其中一个黑衣男人说:"这里人少,动手吧?"黑衣女人却说:"没长眼睛吗?那个孙梵天就没来,你杀谁呀?"黑衣男人揉了一下眼睛,说:"那就杀掉朱靖塘和秦坤郎!"黑衣女人用不屑的语气说:"就你?哼!"这时,一个牧童牵着一头黄牛走了过来,黑衣男人眼珠一转,摸出一支飞镖扔了出去,刚好扎在黄牛的屁股上,黄牛疼痛难忍,拼命朝李旭轮和姚玮娘冲去。

黑衣女人暗吃一惊,悄然从地上捡起一块石子,手指一弹,石子便像箭一般飞射出去,击中李旭轮的肩膀。他猛一转身,看见黄牛急速冲来,赶紧侧身躲开。可姚玮娘仍然站在黄牛的前面,他大叫一声"闪开",蹦过去把她推开,两人都重重地摔在地上。与此同时,那把扇子被李旭轮高高地抛在空中。说时迟那时快,朱靖塘飞奔而来,一个翻滚跳到空中,伸手稳稳地接住扇子。

扇面打开了,正对着阳光。

那一瞬间,姚玮娘只觉得灵魂出窍,仿佛自己不是自己了。她看见扇面上灵光一闪,画在上面的兰花随风摇动起来,空气中弥漫着一股兰花香;随后,兰花隐去了,显出了"靖净谣"三个字,却只是这三个字,再没有别的文字了。耳边却传来一个声音:你要用茶的醇厚和心的柔情为他疗伤,记住,这是你的使命。

朱靖塘和秦坤郎赶紧过来拉起姚玮娘和李旭轮。姚伊娘连声问:"阿姐没事吧?你们都没事吧?"李旭轮看着姚玮娘说:"好险啊!"姚玮娘却不说话,她的心思都在扇子上。她急忙从朱靖塘手中夺过扇子,翻来覆去看了起来,可上面怎么也找不出"靖净谣"三个字了。李旭轮奇怪地问:"你看什么呀?"朱靖塘也用怪异的眼神看着她。姚玮娘这才发现自己失态了,就掩饰道:

"我怕摔坏了扇子,幸好没有。"

李旭轮接过扇子打开,扇了几下,扇子果然没有被摔坏。姚玮娘就说:"刚才……多谢你了!"说完学着男人的样子拱了一下手,几个人都笑了起来。姚伊娘紧紧地拉住阿姐,好像害怕她跑了似的。站在檀铁寺屋顶上的释怀悯师父把这一切都看在眼里,双手合十道:"南无阿弥陀佛,善哉善哉!"

这时,孙梵天忽然跑过来,大声说:"八郎,你没事吧?"李旭轮就说:"没事……哎，你不是在睡觉吗？怎么也来了？"孙梵天说："我刚才做了一个梦，梦见有人要对你下蛊，所以就赶来了……"李旭轮愣了一下，转而笑了起来，说："你呀，太紧张了吧？"姚珝娘也说："你呀，满脑子都是'蛊'，时间长了，就不怕真把蛊给招来？"

孙梵天却伸手做了一个"嘘"的动作，说："别乱说，蛊是有灵气的，在我们老家就有一种蛊会托梦，比如说他想吃人了，就给主人托梦，如果主人不答应，它就对主人下手……别动，它说不定就在旁边……"孙梵天说得神秘兮兮的，搞得大家身上都起了鸡皮疙瘩。随后，他跑到朱靖塘身边伸手拍了一下他的肩膀，说："你就是那蛊！"说完却笑了起来。朱靖塘愣了一下，就追着孙梵天打。众人便都笑了起来。

与此同时，那两个黑衣人急速离开，眨眼间就来到韦团儿面前。韦团儿问："怎么样？得手了吗？"黑衣男人说："没有。"韦团儿问："为什么？"黑衣男人说："禀报大堂主，'雪兰花'不让动手。"韦团儿就问："'雪兰花'，为什么不动手？""雪兰花"说："孙梵天当时不在，他想杀掉朱靖塘和秦坤鄋，却差点儿误伤李旭轮。"

韦团儿问黑衣男人："是这样吗？"黑衣男人说："牛受惊了……不怪我……"韦团儿伸手打了他一耳光，说："我说过，不能杀李旭轮。必须让他中蛊，你没记住吗？"黑衣男人捂住脸说："小的记住了。"韦团儿又说："我这次派你们去刺杀孙梵天其实是对你们的试探。'雪兰花'，你果然聪明过人！我再重复一遍，只有圣上才有资格杀李旭轮，否则，谁杀了李旭轮谁就是乱臣贼子！要诛灭九族！以后没有我的命令，擅自行动者，杀无赦！"

"雪兰花"却接过话头说："请教大堂主，让李旭轮中蛊疯掉，跟杀了他有什么区别？"韦团儿就说："一个傻子才好控制，或许圣上也不反对……哈哈哈，那就先杀掉孙梵天和朱靖塘、秦坤鄋……我要让他李旭轮不得好活！""雪兰花"却说："大堂主，我担心这样会误伤李旭轮，甚至会坏了魏王的大事，于大堂主也不利。"

韦团儿沉吟片刻，问："如此说来，你是为我着想？""雪兰花"说："是。"韦团儿说："可我恨不得现在就去给他放蛊！""雪兰花"说："大堂主要冷静，不能坏了魏王的大事。"韦团儿却大喝一声，说："住口！你一口一个魏王，你以为你是谁呀？你以为你在圣上身边做了几天奴婢，就能跟我平起平坐？""雪兰花"就低头说："属下不敢。属下是为大堂主好。"

韦团儿走到"雪兰花"跟前，伸手摸着她的下巴说："抬起头来，看着我。""雪兰花"抬头看着韦团儿。韦团儿说："我告诉你，在我面前以后休要再提魏王！否则别怪我无情！""雪兰花"低头说："属下知错了。"韦团儿突然扇了"雪兰花"一耳光，"雪兰花"的脸顿时肿了起来。韦团儿狂笑几声，声音震得整座房子都在摇晃。韦团儿说："谁敢负我，我必报复！"

再来看姚珊娘，她回家后直奔书房"靖净斋"。

姚珊娘先给阿耶说了孟七娘家里的事，两人唏嘘感叹一番。她又说："那个潘老三也很可怜，阿耶，干脆也让他来我们家当长工吧？"姚森伯想了一下说："好吧。"停了一下却问道："还有一件事儿呢？"姚珊娘问："什么事儿呀？"姚森伯说："留还是不留？"姚珊娘顿然明白过来，就说："阿耶，我经过观察，感觉那个李旭轮本性淳朴，心地善良，要不是他，我就被牛撞伤了……我们就帮人帮到底吧。"

说完冲阿耶笑了一下，居然红了脸。

姚森伯就用手指点了一下女儿的脑袋，说："你这孩子呀……对了，你给那个李旭轮说说，不要到处跑，当心被赵耆老撞见……唉，也不知道他们要住多久？"说完就看着女儿。姚珊娘被问住了，是啊，要住多久呢？总不可能一直住下去吧？这个问题迟早要面对的……管他呢，还是先顾眼前吧，可又觉得不回答不合适，于是就说："听他说家里也遭了难，一时半会儿回不去……"

姚森伯"哦"了一声，对女儿的想法心知肚明。

顿了一下，姚森伯忽然叹了一口气，脸上飘过一片愁云。姚珊娘就问："阿耶，有什么不开心的事吗？"姚森伯说："潘老三家的茶园被强占了，这恐怕只是个开头，说不定会波及我家，唉……"姚珊娘说："不会吧，阿耶不是里正吗？"姚森伯摇摇头说："里正在他们眼里算个什么？芝麻官都不是！人家背后有县令！"

姚珊娘明白了，阿耶说的是本镇的耆老赵鸿垚，外号"笑面妖"。他家有更多的茶园，但茶叶生意却没有姚家做得好，所以心里很不服气，表面上跟姚家客客气气，其实暗地里一直在较劲。这些年多亏阿兄上下打点关系，阿耶才坐稳了里正的位置，也才保住了家业。可接下来会怎么样？心里总觉得不踏实，也隐隐有一种危机感。

姚森伯问："你阿兄什么时候回来？"姚珊娘回答："说是到南州府去了，谁知道会不会又拐弯？十天半月也说不准。"姚森伯就说："他呀，整天不落屋，像个浮浪户，结婚好几年了也没生个娃……"大约是不好对女儿说这些，就赶紧打住了，换个话题说："好了，不说了……哎对了，你把这两本书拿给李旭轮，他昨天向我借书……"说完就从书柜上抽出两本书，姚珥娘接过书走出了书房。

姚珥娘先来到厨房对孟七娘说："七娘，让你家潘老三也来我家干活吧，工钱跟你一样。"孟七娘惊叫一声："啊？这……"站着发呆。旁边一个中年妇女拍了她一下说："还不快谢过珥娘。"孟七娘这才回过神来，急忙弯腰说："谢过珥娘，你真是活菩萨！"姚珥娘笑了一下，扭头走了。

天气热了起来。姚珥娘抬头看天，天上有一轮火红的太阳，她忽然就想到了那天扇子在阳光下显出的那些字，恍然感觉在梦里，不自觉地朝"靖净官"看去，见门虚掩着，抬脚就走了过去。李旭轮正在练字，姚珥娘走进去说："整天练字，不觉得累吗？"李旭轮反问："你整天弄茶，不觉得累吗？"说完两人都笑了起来。

姚珥娘把书递给李旭轮，说："阿耶借给你的。"李旭轮接过来一看，一本是《南州府志》，另一本是《青石桥轶闻》，随手翻了一下，说："好书，好书，多谢珥娘雪中送炭。"姚珥娘就说："怎么谢我？"李旭轮说："请你去街上吃饭？"姚珥娘说："我做的饭比街上的好吃。"李旭轮说："请你饮茶？"姚珥娘说："我煮的茶谁都比不上。"

凡是志书，都具有史料价值，其真实性不容怀疑。我曾在博物馆看见过那两本《南州府志》和《青石桥轶闻》，泛黄的纸张浸透着岁月的沧桑。我还看过民国版的《南州府志》，上面居然有关于蛊毒的内容，对李旭轮中蛊事件也略有记载，这正是我创作的主要依据。好了，闲话少说，回到《靖净茶歌》中来吧。

李旭轮摸着脑袋说："你说吧，想要什么？"

姚珥娘就说："扇子借我用一下？"

李旭轮就说："扇子？姑娘家用这种扇子？"

隔壁的朱靖塘听见了两人的对话急忙竖起了耳朵。

姚珥娘说："怎么啦？谁说姑娘家不能用这种扇子？你要是舍不得就算了。"说完抬脚就要走。李旭轮急忙拦住她说："哎哎哎，我没说不借呀。"一边说一边把扇子递给姚珥娘，姚珥娘接过扇子笑着说："这还差不多。"走到后院，姚珥娘见四下无人，急忙打开扇子对着天空，可扇子上却并没有显现出她想要看到的文字。她有些失望。

姚珥娘哪里会想到，坐在"靖净舍"里的朱靖塘透过后窗一直在暗中观察她。朱靖塘的眼睛死死地盯着扇子，可扇子上也没有显现出他想要看到的文字，他就想，梁王说只有在月光下才能看见扇面上的文字，难道姚珥娘在阳光下也可以看到？扇面上究竟是什么文字呢？姚珝娘想要干什么？那些文字，真的像梁王说的那样，具有神奇的作用吗？

姚珝娘收起扇子，转身又来到"靖净宫"门口，把扇子递给李旭轮，说："这个不好玩，还给你。"李旭轮接过扇子说："我说嘛，姑娘家哪能用这种扇子。"姚珝娘就说："这个不算，你还得感谢我。"李旭轮笑着说："你……还没完没了了？"姚珝娘说："就没完没了。"李旭轮苦笑一下说："好好好，说吧，想要什么？"姚珝娘说："来，帮我个忙。"说完扭头就走。

李旭轮跟着姚珝娘来到"靖净岩"，一走进来就感觉到了浓郁的茶香，里面到处都是茶叶和茶具。姚珝娘指着一个柜子顶部对李旭轮说："帮我把那个茶盘拿下来。"李旭轮搬过一个笙蹄站上去，把茶盘抽了出来递给姚珝娘。姚珝娘接过茶盘用湿抹布擦干净，指着茶盘说："喻（李）八郎，你来看，这是什么？"李旭轮凑过来一看，原来是一幅兰花图，有些似曾相识。

姚珝娘说："把你的扇子打开。"李旭轮就把扇子打开。姚珝娘说："你扇子上的画跟茶盘上的画是不是很像？"李旭轮仔细看了一会儿，说："嗯，有点儿像。这么巧啊？"两人凑得很近，也看得很认真，以至于吴小六进来了都没有察觉。吴小六又不高兴了，"哼"了一声，跺了一下脚，转身就跑，踢飞了地上的一个瓦罐，发出"哐啷"一声。姚珝娘跟李旭轮愣了一下，急忙出去看，只见吴小六的背影消失在拐角处。

……

吴小六跑到街上，坐在一块石头上生闷气。

吴小六不喜欢李旭轮跟姚珝娘在一起。姚珝娘原本就不爱搭理他吴小六，李旭轮来了后姚珝娘就更不爱搭理他吴小六了。他很不高兴。闷闷地坐了一会儿，忽然想起那天他偷听到的李旭轮和朱靖塘、秦坤郧的对话，就有了一个想法。于是就起身来到耆老赵鸿垚家门口，徘徊了一会儿终于走了进去，通过下人向赵鸿垚报告说姚家大院来了四个陌生男人。

赵鸿垚看着自己的得力干将韩益康，说："韩管家，姚家大院来了生人，前两天我也听说了，不过并没当回事儿。如今姚森伯的外甥来禀报，有点意思，有点意思。"韩益康略一思忖，趋身向前说："耆老，见吧？"赵鸿垚一招手，下人就出去把吴小六带了进来。吴小六注意到赵家大院房屋高大，非常气派。

赵鸿垚眯着眼睛看了吴小六好一会儿才说："哦，是小六郎啊，请坐。"一招手，下人就端上一盏茶。赵鸿垚问："你阿舅家来了四个男人？什么男人？是亲戚吗？"吴小六说："不，是四个陌生人，没带'公验'。"赵鸿垚说："呵呵，你阿舅姚森伯是里正，规矩自然是懂的，呵呵，把人送走不就行了吗？"

吴小六眼珠一转，说："我感觉那四人大有来头，好像很富有。""哦，是吗？"赵鸿垚盯着吴小六看了一会儿，忽然起身走到他跟前问："为什么要告诉我这些？"吴小六说："因为……你是耆老，这事儿归你管。"赵鸿垚哈哈一笑说："恐怕没这么简单吧？"吴小六感觉他笑得没来由，也很瘆人，他不喜欢。

赵鸿垚又一招手，一个下人递上一包茶叶，他接过来递给吴小六，说："好了，我知道了，你回去吧，这些茶叶送给你尝尝，看看我赵家的茶跟姚家的茶有什么不一样。"这让吴小六感到意外，甚至有点儿受宠若惊，就急忙拱手说："多谢赵耆老！"接过茶叶退着出门。赵鸿垚眯着眼睛看着吴小六离开，脸上荡起复杂的笑意。

与此同时，在姚家大院的"靖净岩"里，姚珲娘和李旭轮欣赏完了茶盘上的画，姚珲娘又让李旭轮从柜子顶部拿下来一个布包，打开后又是纸包，好几层，再打开后便散发出了浓郁的茶香。这就是"蒸青饼茶"，像靴子一样皱缩，像陶器膏面一样光滑润泽。李旭轮说："好香，都说姚家茶好，领教了。"姚珲娘笑着说："算你识货，这茶是上品的蜡面茶，存放十年了，平常都舍不得饮，过年时才饮的。但就是怕受潮，所以时不时得拿出来看一下。"

李旭轮闻了一下，说："果然是好茶，极品靖净茶，也是你做的吧？"姚珲娘说："师父教我做的。哎对了，师父当时还说了两句话，叫作'茶中极品，解惑安民'。"李旭轮若有所思地重复道："'茶中极品，解惑安民'……"这时外面响起一声"阿姐"，随后姚伊娘就走了进来，看见姚珲娘和李旭轮正在说话，身体挨得比较近，她稍稍愣了一下，有点儿尴尬地笑了笑，而姚珲娘也急忙抬起头挪开身子，微微红了脸。

姚伊娘问："看到六阿兄了吗？我……"

姚伊娘自己却也红了脸，没等阿姐回答，却又说："我出去找。"转身就走了，来到镇街上在一个拐角处远远看见了吴小六。姚伊娘喊道："六阿兄，六阿兄。"吴小六却冲姚伊娘摆了一下手，眼睛并没有看她，而是盯着另一个地方，一个馄饨摊。顺着他的目光看过去，就发现有两个人刚吃完馄饨，起身就走。

吴小六赶紧跟上，看都不看姚伊娘一眼，气得姚伊娘噘起了嘴巴。吴小六感觉那两个人有点儿面熟，仔细一想，顿然明白原来那天下雨时在土地庙后面的竹林里见过他们，凭感觉意识到他们来者不善，于是就跟了上去。那两人或许意识到有人跟踪，于是就七弯八绕，终于摆脱了吴小六。

那两人其中一个正是"雪兰花"。他们来到一个客栈，"雪兰花"向韦团儿禀报说："最近李旭轮他们四人一直没出门，大堂主，我们何时动手？"韦团儿说："魏王最新指令，再等等，并且要慎之又慎，不能留下任何痕迹，明白吗？""雪兰花"说："明白。刚才有人跟踪我们。"韦团儿问："谁？""雪兰花"说："那人叫吴小六，听说从草蛊婆那里学会了武功。"

韦团儿冷笑一声说："谁敢阻拦，格杀勿论！"

回头再说吴小六，他跟丢了人，有些懊恼，就快快地往回走，走到家门口时抬头一看却见姚伊娘堵在面前，就说："伊娘啊，怎么是你？"姚伊娘没好气地说："你希望是谁？"吴小六摸着后脑勺笑说："嘿嘿，你这是干什么呀？要吃人吗？"姚伊娘定定地看着吴小六，说："你说呢？我还真饿了！"吴小六朝自家大门努了一下嘴，说："饿了？去我家吧？"

姚伊娘却摇摇头，定定地看着吴小六。吴小六被她看得不好意思了，就低头看地。姚伊娘忽然问："听说那个喻莽廷（李旭轮）送给你一个黄色香囊？"吴小六点点头。姚伊娘又问："香囊呢？让我看看。"吴小六说："送给你阿兄了。"姚伊娘一跺脚，说："你不喜欢，怎么不送给我？"吴小六有些心不在焉地说："那天你不在呀！"

姚伊娘说："真是个傻瓜！"这句话让吴小六摸不着头脑，但他感觉这个小表妹有些不开心，想安抚一下，就把一个纸包递给她，说："给你。"姚伊娘问："什么呀？"吴小六说："一点儿茶叶。"姚伊娘问："哪来的？"吴小六说："赵耆老给的。"姚伊娘吃惊地说："赵耆老给你茶叶？太阳从西边出来了？"说完还抬头看了一下天空。

姚伊娘的动作把吴小六逗笑了，就说："赵耆老就不能给我茶叶了？我吴小六也是个人物……"姚伊娘的眼睛里冒出欣赏的目光，伸出兰花指点了一下吴小六的额头，说："嗯，六阿兄是个人物！未来的武状元！大将军！皇帝的侍卫领班！发达了可别忘了我。"伸手接过茶叶，转身就跑，跑了两步还回头举了一下茶叶，说："茶好，我才好！"

吴小六看着姚伊娘走远，苦笑着摇了一下头。吴母在院子里看见了这一幕，轻轻叹息一声，赶紧收起了一个小罐子。而吴小六呢，却坐在自家门槛上，他很快又把心思放在另一个人身上，喻莽廷（李旭轮），对，就是那个喻莽廷（李旭轮）。想到喻莽廷（李旭轮），他心里又来了气，于是就想到了去禀报赵鸿垚的经过，心想那个"笑面妖"赵鸿垚在干什么呢？

赵鸿垚送走吴小六后忽然有了一个想法，就在下午时来到姚家大院。下人通报后，姚森伯急忙迎了出来，拱手说："哎哟，哪阵风把赵耆老吹来了？快请进快请进！"一边吩咐下人煮茶。来到"靖净堂"，宾主落座后，下人端来茶水，赵鸿垚饮了一口，咂巴一下嘴巴，说："好茶！不愧是姚家大院！不愧是靖净茶！"

姚森伯笑着说："赵耆老过奖了！"心里却想，你不会是专门来饮茶吧？果然，赵鸿垚放下茶盏，干笑一声说："姚里正，家里来客都用这茶招待吧？"姚森伯不明就里，只好点头说："对。"赵鸿垚突然话锋一转说："最近来的几个客人，也是用这茶招待吧？"姚森伯顿然明白了，急忙端盏饮茶，脑子里却在紧张地寻找对策。

放下茶盏，姚森伯说："嗨，赵耆老消息就是灵通，我正要向你报告哩，最近家里是来了几个人，因为被歹徒劫了道，受了伤，我家姆娘看他们可怜，就收留下来，住几天就走，嘿嘿……"赵鸿垚笑着说："住下有个把月了吧？我最近忙得团团转，倒是听人们议论过，不过我也没太当回事儿……"

姚森伯听出了话中之意，意思是说这事儿我早就知道，但我并没在意，是想包庇你，还是懒得管，让你自己去想。姚森伯想到这里就说："嘿嘿，我看那几个人也不像是坏人，不会带来麻烦，加上你很忙，就没有呈报……"赵鸿垚却插话道："可规矩你是懂的。"说完就端盏饮茶，用眼睛的余光看着姚森伯。

姚森伯有些琢磨不透赵鸿垚的话，或者说两人都不想点破，就玩起了文字游戏。停了一下，赵鸿垚又说："听说那四人有些来头？"姚森伯说："嗨，谁知道？管他来头不来头，都得过我这个'茶头'。"说完就笑了起来。赵鸿垚也笑了一下，说："也得过我这个'笑面妖'。让我会会他们。"姚森伯说："好！"

姚森伯陪着赵鸿垚走出"靖净堂"。随后，姚森伯冲着"靖净岩"喊："姆娘，来一下。"住在"靖净舍"里面的朱靖塘和秦坤郧听见了，两人对视一眼，朱靖塘悄然抓起镰刀躲在门后，秦坤郧却迎出来说："哎呀，是姚里正姚公啊，有事吗？"姚森伯指了一下旁边的"靖净宫"。秦坤郧就大声说："我家八郎在里面。"大约是听见了外面的声音，李旭轮走出来把姚森伯和赵鸿垚迎了进去。

赵鸿垚盯着李旭轮看了好一会儿，在心里说，此人果然气度不凡，肯定大有来头！于是就开始打起小算盘。姚森伯说："喻（李）八郎，这是本地耆老，来看望你。"赵鸿垚心想，也是个老狐狸，我明明是来清查流民，却被他说成是"看望"。不过也好，送个人情留个退路或许有用。

李旭轮就拱手说："见过赵耆老，请坐。"赵鸿垚也拱手回礼说："登门查访乃赵某的职责所在，打扰了！请多包涵！"姚森伯心想，回答得巧妙，既点明了要害，也留有回旋余地，果然是"笑面妖"！姚森伯搬过一张笙蹄让赵鸿垚坐下，自己也坐了下来。

这时，姚珻娘走了进来，手里拎着茶罐子，对赵鸿垚弯腰施礼道："赵公好！"赵鸿垚笑着点了一下头。姚珻娘开始给三人沏茶。当她给李旭轮沏茶的时候，眼睛看着李旭轮，手却微微地颤抖，以至于茶水都溢了出来。赵鸿垚好像注意到了姚珻娘的异常，就抬眼看过来，李旭轮立即举起手臂装作擦汗，用宽大的袖子挡住了赵鸿垚的目光。李旭轮悄然对姚珻娘使了一个眼色，点了一下头，姚珻娘于是就觉得心里踏实多了。

姚珻娘给三人沏上茶水，随后站在阿耶旁边。

李旭轮端盏饮茶，却用眼睛的余光扫着赵鸿垚，还不时跟外面的秦坤鄢交换一下眼神。姚森伯抬头看着屋顶，像局外人似的，双手却微微颤抖。赵鸿垚饮了几口茶，开始说话："听说喻（李）八郎进京赶考时在此地遇到了劫道的，这里山高林密，民风彪悍，有待教化，我等深感惭愧！"

因为此前听孟七娘说过赵鸿垚强占茶园的事，李旭轮对他就没有好印象，但毕竟在他的地盘上，还是低调为好，免得节外生枝，于是就放下茶盏说："是啊，时运不济，遭此劫难！不巧家中又出现变故，一时半会儿回不去，只得暂住此地，幸亏遇到姚里正姚公和姚家兄妹，他们心地善良，为我们疗伤，管我们吃住。给大家添了麻烦，也让赵耆老为难，惭愧之至！"说完站起来向赵鸿垚和姚森伯抱拳施礼。

姚珻娘听着他们说话，心想，都是人精！

赵鸿垚点了一下头说："姚家为人厚道，在我们这里是出了名的，遇到他们算你幸运……"说着看了姚森伯一眼，姚森伯会心地一笑，却说："惭愧！"赵鸿垚却话锋一转说："但是，大唐有大唐的律法，那《永徽律疏》可不只是写在纸上的；朝廷也有朝廷的规矩，这个……"看了一眼李旭轮，只见他表情平静，就继续说："我这里好说，但若上面问起来……"

姚森伯站起来拉一下女儿，两人走了出去。

李旭轮思忖一下，就从腰间取下一个小袋子，打开，从里面掏出一块淡绿色的玉石递给赵鸿垚，说："一点心意，万望笑纳。"赵鸿垚接过玉石举在眼前看了一会儿，只见玉石通体透亮，纹路紧密，质地坚硬，知道这不是一般的物品。出手如此大方，看来这个喻舜廷（李旭轮）果然大有来头。赵鸿垚想了一会儿，就解下挂在腰间的一个袋子，把玉石收归囊中。

赵鸿垚起身说："但住无妨。告辞！"

李旭轮起身说："恕不远送！"

姚森伯和女儿姚珝娘送赵鸿垚往大门口走。赵鸿垚一边走一边说："哎，对了，姚里正，朝廷要扩大贡茶面积的事儿，听说胡县令来找过你？"姚森伯回答道："是。"赵鸿垚站住说："你是大户，又是里正，县令找你也很正常。那么，捐献茶园的事儿……有什么想法？"姚森伯沉吟一下说："这个……还没想好……听说要征用不少茶园……"

这时孟七娘挎着篮子走了过来，一看见赵鸿垚立即脸色大变，低头走了过去。姚珝娘注意到这个细节，就指着孟七娘的背影对赵鸿垚说："她叫孟七娘，家里的茶园被恶人强占了，听说就是打着贡茶的旗号。赵耆老，你要管一管哦？"赵鸿垚一听就沉下脸来，语气生硬地说："告辞！"匆匆走了。

姚森伯望着赵鸿垚的背影，叹了一口气，对女儿说："你呀，哪壶不开提哪壶，看看，惹他生气了吧？"姚珝娘却说："谁叫他仗势欺人？活该！"姚森伯说："关你什么事儿？管得宽！"姚珝娘说："我就看不惯！"姚森伯说："幼稚！不听老人言，吃亏在眼前！"

"珝娘说得对！"一个声音在背后响起。

姚珝娘和父亲扭头一看，原来是李旭轮。他说："耆老赵鸿垚如此胡作非为，如果大家都事不关己高高挂起，迟早也会像孟七娘家一样失去茶园。"姚森伯说："可扩大贡茶面积是朝廷下旨的，我们哪敢抗拒？"李旭轮说："朝廷也要讲道理。再说了，有些事情可能是地方官员打着朝廷的旗号谋取私利。"

姚森伯看着李旭轮，说不出话来。

姚珝娘却冲着李旭轮笑了起来。

再来看赵鸿垚，他气冲冲地回到家里，坐在筌蹄上闷闷地饮了三盏茶，几个下人吓得大气都不敢出。赵鸿垚忽然伸手向腰间，掏出那块玉石看了又看，越看越喜欢，心中的不快慢慢消退了，脸色也由阴转晴。韩益康走过来一看，知道耆老又得了宝物，就凑近去看。赵鸿垚很高兴，就把他跟李旭轮见面的过程细说了一遍。

韩益康说："耆老，你手上的宝物能否让我看一眼？"赵鸿垚就把玉石递给他。韩益康看了一会儿，嘴里连连称奇。把玉石还给赵鸿垚的时候，韩益康说："恭喜耆老又得了个宝贝！嗨，当官好，当官好，酒色财气都不少！"赵鸿垚呵呵笑了起来。韩益康却又说："耆老，属下有句话不知当讲不当讲？"

赵鸿垚大手一挥说："客气什么？说！"韩益康说："那个喻莽廷（李旭轮）来路不明，但从行为举止看恐怕不是一般人家。如今时局微妙，形势不明，并且在茶园……贡茶……的关键时候……我们还是小心为上。属下担心，万一他是上头派来微服暗访的……"

赵鸿垚一听此话就愣住了，后脊梁上还冒出了冷汗，喃喃自语道："对呀，我怎么就没想到？不行……这个玉石不能收。"韩益康说："玉石恐怕是还不回去了，不如这样……"说完凑近赵鸿垚耳语几句。赵鸿垚沉吟一下，说："嗯……你说得有道理……不过，我觉得这样更好……对，就这么办！马上就十五了，要抓紧！"

十五这天晚上，月亮很圆很亮。

吃过晚饭后，朱靖塘看见一轮淡黄色的月亮升了起来，心里莫名其妙地激动起来，就对李旭轮说："八郎，今晚月色这么好，等会儿我们陪你赏月吧？"李旭轮有些奇怪地看着他。朱靖塘就解释道："八郎好久没赏月了，也该放松一下了。"秦坤郖也不解地看着朱靖塘，心想一个五大三粗的人怎么也这样细腻了？

回到房间后，朱靖塘倒在床上仰面看屋顶，忽然又坐起来饮茶，然后又倒头看屋顶，然后又拿出镰刀比画着，还把镰刀插在腰间，样子有点儿滑稽可笑。秦坤郖就说："朱九郎，你今天怎么了？遇到什么高兴的事儿了？"朱靖塘伸出手臂比画一下说："瞧，我这身体完全恢复了，八郎和你的身体，还有孙梵天的身体，也完全恢复了，难道不值得高兴吗？"秦坤郖笑了一下。

朱靖塘一眼瞥见茶房"埔净岩"里灯光还亮着，想了一下，就悄然走了过去，伸手敲了一下门。姚珸娘一看是朱靖塘，当即就愣住了，因为这个朱靖塘平常跟她基本上不打交道。姚珸娘问："朱九郎啊，有事吗？"朱靖塘摸着后脑勺说："姚……珸娘，这个……我家八郎说……今晚可以赏月……"他一边说一边用手比画一个圆圈，想必是月亮吧。

姚珸娘和姚伊娘看着他笑了起来。朱靖塘又说："你不知道，我家八郎在月亮下摇扇子的动作可好看了……"说完掉头就走，脚步有点儿踉跄。姚珸娘望着他的背影轻轻地摇了一下头。姚伊娘就说："这个粗人也会赏月？阿姐，恐怕是那个李旭轮的意思吧？"说着就扒拉一下姚珸娘的肩膀。姚珸娘嘴上说"谁知道？别瞎说"，心里却感到很舒服。

姚伊娘跑出门外，果然看见一轮明月爬上了屋顶，心里也兴奋起来，忽然扭头走进"靖净宫",冲着正在灯下看书的李旭轮说:"哎,里面的,我阿姐说一会儿赏月。"说完就转身走了,来到"靖净岩"笑嘻嘻地对姚玳娘说:"阿姐,我替你约他了。"姚玳娘却嗔怪地说:"谁让你多嘴了?"姚伊娘就说:"嗨,我知道你,嘴上不情愿,心里还不美死了!"姚玳娘伸手要打阿妹,姚伊娘却拔腿就跑。

姚伊娘站在槐树下看了一会儿月亮,忽然转身就出了门,一口气跑进一座院落,见一个中年妇女正坐在门口饮茶,这个妇女正是吴小六的母亲。姚伊娘急忙上前问:"姑妈,六阿兄呢?"吴母站起来说:"是伊娘啊,你六阿兄出去了。"姚伊娘问:"那,姑妈,你知道他去哪里了?"吴母说:"这个……他没说。坐一下吧?饮盏茶。"姚伊娘说:"不了。"转身就跑。

姚伊娘回到家里时,前院里已经坐了几个人,不用猜就知道是姚玳娘、李旭轮他们,每人旁边的地上都放着一个茶盏,旁边搁着一个茶罐子。姚伊娘也不说话,拎起茶罐子就给每个人续上茶水,水漫出来了也不管不顾。姚玳娘说:"阿妹,也来赏月吧?"姚伊娘却"噔噔噔"地跑回后院。姚玳娘跟李旭轮对视一眼,说:"瞧,谁又惹伊娘生气了?"

李旭轮就用扇子指着姚伊娘的背影说:"伊娘伊娘,慌慌张张!"几个人都笑了起来。朱靖塘的目光始终都没离开扇子,此时忽然站起来说:"八郎,听说你那把扇子扇起来格外凉快,我可以试试吗?"李旭轮问:"你听谁说的?"朱靖塘摸着后脑勺说:"反正有人说……"李旭轮就笑着说:"照你这么说,我这扇子真成了宝物。"随手就把扇子递给朱靖塘。

朱靖塘接过扇子时两手都在颤抖。他小心翼翼地打开扇子,试着扇了一下,果然凉风习习,格外清爽。但他的目的不是这个,他忽然把扇子举在面前,假装往头上扇风,眼睛却死死地盯着扇面,心里说,月亮呀月亮呀,嫦娥呀嫦娥呀,赶快让奇迹出现!赶快让《靖净谣》出现!

这一刻,奇迹果然出现了。

明亮的月光照在扇面上,画在上面的那株兰花忽然随风摇动起来,空气里似乎还散发出一阵奇异的香气;兰花旁边的题款印章也跟着晃动,叮当作响。朱靖塘感觉很神奇,就痴痴地看着。然而,却再也没有其他文字出现,这不是他想要的结果。他想要的结果是《靖净谣》,却并没有出现。扇面上的内容并不是他想要的。

李旭轮问:"感觉怎么样?"

朱靖塘没有听见。秦坤郔急忙跑过去推了他一下,他这才反应过来,赶紧收起扇子递给李旭轮,说:"凉快,凉快,真……凉快!"秦坤郧看着朱靖塘摇了一下头。李旭轮就把扇子递给秦坤郧,说:"你也试试吧。"秦坤郧接过扇子打开,学着李旭轮的样子扇了几下,说:"果然凉快!"随后就把扇子还给李旭轮。

李旭轮接过扇子,四下里看了看,说:"孙梵天呢?莫非又在睡觉?唉,真是瞌睡大王……让他睡吧。"姚珦娘接过话头说:"贪睡是五欲之一,容易让人懈怠昏沉,不好!"秦坤郧说:"怕是被瞌睡虫上身了。"朱靖塘却说:"我看是瞌睡蛊吧?哼,还除蛊呢?"李旭轮忽然把扇子递给姚珦娘,说:"珦娘要不要试一下?"

姚珦娘就接过扇子打开扇了几下,她无意中瞥了一眼扇面,猛然看见上面显现出几行字:"南江多浩荡,浓雾踏波浪,云缠雨绕叠峰秀,林木苍翠漫照光。根深抱岩土,叶茂沐朝阳,早春二月披晨露,靖净山上采茶忙……"她很惊讶,揉了一下眼睛,没错,那些文字就在眼前,闪着金光,就像飘在空中一样。她瞪大眼睛,看着那些文字慢慢地消失。

李旭轮问:"是不是很凉快?"

姚珦娘没听见,她的心思都在那些文字上。

李旭轮又问:"凉快吗?"

姚珦娘没有回答。

朱靖塘盯着姚珦娘,似乎想从她的眼中看到文字。

李旭轮伸手在姚珦娘的眼前晃了一下,姚珦娘这才反应过来,赶紧用扇子扇了几下,说:"好凉快!好凉快!好凉快!"动作有些夸张。李旭轮不解地看着她,伸出手。姚珦娘却继续说:"好凉快!好凉快!"李旭轮把手伸到姚珦娘面前,再次说:"扇子,我也试试。"姚珦娘这才把扇子还给他。

李旭轮扇了几下,看着扇面上的兰花,在月光下格外清新脱俗,忽然就想起过去的事情:他挥笔在扇面上画画,两个女子陪伴左右,一个端茶,一个倒水。他把对两个女子的爱都融入画中,还有对另一个女子的爱却是不敢说出口的。兰花是人,人是兰花。画完了,两个女子拿过扇面赞不绝口,而他慢慢地品着茶,眼角眉梢都是幸福。

可如今,国在哪里?家在哪里?人在哪里?

想到这里心情顿然沉郁起来,就站起来举头望月,吟出一首诗来:"月出皎兮,佼人僚兮。舒窈纠兮,劳心悄兮。月出皓兮,佼人懰兮。舒忧受兮,劳心慅兮。"姚珦娘大约被打动了,就接着吟道:"月出照兮,佼人燎兮。舒夭绍兮,劳心惨兮。"姚珦娘静静地看着李旭轮,目光清澈,如兰似茶。

李旭轮静静地看着姚珥娘，眼角湿润了。

　　我认为，几千年的历史都是由男人和女人写就的，没有男女之爱就没有人类历史。但我固执地认为，皇宫中的男欢女爱过于泛滥，其根本动因却是源于荷尔蒙过剩和优先交配权这种令人脸红心跳的词汇，也屈从于某种至高无上的权力，并不符合当今的道德风尚。所以，我更愿意描写流落民间的皇嗣与村姑的爱情。我想告诉您，姚珥娘和李旭轮的爱情是真爱，不信您继续往下看。

　　这时，吴小六一头闯了进来，走路摇摇晃晃的，身上散发出酒气，大声说："伊娘找我？有事吗？"他仔细一看几个人都坐在那里，就说："听阿娘说……伊娘刚才去找、找我了？"几个人大约都还沉浸在诗的意境中，没有人理会他。吴小六看见姚珥娘和李旭轮在一起，对月抒怀，挨得很近，他又不高兴了，就用不屑的语气说："嗨，什么花、花呀、月、月呀，文绉绉的，能当饭吃？"

　　吴小六迈步向前，步态不稳，一脚踢倒了朱靖塘旁边的茶盏，"哐啷"一声，茶水泼了一地。朱靖塘想说话却被秦坤郲拉了一下胳膊，于是就把话咽了回去。吴小六却说："什么玩、玩意儿，敢挡老、老子的道？"一脚将茶盏踢起，不偏不倚刚好砸到李旭轮的身上。李旭轮"哎哟"一声，说："谁？干什么呀？"言语之中并没有注意到吴小六的存在。

　　吴小六更加恼火了，就说："不就是、是个茶盏吗？大惊小怪，像个娘、娘儿们！"这话分明带有挑衅的意味，朱靖塘坐不住了，就"腾"地站起来指着吴小六说："不得无礼！"吴小六刚好有一肚子火没处发泄，就用语言回击道："老子就无、无礼了，怎么的？"姚珥娘大喊一声："六阿兄，你干什么？"吴小六却像没听见似的，走到朱靖塘跟前，挥拳就打。

　　朱靖塘闪身躲过，吴小六挥拳又打，朱靖塘伸出左手挡住他的拳头，伸出右手一扒拉，吴小六站立不稳，摔倒在地。秦坤郲赶紧过来拉起吴小六，对朱靖塘说："你快进屋去。"朱靖塘就走开了。姚珥娘和李旭轮也走过来，姚珥娘说："又饮得醉醺醺的！"可能酒劲全上来了，吴小六说话含含混混的，就说："你、你、你……老子……"

　　正在"埥净斋"里看书的姚森伯一声叹息。

　　姚伊娘听见了声音，也奔过来，拉住吴小六的胳膊说："六阿兄，怎么又饮多了？难怪赏月时找不到你。"赶紧端来一个茶盏，将茶水灌进他的嘴里。李旭轮对秦坤郲说："秦四郎，麻烦你把他送回去。"秦坤郲就架起吴小六的一只胳膊，扶着他往前走。姚伊娘急忙跟了上去。这时，孙梵天却冒了出来，冷不丁地说："我也去。"来到吴家,进门时孙梵天嗅了一下鼻子,用脚在门槛上踢一下,竟然踢出了沙土,可回头再看时,沙土忽然没了。他皱了一下眉头。

秦坤郧把吴小六放到床上,看着姚伊娘说:"好了吧?"姚伊娘就说:"你们先走吧。"孙梵天在吴家院子里左瞧右看,姚伊娘就问:"孙二郎,你在找什么东西吗?"孙梵天笑了一下。他发现吴家屋角特别清洁,没有一根蛛丝,于是就自言自语道:"好像有蛊虫。"姚伊娘就说:"啊?蛊虫?你是不是看花眼了?"秦坤郧也说:"整天疑神疑鬼的,哪有那么多蛊虫?快走。"推着他走了。

走在路上,孙梵天说:"吴家真的有蛊。"秦坤郧说:"吴家就母子二人,谁会放蛊?吴母?吴小六?我看都不像,这话可别乱说。"孙梵天就说:"吴母会放蛊,我敢肯定。"秦坤郧说:"吴母平常老实厚道,沉默寡言,不像会放蛊,你别瞎猜。"孙梵天就叹口气说:"以后再来吴家时,随身带上几个大蒜。"随后打了一个哈欠,说:"完了,我被放瞌睡蛊了。"秦坤郧就推了他一下,笑着说:"我看你是被自己放蛊了。"

顿了一下,秦坤郧问:"哎,韦团儿诬告皇嗣的两个妃子对圣上放巫蛊,到底是怎么回事儿呀?"孙梵天说:"这我哪知道?我是去年才被师父派到皇嗣身边来的。"秦坤郧就问:"你师父是谁?"孙梵天却说:"在我们老家,经常有巫女在月圆之夜潜入荒山野岭,她们选择一块空地,放上脸盆,然后脱光衣服,一边念咒语,一边跳舞,这时山林中的蝎子等各种毒物就会慢慢接近,爬到脸盆里。巫女把毒物带回家,焙干,就成了蛊药。"

秦坤郧忽然感到一阵阴风吹来,他打了一个冷战。

等秦坤郧和孙梵天走了,姚伊娘端来热水给吴小六擦脸。吴小六嘴里呜呜啦啦地说话,却听不太清楚,姚伊娘就问:"六阿兄,你说什么呀?"吴小六睁眼看了一下,忽然说:"珻娘,珻娘,珻娘阿妹……"伸手抓住姚伊娘的胳膊就往怀里拉。姚伊娘挣不脱,被他拉到怀里,随即一双手就在她身上摸了起来。姚伊娘又羞又气,抬手扇了他一耳光,他这才住手。

姚伊娘站起来整理好衣服,气鼓鼓地说:"饮饮饮,饮死你!"吴小六却迷迷糊糊地说:"有……酒有……肉,才……叫……享受。"姚伊娘犹豫一下,随后却又给吴小六盖好被子,起身"噔噔噔"地跑了出去,沿着镇街往回走去。此时月光如水,满地银辉。快到姚家大院时,突然响起几声狗吠,姚伊娘浑身起了鸡皮疙瘩,大叫一声:"谁?"

……

那么，姚伊娘看到什么了？

她看见两个黑影一闪就不见了，她愣了一下，怀疑自己眼花了，就揉了一下眼睛，狗又叫了起来，越发显出夜的静和声的空。姚伊娘撒腿奔跑起来，跑进姚家大院时差点儿撞到了陈五娘，惹得陈五娘吃惊不小。姚伊娘一口气跑进自己房间，关上房门，捂住胸口愣了好一会儿，倒了一盏茶水，一仰脖子饮了下去。

姚伊娘的眼睛并没有看花，的确是两个黑衣人，朱靖塘也看到了。夜深人静的时候，朱靖塘睡不着，心里老惦记着扇面上的文字。为什么他在月圆之夜看不到传说中的《埔净谣》？睡不着就翻身起来走到院子里，此时月上中天，天空湛蓝。但他无心赏月，他的目光盯着"埔净宫"，心里想着那把扇子。

突然，两条黑影跃上屋顶，沿着屋脊走动。朱靖塘扫眼看见，叫一声："谁？"黑影转身就跑，朱靖塘飞身跃上屋顶去追赶黑影。黑影飞身下房，朱靖塘也飞身下房，死死地咬住黑影。一个黑影突然转身打出一把飞镖，朱靖塘闪身躲过，那飞镖就深深没入树干中。追到树林边，朱靖塘担心有诈，赶紧返回。此时秦坤郧和孙梵天已守在"埔净宫"门口。

秦坤郧问："什么人？"朱靖塘答："估计还是那些黑衣人，死狗奴，老子差点儿追上了。"这时，"埔净宫"里传出一声咳嗽，秦坤郧把手指放在嘴边"嘘"了一声，低声说："没事儿就好，别吵醒了八郎。"这晚，三人交替在"埔净宫"门口守了一夜，黑影再也没出现过。

黑影的确就是黑衣人，而且就是韦团儿和"雪兰花"，她俩原本想到姚家大院一探究竟，却不想就被朱靖塘发现了，不免有些沮丧。回到客栈，韦团儿闷闷地说："没想到那个朱靖塘的轻功如此好！差点儿被他追上了。""雪兰花"说："大堂主，接下来该怎么办？"韦团儿说："继续探试，我不信就找不到机会干掉孙梵天。"

然而，朱靖塘却似乎不想给黑衣人任何机会。

次日一大早，朱靖塘和秦坤郧就向李旭轮禀报了昨夜发生的事情，李旭轮却没有表现出紧张害怕的样子，或许他经历过太多这样的事情，早已习惯了。这些年来，他所生活的环境里到处都是刀光剑影血雨腥风，几个黑衣人，几个杀手，算什么呢？跟神都相比，这里还算安全。

秦坤郧却说这里不安全，不宜久留，建议早点儿离开。朱靖塘说离开了能到哪里去？秦坤郧说，天下之大，难道就没有一处容身之地吗？说完看着李旭轮。李旭轮思忖片刻，说："静观其变。"朱靖塘也说："就住这里，哪也不去，不过以后得加强防范。"怎么防范？三人一合计，就由朱靖塘和秦坤郧找到姚森伯。

朱靖塘把一块金子和一把铜钱放在桌子上。姚森伯不解地看着他。秦坤郧说："姚里正姚公，我家八郎说住在贵府多有打扰，这是一点儿心意。"朱靖塘说："就当饭钱和房费了。"姚森伯看了一眼金子，说："这……不合适吧？"朱靖塘说："我们还要继续住。"秦坤郧就用肘子顶了一下他。姚森伯笑了一下。

秦坤郧接着说："姚公，为了安全起见，我们想再雇请两个保镖，你有合适的吗？介绍一下？"姚森伯就说："你们仨还不够吗？你家八郎真是阔气！"秦坤郧就说："顺便也帮你看家护院。"姚森伯想了想，就说："反正你家八郎有钱，雇多少都行。一个人倒是合适，就是吴小六，可不知道他愿不愿意，我问问吧。"

送走秦坤郧和朱靖塘，姚森伯就找到吴小六，说了秦坤郧的意思，吴小六却脖子一别说："不愿意。"姚森伯说："人家肯花钱，你嫌钱扎手？"吴小六说："阿舅，给你当保镖我愿意，给别人不愿意。"姚森伯就笑着说："要是金吾卫来请你呢？"吴小六说："不去！"姚森伯就拍着他的肩膀说："呵，有志气！唉，可惜了一身好武艺。"

姚森伯找到两个长工和下人，让他们配合秦坤郧和朱靖塘、孙梵天一起看家护院，其中就有那个潘老三。忙完了这些，姚森伯转身往外走，在门口却遇到了大女儿，姚森伯就问："珜娘，姚家私塾还缺个先生，你有合适人选吗？推荐一个。"姚珜娘想了一下，说："哎，有个人倒是挺合适的，但不知……我去问问。"说完就快步走了。

姚珜娘来到"埥净宫"，见李旭轮正坐在笙蹄上闭目养神，就喊一声："嗨！"吓了李旭轮一跳，他揉揉眼睛说："是你呀？吓死人了。"姚珜娘问："喻（李）八郎，这会儿有事吗？"李旭轮摇摇头。姚珜娘就说："带你去个地方。"说完就走了出去。见李旭轮还没出来，姚珜娘就说："快点儿，不去可别后悔！"李旭轮这才走了出来，秦坤郧和朱靖塘、孙梵天急忙跟上。

姚珜娘对父亲说："阿耶，我们去祠堂吧。"姚森伯不解地看着女儿。姚珜娘拉起父亲就走。李旭轮在后面跟着。姚森伯对女儿说："搞什么鬼呀？"姚珜娘说："去了就知道了。"几个人沿着清凉溪走了一阵子，来到一座飞檐翘角的建筑前面，从里面还传出了朗朗的读书声。这就是姚家祠堂。

走进祠堂，右边还设有一个私塾，一个老先生正带领一群孩子读书，个个摇头晃脑的。姚森伯等几个人远远地看着。姚珜娘对李旭轮说："这个杨老先生年纪大了，需要一个年轻的先生来帮他，喻（李）八郎，你愿意吗？"李旭轮没有思想准备，就说："这个……我没当过先生……"姚珋娘说："反正你闲着也是闲着。"

事情来得有点突然，李旭轮面露难色，却也不好拒绝，就尴尬地笑了笑。秦坤郢走过来悄然对李旭轮说："八郎，这里离姚家大院还有段距离，来来去去的恐怕不安全，还是住在姚家大院稳妥。"姚珋娘见李旭轮犹豫不决，就笑着说："我看你第一眼就觉得像私塾先生，所以，这活儿非你莫属。再说了……你总不能白吃白住吧？来当先生，还有工钱。"

李旭轮笑了一下，还是不表态。

一个声音忽然从背后传来："教书育人，开智化悟，功德无量！"众人回头看去，原来是释怀悯师父。姚森伯一看就乐了，说："嗨，大头和尚，怎么哪里都有你？"释怀悯师父说："老衲无处不在。"姚珋娘赶紧双手合十弯腰施礼道："南无阿弥陀佛，师父吉祥。"释怀悯师父也说："南无阿弥陀佛，众生吉祥。"

释怀悯师父随后走到李旭轮跟前说："喻（李）施主吉祥！"李旭轮稍微愣了一下，也弯腰施礼道："法师吉祥！"释怀悯师父突然又对李旭轮弯腰施礼道："先生好！"把李旭轮搞蒙了，就呆呆地看着他，总觉得眼前这个法师有些面熟，虽然他的脸上有重度烧伤的痕迹，并且对他的声音也似曾相识。

释怀悯师父指着那些孩子说："他们都是大唐的子民，将来大唐的江山社稷还要靠他们。"李旭轮吃了一惊，心想这个法师如此说"江山社稷"，莫非他知道我的真实身份？这时，释怀悯师父又说："芸芸众生，便是家国。喻（李）施主，你也曾做过学生，当年你的先生教你的第一堂课，是不是'家国'两字？先生让你反复写这两个字，你很用心，从此就把'家国'记在心中，是这样吗？"

李旭轮惊讶地问："法师怎么知道？"

释怀悯师父又说："老衲无处不在。"

是啊，这个释怀悯师父怎么知道那些往事？那还是李旭轮年幼的时候，跟一群兄弟们一起读书。那时候父亲还健在，李旭轮回家后把自己写在纸上的"家国"两字递给父亲，虽然写得歪歪扭扭，但父亲仍接过来认认真真地看，随后母亲又拿过去认认真真地看，两人对视一眼，都夸了他。

是啊，家国，家国，有家才有国。如今国在，可家呢？想到这里只觉得心潮起伏。这时又听见释怀悯师父说："这些孩子都是大唐的子民，也是大唐的未来，培养他们，就是培养大唐的未来。喻（李）施主，你明白老衲的意思吗？"李旭轮还在想，在什么地方见过这个释怀悯师父，一时走了神。释怀悯师父又问："喻（李）施主，你明白老衲的意思吗？"李旭轮这才回过神来，忽然快步走进私塾。

李旭轮在众人不解的目光中走进私塾，拿过一张纸铺在桌子上，拿起毛笔饱蘸墨汁，在纸上写下大大的两个字：家国。随后，他拿起纸张，将"家国"两字展现给学生们，对着大家笑了起来。释怀悯师父和姚森伯等人也笑了起来。那时的李旭轮可能不曾想到，这些学生中有个叫孟佼然的，后来成为大诗人；还有一个叫崔世全的，后来成为平定"安史之乱"的重要将领。好几个学生都成为李旭轮的儿子李隆基时代的重臣。

　　这时，一张土灰的脸在门口露了出来，用羡慕的眼光看着私塾里的孩子们。姚珝娘眼尖，一下就认出是潘老三（孟七娘）的大女儿，就过去把她拉过来，问："你怎么来了？"小姑娘低头不说话。姚珝娘掏出手帕替她擦掉脸上的灰尘。小姑娘一直用羡慕的眼神看着私塾里的孩子。姚珝娘似乎明白了，就问："想读书吗？"小姑娘使劲儿地点点头。

　　姚珝娘把小姑娘拉到父亲面前说："阿耶，这是潘老三（孟七娘）的大女儿，也想来读书，你看……"姚森伯点了一下头，说："你安排吧。"随即转身看着释怀悯师父，释怀悯师父就说："饮茶？"姚森伯一拍手说："走，饮茶去！"两人便相跟着离开私塾。

　　姚珝娘看了看小姑娘，忽然拉起她就走，一直走到清凉溪边，说："看你满脸灰尘，来，珝娘给你洗洗。"随即掏出手巾蘸着溪水给她擦洗。洗掉了脸上的灰尘，姚珝娘发现这个小姑娘有一张俊俏的脸庞，于是就心生欢喜，问道："你叫什么名字呀？"小姑娘说："我没有名字，阿耶阿娘都叫我小娘。"姚珝娘想了一下，说："那，就叫你潘小娘吧。"

　　随后，姚珝娘把潘小娘领进私塾坐在一个凳子上。李旭轮已开始给学生们讲课，姚珝娘和朱靖塘、秦坤郧、孙梵天都坐在下面听。姚珝娘看了潘小娘一眼，只见她听得很用心，姚珝娘忽然就有了一个想法。放学后，姚珝娘把潘小娘带回家，叫过孟七娘说："孟七娘，有件事儿想跟你商量下，我想把你家小娘留在身边当丫鬟，有空时还可以去私塾读书，怎么样？"

　　潘小娘一听这话大吃一惊。孟七娘愣了一会儿，急忙说："啊，这……真是遇到菩萨了，好啊……就怕我家小娘笨手笨脚惹你生气……"姚珝娘弯腰对潘小娘说："你愿意吗？"潘小娘使劲儿地点点头。这时，李旭轮走了过来。姚珝娘就转头对李旭轮弯腰施礼说："喻（李）老师好！"说完自己却笑了起来，因为那时候还没流行用"老师"当面称呼人的。

　　李旭轮也笑了。姚珝娘就指着潘小娘，对李旭轮说："她是你的学生，也可帮你干点儿杂活儿。"李旭轮双手抱拳道："遵命！"他的举动把大家都逗笑了。笑过之后，姚珝娘说："孟七娘，小娘来我这儿了，以后你家茶园的活儿，她可就帮不上忙了，你跟潘老三要多担待。"孟七娘却脸色一暗，说："我家茶园……没了……"姚珝娘猛然想起此前的事情，就说："哦，我倒忘了……那可恶的赵鸿垚……"孟七娘背过身抹眼睛，一边说："珝娘，那个赵鸿垚真该来受你度化……"

姚珝娘就笑着说："我倒真想用佛法度他。"

赵鸿垚此时正在县城里拜会胡左伟。他把一块淡蓝色的玉石递给胡左伟，说："请胡县令笑纳。"胡左伟伸手接过来举在眼前看了一会儿，说："客气了。"赵鸿垚却说："这是一个朋友送给胡县令的。"胡左伟有些不解地问："一个朋友，谁呀？"赵鸿垚说："一个来历不明的朋友。"胡左伟就说："你个'笑面妖'，有话直说，别绕弯子。"

赵鸿垚就说："此人叫喻莽廷（李旭轮），住在青石桥镇上的姚里正家，来历不明，但出手大方，想来不是一般人物。这个玉石，就是他送给我的，可我自觉福德不够承受不起，所以就转呈胡县令。"胡左伟看着玉石沉吟片刻，站起来说："有意思，若有空我也要会会他。"赵鸿垚和韩益康相视一笑。

胡左伟又问："征用茶园的事儿，进展得怎么样了？"赵鸿垚回答道："正在按县令吩咐办。"胡左伟却抬手指了一下天空，压低声音说："是按梁王的吩咐办。"赵鸿垚就说："我只听命于胡县令。"胡左伟点点头说："我只听命于梁王，他送的酒不能白吃……关键时候，可不能出纰漏。"赵鸿垚却说："听说梁王在酒里下了蛊，然后经常把酒送给属下，属下吃了酒就对他忠心耿耿……"

胡左伟却哈哈一笑说："能为梁王效命，你不觉得很荣幸吗？我还想吃圣上赐的酒呢……同富贵，共进退，先把眼前的事办好，梁王不会亏待我们……"赵鸿垚就说："有几个刁民死活不愿意，很难缠，姚森伯态度也很含糊。怎么办？"胡左伟却说："这还让我教你怎么做？"赵鸿垚就说："属下明白……那些刁民要是吃了梁王的蛊酒，就会乖乖地交出茶园。"胡左伟挥了一下手，赵鸿垚就起身告辞。

刚走出县衙，韩益康就急不可耐地对赵鸿垚拍马屁说："耆老真是厉害！把玉石送给县令真是一箭三雕啊！一来显示自己廉洁，二来表明自己对县令忠心，三来也把县令绑在一起了。"赵鸿垚却说："想要仕途安稳，既要背靠大树，又不能被大树压死，难啦！"韩益康却冒出一句："嗨，当官好，当官好，酒色财气都不少！"两人沿着街道一边走一边聊，感觉肚子饿了就拐进一家饭馆。

刚坐下，就见一个人也进来了，定睛一瞧原来是姚嘉木，赵鸿垚就招呼道："哎，姚大郎！"姚嘉木听见喊声扭头一看是赵鸿垚，急忙走过来说："哎哟，原来是赵耆老二位呀，真是太巧了！"说着就坐了下来，又说："今儿中午我请客，好好饮几杯！"随后叫过博士（唐朝时对服务员的称呼）开始点菜，鸡鸭鱼肉自然是少不了的，还点了一个在唐朝很流行后来几乎销声匿迹的蔬菜——薤。

姚嘉木很大方，又点了清酒，而且是煮热了吃，叫作"烧春"。不一会儿博士把酒菜端上来，三人开始吃肉吃酒推杯换盏。酒酣耳热之际，赵鸿垚问："姚大郎，来县城做生意？"姚嘉木点点头说："准备收些夏茶，倒腾到神都去。"赵鸿垚说："姚大郎脑袋就是灵光，做生意的好料！"姚嘉木摆摆手，反问："哎，赵耆老来县城是公干吧？"

赵鸿垚一边吃菜一边说："对，为了征用茶园的事儿，县令特意召见我。唉，难啦！"后面的尾音拖得很长，似乎话中有话。姚嘉木就问："有什么难处，说来听听？"赵鸿垚就说："上面说要扩大贡茶采摘面积，可这茶园不是一天两天就能长好的，只能向茶农征用，可茶农都不愿意，阻力大呀！"

姚嘉木吃了一口酒，说："既然大家都不愿意，把补偿标准提高，怎么样？"赵鸿垚就说："这个我早就想到了，可你猜上面怎么说？钱没有多的，每亩就二十个铜板，多一文都没有，县里还鼓励自愿捐献，以表达对圣上的忠心。"韩益康忽然冒出一句："溥天之下，莫非王土。"姚嘉木就接了一句："率土之滨，莫非王臣。"韩益康笑着说："嗨，当官好，当官好，酒色财气都不少！"

姚嘉木悄然笑了一下，举杯说："来，敬赵耆老！敬韩管家！"赵鸿垚和韩益康端起酒杯一吃而尽。赵鸿垚放下酒杯，抹了一下嘴，说："哎，姚大郎，住在你家的那个喻舜廷（李旭轮），什么来头呀？"姚嘉木眼珠一转，说："这个，你是知道的，我常年在外面贩茶，家里的事儿基本不管，那个喻舜廷（李旭轮）什么来头，我真不知道。"

赵鸿垚笑着点点头，却又说："假如那喻舜廷（李旭轮）是上头下来的，姚大郎，你会不会借此攀缘？"姚嘉木正在吃酒，就握住酒杯愣了一下，随即说："这个……一切随缘，我是生意人，对官场不感兴趣，倒是赵耆老不要错过机会……"赵鸿垚就岔开话题说："大郎，听说你从南州府带回了上好的海狗鞭酒，什么时候请我们尝一下？送我一罐？"姚嘉木却说："耆老不怕我在酒里下蛊？"赵鸿垚愣了一下，哈哈大笑。三个人又说了几句闲话，酒足饭饱后便分手了。

说到海狗鞭酒，我忽然想到了一个人，唐懿宗李漼，据说此君在统治后期极其骄奢淫逸，因纵欲过度，导致身体十分虚弱，遂命太医研制壮阳补药。有人敬献了海狗鞭酒，李漼服用后果然有效，于是便更加频繁地临幸宫女。没办法，后宫佳丽三千，个个都盼着承欢接爱啊，当皇帝确实不容易！可惜李漼只活了四十一岁。

好了，闲话少说，回归正题。

姚嘉木办完事后，傍晚时分回到家里。陈五娘给他端来茶水，他饮了一会儿，说："抽空再去找邹郎中拿几服药。"陈五娘点头答应，侍立一边。姚嘉木又说："再不生养，就休了你。"陈五娘浑身哆嗦了一下。然而，姚嘉木说归说，按大唐律法，正妻年满五十岁以上无子才能被休。陈五娘小心翼翼地说："要不，郎君再娶一房。"姚嘉木却摆摆手说："以后再说。"

姚嘉木随后来到"靖净斋"。姚森伯正在看书，见儿子进来就说："阿郎，回来了？"姚嘉木点点头，坐了下来，说："阿耶，我今天在县城遇到赵鸿垚了，他拐弯抹角地打听喻荨廷（李旭轮）的情况，看样子是盯上他了，这恐怕对我们不利。"姚森伯放下书，沉吟片刻，说："依你看，会有什么不利？"

姚嘉木说："这个……一时半会儿还说不清。"忽然看见桌子上有一个铜钱，拿起来一看，只见铜钱是"开元通宝"，背后刻着半月形印记，跟其他的铜钱不一样，于是就好奇地问："阿耶，这铜钱哪来的？"姚森伯回答说："是那个秦坤郿送来的，说是当房费和饭费，还有一块金子。"姚嘉木就说："啊，还有金子？"

姚森伯示意儿子不要大声。姚嘉木就低声说："阿耶，那个喻荨廷（李旭轮）究竟什么来头？"姚森伯说："这个……得问你阿妹珣娘。"姚嘉木把那枚铜钱举在眼前看了一会儿，说："阿耶，我想去见见喻荨廷（李旭轮）……这枚铜钱送给我好吗？"姚森伯就挥挥手说："是该去见见……喜欢就都拿去。"姚嘉木就把铜钱塞进自己腰带里。

姚嘉木走到"靖净宫"门口时，李旭轮刚好出来，姚嘉木就拱手打招呼说："喻（李）八郎，别来无恙？"李旭轮怔了一下，也拱手说："哟，是姚大郎啊，回来了？"姚嘉木问："这是要出门吗？"李旭轮就指着远山说："夕阳西下，风光无限，想出去走走，姚大郎有兴趣吗？"姚嘉木说："好啊，去走走。"

两人并肩出门，朱靖塘和秦坤郿跟在后面。

姚家大院门口有一条清凉溪，溪上架着一座青石桥。李旭轮走到桥上，看着远处渐渐西沉的太阳，太阳的余晖洒在对面的茶园里，氤氲起一片温馨。姚嘉木指着茶园说："这些茶园都是我家的。"李旭轮就说："姚大郎经营有方，乃上等茶人，好！"姚嘉木却摆了一下手说："经营再有方，也顶不上官府的一纸文书。"李旭轮就问："什么意思啊？"

姚嘉木就叹了一口气，说："我们这里出产的茶叶品质很好，每年新茶上市时，地方官府都要来拿走不少，说是送给朝廷的贡品，这几年逐年加码，十之三四都被拿走了，一分钱不给。茶叶可是茶农辛苦种的，采的，蒸的，不是天上掉下来的，这样做还叫人活吗？"

李旭轮问："那，茶农们有怨言吗？"姚嘉木说："嗨，官方说茶农都是自愿捐献，那是骗人的，有几个自愿的？怨声载道哦！听说我们这里还要设'官焙'（官办的茶场），唉！"李旭轮心里想，这个姚嘉木为什么要对我说这些？难道他也知道了我的真实身份？就说："嗨，这些对我来说，简直就像听天书……"

姚嘉木立即接过话头说："天书天书，天子之书，就是诏书。一纸诏书，这茶园就成了天子的，喻（李）八郎，你说这合理吗？"李旭轮愣了一下，赶紧说："这个……我一介书生，哪里懂得这些？"姚嘉木却笑着说："喻（李）八郎从上头来，见过大世面……"李旭轮却转头看着远处的茶园。姚嘉木好像猜到了他的心思，就说："哈哈，随便说说，随便说说。"

这时，姚珝娘和阿妹走了过来。姚伊娘老远就看见姚嘉木腰带上挂着的黄色香囊，跑过来伸手就摘了下来，说："好漂亮的香囊，拿来我看看。"说完就跑了。姚嘉木就指着姚伊娘的背影说："伊娘，你……"李旭轮看了一眼，只觉得黄色香囊好面熟。姚嘉木有些尴尬地对李旭轮说："这个黄色香囊……是六阿弟送给我的，嘿嘿，好精致！"

李旭轮笑了一下，眼睛却看着姚珝娘。

姚珝娘也抿嘴笑了一下，转而看着李旭轮说："怎么样？这两天当老师适应了吧？"李旭轮笑着说："勉为其难。"姚嘉木感觉自己有些多余，就拱手对李旭轮说："喻（李）八郎，你们聊。"抬脚就走了，没走多远却看见赵鸿垚带着几个人从远处匆匆走过，好像发生了什么事情，于是就好奇地跟了上去。一路紧跟着来到潘老三家，只见赵鸿垚一脚把门踢开，厉声说："潘老三！"

潘老三走了出来，一脸的疲倦。

潘老三一见赵鸿垚，腿肚子都颤抖起来，忙不迭地问："耆、耆老，有、有事吗？"赵鸿垚双手抶腰说："你那茶园补偿都到位了，钱都给你了，不许你再乱讲了，不然的话，我就废了你。"潘老三一听就急了，说："十、十、十、十几个铜、铜、铜、板、板就、就、就把我们打、打发了？不、不行！"

赵鸿垚冷笑一声说："给你十几个铜板那是优待你了，因为我可怜你，明白吗？有的一文没有，完全是捐赠，明白吗？"这时孟七娘走了出来，赵鸿垚从她身上闻到了一股似曾相识的奇异的味道，于是就眼睛放光，死死地盯着她看，直看得孟七娘低了头。赵鸿垚看着潘老三笑了一下，说："潘老三，你说话不清楚，有什么想法让你娘子找我。"说完又看了一眼孟七娘。孟七娘浑身颤抖了一下，她分明感到了两道淫邪的目光。

没过多久，陈五娘也感到了两道淫邪的目光。这天下午，她去找邹郎中抓了两服药，回来走到山林里时天色昏暗，心里忽然觉得不踏实，就加快了脚步。走到一块巨石旁边，迎面走来了两个黑衣人，其中一个胖胖的见陈五娘面容姣好，身材匀称，顿时就起了非分之想。他拦住陈五娘说："娘子，去哪里呀？"

陈五娘瞪了胖黑衣人一眼，想侧身走过。胖黑衣人却笑嘻嘻地说："别急着走嘛。"说完就张开双臂要来抱她。陈五娘紧张地说："你想干什么？让开！"胖黑衣人不再说话，上来就抱住陈五娘，拖到旁边的树林里，把她按在地上，开始扒她的衣服。药包掉落在地上。陈五娘惊恐地大叫："你……住手！畜生！"

关键时候，一个石子飞来击中胖黑衣人的脑袋，他骤然扑倒在地，随即又翻身爬起，骂道："哪个死狗奴？敢打老子？"话音刚落，一个人便跳了过来，正是朱靖塘。只见他抬脚一踢，胖黑衣人便滚到一边。另一个黑衣人急忙过来拔剑相助，朱靖塘闪身躲过，顺手一掌，便把他打了个跟跄。胖黑衣人缓过劲来，也扑上来挥拳就打，却根本不是对手。两个黑衣人见势不妙，拔腿就跑了。

朱靖塘转头去看陈五娘，她正在扣衣服，又整理好头发，想站起来却没成功。朱靖塘就把她扶了起来。陈五娘捡起药包，低头红脸说："多谢朱壮士相救。"朱靖塘说："一个人最好不要从这里走。"陈五娘犹豫了一下，说："今天的事儿……不要……说出去好吗？"朱靖塘点了一下头。陈五娘转身快步走了。

陈五娘走到清凉溪边时，刚好遇到吴小六，他看陈五娘有些慌张，身上还沾着草叶，就问："五娘，从哪里回来呀？"陈五娘举起一个纸包说："去找邹郎中抓药。"说完匆匆走过。没过多久，朱靖塘也走了过来，也许刚才打斗的缘故，他身上也沾着草叶。朱靖塘看见吴小六，犹豫了一下，还是硬着头皮打招呼说："六……"

吴小六却扭头就走了，走进姚家大院碰到姚伊娘正要出门，一见吴小六就笑了起来，举着一个黄色的香囊说："六阿兄，是这个香囊吗？"吴小六点点头说："怎么在你这里？"姚伊娘说："我拿过来玩玩，也学着做香囊。"这时姚嘉木走过来说:"阿妹,做好香囊送情郎吗?"姚伊娘说:"阿兄又乱说。"红着脸看了吴小六一眼,转身就跑。

吴小六问姚嘉木:"阿兄,玥娘呢?"姚嘉木朝"靖净岩"努了一下嘴。吴小六走进"靖净岩",姚玥娘正在往罐子里装茶。吴小六问:"玥娘,要我帮忙吗?"姚玥娘头也不抬地说:"不用。"吴小六站了一会儿,就说:"我阿娘说把煮茶的罐子借用一下。"姚玥娘就起身拿过罐子递给他。

两天后,吴小六才还回罐子。

这天午后,阳光明媚。李旭轮小睡了一会儿,起来后觉得格外精神。转眼间两个月过去了,在姚家父女的悉心照顾下,身上的伤已经痊愈,可心头的伤痕呢?想来仍是让人郁闷。既然郁闷索性就不去想,所以,这些日子里,睡觉起来第一件事就是饮茶,连饮四盏,直到额头沁出细密的汗珠。在茶水的浸润下,心情也慢慢好了起来。

需要补充交代一下,姚家是当地大户,拥有数十亩茶园,大都租给佃农种,只留很少一部分自用,且雇有长工、用人,还蓄有数个男奴女婢,原本不需要自己干活便可锦衣玉食,但姚家人对茶情有独钟,就把弄茶当作一种消遣,姚森伯喜欢种茶,姚伊娘喜欢采茶,姚玥娘喜欢制茶,姚嘉木喜欢贩茶,各有所长,相得益彰。

今年天气格外暖和,所以春茶生产周期比较长。这些天忙着炒制、加工、封装茶叶,姚玥娘忙得团团转。尽管如此,每天早中晚三个时候,她都会将茶煮好,然后送一罐来供李旭轮和秦坤郧、朱靖塬、孙梵天饮用。每次来的时候都会看见李旭轮弯腰在桌子前写字,姚玥娘笑着点点头,李旭轮也笑着点点头。

接触了一段时间,姚玥娘再见到李旭轮时没来由脸就红了起来,反倒有了一种生疏感,渴望见到却又害怕见到,这是俗世中的姚玥娘的真切感受,这或许就是一种"欲近之,先远之"的状态吧。无论怎样,好戏都已拉开帷幕。于是,又给李旭轮送茶水的时候,姚玥娘忽然说:"喻(李)八郎,可以给我写几个字吗?"

李旭轮说:"写什么?"

姚玥娘想了一下说:"也写'靖净茶'吧?"

李旭轮点点头,继续写。

姚玥娘等了一会儿,就问:"怎么不写呀?"

李旭轮笑着说:"我得琢磨一下嘛。"

姚玥娘想想也是,就迈步出去了。

傍晚时分，李旭轮拿着一张纸走进"埥净岩"，姚琦娘跟姚伊娘和潘小娘正在忙碌。李旭轮扬了一下手里的纸，说："字写好了。"说完递给姚琦娘。姚琦娘展开纸一看，上面写着三个大字："埥净茶。"题款处还有一行小字："喻莽廷（李旭轮）敬赠。"姚伊娘就凑上前大呼小叫："哇，写得真好！阿姐，专门写给你的哦！"

姚琦娘满心欢喜，把那几个字看了又看，又抬头看李旭轮，李旭轮正含笑看着她，姚琦娘迎着李旭轮的目光看过去没有丝毫的回避。一种暧昧的氛围在两人之间荡漾。或许姚伊娘看出了一点端倪，就拉着潘小娘走了出去。姚琦娘说："我要把这幅字装裱起来挂在茶室里。"李旭轮问："茶室？在哪里呀？"

姚琦娘说："啊，你还没去过茶室吗？"

李旭轮两手一摊说："没人请我呀？"

姚琦娘收起纸张说："跟我来。"

"埥净岩"旁边有一间房子掩映在花木丛中，门上写着"埥净馆"。门一打开，李旭轮就闻到了一股特有的香气，走进去一看，只见屋子中间摆着一张桌子，几把笙蹄，靠墙是一组柜子，里面摆放着坛坛罐罐。柜子旁边摆着一个佛龛，上面供奉着一尊石雕的佛祖像，佛祖像前面摆着一个青铜香炉，里面插着香烛，正冒着青烟。

姚琦娘对着石雕佛祖像拜了三拜，双手合十默念了几句"南无阿弥陀佛"。李旭轮说："好雅致的地方！就像……你的闺房一样？"说完却觉得不妥，笑了一下。姚琦娘却说："闺房也比不上这里，因为这里有茶。"说完也笑了。李旭轮接过话头说："还有佛祖，或许，这是你心中的一块净土吧？"

姚琦娘的眉毛跳了一下，紧跟着心也跳了一下，就用心地看了一眼李旭轮，只见他面色沉静，气定神闲，她兀自就红了脸，就胡乱找到一句话："难道不是你心中的净土吗？"李旭轮笑了一下，忽然对着佛祖像拜了三拜。姚琦娘指了一下笙蹄，说："请。"李旭轮却没有坐下，而是径直走向柜子随手打开一个坛子，一阵芬芳扑面而来。

李旭轮忍不住叫道："好香的茶！"

姚琦娘说："新茶大都放在这里。"

李旭轮说："时新送人，我应该有这口福吧？"

姚琦娘笑了一下，转身朝门外喊："伊娘，来，拿些茶过去煮。"姚伊娘却回答："你专属的煮茶的罐子被六阿兄借走了，阿姐忘了？"姚琦娘一拍脑袋，说：

"借走了？哦，瞧我这记性。"转头看着李旭轮说："那……怎么办呀？"李旭轮就说："煮不成茶了……也没关系，就饮点儿白开水吧。"姚珬娘于是起身去厨房拎来一壶开水。

姚珬娘倒了一盏白开水递给李旭轮，说："埥净山上有个'息龙泉'，也叫'龙潭顶'，水质清冽，甘甜爽口，我经常用那里的泉水煮茶。今天不能煮茶了，就凑合着饮点儿白开水吧。"接连饮了一个多月的埥净茶，今天忽然没得饮了，还真有点儿不习惯。李旭轮端起白开水饮了几口，总觉得平淡无味，不仅少了几分口感，也少了几分心绪。瞥了一眼柜子上的坛子，忽然就有了一个想法，于是起身搬来坛子，从里面抓出一小把茶叶。

李旭轮仔细观察手中的茶叶，只见茶叶呈扁平状，轻轻一捻便粉碎了，外形条索紧细，挺秀显毫；色泽绿润丰盈，亮度均匀；内质香高持久，有栗香气。放在嘴里嚼一下，顿觉滋味鲜醇甘爽，回味悠长，就问："这茶……不像老茶黑乎乎的，好不一般！"姚珬娘就说："一般的茶，先将采下的鲜叶，在甑釜中蒸，再用杵臼捣碎，然后拍制成团饼，最后将团饼茶穿起来焙干、封存。"

李旭轮嘴里嚼着茶叶，认真地听着。

姚珬娘接着说："可也有特殊，比如我们这里就有不蒸不捣不拍的散茶，叫作'炒青绿茶'，就是这种。不过这种茶不同于'蒸青绿茶'，极难存放，必须饮新鲜的，所以基本上没人炒制也没人饮用，绝大多数人饮的还是团饼茶，有的甚至是老陈茶。我今年心血来潮，试做了一斤'炒青'，你赶上了真是幸运。"

李旭轮笑了一下，把茶叶丢进盏里，将开水冲了进去。

滚烫的开水一接触茶叶，便发生奇妙的变化。

干燥的茶叶遇水后好像发出了声音，叶片舒张的声音，扁平的叶片开始膨胀，慢慢显露出一芽一叶的原型，变得饱满、圆润、丰盈，像仙女一样在盏中翩翩起舞。茶叶先是浮了起来，然后又沉了下去，如此反复三次；一些茶叶快速浮起，下沉的时候却非常缓慢，好像是依依不舍极不情愿。总之，茶叶被开水冲泡后汤色杏绿、清澈、明亮，盏中茶叶时起时落既像银鱼游翔，又如金枪飞舞。

从来没见过这样的情景，李旭轮看呆了。

李旭轮兴奋地说："快看这盏中的茶叶，有起有落，真有意思！"姚珬娘也注意到了，就仔细观察起来，好久才说："我很小就跟茶叶打交道，还从未这样冲泡过茶叶，今天算是长了见识……哎，你怎么想到用这种方式？"李旭轮说："我嘛，也是灵光一闪，说到底还是你这茶室给了我启发……"

也许您早就知道，唐朝时饮茶已成为社会风尚，但那时人们饮茶还是用煮的方式，甚至在茶汤中添加进一些佐料，更像是汤品，几乎没有人用这种冲泡的方式，所以李旭轮的做法算是开了先河。若干年后，由于李旭轮的大力提倡，冲泡的方式终于流行开来，甚至影响到陆羽的习惯，也在某种程度上促进了散装绿茶的发展。

李旭轮饮了一口茶，只觉得香气瞬间沁入心脾，妙不可言，就说："我觉得这才是埻净茶中的极品，好看、好闻、好喝。"姚珦娘立即接了一句："解惑安民！"说完却笑了一下，眼前忽然又出现师父的身影，用浑厚的声音对她说：你要用茶的醇厚和心的柔情为他疗伤，记住，这是你的使命。那一瞬间，姚珦娘忽然觉得自己又不是自己了，又变得严肃认真不苟言笑了，她说："不管上品还是下品，都是茗品……你看盏中的茶都落下了，起起落落，终归平静，没有永远的起，只有永远的落。"

李旭轮沉浸在茶香中，看着茶盏中的叶片像仙女一样翩然起舞，忽然就想到了心爱的刘妃……这时听见了姚珦娘说的话，只好收起心思，看着她说："你是在说茶吗？"姚珦娘没有回答，而是接着说："这就像饮茶一样，几盏上好的埻净茶饮到肚子里人就飘飘然，如同神仙上了天，可等茶劲儿一散，人还是人，又落在地上……"

姚珦娘顿了一下，继续说："其实不只是盏中茶，人这一辈子也难免会有起有落，甚至是几起几落，起的时候志得意满，落的时候垂头丧气，殊不知起的时候已经暗含着落的先兆，只是很多人都不明白……唉，茶如人生，人生如茶，既然如此，起的时候不妨一盏茶，落的时候不妨茶一盏……"

李旭轮惊讶地看着姚珦娘，没想到一个乡间女子居然说出这样的话来，心想，她这是在说我吗？怎么越听越像是在说我？难道她了解我的经历？知道我是谁？你瞧她说话的神态语气，多像我曾经的刘妃、窦妃，我心爱的女人！李旭轮胡乱想着，眼睛却始终不离姚珦娘。

可这会儿姚珦娘已回过神来，笑嘻嘻地说："你知道这盏中的茶叶为什么有起有落吗？"李旭轮摇摇头。姚珦娘就说："刚开始的时候茶叶枯瘦如柴，很干很轻，所以就升起了；后来吸饱了水分，变得肥头大耳了，很沉很重，所以就降落了，哈哈哈哈……"

李旭轮愣怔了一下，想笑却笑不出来，忽然冒出一句："你是说我吗？"姚珦娘摇摇头。李旭轮又说："莫非……你知道我是谁？"姚珦娘说："当然。"李旭轮吃惊地看着姚瑃娘。姚瑃娘却又说："我知道，你不是……喻荈廷（李旭轮）……喻（李）八郎吗？哈哈哈……"李旭轮"嗨"了一声，紧绷的神经立即松弛下来，忽然一把抓住姚瑃娘的手。

姚瑃娘的手缩了一下却没有移开，只是轻声问了一下："你干什么呀？"李旭轮抓得更紧了，嘴里说："我、我、我……"姚瑃娘满脸羞红，眯着眼睛看李旭轮。或许她看见的，不只是李旭轮一个人，还有李旭轮背后的人，包括他的母亲、阿兄、儿子……尽管如此，或许她所看见的，也只是一个王朝的侧面……

而我今天在这里讲述的，只是一个王朝的背影。

再来看那李旭轮，他用手指蘸了茶水在桌子上写下几个字：我喜欢你。姚瑃娘看了便低下头，再抬起头时依然满脸红晕，却是大胆地长久地看着李旭轮。李旭轮的嘴巴向姚瑃娘凑过去，姚瑃娘的嘴巴也向李旭轮凑过去。就在这时，吴小六忽然闯了进来，高喉咙大嗓门说："瑃娘，还你茶罐罐……"

话音未落吴小六便惊呆了，直愣愣地看着姚瑃娘和李旭轮。姚瑃娘立即反应过来，赶紧从李旭轮手中抽出手，端起茶盏，大声说："这是我试做的炒青绿茶，一芽一叶。你看这芽头细嫩，条索曲紧满披白毫，有如霜裹，栗香清鲜，墨绿油润，清澈明亮，是靖净茶中的上上品……哎，六阿兄，等茶不如撞茶，来得正好……"

吴小六明白这是姚瑃娘在掩饰，越是这样越说明她跟那个李旭轮之间有鬼，于是便用力跺了一下脚，"哼"了一声，扔下茶罐就走。茶罐被掼在地上，"哐啷"一声破碎了。姚瑃娘沉下脸来，急忙追出去喊："你干吗？跟茶罐有仇？"李旭轮也走出来说："六阿兄，饮盏茶再走？"回答他们的却是吴小六那粗重的呼吸声和慌乱的脚步声。

姚伊娘听见响动，立即从"靖净岩"里跑出来，一见吴小六，就说："六阿兄，怎么跑了？回来饮茶！"一边说一边追了上去，可吴小六眨眼间就跑得无影无踪。姚瑃娘就大喊一声："阿妹，回来，让他走！"姚伊娘只好转回身来，暗中白了阿姐一眼。潘小娘把这一切看在眼里，只觉得好玩。

姚瑃娘看着吴小六的背影犹豫了一小会儿，忽然就想，我为什么要掩饰自己？我做自己喜欢做的事情难道不好吗？为什么那么在乎别人的感受？但当她意识到自己是在掩饰什么时，却猛然又红了脸，急忙说出一句："头泡香，二泡浓，三泡四泡回味无穷，来，饮茶……好看、好闻、好喝……"

吴小六一口气跑到村子东头的一棵大槐树下，树下是一片空地，那是他经常练功的地方，此时秦坤郧和朱靖塘正坐在旁边的石凳子上休息。见吴小六来了，秦坤郧急忙起身迎上前说："六阿兄，你来了？"吴小六却二话不说，挥拳就打。秦坤郧莫名其妙挨了一拳，急忙跳开一步，不解地问："六阿兄，为什么打我？"朱靖塘紧紧地握住手中的镰刀，警惕地看着吴小六。

可吴小六并不回答，挥拳又打过来。秦坤郧连让三拳，急了便说："六阿兄，再打我就要还手了。"吴小六还是没有住手，秦坤郧被迫还击，两人便拳来脚往，倒也十分精彩。朱靖塘见吴小六出招还有所克制，并非致命，便松了一口气，坐在旁边观战。吴小六忽然从腰间抽出两把短刀指着秦坤郧说："拿起你的剑！使出你的绝招！"秦坤郧一个跳跃便握剑在手，接下来便是刀光剑影乒乓作响。

秦坤郧剑术果然不错。几个回合后，吴小六猛然想起那几个黑衣人说的话"秦坤郧是侍卫中剑术最高超的……"就跳开一步，大叫一声："秦坤郧！"秦坤郧随口应道："哎……干什么啊？"吴小六用刀指着他说："你们到底是什么人？"秦坤郧稳住神说："六阿兄，你在说什么呀？"吴小六说："你，还有那个喻荓廷（李旭轮），还有……朱靖塘、孙梵天，你们到底是什么人？"朱靖塘又紧紧地握住镰刀柄。

秦坤郧思忖片刻说："六阿兄，你这是怎么了？谁惹你生气了？"吴小六气呼呼地说："那个喻荓廷（李旭轮），他、他、他、他勾引良家妇女，你们，不是好人！"说完扔掉刀，抱头蹲在地上。秦坤郧顿然明白了，一番权衡后走过去扶住吴小六的肩膀，说："六阿兄，原来为这个呀，你消消气，我去问问喻（李）八郎……"

吴小六却猛然起身，拾起短刀就走了。

秦坤郧望着吴小六的背影，对朱靖塘说："没想到这个吴小六如此忌妒八郎。"朱靖塘说："忌妒也没用，你没发现那个姚琋娘对八郎有意？"秦坤郧说："我担心吴小六因爱生恨，失去理智，干出蠢事来。"朱靖塘沉吟一下说："那就让八郎娶了姚琋娘，彻底断了吴小六的念想！"秦坤郧想了一下，点点头。天黑时他俩起身回家，可他们哪里知道，有两个黑衣人一直尾随着他们，直到他们俩走进姚家大院，那两个黑衣人才消失。

回头再说吴小六，回到家里倒头便睡。母亲过来叫他吃饭，回答说很累不想吃。吴母看着儿子，忽然嘀咕一句："瞧你失魂落魄的样子，莫非被人放了情蛊？"吴小六却不理会，一直睡到夜半时分感觉饿了才爬起来胡乱吃了一些饭。这时候，他发现母亲的房间里亮着灯，就透过窗户看了一眼，只见母亲正手捧一个小陶罐，对着小陶罐念念叨叨的。吴小六对这没兴趣，便又倒在床上，却怎么也睡不着了，于是就爬起来别上短刀出了门。

吴小六在自家大门口游荡一会儿，而后鬼使神差般朝姚家大院走去，刚走到大门口时忽然看见两个黑衣人窜了出来，正准备翻墙而入。吴小六大吼一声："谁？"两个黑衣人也不答话，冲过来挥刀便砍。吴小六抽出短刀迎战，两把短刀在他手中舞得虎虎生风，近身相搏更显出短刀的优势，吴小六越战越勇，两个黑衣人不敢恋战，便抽身而去。

第二天早上，姚森伯刚吃过饭正在书房"靖净斋"里饮茶，吴小六忽然闯了进来，抱拳施礼说："阿舅，小六有要事禀告。"姚森伯放下茶盏说："小六郎啊，一大早的，什么事儿呀？"吴小六就说："我感觉那个喻荈廷（李旭轮）和秦坤郧、朱靖塘、孙梵天来路不明，会给我们带来麻烦，所以请阿舅赶走他们。"

姚森伯站起来问："你怎么肯定他们会带来麻烦？"吴小六就把昨天晚上发生的事讲述一遍。姚森伯问："这是真的吗？"吴小六回答说："我愿用人头担保。那四个人很可能是犯了事的来此躲藏，若不赶走他们，我们将有厄运降临。再说阿舅是里正，上头知道了会有包庇之嫌。"

姚森伯没有说话。吴小六又说："还有一件事儿……"姚森伯等了一会儿不见后话，就说："怎么不说了？"吴小六说："还有……我担心……珻娘……被……那个喻荈廷（李旭轮）……拐走了……"姚森伯心里明白了八九分，站在窗前想了一会儿，挥挥手说："你先回去吧，我自有办法。"

吴小六离开姚家大院，站在街上想了一会儿，忽然快步朝赵家大院走去。下人通报后，韩益康出来把吴小六迎接进去。吴小六开口就说："赵耆老，有人勾引良家妇女，你管不管？"赵鸿垚放下茶盏，沉吟片刻，问："小六郎什么意思呀？"吴小六就说："那个喻荈廷（李旭轮）他……他勾引……"赵鸿垚紧问一句："他勾引谁呀？"吴小六说："他、他勾引姚珻娘。"

赵鸿垚心里也明白了八九分，想了一会儿，说："对一些伤风败俗的事儿，耆老我肯定要管，不过男女之情讲究你情我愿，官府也不好插手呀？"吴小六停了一下，又说："还有，自从那个喻荈廷（李旭轮）来后，镇上就多了一些黑衣人，好像是来追杀的，要是弄出命案来，恐怕赵耆老也不好交差。另外……听说那些黑衣人会放蛊，要是把蛊毒给招来可就麻烦了……"

赵鸿垚饮了一口茶，说："男女之情？蛊毒？呵呵，有意思！这倒是个事儿，本耆老不能不管。这样吧，你帮我盯着点儿，有什么情况及时来禀报，好吗？"吴小六说："好！"赵鸿垚一招手，韩益康又拿出一包茶叶送给吴小六。等吴小六走了，赵鸿垚问："管家，你怎么看？"韩益康就说："胡县令不是说要来会会那个喻莽廷（李旭轮）吗？"赵鸿垚沉吟一下，点了点头。

次日，赵鸿垚又来到县城，把青石桥镇的情况禀报给胡左伟。赵鸿垚说："听说那些黑衣人个个身手不凡，我担心会弄出命案……"胡左伟说："这么说，那个喻莽廷（李旭轮）真不是一般来头？如果真是个大人物，在我们这里丧了命，我们可是要担责的呀！另外，还有茶园的事儿，万不可节外生枝……罢罢罢，让他赶紧走，免得招来麻烦……"赵鸿垚转身欲走时，胡左伟却说："我亲自去。"

那么，姚家大院又是什么情况呢？

这天下午，姚森伯把大女儿姚珛娘叫到"埥净斋"，关上房门，看着女儿。姚珛娘被父亲看得有点儿不好意思了，就问："阿耶有事吗？"姚森伯忽然问道："珛娘，听说喻莽廷（李旭轮）给你写了一幅字？"姚珛娘点点头。姚森伯又说："那喻莽廷（李旭轮）一表人才，气度不凡，只可惜我们这穷乡僻壤……"

姚珛娘不明白阿耶的意思，只希望阿耶说出合她心意的话来。姚森伯却话锋一转说："可是，你知道他的来历吗？"姚珛娘摇了摇头，说："可我……跟他的缘分早已注定。"当然，她也只能点到为止，她不知道该不该把自己的满腹心思告诉父亲，该不该把师父的话告诉父亲。姚森伯叹了一口气，就把吴小六说的情况告诉了女儿。

姚珛娘一声惊叫，说："啊？那些抢劫他的人追过来了？真想杀了喻（李）八郎？阿耶，快想办法救喻（李）八郎……女儿不希望他出任何事儿……师父也让我帮助他……"她不知不觉就抓住了父亲的手，猛然回过神来，意识到自己失态了，便松开父亲的手，低下头看着脚尖。

姚森伯静静地看着女儿，全然明白了女儿的心思。他盯着墙上李旭轮写的那幅"茶缘"看了一会儿，开口说："珛娘，既然我们收留了他，就不会让他出事。再说，我答应过你阿娘，给你找个好人家，如果你真相中了他……阿耶给你做主……"姚珛娘愣了一下，红着脸说："要不要……去问问师父？"姚森伯摆了一下手，说："你先下去吧，容阿耶细想……"

就在这时，姚家大院门口忽然响起了嘈杂的声音，不一会儿声音就进到前面院子里。姚森伯和女儿赶紧出来，就见胡左伟带着几个武侯（警察）走了进来。赵鸿垚急忙跑到前面说："姚里正，胡县令来了。"姚森伯就弯腰施礼道："村官姚森伯见过胡县令。"姚珛娘也弯腰施礼道："小女子见过胡县令。"

胡左伟背着手四下看了看，开口说："听说你家来了几个生人？"姚森伯说："是。"胡左伟说："为何不报官？"姚森伯说："这个……"姚琦娘就接着说："禀报胡县令，我们已报告过赵耆老了。"胡左伟就转头向赵鸿垚。赵鸿垚瞪了姚琦娘一眼，笑眯眯地说："这个……我也是刚才知道……"吴小六跑了过来，脸上居然是幸灾乐祸的表情。

胡左伟问："人在哪儿？""在这里。"话音刚落，就见李旭轮从"靖净宫"里走出来，后面跟着朱靖塘和秦坤郾、孙梵天。朱靖塘的腰间别着一把镰刀，看起来有些滑稽。胡左伟掏出鱼符（唐朝官员的身份证明）在李旭轮面前晃了一下，然后从头到脚将李旭轮仔细打量一番，心里暗想，果然气度不凡，大有来头。随后问道："从哪里来？"李旭轮回答："从大唐来。"胡左伟又问："到哪里去？"李旭轮回答："到大唐去。"

胡左伟大喝一声："大胆！怎么回答呢？"

李旭轮笑了一下，说："从南州府来，到青石桥镇去。"

胡左伟问："来做什么？"

李旭轮回答："无可奉告。"

这样的回答让胡左伟很不高兴，若是别人他早让武侯给绑起来了，但面对这个身份不明的人，他还是忍住了，说："既然无可奉告，那本县令就当作流民私渡关津，按律得判一年半徒刑。但看在姚里正的面子上，本官从轻发落，来人，把他们四人轰走！"几个武侯便围了上去。朱靖塘大喊一声："谁敢！"随即从腰间抽出镰刀指着几个武侯。胡左伟就指着朱靖塘说："我是朝廷命官，你岂敢放肆？"

"住手！"姚琦娘忽然大喝一声。

胡左伟用疑惑的目光看着赵鸿垚，赵鸿垚就趋身上前道："她是姚家大女儿，名叫姚琦娘。"胡左伟就指着姚琦娘说："你想干什么？"姚琦娘笑着走到胡左伟跟前说："胡县令，胡公，这个喻莽廷（李旭轮），我要招他做上门夫君，要在我家常住，请胡县令恩准。"话音刚落，众人便愕然起来。姚森伯看着女儿，眼神很复杂。

姚琦娘给李旭轮递了一个眼神，李旭轮会心一笑。

站在旁边观望的吴小六大吃一惊，急忙说："琦娘，不要胡说！不要被喻莽廷（李旭轮）给迷惑了！"姚伊娘却拍手笑了起来。赵鸿垚指着姚琦娘说："你、你……婚姻大事，得有父母做主，你一个姑娘家，这样说不害臊吗？"因为涉及百姓私事，胡左伟也不好干涉，就问姚森伯："姚里正，你说句话！"

姚森伯想了一下，却两手一摊说："我家姆娘自作主张惯了，我管不了！"姚姆娘笑得更开心了。这个情况让胡左伟没想到，他在心里权衡了一会儿，就说："既然是招夫，这是姚家私事，本官也不干涉，但是，规矩还是要讲的，款还是要罚的，啊，要罚款，啊，这个……本官住在驿站，一会儿把罚款交过去……"随后便转身走了。

姚森伯躬身把胡左伟一行送到大门口。姚伊娘就嚷嚷道："阿姐要招夫了，阿姐要招夫了！"姚姆娘看了李旭轮一眼，忽然就红了脸，说声"择茶去"，低头快步跑进了后院。姚伊娘追了上去，一边跑一边说："择茶，择夫！茶好，我才好！"李旭轮看着姚姆娘的背影，心头滚过一股暖流。吴小六则跺了一下脚，气呼呼地跑出姚家大院。

随后，李旭轮走进"靖净宫"，"咕咚咕咚"饮了一盏茶，只觉得心里很乱。这时，朱靖塘和秦坤郧、孙梵天走进来躬身施礼，齐声说："恭喜八郎！"李旭轮摆摆手，却笑了一下。朱靖塘说："属下以为，那姚姆娘对八郎早已有意，真是天意！"心里却想，你跟姚姆娘结婚了，她看扇子更方便，我就有机会搞到《埚净谣》，向我的主子交差。

这时，朱靖塘的脑海里忽然出现这样的情景——

姚姆娘问："师父，你曾说过制茶者在制茶时除了要用心外，还要用善，那么，产自我们埚净山的茶能除蛊，也是这个道理吧？"释怀悯师父就点点头，说："茶是上苍赐予人间的尤物，集天地精华和日月灵气，本身就有善根，再者我们都是善良之人，奉行'一日不作一日不食'，勤勉、踏实、厚道，种茶、采茶、制茶、卖茶、煮茶、饮茶时都以善入茶，而蛊毒为恶，若以善克恶，自然会有奇效。反过来说，若心中无善，即便得到《埚净谣》又能如何？"

一个声音在朱靖塘的耳边反复回响："若心中无善，即便得到《埚净谣》又能如何？"他环顾四周，却找不到声音的来源，还以为是出现了幻觉。您后面将会发现，这其实是对朱靖塘的预警，一种神秘力量的提前预警，可惜他没有意识到。好了，让我们一起来念叨：从前有座山，山上有首歌，歌里有玄妙，这山就是埚净山，这歌就是《埚净谣》……

回到现场吧，秦坤郧说："如此一来，我们住在姚家就是名正言顺，这样会更安全！"孙梵天吭哧一下，却冒出一句："有我在，你们谁都不会中蛊。"这句话把李旭轮逗笑了，他指着孙梵天说："你呀，嗨！"随即给三人都倒了一盏茶，亲自端给他们，三人都说"谢过八郎"，颇有些受宠若惊。李旭轮又招了一下手，压低声音说:"秦坤郧,准备一个礼物,我要去会会胡左伟。"

过了一会儿,李旭轮来到"埩净堂"。姚森伯正独坐饮茶,见李旭轮进来就站起来说:"喻(李)……八郎,请坐。"因为刚才的事情,彼此都感到有点儿尴尬。李旭轮犹豫一下,抱拳施礼道:"姚里正,姚公,刚才的事儿,请别介意,我……"终究是不好说。姚森伯想了一会儿,就说:"小女姁娘任性惯了,总是想到哪儿说到哪儿,由她去吧!"

这句话很巧妙,表面看是对大女儿姚姁娘的批评,其实是想试探李旭轮的想法。尤其是那句"由她去吧",其实是表明自己不会干涉女儿的选择。那李旭轮也是绝顶聪明的人,听出了话中的意味,略一思忖,说:"姚家多次对喻(李)某出手相救,姁娘更是悉心照顾,八郎感激不尽,日后定会加倍回报。"回答也很巧妙,没有拒绝就等于同意了,一句"加倍回报"也暗示了双方关系的走向。

姚森伯忽然觉得心里轻松了很多,就开始煮茶。李旭轮坐下说:"姚公,我想去会会胡左伟,把罚款交了。"姚森伯饮了一口茶,说:"也好,俗话说'人在屋檐下,不得不低头',即便来头大,也不能得罪地头蛇。花钱买个平安,也好!"随后拿出一袋茶叶递给李旭轮,说:"把这些茶叶也送给胡左伟。"李旭轮接过茶叶,就告辞了。

没过多久,李旭轮背着双手,带着朱靖塘和秦坤郧、孙梵天,走出姚家大院。朱靖塘的手里拎着一个袋子。来到驿站(唐朝的驿站是官方专门用来接待公务人员的),李旭轮对守在门口的驿卒说来拜访胡左伟,驿卒进去通报,不一会儿就出来把四人带了进去。李旭轮被邀请进一间房里,朱靖塘和秦坤郧、孙梵天被安排在另一间房里。

走进房间,李旭轮见胡左伟正在闭目养神,就把袋子放在桌子上,拱手施礼道:"喻舛廷(李旭轮)喻(李)八郎拜见胡县令。"胡左伟这才睁开眼睛,伸手指了一下笙蹄。李旭轮坐了下来,指了一下袋子说:"上等埩净茶,请胡县令品尝。"胡左伟瞟了一眼袋子,伸手说:"带来了?"李旭轮明白了,就伸手从腰带上掏出一块玉佩递给胡左伟。

胡左伟接过玉佩仔细端详,只见玉佩呈紫红色,握在手里很光滑很柔和,把玩了一会儿,就从腰带上取下一个袋子,把玉佩塞进袋子里,随后说:"喻(李)八郎是聪明人,我就喜欢跟聪明人打交道。"李旭轮笑着点了一下头。胡左伟又说:"喻(李)八郎相貌堂堂,气度不凡,且出手大方,想必是从神都来的吧?"

李旭轮却笑而不答。

胡左伟又说:"如此说来,那姚家是高攀了。"

李旭轮却岔开话题说:"胡县令久在官场,见多识广,也是八面玲珑,聪慧过人,一些话就不要说破了。今天你放我一马,放姚家一马,日后我定当奉还。"胡左伟听着这话,心想好大的口气,你拿什么奉还?虽然心里不舒服,但因为这个"喻莽廷"(李旭轮)来历不明,他不敢随便发作,加上玉佩的缘故,所以就不说什么。李旭轮随后起身告辞,胡左伟说:"慢走,不送。"并没有起身。

等李旭轮走了,胡左伟拍了一下手,赵鸿垚从里间走了出来。胡左伟说:"这个喻莽廷(李旭轮)口气不小,可他到底是什么来头呢?"赵鸿垚说:"派人去查一下?"胡左伟说:"去哪里查?南州?神都?长安?先别急,稳住,静观其变,不要打草惊蛇。"赵鸿垚说:"属下明白。正事儿忙完了,休闲一下?"胡左伟点点头。赵鸿垚就走到门口说:"带进来。"

韩益康带着一个女子走了进来,女子跪在胡左伟跟前。胡左伟伸手抬起她的下巴,问:"多大了?"女子回答道:"十六。"胡左伟见女子长相甜美皮肤细嫩,点了一下头,随即却又转头问赵鸿垚:"有没有更嫩的?十三四岁的?"赵鸿垚说:"这个……手头还没有……要不……"胡左伟站起来说:"下回再说吧。"说完就把女子抱了起来。赵鸿垚和韩益康赶紧退了下去。

……

这天上午,姚家大院。

姚森伯吃过早饭就把自己关在"靖净斋"里,闭门想了很久,直到释怀悯师父推开房门他才转过身来,一见释怀悯师父便乐了:"哈哈,你这大头和尚,我正准备去找你,你倒先来了,真是心有灵犀啊!"释怀悯师父径直坐到笙蹄上,没头没脑来一句:"上茶。"姚森伯走过来说:"茶瘾又犯了?"扭头朝门外喊:"玥娘,煮茶!"

没过多久,姚玥娘就拎着一个铁壶端着一个茶盘走进来了,说声"南无阿弥陀佛,师父好",便将茶壶茶盘放在桌子上。姚森伯问:"煮的茶呢?"姚玥娘回答说:"阿耶,那个紫陶茶罐破了,正好今天换一种饮茶法。"说完便抓起一小撮炒青放进茶盏里,倒水,冲泡了三盏,顷刻间室内便氤氲着一股淡雅的香气。仔细看闻那盏中茶,形似青龙盘白云,香如幽兰绕烛台。

释怀悯师父端起茶盏抿了一下,连声说"好香"。姚森伯诧异地看着女儿,问:"你这……从哪儿学来的?"姚玥娘淡淡地说:"喻莽廷(李旭轮)教的。"姚森伯"哦"了一声,低头饮茶。三盏茶下肚,姚森伯对女儿说:"玥娘,阿耶来泡茶，你去忙吧。"姚珥娘起身走了，姚森伯望着女儿的背影久久没有收回目光。

释怀悯师父却开口说："茶头药师，心生烦恼了吧？"姚森伯惊了一下，急忙回头问："大头和尚，你……怎么知道的？"释怀悯师父笑而不语。姚森伯就小声问："如何化解？"释怀悯师父回答道："珥娘不是说了吗？你不也同意了吗？"姚森伯不解地看着释怀悯师父。释怀悯师父忽然端起茶盏将茶水泼在墙上的那幅"茶缘"上，纸上便留下黄色的水渍。

姚森伯跳了起来说："大头和尚，你干什么？那幅字是喻舜廷（李旭轮）写的！"释怀悯师父却笑嘻嘻地说："茶头药师，心疼了？"说完又泼了一盏茶水上去。姚森伯就叫道："大头和尚，为何跟那幅字过不去？"释怀悯师父起身指着那幅字说："字是他的，茶是你的，如今融为一体，甚好甚好。"

姚森伯问："你葫芦里到底卖什么药？蛊药吗？"释怀悯师父说："看得出你很喜欢他，珥娘也喜欢他，他跟珥娘更是情投意合，既然这样，招他为婿岂不正好？珥娘也该成家了。你不是一直想抱孙子吗？"姚森伯的喉结滚动了几下，瞪着释怀悯师父不语。释怀悯师父又说："如此一来，两家就成了一家，他的事可不就是你的事？你的家可不就是他的家？"

姚森伯却叹息一声。释怀悯师父就说："你是担心他来路不明吧？所以有些反复？"姚森伯点点头。释怀悯师父就说："无无明亦无无明尽。来路虽不明，去处却很清。缘分来了不妨顺着缘分走，你还担心什么呢？"随后，释怀悯师父却学着姚森伯的语气说："小女珥娘任性惯了，总是想到哪儿说到哪儿，由她去吧！"

姚森伯愣了一下，扑哧笑了一声，但他终于明白过来，就问："这就是你的化解办法？"释怀悯师父反问："难道不行吗？"姚森伯又说："可是，还有一帮黑衣人，个个功夫了得，他们追着喻舜廷（李旭轮）不放，我姚家怎么对付得了？"释怀悯师父却说："兵来将挡，茶来水泡，你只管招婿，其他的自有人管。"姚森伯嘴里嘟噜一句"你个大头和尚"，端起茶盏一饮而尽。

释怀悯师父凑到姚森伯耳边说："茶头药师，你这样做，不只对你姚家有好处，对天下苍生都有好处。"姚森伯这下真糊涂了，就问："越说越离谱，到底什么意思？"释怀悯师父却说："天机不可泄露。"说完起身就走。姚森伯站在门口说："不告诉我，以后别想饮茶。"释怀悯师父却说："那你就别找老衲坐禅了！对了，让珥娘去找老衲，带上扇子……"

我想，如果李旭轮知道，一定会感激释怀悯师父，因为他的这番话彻底消除了姚森伯心中的顾虑，终于成就了一桩美好姻缘。这桩美好姻缘在关键时候又改变了一个王朝的命运,而这一切竟然都与姚珻娘和靖净茶有关。有人说历史不忍细看,我却说细节中的历史才真实可信,比如李旭轮和姚珻娘正在经历的故事。

姚森伯想去看看女儿,走到"靖净岩"门口时听见里面有说话的声音,于是就从窗棂间看了进去。姚珻娘手拿木铲按住甑釜的盖,李旭轮坐在灶台前烧火。姚珻娘说:"把鲜茶叶放在甑釜里,蒸的时候讲究大火快蒸,火力要把握先高后低,切忌忽高忽低,这样才能保持茶叶的鲜嫩和味道的鲜爽;片刻之后叶色变暗,叶质柔软,发出清香,即可取出摊凉,然后压制成型。用松木烧火最好,这样蒸出来的茶有一股兰香味,馥郁持久……"

李旭轮站起来伸长脖子看着甑釜说:"制茶这么复杂啊?"姚珻娘说:"你以为好茶那么容易得到?采下的茶叶要蒸熟、捣碎、拍打成形、焙干、穿起、封装保存,这就是'蒸青饼茶'的制作过程。饮茶容易制茶难!来,搭把手……"两人协力将蒸熟的茶叶摊凉在竹席上。姚珻娘满头大汗,李旭轮掏出手帕给她擦汗,忽然一把抱住了她。姚珻娘挣扎着说:"不要……"李旭轮却抱得更紧了。

姚森伯急忙咳嗽一声,扭头就走。

姚珻娘赶紧推开李旭轮,捋了一下头发,走出来说:"阿耶,有事吗?"姚森伯说:"珻娘,到阿耶书房来一下。"姚珻娘跟着父亲走了过去。走进"靖净斋",姚森伯关上门,让女儿坐下,然后说:"珻娘,你上次说的可是心里话?"姚珻娘不明白父亲的意思,就问:"什么话啊?"姚森伯就说:"招喻舜廷(李旭轮)为夫。"姚珻娘一下子红了脸低了头,却又点了一下头。

姚森伯笑着说:"阿耶想让你们尽快完婚,怎么样?""啊?"姚珻娘惊叫一声,这个结果虽然是她想要的,却没想到来这么快,于是就站起来说:"阿耶,这……太突然了……"姚森伯就把女儿按下,笑着说:"你们相处也有些时日了,这事儿也该提起了。阿耶说过,要给你找个好人家,那喻舜廷(李旭轮)不错,合你意,也合阿耶的意。"

姚珻娘说:"可是,阿耶,真要招上门女婿,怕是委屈了他。"姚森伯就说:"招婿只是一个说法,我也是顺着你的话说的。其实招不招婿只是一个形式,成婚才是关键,你师父也是这个意思。"姚森伯顿了一下,继续说:"另外……你阿兄的情况你也是知道的,结婚好几年了还没生娃,整天往外跑,对五娘是越来越冷淡!唉,真想让五娘给他放情蛊……"姚珻娘就惊讶地说:"啊?放情蛊?"

姚森伯挥了一下手说:"嗨,那是气话!我都急糊涂了……阿耶我想抱孙子,里孙外孙都行……"姚珻娘红了脸低了头,心里忽然感到有点儿难过。这时姚嘉木忽然推门走了进来，姚森伯就说："哎，大郎，回来了？阿耶正要找你。"姚嘉木就问："阿耶，什么事儿啊？"姚森伯就说了要招婿的事儿。姚嘉木看着姚㻿娘笑了，说："我早就看出喻荈廷（李旭轮）对㻿娘有意，太好了！"

姚㻿娘从"靖净斋"出来的时候眼睛红红的，眼角似乎还有晶莹的泪光。她在那棵柿子树下站定，望着天空发呆，满腹的公事似乎化开了，似乎又没化开。李旭轮透过窗户看着姚㻿娘，心里莫名其妙地就有点儿忐忑不安，就使劲儿地扇起了扇子。姚伊娘跟秦坤郧、朱靖塘刚好从柿子树旁边经过，姚伊娘奇怪地问："阿姐，你怎么了？"

姚㻿娘一把抱住姚伊娘说："阿姐这是高兴！"

次日早上，姚㻿娘对李旭轮说想借他的扇子用一下，李旭轮想都没想就把扇子递给她。姚㻿娘随即就在姚嘉木的陪同下，快步朝檀铁寺走去。走进"静斋"，释怀悯师父正在饮茶，伸手说："扇子。"姚㻿娘就把扇子递给他。释怀悯师父接过扇子，起身来到书桌旁，拿过毛笔在扇面上写下"靖净"两个字，递给姚㻿娘。

姚㻿娘接过扇子，有些不解地看着释怀悯师父。释怀悯师父就说："靖净者，茶也。以茶为镜，可以养清心。悯旭，还有两句话你姑且听之，'茶能疗伤，除身体之蛊；茶能醒脑，除精神之蛊'。当然，这只是字面意思。"姚㻿娘就问："师父，难道还有其他意思？"释怀悯师父就低声对姚㻿娘耳语几句，姚㻿娘点点头说："弟子明白了。"

回去的路上，姚嘉木问："阿妹，为什么要写'靖净'这两个字？"姚㻿娘想了一会儿，回答道："'靖净'谐音'清净'，文人嘛，大都喜欢清净。这两个字，是我们送给喻荈廷（李旭轮）的礼物。哦对了，还请阿兄把扇子还给他。"姚嘉木问："为什么让我还啊？"姚㻿娘说："长兄如父，你代表姚家啊。"姚嘉木笑了一下，说："这下小六郎又要生气了。"姚㻿娘就说："他生气关我什么事儿？"

姚㻿娘和姚嘉木说话的时候，却没想到被吴母听见了，她忽然想起了儿子吴小六对姚㻿娘的一番深情，立即做出了一个决定，给姚㻿娘放情蛊。所谓情蛊，就是爱情的蛊。吴母听她的师傅讲过，师傅的老家有一种药叫"黏黏药"，专门用来放情蛊。而当地人形容两个人特别好时，就常用"黏"来形容，比如"两个人黏在一起"，就是说明两个人好得肉连肉骨连骨，分不开了，大约就跟情蛊有关。

如果一个人对某人爱得不可救药，而对方又不爱自己，就会自己或者请蛊婆放情蛊，就是做成"黏黏药"，放在对方的茶里或饭菜里，对方吃了，就会爱上自己。吴母知道儿子的心思，也不想让儿子备受单相思的煎熬，于是就决定豁出去了。她回到家里关上大门,沐浴更衣,一番梳妆打扮后,从床底下拿出一个牌位,拂去上面的灰尘,只见牌位上画着几个神秘的符号。她点燃香烛对着牌位拜了三拜,嘴里念叨几句谁也听不懂的话。

随后,吴母又从床底下翻出了一个小罐子,打开,只见里面卧着一只色彩斑斓的虫子,正瞪着一双水灵灵的眼睛看着她。她对着虫子念叨:一根棍一寸长,二厢情二滋长;三拍肩三笑喜,四手牵四眼连;天会老人不老,一见迷心跟到老。随着她的念叨,虫子不住地眨巴眼睛,然后便缩成一团。吴母又念叨几句"吴小六""吴小六""吴小六",然后把虫子烧成灰,和黄酒混在一起装进一个罐子里。

趁姚珝娘不在的时候,吴母把罐子送给姚伊娘,姚伊娘不解地问:"姑妈,这是什么呀?"吴母回答说:"送给你阿姐的礼物。"姚伊娘看了一下罐子,问:"什么东西呀?"吴母说:"一点儿药剂,提前服下后,第一次同房就能怀上孩子。"姚伊娘有点儿吃惊地看着吴母。吴母又说:"唉,你阿耶做梦都想抱上孙子,一时半会儿抱不上孙子,外孙子也可以……"

姚伊娘听明白了,就说:"好,我晚上交给阿姐。"吴母却又说:"别对阿姐说是我给你的。"姚伊娘问:"为什么呀?"吴母就故作神秘地说:"这种事儿,黄花闺女去做更好……"姚伊娘红了一下脸,答应下来。当晚,她找到阿姐,把那个装着药剂的小罐子交给阿姐,并把吴母说的话原封不动地告诉了她,并主动说她是从山里一个老中医那里得到的偏方。姚珝娘想想也有道理,于是便服了下去。

然而,结果却让姚伊娘感到意外。

姚珝娘忽然对李旭轮疏远起来,好几天都对他避而不见,转而对吴小六好了起来,见到吴小六了就叫"六阿兄",声音颤颤的嗲嗲的,眼角眉梢都是深情,叫得吴小六浑身颤抖心慌意乱不知所措,心想这姚珝娘是回心转意了吗?一颗心开始狂跳起来。而李旭轮呢,却有些郁闷,实在不知道姚珝娘为什么变化这么快。朱靖塘愤愤地说:"姚家大娘朝秦暮楚,太不像话!"

孙梵天走进来一边打哈欠一边说:"她这是中蛊了。"秦坤郧急忙问:"啊?中蛊了?什么蛊?"孙梵天说:"情蛊。"秦坤郧又问:"情蛊?你的意思是有人给姚珝娘放了情蛊,所以她才这样?"孙梵天点点头。秦坤郧又说:"也就是说,她喜欢的还是我家八郎,而不是吴小六,只是受情蛊控制……"孙梵天又点点头。

朱靖塘就问:"那,能解除吗?"孙梵天却又打起了哈欠。朱靖塘就上前揪住他的耳朵说:"瞧你哈欠连天的,睡不够啊?"孙梵天把朱靖塘的手拨开,轻声说:"可以试试。"李旭轮笑着拍了一下手,说:"你这孙二郎,整天迷迷糊糊的,一副睡不醒的样子，可关键时候你来得总是恰到好处。"

孙梵天笑了一下，忽然说："八郎，需要你的血用一下。"李旭轮愣了一下，问："你说什么？"孙梵天说："需要你的血。"秦坤鄎急忙说："大胆孙二郎，怎么跟八郎说话？"孙梵天就笑着说："为姚姆娘除蛊。"李旭轮也笑了："你早说嘛。"随即挽起袖子，说："来吧，放血。"孙梵天却说："不是这里，是胸口。"李旭轮就犹豫了一下。

朱靖塘就说："你这孙二郎，越说越离谱！"孙梵天却笑嘻嘻地说："胸膛里的血才能除情蛊。"李旭轮想了一下，忽然脱掉衣服，袒露出胸脯，说："来吧。"孙梵天就抽出尖刀在李旭轮的胸脯上划了一下。随后，他拿出一个小罐子，接住了流出的鲜血，配制成了解药。紧接着，李旭轮和姚伊娘把解药给姚姆娘服了，她沉沉地睡了一觉，出了一身大汗，醒来后看见李旭轮坐在床边，她红着脸叫声"八郎"，随即张开双臂抱住李旭轮……

随后，姚伊娘找到吴母，犹豫了一下，问："姑妈，你为什么要对阿姐放情蛊？"吴母却沉默不语，始终都沉默不语。姚伊娘等了一会儿，跺一下脚，转身走了。她来到"埔净闺"，看见姚姆娘正在饮茶，就怯生生地叫了一声："阿姐……"姚姆娘招招手说："阿妹，来，饮一盏茶……"姚伊娘走了进来，低着头，用细细的声音说："阿姐，对不起……上次那药里有、有情蛊……"

姚姆娘闻听此言，手中的茶盏滑落在地，"啪嚓"一声打碎了，她站起来说："你说什么？情蛊？怎么回事儿？"姚伊娘就说："是，可我也不知道……怎么就被人放了情蛊……我本是一番好意……"姚姆娘坐下去，说："难怪我一直晕晕乎乎的……后来……我这几天做什么了吗？"姚伊娘就说："刚开始有点儿不对劲儿，后来那个孙梵天看出你中了情蛊，就用深爱你的人的鲜血帮你除掉了情蛊。"

姚姆娘又站起来说："深爱我的人的鲜血？谁的啊？"姚伊娘回答说："喻荠廷（李旭轮）的，从他胸脯上流下的鲜血。"姚姆娘喃喃自语道："喻荠廷（李旭轮）的，喻荠廷（李旭轮）的……"脸颊上忽然就飞起了两朵红云。姚伊娘就说："阿姐，那喻荠廷（李旭轮）是真心喜欢你……阿妹好羡慕你们……"姚姆娘忽然拉住姚伊娘的手说："阿妹，来饮茶……"姚伊娘就问："阿姐，你不怪我了？"姚姆娘就笑着说："经此一闹腾，倒昂出了喻荠廷（李旭轮）的真心，阿姐不怪你！谁也不怪，这事儿就不再提了。"

吴小六刚好来到"埔净闺"门口，听见了姚姆娘姐妹俩的对话，顿然明白了，心情一下子从峰顶跌落至谷底，他犹豫一下，把捧在手里的一束花丢在地上，转身就走，脚步急促而沉重。姚伊娘听见了响动，急忙跑出来，却看见了吴小六的背影，又看见了搁在地上的花束，她抿嘴笑了。

那么，接下来该如何继续？

姚珝娘早就想到了，也精心做了安排。

这天早上，姚伊娘刚一打开房门，就看见李旭轮木头桩子一样站在门口，朱靖塘和孙梵天侍立在后面。姚伊娘问："啊，喻（李）八郎，你这是干什么呀？"李旭轮沉吟一下，念出一首诗来："姚家有好茶，十九嘉年华，喻（李）某真喜欢，可饮一盏欤？"姚伊娘闻听此言，笑了一下，急忙转身进去端过一个茶盘，也念出一首诗："姚家有好茶，芳香似兰花，君若真喜欢，请饮一盏欤。"

李旭轮接过茶盏一饮而尽。

这时，忽然从门里冒出来好几个姑娘，其中就有那个潘小娘，每人手里都端着一盏茶，递到李旭轮面前说："喻（李）八郎，饮下这盏茶！"李旭轮一一接过茶盏饮下了。姚伊娘转身抱出了茶罐递给李旭轮。茶罐很大，李旭轮有点儿为难地看着姚伊娘。几个姑娘就齐声说："饮下，饮下，饮下！"李旭轮只好举起罐子饮茶。姚伊娘猛然推了一把罐子，茶水便洒了李旭轮一身。

几个姑娘开心地笑了起来。

姚森伯在"埥净斋"里看着李旭轮也笑了。

这时，姚嘉木走过来，左手背在身后，右手拎着一个酒壶，伸到李旭轮面前，说："姚家不但有好茶，还有好酒，八郎，请吧？"姚嘉木在称呼中省略了"喻（李）"字，这代表着姚家对李旭轮的接纳，意味着吃了这壶酒，彼此就成了一家人。李旭轮接过酒壶一吃而尽。侍立在后面的朱靖塘赶紧接过空酒壶。

随后，姚嘉木伸出左手，变戏法似的拿出一把扇子，递到李旭轮面前说："八郎，还给你。"李旭轮接过扇子打开一看，只见扇面上题着"埥净"两个字，字体潇洒俊逸，功力深厚，总感觉有些面熟，却又想不起来在哪儿见过，就问："阿兄写的？"姚嘉木却摆摆手，故作高深地说："我家珝娘请一个方外高人写的。"随后从朱靖塘手里拿过酒壶，笑着走了。

朱靖塘看见扇面上的"埥净"两字，眼睛都瞪圆了。

经过这番铺垫和必要的程序，姚珝娘和李旭轮双方心意皆明，相当于订婚了。接下来便开始筹备婚礼，定在当月十六日。虽不在男方家，但纳采、问名、纳吉、纳征、请期等程序一样不少，唐朝婚俗太过复杂，我这里就不再一一赘述。于是，姚森伯要招婿的消息很快就传遍了姚家里，传遍了青石桥镇街上。

赵鸿垚听完下人的禀报，笑着对韩益康说："没想到那个姚珋娘真的要招婿，管家，你看这事儿对我们有利还是不利？"韩益康说："有利有弊。"赵鸿垚问："什么意思？"韩益康说："在韩某看来，两家结亲其实是互相利用，既然那个喻荠廷（李旭轮）能为姚家所用，也能为我家所用；再说，既然结婚了，就有可能常住，既然常住，就不能不考虑跟着老搞好关系，这是利。"

赵鸿垚问："弊呢？"韩益康说："若那个喻荠廷（李旭轮）真有来头，常住下去，我们的一些事情很可能会被他发现……"赵鸿垚沉思一会儿，问："接下来该怎么办？"韩益康说："走一步看一步。韩某以为，他们结婚时耆老可去送一份礼。另外，那个吴小六也可利用。"赵鸿垚点点头："你去操办吧。"

此时，吴小六正从镇街上走过。几个人正在闲聊。有人说，姚森伯是我们的里正，大儿子精明能干，大女儿又是制茶高手，祖上有德，家道殷实，如今再招个女婿一起顶立门户，也好，也好！有人问，招谁呀？有人回答，就是那个喻荠廷（李旭轮）呀。有人就说，啊？那吴小六怎么办？又回答说，能怎么办？凉拌！我早就说过，他只是一厢情愿。

吴小六刚好从旁边经过，揪住那个人就问："你说谁是一厢情愿？"那人赔着笑脸说："开个玩笑，小六你别当真。"吴小六没想到姚家真要招婿，心里本来就有气，就骂："再胡说我就宰了你！"那人也有些生气了，就说："哎，你冲我撒气算什么本事？有能耐找那个喻荠廷（李旭轮）去，找……姚珋娘去。"

吴小六丢下那人，直奔姚家大院而去。

再来看那些黑衣人的反应。韦团儿也听说了姚家要招亲的事儿，气鼓鼓地说："真是便宜了那个姚珋娘！"随即把茶盏摔在地上，发出"啪"的声响。"雪兰花"上前劝说："大堂主息怒！那个姚珋娘不过是个村姑……"韦团儿却吼叫："用不着你来劝我！"随后，她却伸手指着"雪兰花"说："你是在讽刺我吗？""雪兰花"说："没、没有。"

韦团儿却甩手就是一个耳光，打在"雪兰花"的脸上，说："我知道你的心思，我让你现在去勾引那个李旭轮，快去！""雪兰花"捂住脸站着不动。韦团儿就一脚把她踢倒在地，指着她说："快去！""雪兰花"浑身颤抖。这时，一个黑衣男人单膝跪下说："禀报大堂主，李旭轮跟姚珋娘成亲，吴小六肯定怀恨在心，我们可以在他身上做些文章。"韦团儿冷静下来，双手交叉在一起，冷笑一声，说："传魏王最新指令，杀人！放蛊！"几个黑衣人齐声说："杀人！放蛊！杀！杀！杀！放！放！放！"

而吴小六呢，此刻他已跑进姚家大院，径直走到"埥净宫"门口，高声叫喊："喻莽廷（李旭轮），有种你出来。"片刻之后李旭轮走出来问："哦，是小六郎啊，有事吗？"吴小六并不回答，抢上前去抢拳就打。李旭轮躲闪不及，胸部及头上各挨了一拳。李旭轮一边躲闪一边说："哎，干吗打人呀？"吴小六仍是挥拳不止。

秦坤郧跑出来拦腰抱住吴小六，吴小六便跟秦坤郧纠缠在一起。秦坤郧说："六阿兄，有话好好说，有话好好说。"吴小六就气鼓鼓地说："姓喻（李）的，你勾引良家妇女，卑鄙无耻！"李旭轮也恼火了，就大声说："我怎么勾引良家妇女？"吴小六说："你仗着自己读过书会写字，欺负珕娘年幼无知……"

朱靖塘跑过来挥拳就打，吴小六头上挨了一拳，他想还击，却被秦坤郧死死地抱住。李旭轮却呵斥道："朱靖塘，你住手！滚一边去！"朱靖塘"哼"了一声，站立旁边。吴小六继续叫骂："勾引良家妇女，不要脸！……珕娘，那天你只是开玩笑说要招婿，不是真的，对不对？"

"六阿兄，你住手！"忽然响起一声大吼。

吴小六和秦坤郧都住了手，扭头去看，就见姚珕娘站在院子里，手里还拿着一把木铲。姚珕娘说："六阿兄，有事说事，干吗打人？你就不能斯文一点儿吗？"吴小六忽然挣脱秦坤郧的双手，冲到姚珕娘跟前说："珕娘，你上次说招夫是玩笑话，对吗？"姚珕娘并不回答。吴小六又说："他们都说你要跟喻莽廷（李旭轮）结婚，这是真的吗？"姚珕娘犹豫片刻说："真的。"

吴小六紧问："你同意了？"

姚珕娘回答："这是我自己的事情。"

吴小六双手比画着说："可你知道他的来历吗？他会给你们带来麻烦，你知不知道？"姚珕娘说："知道，可这跟你有什么关系？"吴小六愣了一下，说："珕娘，你难道看不出我……我……一直喜欢你吗？"姚珕娘低下头，旋即又抬起头说："六阿兄，谢谢你的好意，原谅我不能接受你……"

吴小六有些冲动地问："你前几天还那么好……可如今，为什么？为什么啊？"姚珕娘冷静地回答说："六阿兄，我一直把你当兄长看待，希望你不要有其他想法……"吴小六一拳砸在老槐树的树干上，几片树叶飘落下来。"啊——"他吼叫一声，转身跑了出去。

姚伊娘一直关注着事态的发展，此刻便说："六阿兄，你要去哪里？"随即追了出去。姚森伯走出来说："伊娘，不要去！"姚伊娘就站在大门口，有点儿茫然，猛然转身说："阿姐，你……"姚珕娘走过去拉住姚伊娘说："阿妹，阿姐心里只有喻舜廷（李旭轮）……"姐妹俩相拥而泣。

吴小六一口气跑到后山上，趴在一块石头上便哭了起来，一边哭一边骂："吴小六，你他妈太自作多情了，苦苦等了人家好几年，却等来一场空，丢人，丢人啊……"他哭了很久，声音飘到对面的茶山上，惹得几个采茶的姑娘也忍不住掉下眼泪。吴小六直到把胸中的委屈全发泄出来才慢慢止住哭声，此时天色已晚。

正当吴小六准备起身时，两把刀架在他的脖子上。他吃了一惊，扭头就看见几个黑衣人围在四周。吴小六伸手向腰间欲取武器，韦团儿就低声说："别动，否则杀了你。"吴小六缩回手紧张地问："你们要干什么？"韦团儿却笑了一声，说："小六郎，你刀法虽不错，可心爱的女人还是被别人抢走了，这滋味儿不好受吧？"

吴小六不耐烦了，就问："你们到底是什么人？想干什么？"韦团儿说："我们是什么人不重要，重要的是我们想帮你夺回心上人。"吴小六问："什么意思？"韦团儿说："只要杀了那个李……哦，喻舜廷（李旭轮），姚海娘自然就是你的了。"吴小六愣了一下，急问："为什么要帮我？"韦团儿说："因为那个喻舜廷（李旭轮）是我们共同的仇家。"

吴小六思忖片刻说："要我做什么？"韦团儿说："很简单，在喻舜廷（李旭轮）的茶盏里下毒……"吴小六说："不，我虽然恨他，可还没到杀人的程度，再说自从你们出现后，朱靖塘和秦坤郧寸步不离喻舜廷（李旭轮），那个孙梵天更是连茶水都要先尝一下再让他饮……姚家大院也有下人守夜……没有机会……"韦团儿来回走了两步说："既然这样，那就先除掉那个孙梵天、秦坤郧和朱靖塘……"

吴小六说："我说过不杀人。""雪兰花"就用刀顶住吴小六的脖子说："信不信我先杀了你？"韦团儿摆了一下手："既然你不愿意，杀人的事就由我们来做。你不是酒量很大吗？你明天傍晚只要把那个朱靖塘和秦坤郧、孙梵天灌醉，其他的你就不用管了，我们保证那个喻舜廷（李旭轮）在入洞房之前就见了阎王……"

吴小六说："朱靖塘和秦坤郧、孙梵天都很警惕，平常滴酒不沾。"韦团儿就说："所以要请你帮忙。"吴小六看了一眼韦团儿，冷笑一声说："我凭什么要听你们的？"韦团儿拍了一下他的肩膀，冷笑着说："你就忍心看着姚海娘那细嫩的身子被别的男人占有？那原本应该属于你的啊！男人，就要有点血性……"吴小六呼吸急促起来。

韦团儿带着几个黑衣人走了。一个高个子黑衣男人问："大堂主，不是说不杀李旭轮吗?"韦团儿看了一眼走在前面的"雪兰花",压低声音说:"那朱靖塘和秦坤郿、孙梵天武功高强,有他们保护,想杀李旭轮谈何容易?吴小六没这个能耐,也没这个胆量。再说了,李旭轮不能死,只能疯。"

高个子黑衣男人又问:"大堂主的意思是?"韦团儿说:"我刚才是试探吴小六,也是说给'雪兰花'听的……我料定吴小六他不敢杀李旭轮,但可以制造混乱为我所用。明白吗?"高个子黑衣男人对这个善变的女人有点儿搞不懂了,就问:"大堂主,听你的口气,我们也不杀孙梵天了?"

韦团儿说:"杀掉孙梵天才是我们近期行动的真正目的。"高个子黑衣男人就低声问:"这?"韦团儿就说:"要想给李旭轮放蛊,必须先除掉孙梵天,可那个孙梵天武功也很高强,并且经常跟朱靖塘、秦坤郿在一起,而且姚家大院人多眼杂,不好下手。"高个子黑衣男人就问:"那,要怎么办?"

韦团儿说:"那个孙梵天自恃会除蛊,很受李旭轮看重,所以即便很懒散贪睡,李旭轮也不责怪他,再说他很孤傲,并不把我们放在眼里,掉以轻心,这倒成了他致命的弱点。我们想办法调开朱靖塘和秦坤郿,还有姚家大院其他人,找机会干掉他。"高个子黑衣男人就说:"大堂主高明!"韦团儿又说:"记住,这事儿要避开'雪兰花'。"高个子黑衣男人拱手说:"属下明白。"

离开黑衣人后,吴小六恍然觉得做了一个梦,真像中了蛊一样无精打采。他一路踢踢踏踏地往回走,耳边总是响起韦团儿说的话"姚㻁娘原本应该属于你的……男人就要有点血性",他猛然挥拳打断一根树干,低声说:"喻姈廷(李旭轮),㻁娘……你们别怪我无情无义了。"

……

那么,吴小六将怎样实施他的报复计划?

回到家里,看见母亲正打开一个酒坛子,吴小六就走过去帮忙。他吸了一下鼻子问:"好香!阿娘,这是什么酒?"母亲回答说:"这是用糯米和茶叶酿的,你两个表妹也喜欢吃,我就给它取名叫'埥净茶酿'。"随后舀了一小杯酒递给儿子。吴小六接过来一看,酒液呈浅绿色,有些浑浊,上面还漂浮着一层像蚂蚁一样的白沫,这叫"浊酒"。他尝了一下,味道果然很美。他仿佛从中闻到了姚㻁娘身上的气息,居然有点儿兴奋,自言自语道:"一定要把他们灌醉!"吴母就问:"把谁灌醉?"

吴小六想了一下,说:"是……那个朱靖塘,秦坤郿,还有孙梵天,他们老欺负我……"吴母愣了一下,喃喃自语道:"欺负我儿?得教训一下他们……"这吴母多年跟儿子相依为命，把吴小六当作心肝宝贝，溺爱有加，有求必应，如今听说爱子受了欺负，便心生不悦，就想用自己的方式教训一下朱靖塘等人。于是，她叹息一声，悄然往酒里丢了一点儿粉末。

第二天夕阳西下的时候，吴小六拎着一个酒坛子来到姚家大院，叫出秦坤郔对他说："秦四郎，去大槐树下吧，我有话对你说。"可秦坤郔却面有难色地说："不行啊，我得帮我家八郎布置新房，再说了我不能离开……"吴小六立即打断他的话："那你们就等着给我收尸吧。"说完转身就走。秦坤郔在后面喊："哎，六阿兄，什么意思呀？"

秦坤郔把吴小六的话说给李旭轮和姚珻娘听，李旭轮说："悲伤难过？不至于上吊吧？这……"转头去看姚珻娘。姚珻娘想了一会儿说："秦坤郔，你跟他去吧。"秦坤郔却说："我去了谁保护八郎？不行，我不能去。"李旭轮就说："大白天的，谁还会杀了我？没事儿，去吧，去吧！朱靖塘也去，你们去安抚安抚他，但千万别再打起来啊！"秦坤郔起身出门了，朱靖塘却不想去，李旭轮就说："让你去你就去，磨蹭什么？"朱靖塘这才迈步出门。

吴小六已经打开酒坛子，朱靖塘和秦坤郔闻到了浓郁的酒香，就问："六阿兄，有什么话快说吧？"吴小六倒出两杯酒分别递给秦坤郔和朱靖塘，两人却连连摆手。吴小六就自己吃了。又倒了两杯酒，吴小六说："秦四郎、朱九郎，你们吃了这杯酒，我就不再记恨喻荴廷（李旭轮）。"秦坤郔说："六阿兄，换个别的方式吧？"吴小六就说："你们不是喜欢饮埳净茶吗？这酒就是用埳净茶酿的。"

秦坤郔说："我从不吃酒，望理解。"吴小六说："用吃酒的方式了断恩怨，是我们这里的习惯。"秦坤郔还是不吃。吴小六忽然掏出短刀搁在自己的脖子上说："既然你不给面子，我活着也没有意思……"说完挥刀就刺。秦坤郔急忙说："慢！我……吃还不行吗？"说完接过酒杯，一吃而尽。酒虽很香，浓郁的茶香，秦坤郔还是被呛得流出了眼泪。

朱靖塘一直冷眼观察，右手紧紧地握住镰刀柄。

吴小六又倒了一杯酒，忽然"扑通"一声跪在朱靖塘面前，双手把酒杯举过头顶说："朱九郎，我之前老跟你过不去，你大人不记小人过，请吃下这杯酒。"朱靖塘还是不接酒杯，吴小六就腾出左手扇了自己一耳光。秦坤郔就说："朱九郎，人家话都说到这份儿上了，再不吃就说不过去了……对不对？"朱靖塘这才接过酒杯吃下。

酒很好吃，因为是用埳净茶和糯米酿的。

连吃了三杯酒，风一吹，酒劲瞬间就上来了，朱靖塘和秦坤郧就坐不住了，躺在石凳子上很快就烂醉如泥。吴小六居然也醉了。这时来了几个男性茶农把他们仨扶了回去，原来是姚珝娘不放心，专门让茶农来的。朱靖塘和秦坤郧、吴小六被接走了，躲在暗处观察的一个黑衣人飞身离开，来到那家客舍向韦团儿禀报。韦团儿说："看样子他们一时半会儿醒不了，一个时辰后动手。"

回头再说朱靖塘和秦坤郧、吴小六，被扶回姚家大院放在"埫净舍"里的床上，人依然沉醉着，手里却紧紧握住镰刀和佩剑。几个茶农关上房门走了。过了一会儿，姚珝娘和李旭轮走了进来。姚珝娘手里拿着一个竹筒，李旭轮掰开秦坤郧和朱靖塘、吴小六的嘴，姚珝娘把竹筒里的水灌了进去。没过多久，朱靖塘和秦坤郧、吴小六都睁开眼睛，拍了一下脑袋，觉得头不晕了，一点儿都不晕了，朱靖塘和秦坤郧便翻身下床跪在李旭轮面前说："属下不该吃酒，请……八郎惩罚。"

李旭轮拉起朱靖塘和秦坤郧，说："没事，醒了就好，还不快谢过珝娘？"朱靖塘和秦坤郧就对着姚珝娘抱拳施礼。秦坤郧忽然看着竹筒问："姚珝娘，你用了什么解酒药？效果如此神奇！"姚珝娘笑着说："其实呀，就是埫净解酒茶，我精心配制的，能解除一切使人昏沉、迷人心智的东西。"吴小六坐起来拍着脑袋说："奇怪，我怎么也醉了？从来没醉过呀？"

这时，吴母一头闯了进来，说："小六，你怎么样？没醉吧？"忽然看见姚珝娘和李旭轮也在，就尴尬地笑了一下，把一个小瓶子塞进袖笼里。姚珝娘就问："姑妈，你怎么来了？"吴母说："来看看小六……他们是不是吃醉了……"姚珝娘说："我给他们饮了埫净解酒茶，没事儿了。"吴母自言自语道："埫净解酒茶，埫净解酒茶……小六，我们回去吧。"随即拉着吴小六转身就走了。

李旭轮看着吴母的背影，轻声说："奇怪，她怎么知道吴小六醉了？"姚珝娘说："这有什么奇怪的？母子连心，心灵感应呗。"这时，孙梵天从外面走了进来，接过话头说："母子连心，只怕到头来也成了蛊惑人心。"朱靖塘就说："你跑哪儿去了？关键时候不见人影。"孙梵天却打着哈欠说："我一个人在'埫净堂'里睡了一觉。"李旭轮愣了一下，拉下脸说："胡闹！"转身就走了。

姚珝娘急忙追上去，轻声问："八郎，你怎么了？"李旭轮忽然站住，说："唉，我……"他看见吴母对吴小六的关爱，忽然就想到了自己的母亲，加上姚珝娘和孙梵天的话也触动了他，于是就想，如果我的母亲也跟我"母子连心"，即便是"蛊惑人心"，又何妨？可这些想法却不能说出口，只好说："没事，我们走吧。"

婚房在后院，就是"埥净闺"，十分僻静。走进新房，案几上的茶盏里还在冒着热气，墙角一个炭火炉子上放着一个崭新的铁壶，而桌子上的一幅书法作品墨迹尚未干透。姚珻娘将盏里的茶倒掉，拎过铁壶重新冲泡了一罐茶，倒了一盏递给李旭轮。李旭轮接过茶盏抿了一口，看着姚珻娘说："没想到这埥净茶解酒也有奇效。"

姚珻娘接过话头说："想知道埥净茶的另一个特点吗？"李旭轮就双手抱拳说："请茶珻娘赐教！"说完两人都笑了。姚珻娘就说："能解酒，也能降燥，这就是埥净茶的另一个特点。你相信吗？常饮我煮的茶会让人变得心平气和，宽厚恭谨，醉汉也不会闹事，所以说真正的茶人性情多温和。"说完微笑地看着李旭轮。

李旭轮笑了一下说："真正的茶人比如姚珻娘！哎，难怪我觉得自己心境平和了很多，比如昨天小六郎打我都没还手，原来都是这埥净茶的功劳。要是以往，我早就教训……"忽然看着姚珻娘不说话了。或许李旭轮意识到在姚珻娘面前，在埥净茶面前是不该使用"教训"这个词语的，所以眼睛里有一丝愧色。

姚珻娘却说："你昨天没还手是对的，如果你还手了，局面将不可收拾；今天朱靖塘、秦坤郎跟六阿兄吃酒也是对的，不然后果会很严重。有时候要学会忍让，该忍的忍，该让的让；忍让并非逃避，而是暂避锋芒保全性命等待时机，处于劣势时更应如此，不然就是鸡蛋碰石头……"

姚珻娘的眼前忽然又出现了师父的影子，对她说：你要用茶的醇厚和心的柔情为他疗伤，记住，这是你的使命。她于是就说："假如你是官场中人，处于权力斗争的旋涡之中，随时都有生命危险，但只要你懂得了恭谨忍让，说不定就可化险为夷，有时远离权力中心反倒更能看清时局……"

姚珻娘端起茶盏说："来到茶乡，饮饮茶，养养心，难道不好吗？"写到这里我恍然明白，为什么李旭轮在临终前特别嘱咐后代子孙都要多饮茶知忍让，也终于明白李氏家族其中一支为什么在李唐王朝覆灭后为躲避追杀而改名换姓隐居南方茶乡，且后人皆性情温和，偶有为官者也敦厚贤能，看来，这都是埥净茶的润化作用。

李旭轮专注地看着姚珻娘，嘴里念叨"恭谨忍让"，忽然放下茶盏说："珻娘，你是说我吗？"姚珻娘反问："你说呢？"李旭轮又说："你知道我是……"姚珻娘急忙说："喻（李）八郎……"李旭轮顿了一下，走到桌子旁提笔在纸上写下四个大字：恭谨忍让。忽然就想到了自己的经历，这些年一再忍让，可结果是什么呢？

还要忍让到什么时候？

姚海娘仿佛看出了李旭轮的心思，就指着"忍让"两字，对他说："忍无可忍时便无须再忍，让无可让时也无须再让，不过现在，还得继续忍耐……"李旭轮忽然扔掉笔，一把抱住姚海娘，说："海娘，我的茶海娘……"李旭轮吻住了姚海娘，她挣扎了一会儿，就开始迎合李旭轮的动作……

可就在这时，院子里忽然响起了乒乒乓乓的声音，李旭轮急忙推开窗户看出去，就见秦坤郎、朱靖塘、孙梵天正跟几个黑衣人搏斗，秦坤郎步伐稳健身段灵巧，手里的剑疾如闪电快如流星；朱靖塘舞着一把镰刀虎虎生风，两人丝毫没有醉酒的样子，而且比平常发挥得更好。孙梵天用一把鸡毛掸子打得黑衣人连连后退。渐渐地，黑衣人招架不住了，纷纷跳上围墙逃之夭夭……

秦坤郎要追，李旭轮摆摆手说："让他们去吧。"

随后，几个人来到"靖净堂"，姚海娘端来热茶对秦坤郎和朱靖塘、孙梵天说："辛苦了，快饮茶！"朱靖塘接过茶盏一饮而尽。秦坤郎接过茶盏没有立即饮下，而是看着茶盏中正在沉浮起落的茶叶，说："好奇怪啊！"姚海娘问："什么好奇怪？"秦坤郎就说："我刚才跟黑衣人交手的时候，大脑里总是想到这盏中的茶叶……"

秦坤郎把茶盏端到李旭轮和姚海娘面前说："你们看，这尖尖的叶芽像不像枪？展开的叶片像不像刀？一芽一叶像不像戟？我的脑海中不断变幻这些兵器，手里的剑也就不断变换招式，连我自己都感到不可思议……"他们说话的时候，朱靖塘一直悄悄地注视着李旭轮手中的扇子。

李旭轮就笑着说："你居然把茶叶跟兵器扯上了，有意思。"秦坤郎说："说真的，饮了一段时间的靖净茶，我感觉浑身有使不完的劲儿，精神头儿也好了很多，尤其是这炒青绿茶。"说完双手握拳挥动了几下。姚海娘就拍着手说："既然你们都喜欢，真就不负'姚家好茶'这四个字。"说完看着李旭轮眨了一下眼睛。李旭轮不解地看着姚海娘，又看看秦坤郎和朱靖塘、孙梵天，可三人也是一脸的茫然。

姚海娘忽然从柜子里拿出一张纸展开，只见上面写着"姚家好茶"四个字，她说："还记得这四个字吧？"李旭轮接过纸张看了一下，忽然笑了起来。姚海娘就说："你们当初写下这四个字放在'靖净岩'的窗台上，意思是说，我要留你们就是'姚家好茶'，要是不留你们就是'姚家好差'，对不对？"李旭轮却笑而不语。姚海娘就说："好你个喻（李）八郎，还给我留一手！"言语中却是一份亲昵。

李旭轮赶紧说："来来来，饮茶！"

朱靖塘笑了一下，又看了一眼李旭轮手中的扇子。李旭轮和姚珥娘举行婚礼的前一天，朱靖塘又开始心神不宁了。自从那天他看到扇子上写着"靖净"两个字，心里就一直想着扇子，睁眼闭眼吃饭睡觉都想着扇子，还想起了一个人的交代。可是，扇子跟李旭轮形影不离，而且近来又加强了戒备，偷恐怕不行了，借恐怕也不行了，怎么能拿到扇子呢？
　　当晚月亮照常升起，很圆很亮。
　　李旭轮来到姚珥娘的卧室"靖净闺"，朱靖塘守在后院门口。这时，陈五娘过来了，朱靖塘问："陈五娘啊，有事儿吗？"陈五娘说："按我们这里规矩，女方阿嫂要给男方新做一条腰带。我来让喻（李）八郎试一下腰带合不合身。"说完举手扬了一下手里的腰带。朱靖塘眼珠一转计上心来，就说："陈五娘，待会儿我家八郎换腰带的时候你肯定要回避，这时候你可以把他的扇子要出来看一下。"
　　陈五娘问："扇子？有什么好看的？"朱靖塘说："我家八郎的扇子可神奇了。"陈五娘问："有什么神奇的？"朱靖塘说："上面画着一株兰花，在月光下会发出香气。真的，很香！"陈五娘看了一眼朱靖塘，只见他一脸的真诚，忽然想起那天在树林里的事，对他有了一丝好感，就说："好吧，我试试。"随后便进屋去了。
　　片刻之后，陈五娘出来了，反身关上门，手里果然拿着一把扇子。朱靖塘急忙迎上前从她手里拿过扇子，举在月光下看了起来。然而，扇子上却只有"靖净"两个字，没有其他内容，这并不是他想要的，晃了几下还是"靖净"两个字。陈五娘问："怎么没闻到花香啊？"朱靖塘这才回过神来，就把扇子递给她，说："你对着月亮看。"陈五娘就把扇子对着月亮，忽然笑着说："有了，有兰花香了。"
　　恰在这时，吴小六走进来，一眼看见朱靖塘和陈五娘站在一起并且挨得很近，大吃一惊，就停住了脚步躲进暗处。这时，"靖净闺"的门扪开了，陈五娘赶紧收起扇子进屋去了。过了一会儿，李旭轮从"靖净闺"里走了出来，朱靖塘跟上去快步走了。吴小六恨恨地跺了一下脚，站立片刻掉头就走出后院。
　　经过一番准备，就到了"亲迎"这一环节。
　　姚森伯请释怀悯师父当证婚人，释怀悯师父却以"出家人不管在家事"为由拒绝。姚森伯就说："你说过做好在家人再做出家人；再说你德高望重，修行解脱达到了相当的境界，在这个问题上能做到心无挂碍，在世俗没有牵绊，你最合适。"释怀悯师父还是摇头。姚森伯又说："大头和尚，你不觉得这是一个度化众生的好机会吗？"释怀悯师父就伸出两个指头说："事成之后送老衲两斤茶叶。"姚森伯说："好，你这茶痴！"

那天傍晚,婚礼在姚家大院里举行,姚珅娘由媒婆陪着由邻家大婶牵着由阿妹伴着从中院的临时闺房里出来,坐上花轿出门绕着村庄走一圈,最后来到自家的客厅"靖净堂"里。姚珅娘头顶蓝色蔽膝(盖头),身穿青色礼服;嫁妆中有两把精致的铜茶壶和几盒上好的靖净茶,还有两坛陈年"靖净茶酿酒"。李旭轮身穿红纱单衣、白内裙,脚蹬黑靴子,容光焕发。

释怀悯师父手握佛珠,站在"靖净堂"里的八仙桌前面,面向众人说:"南无阿弥陀佛,今天是喻莽廷(李旭轮)喻(李)八郎和姚珅娘大喜的日子,他们两人心地善良因茶结缘以礼待佛,贫僧特来主持婚礼,愿他们白头偕老恩爱一生,筑好家、饮好茶、生好娃……"众人一片哄笑。释怀悯师父接着说:"好,现在一拜天地,一鞠躬,二鞠躬……"

吴家,吴小六正靠在墙角吃酒,地上有两个酒坛子。

姚家大院,释怀悯师父继续说:"……夫妻对拜,送入洞房'靖净闺'。南无阿弥陀佛,善哉善哉!"说完就往外走。姚森伯在后面喊:"哎,还要把枣子花生撒在床上。"释怀悯师父一边往外走一边说:"你就饶过老衲吧……"姚珅娘似乎也急了,就喊一声:"师父,撒枣子……"要掀开蔽膝,媒婆急忙按住她说:"哎哎,使不得,使不得……"

接下来,婆家人和娘家人就开始唱《筛茶歌》了。按习俗应由双方的姑娘们出面,但李旭轮这边没有姑娘,只好由秦坤鄢代劳。虽然他事先被姚伊娘训练过,可正式上了场还是有些紧张,就端着茶盘站在室内,结结巴巴地唱:"手端……茶盘……二面花,来接亲戚……到我家……"却唱不下去了,脸憋得通红。

姚珅娘跺了一下脚,说一声"笨死了",就一把扯掉蔽膝,跑到窗口隔着窗棂接着唱:"我在路上迎接你,手里只端两盏茶。哎,外面的,赶快唱完了进来!"屋里屋外的人都笑了起来。姚伊娘接着唱:"有劳贤亲把茶伸,鞠躬一礼表衷心,此茶大胆来领受,一盏香茶十里闻。"

敬完茶,送亲人就说笑着走进"靖净堂"……

这时,赵鸿垚和韩益康走了过来。韩益康递上一个礼盒,拱手施礼道:"这是赵耆老的一点儿心意,请收下。"朱靖塘赶紧接过礼盒。赵鸿垚对李旭轮和姚珅娘抱拳施礼道:"恭喜恭喜!"李旭轮也抱拳还礼道:"多谢赵公赵耆老,里面请!"赵鸿垚却说:"不进去了……哎,喻(李)八郎,可否借一步说话?"

李旭轮就走到一边去,赵鸿垚跟了过去,说:"今天是你大喜的日子,从此以后你就成了本地居民,这个……可要注意安全啊……"李旭轮感到他话中有话,就说:"赵耆老有话不妨直说。"赵鸿垚就说:"是这样,听说有黑衣人追杀喻(李)八郎,这不是小事,本耆老有责任保护本镇居民,刚好我手里有几十个乡兵,可以来看家护院,当然,这个……需要一些费用,嘿嘿……"

李旭轮心里明白了,就说:"这个,喻(李)某愿为本地治安出力。这样吧,等忙过这几天我去找你……"赵鸿垚又说:"此地是茶乡,茶好价高,利润丰厚,如果赵姚两家联手,所有茶园都会是我们的,我们可以……"李旭轮却说:"赵耆老,我还要去招待客人,抱歉啊!"说完拱了一下手,扭身就走。赵鸿垚弄了个没趣,心里有些不舒服,但又不能发作,就离开了。

韩益康走在后面,愤愤地说:"我们想攀缘,他倒很冷淡……"赵鸿垚就回头没好气地说:"你闭嘴好不好?"韩益康就知趣地闭嘴了。走到吴小六家门口时,二人看见吴小六正坐在门槛上发呆,脸色灰暗。赵鸿垚眼珠一转,就想通过吴小六发泄一下对李旭轮的不满,遂走上前说:"小六郎,心里不舒服吧?"吴小六看着赵鸿垚不说话。赵鸿垚又说:"你真能忍!哪像个男人?"说完抬脚就走。

随后,秦坤郧和朱靖塘抬着一坛酒来到吴家,将酒坛子放在吴小六面前。秦坤郧说:"六阿兄,这是我家八郎送给你的。"吴小六睁开眼睛说:"送给我的?为什么要送给我?可怜我还是心疼我?虚情假意!"说完挥拳打去,坛子"哐啷"一声破了,酒流了出来,发出浓烈的香味。朱靖塘看不下去了,就说:"我家八郎送你酒是看得起你,别不识抬举!"

吴小六"腾"地站起来说:"谁稀罕?"踢了一脚酒坛子。朱靖塘就说:"就这德行,哪个女子会看上你?"这句话激怒了吴小六,他跳起来扑上去挥拳就打,却被秦坤郧抱住了。秦坤郧连声说:"六阿兄息怒,六阿兄息怒!"扭头对朱靖塘说:"还不快走?"朱靖塘就别着脖子不情愿地离开。

秦坤郧劝慰吴小六几句也离开了。吴小六又坐在门槛上。一阵阵浓郁的酒香直往鼻子里钻,他吸了几下鼻子,忽然用手捧起地上的酒送进嘴里,嘴里咂咂有声,还说:"有酒有肉,才叫享受。"吴母刚好回来,看见儿子这样就长叹一声,说:"命里该有总会有,命里没有莫强求。小六子,吃了人家的酒,但愿你能明白人家的意思。"

吴小六愣了好一会儿,再抬头时却看见姚伊娘站在跟前,伸手递给他一个牛皮纸包,说:"六阿兄,你不是常说'有酒有肉,才叫享受'吗?这是你最爱吃的猪头肉……"吴小六伸手去接,却又缩回手说:"你……也……可怜我吗?"姚伊娘把纸包塞进吴小六的怀里转身就走,一边走一边抹眼睛。

吴母看着姚伊娘的背影，犹豫片刻，忽然冲进屋里从床底下抓起一个小罐子，出门飞奔着追上姚伊娘，说："伊娘，等一会儿，姑妈有事跟你商量。"姚伊娘就停住脚步，红着眼睛问："姑妈，什么事儿？"吴母就伸手指了一下屋后的树林，说："去那边说。"走进树林，姚伊娘用不解的目光看着吴母。吴母就说："伊娘，姑妈知道你……对小六的一片情意……上次你没出卖姑妈，姑妈可以帮你……"

姚伊娘说："姑妈……"吴母就举起手中的小罐子晃了一下，说："你把小罐子里面的东西给小六吃了，他会一辈子对你好。"姚伊娘惊了一下，说："姑妈，你……"吴母就说："我明白你的意思，小六是我的儿子，可你是我的侄女呀。再说了，如今你阿姐已经结婚了，小六没得指望了，不如成全你跟他……"

姚伊娘低下头，忽然又抬起头，说："姑妈，小罐子里装的也是情蛊吧？"吴母点点头。姚伊娘又问："那，不会伤害六阿兄吧？"吴母愣了一下，轻叹一声，说："唉，难得你如此善良……这种情蛊只会生情，不会生病，放心……"姚伊娘点点头，伸手要接过小罐子。吴母却说："不过，你得答应我一个条件。"姚伊娘问："什么条件？"吴母说："拜我为师，学习放蛊。"

"啊？这……"姚伊娘惊叫一声。

吴母说："你可能奇怪我为什么会放蛊，今天就告诉你吧。我十六岁时嫁到乡下，我的男人也就是你的姑父，他是个木匠。小六两岁的时候，你姑父要外出做工，我怕他变心，就跟草蛊婆学会了放情蛊，结果，你姑父果真变了心，一去不返……后来我就用放情蛊的方式帮助村里的姐妹们对付他们的男人，再后来我搬到镇街上住，人们都不知道我会放蛊……"

吴母顿了一下，继续说："每个蛊婆都只传一个人，且传女不传男、传内不传外、传媳不传女，你是我的侄女，更是我将来的儿媳妇，我不想这门手艺失传，所以就看中了你。"姚伊娘愣了好一会儿，说："姑妈，我只有做了你的徒弟，才能得到六阿兄吗？"吴母回答道："按照行规，学习放蛊时师傅反过来要酬谢徒弟，姑妈没别的礼物，就把吴小六送给你了，你要是愿意就把这个小罐子取走，要是不愿意绝不勉强。"

姚伊娘犹豫一下，跪在地上，伸手接过小罐子。

吴母的眉头跳了一下，伸手拉过姚伊娘的另一只手，在她的手心里吐了一口痰，这叫"接坛"。随后，吴母说："徒儿切记，只能放情蛊，并且只能帮助女人对付负心的男人，这也算是……行侠仗义，记住了？"姚伊娘轻声说："记住了……师傅。"随后却举了一下手中的小罐子，问："这情蛊……怎么做的？"

吴母拉起姚伊娘，用树叶替她擦掉手心里的痰，说："春上时抓两只乳燕，焙干，碾成粉末，再配上蜈蚣粉、蝴蝶粉，就制成了情蛊，用的时候掺上黄酒效果更好。但这种情蛊我做了改良，毒性小，起效慢，需要有耐心……你能做到吗？"姚伊娘点点头，脑海里却浮现出吴小六的样子。

陈五娘刚好从旁边经过，听见了两人的对话。

此时的吴小六吃了几口酒，有点晕晕乎乎的，耳边忽然就想起朱靖塘说的那句话："就这德行，哪个女子会看上你？"还想起赵鸿垚的话，越想心里越气，忽然站起来摇摇晃晃地来到姚家大院，可守在门口的潘老三和另外两个下人却遵照姚森伯的命令，不让他进去。吴小六越发恼火，伸手一扒拉，就把下人推开了，径直闯了进去。

吴小六走进院子，手扶墙壁，面向众人说："我、我给大家说、说个事儿啊——"忙碌的人们就停下来看着他。吴小六的目光在人群中寻找，终于找到朱靖塘了，就大声说："那个朱、朱靖塘，他、他不是好、好东西！"好奇的人就问："啊？怎么不是好东西？"吴小六咽下一口唾沫，说："他、他勾引有、有夫之妇！"

"啊！"人们就吃惊地看着朱靖塘，朱靖塘涨红了脸说："你，胡说！"好事之人就问："勾引谁啊？"吴小六就说："他、他、他勾引陈五娘！"舌头已开始打卷。话音落下，人也瘫坐在地上。人们忽然沉默了，面面相觑。陈五娘则愣了一下，继而哭着说："吴小六，你血口喷人！"捂住脸跑了。

朱靖塘终于反应过来，大叫一声"你造谣"，扑上去要打吴小六，却被秦坤郧死死地拉住。姚嘉木脸色很难看，忽然冲过去扇了朱靖塘一耳光。朱靖塘捂住脸说："姚大郎，我没有……"姚森伯走出来阴沉着脸说："吴小六吃醉了，把他拉回去！"潘老三和一个下人就走过来扶起吴小六走了。姚玥娘和李旭轮闻声也从洞房里跑出来，看着沉默的人群不知该怎么办。

李旭轮犹豫一下，走到朱靖塘跟前厉声问："朱靖塘，究竟怎么回事儿？说！你要给姚家一个交代。"朱靖塘就走过去"扑通"一声跪在姚森伯面前说："姚公在上，我朱靖塘绝对没有做出那种龌龊事，不然就遭雷劈！都是吴小六信口雌黄……"姚森伯冷冷地说："我怎么信你？"

正说着，"靖净苑"里忽然传来姚伊娘的惊恐叫声："不好了，阿嫂上吊了！"几个女人赶紧跑过去，协助姚嘉木把陈五娘从绳子上抱下来，放在床上。姚玥娘使劲儿掐她的人中，过了一会儿总算醒了过来，张口又哭了起来。姚玥娘姐妹俩又是一番好言劝慰。姚森伯走到"靖净苑"门口看了一下，见陈五娘已无大碍，遂又返回到院子里。

朱靖塘还跪在院子里，姚森伯走到他跟前说："我相信你是被冤枉的，五娘也是被冤枉的，可你如何自证清白？"朱靖塘想了一会儿，抬头看天，晴好无云，就说："如果我是被冤枉的，请老天三日内降下雨来。"姚森伯问："要是不下雨呢？"朱靖塘说："我就死在你面前！"说完就站起来走到姚家大院大门口跪在地上，双手合十，闭上眼睛。

马上就有很多人过来围观，有人说，今年入夏就没下过雨，田里都干裂了，哪里会下雨？有人说，他要是能求下雨也好，帮助缓解旱情。姚嘉木在盛怒之下用绳子把朱靖塘捆了起来。李旭轮也出来站在朱靖塘旁边，双手合十面朝天空说："如果苍天有眼，请主持公道！"外面人多眼杂，姚珥娘和秦坤郧就把李旭轮劝了进去。仍有不少人在围观朱靖塘。

新婚大喜，姚家大院却笼罩着一股沉闷之气。

韦团儿也听说了这个消息，认为是趁乱暗杀孙梵天、朱靖塘、秦坤郧等人的绝好机会，于是就派"雪兰花"带队夜袭姚家大院，她自己则带人在村口外面接应。"雪兰花"等四个黑衣人悄悄摸到姚家大院院墙边，看看四下无人，纵身跃上墙头跳进后院，刚走到"靖净舍"门口，秦坤郧却从暗处跳了出来，举剑就刺。四个黑衣人围着他，一时间刀光剑影，乒乓作响。

……

真是麻烦不断。那么，秦坤郧顶得住吗？

那"雪兰花"的武功不在秦坤郧之下，秦坤郧渐渐招架不住了，就大喊："孙梵天，孙梵天！朱靖塘，朱靖塘！"却无人回应。潘老三带着两个长工过来帮忙，却根本不是对手，潘老三和一个长工很快就倒在血泊中。这时，"雪兰花"却剑头一转刺向黑衣人，两个黑衣人死在她的剑下，另一个黑衣人见势不妙转身想跑，也被秦坤郧给收拾了。

秦坤郧看着"雪兰花"，低声问："你是谁？""雪兰花"却不说话，抓过秦坤郧的剑刺向自己的手臂，随即"哎哟"一声，翻墙走了。这时，"靖净闺"的房门打开，李旭轮和姚珥娘走了出来，看见地上躺着的人，赶紧去扶潘老三，却已经断了气，另外几个人也死了。李旭轮一拳捶在墙上说："可恶的黑衣人！我饶不了你们！"

这时，姚伊娘等人也跑了过来，大家合力把潘老三等人的尸体安顿起来。孟七娘一见丈夫的尸体，顿然昏了过去，众人又是一番救治，她总算醒了过来，悲天抢地。潘小娘扑在父亲的尸体上也哭成了泪人。姚珝娘也热泪盈眶，她拉起潘小娘，替她擦干眼泪，搂着她说："从今往后，你就是我的阿妹！"

喜事没办完，丧事却来了，李旭轮也神色凄然。秦坤郢就把事情经过禀报了。李旭轮自责道："都怪我，太大意了，连累了大家！这天下，什么时候才能太平？"秦坤郢说："一个黑衣人剑法高超，在暗中帮我们，不然今天麻烦就大了。"李旭轮沉吟一下，说："难道是她？"

再来看"雪兰花"的情况，她跳过墙头，跑到村口一个拐角处，韦团儿迎上来问："得手了？""雪兰花"捂住手臂说："没有，姚家大院早有防备，人多势众，我们不是对手，死了三个……"韦团儿气急败坏地说："我要返回去，杀！"一个黑衣男人却说："姚家大院不可轻视，须再找机会。"韦团儿对着姚家大院挥了一下拳头，遂收兵回营。

回到客舍，韦团儿怒气未消，说："屡战屡败，真晦气！上次说吃酒，没想到那个秦坤郢和朱靖塘吃酒了剑舞得更好！谁说他们不能吃酒？谁说的？"没人敢回答。韦团儿就吼叫："死兵奴，都哑巴了？"接着，她走到"雪兰花"跟前伸手扯掉她手臂上的缠布，只见伤口还在流血，就"哼"了一声。随后，韦团儿却哈哈大笑起来，笑得"雪兰花"等人莫名其妙。韦团儿拍着手说："兵不厌诈，你们都上当了！哈哈哈！"

是的，"雪兰花"怎么都没想到，韦团儿用的是"调虎离山"之计。他们表面上摆出一副刺杀李旭轮的架势，其实是假的，真实目的是要干掉孙梵天。那个孙梵天虽说武功高强，但生性懒惰，极爱睡觉，且因他身怀除蛊绝技，所以备受李旭轮器重和偏爱，即便他整日睡觉也由他去。韦团儿了解到他的这个特点后，就开始寻找突破口。

当晚，"雪兰花"等几个黑衣人佯装要正面攻击李旭轮，韦团儿却暗中带领几个黑衣人埋伏在"靖净舍"后面。"雪兰花"他们把秦坤郢等人都吸引过去了，正激烈打斗时，孙梵天却仍然在"靖净舍"里蒙头大睡，无动于衷，好像前世没睡过觉。韦团儿命手下人从窗户里朝"靖净舍"里吹了一股催眠迷魂烟，正在睡觉的孙梵天便昏迷过去。韦团儿破窗而入，亲自杀死了孙梵天。

与此同时，姚家大院里。秦坤郢急匆匆地来禀报说："不好了，孙、孙梵天……死，死了。"李旭轮猛然站起来大叫一声："啊？真的！"随即旋步来到"靖净舍"，只见孙梵天倒在床上，脑袋和身子已经分离。李旭轮愣了一下，忽然抱住孙梵天的身子，眼泪止不住地流下来。姚珝娘紧紧拉着李旭轮的手，也神情哀伤。

李旭轮长叹一声，低声说："孙二郎啊，早知如此，我就不让你睡觉……你如此贪睡，难道是瞌睡鬼托生？我没阻止你贪睡，我好后悔……"一边说一边拍打着自己的胸脯。姚琦娘就劝慰道："事已至此，阿郎就不要自责了，保重身体……"随后，秦坤郧和一个下人把李旭轮扶回房间休息。姚琦娘又安排下人处理孙梵天的后事。

除掉了孙梵天，为给李旭轮放蛊扫清了障碍，韦团儿有些开心。但是，姚家大院防备很严，且魏王又交代要谨慎从事，不能露出任何破绽，让人抓住把柄，所以，如何给李旭轮放蛊，仍是一个问题。正束手无策的时候，那个高个子黑衣男人凑到韦团儿跟前说："大堂主，可让吴小六去放蛊。"

韦团儿问："为什么？"高个子黑衣男子说："那个草蛊婆说了，这种蛊由身边人放，融入世道常情，加入个人恩怨，毒性才会更强。"韦团儿想了一下，点点头，说："个人恩怨……不错，那个草蛊婆真厉害！可是，要是吴小六不愿意呢？"高个子黑衣男人就对韦团儿耳语一番。韦团儿点头说"好"。

第二天早上，几个黑衣人从山上穿林而过，他们经过檀铁寺的时候，看见释怀悯师父正站在寺院的屋顶上，面朝天空，嘴里念："南无阿弥陀佛，南无阿弥陀佛。"那个高个子黑衣男人骂了一句："这秃驴，在干什么？"释怀悯师父就回道："南无阿弥陀佛，罪过罪过！"

高个子黑衣男人就说："秃驴，你说谁罪过？"伸手便打出一个飞镖。飞镖直奔释怀悯师父的脑袋而去。只见他一出手，飞镖便稳稳地握在手中，随后一翻手，"欸"的一声，飞镖就扎进高个子黑衣男人的发髻里。高个子黑衣男人一声惊叫，吓得面如土色。黑衣人意识到这个和尚很不好惹，撒腿便跑。释怀悯师父又开始对着天空念念有词，不久，飘来几朵乌云，天空暗了下来。

再来看姚家大院的情况。

姚森伯出面安葬了孙梵天、潘老三和另一个长工，并给长工的家人一笔钱，安抚住了他们。忙完这些，他坐在"靖净斋"里饮茶，心绪很乱。就在这时，突然响起一声炸雷，紧接着狂风四起，没多久就暴雨如注。他赶紧跑到大门口，只见朱靖塘仍然跪在地上，双手合十，浑身已湿透了。

天空黑得令人恐怖，闪电在天幕上撕开一道道口子，雨水好像就是从那些口子中泼下来的。青石桥镇上很久没下过这么大的雨了，足以缓解旱情。人们纷纷出来淋雨，双手合十拜谢龙王爷。有人就说，看来那朱靖塘真是被冤枉的！雨水冲刷掉了姚家大院后院地上的血迹，冲走了吴小六对陈五娘和朱靖塘的诬告，却冲不走孟七娘等人心头的伤痕。

李旭轮和姚珬娘也来了，一起把朱靖塘拉起来。姚森伯忽然双膝跪下，面朝天空说："感谢苍天还我家五娘清白！还朱九郎清白！"姚伊娘已经把陈五娘扶了出来，陈五娘也跪在地上，眼泪和雨水混合在一起。秦坤鄘把朱靖塘扶进"埥净舍"休息。这时，吴小六怏怏地走进了姚家大院，姚森伯大吼一声："滚出去！"吴小六的身子抖动了一下，转身就走。

姚伊娘却跑上前拉住他，说："快给五娘道歉！"吴小六于是就跪在陈五娘面前说："五娘，那天我吃醉了，胡说八道，求你原谅我！"说完伸手扇自己耳光。可陈五娘始终不搭理他。姚伊娘就把目光转向阿耶，说："阿耶，六阿兄知错了，你说句话？"姚森伯叹息一声，摆了一下手。姚嘉木却冲到吴小六跟前指着他的鼻子说："你……滚出去！"

吴小六的脸色红一阵白一阵，样子很难看。

这时，吴母进来了，径直走到陈五娘面前跪下说："五娘，我家六儿往你身上泼脏水，我替他给你道歉。"众人都愣住了。姚森伯"嗨"了一声，赶紧去扶吴母，说："阿妹，这……成何体统？快起来，快起来！"吴母却说："五娘不原谅六儿，我就不起来。"吴小六叫一声"阿娘"，也跪在她面前。

雨还在下，众人身上都湿透了。姚森伯就对陈五娘说："五娘，小六郎已经认错了，你就原谅他吧。"陈五娘这才点了一下头。姚伊娘就说："六阿兄，五娘原谅你了，以后这种玩笑千万不能再开了！"吴小六点头应允。姚森伯拉起吴母，要姚珬娘带她到卧室去换身干衣服，免得着凉了。吴母却说："不用换，我身体好着呢。"随后拉起儿子就走了。雨来得快，去得也快。此时已风停雨住，天空上又露出一轮太阳。

这天上午，姚森伯把儿子和女儿女婿都叫到书房"埥净斋"，说："小六郎曾对我说我们将有厄运降临，果然就应验了。这几天发生的事儿，恐怕只是个开头，你们说说，我们接下来要怎么应对？"姚嘉木还在气头上，就说："都是那个朱靖塘带来的晦气！我、我要休掉陈五娘！"几个人却不接话。姚珬娘沉吟片刻，就说："他们四个是我救回来的，既然此事因我而起，我也不再连累大家，我们搬出去住！"

姚森伯想了一会儿，摆摆手说："不可。外面更不安全，还是住家里。这样吧，我去找赵鸿垚，他那里有乡兵，可以派几个过来加强防卫。"姚珬娘说："他又要趁机敲诈。"姚森伯说："钱是什么？人是什么？钱能跟人比吗？"李旭轮急忙站起来弯腰施礼道:"多谢阿耶。"姚森伯就说:"不要客气,你娶了琊娘,我们就是一家人。"

李旭轮就说:"我去找赵鸿垚吧。"

姚琊娘说:"我也去。"

随后,两人来到赵家大院,下人却说赵鸿垚出去了。

赵鸿垚去哪里了?他又来到了潘老三家。自从上次重逢孟七娘,他就又被孟七娘的美色吸引住了。几年了,仍不能忘怀。他让几个手下人把住门口,自己走了进去。孟七娘刚刚失去丈夫,还穿着一身孝服,脸上的泪痕还依稀可辨,反倒更惹人爱怜。赵鸿垚说:"听说你家三郎遇害了,我来看看。"随后递给孟七娘几个铜板。孟七娘却不接。

赵鸿垚就说:"人死不能复生,你还要过日子。"他抓起孟七娘的手,把铜板塞进她的手里,趁机握住了她的手。孟七娘把手挣脱出来,说:"你想干什么?"赵鸿垚就笑嘻嘻地说:"七娘,实话跟你说吧,我又看上你了,只要你跟了我,保证让你过上好日子……"

孟七娘说:"你出去!"赵鸿垚却一把将她抱住,按在地上。孟七娘挣扎着说:"放开,我喊人了!"赵鸿垚说:"你敢喊人,我就杀了你,还有你家的几个孩子!"孟七娘不吭声了,只是拼命挣扎。赵鸿垚开始解她的衣服,一边说:"从了我,还有茶园的事儿,可以商量。"孟七娘就停止了反抗……

完事后,赵鸿垚穿好衣服,笑眯眯地说:"舒服!以后我常来!哎,茶园连片,妻妾成群,这才叫人上人!哈哈哈!"说完扬长而去。走到街上时遇到了姚琊娘和李旭轮,李旭轮就说了想请人帮助看家护院的事儿。赵鸿垚说:"我就说嘛,你肯定会找我的。需要几个?多长时间?"姚琊娘:"三个,五天吧。"赵鸿垚说:"好说,好说。"李旭轮说:"开个价吧?"赵鸿垚想了一下,伸出一根指头说:"一百斤茶叶。"

"啊?这么多?"姚琊娘叫了一声,这赵鸿垚明显是在敲竹杠。赵鸿垚却笑了笑,用手指了一下李旭轮,说:"喻(李)八郎可不是小气人。我那乡兵也是要吃饭的……"姚琊娘犹豫一下,但想到全家的安全,只好说:"好吧,就依你,一手交人,一手交茶。"说完拉着李旭轮扭身就走。赵鸿垚在后面说:"买一送一,我让乡兵们多守一天。"

走在路上,李旭轮说:"那乡兵相当于官府的军队,赵鸿垚竟然当成了牟利的工具。"姚琊娘就说:"天高皇帝远,谁管得了!官家的就成了自家的。"然而,说归说，看家护院还是需要的。第二天，赵鸿垚果然派来三个乡兵，由韩益康带到姚家大院。姚瑃娘依约交给韩益康一百斤茶叶。三个乡兵守在姚家大院门口，却是无精打采的样子，坐在地上，靠在墙上，没有一点儿精神气。吃饭的时候却挑三拣四，让姚家人很不高兴，却又不好发作。

这天下午，姚瑃娘和李旭轮来到前院，听见从"埥净苑"里传来哭声，赶忙走过去一看，原来是陈五娘在哭，姚嘉木气呼呼地坐在一边。姚瑃娘拉住陈五娘问："阿嫂，怎么啦？"陈五娘却哭得更厉害了。姚嘉木就烦躁地说："哭什么，号丧啊？"姚瑃娘就说："阿兄，你就少说两句吧？"随后对李旭轮说："八郎，带阿兄去饮茶，好吗？"

等李旭轮和姚嘉木走了之后，姚瑃娘又问陈五娘到底是怎么回事儿，陈五娘就说："你阿兄要休掉我。"说完又哭了，一边哭一边说："他要休了我，我就不活了，呜呜呜……"姚瑃娘就说："他那是一时冲动，说的气话，别当真……唉，阿兄还是因为吴小六……那件事儿吧？"陈五娘说："他还说我不能生养，是不下蛋的鸡……呜呜呜……"

姚瑃娘不知道该说什么了。恰在这时，姚伊娘进来了，大声说："阿嫂，阿兄要是休了你，我都不答应。"陈五娘看了姚伊娘一眼，又哭了起来。这时，姚嘉木在"埥净馆"门口喊"瑃娘伊娘"，姚瑃娘就劝慰陈五娘几句，随后就拉着姚伊娘离开了。望着姚伊娘的背影，陈五娘猛然想起了姚伊娘拜吴母为师学习放蛊的情景，嘴里便悄声念叨"情蛊、情蛊、情蛊"，赶紧起身往姚伊娘的卧室"埥净谷"方向走……

回头再说姚伊娘。她跟阿姐走近"埥净馆"，一股茶香飘了过来，进去就看见李旭轮正在给姚嘉木泡茶。姚嘉木对这种冲泡茶叶的方式也感到很新奇，此时正有说有笑的，好像刚才的不快不存在似的。桌子上放着茶壶，茶壶下面是一个茶盘。李旭轮拎起茶壶的时候，姚嘉木发现茶盘很精致，上面画着一株兰花。姚嘉木总感觉茶盘有点儿似曾相识，就指着茶盘问："阿妹，这茶盘哪儿来的？"

姚瑃娘就说："阿兄忘了？还是你带回来的，真是贵人多忘事！"姚嘉木想了一会儿，忽然说："哦，想起来了，这是我那年从神都带回来的，瞧我这记性。"说完拿过茶盘仔细端详起来。随后，姚嘉木的目光却停留在李旭轮的扇子上。有点儿热了，李旭轮就打开扇子扇风，扇面上也画着一株兰花。姚嘉木盯着扇面上的兰花看了好一会儿，越看越觉得跟茶盘上画的兰花很相似，忽然想起那天朱靖塘说扇面上的兰花是李旭轮画的，心里就有些疑惑。再想起往事，心里便起了疑问。

李旭轮看了姚嘉木一眼，忽然冲外面喊："朱靖塘。"朱靖塘进来了，说："八郎有何吩咐？"他一眼看见李旭轮手中的扇子，便走神了。李旭轮说："朱九郎，以茶代酒，敬一下姚大郎。"朱靖塘却没有反应，眼睛还盯着扇子。李旭轮又说："朱靖塘！"朱靖塘这才回过神来。李旭轮就指了一下桌子上的茶盏，说："用茶敬姚大郎。"朱靖塘明白李旭轮的用意，就双手端起一盏茶举到姚嘉木面前说："朱某敬姚大郎。"

姚嘉木犹豫一下，姚琦娘给他递了一个眼色，他这才接过茶盏一饮而尽，抹抹嘴说："我还有点儿事儿，先走了，你们慢慢饮。"而此时的陈五娘呢，却正在"埔净苑"里悄声念叨"南无阿弥陀佛，保佑情蛊；南无阿弥陀佛，保佑情蛊"。姚嘉木出门往"埔净斋"方向走，路过"埔净苑"时，里面的陈五娘看见了，赶紧端着茶盏出来跪在地上，双手举着茶盏说："阿郎，请饮茶。"这下把姚嘉木搞蒙了，他说："你……"陈五娘又说："阿郎，请饮茶。"

姚嘉木摇了一下头，忽然瞥见朱靖塘走了过来，于是就接过茶盏递给他，说："朱九郎，还你一盏茶。"陈五娘却大惊失色地说："不……"朱靖塘则认为这是姚嘉木的回礼，是示好的表现，于是就接过茶盏一饮而尽，抹抹嘴说："埔净茶，就是好！"姚嘉木笑了一下，抬脚走了。陈五娘惊叫一声，一屁股坐在地上。朱靖塘就走过去问："你怎么了？"陈五娘猛然站起来从他手里夺过茶盏，脚步踉跄地跑了。这陈五娘究竟怎么了？我在此埋下一个伏笔，后面才会揭晓。

朱靖塘看着陈五娘的背影，愣了好一会儿。

姚嘉木一路小跑着来到"埔净斋"，关上房门，还从窗户里朝外面看了几眼。姚森伯问："大郎，干什么呀？神秘兮兮的。"姚嘉木就走到父亲面前低声说："阿耶，三年前我在神都时，一个朋友送了我一个茶盘，说是从宫廷里流出来的。"姚森伯看着儿子，说："后来呢？"

姚嘉木说："我把茶盘带回来了，交给琦娘，她放在茶室里。"姚森伯看着儿子不说话。姚嘉木继续说："茶盘上画着一株兰花，这其实也没什么……可是，喻（李）八郎的扇面上也画着一株兰花，跟茶盘上的很像……"姚森伯就问："你到底想说什么呀？"姚嘉木说："这说明喻（李）八郎的扇子也可能是从宫廷里流出来的。"

姚森伯愣了一下，说："也可能他的扇子是从古董商那里买来的？"姚嘉木说："有这可能。但是……不会那么巧吧？你看他出手那么大方，还有他的气质、风度、书画，还有他的香囊、玉石，绝不是一般的大户子弟……我怀疑……"姚森伯惊了一下，说："怀疑什么？"姚嘉木说："我怀疑他是……宦官……"

姚森伯正在饮茶，一听这话便喷了一口出来。姚嘉木却笑了起来。姚森伯就指着儿子说："你呀，没个正形！这事儿哪能开玩笑？嗯……你的猜测也有道理，这个喻（李）八郎不是一般的来头。他若真跟皇宫沾上了边，是福是祸可说不准。不过，只要他对珝娘好，其他都无所谓……"姚嘉木就说："阿耶，我准备去神都一趟，摸摸他的底细。"姚森伯思忖片刻说："也好！"

姚嘉木走出"堉净斋"，迎面遇到姚伊娘，手里正拿着那个黄色的香囊。姚嘉木就伸手说："阿妹，玩够了吧？"姚伊娘就把黄色的香囊递给姚嘉木，他接过来闻了一下，只觉得有一股特别的香味，就问："这香味怎么跟原来不一样了？"姚伊娘笑着说："当然，我加了一样好东西？"姚嘉木又闻了一下，说："哦，我明白了，是我家的茶叶，好香！"

姚伊娘就说："阿兄，听说香囊里装茶叶可以消灾祛病，你要好生保管哦。"姚嘉木点头答应，把黄色的香囊装进腰带里。姚伊娘又从腰带上取出另一个红色的香囊，在他眼前晃了一下，说："阿兄，这个好看吗？"姚嘉木接过来看了一眼，说："是送给小六郎的吧？"姚伊娘的脸红了一下，说："别瞎说！"一把夺过红色的香囊就跑了。

姚伊娘一口气跑到吴小六家，只见大门洞开，进去后却不见人影。姚伊娘就喊："六阿兄，六阿兄。"没有回应。又喊："姑妈，姑妈。"还是没有回应。正东张西望时，忽然看见两个黑影一闪就不见了，惊起了几声猫叫。姚伊娘吓得出了一身冷汗，掉头就跑出院门，赶紧跑回家，看"堉净斋"里没有父亲的身影，就对阿姐说了刚才的情形。

姚珝娘问："你看清什么人了吗？"姚伊娘说："没有。但他们穿着黑衣。"姚珝娘就说："又是黑衣人。不好……恐怕姑妈家有危险。"说完看着李旭轮。李旭轮就站起来说："去看看吧。"随即叫上朱靖塘和秦坤郿，一起来到吴小六家。然而，家里还是没人，房间里的蔬菜、茶叶却散落一地。

姚珝娘走到院墙根，在地上发现了一个小罐子，打开后"啊"的一声惊叫，赶紧把罐子扔在地上。李旭轮就蹲下去看，却见从罐子里爬出了好多小虫子。李旭轮问："哪来这么多虫子？"姚珝娘摇摇头，说："不知道……可能出事了……也可能姑妈走亲戚去了……"几个人就沿着后面的山路去寻找。

走到一处山坳时，天色已暗，也有些累了，就坐在地上休息一下。这时，顺风传来说话声,一个女声说:"你说那草蛊婆真有神通?"一个男声说:"当然了,据说从未失过手。"女声说:"我还听说那草蛊婆能造……瘟疫……"男声说:"这个……倒没见过……别乱说……"

李旭轮感到这女的声音很熟悉,可就是想不起来了。这时,就听见男声说:"'雪兰花',你手臂上的伤怎么样了?"女声说:"没事了。"李旭轮瞬间明白她是谁了,忽然站起来大叫了一声:"'雪兰花'!""雪兰花"显然是听见了,立即住了声。李旭轮又说:"我知道是你!你出来!"

李旭轮显得有些激动。朱靖塘和秦坤郧赶紧拿出兵器做好战斗准备。然而,他们等来的却是一阵脚步声,渐渐远去了。情况不明,天色昏暗,不能再追了,几个人就返回姚家大院。回到房间,李旭轮有些闷闷不乐,姚珝娘给他端来茶水,他也饮得没滋没味。姚珝娘问他怎么了,回答说有些不舒服。

李旭轮真的不舒服,心里不舒服。

他想起那个"雪兰花"了。那时候,他还住在一个金碧辉煌的地方,每天都有好多女人围着他转,其中就有一个艺名叫"雪兰花"的。此人天生丽质,能歌善舞,一双眼睛明眸善睐,时常对他暗送秋波。然而,因为她是母亲的贴身丫鬟,他不敢有非分之想;更为重要的是,他曾经因为垂青于韦团儿而遭到母亲的严厉训斥,心有余悸,所以他不敢接近"雪兰花",有意跟她保持距离。没想到如今在这山乡跟"雪兰花"相遇,真是世事难料。

一夜辗转难眠。次日早上,吃过早饭后李旭轮就来到前院走进"靖净舍",见秦坤郧正在扎马步,就问:"朱靖塘呢?"秦坤郧回答说:"出去了。"李旭轮就关上门,说:"你上次说'雪兰花'曾暗中帮助我们,她为什么要这样做?"秦坤郧说:"这个……属下也想不明白。"李旭轮就坐到床上说:"那个韦团儿心狠手辣,什么事儿都干得出来,我有点儿替'雪兰花'担心,我更担心韦团儿会祸害这里的百姓,尤其是姚家。"秦坤郧说:"那她就不得好死!"李旭轮忽然动了感情,就说:"因为我,已经死了很多人,我实在于心不忍……"说完使劲儿捶了一下床板。

秦坤郧说:"八郎,你不要这样想,那不是你的错,都是别人强加给你的,你也是受害者。"李旭轮长叹一声,说:"唉……"随后拔出插在腰间的扇子扇了起来。秦坤郧迟疑着说:"八郎,小心你……的扇子……"这时,忽然响起一声猫叫,李旭轮从后窗户看出去,一只猫逃走了。

那只猫是姚珝娘打跑的。她觉得李旭轮今天有些异样,她不放心,所以就跟了过来，无意中听见李旭轮跟秦坤郧的对话，有些话她听不懂，但感觉不是什么好事儿，心情便沉重起来。这时，耳边又响起师父的话，你要用茶的醇厚和心的柔情为他疗伤，记住，这是你的使命。此时的姚珤娘又感觉自己不是自己了。

恰在这时，姚伊娘过来了，叫了一声"阿姐"。姚珤娘回过神来，这才意识到自己在偷听别人说话，刚好一只猫从旁边经过，她就踢了一脚，借以掩饰自己，说："哪来的野猫？"李旭轮听见响动走了出来，姚珤娘就迎上前说："阿郎……还饮茶吗……我们出去走走吧……阿妹也去吧？"

姚珤娘和李旭轮、姚伊娘沿着清凉溪散步，秦坤郧跟在后面。下了一场暴雨，溪水涨了起来，却也显得很浑浊，夹带着树枝落叶哗啦啦地流淌。微风吹来，倍感清爽。山上的茶树绿油油的，越发显出了勃勃生机，到处都是劳作的人们。几个茶农从旁边经过，都跟他们打了招呼。

李旭轮忽然停住，指着茶园说："在这里当个茶农，也好。"姚伊娘就说："八郎，你的娘子，不就是个茶农吗？"李旭轮就打趣道："伊娘，你要的郎君，也是茶农吗？"姚伊娘就红着脸说："天知道。"李旭轮又说："你绣的香囊准备送给谁呀？"姚伊娘却说："不告诉你。"快步跑在前面。

走着走着就走到私塾门口，姚珤娘说："阿郎，好几天没来私塾教书了吧？"李旭轮说："最近事多，惭愧惭愧！进去看看？"抬脚走了进去。时候尚早，学生们还没来，只有潘小娘正在打扫卫生。她的气色红润了一些，手臂上却还戴着黑纱，见到姚珤娘和李旭轮了急忙弯腰施礼。姚珤娘对潘小娘说："小娘，这么早就来了？家里都安顿好了？"

潘小娘点了一下头。姚珤娘叹了一口气说："真是难为你了。"潘小娘低头停顿片刻，说："珤娘……阿姐，听杨老先生说这两天有两个黑衣人来过私塾，不知道干什么。""啊？黑衣人？"李旭轮大吃一惊，"他们……来这里？"黑衣人显然成了瘟疫一样的东西，走到哪里都让人心生恐惧。

最近事情一件接着一件，搅得人紧张不安。怎么办？李旭轮来回踱步，忽然停在姚珤娘跟前说："去找赵鸿垚吧？"姚珤娘说："走吧，小娘，你也去。"几个人于是就朝赵家大院走去。赵鸿垚一听说李旭轮来了，赶紧要出去迎接，却被韩益康拉住了，对他说："耆老，他是客，你是本地长官……"赵鸿垚就呵呵一笑，坐到太师椅上。

李旭轮等人走进赵家大院，来到客厅，拱手施礼道："见过赵耆老。"赵鸿垚却坐着拱手还礼道："请坐。"眼睛却看向姚家姐妹俩，忽然看见一个陌生的低着头的姑娘，略略愣了一下。随后，赵鸿垚问："几位来，有什么事吗？"姚㛦娘就让潘小娘对赵鸿垚说了私塾里的事，要求他派人查一下，要保护学生和先生的安全。赵鸿垚说："这个……本耆老自会安排……"

赵鸿垚盯着潘小娘看了一眼，眼睛再也没有移开。潘小娘虽然瘦弱，但发育得还算成熟，皮肤白皙，个子高挑，身材匀称，一双眼睛水汪汪的，跟她继母孟七娘一样漂亮。自从来到姚家，生活改善了很多，营养跟上了，人就长得快，且经过姚㛦娘调教一段时间后，潘小娘从内到外都有了变化。因尚在服丧，故她的眼睛里多了一些忧郁，反倒更惹人爱怜。

赵鸿垚心想，青石桥镇上还有这么标致的人儿？此前怎么就不知道！就问："这位小娘多大了？"潘小娘回答道："十四了。"赵鸿垚哦了一声，心里就有了一个想法，便敷衍道："私塾的安全很重要，本耆老不能不管，一定会派人严查那些黑衣人。"饮了一口茶，又说："哎，对了，吴小六呢？他可以先到私塾守着啊？"

姚伊娘就说："这几天都不见他人影。"李旭轮说："私塾是重要场所，恐怕要派乡兵去守护。"赵鸿垚却说："私塾是姚家的。"李旭轮就说："可一些学生并不姓姚。"赵鸿垚说："可乡兵就那么几个，派不出来了呀。"李旭轮说："乡兵是官家的，理应保境安民。"

我曾查阅过资料，青石桥镇的乡兵是赵鸿垚一手建起来的，他就是头领，他的表弟韩益康是副头领，其中的大小头目大都是他的亲朋好友的子弟，说是"赵家兵"一点儿也不为过，他觉得这样用起来才放心顺手。这些乡兵后来在解除"群蛊"的过程中也发挥过作用，这也是有记载的……不好意思，扯远了，回到正题吧。

赵鸿垚笑了一下，端起茶盏，却用眼睛的余光瞟向潘小娘。姚㛦娘想了一下，站起来说："既然这样，吴小六先去守着也行……赵耆老还有事儿，我们就不坐了。"随后看了李旭轮一眼，李旭轮便也站了起来。赵鸿垚把几个人送出客厅，他用油腻的目光深深地看了潘小娘一眼，潘小娘禁不住浑身哆嗦了一下。

走在路上，姚㛦娘说："奇怪，六阿兄去哪里了？"

是啊，吴小六去了哪里？暂且按下不表。

……

这天中午，姚家大院。

姚嘉木回来了，直接走进"埥净斋"，关上房门，端过茶壶直接对着壶嘴"咕咚咕咚"一气饮干。姚森伯看着儿子，嗔怪地说："你慢点儿，几天没饮茶了？"

姚嘉木抹了一下嘴，忽然愣愣地说："阿耶，我想……休掉……五娘。"姚森伯愣了一下，没有说话。姚嘉木又说："不孝有三，无后为大。再说了，那些谣传……终究是不好听……"

姚森伯就问："大郎，你是不是有相好的了？你说实话。"姚嘉木就说："儿子在南州认识了一个女子，还是个胡姬……改天带回来……"姚森伯沉吟片刻，说："大郎啊，那五娘没有明显的过错，若按'七出'（古代休妻的七大理由）来说，你还不能休掉她。"姚嘉木就说："理由嘛，就说她妒忌……"

姚森伯想了一下，说："这事……你做主吧，去找县丞通融一下，写张休妻书……只是休了五娘后，如何安置她？"姚嘉木想了一下，说："她娘家早已没落，回去住恐怕生计都成问题，要不，让她还住在我们家？我继续养她？"姚森伯就说："唉，也好，没了夫妻名分，就当作亲戚吧。你还算有点儿良心！"

姚森伯终于同意儿子休妻，姚嘉木似乎卸掉了一副重担，心里高兴，于是就笑着换了一个话题："阿耶，我打听到了，那个喻（李）……"姚森伯急忙摆摆手，随后关上窗户，指了一下笙蹄。姚嘉木就坐下说："我在神都打听了一下，当今皇嗣就在我们这一带，而且他长相英俊，书法很好，画也不错，很可能就是那个喻舜廷（李旭轮）……"

姚森伯惊叫一声，虽有所预感，却还是倍觉突然，甚至感到震惊。姚嘉木又从腰带里摸出一个铜钱，举在父亲面前，压低声音说："阿耶，你看这枚铜钱，背后刻着半月形印记，据说当年一位负责铸钱的官员将钱币蜡样送给太宗浏览时，文德皇后一不小心在蜡样上留下了一个月牙形的指甲痕，这种铜钱只有皇宫里才有。所以，那喻舜廷（李旭轮）很可能就是皇嗣。"

姚森伯搓着双手，看着儿子说："如果是真的，那我们岂不成了皇亲国戚？这……是真的吗？"姚嘉木就笑着说："阿耶，你是未来皇帝的老丈人！"姚森伯也笑了起来，随后却渐渐收住笑容，沉吟片刻，说："可他为什么不露真名呢？嗯……既然他用化名，说明他不愿暴露身份，或者有难言之隐，我们也就当作不知道，静观其变。"

姚嘉木点点头说："我想请他饮茶。"

于是，在"埼净馆"里，姚嘉木也学着李旭轮的样子泡茶。他指着在壶中翻滚的茶叶："这是我精挑细选的，上上等埼净茶。"随即倒了一盏茶，双手递给李旭轮。姚姵娘就笑着说："阿兄，今天这么客气啊？"姚嘉木笑着饮了一口茶。李旭轮就说："阿兄这次又去了哪里？"姚嘉木说："神都，长安，南州。"

李旭轮又说:"阿兄游历甚广啊,这一路有什么新鲜事儿吗?"李旭轮一边说话一边摇着扇子,姚嘉木就注意到了他手中的扇子,便放下茶盏说:"哎,你别说,我在长安时还真的听到了一件事儿,真有意思……"姚珥娘急忙说:"阿兄,快说来听听。"姚嘉木就看着李旭轮手中的扇子说:"八郎,我可以看看你手中的扇子吗?"

李旭轮把扇子递给姚嘉木。姚嘉木接过扇子看了一会儿,姚珥娘就说:"阿兄快说嘛,老看扇子干什么?"姚嘉木就说:"这个故事啊,跟扇子有关……说是一个皇子有个老师,那老师博学多才,武艺超群,还会一点儿神通之力,他送给皇子一把扇子,说是关键时候有大用场……"说完又开始看扇子。

"后来呢?"姚珥娘急着问。姚嘉木就说:"后来那个皇子住的地方发生了一场大火,他的老师为了救他被严重烧伤了。再后来老师就不见了,从此销声匿迹……皇子找了很久都没有找到老师……"姚珥娘说:"大火?皇宫里怎么会发生大火?会不会是被人陷害?"可李旭轮和姚嘉木却对这个问题并不感兴趣,只是低头饮茶,姚珥娘就笑着吐了一下舌头。

姚珥娘又问:"那把扇子呢?"说完下意识地看了一眼李旭轮手中的扇子。姚嘉木说:"扇子当然在皇子手里。"说完看着李旭轮笑了起来。姚珥娘看了一下姚嘉木,又看了一下李旭轮,忽然说:"哎,我怎么感觉像是在说你呀?你是皇子吗?"李旭轮愣了一下,用手指指着自己的脸,说:"说我?开玩笑哦,我哪有那个命呀?哎,吴小六呢?黑衣人,私塾……"李旭轮随即抓起茶盏饮茶。

姚珥娘笑了起来。

那么,吴小六去了哪里?

他心情不好,去县城玩了几天。这天傍晚,吴小六回到家里却看不到阿娘的影子,喊了几声没有应,看到家里一片凌乱,墙根处有一些小虫子在爬,他感到不对头,就四处寻找,还是找不到。他来到姚家大院,一头撞进"靖净馆",问:"珥娘,看到我阿娘没?"姚珥娘说:"没有,是不是又去乡下走亲戚了?"

吴小六说:"这回不像……"转身就走。姚伊娘说:"我跟你一起去。"吴小六却说:"添乱!"快步跑了。姚伊娘气得直跺脚。吴小六想去乡下寻找,刚走到屋后的树林里,却看见两个黑衣人站在面前。吴小六急忙伸手向腰间准备掏武器,一个黑衣人就说:"吴小六,想要见你阿娘,就到土地庙后面的树林里。"吴小六说:"啊?你们抓了我阿娘?我跟你们拼了!"

一个黑衣人急忙举起双手说:"不用担心,你阿娘很好,就是想见你。"吴小六说:"我阿娘要是少了一根汗毛,我饶不了你们。"黑衣人说:"记住,你一个人来,要是胆敢声张,我们就杀死你阿娘……"说完做出一个抹脖子的动作,随后转身飞速离开。吴小六犹豫了一下,赶紧跟上。

在树林里,吴小六终于见到了他的阿娘,被绑着双手,嘴里塞着布块。吴小六伏地磕头,哭着说:"阿娘,你受委屈了!"韦团儿就说:"吴小六,听说你是个孝子,要想你阿娘平安无事,就照我说的做。"吴小六说:"做什么?快说。""雪兰花"就把一个小罐子递给吴小六,说:"把这里面的东西放进李旭轮的茶盏里。"

吴小六接过小罐子打开看了一眼,里面是一个石子样白色的东西,南瓜子一般大小,就问:"这是什么?"韦团儿说:"蛊药。"吴小六问:"蛊药?给我蛊药干什么?"韦团儿说:"给喻莽廷(李旭轮)放蛊,懂吗?"吴小六颤着音说:"啊?放蛊?这……不敢……"韦团儿使个眼色,"雪兰花"就把刀架在吴母的脖子上,吴母嘴里一阵哇啦哇啦,眼睛里满是恐怖的目光。

吴小六咬咬牙说:"好,我答应你们……"说完抓起小罐子塞进腰间,转身旋风般下山来,回到家里吃了几杯酒,让自己安静下来。随后,他打开小罐子抓起蛊药放进袖笼里,出门来到姚家大院,在门口徘徊了好一阵,终于走了进去。姚伊娘一见吴小六,急忙迎上来说:"六阿兄,姑妈找到没?"吴小六强装笑脸说:"找到了,在乡下。"

姚伊娘说:"饮茶吗?我给你煮。"朱靖塘听见声音,担心吴小六又来闹事,急忙出来拦住他说:"你要干什么?"吴小六就笑着说:"朱九郎,朱壮士,我来向喻(李)八郎赔不是。"朱靖塘看着他不说话。吴小六又说:"哦,此前是我不好,冤枉你了,请……原谅……"说完突然伸手打了自己一个耳光。朱靖塘却别过头去。

姚伊娘急忙说:"六阿兄,你干什么呀?"

吴小六又说:"我来向喻(李)八郎赔罪。"

姚伊娘就说:"啊,给八郎赔罪啊,那好,我带你去。"随即拉着吴小六就往后院走。姚伊娘的介入让朱靖塘不好阻拦,就让他们进去。来到后院,秦坤郞却守在这里,他一看是吴小六,立即手按佩剑迎上来问:"六阿兄,有事吗?"吴小六说:"我找喻(李)八郎,他在吗?"秦坤郞伸手拦住他说:"有事先跟我说。"

吴小六却推开秦坤郞的胳膊说:"我要当面跟喻(李)八郎说。"秦坤郞再次伸手挡住吴小六,语气生硬地说:"六阿兄,就在这里说。"吴小六看着秦坤郞,忽然把手伸向腰间。姚伊娘急忙说:"六阿兄他是来向喻(李)八郎赔罪的,秦四郎通融一下嘛。哎，八郎，八郎！"

就在这时，李旭轮和姚玳娘走了出来。李旭轮问："怎么回事？哦，是小六郎啊，有事吗？"吴小六犹豫了一下，忽然"扑通"一声跪在地上说："喻（李）八郎，我是来向你道歉的。我阿娘骂我了，说我那天不该骂你打你，也不该污蔑朱靖塘和陈五娘，请你原谅……"说完伏地磕头，甚至哭出了声。李旭轮怔了一下，急忙给秦坤郧递个眼色，秦坤郧就去拉吴小六起来，他却怎么都不起来。

姚玳娘就走下台阶说："六阿兄，八郎已经原谅你了，起来吧。"秦坤郧就把吴小六扶了起来。吴小六抹了一下眼睛说："我阿娘还说，只有喻（李）八郎饮了我沏的茶，才算真正原谅我了。"李旭轮不解地看着姚玳娘。她就说："这也是我们这里的习俗。"吴小六又说："你们要是不答应，我阿娘就自己来沏茶……"李旭轮这才点点头。姚玳娘就对吴小六说："进屋去吧。"

新房里很温馨，茶香满室，墨香扑鼻，吴小六却感到了阵阵的寒意。姚玳娘让吴小六坐下，他却一直站着，身体前倾，一副谦恭的样子。秦坤郧站在离吴小六不远的地方，警惕地盯着他。桌上一个青瓷小茶壶里正好装着刚泡好的茶水。姚玳娘提过小茶壶说："六阿兄，你不是要给八郎沏茶吗？来，拿着茶壶。"吴小六接住小茶壶，秦坤郧下意识地往前移了一步。

吴小六提起小茶壶将茶水倒进盏里，立刻闻到一阵异香。李旭轮刚端起茶盏，秦坤郧就说："八郎，我先来饮……"伸手要接过茶盏。李旭轮却说："没事儿，小六郎不是外人。"李旭轮饮了一口，笑着说："小六郎沏的茶味道就是不一样。来，坐吧，一起饮茶。"吴小六却低头说："不敢……喻（李）八郎请用茶……"

李旭轮又饮了几口，茶盏就见底了，他就把茶盏放在桌子上。吴小六看准时机将小茶壶伸过去倒水，却故意将茶水洒在李旭轮的手上。李旭轮一声惊叫，秦坤郧箭步冲过去抓住李旭轮的手，姚玳娘也赶忙去拿过湿毛巾。趁这工夫，吴小六飞快地从袖笼里掏出蛊药丢进李旭轮的茶盏里，随即拎起小茶壶重上茶水。随后，他弓着身子说："对不起对不起对不起，吴某笨手笨脚烫着喻（李）八郎了，小六罪该万死……"伸手扇自己耳光。

蛊药遇到开水便融化了，无味，无色。

李旭轮说："没事儿没事儿。"吴小六还在扇自己耳光。李旭轮给秦坤郧使个眼色，秦坤郧便走到吴小六身边说："好了，脸打肿了可是娶不到媳妇哦。"吴小六停下手，却又拱起双手说："喻（李）八郎要是肯原谅吴某，请再饮一盏茶。"李旭轮跟姚玳娘对视一眼，两人都笑了。姚玳娘端起茶盏递给李旭轮，他接过来吹了几下，饮了下去。

　　用拱起的双手做掩饰，吴小六一直悄然注视着李旭轮，直到他饮完茶，吴小六才觉得心里踏实，就直起身子说："多谢喻（李）八郎给面子，吴某告辞。"李旭轮朝他挥了一下手。姚珥娘站起来把一个纸包递给吴小六，说："六阿兄，这是刚采的夏茶，拿回去饮吧。"吴小六愣了一下，接过茶叶快步走了。

　　走到后院门口，看见姚伊娘正站在屋檐下，好像在等人。吴小六来了，姚伊娘急忙迎上去说："六阿兄，去饮盏茶吧？"吴小六说："已经饮过了。"迈步就走。姚伊娘忽然从怀里掏出一个红色香囊塞进吴小六的手里，说："给你。"旋身就跑，步伐有几分慌乱。吴小六看看姚伊娘的背影，又看看手里的香囊，还举起香囊闻了一下，笑着摇了一下头。吴小六怎么都没想到，他给李旭轮放了蛊，可姚伊娘却给他放了蛊，蛊药就放在那个红色香囊里。

　　走到前院，吴小六又冲着朱靖塘点头哈腰，弄得朱靖塘很有些纳闷。遇到刚走进来的陈五娘时，吴小六还是点头哈腰，却换来陈五娘一双白眼，恨恨地说："都怪你，害得我被休了，你高兴了？"吴小六愣了一下，说："怪你自己不生育。"说完快步跑了。陈五娘冲着吴小六的背影吐了一口，狠狠地跺了一下脚。

　　朱靖塘听见了陈五娘的话，愣了一下，自言自语道："被休了？这么好的女人说不要就不要了？"陈五娘也听见了他的话，就问："朱九郎，你说谁好？"朱靖塘摸着后脑勺说："说你……嗨，你家大郎……"陈五娘忽然记起那天姚嘉木把那盏茶送给了朱靖塘，她至今仍有些懊悔，转而却想，难道这也是天意？猛抬头发现朱靖塘正看着她，她便红了脸，赶紧走进"埥净寮"。

　　过了一会儿，陈五娘走到朱靖塘跟前，伸手递给他一盏茶，说："我看你在这里站半天了，饮盏茶吧。"朱靖塘接过茶一饮而尽，双手把茶盏递给陈五娘，说："多谢陈五娘。"陈五娘却低声说："我才要感谢你，你受了冤屈也不肯说出……树林里的事儿，保全了我的名声……"说完接过茶盏快步走了。朱靖塘又自言自语道："我没说，你不还是被休了？"

　　再说吴小六，他不敢耽误，直奔丛林而去，在密林深处终于见到了黑衣人。吴小六气喘吁吁地说："我……给喻莽廷（李旭轮）下……蛊了，下……蛊了，你们……把阿娘……还给我……"韦团儿说："谁能证明你下蛊了？"吴小六说："你……怀疑我？"韦团儿走到他身边说："我们要看到效果。"

　　吴小六就问："我阿娘呢？"韦团儿说："在一个很安全的地方。"吴小六忽然大叫："还我阿娘！"韦团儿拍了一下他的肩膀，说："放心，等放蛊有了效果，那喻莽廷（李旭轮）成了疯子，你阿娘还是你阿娘。"吴小六忽然冒出一句："我看你才是疯子。"一个黑衣人说声"大胆"，用刀抵住吴小六的脖子。韦团儿猛然挥手，却轻轻抚摸了一下吴小六的脸。吴小六颓然坐在地上。

韦团儿期望的效果第二天开始出现。

李旭轮先是上吐下泻，茶饭不思，接着浑身发冷，面色苍白，继而后背瘙痒，口鼻出血。姚森伯来看了几次，开了几副中药，饮下去却还是不见好转。镇街上的郎中也来过，带来祖传的秘制草药，作用还是不大。众人束手无策了。姚珝娘守护在李旭轮身边寸步不离，不停地念叨"南无阿弥陀佛"。

姚森伯把大女儿拉到一边悄然说："看这症状……我觉得有点儿像中了蛊毒……"姚珝娘心里"咯噔"一声，这是她最不敢想的，就愣愣地看着父亲说："阿耶何以见得？"姚森伯说："我原来见过中蛊的人。要不，我们验证一下吧，快去拿生黄豆来。"一个下人应声而去，不一会儿就拿来了生黄豆。姚森伯接过生黄豆，让李旭轮放在嘴里嚼碎，然后问："喻（李）八郎，感觉是什么味道？"李旭轮轻声回答："脆……香……可口，越嚼……越……有味。"

姚森伯愣怔一会儿，又让下人拿来一块鸭蛋白，让李旭轮含在嘴里，在鸭蛋白上面插一根银针，过了一会儿，鸭蛋白和银针都变成黑色。姚森伯颓然坐在笙蹄上，说："真是中蛊了。"姚珝娘就说："奇怪，好好的怎么就中蛊了？"姚森伯没有回答。姚珝娘又问："阿耶，如何解毒？"姚森伯就说："二十多里外的山里有个女巫擅长放蛊，想必有解毒的办法。"

一番合计后，姚森伯就请村里的年轻男子帮忙去山里寻找解药。先去了三个，一大早就走了，可天擦黑了还没回来，姚森伯和大女儿踮着脚尖在村口等候，等到晚上时终于等回来了。一个小伙子，脚步踉跄，浑身是血，见到姚森伯了"扑通"一声昏倒在地上。姚森伯急忙扶起小伙子，让人抬了回去，又是一番救治，小伙子总算醒过来。

从小伙子嘴里，众人终于知道，他们几个人进山没多久，就遭遇了黑衣人，两个小伙子被杀死了，这个小伙子反应敏捷，跳入一个山涧里躲过了一劫。姚珝娘一拳砸在桌子上说："又是那些黑衣人，可恶！"释怀悯师父也赶来了，手握念珠闭目不语，手里的念珠却在飞速地移动。

姚森伯叹息一声，起身到庭院里来回走动，却还是想不到办法。正站在一丛竹子前发呆时，姚珝娘悄然来到父亲身边。姚森伯看着大女儿，说："显然黑衣人还是冲着喻莽廷（李旭轮）来的，居然用了蛊毒，他们跟喻莽廷（李旭轮）究竟有什么深仇大恨……一定要取他的性命？""恐怕不是想取他性命，而是要摧毁他的心志。"话音未落就见释怀悯师父走了过来。

姚森伯问："为什么要摧毁他的心志？"释怀悯师父说："因为他心清志明。"这话有些玄妙，姚森伯听不懂，就说："法师，有话直说。"释怀悯师父却又说："该来的一定会来，该走的一定会走。"姚森伯就说："嗨，大头和尚，都这时候了，还绕弯子？你不是有法力吗？快救喻莽廷（李旭轮）。"释怀悯师父却说："贫僧虽有法力，却敌不过因果。惭愧惭愧！世间的事，善恶相伴，因果相袭。南无阿弥陀佛！"

姚森伯就对释怀悯师父抱拳施礼道："我是急糊涂了，法师别介意。"释怀悯师父就说："一切都是最好的安排，一切也都会过去。"姚森伯就说："这喻莽廷（李旭轮）……不是一般的书生啊，难道真是？……"姚珣娘眼含泪花说："他是阿耶的女婿。"释怀悯师父说："他的背后，是千千万万的人！"姚森伯愣了一下，悄然点点头。

姚珣娘忽然跪在释怀悯师父面前哭着说："师父，快想个办法救喻（李）八郎！"释怀悯师父扶起姚珣娘，若有所思地说："不妨去找吴小六，让他进山寻解药……"于是急忙差人去他家，可回来禀报说自从喻莽廷（李旭轮）病倒后吴小六就不见了，他的母亲也好几天不见了。真是奇怪！联想到吴小六那天的反常表现，姚珣娘感到一阵恐惧。

其实吴小六就躲在村子后面的山上，李旭轮一发病他就知道了，又观察一天确认无疑了，就急忙去找黑衣人，让他们放了母亲。可韦团儿却说："我要的效果是喻莽廷（李旭轮）疯掉，彻底疯掉！"吴小六怔了一下，瞪着眼睛说："你当初可不是这么说的。"韦团儿说："现在说还来得及。"

吴小六气恼地说："你们……不讲信用……还我阿娘……"伸手从腰间掏出短刀。韦团儿招了一下手，另两个黑衣人就推出吴母，还有两把明晃晃的刀架在她的脖子上。韦团儿说："别冲动，否则就杀了你阿娘！"吴小六垂下头，心想放蛊的效果到底怎么样呢？那个喻莽廷（李旭轮）会疯掉吗？

李旭轮病情日益沉重，并出现癫狂的症状。无奈之下，姚森伯只好请巫师来消灾解毒。巫师命人找来笔、墨、纸、砚和朱砂，画了一张"南州符"，包括符、咒、印、步等几个基本要素，然后烧掉这张符，把烧的灰放进一个盆子里，用茶水搅拌了，给李旭轮擦洗身子。李旭轮身上的红斑果然消退了一些，却还是昏迷不醒。

随后，巫师左手握拳，右手食指从左手拳眼中穿过，对准蛊婆所在的方向，连捅三下，这叫"阴炮"，据说可以射死蛊婆。接下来，巫师又让姚家下人摘来又长又大的茅草，把骨径两边的薄叶用手指夹住，顺风一甩，那茅草骨径就如离弦之箭远远飞去，这叫对蛊婆"放阴箭"，据说能让对方的蛊药失效。做完这些，巫师说他已尽力，剩下的就看病人的造化了。

我在史料堆中还发现，西汉昭帝年间，昌邑王的儿子中了蛊毒，太医奉命诊治，却没有效果，昌邑王一气之下将太医斩首。一连杀了六个太医，王子的病还是不见好转。轮到一名王姓太医诊治了，他怀着必死的心态勉强上阵，在查找药方时偶然发现了大蒜，因大蒜可消食杀虫，便用大蒜治疗，并辅以其他药材，居然治好了王子的蛊病。王太医不但保全了性命，还晋升为太医院主持。

好了，再来看李旭轮的蛊病。

赵鸿垚听说李旭轮中了蛊毒，感觉这非同小可，便赶紧来到县城向胡左伟禀报。胡左伟沉思片刻说："多事之秋啊！那些黑衣人是什么来头？为什么要对喻舛廷（李旭轮）痛下杀手？"赵鸿垚回答说："不知道。"胡左伟说："黑衣人在你的地盘上频繁出没，你就不知道？"赵鸿垚低头站立不说话。胡左伟说："坐吧。"赵鸿垚这才坐下。

胡左伟说："双方都有来头，青石桥镇就成了他们较量的场地……这个，我担心他们会坏了我们的大事……"赵鸿垚说："这个……让他们自相残杀？"胡左伟却对赵鸿垚招了一下手。赵鸿垚赶紧凑到胡左伟跟前，胡左伟说："听说当今皇嗣在我们这一带，会不会就是那个……喻舛廷（李旭轮）？"赵鸿垚"啊"的一声惊叫，随即捂住了嘴巴。

胡左伟站起来说："听说当今皇嗣很不受宠，随时可能被魏王取代。"赵鸿垚就说："如此说来，我们攀附梁王是明智的，毕竟他们都姓武。"胡左伟却说："万一圣上改变主意呢？我们得有两手准备，把那个喻舛廷（李旭轮）不妨当作皇嗣李旭轮……赌一把吧？走，去看看他……"

傍晚时分，胡左伟来到青石桥镇，亲自到姚家大院探望李旭轮。姚森伯一见胡左伟急忙抱拳施礼道："此事连胡县令都惊动了，不敢当……"胡左伟径直走了进去。此时的李旭轮仍在昏迷之中，姚珺娘姚伊娘和潘小娘都在旁边守候。胡左伟简单问了一些情况，姚珺娘"扑通"一声跪下说："我们怀疑是那些黑衣人下的蛊毒，请胡县令查明真相为民做主！"

胡左伟扶起姚珺娘说："本县令一定查个水落石出。"随后便走了。走的时候，赵鸿垚又多看了潘小娘几眼。胡左伟还是住在驿站里，赵鸿垚好吃好饮好招待，当然还有年轻的姑娘陪伴左右。赵鸿垚对胡左伟说："姚家大院有个丫鬟叫潘小娘，年方十四，模样俊俏，水灵灵的，胡县令有兴趣吗？"胡左伟就咽了一下口水，笑着说："你这人就是坏！想拉拢腐蚀朝廷命官吗？……不过，要抓紧哦。"赵鸿垚哈哈大笑，说："皇帝都妻妾成群，况我辈乎？"

随后，赵鸿垚叫过一个乡兵，交代一番。

再来看姚家大院。送走巫师已夜深人静，姚琦娘很困，就趴在李旭轮旁边睡着了。桌子上的一个茶盏里还冒着热气，随着热气的升腾，一股白烟从茶盏里逸了出来，一直飘到姚琦娘的跟前，白烟中隐隐约约可看见一个人，宽大的白袍包裹着精瘦的身子，头戴白帽，手捧茶壶，整个人被一团蓝光笼罩着，那眼神像极了释怀悯师父，他用拂尘在空中扫了一下，一张纸便飘落下来……

天刚麻麻亮，姚琦娘一个激灵醒了过来，揉揉眼睛，抬头就看见面前有一张纸，拿起来一看，上面写着：黑豆加归魂散加新鲜埔净茶加陈年埔净茶可治蛊毒。姚琦娘愣了片刻，起身直奔中院，跑进父亲的卧房大声说："阿耶，找到方子了！"姚森伯接过纸条看了好一会儿，立即翻箱倒柜找出几味药材，制成了归魂散。

与此同时，释怀悯师父又来了，带来了一包陈年老茶，也就是蒸青绿茶。他打开布包，一股醇厚的香气便飘散出来。茶叶呈黑色，就像墨锭一样，用手一搓就成了粉末。释怀悯师父说："有人说茶能助蛊，但本地的茶却能除蛊，尤其是产自埔净山的茶，因为茶是清净之物……"

姚琦娘也取出新鲜的埔净茶，也就是炒青绿茶，清香扑鼻。她把新茶和老茶合在一起煮成茶汤。随后，姚森伯将药汤和茶汤混合在一起给李旭轮灌了下去，并让他口含黑豆一粒，然后就是焦急的等待。两个时辰后，李旭轮有了反应，嘴里吐出许多羊毛和烂纸，并有一粒黑子，这粒黑子就是蛊，它被羊毛围在里面，并被长一寸的麻绳缚住，麻绳一头打结，一头散放，上面粘了无数小干虫。

秦坤郢急忙将吐出的秽物清扫掉。

一个黑衣人却趁着夜色取走了吐出的秽物。

姚琦娘用茶水给李旭轮漱口，随后灌进一些调理的汤药，李旭轮平静下来，沉沉睡去。第三天中午，李旭轮醒了，睁开眼睛看着众人，奇怪地问："我这是怎么了？"姚琦娘一把抱住李旭轮说："你……吓死我了……""呜呜呜"地哭了起来。李旭轮扶住姚琦娘的背，说："好了好了，我没那么容易死。扶我起来。"秦坤郢急忙端来一盏茶，李旭轮饮下去感觉身体轻松了很多。

姚琇娘对潘小娘说："小娘，你去镇西老杨家买点儿银耳。"潘小娘出了姚家大院就朝镇西走去。刚一出门，就有人飞快地跑到赵家大院报信。到镇西要经过一片树林，潘小娘刚走进树林，两个黑衣人就跟上去抓住她。她惊恐地大叫，嘴巴却被毛巾堵住了，双手也被绑住了。黑衣人抱起潘小娘就跑。

吴小六就像从天而降一样挡在了黑衣人面前。黑衣人指着他说："别管闲事，让开！"吴小六说："那要问老子的拳头答不答应。"随即挥拳就打，黑衣人慌忙迎战，却根本不是对手，三五个回合下来就落荒而逃。吴小六替潘小娘解开绳子，并拿掉堵在她嘴里的毛巾。潘小娘紧张地直喘粗气。

吴小六问："他们为什么抓你？"潘小娘摇摇头，说："琇娘让我出来买银耳，谁想到……"吴小六又问："那，喻（李）八郎怎么样了？"潘小娘说："已经恢复正常了。"吴小六颓然坐在地上。片刻之后，吴小六说："你走吧，不要买银耳了，赶快回家。"潘小娘站起来就往回跑。吴小六一直目送她走远才闪身跑进树林里。

许久之后，吴小六走到韦团儿跟前说："你们为什么要对一个小姑娘下手？"韦团儿不解地问："什么意思？"吴小六说："别装了，刚才你们两个黑衣男人在树林里要欺负潘小娘。"韦团儿就起身抽出佩剑指着一个黑衣男人问："是你吗？"黑衣男人摇摇头。她又用剑指着另一个黑衣男人，黑衣男人说："绝对不是我。"

韦团儿用剑指着第三个胖胖的黑衣男人，那个胖胖的黑衣男人说："大堂主，上次我在树林里调戏陈五娘……没成，你揍了我一顿，我、我再也不敢了……"韦团儿就甩手扇了他一耳光，随后把剑插进鞘里，说："我韦团儿最痛恨强暴妇女的男人，我的属下胆敢犯此戒，我必杀之！"

吴小六心想，劫持潘小娘的黑衣人是谁呢？

韦团儿问："喻蒌廷（李旭轮）疯了吗？"

吴小六说："醒了。"

韦团儿一声惊叫："什么？醒了？"

高个子黑衣男人对韦团儿耳语几句。

韦团儿就说："你想清醒，我偏要蛊惑你的心志！"

再说那潘小娘，她脚步踉跄地跑回姚家大院，扑在姚琇娘怀里就哭了起来。姚琇娘问明原因，恨恨地说："那些黑衣人，又欠我姚家一笔债！"忽然看着潘小娘，说："你说是六阿兄救了你？他人呢？"潘小娘说："不知道。"姚琇娘就疑惑地说："真是奇怪！"但因为李旭轮转危为安，她心里毕竟高兴，所以简单安慰潘小娘几句就开始照顾李旭轮。潘小娘也很懂事，端茶倒水丝毫不敢懈怠。

李旭轮恢复很快，次日中午就下床了，他迈步走到庭院里，外面阳光灿烂，几只喜鹊蹲在一棵桃树枝头喳喳叫着。李旭轮心情很好，就让秦坤郯搬来一张茶几两把笙蹄，他跟姚珻娘坐在树荫下饮茶。只有他们三人了，秦坤郯忽然跪在姚珻娘面前说："多谢姚珻娘救了八郎！请受秦坤郯一拜！"说完便伏地叩首。姚珻娘有点儿不解地看着秦坤郯。

　　……

　　朱靖塘走进后院，李旭轮示意他关上大门。

　　姚珻娘急忙拉起秦坤郯，说："都是一家人，客气什么呀？"秦坤郯却是泪流满面。姚珻娘不解地看着李旭轮，可李旭轮眼圈也红红的，她就说："你们这是怎么啦？想家了？"说着说着自己也潸然泪下。李旭轮起身背对着姚珻娘，好一会儿才说："珻娘，你真的知道我是谁吗？"姚珻娘回答说："你不是喻荈廷（李旭轮）吗？难道还是别人？"

　　李旭轮就说："珻娘，给你讲个故事，你可以当真，也可以当假。一个书生进京赶考时路过此地，被歹人抢劫，受了重伤，丢了行李，也误了考试，幸而遇到一个好姑娘，救了他的性命，还用茶的醇厚和心的柔情为他疗伤，后来两人相爱，结婚，举案齐眉，相敬如宾。关键时候，又是她为他解除了蛊毒。"

　　姚珻娘的眉头跳了一下，定定地看着李旭轮。

　　李旭轮又说："珻娘，还有一个故事，你可以当假，也可以当真。一个皇嗣路过此地，被仇家追杀，受了重伤，丢了行李，只好隐姓埋名，避祸乡野，幸而遇到一个好姑娘，救了他的性命，还用茶的醇厚和心的柔情为他疗伤，后来两人相爱，结婚，举案齐眉，相敬如宾。关键时候，又是她为他解除了蛊毒。"

　　姚珻娘念叨一句"皇嗣"，吃惊地看着李旭轮的背影，她似乎明白什么了，就说："八郎，我这里也有一个故事，说是一个男子路过此地受了重伤，被一个姑娘遇见了，姑娘就救了他。他相貌堂堂，心地善良，知书达理，深得姑娘喜欢。最让姑娘感动的是，姑娘中蛊后，他用自己胸膛的血救了她，姑娘认定他是一个值得托付终身的人，不管他是谁。"

　　李旭轮犹豫一下，问："你知道当朝皇嗣是谁吗？"

　　姚珻娘回答："不是李旭轮吗？"

　　李旭轮转过身来说："没错，我就是李旭轮。"

　　是的，我笔下的"喻荈廷""喻八郎"就是李旭轮。

　　朱靖塘和秦坤郯赶紧守在后院大门后面。

虽然有一定的心理准备，但姚珝娘还是大吃一惊，赶紧弯腰施礼，李旭轮却拉住了她。她就转身端起一盏茶递给李旭轮，说："皇嗣殿下，请用茶！"李旭轮接过茶盏，看着姚珝娘说："珝娘，我喜欢听你叫我阿郎。"姚珝娘就说："阿郎，请用茶。"李旭轮笑了一下，却又皱起眉头，说："珝娘，你知道我为什么来到这里吗？"姚珝娘摇摇头。

李旭轮放下茶盏，在姚珝娘面前走了几个来回，忽然停住，语气悲哀地说："我曾当过皇帝，不过是傀儡而已……现如今，我只是个不伦不类的皇嗣，却同样成为别人打击的目标。打击我倒算了，为什么要针对我的两个妃子？而且还诬告他们施放巫蛊？肯定是有人指使韦团儿！我的两个爱妃被诬陷处死，可我连问一声都不能，只好找个借口，想以探望阿兄的名义走出深宫散散心……"

我发现，史料对这场巫蛊构陷的记载少之又少。

李旭轮顿了一下，继续说："圣上……阿娘也许是可怜我，就同意我以探望兄长的名义出来散心，原以为离开皇宫就安全了，没承想武……那些人一路追杀，好几个侍卫因我而死，我跟秦坤郾和朱靖塘、孙梵天流落到这里，为了活命，我被迫隐姓埋名，却还是逃不脱他们的迫害。他们这是要赶尽杀绝吗？我一个堂堂皇嗣都不能自保，天下之大，难道就没有一个属于我的安身之所吗？"说完已是泪流满面。

姚珝娘递给李旭轮一块手帕。

李旭轮擦干眼泪，接着说："来到这里与你相识，与茶结缘，是我一生中最快乐的时光！你说的没错，有时远离权力中心反倒更能看清时局，可我能一直远离吗？我真想与世无争，可我做得到吗？生在皇家，进退都由不得我！我最终还是要回到皇宫中去，想想那里危机四伏我就不寒而栗！要是能一直待在这茶乡，每天有你相伴、饮茶、写字、闲逛，该多好！"

姚珝娘的耳边忽然又响起了师父的那句话：你要用茶的醇厚和心的柔情为他疗伤，记住你的使命……于是就说："每个人来到世上都有自己的使命，你生在皇家自然也有自己的使命，躲是躲不掉的。可是，阿郎，身处高位，是进是退不仅要考虑到你个人的身家性命和荣辱得失，更要考虑到江山社稷和天下苍生……我说的对吗？阿郎？"

李旭轮的脑海里忽然出现这样的画面：茶园里清风习习，欢声笑语；赛茶会上人头攒动，其乐融融。茶乡的人们品茶时相互致礼，温暖和睦……那才是他想要的生活！可理想多么美好，现实却如此残酷！最终，一组画面在李旭轮的脑海中定格,就是他与姚珴娘把盏品茶的情景。于是,他点了一下头,说:"娘子,你说得对。不过……还得暂时替我保密,还叫我的化名喻荈廷(李旭轮)喻(李)八郎好吗?"姚珴娘点头应允。

或许,李旭轮此时已经意识到,他跟姚珴娘在埻净山相遇早已命中注定,姚珴娘在他生命中具有非同寻常的意义。而我,也为此感到庆幸。因为这一特定的机缘,让李旭轮的性格中多了几分宽厚仁慈。正因为他的宽厚仁慈,后来使更多的生灵免遭涂炭。而这份功劳,应该记在姚珴娘和埻净茶的头上。当然,您也许会认为我太过理想化了。

闲话少叙,书归正传。

尔后,李旭轮上前拉住姚珴娘的手,动情地说:"珴娘,这些日子辛苦你了!"姚珴娘也动情地说:"阿郎,那是珴娘该做的。"李旭轮继续说:"你把一腔女儿情融化在茶水里,抚平了我心头的伤痕,治好了我的蛊病,也让我明白了好多道理,你真是我的茶珴娘!"说完紧紧地抱住姚珴娘。就在这时,外面传来吵闹声。

吵闹声中还有打斗的声音。

秦坤郚急忙对李旭轮说:"八郎,珴娘,快进屋去。"他推着李旭轮走了进去。朱靖塘将耳朵贴在门上听外面的动静。李旭轮就说:"秦坤郚,你们出去看看怎么回事儿?"秦坤郚说:"我们出去了,谁来保护你?"李旭轮摆摆手说:"没那么严重。去看看吧,说不定别人比我更危险。"姚珴娘赞许地点点头,示意秦坤郚和朱靖塘出去。

朱靖塘和秦坤郚来到大门外,就看见吴小六手持短刀,正跟村里的几个年轻人对峙。原来,韦团儿听说李旭轮已被解了蛊毒,等于所有的努力都白费了,心里又气又恨,就想孤注一掷拼死一搏。她带着黑衣人押着吴母下山。吴小六气急败坏地要跟黑衣人拼命,可韦团儿说已经给他阿娘下了蛊。只要他协助杀了朱靖塘和秦坤郚,她保证提供解药,不然就杀了他阿娘。

吴小六把牙齿咬得嘎嘣响,却没有办法,只好依了他们。一帮人来到姚家大院大门口。几个守门的小伙子说:"六阿兄,你跟姚家有仇吗?"吴小六说:"我跟姚家没仇,跟喻荈廷(李旭轮)有仇,谁若挡我,刀下无情!"双方对峙了好一会儿,吴小六终究不忍下手。这时,韦团儿对高个子黑衣男人招了一下手,他便走过来低头侧耳,韦团儿低声对他说:"一会儿打起来了,你带几个人摸到里面去,想办法激怒李旭轮,让他急火攻心。"

这时,秦坤郚和朱靖塘跑了出来,看见吴小六不免大吃一惊。韦团儿就说:

"吴小六，再拖下去，蛊毒发作，你阿娘可就完了！"吴小六就高喊一声"对不住了"，挥刀便砍，却被秦坤郧挡住了，两人也不说话，就刀光剑影地打在一起，接连几十个回合难分胜负。几个黑衣人上来帮忙，朱靖塘就接上手，一时间刀来剑往飞沙走石天昏地暗。

四个黑衣人趁乱悄然潜入姚家大院后院，踹开房门直奔李旭轮而去。姚珻娘情急之下抓起一个茶盏朝黑衣人扔过去，黑衣人头一偏躲过了，又直奔李旭轮而去。姚珻娘不知从哪里来的一股力气，纵身扑到李旭轮前面挡住黑衣人。李旭轮急了，也不知从哪里来的一股力气，一把推开姚珻娘，拎起水壶就朝黑衣人砸去。黑衣人又躲开了，水壶滚在地上发出刺耳的哐当声。

一个黑衣人挥掌向李旭轮打来，那掌疾如闪电，快似钢刀，离李旭轮的脖子只有一手指远。说时迟那时快，姚珻娘端起一盏茶水迎面泼过去，那个黑衣人"啊"的一声惨叫，抱头窜了出去。另外三个黑衣人一起挥拳朝李旭轮打来。姚珻娘抓起一把茶叶甩了过去，说来令人难以置信，那些扁平柔弱温顺的茶叶居然像射出去的飞刀、箭头、铁钉一样，不偏不倚，正中黑衣人的手臂，他们便仓皇逃走了。

姚珻娘笑了一下，一把抓住李旭轮的手。

李旭轮说："走，去外面看看。"

外面一片混乱。朱靖塘和秦坤郧越战越勇，好几个黑衣人都倒在他俩的剑下。吴小六看见李旭轮和姚珻娘出来，愣了一下。就在这时，吴母趁乱把绳子挣脱，把嘴里的布条撕掉，碎步朝儿子跑来。一个黑衣人追上去举刀就砍。秦坤郧箭步上前替吴母挡住黑衣人。黑衣人手起刀落，当即砍掉秦坤郧的半个胳膊，血流如注。

吴小六看见了，呆住了。吴母大叫一声："小六，还愣着干吗？快保护秦四郎，给他报仇！"吴小六嗷嗷叫了起来："狗鼠辈，我跟你们拼了！"他就像头狂怒的狮子，反身杀得黑衣人步步后退。这时，"雪兰花"跳了过来，又杀得吴小六步步后退。"雪兰花"眼睛的余光始终注视着李旭轮。韦团儿看见李旭轮了，也是愣了一下，突然旋到他面前，冷笑一声，说："喻荓廷（李旭轮），别来无恙？"

李旭轮盯着韦团儿看了一会儿，她依然拥有一张妩媚的脸，一如多年前一样。他叹了一口气，说："拜你所赐，我还活着，你那蛊毒对我没用。"韦团儿说："我会再接再厉。"李旭轮说："韦团儿，你放蛊上瘾了是不是？想当初，你勾引我遭到拒绝，有气就冲我出，为什么要用巫蛊陷害我的两个女人？你这狠毒的女人！"

韦团儿却说："究竟是谁勾引谁？你对我始乱终弃，却来倒打一耙？"李旭轮说："你胡说八道！"韦团儿不再说话，悄然瞟了一眼"雪兰花"，突然跳到李旭轮面前举剑就刺。朱靖塘被几个黑衣人围住脱不开身，眼看着李旭轮面临危险。韦团儿举剑刺向李旭轮，危急关头，"雪兰花"飞身而来挡住了韦团儿的剑，剑刺进了她的胸膛。韦团儿愣了一下，忽然哈哈大笑起来，一边笑一边说："'雪兰花'，你终于露出了真面目，说，谁派你来卧底的？"

"雪兰花"看着韦团儿，冷冷地说："我自己……你这狠毒的女人！"韦团儿收住笑容，说："你肯为喻荈廷（李旭轮）挡这一剑，也算有情有义，老娘我佩服你！可你哪里知道，这一剑就是我对你的试探，原本就是为你准备的，就是为你量身定制的。""雪兰花"和李旭轮不解地看着韦团儿，心想"量身定制"究竟是个什么鬼东西？

韦团儿就说："我从来没想过要杀死喻荈廷（李旭轮），我要让他不得好活，我要让他身边的人一个一个地死去，我要让喜欢他的女人、他喜欢的女人一个一个地死去……包括你'雪兰花'，哈哈哈……你不是喜欢他吗？他不是自称'寡人'吗？我就要让他成为孤家寡人！""雪兰花"因愤怒而浑身颤抖，脸色苍白。

韦团儿又说："我要让喻荈廷（李旭轮）中蛊疯掉。草蛊婆说了，中了她的蛊，即便康复了，但只要心生恐惧、伤心过度，就会复发，再也救不了……喻荈廷（李旭轮），你恐惧了吧？你伤心了吧？哈哈哈！"李旭轮看着韦团儿，他的胸脯剧烈地起伏着，只觉得气血直往上冲，却强迫自己平静下来。"雪兰花"却趁韦团儿傲笑分神的机会，用尽全身力气把剑刺向韦团儿，韦团儿却闪身躲过，剑锋划伤了她的肚子。

这时，朱靖塘挥舞镰刀砍杀过来，韦团儿便落荒而逃。

李旭轮把"雪兰花"抱在怀里，说："'雪兰花'，为什么要这样？"鲜血已染红了"雪兰花"的胸口。她轻声说："皇嗣殿下，圣上派我来既是监督你，也是保护你。"李旭轮说："这是为什么呀？""雪兰花"断断续续地说："我知道……你躲不过……韦团儿的这一剑，我就是来……替你挡剑的……感谢你曾经……让我暗恋过……来生还要……"

"雪兰花"的气息越来越弱，身体慢慢变冷，却始终面带微笑，最终死在李旭轮的怀里。李旭轮悲从中来，说："'雪兰花'，你……为什么？你……不该啊！"朱靖塘和几个年轻人赶紧过来接过"雪兰花"抬走。姚珻娘抱住李旭轮也是热泪盈眶。随后，众人又赶紧把秦坤郧抬进"堉净舍"，因失血过多，他已昏迷不醒。

这时，赵鸿垚带着几个乡兵冲了进来，问："黑衣人去哪儿了？"李旭轮把他拉到大门口，简要地说了事情的经过。赵鸿垚就指着黑衣人的尸体说："既然是黑衣人来闹事，被打死了活该！但毕竟死了人，手续还是要办的……"随后对韩益康耳语几句，韩益康就带着几个乡兵开始清理尸体，打扫现场。李旭轮随后又拿出一块玛瑙送给赵鸿垚。赵鸿垚便告辞走了。

回到"靖净舍"，李旭轮坐在床边握住秦坤郧的另一只手，神色凝重。姚珬娘和姚伊娘帮父亲给秦坤郧包扎伤口，潘小娘忙着端茶倒水，其他人忙着打扫现场，个个累得满头大汗。忙完这些天色已晚，几个人刚刚喘了一口气，忽然听见一声吼叫："痴汉（蠢货），跪下！"

几个人走出来一看，原来是吴小六被他母亲推了进来，双膝软软地跪在院子里。吴母也跪下了。姚森伯急忙拉住吴母，问："阿妹，你这是什么意思呀？"吴母说："阿兄，我们对不住你们啊！要不是因为小六昏了头被人利用，秦四郎哪会受伤……还有我……还有蛊毒……"

姚森伯说："阿妹，小六郎的事……跟你没关，快起来吧。"吴母却不起来，又说："喻（李）八郎……中蛊毒……也是小六儿干的，也跟我有关……我们对不起你们啊……"说着就哭了起来。所有人都愣住了。姚珬娘紧紧拉住李旭轮的手，他俩的手居然都有些颤抖。姚森伯就转身用颤抖的手指着吴小六，说："蛊毒是小六郎放的？到底是怎么回事儿？吴小六——从实招来！"

吴小六浑身颤抖一下，嗫嚅着说："那些黑衣人……他们绑走了我阿娘，用给喻（李）八郎放蛊来要挟我。我不得不听他们的，我也是为了救阿娘啊……都是我的错，跟阿娘无关……我罪该万死，求喻（李）八郎原谅！"一边说一边扇自己耳光。吴母伸手拉住儿子的手，说："小六年幼无知，犯下大错，求喻（李）八郎原谅，求阿兄原谅，求珬娘原谅……"哭得泣不成声。

李旭轮跟姚珬娘对视一眼，李旭轮说："起来吧。"姚珬娘就伸手去拉吴母，她却还是不起来，忽然就伏地磕头。众人有些莫名其妙。吴母却说："实不相瞒，我也给……珬娘放……过蛊，还有……朱九郎、秦四郎你们……那次……醉酒，也是我放的蛊……"哭得上气不接下气。众人更加惊讶了，吴小六也呆住了，一时不知道说什么才好。

姚伊娘走过去轻轻拍打着吴母的后背，吴母稳定了一下情绪，接着说："说了你们别见笑。多年前我在乡下生活时，认识了一个草蛊婆，我感到好奇，就跟她学会了放蛊。可我知道这东西的毒性，从来都不敢用来对付人，只是自己玩。后来为了儿子,才不得不放情蛊和迷幻蛊……好在我的蛊虫毒性小,对人没有大的危害……可前几天,几个黑衣人也给我放了蛊,也算报应……"

姚森伯就指着吴母说:"嗨,你呀……"吴母说:"惹下这麻烦,我活着还有什么意思?"伸手去抓吴小六的短刀。吴小六低垂着头,两手死死地按住短刀。姚伊娘一把抱住吴母说:"姑妈,事情都过去了,你不要……"姚琋娘擦掉泪花,对李旭轮耳语几句,李旭轮就走过来说:"好了,我原谅你们了。"伸手扶起吴母。

吴小六还是不动。姚琋娘就说:"六阿兄,起来吧。"吴小六这才站了起来。姚琋娘拉住吴母的手说:"姑妈,你中的蛊毒,有解药吗?"吴母说:"家里还有点儿,我回去就服下。"姚琋娘就让吴小六赶紧把母亲扶回家去。吴母从床底下翻出一个小罐子,倒出一些解药服下了,可蛊毒还是在第二天发作了。姚琋娘听说后立即赶到吴家,用李旭轮同样的办法给她治疗,却无济于事,吴母腹痛如绞,气息渐渐微弱。

吴母拉住姚琋娘的手,用微弱的声音说:"那些黑衣人……从我师傅……那里搞到……蛊虫,毒性……很强,给我下的……蛊毒又是……常人的两倍,没……救了……我这也是报应……"没过多久就撒手西去。吴小六放声大哭,哭声似乎传到山里去了。躲在山里养伤的韦团儿听到这个消息,冷笑三声,说:"敢跟我作对!我让你们不得好死!"

在姚家的帮助下,吴小六含泪安葬了母亲。清理吴母遗物时,在床下发现了很多蛊虫,大家心生厌恶,却也有一种隐隐的担忧。那几天,姚伊娘始终陪伴着吴小六,就像那只红色的香囊一样对他形影不离,劝慰他,帮助他,让他感到了温暖。姚森伯把这一切都看在眼里,考虑一番后,跟大女儿商量说:"琋娘,干脆让小六也来家里打杂吧?"姚琋娘沉吟一下说:"也好,另外他还可以给八郎当个跟班。"

日子过得飞快,秦坤郧的伤口慢慢愈合了。因为失去了半条胳膊,秦坤郧有点儿郁郁寡欢,李旭轮夫妻俩和朱靖塘便时常陪他出去散散心。一天傍晚经过"埨净斋"时,忽然闻到了一阵奇异的香味,四个人忍不住驻足停留,从窗户里看了进去。里面却传出一声:"进来吧。"

四个人就走了进去。先闻到一股药香,又闻到一股茶香,接着又闻到一股混合着药香和茶香的独特香味,浓得似乎化不开又似乎化开了。墙角摆放着一个炭火炉子,上面放着一个罐子,里面正煮着茶。茶叶在罐子里翻滚打转,冒出缕缕白气,一些茶水溢出罐沿,瞬间腾起一股股烟雾。这是埨净山里人家饮茶的习惯,在镇街上并不多见。

姚森伯在烟雾缭绕中不急不躁，慢腾腾地拿起茶罐子，也不怕烫，倒出一盏端起就饮，咝的一声响，茶水已进到胃里，然后长舒一口气，摇头晃脑地说："生在山里，死在锅里，埋在罐里，活在盏里。"一个声音在角落里响起："也是个茶痴！"姚珝娘这才发现角落里还坐着一个人，释怀悯师父。

姚森伯给每人递上一盏茶，李旭轮尝了一口，很苦很涩，但苦过涩过之后回味无穷，他从来没饮过这样的茶。不仅是他，连姚珝娘也没饮过，因为父亲姚森伯茶瘾极大，极少跟儿女们一起饮茶。姚森伯说："珝娘，你们别出心裁，用开水冲泡茶叶饮，那有什么劲！还是这样好！经受住沸水的煎熬，才有后来的芳香。"

姚珝娘笑着说："阿耶，都像你这样饮茶，茶叶早就被采光了。"姚森伯就说："阿耶我虽说口味重，可也不敢这么奢侈。这是给秦四郎煎的药，释怀悯师父送来的方子，对治疗刀伤有奇效。这茶叶也是释怀悯师父送来的，曾经治好了喻（李）八郎的蛊病。"说完又递一盏茶给秦坤郎。秦坤郎急忙躬身说："谢过姚公！谢过师父！"姚森伯又饮了一盏浓茶，自言自语道："神仙不过如此。"

这时，门外忽然响起一声："什么茶？这么神奇？"话音刚落，姚嘉木就走了进来，一见众人便愣了一下，随即吸了一下鼻子，说："哦，原来在煮茶，难怪这么香。"姚森伯就递一盏茶给儿子，姚嘉木接过来一饮而尽，咂巴了一下嘴巴，拱手施礼道："法师好！八郎好！"姚珝娘说："阿兄，怎么才回来呀？"姚嘉木说："这次拐到房州去了几天……哎，我刚听阿耶说用茶叶治好了喻（李）八郎的蛊病，怎么回事儿呀？"

姚珝娘就简要地介绍了李旭轮中蛊的经过。姚嘉木拍了拍李旭轮的肩膀，说："大难不死，必有后福！"随后便坐了下来。姚珝娘又问："阿兄，出去这阵子，又听到什么新鲜事？"姚嘉木想了一下，说："我在房州的时候倒是听说了一件事儿……说是城阳公主当年也曾操作了一起巫蛊事件……"姚珝娘急问："巫蛊事件？她弄巫蛊干什么？"姚嘉木说："据说是帮助王皇后对付萧淑妃……当然，这只是坊间猜测，不足为信……"

释怀悯师父忽然冒出一句："害人害己。"

李旭轮听了这话便低垂着脑袋，心里有些许的不快，因为城阳公主是他的姑妈，不管怎样这都是一件不光彩的事，如今被姚嘉木公开讲述，实在丢了李家的颜面，也让他无地自容。我想说，这起巫蛊事件之所以在史书上没有记载，恐怕就是因为极其不光彩，甚至非常邪恶。再说了，凡是与巫蛊有关的事，哪一件光彩呢？

姚珝娘注意到了李旭轮的情绪，赶紧岔开话题说："别光说房州的事儿，其他地方呢？"姚嘉木看了一眼李旭轮，说："我在神都时听说皇嗣被找到了……不不不，其实圣上知道皇嗣在哪里，只是不说破而已，想以此来试探他。"姚珝娘又问："试探什么呀？"姚嘉木说："试探他的忠心……不过，也许圣上要召皇嗣回宫了……"

姚珝娘听到这句话后跟李旭轮对视一眼，李旭轮却躲开了她的眼神。姚嘉木就开玩笑说："珝娘，你脸色怎么不自然呀？"姚珝娘愣了一下，就说："啊？没有吧？……阿兄，择茶去！"姚森伯给儿子递了一个眼神，说："大郎，一路劳顿，回去歇息吧。"姚嘉木就起身走了。姚珝娘忽然觉得心里空落落的，就跟阿耶和释怀悯师父告辞一声，推着李旭轮走了。朱靖塘和秦坤郧赶紧跟了出来。

回到"埥净闱"，姚珝娘仍觉得心里好乱，这是怎么了？从来没有的感觉，于是就拎过水壶来泡茶。冲泡后的炒青茶叶在水中缓缓舒展、游动、变幻，先是芽嘴冲向水面，鸟喙一般张开吸水，渐渐变色、竖立，接着徐徐下沉，起起落落，宛如落叶飘零，鱼虾嬉戏。叶片开始时有升有降，到后来升少降多，最后是只降不升。姚珝娘和李旭轮逐渐爱上这种"炒青散茶"，埥净茶中的精品。无奈产量极少，于是每次只冲泡一点儿，极其珍爱。那时的绝大多数人还在饮用"蒸青饼茶"，所以说姚珝娘和李旭轮走在了时代的前列。

李旭轮盯着盏中的茶叶看，忽然就觉得，人们品茶，往往看重茶的色香味，却忽略了其精气神。其实，盏中茶无论经历怎样的起落沉浮，却始终保持着冷热不计、宠辱不惊、得失不语的心态，这就是它的精气神。于是，啜饮之后躺在盏底，茶叶的灵魂便得以安放。人生何尝不是如此？而我，在哪里能找到一个安放灵魂的地方呢？这茶乡可以吗？当然可以！然而，正当他准备把自己的灵魂安放在这茶乡时，却很快又要离开了，他感到一丝惆怅。

李旭轮睹物思情，不禁想起了自己的遭遇，忽然有些伤感了，就端起茶盏掩饰，却还是被细心的姚珝娘看见了。姚珝娘心里也很不平静。自从她知道了李旭轮的真实身份，就意识到他不可能永远待在这茶乡，迟早会离开这里，也可能会离开她。或许他想留下来，可他能自己决定吗？心里有千言万语，可姚珝娘什么都没有说，她知道有时候不说比说好。相顾无言，只有茶两盏……

这天早上，吴小六正在前院里帮姚伊娘清洗茶罐。一阵急促的马蹄声由远而近直奔姚家大院而来。听见敲门声，姚伊娘打开门就看见几个官家模样的人站在门口，就问："你们找谁？"一个领头的官人说："我们找皇嗣，听说住在你家。"姚伊娘愣住了，就问："皇嗣？你们走错地方了吧。"说完就要关门。

领头的官人就说："哎，这位小娘，你家最近是不是来过客人？"姚伊娘摸着脑袋说："客人？没有啊……哎，你是说……喻（李）八郎吧？他不是客人，是我姐夫。"听到这里，吴小六直奔后院禀报给李旭轮。不一会儿几个官人也来到后院，李旭轮迎了出来。几个官人一见李旭轮就立即跪下，齐声说："某等给皇嗣殿下请安！"

李旭轮愣了一下，摊开双手说："免礼平身。"随后，领头的官人站起来说："圣上口谕。"李旭轮急忙跪下。领头的官人说："听说皇嗣在茶乡过得不错，不妨多住些时日，顺便体察当地民情，所有开销由南建县列支。"李旭轮愣了一下，随即问："圣上没说让我回去？"领头的官人说："没有。皇嗣殿下就耐心等候圣上召唤吧。"李旭轮立即说："皇嗣李旭轮遵旨！圣上万岁万岁万万岁！"

众人恍然大悟，这喻荜廷原来是当朝皇嗣李旭轮。

姚森伯和儿子匆忙走进后院，姚森伯见到李旭轮就说："皇嗣殿下，老夫有眼无珠……"准备跪下时，却被李旭轮拉住胳膊说："姚公……丈人在上，这可使不得，使不得……"姚嘉木跪下叩拜，李旭轮也把他拉起来，说："阿兄，不必多礼，以后多给我带一些神都的消息回来就行了。"姚嘉木就说："遵命！"吴小六更是大惊失色，"扑通"一声就跪下了。李旭轮说："大家都起来吧。"吴小六和姚伊娘等人于是就站了起来。

姚珦娘一直在门里观望着外面。

李旭轮进去拉住姚珦娘的手出来对几个官人说："这是寡人的娘子姚珦娘。"几个官人就拱手施礼说："某等给姚珦娘请安。"姚珦娘也欠身还礼，脸儿红扑扑的。姚伊娘站在吴小六身边，只觉得官家人的礼仪好有意思，更羡慕阿姐嫁了一个地位显赫的如意郎君。她不知不觉就拉住了吴小六的手，吴小六却躲开了，姚伊娘却不依不饶，再次拉住了他的手。

领头的官人又说："某等一定将……姚珦娘这事儿……禀报圣上，由圣上定夺，请皇嗣殿下耐心等待。"按照唐朝规定，皇太子纳妃有一套严格的程序，私自找的女人不算，必须得到圣上的承认方可。李旭轮点头应允。忙完正事，几个官人饮了几盏茶，说还要回去复命，就告退了。

赵鸿垚听说后急忙赶来，跪在李旭轮跟前说："皇嗣殿下来到本地，乃我等福分，照顾不周，万望恕罪！"李旭轮说："免礼平身，起来吧。"赵鸿垚站了起来，弓着腰在一边侧立，笑眯眯地说："皇嗣殿下，小臣带来了几个乡兵专门保护皇嗣殿下，他们已在大门口守护。"李旭轮却说："需要多少茶叶呀？"赵鸿垚愣了一下，随即说："小臣以前不知者不为罪，嘿嘿……"

这时，胡左伟也赶来了，跪拜后说："下官给皇嗣殿下和……姚珻娘……皇嗣妃接风，请一定赏光，一定赏光。"胡左伟是绝顶聪明的人，极其擅长察言观色见风使舵，他是率先称姚珻娘为"皇嗣妃"的人，这让李旭轮和姚珻娘都很受用，李旭轮跟姚珻娘对视一眼，笑着说："好！"

晚宴设在驿站里，一大桌子山珍野味，还有一道"牛头褒"，就是取皮光肉嫩的小牛头煮熟后剥下肉，跟酥油、花椒、酸橘一起调好味，塞进瓶瓮里，用泥封住瓮口，把瓮埋进火塘，用弱火慢慢烤熟。李旭轮却指着"牛头褒"说："朝廷禁止吃牛肉，这道菜……合适吗？"赵鸿垚说："此地远离京城，不怕……"胡左伟赶紧瞪了他一眼，笑着说："这头牛是误杀，误杀，嘿嘿！"李旭轮也笑了一下，不再说什么。

吃过饭后，胡左伟把李旭轮和姚珻娘请进一个雅致的房间，亲手端上上等好茶。随后，胡左伟拿出一块淡蓝色的玉石和一块紫红色的玉佩，双手呈上，说："这块玉石是赵鸿垚送给属下的，还有这玉佩……属下一直替皇嗣殿下保管着。嘿嘿！"李旭轮看了玉石一眼，却说："这玉石不是我的。"胡左伟"啊"了一声，涨红着脸说："这……那个赵……太不像话！"

……

姚珻娘心想，这胡左伟也是个"笑面虎"。

李旭轮就说："胡县令，玉石和玉佩你就先替寡人保管吧，寡人以后少不了还要叨扰你。"胡左伟赶紧起身弯腰说："属下愿效犬马之劳，万死不辞！皇权至上，我等要顶礼膜拜！嘿嘿，顶礼膜拜！"随后，胡左伟凑到李旭轮跟前说："有什么事儿，请皇嗣殿下尽管吩咐！我们这里物产富饶，以茶为最，皇嗣殿下喜欢什么尽管说，属下一定办到……以前我对姚家照顾不周，多有得罪，请皇嗣殿下海涵。"

李旭轮微笑地看着胡左伟，没有表态。饮了几口茶水，李旭轮和姚珻娘就起身告辞了。胡左伟一直恭送到驿站外面，目送着李旭轮和姚珻娘走远。随后，他急忙返回驿站走进另一个房间，赵鸿垚赶紧迎上来。胡左伟气呼呼地将那块淡蓝色的玉石扔到桌子上，问赵鸿垚道："怎么回事儿？解释一下。"赵鸿垚看着胡左伟的眼睛,不说话。胡左伟抓起淡蓝色的玉石扔到赵鸿垚的脸上,说:"拿块破石头来冒充皇嗣的宝物,你不想活了?"

赵鸿垚"扑通"一声跪在地上,一边磕头一边说:"胡县令息怒,胡县令息怒,属下一时糊涂,请恕罪……"又扇了自己几耳光。胡左伟就缓和语气说:"皇嗣的宝物,你也敢要?"赵鸿垚说:"是他自愿给的,再说……我那时哪知道他是皇嗣啊?"胡左伟冷冷一笑说:"他自愿给的?恐怕是你逼的吧?这跟夺有什么区别?"

赵鸿垚低声说:"胡县令说的没错,这些年我夺了不少,珍宝、茶园、女人,可也送给你不少……"胡左伟大吼一声:"你……大胆!"起身踱了几步,在窗前站定,看见远处的茶园郁郁葱葱,来往的人们熙熙攘攘,青石桥镇真是一个富庶之地,一定要好生经营,忍一忍吧,于是就说:"这件事到此为止,我还是信得过你的。至于你跟皇嗣之间的事儿,你自己去处理。"

怎么处理?赵鸿垚想了很久,还是决定把玉石和玛瑙还给李旭轮。于是就择了个良辰吉日来到姚家大院,见到李旭轮了就跪下说:"小臣给皇嗣殿下请安。"李旭轮把他拉起来,说:"按制不必行此大礼。"赵鸿垚说:"谢过皇嗣殿下……小臣有件事要禀报。"李旭轮说:"请讲。"赵鸿垚就说:"为了皇嗣殿下的安全,我想再增派几个乡兵看护姚家大院,随时听候皇嗣殿下调遣。"

李旭轮想了一会儿,说:"好吧。"随后,赵鸿垚从腰带上解下一个袋子,双手递给李旭轮,说:"这是茶园地契,小臣的一点儿心意,已办在皇嗣殿下的名下,请皇嗣殿下笑纳。"李旭轮接过袋子打开一看,里面是一块淡绿色的玉石和一块玛瑙,果然还有一张茶园的地契。李旭轮笑了一下,把东西又装进袋子里,问:"还有什么事儿吗?"赵鸿垚说:"没有了,小臣这就告退。"弯腰退着走了出去。

看着赵鸿垚的背影,姚珘娘轻轻地摇了一下头。

李旭轮的身份公开后,大家甚感惊讶,他走到哪里都会招来一群人围观,但新鲜劲儿一过,大家还是各干其事。胡左伟和赵鸿垚隔三岔五就到姚家大院去拜访一番,彼此倒也相安无事。对于圣上(阿娘)没有急于召自己回宫,李旭轮心生欢喜。他原本就是个恬淡的人,喜欢看书、写字、饮茶,如今又有美人相伴,岂不快哉!

收了秋茶,蒸好,炒好,装好,交给兄长姚嘉木销售,姚珘娘就轻松了很多,于是没事的时候就去私塾里看看。李旭轮对做先生当老师也有了兴趣,时常去给学生们讲学。姚珘娘就静静地陪伴,有时也像潘小娘一样认真地听。然而,她哪里会想到，一场灾难正悄然逼近，并且她会成为第一个攻击的对象。

这天，姚珧娘和李旭轮又早早来到私塾，因为早上吃了咸鸭蛋，有些口渴，煮好茶水后姚珧娘就一口气饮了很多。第二天就感觉不舒服，浑身软绵绵的没有一丝力气，额头也滚烫滚烫的。饮了发汗的药却没有效果，而且症状越来越像李旭轮中蛊毒的情形。姚珧娘就吩咐按照原来的方子治疗，却仍然没有效果。

第二天，几个孩子也病了。

第三天，又有几个孩子病了。

孩子们的症状跟姚珧娘差不多，而且更严重。

姚珧娘意识到可能是中了蛊毒，就独自住一个房间，并让姚伊娘和潘小娘去通知学生家长。可几个家长都不相信，认为蛊毒离他们远着呢，就当成一般的头疼脑热感冒发烧来治疗，不承想就误了大事。姚珧娘只好作罢，心想先治好自己再说吧。

正在姚家大院厨房里忙活的孟七娘过来帮忙照顾姚珧娘，李旭轮让她回去拿一些姜过来，她就赶紧回家，路过驿站时却遇到了赵鸿垚。赵鸿垚笑眯眯地问："孟七娘，干什么呀？"孟七娘低着头说："回去拿姜，姚珧娘病了……"赵鸿垚说："哦，病了？"随后压低声音说："到驿站去。"

孟七娘急忙说："不，不，不，我要拿姜给姚珧娘治病……"赵鸿垚却一挥手，几个手下人便把孟七娘拖到驿站里。在一个房间里，赵鸿垚发泄完兽欲，一边穿衣服一边说："你整天躲在姚家大院，是回避我吗？"孟七娘说："不……我要去拿姜救姚珧娘……"赵鸿垚说："嘿嘿，你家小娘……好嫩……她在哪儿？"

孟七娘惊恐地说："你不能打她的主意！她在伺候姚珧娘，姚珧娘中了蛊毒！""蛊毒？"赵鸿垚愣了一会儿，急忙问："你今天跟姚珧娘在一起吗？"孟七娘点点头。赵鸿垚猛然扇了她一耳光，骂道："你怎么不早说？想传染给老子呀？快滚！"孟七娘急忙整理好头发，逃也似的跑了。

走出驿站，孟七娘一路小跑着回家取来了生姜，李旭轮按照药方加生姜片熬了中药，给姚珧娘灌下去，却还是没有效果。李旭轮面露难色地说："恐怕只能找师父了。"随即便在朱靖塘和吴小六的陪伴下来到檀铁寺。李旭轮上前拱手施礼道："拜见师父。"释怀悯师父就双手合十说："南无阿弥陀佛，在寺院就不讲世俗之礼，恕老衲没去迎候皇嗣殿下。"李旭轮说："师父不必客气。"

李旭轮对释怀悯师父说了姚珧娘的病情和当前的处境。释怀悯师父并不说话，手里的念珠却在飞快地转动，过了一会儿才说："这是珧娘的劫数，也是青石桥镇的共业，一切终会过去。以贫僧看来，珥娘终无大碍，再等等吧。"李旭轮就问："师父，珥娘为人厚道，从不招谁惹谁，为什么还有劫数？"

释怀悯师父就说："无始劫来众生都在苦中循环，造业无数。一般而言，我们造业主要通过'身语意'。为人厚道，不打人也不骂人，但是否在心里诅咒过别人？是否有过邪恶的想法？这便是'意业'。可惜很多人不懂，遇事了只会向外推卸责任，从来不从内心找原因；即便因邪恶念头招来灾祸，人们也不敢承认。"李旭轮就说："师父，珥娘她……很危险，我们想尽了办法，还是没用……求师父指点！"

释怀悯师父沉吟片刻，说："凡事皆有因果。俗世重果，佛家重因。出事了更要从因上想办法，而不是从果上……"随后起身走到桌子旁，拿过毛笔在一张纸上写下了《忏悔文》：往昔所造诸恶业，皆由无始贪嗔痴，从身语意之所生，一切我今皆忏悔。写好后递给李旭轮，说："走，去姚家大院。"来到姚家大院，释怀悯师父带领大家一起念诵《忏悔文》和《陀罗尼法》，念了一天一夜，并用"龙脑香"和着十年的埕净茶熬成汤药给姚珥娘服用，姚珥娘终于醒了过来，度过了危险期。

李旭轮有点儿激动，紧紧抓住姚珥娘的手，泪水在眼眶中打转。姚珥娘说："这都是师父的法力。"李旭轮就弯腰拱手向释怀悯师父行礼。释怀悯师父也双手合十说："南无阿弥陀佛，各人造业各人承担，这既是姚家珥娘的造化，也是她的福报。有句话叫作'重报轻受'。当然，贫僧是指累世劫……且因珥娘的善良，你的善良，感动了佛祖，所以才有这个结果。"

释怀悯师父走了，姚珥娘回味师父的话"各人造业各人承担"，似乎明白了什么，就请李旭轮把那篇《忏悔文》抄写了几分，送给在场的所有人。李旭轮又读了一遍《忏悔文》，说："以后我要让学生们每天都念几遍。"姚珥娘说："我们也要念。"我始终认为，修行佛法最要紧的是忏悔，可惜很多人不这么认为，有人只求佛祖保佑，却不检讨自己；还有人甚至求佛祖包庇袒护自己，真是荒唐！不好意思，又扯远了。打住打住。

正说着，姚伊娘拎着茶罐子进来了，把茶水分给众人饮。姚伊娘端起一盏茶喂给姚珥娘，眼睛里却滚出了泪水。姚珥娘反过来安慰她说："阿妹别难过了，我这不是好了吗？"姚伊娘就擦掉眼泪，说："我这是高兴。不过我总觉得奇怪，阿姐怎么会中蛊毒呢？难道也是那些黑衣人？"

姚珥娘愣了一下，好像想起了什么，急忙叫来潘小娘，开口就问："哎，小娘，那天你说在树林里遇到两个黑衣人，难道也是韦团儿他们？"吴小六却接过话头说："那两人跟韦团儿没有关系。"姚珻娘立即问："你怎么知道？"吴小六就说："我听韦团儿说的。"姚珻娘就说："听你口气，好像跟韦团儿很熟？"吴小六嗫嚅着说："我、我不是被她……"

姚珻娘说："利用了是吗？这次下蛊是不是也被她利用了？"吴小六就说："珻娘，别乱说哦。"姚珻娘想到前前后后的事，终究没忍住"嗔"，忽然就恼火了，一拍桌子说："都是你干的好事儿！你倒还觉得委屈了？"吴小六说："你别瞎说好吗？"姚珻娘就指着吴小六的鼻子说："你，滚出去！"吴小六愣了一下，掉头就走。

姚伊娘不明白阿姐为什么发那么大的火，就说："阿姐，这次肯定不是六阿兄干的。"姚珻娘却指着她说："你，以后少跟他来往！择茶去！"姚伊娘当即红了脸，却回了一句："茶好，我才好！"转身也跑了出去。众人都吃惊地看着姚珻娘。李旭轮就问："珻娘，你今天怎么啦？"姚珻娘叹口气说："我也不知道为什么，心里总有种不祥之兆，所以就没法控制情绪……阿郎，接下来恐怕更加凶险……"

事实证明，姚珻娘的预感是对的。

再来看吴小六，他回到家里，越想心里越气，就抱着酒坛子坐在院子里，"咕咚咕咚"地吃了起来。姚伊娘追了过来，对吴小六说："六阿兄，别吃了。"说完去夺酒坛子。吴小六不松手，姚伊娘就猛一使劲儿，酒坛子"啪"的一声掉在地上摔碎了。挂在吴小六腰间的那个红色的香囊也掉在地上。姚伊娘就从地上捡起红色的香囊。吴小六却气鼓鼓地说："都怪你！出去！"

姚伊娘愣了一下，眼泪哗哗地说："你受了阿姐的训斥，来找我撒气是吗？"说完就跑出几步外，却又不离开，就站在院墙下面哭泣。无意中看了一眼，只见院墙头倒着一个小罐子，里面有好多虫子爬了出来，跟她上次见到的差不多，不，似乎更肥更大。她吓得一声惊叫，她知道那叫蛊虫，忽然就想起了她的师傅也就是吴母对她的交代，于是就捏紧了红色的香囊。

这时，吴小六站了起来，摇摇晃晃的，问："伊娘，你……看什么呀？"姚伊娘就指着院墙头说："虫子。"吴小六走过去看了一会儿，说："几条虫子，有什么大惊小怪的？你回去吧，我还要吃酒呢。有酒有肉，才叫享受。"姚伊娘就把红色的香囊按到他的鼻子上，问："好闻吗？像酒一样香吧？"吴小六的鼻子被按疼了，就拨开姚伊娘的手。姚伊娘顺势把红色的香囊塞进他的腰带里。吴小六又说："你走吧，我要吃酒……"说完就走进堂屋又抱出一坛子酒。

姚伊娘就再次夺下他的酒坛子，说："就知道吃酒！瞧你这个样子，哪像个男人？"抱着酒坛子转身就走。吴小六说："我的酒！"想追却迈不动脚步。他站着愣了一会儿，忽然蹲在地上看着虫子，那些虫子是白色的，看起来像蜱虫，小如米粒，都在蠕动，不，在相互撕咬，相互厮杀。其中一个身强力壮，咬死了很多羸弱的虫子，并吞食它们的尸体。吴小六第一次看见虫子之间的争斗，感觉很有意思。

吴小六就对虫子们招招手，说："嗨，你们好！"甚至想让它们列队接受他的检阅。可是，那些虫子好像忽视了他的存在，一个一个地只顾着厮杀。吴小六顿然有一种失落感。又想到姚家珝娘对他的态度，就说："唉，还是阿娘对我好！"想到阿娘，顿然伤心起来，忽然抓起一根棍子，把几条小虫子拨进小罐子里，拿上小罐子就出了门。

吴小六穿过屋后的一片树林，来到山脚下，远远看见一座坟头，他走到坟头前面"扑通"一声跪在地上，打开小罐子，把里面的小虫子倒出来，说："阿娘，我来看你了！也没什么好东西祭奠你老人家，儿子知道你生前喜欢虫子，就带来几条，但愿你能高兴……"随后便趴在坟头哭了起来。那些小虫子开始乱窜，有几条爬到吴小六的袖子上，可他却浑然不觉。

朱靖塘刚好从旁边经过，看见了也听见了。

哭了一会儿，吴小六站起来走了。

第二天，姚家大院。吃过早饭后，姚森伯找来儿子姚嘉木，说："小六郎刚失去母亲，心情本来就不好，又被你珝娘阿妹训斥一顿，心里肯定很难过。这样吧，大郎，你代表我去看看。"说着递给姚嘉木几个铜板。姚嘉木却说："唉，他是个粗人，头大无心，可怜之人必有可恨之处。"姚森伯就说："大郎，你还在计较他诬陷五娘的事儿吧？"

姚嘉木低头不说话。姚森伯就说："清者自清。都过去了，你也如愿休了五娘，就不要再计较了。再说，他是你表弟，伊娘好像对他有意……去吧。"也许这句话起了作用，姚嘉木这才起身走出来，径直来到吴家，却不进院子，站在大门口对吴小六说："六阿弟，有空吗？我请你饮茶。"吴小六就问："阿兄，有事啊？"姚嘉木说："没事，就是饮茶。"

随后，两人走进一家茶馆。姚嘉木把铜钱递给吴小六，并转达了父亲的问候。吴小六接过铜钱，却不知该说什么，闷闷地说了一句："苟富贵，我不忘。"姚嘉木笑了一下，说："六阿弟，你一身好武艺，怎么学的呀？"吴小六说："师傅给我吃了几条虫子,从那以后我就觉得力气倍增……"姚嘉木又问:"你怎么不去充军呀?这倒是个出路。"吴小六却不屑地说:"充军?嗯,不去,我要做就做将军。"姚嘉木又是一笑。

茶水端上来了,吴小六伸手去接茶盏,可他万万没想到,一条附在他袖子上的小虫子掉在了茶盏里,而那盏茶就被姚嘉木饮下了,因为他并没有注意到茶盏里的小虫子。过了一会儿,茶博士来续水,猛然看见吴小六袖子上的小虫子,惊奇地说:"啊,虫子!"吴小六赶紧站起来抖掉身上的小虫子。饮了几盏茶,姚嘉木和吴小六就起身告辞了。

姚嘉木第二天就发病了,瘫软如泥,脸色苍白,特别嗜睡,症状跟姚珥娘有些相似,却并没有她那么严重,显然也是中蛊了。姚珥娘刚刚痊愈,姚嘉木又染病了,这让姚家大院再次陷入紧张之中。姚珥娘忙前忙后,姚伊娘跑前跑后,姚森伯瞻前顾后,却收效甚微。姚珥娘详细询问了姚嘉木发病前后的经过,听说跟吴小六在一起饮过茶,心里便有些不安。

中午时,朱靖塘刚走到厨房门口,陈五娘端着盘子走了出来。朱靖塘犹豫了一下,似有话要说。陈五娘就看着他说:"朱九郎,有事儿吗?"朱靖塘犹豫了一下,说:"那天我看见吴小六趴在他阿娘的坟头上,手里好像拿着虫子……"说完掉头就走。陈五娘愣了一下,赶紧走进"埠净苑",把这个情况告诉给姚珥娘。

姚珥娘就让朱靖塘到茶馆里了解情况,茶博士说看见吴小六身上有小虫子,姚珥娘证实了自己的判断,就让人找来了吴小六。吴小六似乎刚醒酒,闷闷地问:"叫我来干什么?"忽然看见李旭轮站在旁边,急忙跪下说:"草民吴小六拜见皇嗣殿下。"李旭轮不搭话,他就一直跪着。姚珥娘说:"我阿兄病了,你知道吗?"

吴小六说:"啊,昨天不还好好的吗?"姚珥娘说:"你对阿兄做了什么?"吴小六抬起头显出一脸的无辜,摇着脑袋说:"没做什么呀?我跟阿兄就是饮了几盏茶。"姚珥娘说:"你是不是给阿兄下蛊了?"吴小六双手摇摆着说:"不敢,不敢,我怎么敢害阿兄?珥娘你不要乱讲。"

姚珥娘就大吼一声:"吴小六!"吴小六"啊"了一声。姚珥娘问:"你昨天是不是去了坟上?"吴小六眨着眼睛说:"是,是啊,去看我阿娘。"姚珥娘问:"你是不是带着蛊虫?"吴小六愣了一下,说:"这个……你怎么知道?"姚珥娘就指着吴小六的鼻子问:"那些虫子哪儿去了?"吴小六说:"这个……我哪里知道?"

姚珥娘又是一声大吼:"吴小六!那些虫子,你是不是都放到我阿兄的茶盏里了?"吴小六瞪大了眼睛,惊恐地说:"没、没有,我哪、哪、哪敢……"李旭轮就说："朱靖塘，茶博士，都做了证，你还敢抵赖？"也许是太过紧张，吴小六居然慌不择言，说："皇嗣殿下，你可不要……乱说。"李旭轮勃然大怒，说："来人，把他绑了！"朱靖塘和秦坤郧就走过来把吴小六拖出去绑了个结实。

当天晚上，姚珫娘做了一个奇怪的梦，梦见姚嘉木满脸是血，疯疯癫癫地说，珫娘，我中蛊了，我中蛊了，我快要死了……随后，姚嘉木却又笑嘻嘻地说，珫娘，前阵子我在神都时请大师算了一卦，大师说我最近有一劫，若挺过去了以后就顺风顺水，我死不了，我去去就来……我是姚家的长子，我还要顶立门户哩……

姚珫娘惊醒后，只觉得心口很闷，就起来泡了一壶茶。正饮茶时，李旭轮却走了过来，问："娘子，怎么不睡了？"姚珫娘就说了梦中的情景，随后递给李旭轮一盏茶。李旭轮坐下饮了一盏茶，说："我听孙梵天说蛊虫只吃人的灵魂，不吃人的血肉，也许，蛊虫只是……暂时偷走了阿兄的灵魂？还会还回来的？"姚珫娘盯着茶壶沉吟不语。也许李旭轮觉得话有点儿不妥，就补充道："阿兄心地善良，深信佛法，应该会逢凶化吉。"

姚珫娘没接话，却开始念诵《忏悔文》。

然而，姚嘉木昏睡三天后，不治身亡。

姚森伯悲痛欲绝，哭着说："大郎，我不该……让你去看……吴小六，是我……害了你！还指望你……为姚家……传宗接代哩，你就……这么走了，呜呜呜……"姚珫娘自己已很痛苦，却还要劝慰父亲。随后，她以最快的速度安葬了姚嘉木。然而，第三天晚上坟地里发生了一件事，却让她忘记了悲痛。您可能会问，究竟发生了什么事让她忘记了悲痛？请听我慢慢道来。

姚伊娘也很悲痛，既因为阿兄的不幸去世，也因为吴小六蒙受了不白之冤。她不相信吴小六会对姚嘉木下蛊，可她说服不了众人，再说如此悲痛时刻，她怎能说出口？吴小六被关在姚家大院一间杂物间里，等候发落。姚伊娘每天给他端茶送饭，劝慰他要冷静要耐住性子千万不要冲动。此外，她还要照顾父亲，也是很辛苦。

操办完儿子的丧事，姚森伯苍老了很多，整天把自己关在"埥净斋"里饮茶，以泪洗面。姚珫娘每天都去劝慰父亲，一个隐秘却不能说破，心里便跟着难受。正心力交瘁的时候，释怀悯师父来了。姚珫娘赶紧给师父递了一个眼神，把师父迎到"埥净堂"，随后问："师父，他……怎么样？"释怀悯师父说："恢复过来了，只是很虚弱，需要在寺院里调养一段时间。此事万万不可让外人知道，包括你阿耶，记住了？"姚琦娘点点头。

释怀悯师父径直走进"靖净斋"，双手合十说："没有死，哪有生？南无阿弥陀佛。令郎遭此不幸，实属意外。但事已至此，还是节哀顺变吧。"姚琦娘又给释怀悯师父递了一个眼神，释怀悯师父就说："'茶头药师'，森伯老友，令郎在另一个世界很好，也许，将来能起到意想不到的作用，你就不要难过了。"姚森伯却哭了起来。释怀悯师父就说："'茶头药师'，你要以天下苍生为念啊。"

姚森伯哭丧着脸说："我以天下苍生为念，谁以我儿为念？"释怀悯师父就坐下说："琦娘有心救治那些得了蛊病的孩子，可又要照顾你，你不能拖她的后腿呀。"姚森伯就说："她只是一个弱女子，治病救人不是她的职责。我没拖她的后腿。"释怀悯师父就说："她不只是一个弱女子，她是皇嗣的娘子！将来要母仪天下！"

一句话点醒了姚森伯，他愣了一会儿，忽然擦掉眼泪，坐直了身子，说："来，饮茶。"饮了几口茶，姚森伯又问："法师，依你看，我儿真的是被人害死的？"释怀悯师父却说了一句玄妙的话："害人害己，因果相袭。"说了几句，释怀悯师父起身告辞，走到清凉溪边时遇到了李旭轮。释怀悯师父双手合十说："南无阿弥陀佛，李施主好。"

李旭轮说："法师，小小几条虫子，就搅得人不得安宁，这是为什么？"释怀悯师父说："天下万物，皆有灵性，虫子也是生命。坏就坏在人心，虫子只是工具。"李旭轮愣了一下，又问："那，如何化解？"释怀悯师父说："该来的一定会来，该去的一定会去。"说完就走，一边走一边说："众生如蛊虫，害人又害己。"

李旭轮愣了好久，心里有些乱。

然而，情况却越来越严重了。孩子们中蛊后高烧不退，神志不清，不久就出现癫狂的症状。其中一个行为失控落井而死，一个跳崖而亡，还有一个彻底疯掉。人们开始紧张起来，意识到这不是一般的病。当六个孩子死亡后，恐怖的气氛开始在青石桥镇街上蔓延。随后，一些孩子的家人也开始发病，人们更加恐慌。当大人也开始死亡时，恐怖的阴云就笼罩在青石桥镇上空。难道姚琦娘的预感要应验了？

那么，蛊毒从何而来？

还是韦团儿一手策划的。给李旭轮放蛊失败后，镇街上不能再住了，韦团儿就带领黑衣人进山找到一处荒僻的农家小院。杀掉主人全家，他们就躲在里面，一边疗伤一边等候上面的指令。不久魏王传来密令说，圣上态度有变，而且李旭轮的身份已经公开,不能再给他放蛊了,否则可能会惹恼圣上,得不偿失,让韦团儿另想办法。

韦团儿终于想到了办法,就叫过一个黑衣人问:"李旭轮吐出的那些秽物呢?"黑衣人说:"装在一个罐子里。"韦团儿说:"据说那些秽物加上原来的蛊虫,毒性增加十倍,而且会传染……哼哼,李旭轮不是很爱姚晦娘吗?我要让姚晦娘染上蛊毒,痛苦地死去,我要让他身边的人一个一个地死去,让他倍感凄凉……然后,我再来搞一次'群蛊'。"黑衣人问:"请教大堂主,什么叫'群蛊'?"

韦团儿却自顾自地说:"这场'群蛊'会死很多人,如果李旭轮在'群蛊'中疯掉,那再好不过了;如果他再次侥幸躲过,也脱不了干系……我们可以散布消息,说这场'群蛊'是李旭轮带来的,是不祥之兆,或者就说是他指使放的。消息传到神都,圣上会认为晦气,说不定就会更加冷落他,甚至会废掉他。我把这个想法呈报给魏王,已得到他的赞同。接下来,我们要加紧行动。"

在韦团儿的指挥下,这天一大早,两个黑衣人再次悄然潜入私塾。此时潘小娘已经来了,正在炉子上煮茶,一个黑衣人趁她不备,偷偷将一包东西倒进煮茶的罐子里,随即悄然离开。不久之后,学生们陆续来了,上课前每人先饮一盏热茶。孩子们天真无邪,哪里想到有人会对他们下手呢?这便是此次"群蛊"的由来。

孟七娘听说吴小六手里有蛊虫,忽然就有了一个想法。这天中午,她主动给吴小六送饭,当吴小六伸手端饭碗的时候,突然有一条小虫子掉下来落在碗里,把他吓了一跳,孟七娘也惊叫一声。吴小六随即从碗里拿走小虫子,把饭倒在地上。孟七娘指着吴小六说:"把衣服脱下来,看看是不是还有虫子?"

吴小六就脱下上衣,在衣服袖子里果然又发现了几条小虫子,一个个却很老实,就自言自语道:"奇怪,怎么不觉得痒呢?"孟七娘趁他不注意悄然抓起两条小虫子藏在身上,出去又给吴小六盛了一碗饭,随后就说自己有事离开了姚家大院。她回家收拾打扮一番,出门拐了几个弯后来到赵家大院。

赵鸿垚对孟七娘主动送上门深感意外,却无法抵挡她的魅力。孟七娘虽说二十多岁了,但天生丽质,常年的劳作也没有给她留下一丝皱纹,反倒让她体格健壮,身材匀称。赵鸿垚搂着她一番狂欢,孟七娘极尽温柔缠绵,让赵鸿垚十分享受。完事后,赵鸿垚一边穿衣服一边说:"舒服!要是事先来杯海狗鞭酒就更好!哎,听说姚大郎死了?他还欠我一罐海狗鞭酒哩。"

孟七娘没有接话,她赶紧穿好衣服,给赵鸿垚端来茶水,趁他不备时把一条蛊虫放在茶盏里。也许是太过紧张，孟七娘的手一直在颤抖，这让赵鸿垚起了疑心，就把这一切看在眼里，忽然抓住她的手，说："你干什么？哪里来的虫子？啊，是蛊虫！"把茶盏扔在地上，甩手扇了她一耳光，把她打倒在地。赵鸿垚厉声喝问："说，谁让你干的？"

孟七娘浑身颤抖着说："我、我、我不是故意的。"赵鸿垚抓住她的衣领说："信不信我掐死你？掐死你就像踩死一只蚂蚁。"说到了死，孟七娘反倒冷静下来，心想今天反正是个死，豁出去了吧，就盯着赵鸿垚说："是……我想杀了你。"赵鸿垚惊讶地问："你？为什么？"孟七娘说："你霸占我家的茶园，霸占我的身子……我……"说完站起来要打赵鸿垚，却再次被他撂倒在地。

赵鸿垚说："霸占？老子就霸占了？怎么的？在这青石桥镇地面上，没有老子得不到的东西。老子看上你那是你的福分！别不识抬举，今天敢谋害老子，让你不得好死。"说到了死，孟七娘低下头，心里很难过，眼泪流了下来。不为别的，只为了几个儿女，虽然不是她亲生的。

赵鸿垚似乎猜到了孟七娘的心思，就说："只要你答应我一个条件，老子可以不杀你。"孟七娘问："什、什么条件？"赵鸿垚说："把你家小娘带到这里来。"孟七娘惊叫一声，急忙挥舞双手说："不、不、不，你不能害我女儿，不能……"赵鸿垚哈哈一笑，踩着她的脑袋说："若不答应，潘老三留下的几个子女都要遭殃！嗯，答不答应？"

……

孟七娘含着眼泪说："答……应……"

回到姚家大院，孟七娘到厨房里磨蹭了一会儿，扭身就往后院走，来到潘小娘住的房间，在门口徘徊起来。刚好姚珝娘经过，就奇怪地问："孟七娘，干什么呀？唉，你头上怎么青一块紫一块？"孟七娘急忙掩饰道："哦，回家时不小心碰到墙了。"顿了一下，又说："哎，珝娘……不，皇嗣妃，跟你说个事儿……"

姚珝娘就问："什么事儿呀？"孟七娘就说："那个……我中午给吴小六送饭的时候，在他袖子上又发现了虫子，还掉到了饭碗里，可他压根不知道，我想……他可能不是故意……给大郎放蛊……"姚珝娘"哦"了一声，说："好，我知道了。你还有事儿吗？"孟七娘说："没有了。"转身就走了，脚步有些踉跄。

望着孟七娘的背影，姚珝娘感到有点儿奇怪。

姚珝娘把孟七娘提供的情况给李旭轮说了，李旭轮沉吟片刻，说："孟七娘应该不会撒谎。再说，吴小六给阿兄放蛊这件事儿本来就很蹊跷，我猜不透他的目的，也许，那蛊虫也是自己掉下来落在茶盏里？"说完定定地看着姚珥娘。姚珥娘想了一会儿，说："这么说，我们冤枉六阿兄喽？"李旭轮说："证据不够充分，再说，阿兄毕竟没……不如先放了吴小六吧？"

姚珥娘点了一下头。

然而，没过多久，吴小六又被抓了进去。

那天，从姚家大院被放出来后，吴小六看见孟七娘领着潘小娘急匆匆地往驿站方向走，就问她们干什么去，孟七娘说："去给小娘抓点儿药。"孟七娘的眼神闪闪烁烁的，这引起了吴小六的疑心，就悄悄地跟踪她们。走到驿站门口，忽然过来一辆马车，又从旁边过来两个蒙面人，抓住潘小娘就塞进马车。

吴小六发现那两个蒙面人跟那天在树林里劫持潘小娘的人很相似，情知不妙，就飞快地追了上去。吴小六抄近路跑到马车前面，纵身一跃就钻进马车里，抱起潘小娘跳下马车飞身就跑。两个蒙面人追上来，吴小六把潘小娘搁在地上迎战蒙面人，一番打斗后蒙面人又落荒而逃。

吴小六帮潘小娘解开绳子，拿掉塞在她嘴里的布巾，问："他们为什么绑你？"潘小娘说："我也不知道，阿娘让我陪她去抓药，路过驿站时没想到……"吴小六搞不懂为什么，也不想搞懂，自己的烦恼还没解决哩，就带着潘小娘慢慢往街上走，迎面碰到孟七娘跑过来，大喊一声"小娘"，扑上去抱住潘小娘，问："你没事吧小娘？"潘小娘说："阿娘，我没事，多亏了六阿兄。"孟七娘就对吴小六躬身致谢。

再来看赵家大院。听完两个蒙面人的禀报，赵鸿垚气得摔碎了一个茶盏，说："又是那个吴小六，坏我大事！去，把他给我抓起来！"韩益康趋前一步说："耆老息怒，抓那吴小六容易，可有什么理由？"赵鸿垚说："老子抓人还要理由吗？"韩益康说："那是过去，如今……别忘了……姚家大院有个皇嗣。"

赵鸿垚想了一下，摆摆手，两个蒙面人便退下了。

抓人的理由很快就被赵鸿垚找到了。

这几天的遭遇让吴小六心里很不爽，就一个人跑到饭馆里吃闷酒。有人对他说："吴六郎，蛊虫那么厉害，你就不怕？还吃得下酒呀？"吴小六却满不在乎地说："有酒有肉，才叫享受。蛊虫算什么？再说，也可能不是蛊虫闹的，是天瘟，天瘟知道吗？青石桥镇要大难临头了！"人们出去就传开了。

很快，一个消息在街上流传，说这种病叫"天瘟"，是老天专门惩罚青石桥镇人的。人们越发恐怖，甚至有人躲到乡下，远走他乡。消息传到胡左伟那里，他当即说："哪里来的天瘟？这分明是谣言！扰乱人心！蛊惑人心！谁说的？抓起来！"赵鸿垚得令后就四处查访，终于摸清了谣言的源头，其中一个就是吴小六。

韩益康顺着线索找到吴小六时，他正躺在床上睡觉哩。几个乡兵把他绑到赵家大院。赵鸿垚问："小六郎，是你说的天瘟？"吴小六点点头说："是。"赵鸿垚说："可有证据？"吴小六愣了一下，说："死了好几个人。那病好像会传染。"赵鸿垚却摆摆手，说："死几个人算什么？可他们分明是死于蛊毒。"吴小六却摇摇头说："死于天瘟。"

赵鸿垚说："随便乱讲是要挨板子的。"吴小六说："就是天瘟。"赵鸿垚说："这次的蛊虫，是你上次放蛊时跑出来的吧？你怕事情败露后被追究责任，就故意说是天瘟，混淆视听，对吗？"吴小六说："你……不是这样的！"赵鸿垚一拍桌子，大声说："大胆吴小六，散布谣言，重打一百大板，以示惩戒！"这时，又有三个人被绑了进来，"罪名"都是散布谣言。

两个乡兵把吴小六按在长条凳子上，一个乡兵举起了板子，刚打了三下，却听见一声喝叫："住手！"赵鸿垚急忙走出来，就见李旭轮和姚玥娘走了进来。赵鸿垚急忙躬身施礼说："小臣恭迎皇嗣殿下和皇嗣妃。"李旭轮摆摆手说："免礼。"赵鸿垚就直起了腰杆。

李旭轮指着吴小六问："为什么打他？"赵鸿垚说："他散布谣言，说我们这里出了天瘟，理应受到严惩！"李旭轮又指着另外三个人问："那他们又是怎么回事儿？"赵鸿垚说："跟吴小六一样。"李旭轮走到赵鸿垚跟前说："赵耆老，不管是蛊毒，还是天瘟，总之都不是好东西。如今蛊毒闹得这么厉害，你还在纠缠这些虚的，有意思吗？不如来点儿实在的。"

赵鸿垚问："那，皇嗣殿下的意思？"李旭轮一挥手说："赶快放人，当务之急是想办法控制蛊毒。"赵鸿垚又问："那，请教皇嗣殿下，该如何控制蛊毒？"李旭轮愣了一下，说："你是本地长官，你比我清楚。"赵鸿垚却低头不语。姚玥娘这时接过话头说："赵耆老，这事儿不妨交给我。"赵鸿垚立即说："多谢皇嗣妃。"

李旭轮和姚玥娘转身走了，赵鸿垚恭送到门口。回来后对几个乡兵说："把他们都放了。"乡兵便为吴小六等四人解开绳子。吴小六捂着屁股龇牙咧嘴地走了。等四人都走了，韩益康凑到赵鸿垚跟前说："耆老，看样子，皇嗣对蛊毒这事儿很上心啊！"赵鸿垚说："上心又怎么了？"韩益康说："他一上心，就会对我们指手画脚。"

赵鸿垚说："指手画脚又怎么了？该不听还是不听。"韩益康急忙摆摆手说：

"耆老，他可是皇嗣啊！"赵鸿垚却说："我当时听说他是皇嗣，还真想攀附他。可胡县令却说，'别忘了，他还曾是一个被拉下马的皇帝，如今他在圣上面前也可能什么都不是，还比不上魏王。依我看，他迟早会被废掉，不然，为什么圣上让他到这里来？这是变相流放，懂不懂？'胡县令一句话提醒了我。"

韩益康急忙点头说："嗯，有道理，还是县令高明！一针见血！那，接下来我们该怎么办？"赵鸿垚说："当然喽，表面的关系还是要维持的，他毕竟是皇嗣么。但是，我们的重点是茶园，至于这蛊毒吗？有点儿邪乎……先别管它，正好有姚珝娘。我们要稳住阵脚，走一步看一步，等胡县令带来梁王的指令。"韩益康说好。赵鸿垚又说："另外，那个潘小娘……嗯？"韩益康笑着点了一下头。

再说那吴小六，他挨了几板子，走路不方便，就躺在床上，姚伊娘给他送饭过来。吴小六吃饭的时候，姚伊娘就看着他，看得他很不好意思，赶紧扒拉几口饭，却见碗底卧着一个荷包蛋。姚伊娘说："慢点儿吃，没人跟你抢。"说完递给他一盏茶水。吴小六笑了一下，接过茶水饮了下去。姚伊娘就问："六阿兄，我听说放蛊的人都有解药，姑妈有吗？"

吴小六愣了一会儿，说："可这蛊不是阿娘放的啊！"姚伊娘说："我没说是姑妈放的，也没说是你放的，可眼下真的需要解药。"她的眼睛清澈明亮一尘不染，居然看得吴小六红了脸低了头，放下碗就跑进母亲曾经住过的房间翻箱倒柜地找了起来，终于找到了一个小瓷瓶，打开一闻有一股浓重的中药味儿，"这个可能就是解药！"姚伊娘一把抓了过来，转身就跑，吴小六犹豫一下，紧随其后。

姚伊娘和吴小六跑进私塾找到姚珝娘，把小瓷瓶交给她。因为私塾目前成了临时救治的地方，地上到处躺着发病的人。姚珝娘立即打开小瓷瓶倒出解药让病人服用，却还是没有效果。吴小六像泄了气的皮球一样坐在地上。又有一个人被抬出去了。吴小六和姚伊娘捂住鼻子，心里却有些难过。姚珝娘递给吴小六一盏汤药，说是可抵抗蛊毒。

吴小六冲姚珝娘苦笑一下。

这天上午，陈五娘提出要去给姚嘉木烧几张纸，姚珝娘吃惊地看着她，说："阿嫂，你真的？"陈五娘就说："虽说他休了我，可一日夫妻百日恩，大郎也可怜……"说着就哭了起来。姚珝娘背过身擦掉眼泪，说："难得阿嫂重情重义……如果阿兄还活着该多好……就让朱九郎陪你去吧……"

朱靖塘便陪着陈五娘，两人默然地来到坟地，只见又多了几个新坟，有的甚至算不上坟，只是胡乱地堆了一些土。寒风吹来，随风摇动的灵幡让人倍感凄凉。

陈五娘给前任亡夫姚嘉木烧纸的时候，朱靖塘就站在旁边，眼眶也红红的。而站在埥净山上的释怀悯师父正和一个僧人打扮的人望着山下的坟地，两人不约而同地双手合十说："南无阿弥陀佛，吉祥平安！"

烧完纸后，朱靖塘和陈五娘打道回府。陈五娘脸上的悲戚消退了，恢复了常态。其实她给姚嘉木烧纸是为了做一个了结，将她和姚嘉木之间的关系彻底做一个了结。那么，了结之后呢？她忽然想起了姚嘉木曾经给朱靖塘饮的那盏茶，其中隐藏着一个秘密，却是不能说破的，想到这里便觉得脸红，便悄然去看朱靖塘，他却也在悄然看她，虽然是淡然的一瞥，却让陈五娘更加脸红。

又走了几步，朱靖塘忽然吸了一下鼻子，说："好香！哪来的花？"抬头低头看了一会儿，指着陈五娘的腰带说："你那里发出来的。"陈五娘就从腰带上解下那个黄色的香囊，说："是这个吧？"朱靖塘接过来看了一下，说："这不是皇嗣的吗？哦，后来给了你家大郎……"陈五娘赶紧转移话题说："我在香囊里放了茶叶，珃娘做的炒青，特别香，你闻一下。"朱靖塘就闻了一下，说："嗯，好香。哎，里面好像还有……兰花香，跟扇子上的香味一样。"

陈五娘就说："你的鼻子真灵，原来的兰花还在里面。"说到扇子了，陈五娘就想起了那天在月光下看扇子闻花香的事儿，就说："朱九郎，我感觉……你好像对……皇嗣的扇子……很感兴趣。"朱靖塘急忙掩饰道："是吗？我只是随便说说。"陈五娘就说："那晚你说让我闻兰花香，其实是你想看扇子对不对？"朱靖塘不说话了。陈五娘就说："你若想再看看扇子，我可以帮你。"

朱靖塘没有回应，把黄色的香囊还给陈五娘，自顾自地走到前面去了。走到一处树林旁时，忽然看见孟七娘从树林里走了出来，头发有些凌乱，脸色有些潮红。陈五娘就惊讶地问："孟七娘，干什么呀？"孟七娘也不答话，低头走了。不久之后，又见赵鸿垚从树林里走了出来，一见朱靖塘和陈五娘，愣了一下，随即说："哟，这么巧，二位在干什么呀？"

朱靖塘回答说："哦，我陪陈五娘来上坟。赵耆老这是？"赵鸿垚说："啊，这个……这个……"忽然指着远处的坟场说："最近死了不少人，有的还绝了户，留下的茶园没人看管，我来看看……来看看……"一边说一边又指了一下山上的茶园，慢慢悠悠地走了。朱靖塘就和陈五娘往反方向快步回到姚家大院。

再来看韦团儿，她又想到了一个狠毒的招儿。

吴小六被赵鸿垚惩戒的消息传到韦团儿耳朵里，她忽然笑了，说："又是那个吴小六，好，可助我一臂之力。"随后叫过一个黑衣人如此这般交代一番。当晚，两个黑衣人翻墙进入吴家。吴小六正呼呼大睡哩，腰带放在旁边的笙蹄上。黑衣人就取下腰带上的袋子，把一张纸条塞进袋子里，还故意把纸条的一半露在外面。

随后，韦团儿又派两个黑衣人化装成茶农到街上散布消息，说这场"群蛊"是李旭轮带来的，是不祥之兆。而那个李旭轮，原本就是个被拉下马的皇帝，如今皇嗣的位置也岌岌可危，迟早会被废掉。他身上没有任何帝王之气，只有晦气，自从他来到青石桥镇，这里就没有太平过。

有人就问，听谁说的？乱讲皇嗣是要杀头的。黑衣人说，是那个吴小六说的，他都不怕，我们怕什么？人们想想也是，加上对"群蛊"的恐惧，就信了这些谣言。很快，这个消息就在街上流传开来，一些人还添油加醋，说得神乎其神，甚至把李旭轮妖魔化了。

谣言很快就传到李旭轮的耳朵里，他气得连摔了两个茶盏，怒气冲冲地说："谣言惑众！蛊惑人心！荒唐至极！谁说的？抓住了千刀万剐！"朱靖塘和秦坤郇侍立在旁边大气都不敢出。李旭轮就说："朱靖塘，去把赵鸿垚叫来。"朱靖塘得令而去，不一会儿就叫来了赵鸿垚。赵鸿垚跪下说："小臣拜见……"

李旭轮急忙拉起他，说："非常时期，不必拘礼。"

李旭轮问："赵耆老，你听到街上的谣言没有？"赵鸿垚回答道："听到了。"李旭轮问："那，为什么不来禀报？"赵鸿垚说："小臣认为那只是谣言，不足为信。"李旭轮就说："你不信不代表别人不信，不能让谣言蛊惑人心。究竟谁在造谣？知道吗？"赵鸿垚说："这个……小臣知道，但不敢说。"李旭轮就说："为什么不敢说？"赵鸿垚说："是吴小六。"

李旭轮愣了一下，说："又是他吴小六，抓起来了吗？"赵鸿垚说："没有。"李旭轮有些不耐烦地说："为什么不抓起来？"赵鸿垚说："上次皇嗣殿下说控制蛊毒才是大事儿，小臣想谣言再大也大不过蛊毒，所以……"李旭轮就说："此一时彼一时，不可同日而语，明白吗？"赵鸿垚说："明白了。"李旭轮摆了一下手，赵鸿垚便躬身退下。

回到赵家大院，赵鸿垚立即叫来韩益康，让他赶紧去抓吴小六。韩益康带着乡兵把吃得酩酊大醉的吴小六按在床上。韩益康说："给他穿上衣服。"一个乡兵给吴小六拿衣服时，忽然看见露在外面的半张纸条，就掏出来递给韩益康。韩益康接过来一看，纸条上写着几个字：皇嗣无德，带来蛊毒。韩益康就让乡兵给吴小六穿上衣服并绑了起来，吴小六睁开蒙眬的眼睛问："为什么抓我？"韩益康回答说："赵耆老请你吃酒。"吴小六"哦"了一声，又昏睡过去。

几个乡兵轮番把吴小六抬到赵家大院。韩益康把纸条交给赵鸿垚，赵鸿垚看了一眼，大吃一惊。韩益康说："把皇嗣叫来？"赵鸿垚却说："不，我们去他那里。"随后赶紧押着吴小六直奔姚家大院。在路上时，吴小六再次睁开眼睛问："要到哪里去？"赵鸿垚说："皇嗣请你吃酒。"吴小六"哦"了一声，又昏睡过去。

守卫在姚家大院大门口的几个乡兵立即禀报朱靖塘，朱靖塘又禀报李旭轮，随后便让赵鸿垚押着吴小六进入姚家大院，将吴小六扔在地上。赵鸿垚对李旭轮拱手施礼道："皇嗣殿下，吴小六带来了，东西也带来了。"随即呈上那张纸条，说："这是在他身上搜出的。"李旭轮接过来一看，勃然大怒说："大胆刁民，谣言惑众。"看了一眼醉醺醺的吴小六，对朱靖塘说："让他清醒清醒。"

朱靖塘就去厨房拎来一桶凉水浇到吴小六的身上，吴小六一个激灵醒了过来，扭了一下胳膊想动却动不了，抬眼看看众人，有点儿疑惑，忽然看见李旭轮正威严地看着他，赶紧爬起来跪下说："小民拜见皇嗣殿下，你们……这是干什么呀？"李旭轮把纸条递到他面前说："这是你写的吗？"

吴小六看了一眼，摇摇头说："不是，不是。"李旭轮大吼一声："还想狡辩？来人，打入监狱，听候发落！"吴小六急忙叩头说："皇嗣殿下，那真不是我写的，你们不能冤枉我！"李旭轮却已收起纸条转身走进后院。姚珝娘已经知道了事情的经过，但不便说什么，就给李旭轮倒了一盏茶。

这时，姚伊娘走了进来，"扑通"一声跪下说："民女姚伊娘有事禀报皇嗣殿下。"李旭轮知道她的来意，却并不接话。姚珝娘等了一会儿，就问："阿妹，什么事儿，你说吧，皇嗣殿下在听。"姚伊娘就说："那些谣言……不是吴小六说的，有人陷害他。"姚珝娘问："你怎么知道不是他说的？"

姚伊娘说："他写不了几个字，把那张纸条跟他的笔迹对照一下就知道了。"姚珝娘看着李旭轮，可李旭轮还是不表态。姚珝娘就说："好了，皇嗣殿下知道了，你退下吧。"姚伊娘就站起来说："谢皇嗣殿下，谢皇嗣妃。"随后就退下了。姚珝娘却有点儿回不过味儿来，因为阿妹也叫她"皇嗣妃"。

姚珝娘犹豫了好一会儿，还是对李旭轮说了自己的想法："阿郎，皇嗣殿下……"说到"皇嗣殿下"时自己却笑了起来，李旭轮也笑了，气氛就缓和了一些。姚珝娘接着说："我觉得阿妹说的有道理，可以核对一下笔迹。"李旭轮沉思片刻说："娘子，你现在的身份不仅是姚家的珝娘，还是我的娘子，皇嗣妃，对有些事情就不能像过去那样……"

李旭轮没说完就看着姚珝娘。姚珝娘似懂非懂，却也点了一下头。这时，潘小娘过来说:"禀报皇嗣殿下,皇嗣妃,熬的中药用完了。"姚琦娘就问:"效果怎么样?"潘小娘回答:"效果不太好,又死了几个老人。"姚琦娘脸色沉重地看着李旭轮,焦急地说:"这样下去,不是办法呀。"

李旭轮却说:"谣言大过天。"

姚琦娘不知道该说什么,就挥手让潘小娘走了。

姚伊娘又去"靖净堂"里求父亲,让他出面找李旭轮说情放了吴小六。姚森伯却说:"伊娘,这个,不好说呀。"姚伊娘"扑通"一声跪在父亲面前说:"阿耶,女儿觉得六阿兄不会说那种话,也不会传那种谣,一定是有人诬陷他。"姚森伯说:"这个……就算阿耶信你,那个赵鸿垚未必信啊。"

姚伊娘说:"那个李……皇嗣会信……"姚森伯沉吟不语。姚伊娘又说:"阿耶,女儿……喜欢六阿兄……他也是你的外甥……阿耶一定要救他。如果他有个三长两短,女儿也不活了……"姚森伯就说:"哎呀,你说什么呢?至于吗?真是的!"姚伊娘却开始抹眼睛,很伤心的样子。

姚森伯放下茶盏又端起,端起茶盏又放下,犹豫了好一会儿才说:"好了,你起来吧,阿耶试试。"姚伊娘这才站起来,走过去给阿耶的茶盏添满茶水。姚森伯想了一下,说:"你问一下小六郎关在哪里,给他送点儿好吃的。"姚伊娘答应一声,快步跑了出去。

姚森伯在寻找一个恰当的时机。这天早上,当李旭轮走到"靖净馆"门口时,姚森伯赶紧迎上前去,跪下说:"茶民姚森伯拜见皇嗣殿下和皇嗣妃。"姚琦娘赶紧去扶父亲,却见李旭轮表情严肃没有说话,于是就缩回手来。李旭轮停了一下,说:"免礼平身。"随即扶起姚森伯。等姚森伯站起来了,李旭轮却又躬身施礼道:"小婿拜见丈人。"把姚森伯和姚琦娘都搞糊涂了。

李旭轮就解释道:"刚才我们行的是国礼,现在行的是家礼,你我之间,即是国家。"姚森伯笑着说:"皇嗣殿下,八郎,姚某特意配了一些茶,可防蛊毒,请到茶室饮盏茶。"李旭轮抬脚走进茶室"靖净馆"。姚森伯和姚琦娘、潘小娘随后跟进。姚森伯早已烧好了水,拎过水壶开始像李旭轮那样冲泡老饼茶。很快,茶香便盈满房间。

看到这里,您可能也听说过,李旭轮后来把皇位禅让给了儿子李隆基,但他以"朕虽传位,岂忘家国?其军国大事,当兼省之"为由,最后与儿子达成妥协:任命三品以下官员李隆基说了算,三品以上官员的任命李旭轮说了算,每五天他还要在太极殿接受群臣朝贺。这是个小插曲,您可忽略不计,请继续阅读。

姚森伯端一盏茶递给李旭轮，自己也端一盏茶，说："敬皇嗣殿下。"举盏饮了一口，李旭轮也饮了一口。姚森伯放下茶盏，又说："姚某生在茶乡，最爱饮茶。以姚某看，这茶性易染，就像性情纯朴之人极易受到蛊惑一样。"李旭轮感觉姚森伯话中有话，就问："丈人，你是在说茶吗？"姚森伯却说："是，但又不全是。"

李旭轮端起一盏茶说："丈人有话不妨直说。"姚森伯也端起一盏茶说："姚某认为，那吴小六虽然有些粗俗，有些愚痴，但也算性情纯朴。他可能会信谣传谣，但绝不会造谣。一定是有人利用了他，还望皇嗣殿下明察。"说完举起茶盏一口饮进。姚珥娘听着阿耶和李旭轮的对话，不便插话，就静静地品茶。

李旭轮听了一会儿，说："丈人，八郎倒是认为，茶性易染，所以坚守茶性尤为重要，这就像苍蝇不叮无缝的蛋一样。性情纯朴的人，坚守自己的纯朴尤为重要。一个人毫无主见，偏听偏信，即便没有造谣，传谣的危害也不亚于造谣。这样的纯朴又有何用？今天敢造皇嗣的谣，明天就敢造圣上的谣，这样的话，皇家的威仪何在？朝廷的脸面何在？"

姚森伯想想李旭轮说的也有道理，就点点头。

李旭轮又说："丈人，今天你我饮的是家茶，也是国茶；说的是家话，也是国话；论的是家事，也是国事。丈人放心，我一定给你一个交代……嗯，除蛊更需稳定人心啦！小婿告退！"说完起身拱了一下手，转身就走。姚森伯急忙站起来躬身施礼道："恭送皇嗣殿下。"姚珥娘也赶紧起身，冲阿耶点点头，竖起了大拇指。

姚珥娘和李旭轮走出姚家大院大门，快步往私塾走去。潘小娘、朱靖塘和秦坤鄢带着几个乡兵跟在后面。也许走得太快了，有点儿热，李旭轮就从腰带上取下袋子，从里面掏出手帕擦脸，却把一张纸带了出来。纸张飘到清凉溪里，谁都没有看见。

病人在不断增加，症状虽不再亢奋，却吐得厉害，私塾里到处弥漫着一股腥臭的味道。私塾里面已经容纳不下了，不少人躺在外面的地上。赵鸿垚动员了几个郎中过来帮忙救治，个个忙得满头大汗。胡左伟也赶来了，先饮了一盏赵鸿垚递上的"防蛊汤"，进去看了一会儿，就跑到外面掏出手帕捂住鼻子。

姚珥娘和李旭轮走了过来。胡左伟一见急忙要行跪拜礼，李旭轮却拉住他说："免了。胡县令，现在这个情况，得赶紧控制蛊毒，你有什么办法吗？"胡左伟说："属下以为，当务之急是要抓住放蛊的人，从源头上切断，不然这边救治，那边放蛊，没用啊。"李旭轮点点头说："嗯，有道理。那，这事儿，上报朝廷了吗？"

胡左伟赶紧说："这个，还不到时候，相信我们一定能控制住。"正说着赵鸿垚也出来了，也要行跪拜礼。李旭轮却摆摆手说："大家记住，非常时期就不要讲那么多繁文缛节，以后不要再跪拜了。哎，赵耆老，那个吴小六招了吗？"赵鸿垚说："没有，嘴硬得很。"李旭轮又问："依你看，他是造谣者吗？"赵鸿垚说："肯定是他。"

李旭轮说："说说理由。"赵鸿垚说："利高者疑。蛊毒因他而起，他给皇嗣殿下放蛊，如今想洗清自己，就嫁祸于皇嗣殿下，所以才造谣。"李旭轮来回走了几步，站在姚瑃娘面前说："娘子，丈人今天配的茶很好饮，他说还能防蛊毒，想来应该有用，回去拿些来吧。"姚瑃娘答应一声，就跟潘小娘回去了。

走在路上，潘小娘问："阿姐，那些茶不都是你配的吗？"姚瑃娘笑着说："是的，阿耶想借茶说事儿，所以就说是他配的。"潘小娘说："靖净茶就是好，但愿能除掉这场蛊毒。"刚走到大门口，却见姚伊娘拎着一个篮子出来，姚瑃娘问："阿妹，要去哪里呀？"姚伊娘却不回答，径直走了。

来到囚室，姚伊娘说要见吴小六。两个乡兵一看是她，碍于姚瑃娘的面子，不敢刁难，就让她进去了。吴小六被五花大绑在一根柱子上，身上有一条一条的血印。姚伊娘一见，眼泪就下来了，要扑上去却被两个乡兵拉住。她就哭着说："六阿兄，你受罪了！"吴小六抬头看见姚伊娘，却笑着说："伊娘阿妹，不要哭嘛，我这不好好的吗。"

姚伊娘就对两个乡兵说："你们打了六阿兄，我饶不了你们。"两个乡兵却面无表情。随后，姚伊娘打开篮子，端出两盘菜，拎出一壶酒，说："六阿兄，这是带给你的……你们快把六阿兄的绳子解开。"两个乡兵却无动于衷。吴小六就说："伊娘，他们不会解开的，别为难他们了。你干脆把酒菜送给他们吃吧。"

姚伊娘却说："才不给他们，喂狗也不给他们。"一个乡兵想冲过去，却被另一个乡兵拉住了。吴小六又说："阿妹，做人要大方点儿，就让他们吃吧，只当是我吃了。"吴小六省掉了"伊娘"，直接叫"阿妹"，让姚伊娘倍感亲切。她转脸看着两个乡兵说："六阿兄是被冤枉的，我向皇嗣求了情，你们不能再打他了。这些吃的……就送给你们了。"

姚伊娘又对吴小六说："六阿兄，你多保重……"噙着眼泪转身就走，却不承想迎面撞见了李旭轮，后面跟着阿姐和胡左伟、赵鸿垚等一干人。几个乡兵急忙跪下说："某等拜见皇嗣殿下。"姚伊娘便也跪下了。吴小六却说："无罪人吴小六拜见皇嗣殿下。"李旭轮径直走到吴小六面前说："吴小六，你说不是你造谣，你敢核对笔迹吗？"

吴小六说："敢！"李旭轮就伸手从腰带上取下袋子，却在袋子里怎么也找不到那张纸了。愣了一下，忽然意识到这可能是天意，于是就把袋子捏在手里，说："这个……容后再说……寡人现在还有要事，你们要严加看管。"转身就走。吴小六却在后面喊叫："皇嗣殿下，不是要核对笔迹吗？我是冤枉的。"

走出囚室，李旭轮跟胡大伟和赵鸿垚分手后，快步朝姚家大院走去，一边走一边仔细回忆，意识到那张纸可能丢在路上了，就让朱靖塘去找。朱靖塘不太熟悉路，刚好陈五娘走了过来，姚姆娘就说："让五娘陪你去吧。"朱靖塘和陈五娘就沿着清凉溪去找，走了很远的路，还是没有找到。走到一座土夯的房子后面，忽然看见两个黑衣人走了过来，他们急忙隐藏在一丛灌木林中。

两个黑衣人一边走一边说话。一个说："那个吴小六被抓起来了，幸亏我们在他身上放了一张纸，让他有口难辩。"另一个黑衣人说："还是大堂主厉害，想到用这种办法让他们内斗，没有心思对付蛊毒，我们坐收渔利。好戏还在后头哩。"两个黑衣人各撒了一泡尿，进屋去了。

此地不太安全，朱靖塘不敢久留，就暗示一下陈五娘，赶紧往回走。陈五娘有点儿紧张，且是女人，一紧张两腿就打飘，越想快却越快不了，朱靖塘走一段就停下来等候。陈五娘想加快速度，却不慎一屁股跌倒在土坎下，朱靖塘赶紧把她拉起来，就在他们的手握住的那一瞬间，居然都有触电般的感觉。陈五娘脸颊绯红，就像晚霞照水一样好看。

朱靖塘似乎感到不好意思了，把陈五娘拉上来后立即松开她的手，掉头就走，走了两步却站住说："嗯，你身上的兰花香，真好闻！"陈五娘笑了一下，说："还有茶香，靖净茶香。"朱靖塘说："有茶香，更有花香。真的跟扇子上的花香一样。"陈五娘就说："我看你对扇子着了迷，鼻子里只有兰花香。"朱靖塘也笑了笑，掉头快步走了。

……

没找到纸条，却有了意外收获。

回到姚家大院，朱靖塘把黑衣人的对话禀报给李旭轮，还让陈五娘来做证。姚姆娘说："这么说，是韦团儿捣的鬼？"李旭轮站在窗前不说话。姚姆娘走到李旭轮身后说："阿郎，既然是韦团儿设计陷害，就把六阿兄放了吧？"李旭轮却摆摆手说："他一个吴小六，韦团儿为什么要陷害他？真是奇怪！再等等吧。"

姚姆娘就说："阿郎，恕我冒昧，如今蛊毒猖獗，我们要把主要精力用在清除蛊毒上，万不可内斗啊。"然而，李旭轮却说："谣言胜于蛊毒。"转身就走了出去。朱靖塘紧紧跟在他身后。姚玥娘心里有些不舒服，就在潘小娘的陪伴下来到"堉净谷"，却见姚伊娘正伏在桌子上盯着一个小罐子看。

姚玥娘坐了下来，说："阿妹，看什么呢？"姚伊娘却不答话，把小罐子紧紧地握在手里，生怕阿姐夺走了。姚玥娘就拉住她的手说："还在生阿姐的气呀？"姚伊娘就说："谁敢生皇嗣妃的气？"姚玥娘就说："瞧你，一口一个皇嗣妃，叫得多生分呀。我还是习惯你叫我阿姐。"姚伊娘就叫了一句："皇嗣妃阿姐。"一下子把姚玥娘逗笑了。

姚玥娘说："刚才朱靖塘回来说，是韦团儿他们诬陷六阿兄，六阿兄没有造谣，他是清白的，你放心，很快就会放出来。"姚伊娘急忙问："真的吗？"姚玥娘说："阿姐什么时候骗过你？"姚伊娘趁阿姐不注意，悄然把小罐子扔到床上，一把拉住姚玥娘的手，在她脸上亲了一口。姚玥娘就嗔怪道："没大没小！择茶去！"

姚玥娘站起来四下里看了看，只见房间里到处都是花花草草，瓶瓶罐罐，就说："阿妹，你这里真像修炼的山谷。"姚伊娘就说："阿姐，你给我的房间取名'堉净谷'，不就是这个意思吗？"姚玥娘就伸出兰花指点着她的鼻子："可别修炼成了老蛊婆。"笑着走了。姚伊娘愣了好久，忽然从床上抓起那个小罐子，打开，里面有几条虫子正在厮杀。她赶紧把小罐子塞到床下。

再来看李旭轮，他带着朱靖塘走出姚家大院，向堉净山上走去。寒冬来临，树叶掉落，有一些悲凉之气。路上几乎没有行人，即便有也是用板车拉尸体的。死人还在增加，而蛊毒却没有停止的迹象，整个镇街上都涌动着死亡的气息，让人不寒而栗。一阵钟声传来，他忽然加快步伐，直奔山顶而去。远远看见檀铁寺的屋顶，这才觉得心里踏实了一些。

走进檀铁寺，来到"静斋"门口，就见释怀悯师父正闭目肃立。李旭轮双手抱拳叫了一声："法师好！"释怀悯师父双手合十道："南无阿弥陀佛！施主好，快请进。"说完就走进"静斋"。李旭轮跟进去，在一个蒲团上坐了下来。释怀悯师父给李旭轮倒上一盏茶，说："这是老衲自己种的茶，请施主品尝。"

李旭轮端起茶盏闻了一下，只觉得茶香很淡；饮了一口，只觉得有点儿苦涩。再往下就没有心思品了，只好说："好茶。"释怀悯师父却说："施主并没有品出这茶的味道。"李旭轮就双手抱拳说："请法师指点。"释怀悯师父就说："上善若水，水能容万物，更能容茶；若水容不了茶，何来茶水？"

李旭轮心想，是这个道理哦。

释怀悯师父又说:"能容人者必成大器。皇嗣殿下既然想成大器,为何不能容人呢?"李旭轮就说:"法师是说吴小六吧?"释怀悯师父说:"吴小六只是心智未开,并非坏人。当然,老衲说的不只是吴小六,还有很多人,包括你的敌人,你的朋友。要知道,若有一天你登临大位,他们都是你的子民。"

李旭轮站起来,看着桌子上的一盆竹子说:"法师说的没错,我明白这个道理,可那些谣言的确让我生气,让我伤心,我想挽回我的尊严!"释怀悯师父也站起来说:"老衲以为,蛊毒大于谣言!若不赶紧控制蛊毒,蔓延出去酿成大祸,圣上怪罪下来,你将彻底失去尊严!"

啊?李旭轮惊出一身冷汗。

李旭轮仔细回味释怀悯师父的话,就有了一个想法。同时,他觉得释怀悯师父的声音有些耳熟,好像在什么地方听见过,却总是想不起来。这时释怀悯师父说:"老衲在你的扇子上写了'靖净'两个字。茶能让人神清气爽,远离颠倒梦想,希望你能用心体会。"一直站在门口的朱靖塘听见了"扇子"两个字,眼珠转了一下。

李旭轮就取下扇子,说:"这把扇子跟了我好多年,是我的老师送给我的,每当我看到扇子的时候,就想起了我的老师。可是,却不知道他在哪里。"释怀悯师父却说:"在你心里足矣。"李旭轮忽然看着释怀悯师父,又说:"法师,你的脸?"释怀悯师父却轻描淡写地说:"一场大火留下的印记。施主,请饮茶!"

不等李旭轮开口,释怀悯师父又说:"茶叶是净的,泉水是纯的,泡出来的茶水才是好的。但,茶已不是原来的茶,水也不是原来的水,它们叫茶水。仔细品,这茶水没有原来的水纯了,却比原来的水好饮了,因为水包容了茶,茶滋养了水,施主说是不是这样的?"

靖净山真是一座神奇的山。山上有座檀铁寺,山腰出产靖净茶,这些都不必说,单说山上的流水,曾经有好几处山泉,其中的"息龙泉"(也叫"龙潭顶")最为有名,水质清冽,甘甜爽口。据说后来的陆羽曾来此地游玩,用"息龙泉"的水煮茶后赞不绝口,遂在《茶经》中写道:"其水,用山水上,江水中,井水下。"这里的"山水",就是指"缓慢流动的泉水"。受姚珝娘影响,李旭轮也喜欢用"息龙泉"的水煮茶,因为它更能冲泡出靖净茶最本真的清绿淡雅、自然醇香。

所以,李旭轮点了一下头。

释怀悯师父又说:"俗话说'水至清则无鱼',我说'水至清则无茶'。就像人世间一样,人非圣贤孰能无过?该宽容时就要宽容,该忏悔时就要忏悔。施主,带上你的扇子，带上你的敌人，一起赶路吧，很多人需要你，快回去吧！"说完就坐在蒲团上打坐，双手合十，嘴里念着"南无阿弥陀佛"。

听不太懂，李旭轮拜别释怀悯师父，快步下山。

朱靖塘一边走一边回味释怀悯师父说的那句"施主，带上你的扇子，带上你的敌人"，心想，谁是他的敌人？谁是他的朋友？难道法师看出了端倪或者知道了秘密？把我认定成李旭轮的敌人？朱靖塘恍然感到了一种危险向自己逼近，他的脑海里忽然又出现另一个男子的背影，对他说，李旭轮手里的扇子对我们很重要，想办法搞到《埥净谣》……声音越来越响亮，以至于满脑子只剩下一个巨大的声音——拿到扇子，杀掉李旭轮！此时的朱靖塘脸颊潮红，目光如炬，就像中了鸡血蛊一样。

恰在这时，李旭轮内急，站在路边撒尿。朱靖塘忽然从腰间抽出镰刀，对着李旭轮的脑袋举起了镰刀。关键时候，一个坐在不远处穿着僧袍的人突然捡起一块石头打中了在旁边觅食的一条野狗，野狗冲了过去，把朱靖塘撞倒在地。李旭轮回身说："怎么了朱九郎？没事儿吧？"朱靖塘回答说："没事儿。"赶紧爬起来捡起镰刀，忽然觉得胳膊有点儿疼，一看原来是被镰刀划伤了，流出了血。

李旭轮撒完尿后，赶紧掏出手巾给朱靖塘包扎。朱靖塘又闻到了一阵奇异的兰花香，他知道那是扇子上发出的。心想，这都是天意啊！这时，那个穿着僧袍的人起身走了，朱靖塘从背影看感觉很像姚嘉木，愣了一下，忽然喊："姚大……"李旭轮急忙说："还疼吗？我们回去吧。"推着朱靖塘走了。朱靖塘揉揉眼睛，自言自语道："唉，看花眼了。"

回到姚家大院，李旭轮就让朱靖塘去通知赵鸿垚放了吴小六。赵鸿垚表面答应，心里却打起了小算盘。他帮吴小六解开绳子，说："这次算你小子幸运。但是，你原来给皇嗣下蛊的事儿，如果我禀报朝廷，照样是死罪。"吴小六吃了一惊，给李旭轮下蛊那事儿是千真万确的，他可以不怕陷害，却不能不面对自己做过的荒唐事儿。

赵鸿垚看出了吴小六的心思，就说："当然喽，我也可以不禀报朝廷……嘿嘿，就看你的态度……"吴小六就问："需要我做什么？"赵鸿垚就对他耳语几句。吴小六说："啊？这……不行……"赵鸿垚拍拍他的肩膀说："那我就禀报朝廷……"吴小六默不作声。赵鸿垚一招手，一个下人就抱来一坛子酒递给吴小六。吴小六看着酒坛子咽了一下口水，想了一下，说："好吧，我答应你。"

姚伊娘是第二天来到吴家的，还带来了潘小娘。因为吴小六曾经救过她，所以潘小娘心存感激，就抱着一坛子酒随着姚伊娘来了。姚伊娘的眉眼都在笑，说："六阿兄，我就说你会出来的，果然就出来了。"说着就倒一杯酒递给吴小六，说："给你接风。"吴小六接过来一口吃掉。他们说话的时候，赵鸿垚派的两个乡兵就在外面监视着。

吴小六嘴巴笑着，眼睛却看着潘小娘，心想这么一个标致的小人儿，难怪那个赵鸿垚念念不忘。这潘小娘皮肤白皙，面若桃花，一双眼睛就像茶园里的露珠一样水灵灵的，身材就像春夏时节勃生的茶枝一样挺拔高挑。如果给潘小娘打八点五分，姚琦娘就得打九分。吴小六看得潘小娘不好意思了，就拉着姚伊娘说："伊娘，阿姐……皇嗣妃让我早点儿去私塾，那边人手不够。"吴小六一听急忙问："私塾那边怎么了？"姚伊娘就说："那边有好多病人，忙不过来。"

吴小六想了一下，就说："这样吧，我闲着也是闲着，跟你们去私塾帮忙吧。"姚伊娘说："那太好了。"吴小六却说："伊娘，你先回家给我拿点儿跌打损伤膏，我跟潘小娘先过去，好吗？"姚伊娘点头答应。随即三人分手，吴小六跟潘小娘顺着小路往私塾走去。赵鸿垚派的两个乡兵远远地尾随着他们俩。

走在路上，潘小娘说："六阿兄，你两次救我，多谢了。"吴小六摆摆手说："不值一提。"潘小娘又说："他们把你抓进去，打你了吧？"吴小六说："我身体结实，他们打不动。再说我回来睡了一天，早恢复了。"说完还伸了一下拳头，龇牙咧嘴的，眼睛却偷偷地观察潘小娘。快走到驿站时，吴小六伸手指了一下左边，说："看，那是什么？"

潘小娘扭头去看，吴小六伸手在她脖子上打了一下，潘小娘就昏过去了。吴小六抱起她快步走到驿站，两个乡兵远远跟着。然而，让吴小六没想到的是，姚琦娘跟李旭轮却站在驿站门口。朱靖塘和秦坤鄘站在他们后面。两个乡兵赶紧躲了起来。姚琦娘吃惊地问："六阿兄，你抱的是谁？啊，是潘小娘，她怎么了？"说着就走上来。吴小六紧张得出了一头汗，忙不迭地说："我、我、我……她、她、她突然就昏了……"

姚琦娘跟李旭轮对视一眼，问："那，你把她抱到这里来干什么？"吴小六说："啊，我以为是私塾哩……走错了，走错了……"转身就要走。姚琦娘却说："等等。"随即让吴小六把潘小娘放在地上，她掐了一下潘小娘的人中。不一会儿，潘小娘咳嗽一声醒了过来。姚琦娘就问："小娘，你这是怎么了？"

这时，赵鸿垚走了过来，一看这阵势就想溜走，可李旭轮已经看见他了，就招招手说："赵耆老，过来。"赵鸿垚只得硬着头皮走过来，弯腰施礼道："皇嗣殿下,皇嗣妃……"李旭轮说:"干什么去?"赵鸿垚说:"刚从私塾出来……皇嗣殿下,皇嗣妃,你们这是?"说话时却用眼角的余光瞟了一眼吴小六,给了他一个暗示,目光里的含义只有他们两个看得懂。

潘小娘看看姚珊娘,又看看吴小六,说:"刚才走在路上,好像六阿兄打了我一下,我就什么也不知道了……"姚珊娘明白了,就厉声问吴小六:"吴小六,是这样吗?"吴小六说:"这、这……不是那样的……我没打她……"李旭轮给朱靖塘递了一个眼神,朱靖塘就向吴小六靠近,可吴小六转身撒腿便跑,转眼间就无影无踪。

朱靖塘追了几步,又担心李旭轮的安全,便停止追赶返了回来。赵鸿垚思忖一下,立即凑到李旭轮跟前说:"那个吴小六肯定是想对潘小娘图谋不轨,想强暴她……皇嗣殿下,皇嗣妃,小臣带人去抓他……"随后弯腰施礼,转身小跑着走了,脚步有点儿慌乱。

姚珊娘扶住潘小娘,面色凝重地说:"整天都是这些乱七八糟的事情,哪有时间去对付蛊毒?我看,这人心比蛊毒还要厉害!"李旭轮也叹了一口气,说:"走,去赵家大院看看。"这时,姚伊娘跑了过来,听说了吴小六的事,愣了好一会儿,一屁股坐在地上,恨恨地说:"这个不争气的东西!"随后,却又说:"不,不,六阿兄不是那样的人,一定是有人陷害!"

姚伊娘忽然站起来拉住姚珊娘的手说:"阿姐,六阿兄不是那样的人,肯定另有隐情,我们帮他搞清楚……"姚珊娘却打断她的话:"阿妹,你该醒醒了!要远离那个吴小六!"李旭轮也说:"阿妹,回去吧。"他说完就和姚珊娘一起往赵家大院走去。姚伊娘只觉得心里空落落的。寒风吹过来,她打了一个冷战。

而赵鸿垚呢,他回到家,又气得摔了两个茶盏。

随后,赵鸿垚叫过韩益康,说:"那个吴小六成事不足败事有余,迟早会坏了我的大事。"韩益康问:"要怎么办?"赵鸿垚说:"现在能怎么办?就怕他说出去。"韩益康说:"那就让他彻底不能开口。"赵鸿垚却摆摆手说:"不,毕竟在皇嗣的眼皮子底下……再说,此人功夫不错,留着还有用,只要我们把他捏在手里……嗯,吓唬一下吧?"

正说着下人来禀报说皇嗣来了。赵鸿垚急忙到大门口迎接,李旭轮开口就说:"赵耆老,如今这蛊毒还是没控制住,恐怕要上报朝廷。不能再耽搁了。"赵鸿垚就说:"回皇嗣殿下的话,小臣已禀报胡县令,胡县令正在想办法。"这时已经煮好了茶,赵鸿垚伸手说:"请皇嗣殿下、皇嗣妃上坐。"

李旭轮和姚珬娘坐在上座，端起茶盏饮了几口。茶是上等好茶，可他们的心思却不在茶上。李旭轮问："总共死了多少人？都做了登记吗？"赵鸿垚眼珠一转，说："不多，四十多人……而已……都登记了……"姚珬娘接过话头说："都四十人了，还'而已'……"李旭轮给她递了一个眼色，示意她不要说了。

　　李旭轮接着说："那些死者的家属要妥善安置。听说一些茶农死绝了户，他们的茶园要怎么处置？"赵鸿垚却说："回皇嗣殿下的话，小臣还没听说死绝了户……这个，蛊毒实在是厉害，小臣的一个阿妹也染病死了，两个下人也死了，活着的都人心惶惶……皇嗣殿下和皇嗣妃一定要注意安全，万望保重……"

　　李旭轮说："多谢了！"赵鸿垚招一下手，韩益康走到跟前，递给他一个纸包。赵鸿垚又转脸向李旭轮说："这蛊毒比皇嗣殿下上次中的还要厉害……小臣有个方子可以预防蛊毒，效果还不错，特备了一点儿药材给皇嗣殿下和皇嗣妃。"说完从韩益康手里接过纸包递给李旭轮。

　　李旭轮似乎听出了赵鸿垚话中有话，却不想细究，更不好发作，就接过纸包，说："既然有效果，可以把药材分给民众。"赵鸿垚却脸色一暗，说："药材很少很珍贵……已经分给大家了；另外，我已让人抄写药方四处张贴，只是发挥作用……还需要一个过程。请皇嗣殿下放心，胡县令和小臣一定会竭尽全力。"

　　李旭轮端起茶盏饮了一口，站起来又坐下去，说："这个……恐怕要尽快上报朝廷，那个胡左伟呢？"赵鸿垚说："胡县令已有安排，皇嗣殿下尽管放心。"姚珬娘实在忍不住了，就插话道："死人在继续，情况不上报，朝廷根本就不知道，皇嗣殿下怎么能放心？再说了，隐瞒不报是要……挨板子坐牢的……赵耆老，别尽说虚的，来点儿实在的好吗？"

　　赵鸿垚却不卑不亢地说："回皇嗣妃的话，小臣一向实在，从蛊毒发作开始就没有怠慢过，一直在尽力控制。只是这蛊毒……这蛊毒比皇嗣殿下上次中的还要厉害……除蛊需要一个过程……小臣以为，问题的症结不在小臣这里，而在……"却停住不说了，端盏饮茶。李旭轮就说："说下去。"赵鸿垚这才接着说："在那个吴小六。"

　　李旭轮问："在吴小六？何以见得？"赵鸿垚说："那个吴小六，先是给皇嗣殿下放蛊，后是造谣生事，如今又想强暴民女……真是唯恐天下不乱！"姚珬娘却说："他是他，你是你，别扯到一起。"赵鸿垚却说："因为他是皇嗣妃的表兄，所以小臣颇给他面子……"姚珬娘说："赵耆老，你……"李旭轮却站起来说："赵耆老，先告辞了。"

送走李旭轮和姚㻃娘，赵鸿垚又端起茶盏闷闷地饮茶。韩益康凑到他跟前说："耆老，看样子皇嗣急着想上报朝廷啊？"赵鸿垚淡淡地说："他急有什么用？我们只听胡县令的。"韩益康说："那，胡县令的意思？"赵鸿垚说："就地处理，不要上报。"看着韩益康不解的眼神，赵鸿垚补充说："死了这么多人，怎么向上面交代？朝廷知道了肯定要追责，谁来承担？胡县令？我？都不可能！所以，不上报是最好的办法。"

韩益康就伸出大拇指，说："高，真是高。"赵鸿垚却放下茶盏问："那些死绝户的茶园，都登记了吗？"韩益康说："登记了。"赵鸿垚摸着胡须说："一共有多少？"韩益康说："目前有三十多亩。"赵鸿垚点点头，说："先放那儿，等蛊毒过了，再悄悄地办……明白吗？"韩益康说："小的明白。"

回到家里，姚㻃娘也是闷闷地生气，说："死的人肯定不止四十多，那个赵鸿垚没说实话。"李旭轮接过话头说："不管多少人，都要上报。"姚㻃娘："一接触实质问题，他就把责任都推到吴小六身上。唉，也怪那个六阿兄不争气！阿郎，说句话你别介意……"她停住不说了。李旭轮示意她继续说下去。

姚㻃娘就说："我感觉赵鸿垚话中有话，似乎想用谣言来堵你的嘴……"李旭轮的脸色有些难看，掏出扇子来使劲儿地扇。大冬天的，越扇越冷，他心里却升腾起无名的火气，说："如果谣言传到京城神都，有些人就会认为蛊毒因我而起，蛊毒生灵，这跟放蛊有何区别？如果我们没控制住蛊毒，酿成大祸，更会给那些人以口实，说我们除蛊不力，难以担当重任。我现在是进退两难啦！"他的神情有些凄凉。

姚㻃娘起身站在李旭轮的身后，说："但愿圣上能体谅你的苦衷，也不知圣上是否知晓蛊毒这事儿？"李旭轮说："知晓了蛊毒，也必然会知道谣言！唉！"姚㻃娘就抱住李旭轮的后腰，说："只要我们说实话，相信圣上会理解的……我愿跟阿郎一起分担！"李旭轮紧紧握住姚㻃娘的手。

过了一会儿，姚㻃娘松开手，说："伤感也没有用，还是想办法控制蛊毒吧。"说完就搬出一些茶罐子，从里面倒出老茶来装进袋子里，一边忙活一边说："几个郎中都说茶能解毒，老茶更能解蛊毒，神农氏也用过，古书上也这么说的。我试了一下，有一点儿效果，家里的茶叶都快用光了。"

李旭轮却盯着手中的扇子看，并没有接话。姚㻃娘就说："阿郎，你老看扇子干什么？"李旭轮就说："那个释怀悯法师对我说关键时候扇子能发挥大用处，我就想，什么是关键时候，面对蛊毒猖獗，难道不是关键时候？"姚㻃娘就走过来拿起扇子，释怀悯师父写在扇面上的"靖净"两字格外醒目。

姚琦娘好像想起了什么，说："阿耶经常搜集一些药材，我去他那里看看。"随即来到"靖净斋"，姚森伯果然正在摆弄一大堆药材，药味和茶香混合在一起。姚琦娘问："阿耶，你有没有治疗蛊毒的好方子？"姚森伯摇摇头说："有的都给你了。"说完拿起几个干蜈蚣往罐子里装。

姚琦娘拿起一个干蜈蚣看了一会儿，说："阿耶，这也叫金蜈吧？"姚森伯说："是。"姚琦娘把蜈蚣还给阿耶，自言自语道："也不知道师父那里有没有更好的药方？"姚森伯说："要是有的话，他早就送过来了。"这时姚伊娘进来了，一见姚琦娘扭头就走。姚森伯就说："伊娘，进来，阿耶有话问你。"姚伊娘这才转身进来，却背对着姚琦娘。

姚森伯问："听说小六郎又出事儿了？怎么回事儿？"姚伊娘却撂出一句话："问问阿姐吧。"姚森伯就把目光转向姚琦娘。姚琦娘就说了事情的原委，又补充说："那个六阿兄太不争气，总是惹下麻烦……这回……"姚伊娘却插话道："你们老是责怪六阿兄，怎么不替他想想？"

姚琦娘就说："要怎么替他想？他给皇嗣……李八郎放蛊，他造谣，李八郎都原谅他了，还要怎么替他着想？唉，阿妹呀，那个吴小六……他哪点儿值得你这么上心？"姚伊娘却说："阿姐，你总是看六阿兄不顺眼。"姚琦娘说："不是我看他不顺眼，而是他根本就入不了我的眼！我就不明白，他怎么就入了你的眼？"

姚伊娘就用怪异的语气说："是，你如今贵为皇嗣妃，我们都入不了你的眼！"姚琦娘有些生气了，就说："姚伊娘，你怎么这样讲话？"姚伊娘说："我怎么了？"姚琦娘停了片刻，稳定一下情绪，缓和一下语气，说："你以后不许再跟他来往，听见没？"姚伊娘却说："那是我的事。"

姚琦娘就加重语气说："我再说一遍，为了我们姚家的声誉，你不许再跟吴小六来往。"姚伊娘却说："你是为了皇家的声誉吧？真把自己当皇嗣妃了？"姚琦娘真的生气了，就说："放肆！"姚伊娘气哼哼的，不说话了。姚森伯停下手里的活，说："唉，你们俩……吵什么吵……伊娘，那样讲是不对，快给阿姐……皇嗣妃道歉！"

姚伊娘脸色暗红，胸脯剧烈地起伏，憋了好一会儿才说："民女姚伊娘给皇嗣妃道歉！"说完捂住脸哭着跑了。姚琦娘的眼眶也红了。姚森伯愣了一会儿，劝慰道："琦娘，阿妹还小，任性惯了，你就不要计较了？"姚琦娘却说："我担心她受吴小六拖累……蛊毒那么严重，我们整天却还要吵吵闹闹搞内讧，让人不得安宁，这究竟是为什么？为什么啊？"

是啊，为什么？姚珛娘也是潸然泪下。

姚珛娘红着眼眶回到"靖净闺"，李旭轮迎上前拉住她的手，问："怎么了？"姚珛娘扑在他的怀里就哭了起来。李旭轮拍打着她的后背，说："一点儿委屈就哭了？这不像是'茶珛娘'啊！再说，以后我登了大位，整个后宫还要交给你管，一点儿委屈算什么？"姚珛娘却说："我不想做皇后娘娘，我只想做茶女！"

李旭轮心想，恐怕身不由己哦！

韦团儿听说吴小六的事情后，忽然笑着说："好，天助我也。"随后便叫过两个黑衣人，如此这般交代一番。于是，在一个月黑风高的夜晚，当赵鸿垚在孟七娘身上发泄完兽欲后，正坐在笙蹄上饮茶，一边饮一边说："舒服！要是先饮点儿海狗鞭酒就更好！唉，姚大郎没死就好了！"孟七娘侍立在他旁边，低眉顺眼。这时，三个黑衣人悄然摸了进来。赵鸿垚紧张地问："谁？要干什么？"

黑衣人却说："不用紧张，我们不是敌人，是朋友。"随即取下面罩，说："我是韦团儿，曾是圣上的婢女，也是魏王的心腹，还是'天鹰堂'的大堂主。"赵鸿垚赶紧站起来让孟七娘走开，他随即抱拳施礼道："赵某见过大堂主。"韦团儿坐了下来，示意赵鸿垚也坐下。

赵鸿垚给韦团儿沏茶，手却明显在颤抖。韦团儿端起茶盏饮了一口，说："坐吧。"赵鸿垚这才坐下。韦团儿说："听说你跟胡左伟都是梁王的人？"赵鸿垚说："大堂主消息就是灵通。"韦团儿说："魏王，梁王，都是一家，所以，我们不是敌人，是朋友。"赵鸿垚笑着说："那是当然，朋友，嘿嘿。"

韦团儿又说："我们共同的敌人是李旭轮。"

赵鸿垚却不敢接话。韦团儿又说："我此前给他放蛊，你虽有阻止，但我不怪你，那是你职责所在，而且你也不知道我的底细。我相信梁王也不会怪你。如今圣上仍在立子和立侄之间犹豫不决，但我以为立侄的可能性要大，因为圣上喜欢魏王，讨厌皇嗣李旭轮，也就是说，魏王继承大位的胜算要大得多。你明白我的意思吗？"

这赵鸿垚虽在官场，但毕竟是个小小的耆老，连个芝麻官都算不上，今天听了韦团儿这一番话，算是开了眼界，却也听得心惊肉跳冷汗直冒。宫廷内斗原本就是你死我活血雨腥风，韦团儿的话中更是暗含杀机，稍有不慎便会招来杀身之祸，赵鸿垚不得不权衡利弊，寻找万全之策，或者说选择站队。所以，他只能假装听不明白，一脸茫然。

韦团儿继续说："若魏王登基称帝，则梁王必倍受宠幸，你和胡左伟也跟着受益。但因李旭轮的存在，魏王就多了一份阻力，少了一份胜算，所以他一直想除掉李旭轮，却不敢取他性命，特派我来给他放蛊，想让他疯掉。没想到即将成功时圣上却又改变主意，对李旭轮的态度好了起来，魏王很郁闷……让我们停止给李旭轮放蛊，魏王要自保啊，可他终究不甘心，迫不得已，我才想到放'群蛊'这种办法，目的是嫁祸李旭轮，把他拉下皇嗣的宝座。"

赵鸿垚心里一惊，嘴上却已说了出来："为什么要用放'群蛊'的办法？"韦团儿说："扰乱局势，扰乱心智，让李旭轮彻底失去圣上的信任，或者干脆让他在蛊毒中疯掉，害人于无形，杀人于无声。"赵鸿垚心里又是一惊，就问："请问大堂主，究竟跟那皇嗣……李旭轮……有什么深仇大恨？"韦团儿冷笑一声，说："凡是我得不到的，就要让他毁灭！让他不得好活！"

赵鸿垚低头不语，心里却在紧张地思考对策。韦团儿似乎看出了他的心思，就说："我知道你心里的小九九，你曾经想攀缘李旭轮，可人家根本就不搭理你，你是自讨没趣！你跟他就不是一路人，怎么能走到一起？再说了，你已经上了梁王的船，李旭轮岂能容得下你？跟着胡县令，跟着梁王，一条道走到黑，这是你最好的选择。"

赵鸿垚思忖一下，似乎下定了决心，就问："那，需要我做什么？"韦团儿说："你只需在那吴小六身上想想办法，其他的暂时不用管。"赵鸿垚说："赵某听不明白。"韦团儿说："这都不明白吗？用吴小六来分散他们的精力，让他们无心对付蛊毒。"赵鸿垚点点头。韦团儿又说："事成之后，好处少不了你，海狗鞭酒让你吃个够！"说完一招手，一个黑衣人扔给赵鸿垚一个袋子。

赵鸿垚两眼放光，嘴里念叨着"海狗鞭酒"。等韦团儿走了，他迫不及待地打开袋子一看，里面却是一块黄金。他有点儿头晕，随后拿起黄金掂了一下，用牙咬了一下，复又装进袋子里，喃喃自语道："金子好！金子好！再有海狗鞭酒更好！"独坐一会儿，叫过韩益康，要他注意吴小六的动向。韩益康说干脆出去把吴小六找过来吧，赵鸿垚却说他会送上门来，要韩益康密切注意。

再说姚伊娘跟阿姐吵架后，哭着跑出了家门，径直往吴家跑去，来到吴家却见大门紧闭，敲门也无人回应，就坐在门槛上哭了起来。这时，吴小六正躲在房子后面的树林里，见四下无人，就悄然摸了回来，看见姚伊娘后愣了一会儿，不知不觉就从腰间取下那个红色的香囊放在鼻子下闻了一下，心头渐渐涌起一股异样的情愫，想哭却又不敢哭，难道是藏在红色香囊中的情蛊发挥了作用？吴小六站了一会儿却转身又走了。他不敢露面，担心被姚珥娘给抓起来。

吴小六悄然摸到赵家大院，想找赵鸿垚商量对策，可一进去却被几个乡兵用刀架在脖子上。吴小六说："你们想干什么？快放下刀。"这时赵鸿垚走出来说："我就知道吴六郎会来的。"吴小六说："快让他们把刀放下。"赵鸿垚却说："恐怕要委屈一下你了。"吴小六说："你想干什么？"赵鸿垚说："把你交给皇嗣。"

……

"什么？把我交给皇嗣？"

吴小六想动，那明晃晃的刀却紧紧地抵着他的脖子，他便不敢动了，说："赵耆老，把我交给皇嗣，对你有什么好处？"赵鸿垚惇着脸说："你劫持潘小娘，我作为耆老，当然要管。"吴小六愣了一下，说："你……那是你让我干的。"赵鸿垚却扇了他一耳光，说："血口喷人，我怎么会干这种事儿？"吴小六瞪着他，说："你……卑鄙！"赵鸿垚摸了一下他的脸，用极低的声音说："当然喽，我得洗清我自己。"

随后，赵鸿垚将吴小六关押在驿站，自己快步来到姚家大院，求见李旭轮。朱靖塘把他带到"埽净堂"。赵鸿垚见到李旭轮了，先躬身施礼，然后开口说："禀报皇嗣殿下，小臣抓住了吴小六。"李旭轮问："人在哪里？"赵鸿垚说："关在驿站。"李旭轮又问："怎么不带到这里？"赵鸿垚说："这是姚家大院，不太方便。"

李旭轮沉吟一下，说："带过来吧，寡人在此处理事务即可。"赵鸿垚却说："驿站是官办的，还请皇嗣殿下去驿站比较合适。"李旭轮指着赵鸿垚说："你……"姚珥娘就拉了一下李旭轮的袖子，说："去驿站吧。"李旭轮想了一下，就对赵鸿垚说："前面带路。"赵鸿垚转身就走，李旭轮、姚珥娘和潘小娘随后跟上。

来到驿站，走进一间阴暗的地下室，只见吴小六被五花大绑，蹲在地上。李旭轮走上前问："吴小六，你把潘小娘打晕，究竟想干什么？从实招来。"吴小六朝赵鸿垚看去，赵鸿垚却回避了他的眼神。吴小六说："我不想做什么。"李旭轮问："不想做什么？那你跑什么？"吴小六低头想了一会儿，忽然抬头说："是赵耆老让我干的。"

"他胡说八道！血口喷人！"赵鸿垚指着吴小六说，"我没指使过他，此事跟我没任何关系，全是他一人所为，请皇嗣殿下明察。"姚珥娘看着赵鸿垚说："既然不是你干的，用得着说那么多吗？"赵鸿垚说："我怕他诬陷。"姚珥娘就说："身正不怕影子斜。"李旭轮接过话头说："吴小六，赵耆老让你干什么了？"

吴小六就说:"他只让我把潘小娘打晕了交给他,别的没说什么。"赵鸿垚急忙说:"吴小六,你有什么证据?"吴小六说:"当时就我们两人……不对,还有韩益康。"李旭轮就问韩益康:"韩益康,是这样吗?"韩益康却说:"不不不,赵耆老没说过这话,是吴小六瞎说。他想对潘小娘图谋不轨。"潘小娘红着脸恨恨地瞪了吴小六一眼,却感到了从赵鸿垚眼里射出的淫邪的目光。

李旭轮沉思不语,他感到此事有点儿蹊跷,莫非是一个圈套?当务之急是除蛊,其他都是小事。想了一会儿,就说:"赵耆老,本来这事儿归你管,寡人不应插手,但因你禀报给寡人,且跟当前的蛊毒祸乱有关,所以寡人就审问了几句,权当是越俎代庖了。接下来要怎么处置吴小六,还是你说了算。"说完和姚姆娘、潘小娘就离开了驿站。

赵鸿垚送走了李旭轮三个人,回到驿站后气鼓鼓地说:"原本想让吴小六跟姚姆娘他们内讧,可那个李旭轮也很精明,把皮球又踢回来了。"韩益康问:"那就把吴小六交到县衙,随便找个罪名关起来。"赵鸿垚摆摆手说:"不好办啊。他给皇嗣下蛊,造谣,这事儿皇嗣都没计较,我们哪管得了?再说了,这事儿也跟我扯上了瓜葛……真不好办!"

没想到姚伊娘帮赵鸿垚解决了难题。

也许是被爱情冲昏了头脑,姚伊娘听说吴小六被关在驿站,再次拎着酒菜来看望,恰好被赵鸿垚看见了,于是就心生一计。也许是吸取了上次的教训,姚伊娘还给几个乡兵带了一坛酒。姚伊娘走后,那些乡兵们饮了她送的酒,一个个都躺在地上昏睡过去。这时,一个蒙面人跑进去帮吴小六解开绳子,拉起他就跑出了驿站。可当吴小六跑走后,几个乡兵却爬了起来。

随后,赵鸿垚就带着几个乡兵来到姚家大院,说姚伊娘放走了吴小六。姚伊娘辩解说:"我没有,我只是给他送吃的。"赵鸿垚就笑着说:"姚伊娘,你是不是也带给乡兵们一坛酒?"姚伊娘说:"是的。"赵鸿垚就说:"问题就出在酒上,酒里有蒙汗药。"姚伊娘大吃一惊,说:"没有,你冤枉好人。"

姚姆娘看着姚伊娘一言不发。

赵鸿垚转而对李旭轮说:"禀报皇嗣殿下,整个过程就是这样。"姚姆娘就接过话头说:"阿妹,是这样吗?"姚伊娘却避开姚姆娘的目光,低声说:"不是的,我没有……"姚姆娘说:"我家阿妹说没有。这事儿有点儿蹊跷。"赵鸿垚立即拱手施礼道:"那吴小六犯了事儿,正接受调查,如今被你家阿妹私放了,这可不是小事儿,私放人犯者与人犯同罪,望皇嗣妃不要偏袒。"

姚玳娘涨红了脸，说："你……"停了一下，转而指着姚伊娘说："让你远离吴小六，你偏不听，这下惹祸上身了吧？我看你怎么解释？"姚伊娘低头不语，泪水却在眼眶中打转。李旭轮站在旁边一直没有说话，他在猜测赵鸿垚的意图，最近事情太多，每走一步都得小心谨慎。

李旭轮想了一会儿才说："赵耆老，感谢你来通报案情，但这仍然是你的职责，一切听凭你发落。"赵鸿垚立即拱手施礼道："多谢皇嗣殿下理解。小臣告退。"随即一招手，说："把姚伊娘带走！"几个乡兵便押着姚伊娘走了。姚伊娘走的时候叫了一声："阿姐！"用哀求的眼神看着姚玳娘，姚玳娘却避开了她的目光，姚伊娘就哭着被带走了。

姚玳娘终究看了阿妹一眼，目光中是复杂的内涵。

这些天来，因蛊毒带来的悲哀气氛聚集在青石桥镇，人们大都愁眉苦脸的，那些无钱抓药的贫寒人家更是一筹莫展黯然神伤。转眼间到了腊月十五，却仍没有过年的气氛。死了不少人，悲凉的气氛更加悲凉，而蛊毒不但没被控制住，反而开始向乡下蔓延。私塾里早已放不下病人，胡左伟便让赵鸿垚搭了几个草棚作为救治的场所，虽然漏风漏雨，却总比在室外强。

又到十五了，朱靖塘的心思又开动了。这些日子，他经常随李旭轮一起到私塾里查看病人，而陈五娘也被动员到私塾里帮忙。前来帮忙的人每天都要饮用用药材和茶叶熬成的汤汁，说是可以预防蛊毒。除此之外，每个人接触患者时都自带一块布，用水打湿，蒙住口鼻，就像后来的口罩。

十五的夜晚，月亮很圆很亮，可几乎所有人都没有赏月的兴致，除了朱靖塘。朱靖塘也不是为了赏月，而是对月光下的某种东西感兴趣。所以，他不时地抬头望天。陈五娘似乎看出了他的心思，就找机会走到他身边说："朱九郎，是不是想看扇子？"朱靖塘暗暗吃了一惊，却说："没、没有啊。"陈五娘笑了一下，转身走了。

李旭轮正在指挥几个乡兵打扫卫生，陈五娘端了一盆热水过来，走到李旭轮身边时却身子一歪，热水洒到李旭轮的袍子上了。陈五娘急忙放下盆子，跪下说："民女不小心……撞到了……请皇嗣殿下恕罪。"李旭轮说："没事儿没事儿。"姚玳娘也走过来说："阿嫂，没事儿。去忙你的吧。"陈五娘却说："水是脏的，我怕有毒，请皇嗣殿下脱下衣服交给民女洗一下。"

姚玳娘想了一下，就说："也好，这样吧阿郎，我带你去室内清洗一下。"李旭轮说："好吧。"随即就解下腰带递给姚玳娘。那把扇子就插在腰带上。姚玳娘接过腰带转手递给陈五娘，说："阿嫂先保管一会儿。"说完就陪李旭轮走进室内。陈五娘看他们进去了，立即跑到朱靖塘面前，拉起他就来到外面，把扇子交给他。

朱靖塘接过扇子赶紧打开，对着月亮看了起来。然而，扇面上仍然只有"靖净"两字，却没有他想要的内容。翻来覆去看了好几遍，还是没有。忽然，扇面上的兰花随风舞动起来，他又闻到了浓郁的兰花香。陈五娘忽然掏出那个黄色的香囊在朱靖塘鼻子下晃了一下，朱靖塘立即闻到了浓郁的茶香，顿觉大脑清醒了很多。

陈五娘催着说："快看，我得还回去了。"

姚琦娘在一个角落里，看见了这一幕。

朱靖塘把扇子交给陈五娘，自己赶紧走开。陈五娘拿着扇子走到私塾门口时，恰好碰见了李旭轮，李旭轮不解地问："五娘，你拿扇子干什么？"姚琦娘就走过来说："哦，阿嫂怕扇子也打湿了，就拿到外面吹一吹。"说完随手从陈五娘手里拿过扇子，说："好了，阿嫂去忙你的吧。"

回去干活时，陈五娘还觉得心口怦怦乱跳，出了一身冷汗。朱靖塘走过来问："陈五娘，你紧张什么呀？"陈五娘就把他拉到一个角落里，小声问："那扇子上有什么秘密，这么让你放不下？"朱靖塘也小声说："哪有什么秘密？我就是想闻兰花香，刚才你没闻到吗？"

陈五娘撇撇嘴说："算了吧，你以为我是三岁小孩？"说完嗔怪地看了一眼朱靖塘。朱靖塘也看着陈五娘，他的眼睛被月光照得很亮，里面的内涵吸引了陈五娘，她忽然想起了姚嘉木曾经送给朱靖塘饮的那盏茶，难道发挥作用了？四目相对，忽然都有些不好意思了。旁边有个病人看着他们，两人忽然就红了脸，赶紧分头去干活。

忙完了，姚琦娘就和陈五娘等几个人一起回家。每个人回到家第一件事就是取下蒙在嘴上的布巾，用热水洗脸漱口，然后再饮一盏防治蛊毒的茶汤药。陈五娘正准备睡觉时，姚琦娘却走进了"靖净寮"。陈五娘惊奇地问："琦娘，有事儿吗？"姚琦娘开口就问："阿嫂，那扇子好看吗？"陈五娘不明白姚琦娘问话的意思，就回答说："扇子上画的兰花挺好看的，还能发出香味，好神奇！"

姚琦娘冷不丁地说："那个朱靖塘好像也对扇子很感兴趣。"陈五娘没防备这个问题，就说："这……不知道……"姚琦娘笑了一下，说："阿嫂，最近那个朱靖塘……好像跟你……走得有点儿近？"陈五娘闻听此言大惊失色，急忙说："琦娘，大阿妹，皇嗣妃……这个……可不能乱说哦……"姚琦娘却笑着拍了拍她的肩膀，说："阿嫂，我又没说你们干什么，你紧张什么呀？"陈五娘低头看着自己的脚。

姚珻娘沉吟一下，又说："阿兄不在了……再说他休……嗨，我朝可不流行立贞节牌坊哦。"陈五娘红着脸说："珻娘，你……我……"姚珻娘又拍了拍她的肩膀，说："阿嫂啊，可惜阿兄走了……要是还活着……算了，一些事既成事实，就不要刻意挽回；一些事机缘成熟，就不妨顺着缘分走。阿嫂，你也信佛，你觉得我说的有道理吗？"

陈五娘没想到姚珻娘会这么说，就说："珻娘……阿妹你今天怎么了？"姚珻娘却从桌子上拿起那个黄色的香囊看了一下，又说："既然那个朱靖塘他喜欢闻扇子上的兰花香，就让他闻；你这香囊里既有兰香，更有茶香，不妨让他多闻一下，可是能提神醒脑哦。"陈五娘更加听不明白了。姚珻娘却笑了一下，抬脚走了。

陈五娘呆了很久，似乎明白了姚珻娘话中的意思。

朱靖塘住在"埩净舍"里，看见姚珻娘走进"埩净寮"，就知道她可能看出了一丝端倪，之后又看见陈五娘一个人在房间里发呆，就基本证实了自己的判断。仔细想了一遍，感觉应该没露出破绽，就从腰带上取下一个荷包，走到"埩净寮"门口，四下里看了一下，闪身进去了。

这是朱靖塘第一次走进陈五娘一个人的卧室，进去一眼就看见案几上供着一尊佛像，一炷香正冒着青烟。陈五娘惊讶地看着朱靖塘，下意识地后退了一步。朱靖塘低声说："多谢了！这个荷包送给你。"把荷包递给陈五娘。陈五娘犹豫了一下，伸手接过荷包。两个人对望着，谁都没有说话，或者说谁都不想说话。片刻之后，陈五娘说："以后怕是帮不了你了。"朱靖塘说："听天由命。"转身就走了。

回到"埩净舍"，朱靖塘刚躺下，秦坤郧却冒出一句："那个陈五娘还不错。"朱靖塘大吃一惊，说："秦四郎，你没睡着呀？"秦坤郧却说："睡着了，做了一个梦，梦见你娶了陈五娘。"朱靖塘说："去去去，这玩笑可开不得。"秦坤郧却又说："你送她荷包……呵呵……"一句话点醒了朱靖塘，他就在心里说，对呀，我为什么要送她荷包？我为什么最近见到她了总感觉不自然？

再来看姚珻娘，她回到"埩净闱"时，李旭轮正在等她，桌子上已经泡好了茶。饮了一盏茶，姚珻娘说："阿郎，看来单靠我们自己恐怕控制不了蛊毒，需要外面支援，所以，我们得赶紧把消息送出去。"李旭轮说："我也在想这个问题。可你发现没？胡左伟和赵鸿垚故意不上报，不知道为什么。"

姚珻娘说："我也觉得怪怪的。所以，我们得自己想办法。"李旭轮就说："要不，派人绕过胡左伟，直接把消息送到南州府？"姚珻娘说："这样也行。不过，阿郎，如果消息传出去了，加上那些谣言，恐怕对你……不利呀？"李旭轮低头想了一会儿，抬头说："消息传出去了，可能对我不利，但如果不传出去酿成大祸，对我更不利。"

姚珻娘忽然拉住李旭轮的手。李旭轮又说："可是，派谁去呢？秦坤郧受伤了，朱靖塘走不开……吴小六倒是一个不错的人选，可惜……"姚珻娘说："要不，派两个乡兵去？"李旭轮却摇摇头，说："大门口那几个乡兵是胡左伟和赵鸿垚派来的，名义上来保护我们，其实是来监视我们，绝对不能用。"姚珻娘就问："为什么要监视我们？"李旭轮就说："有人希望我老老实实地待在这里。"说完一声叹息。

当晚明月高悬，淡云环绕。夜深人静时，姚珻娘还是睡不着。朱靖塘举着扇子看的情形浮现在她的脑海里。她想起了师父的话，更睡不着了，并且有了一个好奇心，她想看看扇子。李旭轮睡得很香，那把扇子就放在桌子上。姚珻娘轻手轻脚地爬起来，拿起那把扇子来到门外，打开扇子，举起，正对着月亮，可扇子上面还是一幅兰花和"埥净"两字。

姚珻娘不免有些失望，心想，师父说这扇子关键时候有大用场，如今蛊毒这么严重，难道不是关键时候？可这扇子上什么都没有啊？这扇子上到底有什么秘密呢？师父为什么不明说呢？难道又是天机不可泄露？难道只是曾经闪现过的那些文字？难道朱靖塘也知道扇子上有秘密？与此同时，檀铁寺里的释怀悯师父正在打坐，忽然睁开眼睛，说："除蛊月当午，汗滴茶下土。"这时，李旭轮在屋里朦朦胧胧地喊："珻娘，珻娘……"姚珻娘赶紧收起扇子，回屋睡觉。

第二天早上，李旭轮起来后就写了一封信，详细介绍了本地发生蛊毒的情况。随后，姚珻娘找来两个年轻茶农，让他们把信送到南州府。两个年轻人骑马而去，可走到青石桥镇地界时却被几个乡兵拦住了。乡兵从一个年轻茶农身上搜出了那封信，就把他们赶了回来。

听完年轻茶农的禀报，李旭轮勃然大怒，拍着桌子说："混账！他们这是无法无天，居然敢拦截我的信？眼里还有没有我这个皇嗣？"停了一下又说："是啊，我不过是一个傀儡皇嗣，没有实权，生得富贵，活得卑微，走得艰难，谁把我当回事儿呢？"言语中充满了伤感。姚珻娘等李旭轮稍微平静下来，就端一盏茶递给他，轻声说："阿郎息怒，饮盏茶吧。"李旭轮说："哪里饮得下？"姚珻娘说："生气也没用，我们另想办法就是了。"

李旭轮却说："我自己去送信！"

李旭轮说完就往外走，姚珅娘急忙拉住他，说："阿郎，你不能去。"李旭轮却挣脱了就往外走。姚珅娘忽然"扑通"一声跪下，说："此地距南州府路途遥远，山高林密，危机四伏，那些黑衣人贼心不死，仍想加害于你，你若前往正中他们下怀。皇嗣殿下，你万万不能去。"

李旭轮停下来，又说："那……让朱靖塘或者秦坤郧去吧。"姚珅娘却说："也不可。他们俩是你的贴身侍卫，如果离开了，你的安全怎么办？"李旭轮就挥舞双手说："可是，那么多人因蛊毒而死，我实在不忍心……"姚珅娘说："皇嗣殿下的安危同等重要，事关江山社稷……我们再想别的办法。"

李旭轮半晌无语。忽然转身扶起姚珅娘。

随后，姚珅娘陪着李旭轮往驿站走去。刚好胡左伟也在驿站，见李旭轮来到，急忙出来迎接，一番拜见后，李旭轮就问："胡县令，为什么拦住去南州府送信的人？"胡左伟说："为了皇嗣殿下。"李旭轮问："什么意思？"胡左伟回答："这个……蛊毒的起因若传出去恐对皇嗣不利。"李旭轮说："那不过是谣言。"胡左伟却说："在皇嗣殿下看来是谣言，可在一些人看来却不是谣言。"

李旭轮来回踱了几步，打开扇子扇了几下，终于在胡左伟面前站定，说："假如控制不住蛊毒呢？"胡左伟就双手抱拳说："禀报皇嗣殿下，下官有能力控制住蛊毒，但需要时间。"李旭轮说："好吧，寡人姑且信你一回。"这时，姚森伯却急急地赶过来，"扑通"一声跪在胡左伟跟前。胡左伟吃了一惊，急忙扶起姚森伯，问："姚里正，你这是干什么？"

姚森伯说："恳请胡县令放了我家小女。"

胡左伟满脸的狐疑，就转头去看赵鸿垚。赵鸿垚急忙凑到他跟前耳语几句。胡左伟就转头对姚森伯说："哦，姚里正，你家小女私放人犯，这个……要不等案子查清楚了再说？"姚森伯却说："我家伊娘是被冤枉的。"赵鸿垚就接过话头说："本耆老捉拿姚伊娘是经过皇嗣同意的，怎么说是冤枉？你身为里正，万不可徇私枉法。"

胡左伟点点头，说："赵耆老说得对，我等都应秉公执法。"姚森伯愣了一会儿，转而"扑通"一声跪在李旭轮面前，说："请皇嗣殿下放了小女。"李旭轮猝不及防，也愣了一下，就伸手扶住姚森伯，说："丈人，这……"赵鸿垚和胡左伟看着李旭轮，嘴角露出一丝不易察觉的笑意。

李旭轮看了看姚珻娘,她就点了一下头。李旭轮就说:"丈人,起来吧。"姚森伯却说:"皇嗣殿下不答应,姚某就不起来。"李旭轮有些为难地说:"起来吧,回家再说。"姚森伯却坚持说:"请皇嗣殿下开恩,放了姚伊娘。"赵鸿垚和胡左伟对视一眼,笑了一下。李旭轮忽然就觉得自己被捉弄了,遂放下姚森伯,转身就走。

姚珻娘追了两步,却又赶紧回去扶起父亲。

姚珻娘拉着父亲回到姚家大院,走进"靖净堂",给父亲倒了一盏茶。姚森伯饮了一口,长出了一口气。姚珻娘就说:"阿耶,你这是何苦呢?"姚森伯却把茶盏重重地搁在桌子上,茶水溅了出来。姚森伯说:"她是你亲阿妹。"姚珻娘拿起抹布把桌子上的茶水擦干净,又听父亲说:"唉,我这老脸丢尽喽。"

姚珻娘忽然觉得心里难过,就转过头去。

姚珻娘回到"靖净闺",见李旭轮正在泡茶,却也是没情没绪的样子,就默默地坐下来,端起一盏茶饮了下去,然后静静地看着李旭轮。李旭轮也看着姚珻娘,犹豫一下,就说:"娘子,我知道你要说什么。不是我不给丈人面子,而是……"姚珻娘接过话头说:"而是你不想给阿耶面子,对不对?阿耶可是当着那么多人的面给你跪下了!"

说完,姚珻娘流下了眼泪。

李旭轮愣愣地看着姚珻娘,叹了一口气。

李旭轮饮下一盏茶,说:"你不觉得那个胡左伟和赵鸿垚在看我的笑话吗?不,是在看我们的笑话!"姚珻娘却说:"大家都在看我们的笑话,看阿耶的笑话。阿耶的脸面丢尽了!"李旭轮也有些生气了,就说:"你阿耶的面子重要,我的面子就不重要了?"姚珻娘就说:"重要,当然重要,皇嗣殿下的面子比谁的面子都重要!"

李旭轮就说:"皇嗣殿下,皇嗣殿下,嘴上口口声声说'皇嗣殿下',心里不知道怎么想,反正我是个没用的皇嗣殿下,你可以不把我当回事儿。"姚珻娘就说:"谁没把你当回事儿?别借题发挥好吗?"李旭轮真的来了气,这些天的郁闷和委屈,一下子就爆发了,就说:"你也嫌弃我?你们都嫌弃我?那我走好了!"随即走出去大叫一声:"秦坤郧,朱靖塘!"

陈五娘刚好来送开水,听见了姚珻娘和李旭轮吵架,吓得大气都不敢出,见到李旭轮了也是木呆呆地站立。等到李旭轮走了她才反应过来,赶紧走进"靖净闺",把水壶放在桌子上,见姚珻娘正在垂泪,就走过去说:"珻娘,怎么……回事儿呀？"姚珝娘不说话，却擦掉眼泪，推过茶盏。陈五娘就给茶盏添满茶水。姚珝娘又饮了一盏茶，说："阿嫂，去私塾吧，带上那些老茶。哎，潘小娘呢？"

陈五娘说："可能回家去了。"

再说李旭轮，他气鼓鼓地走出姚家大院，沿着清凉溪往前走，却不知道目的地是哪里。此时已到年关，却几乎没有过年的气息，好多人都躲到乡下去了，镇街上越发冷清。四下里弥漫着死亡的气息。李旭轮在一棵柳树下站定，只见枯叶落了一地，倍感凄凉，忽然就想到自己的遭遇，忍不住潸然泪下，大声说："蛊毒，谣言，这究竟是为什么？苍天啊，如果要惩罚我李旭轮，就冲我来好了，何苦连累这么多人？"

姚珝娘和陈五娘已经快走到私塾了，忽然听见了李旭轮的喊叫，当即就停住了脚步。姚珝娘听了一会儿，表情更加凝重。陈五娘也听了一会儿，自言自语道："唉，皇嗣真不容易！也许这都是他前世的业障，他祖上的业障。"姚珝娘看了陈五娘一眼，说："阿嫂，以后烧香的时候，为皇嗣求个平安！"陈五娘点头应允。

躲在一处农家小院里的韦团儿也听见了李旭轮的呼喊，就冷笑三声，自言自语道："李旭轮，你现在是叫天天不应，叫地地不灵，看你怎么办？我现在不给你放蛊，但我要让你生不如死！不得好活！"停顿片刻，韦团儿又说："当初你对我始乱终弃，而今我让你不得好活！"

站在埫净山上的释怀悯师父也听见了李旭轮的喊叫，双手合十说："南无阿弥陀佛。"另一个站在释怀悯师父旁边身穿僧袍的男子就说："但愿别起内讧啊。"释怀悯师父就说："大……郎……回屋去吧。"穿着僧袍的男子于是就转身走进了寺院，从背后看，他有点儿像姚嘉木。您可能已经忘记了这个人，在此我要提醒您，他已中蛊死去，但我却忽然想到，如果让他把蛊毒的消息送到神都去是最好不过了。可惜的是，他已经死了。要是他还活着该多好！

朱靖塘和秦坤郒跟在李旭轮后面，也听见了李旭轮的喊叫，却不知道该说什么。朱靖塘看着李旭轮双肩抖动泣不成声，心里也感到难过，就想，这个李旭轮，并不是像梁王说的那样，可梁王为什么要那样对他呢？这时，李旭轮的情绪平静下来，继续往前走。走到一处院子前面，忽然看见一个蒙面人抱着一个女子走了出来，那个女子拼命挣扎。

朱靖塘大吼一声："干什么？"蒙面人撒腿便跑。朱靖塘对秦坤郒说："你保护阿郎。"他就飞身追了上去，瞬间便赶上了蒙面人，三拳两脚把他撂倒在地，蒙面人爬起来后落荒而逃。朱靖塘拉起地上的女子，一看原来是潘小娘。李旭轮走过来问:"潘小娘,这……怎么回事儿呀?"潘小娘就哭着说:"我回家来取样东西,正准备出门时,进来一个蒙面人,抱起我就走,我也不知道……"

李旭轮就说:"光天化日之下,强抢民女,还有没有王法?"朱靖塘说:"他们三番五次劫持潘小娘,肯定是受人指使,会是谁呢?"秦坤郧说:"难道是黑衣人?"李旭轮想了一下说:"蒙面人、黑衣人,反正都不是好人!"顿了一下,又说:"潘小娘以后要当心……嗯,前面有家药铺,娘子说药材不够了,我们去看看。"几个人就往药铺走去。

这时,陈五娘却追了上来,见到李旭轮就准备跪下,李旭轮急忙扶住她说:"免礼平身。陈五娘,你这是要去哪里?"陈五娘说:"珝娘让我把这个交给你,让你见到病人时把口鼻捂住。"说完递过一块布巾。李旭轮接过布巾,沉吟片刻,从腰间取下扇子递给陈五娘,说:"你把扇子交给娘子。"陈五娘转身欲走时,李旭轮又说:"把潘小娘带回去吧……那个……朱靖塘,你送她们回去吧。"

回去的时候,陈五娘走在朱靖塘的身边,手里拿着扇子。朱靖塘就问:"皇嗣为什么要把扇子交给皇嗣妃?"陈五娘说:"两口子吵架了,想和解呗。珝娘给他送布巾,他给珝娘送扇子,有意思!"朱靖塘也说:"两口子的事真有意思!"说完看了陈五娘一眼,陈五娘却也在偷看他,急忙低头,脸却红了。

陈五娘把扇子递给朱靖塘,说:"不想看看吗?"朱靖塘却摆摆手说:"看什么?又不是月圆之夜。"说完却捂住嘴看着陈五娘。陈五娘笑了一下,忽然抓起他的一只手,把扇子放进他的手里,她却推着潘小娘先走了。朱靖塘愣愣地看着陈五娘,随即打开扇子。可扇子上仍然只是兰花图和"靖净"两字,并没有他想要的内容。

这时,忽然从扇面上飘来一阵奇异的香味,仔细闻闻,却不是兰花香,而是茶香,浓郁的茶香,浓郁的靖净茶香,就像陈五娘身上的黄色的香囊散发出来的浓郁的靖净茶香,闻之让朱靖塘神清气爽。这是此前没有过的。朱靖塘似乎有些激动,赶紧跑上前说:"扇子上有茶香!扇子上有茶香!"

朱靖塘把扇子递到陈五娘面前,她果然闻到了茶香。潘小娘就说:"我也闻一下。"她也闻到了茶香。朱靖塘看着陈五娘说:"茶香,好奇怪啊!"陈五娘就说:"我看你才奇怪,见到扇子就兴奋,平常像个木头人似的。"朱靖塘挠了一下后脑勺,笑了起来。陈五娘这是第一次看见朱靖塘笑。潘小娘就说:"朱壮士笑起来真好看,跟那个吴小六一样。哦,对了……今天多谢你相救。"朱靖塘笑着摆摆手。随后,三个人就往私塾走去。

那么，吴小六那边是什么情况？

吴小六被蒙面人放走后，一口气跑到埫净山上，在茶园里转来转去，饿了就摘几个野柿子吃，渴了就捧几口山泉水饮。白天倒没什么，晚上就住在山洞里，寒气逼人，他冷得瑟瑟发抖，却不敢回青石桥镇街上。刚开始几天还能忍受，时间长了就受不了了，身体也变得虚弱了。

这天上午，吴小六走在山路上，深一脚浅一脚的，忽然遇到了两个黑衣人。双方都愣了一下，随即便打斗起来。黑衣人举刀便砍，吴小六拔出两把短刀迎战。你来我往地打了十几个回合，吴小六渐渐体力不支，处于劣势，衣服还被刀尖划破了。一个黑衣人把吴小六撞到地上，举刀便砍。那刀寒光闪闪锋利无比，吴小六惊恐地瞪大了眼睛，情势万分危急。

……

吴小六命悬一线，危在旦夕。

关键时候，一袭红袍飘然而至，劈手夺过一个黑衣人的砍刀，翻手用刀背把他打倒在地。另一个黑衣人挥刀砍来，却也被踢翻在地。黑衣人一看来的是个和尚，吓得落荒而逃。来人正是释怀悯师父。吴小六急忙跪地说："多谢法师出手相救。"释怀悯师父并不多言，扶起吴小六往山上走去。

来到檀铁寺，释怀悯师父让弟子给吴小六端来斋饭，吴小六狼吞虎咽地吃了起来。释怀悯师父又给吴小六煮了茶饮。吃饱饮足了，吴小六感到身体渐渐恢复了元气。释怀悯师父还用跌打损伤膏敷在他身上青紫的地方。吴小六又跪地叩拜，说："法师善良，吴某感激不尽。"

释怀悯师父说声"众生平等"，伸手扶起吴小六，又说："吴施主天性原本善良，只是被愚痴蒙蔽住了。"吴小六想想这些天的遭遇，忽然就愤愤不平地说："那些人跟皇嗣过不去，为什么总要连累到我？"释怀悯师父说："因为你是天下人。"吴小六听不懂，就继续说："他们争权夺利，关我屁事儿？我只想过我的日子，有酒有肉，才叫享受。"

释怀悯师父说："你就是他们争权夺利的工具，很多人都是。"吴小六还是听不懂，又说："要不是蒙面人救我出来，恐怕又要受刑，嗨，什么世道！"释怀悯师父就双手合十道："南无阿弥陀佛！那个姚伊娘因为你，自己却被抓进去了。""啊？"吴小六惊叫一声，说，"她被抓进去了？不行，我得去救她！"说完起身就要走。

这时，却听见外面响起一声："师父。"话音刚落，人已经进来了，原来是姚珴娘和李旭轮，后面跟着朱靖塘和秦坤郎。姚珴娘和李旭轮忽然看见吴小六也在里面，就愣住了。吴小六也看见了他们，就低头想走，却被释怀悯师父拽住了。释怀悯师父招招手，说："一切都是缘分。坐吧。上茶。"

接下来，姚珴娘给释怀悯师父行了跪拜礼，释怀悯师父也说声"众生平等"，伸手把她扶了起来。吴小六就闷闷地问："法师，既然众生平等，为什么我们要向你跪拜？"姚珴娘闻听此言大惊失色，急忙制止道："吴小六，不要瞎说！"释怀悯师父却双手合十对吴小六弯了一下腰，说："众生平等，皆可成佛。南无阿弥陀佛。"

吴小六低头想了一下，说："我要去救伊娘。"

释怀悯师父说："先饮一盏茶，不在乎这一会儿。"

姚珴娘跟李旭轮对视一眼，点了一下头。

姚珴娘走到释怀悯师父跟前说："师父，弟子有个不情之请。"释怀悯师父说："说吧。"姚珴娘就说："弟子想请师父给那些病人办场法会，为他们祈福消灾。"释怀悯师父点点头说："师父也有此意。虽说各人造业各人担，但能够助缘也是好事，老衲愿帮他们打掉业障。只是，当前还有更重要的事儿呀！"说完看着姚珴娘。

姚珴娘就说："蛊毒控制不住，消息传不出去，我们也着急呀。"释怀悯师父就说："一个人可以去传递消息。"姚珴娘问："谁？"李旭轮就走到吴小六身边说："我猜想，此人远在天边近在眼前，是不是师父？"释怀悯师父点了一下头。姚珴娘看看吴小六，又看看释怀悯师父。释怀悯师父就拉过吴小六，说："此人有一身好武艺，堪当此任。"

姚珴娘却说："就怕他又犯糊涂了。"释怀悯师父却说："哪个不曾糊涂过？饮了几盏茶，他应该清醒了。"李旭轮就拉了一下姚珴娘的袖子，说："用人之际，应摒弃前嫌。"姚珴娘沉吟片刻，就走到吴小六跟前说："六阿兄，你愿意去吗？"吴小六说："只要珴娘瞧得起，我愿意跑一趟。"姚珴娘说："好！"

恰在这时，一个穿着僧袍的男人从窗前走过，朝窗里看了一眼，刚好被吴小六看到了，他怔了一下，总感觉那人有些面熟，就脱口而出："哎，那人……好像……姚大郎……大阿兄……"那个男人却闪身不见了。释怀悯师父赶紧说："吴施主看花眼了吧？那是新来的僧人。"姚珴娘也说："六阿兄想大阿兄了吧？他要是还活着该多好！"

吴小六就揉了一下眼睛，说："哦，我可能看错了。"

接下来，李旭轮又写了一封信交给吴小六。吴小六接过来放进腰带里。姚珣娘把一块布巾交给他，说："路上小心，快去快回。"吴小六答应一声转身就走，走了两步却从腰间掏出一个五颜六色的石子递给姚珣娘，说："把这个交给伊娘。"姚珣娘接过石子望着他的背影，自言自语道："这回但愿能成。"那么，吴小六能顺利送出消息吗？暂且按下不表。

释怀悯师父叫过几个僧人，让他们拿上法器，随后便带着他们和姚珣娘、李旭轮立即下山来到私塾，开始举办法会。他们念经唱偈，一时间钟鼓齐鸣，法音缭绕。法会持续了一天一夜，其间姚珣娘和陈五娘都在助念，万分虔诚。消息传到赵鸿垚耳朵里，他笑了一声，说："请个秃驴来做法，有个屁用！"

念经的间隙，姚珣娘就想，吴小六还顺利吧？

吴小六专走小路，速度就比较慢。快走出青石桥镇地界的时候，经过一片茶园，撞见几个年轻的茶农正在给茶树施肥。他们跟吴小六打招呼，吴小六就问："这是你们家的茶园？"年轻茶农却摆摆手说："不是，茶园的主人一家都被蛊毒害死了。"吴小六问："那，你们这是？"年轻茶农说："现在成了赵耆老的。这一片都是。"

这时韩益康带着几个乡兵走了过来，一见吴小六就问："吴小六，你干什么？"吴小六一见是韩益康，撒腿便跑。韩益康一招手说："追！"几个乡兵立即追了上去。随后，韩益康又让另一个乡兵赶快去报告赵鸿垚。赵鸿垚就带人等在吴小六必经的地方，等他跑过来时，众人一拥而上，又把他抓了起来。

姚珣娘决定去探望阿妹。姚伊娘被关在驿站里，因为姚珣娘的关系，她并没有受到刑讯逼供。姚珣娘带着潘小娘走进驿站，驿将一见急忙躬身施礼道："小的给皇嗣妃请安。"姚珣娘问："姚伊娘关在哪儿？"驿将说："赵耆老交代过，谁都不能见。"姚珣娘拉下脸说："想让皇嗣亲自来吗？"驿将想了一下说："请随我来。"

走进一间密室，见姚伊娘正坐在地上生闷气，嘴巴噘得老高，饭食撒落一地。姚珣娘走上前看着阿妹，姚伊娘惊了一下，想站起来却又坐了下去，随后把头也别了过去。姚珣娘犹豫一下说："阿妹，再生气也要吃饭哦。"与此同时，潘小娘盯着一个驿卒看，可驿卒却始终不敢正视她的眼睛。

姚珣娘拉住阿妹的手，说："还在生阿姐的气啊？"姚伊娘还是不吭声。姚珣娘就从腰间掏出那个五颜六色的石子递给她。姚伊娘却不接石子。姚珣娘就悄声说："这是六阿兄送给你的。"姚伊娘就一把抓了过去，嘴角动了一下，举起石子看了起来。姚珝娘叹了一口气，说："阿妹，委屈你了。"姚伊娘就问："阿姐，我什么时候出去？"姚珝娘说："阿妹，再等等……"

潘小娘不时地看向一个驿卒，可他却总是回避。

这时，外面却传来一阵吵闹声，一个人高声说："放开我。混账！"听声音好像是吴小六。姚珝娘赶紧走出来一看，果然是吴小六，被几个乡兵五花大绑着推了进来，后面跟着赵鸿垚和韩益康。姚珝娘当即愣住了，吴小六也愣住了，眼睛里满是愧疚，随即低下了头。

姚珝娘问："怎么回事儿？"赵鸿垚趋前一步说："禀报皇嗣妃，抓住了逃犯吴小六。"吴小六大声说："我不是逃犯。"却招来驿将的呵斥。姚珝娘看了吴小六一眼，眼神很复杂，既有无奈也有愧疚。她想了一会儿，却一言不发，转身就走。潘小娘紧随其后，赵鸿垚的目光却追逐着她的身影。

走在路上，潘小娘说："阿姐，那个驿卒就是劫持我的人。"姚珝娘吃了一惊，就停住说："你认出来了？可别乱说啊。"潘小娘说："他烧成了灰我都认得。"姚珝娘停了一下，说："这么说，是他们想害你……可为什么呢？难道是赵……"顿了一下，看着潘小娘说："小娘，以后千万要小心，只是目前还不能声张，记住了？"潘小娘点点头。

姚珝娘又说："小娘，有件事儿一直想问你，那天吴小六把你打晕，你觉得他是想对你……图谋不轨吗？"潘小娘一下子红了脸，说："我觉得……不是，他可能……受人指使……"姚珝娘沉吟一下，说："嗯，我也觉得……"随后便快步向前。回到家里，她赶紧告诉李旭轮吴小六又被抓住了。李旭轮大吃一惊，拍案而起，却又慢慢坐了下去。

姚珝娘说："看来，赵鸿垚他们有意封锁消息。"李旭轮思忖片刻，说："他们说不上报朝廷是为了我的名誉，哼，恐怕是故意想让我难堪，甚至想嫁祸于我。难道，他们背后也有人指使？"姚珝娘有些紧张地说："啊，嫁祸于人？他们在暗处，我们在明处，这可怎么办呀？"李旭轮说："无论如何，必须把信送出去。罢罢罢，他不仁我不义，大不了拼个鱼死网破。"姚珝娘吃惊地看着李旭轮，说："阿郎，不能铤而走险啊。"

李旭轮沉默很久，才说："冒个险，也值！"

随后，李旭轮叫过朱靖塘，如此这般交代一番。

再来看驿站里的情况。吴小六被推进驿站，姚伊娘抬头一看，惊叫一声："六阿兄。"跑过来拉住他的胳膊，要为他解开绳子。一个驿卒却把她也绑了起来。姚伊娘大叫道："绑我干什么？放开。"驿卒却不予理会，关上门走了。姚伊娘看着吴小六说："六阿兄，你怎么又进来了？是为了我吗？肯定是为了我！"一双眼睛定定地看着吴小六。

吴小六也看着姚伊娘，眉头跳了一下，忽然就觉得心弦也跳了一下。那个红色的香囊是姚伊娘送给他的，此时正沉甸甸地挂在他的腰间。姚伊娘红了脸，忽然看向那个红色的香囊，吴小六也低头看着香囊。香囊里埂净茶的香气让他迷醉。当然，还有另一种神秘的味道也让他迷醉。但此时不宜过于情绪化，吴小六犹豫一下，就说了去送信的事情。

姚伊娘说："赵鸿壵他们真可恶！哎，阿姐知道你被抓住了吗？"吴小六点点头。姚伊娘说："阿姐肯定会想办法救我们。"看了一眼吴小六，又说："阿姐刚才给我一块很好看的石子，说是你送的，是吗？"吴小六又点点头。姚伊娘说："是你买的吗？"吴小六回答道："在山上捡的。"姚伊娘又说："你怎么知道我喜欢石子？"

吴小六看着姚伊娘，她的眼睛澄明清澈，他心里的一根弦就又动了一下，说："我就知道。"姚伊娘笑了一下，往腰间努了一下嘴，说："可惜手被绑住了，拿不出石子。"吴小六就说："坐一下吧。"两人就靠墙坐在地上。可能有点儿冷，姚伊娘瑟瑟发抖。吴小六察觉到了，就往她那里挪了一下。姚伊娘感觉到了，就靠在吴小六的身上，感到温暖多了。

傍晚，姚家大院。吃饭的时候，姚森伯对陈五娘说："五娘，晚些时候给伊娘和小六郎送点儿'汤中牢丸'（水饺）和卤猪蹄去当夜宵，他们都好这口。"陈五娘点头答应。朱靖塘和秦坤郯跟他们一起吃饭，李旭轮和姚珦娘另吃小灶。朱靖塘听见后就有了一个想法。当晚阴云密布天色昏暗。陈五娘拎着篮子出门时，朱靖塘跟了上去，说："陈五娘，我陪你去吧。"陈五娘笑了一下，扭头就走。

快到驿站时，朱靖塘对陈五娘耳语几句，随后拿出一块布巾把口鼻捂住，还用绳子把布巾绑在头上，看起来像面罩，更像现在的口罩，随后跑到驿站后面躲了起来。陈五娘走到驿站门口，两个驿卒过来盘问，她就拿出卤猪蹄递给他们。趁这工夫，朱靖塘闪身走进驿站，直奔关押吴小六和姚伊娘的房间。两个驿卒过来阻拦，却被朱靖塘点中穴道，晕了过去。

朱靖塘打开囚室，解开吴小六和姚伊娘身上的绳子。三个人往外走时，又过来几个驿卒，却根本不是朱靖塘和吴小六的对手。他们快速走出驿站，秦坤郯牵着一匹马过来，说："六阿兄，快上马。"姚伊娘说："我也去。"吴小六说："不，危险。"姚伊娘却抓住了缰绳。吴小六犹豫一下，就把她抱上马，自己也骑了上去，打马而去。

随后，朱靖塘和秦坤郎、陈五娘消失在夜色里。

当晚，赵鸿垚来到姚家大院大门口，说有紧急事情禀报皇嗣，却被告知皇嗣已经睡下了，明天再说。赵鸿垚推开姚家两个下人就要往进闯，朱靖塘走到他面前说："赵耆老，你想闯宫吗？"赵鸿垚说："什么闯宫？这是姚家大院。"朱靖塘就说："皇嗣住的地方就是东宫，你知道闯宫的后果吗？"赵鸿垚愣了一会儿，是啊，不管怎么说，那李旭轮都是皇嗣，面子上的礼数还是要讲的。

赵鸿垚眼珠一转，又说："朱靖塘，有人说是你放走了吴小六和姚伊娘，请你跟我走一趟。"朱靖塘冷笑一声说："我要是不去呢？"赵鸿垚一招手，过来几个乡兵和驿卒，还有几个武侯和不良人（城管协勤）。这时，秦坤郎也走了出来。朱靖塘就从腰间掏出一块牌子，说："我朱靖塘曾任御前带刀侍卫，手里有令牌，可先斩后奏，至今仍有效！不怕死的尽管过来！"

赵鸿垚愣了一下，他也知道御前带刀侍卫的功夫相当厉害，还有那令牌，都是不好惹的，弄不好真成了他们的刀下鬼。罢罢罢，犯不着为这事儿跟他们翻脸，先忍下这口恶气吧。于是他沉吟片刻，咳嗽一声，说："这个……我是奉胡县令之命来例行公事，既然皇嗣不便召见，我等告退就是。但我有言在先，谁若放走了吴小六，我决不轻饶！撤！"一招手，带着一帮人走了。

一夜寂静，似乎只有蛊虫噬咬的声音。

我在故纸堆中，看到了另一起"群蛊"的记载。

那是清朝道光年间，商人赵如瞻从福建长汀迁到江西兴国开了一家油坊，雇佣曾起周等五人榨油。然而，五名雇工在赵如瞻家吃饭后，腹痛难忍。另有三位路人经过赵如瞻的门店时，向他家买了桃子，吃过之后肚子也莫名其妙地疼了起来。后来，曾起周花高价买通了赵如瞻家的长工，得到了解药，服用后就将蛊毒随大便一起排泄出来。那些死了的蛊虫长约半寸，白色，尖嘴。

曾起周病好之后，即向官府控告赵如瞻放蛊害人。官府搜查发现，赵如瞻家养的蛊共有瓜蛊、蛇蛊和虫蛊三种。瓜蛊就是瓜虫，形状像丝瓜，大小如一枚红枣。蛇蛊形状像蛇，只有两三寸长。虫蛊比蛇蛊小，数量却很多。曾起周等八人中的蛊毒是虫蛊，就是用一种野草"鸡脊柴"制成的。至于赵如瞻作案的动机，是因为养蛊者必须放蛊害人，不然就会伤害自己。

好了，我们还是回到韦团儿放的那场"群蛊"中去吧。

第二天中午，一阵马蹄声由远而近，停在姚家大院门口。几个人翻身下马，原来是吴小六和姚伊娘，还有三个陌生人。一直在门口等候的朱靖塘急忙进去通报，不一会儿李旭轮和姚珝娘就走了出来。一个胖胖的中年人急忙跪下说："南州刺史黄政雄拜见皇嗣殿下和皇嗣妃。"李旭轮上前拉起黄政雄，说："免礼平身。"

　　黄政雄说："皇嗣殿下，下官不知这里发生蛊毒，罪该万死。"李旭轮就说："不知者不为罪。"黄政雄又说："下官已命驿臣将消息送往京城，很快就到。"李旭轮："好，这下有望控制住蛊毒了。走，去驿站。"一群人就往驿站走去。来到驿站，驿卒通报后，胡左伟和赵鸿垚立即出来，先拜见李旭轮和姚珝娘，又拜见黄政雄。

　　黄政雄就厉声问道："胡左伟，此地发生这么严重的蛊毒，为什么不向州府禀报？"胡左伟却说："黄刺史日理万机，下官不敢打扰，再说下官有能力控制住，所以……"黄政雄就说："胡说！死了那么多人，还说有能力控制？"胡左伟却轻描淡写地说："是死了一些人，不过大都是一些老弱病残，没有几个年轻力壮。黄刺史不必过于担心。"

　　姚珝娘接过话头说："老弱病残也是人！"

　　胡左伟低头不语。黄政雄问："接下来，你打算怎么办？"胡左伟说："听黄刺史安排。"黄政雄就指着吴小六和姚伊娘，说："他们两个送信有功，以后不许再刁难他们。"胡左伟点头应允，目光中却流露出一丝不屑。随后，黄政雄就随李旭轮和姚珝娘一起去私塾看望病人，胡左伟和赵鸿垚等一干人紧随其后。

　　黄政雄带来一些草药和药方，把草药熬成汤分给病人服下，又把药方抄了十几份分送给大家。忙完这些已到晚上，简单吃过晚饭，黄政雄一行就住在驿站里。一个随从对他说："黄刺史，明早回去吧？"黄政雄却说："急什么？来一次不容易，多待几天。"随从就说："属下有句话不知当讲不当讲？"黄政雄一招手，两个侍女便退下了。

　　黄政雄说："讲吧。"随从就压低声音说："黄刺史听说过尚方监裴匪躬和内常侍范云仙吗？"黄政雄说："听说过。怎么啦？"随从就说："他们两人因私下谒见李旭轮被杀。这李旭轮的处境黄刺史不是不知道，他流落此地太不正常，其中定有玄机，说被变相流放也未尝不可。所以，若跟他走得太近弄不好会招来杀身之祸，请黄刺史三思。"

　　黄政雄沉吟一会儿，说："依你之见？"随从说："你来了，意思到了；信送走了，也尽责了，没必要介入太深，要自保呀！"黄政雄点点头。随从又说："那个胡左伟，虽说是个县令，却是梁王的红人，他连李旭轮都不放在眼里，连李旭轮的俸禄都敢克扣，这说明什么？说明背后有梁王给他撑腰。而那梁王，也是李旭轮的政敌，所以说，若跟李旭轮走得近，必然会得罪梁王……我们可是惹不起他呀！"

黄政雄沉吟片刻，说："听说还有个韦团儿，她的后台主子是魏王，更是惹不起呀！"随从却说："说不定是圣上。"黄政雄吃惊地说："圣上？这韦团儿……"关于这韦团儿，史书的记载极其简单，因为她是微不足道的小人物，躲在历史的暗处。然而，正是这微不足道的小人物，却一手导演了这场"群蛊"，正史书上更是只字不提。是羞于记载还是疏于记载？不管怎样，都给我的创作带来了极大的难度。

正说着，胡左伟和赵鸿垚走了进来。黄政雄站起来摆摆手，随从赶紧退下了。胡左伟不等黄政雄招呼，就自顾自地坐在笙蹄上，反倒对黄政雄招招手说："坐吧。"黄政雄就坐了下来。胡左伟又招了一下手，赵鸿垚就把一个盒子双手递给黄政雄。黄政雄不解地问："什么呀？"赵鸿垚说："一点儿心意，请笑纳。"

黄政雄却不接，赵鸿垚就把盒子放在桌子上，打开，从里面拿出一张纸，双手呈送给黄政雄。黄政雄接过来一看，原来是一张茶园的地契，上面写着他的名字，盖着县衙的大印，就疑惑地看着赵鸿垚。赵鸿垚就说："我们这里茶山多，茶叶好，黄刺史应该喜欢。"黄政雄还是不接。胡左伟就说："嗯哼，黄刺史，给个面子吧？"黄政雄想起随从说的话，这才接过地契。

黄政雄端起茶盏说："胡县令，请饮茶。"胡左伟饮了一口，却吐了出来，说："什么茶？如此难饮。赵鸿垚，去换好茶。"赵鸿垚急忙起身出去了。黄政雄脸色很难看，却不好发作。胡左伟就说："依我看，青石桥镇的茶才是天下第一，深受皇庭、官家和民众的喜欢。"黄政雄点点头，脸色有点儿不自然。

这时，赵鸿垚进来了，后面跟着一个姑娘，手里端着一个茶盘，把三盏茶分给三人，转身退下。胡左伟说："这是本地极品埁净茶，黄刺史尝尝吧。"黄政雄端起茶盏饮了一口，直觉得香气扑鼻，味道醇和，就说："果然是好茶。"胡左伟却话锋一转说："圣上特别爱饮茶，黄刺史应该听说过吧？"黄政雄说："略有耳闻。"

胡左伟就说："圣上爱饮茶，梁王很懂茶，就把我们这里的茶推荐给圣上，圣上饮了赞不绝口，梁王就想把这茶列为贡茶。"说完看了一眼黄政雄，可黄政雄什么都没说，他的嘴巴在茶上，心思也在茶上，他在琢磨胡左伟话中的弦外之音，在等待胡左伟后面的话。

胡左伟就说:"梁王让我们制出上等好茶送给圣上,这可是个无上荣光的任务啊!我等岂敢马虎?嘿嘿……还有,朝廷要扩大贡茶种植面积,梁王要我们这里拿出不少茶园实行官焙,越多越好,可这茶园从哪里来?一是征用,可那些刁民不愿意,怎么办?"黄政雄心想,这些事我一个堂堂刺史怎么就不知道?

胡左伟却端起茶盏说:"呵呵,黄刺史,在这里弄一片茶园,告老还乡了就来这里,饮茶聊天游山玩水,岂不快哉?要知道,朝廷里不少大员都有茶园在这里……嗯,二是蛊毒……来得真是蹊跷……恐怕上头早就知道了……嗯……时候不早了,胡某告辞!"说完站起来就走。黄政雄赶紧起身相送。

送走胡左伟,黄政雄一边饮茶一边回味他话中的意思,"一是征用","二是蛊毒",什么意思?说话闪闪烁烁,其中必有深意,没说出来的才最重要。越想越觉得这胡左伟深不可测,这青石桥镇深不可测。想到这里,就收起地契,叫来随从商量对策。随从说,三十六计走为上计,惹不起还可能躲得起。黄政雄说:"走也是个办法,但皇嗣那边如何交代呢?"

姚家大院"堉净堂"里,烛光摇曳。

姚琲娘和李旭轮正在泡茶。陈五娘送开水进来,说:"琲娘,哦,皇嗣妃,有个情况不知该不该讲?"姚琲娘说:"阿嫂,有话尽管讲,不要客气。"陈五娘就说:"我刚才从驿站旁边经过,看见两个驿卒带着两个姑娘。我听到了驿卒的对话,他们说那两个姑娘……是胡左伟……送给……黄刺史……消遣的。"

姚琲娘吃了一惊,说:"不会吧?"陈五娘说:"我亲耳听见的。"姚琲娘就看着李旭轮,说:"这个黄刺史,怕是也被拉下水了?"李旭轮就叹了一口气。姚琲娘又说:"如果被拉下水了,他来一趟有什么用?我们白忙活了。"李旭轮想了一下,说:"只要他能把信送到京城,至于他下不下水,跟我没有关系。"

姚琲娘想了一会儿,说:"不行,即便黄刺史被拉下水了,我们也不能坐以待毙,必须想办法突破。"李旭轮就问:"有什么办法?"姚琲娘又想了好一会儿,忽然说:"让那些病人,还有那些破落户,拦住黄刺史诉苦,告状,这样他才会意识到问题的严重性,不至于不管。"李旭轮却笑了一下。姚琲娘就说:"八郎笑什么?我说的不对吗?"

李旭轮忽然叹了一口气,说:"我是笑我自己,堂堂一个皇嗣,却无能为力,还得求助于一个刺史,更管不了一个县令。"说完一拳砸在桌子上。姚琲娘和陈五娘都吓了一跳。姚琲娘给陈五娘递了一个眼神,她便出去了。随后,姚琲娘拉住李旭轮的手说:"阿郎,小不忍则乱大谋,再忍忍吧!娘子刚才想到的这个办法,你觉得怎么样?"李旭轮琢磨了一下,点点头。

随后,姚珤娘叫过陈五娘和朱靖塘以及两个下人,如此这般地交代一番,几个人就去分头行动了。陈五娘却犹豫着没走,姚珤娘就问:"阿嫂,还有事儿吗?"陈五娘看了一眼潘小娘,姚珤娘就摆手让潘小娘出去了。陈五娘这才说:"珤娘,有个事儿……"姚珤娘把门关上,说:"说吧。"陈五娘就说:"是这样的,有一次我看见孟七娘和赵鸿垚从树林里出来,脸色不太正常,我怀疑……他们有染……"

姚珤娘沉吟片刻,说:"这男女之情的事儿,也不好说。"李旭轮接过话头说:"听说那赵鸿垚一贯欺男霸女,恐怕不是简单的男女关系。"姚珤娘想了一下,忽然说:"孟七娘家的茶园不是被赵鸿垚强占了吗?我看这里面肯定大有文章,孟七娘未必心甘情愿,我们就从她那里打开缺口吧?"李旭轮就接过话头说:"还有,吴小六说那些死绝户的茶园落到了赵鸿垚的手里,他恐怕要大发蛊乱财……就从孟七娘那里打开缺口吧。"

姚珤娘于是就让陈五娘叫来了孟七娘。

孟七娘见到李旭轮就要行跪拜礼,却被姚珤娘拉住了,说:"在家里就不必拘礼,再说这是非常时期。"姚珤娘让孟七娘坐下,端了一盏茶让她饮,又让陈五娘离开。孟七娘很紧张,端茶盏的手不住地抖动。姚珤娘开口问:"七娘,最近还好吧?"孟七娘说:"托皇嗣殿下和皇嗣妃的福,过得还好。"姚珤娘说:"黄刺史来了,知道吧?"孟七娘说:"知道。"姚珤娘说:"这个……那个赵鸿垚仗势欺人……"孟七娘迅速瞟了姚珤娘一眼,赶紧又低下头。

姚珤娘又说:"赵鸿垚也……欺负过你们……所以……我希望你能站出来揭发他……"孟七娘却摆摆手,说:"没有没有没有……"姚珤娘就起身走到她面前,说:"我说的是……茶园……"孟七娘却站起来说:"没有……"转身就出了门,旋即回身弯腰说:"谢过皇嗣殿下!谢过皇嗣妃!"然后就跑了。她的脸颊绯红,脑袋还撞到了门框。

姚珤娘叹息一声,摇摇头。李旭轮说:"看来,此地固若金汤,很难揭开盖子呀。解不开盖子,就拿赵鸿垚和胡左伟没办法,想控制蛊毒,谈何容易!可他们为什么对除蛊毫不上心呢?难道真的想嫁祸于我?"姚珤娘却说:"他们上心的可能不是蛊毒吧……嗯,孟七娘不愿出面就算了,还有其他人。天无绝人之路,我偏不信这个邪!"

第二天早上,黄政雄吃过饭后准备动身回去,刚走到街上,却见一群人围了上来跪在地上倒头就拜。那些人个个蓬头垢面浑身肮脏，有几个人相互搀扶着，看样子病得不轻。随从赶紧拿出一块布巾让黄政雄遮住口鼻。胡左伟急忙吼叫道："干什么？你们想干什么？"一个老人就说："黄刺史，救救我们吧！我们一家都中了蛊毒，却没人管我们！"

另几个人也说："救救我们吧，再这样下去，会死更多人。"黄政雄停了下来，看着众人，却不知道该怎么办。胡左伟给他递了一个眼色，他似乎明白了，刚要迈步，却又见一个中年男子急匆匆地跑来，"扑通"一声跪在他面前说："黄刺史，黄公，我阿兄一家死绝了，他家的茶园被赵耆老拿去，说是要充公，怎么能这样呢？"

赵鸿垚立即指着那人说："你……胡说！"黄政雄想了一下，就对赵鸿垚说："有这事吗？"赵鸿垚说："没有的事，他信口雌黄，污蔑本耆老。"随后一招手，对几个乡兵说："把他抓起来！"胡左伟也说："统统都抓起来！"几个乡兵便上去扭住了几个带头告状的人。胡左伟给黄政雄招了一下手，他赶紧走了。

乡兵们把告状的人押到赵家大院关押起来，一顿暴打后，他们都招供说是朱靖塘让他们告状的，胡左伟心里便明白了。赵鸿垚恨恨地说："那个朱靖塘煽风点火，把他也抓起来吧。"胡左伟却摆摆手，说："不可，朱靖塘不是一般人，他的背后是李旭轮，不管怎么说，李旭轮还顶着一个皇嗣的名头，我们不能不有所顾忌。"

正说着一个乡兵来禀报说皇嗣妃姚琦娘来了。胡左伟给赵鸿垚递了一个眼色，赵鸿垚便出来迎接。姚琦娘的身边站着潘小娘，赵鸿垚先看了潘小娘一眼，才把目光转向姚琦娘。赵鸿垚弯了一下腰，抱拳说："小臣恭迎皇嗣妃。"胡左伟躲在房间里面从窗户里看着他们。

姚琦娘说："赵耆老，听说你把几个病人关到你这里来了？"赵鸿垚说："谁让他们胡说八道？"姚琦娘说："他们说的难道不是实话吗？"赵鸿垚笑而不答，目光却瞟向潘小娘，转而举起手，专心地看着自己的手指。姚琦娘感觉到了赵鸿垚的冷漠和轻慢，却又不便发作，就说："那几个人中了蛊毒，应该送到私塾去，或者送到凉棚里去。"

赵鸿垚却说："这是我的事，不用你操心。"姚琦娘说："我曾说过，控制蛊毒这事儿由我来办，你和胡县令都同意了。"赵鸿垚却说："我现在不同意了。"姚琦娘愣了一下，说："你……这事儿皇嗣也同意。"赵鸿垚却笑眯眯地说："皇嗣应该管天下事，这等小事还是交给小臣管吧。"姚琦娘就问："这蛊毒大如天，难道不是天下事吗？"赵鸿垚立即接过话头说："是啊，蛊毒大如天，是为'天瘟'也！"

赵鸿垚的这句话是想提醒姚珅娘：

那吴小六都说了，这蛊毒是李旭轮带来的"天瘟"，传出去了可不是什么好事。这句话甚至带有警告的意味。姚珅娘听出来了，却不想接茬，就转换话题说："病人应该送到私塾，人犯应该关在驿站，都放在你赵家大院，成何体统？岂不是公私不分？"赵鸿垚却反驳说："照你这么说，皇嗣在你们姚家大院办公，岂不是家国不分？"姚珅娘被噎住了，就说："你……"赵鸿垚低头不说话。胡左伟却捂嘴偷笑了。

……

姚珅娘扭头看着远处不说话。

赵鸿垚盯着潘小娘看了一会儿，直看得她低了头。赵鸿垚忽然说："这位潘小娘子，麻烦你给你阿娘带个话，你家的茶园可以多补点钱，让她来领。"说完就进去了，把姚珅娘晾在外面。姚珅娘"哼"了一声，转身往回走去。回到家，给李旭轮说了事情的经过，气鼓鼓地说："早知自取其辱，我就不去了。"李旭轮就安慰说："意料之中，娘子不必介怀。"

片刻之后，李旭轮说："娘子，我感觉赵鸿垚他们在故意拖延时间。"姚珅娘想了一下，猛然站起来说："对呀，他们用各种办法拴住我们，让我们无法专心对付蛊毒，也阻止我们传递消息，看样子，他们真的在拖延时间，可他们的目的是什么呢？"李旭轮打开扇子扇了一阵，说："不仅想嫁祸于我，恐怕还想置我于死地。"

姚珅娘大吃一惊，急忙拉住李旭轮的手，说："阿郎，没那么严重吧？我不相信他们敢这样做！"李旭轮就看着她的眼睛说："当然，赵鸿垚他们自己没这个胆量，肯定是受人指使。"姚珅娘说："那，他们受谁指使呢？"李旭轮却说："娘子，这个……你就不要问了……专心做好你该做的事吧。"姚珅娘就点点头。

李旭轮又说："我有一种预感，我的那封信，很可能会石沉大海。"姚珅娘问："黄刺史不是说已派人把信送去京城了吗？难道他说谎？"李旭轮说："说谎那倒不至于，而是……算了，不说这个了。"姚珅娘就接住他的话说："你的意思……当务之急还是要把消息送出去？"李旭轮点点头。姚珅娘就说："可怎么送出去呢？"

想了一会儿，忽然听见从檀铁寺里传来的悠扬的钟声，姚珅娘一拍手，说："有了。"随即悄声对李旭轮说了自己的想法，李旭轮点头应允。姚珅娘又让潘小娘叫来吴小六，对他交代一番。李旭轮又写了一封信交给吴小六。恰在这时，姚伊娘一头闯了进来，叫道："六阿兄……"忽然看着李旭轮和姚瑃娘，说："民女见过皇嗣……"自己却先笑了。可姚瑃娘却笑不起来，对吴小六说："赶紧走吧。"

姚伊娘急忙问："六阿兄，你要去哪里啊？"吴小六脱口而出说："送信。"姚伊娘就叫道："啊？又送信？不是送过了吗？阿姐，怎么老让六阿兄去送信？不能换别人吗？"姚瑃娘就说："阿妹，别嚷嚷好吗？"姚伊娘捂了一下自己的嘴，却又低声说："送什么信呀？"

姚瑃娘给吴小六递了一个眼神，他抬脚就走，姚伊娘却拉住他的胳膊说："我也去。"姚瑃娘就说："你去干什么？别添乱。"姚伊娘就说："上次送信就是我跟六阿兄一起去的，谁添乱了？"说完自豪地看了一眼吴小六。姚瑃娘就拽过姚伊娘，说："这次不行，你不能去。"

姚伊娘还要去，姚瑃娘就火了："姚伊娘，你有完没完？"姚伊娘这才松手。吴小六赶紧走了。姚伊娘"哼"了一声，想跟上去，却被朱靖塘拦住了，她就气鼓鼓地回到自己的房间"靖净谷"。而吴小六呢，他立即来到檀铁寺，对释怀悯师父说了姚瑃娘的想法。释怀悯师父沉吟片刻，说："这个办法或许有效，你去准备吧。"随后叫过一个僧人交代几句，僧人就把吴小六带到僧房去了。

傍晚时，几个僧人下山来到青石桥镇街上，说是给因蛊毒死去的亡灵超度，几个僧人嘴里念念有词，先在镇街上走了一趟，还在街上点燃一堆柴火，往火堆里扔竹竿，发出噼里啪啦的声音（这就是爆竹），据说可以辟邪驱蛊。此举引来一些人围观。姚伊娘觉得好玩，也出来围观，看着看着忽然觉得一个裹着头巾穿着僧袍的年轻僧人有点儿面熟，就跟了上去。几个僧人又来到坟地，念了一会儿经，就沿着官道向乡下走去。

姚伊娘总觉得那个裹着头巾穿着僧袍的年轻僧人有点儿面熟，就多看了几眼，年轻僧人也看着她，她忽然就认出来，年轻僧人是吴小六。她顿然明白了阿姐的意图，就紧紧地跟在后面。走了一阵，快到青石桥镇地界了，几个武侯和乡兵过来盘问，见是几个僧人也没多想就放行了。跟在后面的姚伊娘和几个年轻人说是看热闹的，也被放行。

又走了几步，几个僧人拐到山上，那个年轻僧人离开他们快步跑了。姚伊娘急忙追了上去，大声喊叫："六阿兄，等等我！"不远处的乡兵一听，大叫一声："不好，是吴小六！"立即追了过来，三个人去追吴小六，两个人拉住姚伊娘。领头的乡兵冲着吴小六的方向喊："吴小六，姚伊娘被我们抓住了，你要是不回来，我们就杀了她！"

吴小六跑了几步忽然停住，转身对气喘吁吁的乡兵说："放开她，冲我来！"几个武侯上去绑住吴小六。姚伊娘大叫："放了六阿兄！"却没人理她。姚伊娘又说："我阿姐是皇嗣妃，你们放了六阿兄，不然你们会倒霉的！"一个武侯却说："哼，一个傀儡皇嗣，一个没用的皇嗣妃，吓唬谁呀？"押着吴小六走了。

　　姚伊娘被放了，却只能眼睁睁看着吴小六被押走。

　　这一切都被韦团儿看在眼里。她站在不远处的一片竹林后面，把这一切都看在眼里，冷冷地说："这下更热闹了。"随即叫过一个黑衣人交代一番。黑衣人说："大堂主，他们会信吗？"韦团儿说："不信就多说几遍。重复一万遍，不信也得信。哼，想送信出去？做梦！我要让这场'群蛊'越闹越大，然后嫁祸李旭轮！"

　　随后，几个黑衣人来到街上，说姚伊娘因对阿姐姚瑀娘不满，就故意走漏风声，导致吴小六再次被抓。赵鸿垚听到这个消息后，笑了一下，说："那个韦团儿反应倒是挺快的，这下更热闹了！嗯，吴小六现在目标太大，最好送到县里……"赶紧叫过韩益康，让他带着几个乡兵把吴小六押送到县城交给胡左伟，吴小六随即被关押进监狱里。

　　姚伊娘回到家里，闷闷地关门睡觉。第二天早上，一阵敲门声把她惊醒，她开门一看原来是姚瑀娘，就问："阿姐，什么事儿呀？"姚瑀娘气冲冲地说："吴小六又被抓住了？"姚伊娘点点头。姚瑀娘说："你是怎么知道的？"姚伊娘就把经过说了出来。姚瑀娘又问："既然你知道，回来后为什么不告诉我？"

　　姚伊娘低头不语。姚瑀娘说："不让你去，你偏要去，这下可好，又添乱了！"这时，一个下人进来对姚瑀娘低声说了几句，姚瑀娘脸色很难看，就说："姚伊娘，你是不是故意走漏消息？"姚伊娘惊叫一声，说："不，我没有……"姚瑀娘说："外面都在传，你还狡辩？"姚伊娘说："我没有说，我怎么可能出卖六阿兄？阿姐你不要听信谣言。"

　　姚瑀娘招了一下手，又过来一个下人，姚瑀娘说："把姚伊娘关起来，没有我的允许，不得放出去！"姚伊娘急忙说："阿姐，我只是想跟六阿兄一起去送信，我不是故意的……"两个下人就把姚伊娘拉走了。她临走的时候留下一句："我姚伊娘对天发誓，若出卖了阿姐和六阿兄，就中蛊而死！"姚瑀娘"哼"了一声，扭头就走，却莫名其妙地说了一句："择茶去！"

　　姚瑀娘觉得心里很烦，就一个人走出大门，沿着清凉溪走了一会儿，就走上了青石桥。天气晴朗，阳光明媚，阴霾的云朵被吹走了，山林和茶园好像又增加了几分勃然的生机，可她却没有心情去欣赏风景。脚下的青石桥有好多年了吧？

走过青石桥，再走一段山路，就能走到檀铁寺。从此岸到彼岸，也就几步路而已。

忽然觉得身边有个人，扭头一看是李旭轮。两人都不说话，都低头看着桥下的流水。过了好一会儿，李旭轮开口说："阿妹喜欢吴小六，不可能出卖他，这事儿很可能是个圈套。"姚珥娘看了一会儿远处的茶园，才说："我当然知道阿妹不会出卖六阿兄，可她太幼稚了，且行事莽撞，老是添乱，把她关起来是想让她长长记性。"李旭轮就说："嗯，这样也行。"

这时一个年轻人牵着牛走过来，牛不听话，年轻人就使劲儿地拽住它的鼻子。看了一会儿，姚珥娘忽然说："我明白了！"李旭轮不解地问："娘子，你明白什么了？"姚珥娘就说："我们一直被人牵着鼻子，被动应付，那些人故意制造各种麻烦，让我们没有精力去对付蛊毒。"

李旭轮想了一下说："对啊，是这样的。那，你有什么想法？"姚珥娘说："从蛊毒发作开始，我们就一直在绕圈圈，忽略了一个关键人物。"李旭轮问："谁啊？"姚珥娘说："韦团儿。"李旭轮问："你的意思？"姚珥娘说："我敢肯定蛊毒是她放的，可她一直躲在暗处，我们在明处，我们控制蛊毒，她四处投放蛊毒，能控制得了吗？"

李旭轮就点点头。姚珥娘又说："可我就不明白了，既然这样，胡左伟他们为什么不派人把她抓起来？"李旭轮说："那个韦团儿，她可是有来头的，胡左伟哪里敢抓她？"姚珥娘说："那就任由她胡作非为？不行，得想个办法。"闭目沉思一会儿，忽然说："哎，既然蛊是韦团儿放的，她手里一定有解药，去找她要。"

李旭轮看着姚珥娘，说："你以为她是你阿妹啊？想要就要？"姚珥娘却说："我想去见见她。"李旭轮大吃一惊，说："娘子，你想去见那个恶毒的女人？不要命了。"姚珥娘说："我跟她无冤无仇，她为什么要杀我？再说，只要她交出解药，被她杀了也值。"李旭轮看着姚珥娘，好久都没有说话。姚珥娘就说："阿郎，看着我干什么？"

李旭轮这才说："不，娘子，你不能去，她是针对我的，我去找她，让她收手……"姚珥娘却说："不行不行，阿郎，你是皇嗣，你不能去，你得为天下人活着。"李旭轮却转过身看着茶园，有些伤感地说："我能为青石桥镇活着就不错了，哪敢奢望为天下人活着？我这个皇嗣……百无一能，还给这里带来这么大的麻烦，活着还有什么意思？"

姚珥娘愣了一下，就扳过李旭轮的肩膀，说："阿郎，不许你这样说，你必须好好活着，你活着就是天下最大的意思！你活着就是尽到了你应尽的责任。所以，你好好活着，我去找韦团儿，尽到我应尽的责任。再说了，韦团儿不一定就会取我性命，就这么定了。"李旭轮叫了一声"娘子"，一把抱住姚珲娘，眼泪滴落在她的背上。朱靖塘和秦坤郧远远地看着他们，心里也很复杂。

李旭轮就叫过朱靖塘，低声吩咐一番。

随后，几个人回到家里，李旭轮写了一个字条交给朱靖塘，他揣进怀里转身就出去了，径直来到郊区的那座农家小院，掏出那张字条，用飞镖插上，一扬手，飞镖"嗖"的一声钉在门板上，朱靖塘转身就跑了。一个黑衣人听见响动，赶紧从门上拔出飞镖，拿过字条交给韦团儿。韦团儿展开一看，笑着说："李旭轮约我在竹林里见面，有意思。"一个黑衣男人说："大堂主不能去，小心有诈。"韦团儿却说："不是有你们吗？怕什么？"随即冷笑起来，令人毛骨悚然。

傍晚时，韦团儿带着黑衣人，应约来到一片竹林，姚珲娘已经在等她了，她身边只有一个朱靖塘。黑衣人见到朱靖塘，互相敌视，摩拳擦掌。韦团儿问："李旭轮呢？"姚珲娘说："抱歉，是我约你的。怕你不来，所以没说实话。"韦团儿有点儿生气，就说："你有什么资格约我？"转身要走。姚珲娘说："我有几句话想说给你听。"

韦团儿站住，说："要是我不听呢？"姚珲娘说："有朝一日我会说给圣上听。"韦团儿的眉毛跳了一下，转身伸手指着姚珲娘说："你以为你真的是皇嗣妃吗？"姚珲娘却笑了一下，说："我是李旭轮明媒正娶的，现在就是皇嗣妃。"韦团儿朝地上吐了一口唾沫，说："你不配！"姚珲娘就说："韦团儿，我知道你喜欢皇嗣，如果你答应我一个条件，我可以退出，把他还给你。"

韦团儿愣了一下，说："你以为你能跟我讲条件吗？"姚珲娘说："拒绝了你会后悔的。"韦团儿笑了一下，说："是吗？那就姑且听你一回，什么条件？"姚珲娘说："交出蛊毒的解药。"韦团儿沉吟片刻，说："我要是不答应呢？"姚珲娘说："呵呵，这不是你的真心话，你的眼神骗不了我。"

韦团儿却冷笑一声，说："姚珲娘，你想得太简单了，我怎么可能交出解药？那个李旭轮，如今对我没有任何吸引力了，要他何用？我不杀他，但我要让他生不如死。他想当皇帝，白日做梦！你想当皇后，白日做梦！你不过是他的又一个玩物！像我一样！天下女人，都是他们皇家子弟的玩物！"

姚珲娘愣了一下，说："韦团儿，你是圣上的宠婢，怎么能这样说？"韦团儿说："我是宠婢，但我更是女人！即便杀头，我也要这样说！再说，这里远离神都，谁能把我怎样？"姚珲娘说："我不清楚你跟皇嗣之间的故事，也不想知道你们之间的恩怨，若是他负了你，恐怕也是迫不得已……"韦团儿却说："这是我跟他之间的事儿，你插什么言？"

姚玳娘就红了脸，停了一下，转而大声说："你跟他有仇，也跟那些因蛊毒死去的人有仇吗？你害死那么多人，怎么下得了手？"韦团儿说："那些人都是李旭轮的陪葬品，死不足惜，我要让李旭轮良心上受到谴责。"姚玳娘说："你……蛇蝎心肠！"韦团儿说："你以为我跟他只是个人恩怨？错！从我来到此地，已把个人恩怨抛开了。现在的情况是，谁敢跟武家争天下，我就杀谁！"

姚玳娘沉吟一下，说："韦团儿，别骗自己了，我敢说你一直没有放下他。"韦团儿的脸一下子红了，说："你胡说。"姚玳娘说："你因爱生恨，情令智昏，但如果他愿意回心转意，你仍初心不改，对不对？"韦团儿愣了好一会儿，说："你……瞎说。"姚玳娘说："都是女人，你骗得了别人却骗不过我。你看他的眼神露出了你的内心；你心狠手辣，可对他却总是手下留情，我知道，迫害他并非你的本意对不对？"

韦团儿低下头，随即又抬头说："你……这只是你的猜测。"姚玳娘就笑着说："实话告诉你，是皇嗣让我来的，他说只要你交出解药，他就答应你，与你重归旧好。"韦团儿迟疑着说："他……真……这样说？"姚玳娘说："是的。"韦团儿往后面挥了一下手，几个黑衣人就退后了。

韦团儿走近姚玳娘，问："我怎么信你？"姚玳娘反问："你就这么不自信？"韦团儿犹豫片刻，低声说："如何安排？"姚玳娘也压低声音说："安排好了会通知你。记得带上解药。"说完扭身就走，朱靖塘赶紧跟上。回到家，姚玳娘"扑通"一声跪在李旭轮面前，哭着说："请皇嗣殿下恕罪。"

李旭轮急忙拉起姚玳娘，问："娘子怎么了？"一边替她擦掉眼泪。姚玳娘就说："妾身姚玳娘犯了死罪。"李旭轮说："究竟怎么回事？你快说嘛。"姚玳娘就说："我不该把那些话带给韦团儿。"李旭轮就说："嗨，我说什么呢，就这呀？那不都是我的意思吗？她同意了吗？"姚玳娘点点头。

李旭轮就说："这是好事儿啊！那，我们就依计行事吧？"姚玳娘说："可这样做的风险太大，阿郎，我担心你的安全。"李旭轮说："如今危机四伏，哪里有绝对的安全？必要时君王还要御驾亲征呢，只要能拿到解药，个人安危算什么？蛊毒除不了，我的日子更不好过！"姚玳娘点点头，说："那你一定要注意安全。"李旭轮随后叫来朱靖塘，让他去把约会的地点告诉韦团儿。

第二天傍晚，李旭轮和姚玳娘动身前往约会地点。

姚珣娘陪着李旭轮来到一家"闲云"客舍，一边饮茶一边等候韦团儿。没过多久，韦团儿来了，后面跟着几个黑衣人。姚珣娘和李旭轮起身迎接。李旭轮看着韦团儿笑了一下，韦团儿的眉毛跳了一下，眼神稍稍有些迷茫。但她很快就恢复正常，也笑了一下。姚珣娘一挥手，朱靖塘、秦坤郧和其他几个人就走了。韦团儿也让手下人出去了。

姚珣娘也走出客舍，反身带上门，随后走到一个黑衣人面前伸出手，说："解药。"黑衣人就把一个袋子交给她。姚珣娘转手把袋子交给一个年轻人，年轻人便转身跑出客舍，一口气跑到私塾，把解药交给陈五娘。随后，姚珣娘拍了三下客舍的门，走到离门不远的地方站定，心里却想，里面的情况怎么样呢？

韦团儿见到了李旭轮，心情有些复杂。眼前这个男人，曾经让她茶饭不思魂牵梦绕，甚至愿意为他去死。可是，他却对她始乱终弃甚至视而不见，辜负了她的一片深情。她设计陷害他的两个妃子，也是为了得到他，谁让他那么招人爱恋呢？所以，即便是因爱生恨，爱还是因，恨还是果。

再次近距离见到韦团儿，李旭轮的心情也很复杂。她害死了他的两个妃子，他没打算原谅她，但为了解药，只好冒死前来"约会"。当他听到姚珣娘的三声敲门后，明白解药拿到了，心里便踏实了。他端起一盏茶，说："请。"韦团儿也举起茶盏饮了一口，随后说："我交出了解药，你也该兑现承诺了。"说完走到李旭轮身边，开始解自己的腰带。

李旭轮的脑海里忽然出现这样一幕：多年前他曾为韦团儿宽衣解带，那柔软的腰肢，雪白的肌肤，挺拔的酥胸，曾经让他着迷……可眼前忽然又出现了刘妃和窦妃的面容，还有死于蛊毒的茶农的面容，于是就说："现在不行，等治好了蛊毒再说。"韦团儿停住解腰带的手，说："你敢耍我？"李旭轮说："交出解药，你这是在赎罪。"韦团儿哈哈一笑，说："李旭轮，我就知道你没诚意。我要杀了你！"说完抽出佩剑向李旭轮刺来。

外面的姚珣娘叫声"不好"，就要推门，几个黑衣人挥刀砍来，朱靖塘和秦坤郧上前迎战，两个乡兵便保护着姚珣娘离开。姚珣娘一边走一边说："阿郎，你怎么样……阿郎？"回答她的却是乒乒乓乓的兵器碰撞声。忽然，一个黑衣人纵身而来，挥刀砍倒乡兵，又举刀砍向姚珣娘。那刀带着风声，闪着寒光。

关键时候，释怀悯师父从天而降，伸出手指一弹，黑衣人便飞出两丈开外。释怀悯师父拉起姚珣娘，回身看着正在打斗的几个人。秦坤郧只剩一只手了，虽比不上以前，但防卫还是没问题的。朱靖塘把镰刀舞得密不透风，黑衣人根本不是对手。姚瑃娘哭着说:"师父,皇嗣还在里面。"释怀悯师父却说:"皇嗣没事,尽管放心。"姚瑃娘就想,皇嗣真的没事吗?

韦团儿挥剑朝李旭轮刺来,李旭轮也不躲避,只是闭上了眼睛。韦团儿忽然收住剑,问:"为什么不躲避?"李旭轮说:"愿以此命,换你悔改!从此我们两不相欠!"韦团儿愣了一下,慢慢把剑插回剑鞘,看着李旭轮,一字一顿地说:"我、要、让、你、不、得、好、活!"她的眼睛里却含着泪光,说完纵身从窗户里飞了出去。

几个黑衣人也跑了,李旭轮在朱靖塘和秦坤郧的保护下走了过来。姚瑃娘扑上去抱住李旭轮,哭着说:"阿郎,你没事儿吧?都怪我,不该传话给韦团儿,让你受罪了。呜呜呜……"李旭轮替她把眼泪擦掉,笑着说:"我命大,韦团儿不敢要。好啦,回去吧。"姚瑃娘这才松手。李旭轮拱手拜谢了释怀悯师父,几个人就往私塾走去。

来到私塾,陈五娘已经把解药拿出来了,正在琢磨怎么用。姚瑃娘走过来抓起一把看了一下,说:"这?"释怀悯师父也看了一下,说:"这哪里是解药,分明是草木灰。"姚瑃娘猛然把装草木灰的袋子扔在地上,恨恨地说:"挨千刀的韦团儿!不得好死!"说完只觉得气血上涌,天旋地转,随即昏倒在地上。

众人赶紧把姚瑃娘送回家,姚森伯端来药汤给她灌了下去,人总算没有大碍,只是昏睡。释怀悯师父坐了一会儿,就被姚森伯叫到"靖净斋"。姚森伯换了一些茶叶重新煮,很快便茶香满室。释怀悯师父看了一下墙角的桌子,上面放了一些药材,有几个张牙舞爪的他是认得的,那叫蜈螂,俗名金蜈。他若有所思地点了一下头。

饮了几口茶,释怀悯师父说:"茶头药师,这些日子为什么不去找老衲坐禅了?"姚森伯说:"每天忙着找药材找茶配药,哪有心情坐禅啊?都怪这该死的蛊虫!"释怀悯师父却说:"越是这样越是要坐禅念佛。"姚森伯说:"什么意思?"释怀悯师父说:"该来的总是要来,该走的总是要走。这是劫数,也是定数。"

姚森伯看了释怀悯师父一眼,说:"大头和尚,又玩玄妙,听不懂。"释怀悯师父就说:"到时候你自然会懂。而今你只需配好药治好病,其他自有天意安排。"姚森伯愣了一下,凑到释怀悯师父跟前说:"依你看,这蛊虫还要闹腾多久?"释怀悯师父却一脸严肃地说:"那要看你能闹腾多久。"说完自己却笑了起来。

姚森伯就说:"又来了!大头和尚。"这时,李旭轮走了进来,释怀悯师父和姚森伯急忙起身迎候,李旭轮却把两人按到座位上,说:"丈人,师父,非常时期，不必行礼，我来给姚珻娘取药。"姚森伯把药袋递给他，释怀悯师父却说："李施主，饮盏茶吧？"李旭轮就坐了下来。姚森伯给他倒了一盏茶，他端起来就饮。

释怀悯师父看着李旭轮的腰间说："李施主，可否把你的扇子借老衲看一下？"李旭轮就从腰间解下扇子递给释怀悯师父。他接过扇子看了起来，只见扇子上画着兰花图，还有他写的"靖净"两字。姚森伯就说："大头和尚，这扇子上难道也暗藏玄机？"李旭轮盯着释怀悯师父的脸，希望能读出玄机。释怀悯师父却摇着扇子说："扇子有用，拿在手中；轻轻一摇，满面春风。"

随后，释怀悯师父却把扇子往旁边的蜣螂上放了一下，旋即又拿起来交给李旭轮。对他的这个举动李旭轮感到不解，却又不好问，于是就接过扇子拿起草药走了。走到"靖净闺"门口时，却见姚伊娘在一个下人的陪同下站在门口。李旭轮问："阿妹，干什么呀？"姚伊娘就说："哦，皇嗣殿下，我来……"随后伸手递过一个布包，说："这是香草，可以提神醒脑，送给阿姐……"

李旭轮接过布包，说："进去坐会儿吧？"姚伊娘却说："不了……"扭头就走了。李旭轮推门进去，把香草放在姚珻娘的枕边。第二天上午，姚珻娘醒了过来。李旭轮看着她说："娘子，你总算醒过来了。"姚珻娘冲李旭轮笑了一下，忽然说："好香，哪来的香草？"李旭轮从枕边拿起布包，说："是阿妹送的。"

姚珻娘笑了一下，说："阿郎，扶我起来。"李旭轮就把姚珻娘扶起来穿好衣服，让潘小娘伺候着梳洗打扮，然后就坐在桌子边饮茶，这是每天的必修课。饮茶的时候，李旭轮却不住地看扇子，有些心不在焉。姚珻娘就问他看什么，李旭轮说："释怀悯法师昨晚用扇子盖在蜣螂上，不知道什么意思？"

您一定觉得很奇怪，我为什么反复说到蜣螂。这种动物因名叫"屎壳郎"而令人讨厌，但它具有药用价值却是公认的。青石桥镇上盛产蜣螂，这也是不争的事实。雌蜣螂把卵产在粪球里，这样小蜣螂一出生就有食物吃，我以为这就是雌蜣螂母爱的表现。但是，也有一些蜣螂，时常抢夺其他蜣螂的粪球，且连别人的"妻子"也一起掳走，实在可恶！好了，闲话少说，回归正题。

姚珻娘拿过扇子看了起来，也搞不明白。

随后，姚珻娘说："小娘，去叫伊娘过来。"潘小娘应了一声就出去了。不一会儿，姚伊娘走了进来，刚要弯腰施礼却听姚珻娘说："免礼了，快过来饮茶。"姚伊娘就坐了下来，低头看着桌子。姚珻娘端一盏茶递给她，她接过来却不饮，仍低头看桌子。姚珻娘就拿过那个布包，说："好香，阿妹，这香草是哪来的？"

姚伊娘抬头说："从山上采来的。"说完又低头了。过了一会儿，姚伊娘抬起头说:"阿姐,我……"姚珲娘看着姚伊娘,示意她说下去。姚伊娘就说:"阿姐,我……我不是故意走漏消息的……"姚珲娘看着她不说话。姚伊娘又说:"我只是想……跟六阿兄一起去送信,真的……"姚珲娘轻轻地点了一下头。

姚伊娘忽然站起来说:"阿姐,快去救六阿兄……他很危险……"姚珲娘轻声叹了一口气。姚伊娘就说:"阿姐……"姚珲娘说:"阿妹,阿姐心里有数。"看了姚伊娘一眼,又说:"阿姐理解你的心情,但你千万不要再自作主张,千万不要再添乱了,听见没?"姚伊娘点了一下头,忽然觉得心里很难过,就抓起茶盏饮了起来。

再来看韦团儿,她回到驻地,心里也很难过。

她预感到李旭轮可能会骗她,不会真答应她,但她还是去了,这究竟是为什么?难道真像姚珲娘说的那样,自己始终不曾忘记过他?自己一直心存某种渴望?想到这里只觉得心里很乱,也更加难过,这种情绪蔓延下去,因爱而生的恨意就更加浓烈了,连带着恨上了姚珲娘,好像姚珲娘夺走了她的爱。她要让李旭轮不得好活,让姚珲娘不得好死。

在一个伸手不见五指的夜晚,韦团儿带着两个黑衣人来到青石桥镇街上,他们轻轻一跳便跃入赵家大院,几个乡兵听见响动过来阻止,却被三拳两脚打趴在地。走进客厅,韦团儿径直坐到太师椅上,指着趴在地上的乡兵,说:"叫你们耆老来。"一个乡兵便被拎起来往后院走。不一会儿,赵鸿垚衣衫不整地跑了进来。一看韦团儿坐在太师椅上,他的脸色便不太好看,可又不好发作,就咳嗽一声。

韦团儿稳坐太师椅,说:"赵耆老,别来无恙?"这个招呼打得有点儿不伦不类,赵鸿垚不知道该怎么回答,就说:"好吧。"韦团儿就顺着他的话说:"我们共同的敌人,现在活得也很好。"赵鸿垚愣了一下。韦团儿又说:"他活得好,就意味着你我活得不好,或者说你我今后活得不好;他活得不好,就意味着你我活得好,或者说你我今后活得好。"

这话有点儿绕,赵鸿垚琢磨了一下韦团儿的话,似乎有所理解,就点了一下头,却还是站在地上,有点儿尴尬。韦团儿就说:"坐吧。"赵鸿垚就去找凳子,忽然意识到是在自己家里,便愣愣地看着韦团儿,看着自己的那把太师椅。韦团儿又说:"魏王不希望他好好活着。"赵鸿垚又愣了一下,这下他听明白了,那个魏王是谁,这个韦团儿是谁,他自己又是谁,于是就坐了下去。

赵鸿垚就问:"大堂主深夜光临寒舍,有何要事?"韦团儿就说:"联合你共同对付我们的敌人。"赵鸿垚说:"我一直在对付。"韦团儿说:"应该换一种方式。"

赵鸿垚看了韦团儿一眼，心想你个娘们儿凭什么对老子指手画脚的？可说出来的话却是："愿听大堂主高见。"

韦团儿就说："请你出手，杀掉姚姤娘。"赵鸿垚愣了一下，说："这个……为什么？"韦团儿说："因为她是皇嗣妃，尽管不是正式册封的，但……"却不往下说了。赵鸿垚就在心里揣摩她的话，心想这个娘们儿心机太深，让人摸不着头脑。韦团儿又说："你不杀她，她必杀你。"赵鸿垚又是一愣，急忙问："那……你为什么不杀掉她？"

韦团儿笑了一下说："一个小小的姚姤娘，何须我来动手？交给你就行了。杀她不是目的，我的目标是李旭轮，我要让李旭轮身边的人一个一个地死去，让他在孤独、凄凉、痛苦中了此残生。你明白我的意思吗？"赵鸿垚想了一会儿，却说："你这是……借刀杀人吗？"韦团儿冷笑一声，站起来走到赵鸿垚跟前说："你的刀能为我借，是你的荣幸。不，不是我借，而是魏王借。明白吗？"

……

赵鸿垚当然明白借刀杀人的意思，他在权衡。

片刻之后，赵鸿垚低声说："明白……可姚家大院防守严密，难以下手呀。"韦团儿就说："防守再严，总有破绽。灯下黑，明白吗？不是有那个孟七娘吗？在她身上想想办法。"赵鸿垚似懂非懂地点点头。随后，韦团儿掏出一个小包交给赵鸿垚，说："这是从草蛊婆那里搞到的蛊药，让姚姤娘再享用一回。记住，草蛊婆说里面一定要掺进酸枣仁。"

赵鸿垚送走韦团儿，他坐到太师椅上，开始思考下一步的行动。天亮后，他叫来韩益康吩咐一番，韩益康就得令而去。随后，韩益康就在姚家大院大门口不远处晃悠，终于等到孟七娘出来了，他急忙迎上前去，对她说了一番话。孟七娘吃惊地说："真的？"韩益康说："我骗你干什么？"随后，孟七娘就跟着韩益康走了。

韩益康带走孟七娘，想干什么？

韩益康把孟七娘带到赵家大院交给赵鸿垚。在一个密闭的房间里，赵鸿垚把孟七娘按在床上。完事后，孟七娘说："韩管家说，你要把我家的茶园还给我？"赵鸿垚说："是的。"孟七娘眼睛里露出一丝惊讶，急忙问："那，地契在哪里？还给我吧？"赵鸿垚却说："急什么？只要你答应我一个条件。"孟七娘眼睛里的光暗淡了一些，低声问："什么条件？"

赵鸿垚说："杀掉姚姤娘。"孟七娘浑身颤抖了一下，眼睛里的光又暗淡了一些,问:"啊?你说什么?"赵鸿垚说:"杀了姚玥娘,你就可以拿回茶园。"孟七娘吓得面如土色,急忙摆摆手,说:"不,不,杀皇嗣妃要灭族的……不敢,不敢。"赵鸿垚一边穿衣服一边说:"呵呵,什么皇嗣妃?你还真当回事儿了?告诉你吧,我的后台是梁王,比李旭轮管用!"

孟七娘却听不懂这些,只是说:"不敢,不敢,不敢害皇嗣妃……"赵鸿垚不耐烦了,就咬着牙说:"你不杀她,我杀你全家!"孟七娘浑身又颤抖起来。赵鸿垚就缓和语气说:"事成之后,除了你原来的茶园,我再给你一块,保证让你过上衣食无忧的生活。"孟七娘低头不语,眼睛里的光闪了一下。

赵鸿垚抬起孟七娘的下巴,说:"跟着我干,荣华富贵不是问题。"孟七娘的眼睛明亮起来,就说:"你说话要算数。"赵鸿垚忽然扇了她一耳光,说:"老子什么时候说话不算数?"孟七娘又低头不语了。随后,赵鸿垚交给她一个纸包,说:"这是最新的蛊药,你悄悄地放在姚玥娘的茶盏里,记住,只能毒死她,那个李旭轮千万不能碰。"

孟七娘记住了赵鸿垚的话,于是就开始寻找机会。她是姚家的下人,时常在厨房里干活,很容易接近姚玥娘。一次伺候姚玥娘和李旭轮吃饭时,姚玥娘说胃口不好,李旭轮问她怎么了,姚玥娘就说最近总是睡不好,心烦。站在一边的孟七娘就说:"禀报皇嗣妃,这好办,把酸枣仁捣碎,冲水饮下去就好了。我家有酸枣仁。"李旭轮说:"那就去拿来吧。"

孟七娘赶紧回家拿来酸枣仁,捣碎后用水冲泡。冲泡的时候她故意支走其他人,从腰间掏出纸包把蛊药放进酸枣仁里,随后端着茶盏来到饭厅。孟七娘把茶盏递给姚玥娘的时候,手居然有些抖动,以至于水都洒了出来。姚玥娘不解地问:"孟七娘,你怎么了?"孟七娘急忙说:"可能刚才……捣酸枣仁用力太猛了。皇嗣妃……赶快趁热饮了吧……"

姚玥娘刚要饮用,陈五娘却进来禀报说又找来一批老茶,姚玥娘就放下茶盏,和李旭轮起身走出去,却又回身说:"孟七娘,你也来吧。"孟七娘只好跟着去了,走之前看了一眼那个装着酸枣仁的茶盏。房间里只剩下潘小娘,她看着冒着热气的茶盏不知道该怎么办。过了好一会儿还不见姚玥娘回来,潘小娘就跑到"靖净岩"说:"阿姐……皇嗣妃,酸枣仁汤还饮吗?给你端过来吧?"

姚玥娘却说:"我一闻老茶就好了,不需要酸枣仁了。小娘,你替我饮了吧。"孟七娘一听脑袋"嗡"的一声就胀大了。潘小娘转身走了,孟七娘下意识地跟着走了,姚玥娘却指着摊在桌子上的老茶,说:"孟七娘,来,搭把手。"孟七娘只好留在这里,头上却冒出了汗,两手抖得厉害。姚珝娘看了孟七娘一眼,嘴唇动了一下却没说出什么。

逮着一个空子,孟七娘赶紧来到饭厅,却见潘小娘正躺在地上打滚,呕吐不止,浑身抽搐。孟七娘知道是混在酸枣仁里面的蛊药毒性开始发作,却不能明说,只能惊恐地大叫:"小娘,你怎么了? 小娘……"姚珝娘听到喊声急忙跑过来,抱起潘小娘,紧张地说:"小娘,你怎么了? 是不是中蛊了? 快,拿老茶来!"

陈五娘赶紧端来用老茶煮的药汤给潘小娘灌下去。姚珝娘又让陈五娘叫来了阿耶。姚森伯看了一下说:"可能也中蛊了,而且看这样子不像是一般的中蛊,很像是金蚕蛊的毒性,可金蚕蛊起病没这么快呀?"姚珝娘说:"啊,怎么办呀?"姚森伯想了一下,赶紧回房拿来几样药材,其中一样就是蜈蚣,捣碎后用茶水给潘小娘冲服下去,不久就止住了呕吐,人也慢慢平静下来。

第二天,潘小娘转危为安,姚珝娘这才松了一口气。就想,潘小娘怎么会中蛊呢? 难道有人故意下毒? 忽然想到那盏酸枣仁汤,脊梁上就冒出了冷汗,这分明是冲着她姚珝娘来下毒的! 就赶紧去找那个装酸枣仁汤的茶盏,却怎么都找不到了,心里就对孟七娘起了疑心。可就在这时,孟七娘也中蛊了,症状跟潘小娘一模一样。姚珝娘赶紧过去救治,忙乎半天总算安静下来。

姚珝娘问孟七娘吃了什么,回答说吃了一碗稀饭。姚珝娘让下人把锅里剩下的稀饭端给鸡吃,鸡吃了却没有任何异常。姚珝娘心想,难道有人专门给孟七娘下蛊? 可为什么呀? 对她姚珝娘下蛊有一万个理由,可对孟七娘下蛊的理由呢? 正百思不得其解的时候,下人来禀报说姚伊娘不见了,可能是去县城找吴小六去了。姚珝娘心里"咯噔"一声,说:"这些破事没完没了! 唉,就知道添乱!"

那么,姚伊娘真的去了县城吗?

是的,姚伊娘她去了县城。她去找吴小六。她拎着一壶酒来到县城后,一路打听找到县监狱,说要进去看吴小六。狱卒说这事儿得胡县令同意才行。姚伊娘就问:"胡县令在哪儿?"狱卒说:"在县衙里。"姚伊娘又来到县衙,说要找胡县令,可阍者(守门人)根本不理会。姚伊娘就说:"是皇嗣让我来的,皇嗣是我姐夫。"

阍者一听就跌坐在地上,赶紧爬起来看着姚伊娘,问:"真的?"姚伊娘说:"真的。"阍者听说皇嗣就在本县,也娶了本地姑娘,这事儿应该假不了,赶紧进去禀报。不一会儿胡左伟就出来了,一见是姚伊娘,问了缘由,动了一下心思,忽然笑眯眯地说:"姚家伊娘来了,好好,见吴小六可以,随本县来吧。"

姚伊娘跟着胡左伟走进县衙,来到一个豪华雅致的房间。姚伊娘问:"六阿兄呢?"胡左伟说:"不急,不急,一会儿就来。这个,你看天色已晚,到吃饭时间了,你来到本县这里,本县也要尽一下地主之谊是不是?吃了饭再说,吃了饭再说。"随即一招手,几个用人端上酒菜,之后便退下去关上房门。

胡左伟用一双眼睛死死地盯着姚伊娘,眼前的姑娘虽说不算漂亮,但也够耐看,关键是水灵,娇嫩,掐一把就能冒出水来。这胡左伟风流成性,欲望强烈,就喜欢这样的姑娘,既然主动送上门来,他怎能放过这样的机会?可姚伊娘太过单纯不知是计,就说:"那,吃过饭就能见到六阿兄?"胡左伟就笑眯眯地说:"是的,是的。"

胡左伟给姚伊娘斟酒,借机靠近她的身体,姚伊娘侧了一下身子;胡左伟把酒杯端起来递给姚伊娘,她接过酒杯,胡左伟乘机抓住了她的手。姚伊娘急忙问:"胡县令,你要……干什么?"胡左伟笑而不语,一双眼睛色眯眯地看着姚伊娘,一张嘴巴就急不可耐地朝她脸上蹭去。就在这时,门忽然被踢开了。胡左伟勃然大怒道:"谁在踢门?混账!"

"我!"随即进来一个人,姚珝娘。

胡左伟一看是姚珝娘,后面还跟着李旭轮,他就赶紧松开抓住姚伊娘的手,疾步走上前躬身施礼道:"胡某拜见皇嗣殿下皇嗣妃。"姚珝娘和李旭轮都没理他,径直走到姚伊娘跟前,只见姚伊娘满脸绯红,低头看着酒杯。姚珝娘抓起酒杯扔在地上。姚伊娘抬头说:"阿姐……"姚珝娘伸手扇了她一耳光,厉声说:"出去。"姚伊娘愣了一下,转身就往外跑。姚珝娘又说:"朱靖塘,看住她。"朱靖塘转身也出去了。

姚珝娘却坐在饭桌旁边,说:"胡县令,来,我陪你吃酒。"胡左伟似笑非笑地说:"这……不合适吧?"姚珝娘说:"有什么不合适的?我替阿妹吃。我跟阿妹酒量一样大。"胡左伟就说:"你家阿妹请我吃饭,她说想看吴小六……"姚珝娘笑着说:"我也想看吴小六,我也想请你吃饭,来吧。"胡左伟只好走过去坐下,低头看着桌子。

姚珝娘端起一杯酒,说:"这杯敬胡县令,感谢你让本地百姓安居乐业。"说完一口吃掉。胡左伟却看着酒杯不动手。姚珝娘又端起一杯酒,说:"这杯也敬胡县令,感谢你控制住了蛊毒,少死了很多人。"说完又一口吃掉。胡左伟却不端杯,闷头坐着。姚珝娘再端起一杯酒,说:"这杯还敬胡县令,感谢你放过茶农,让他们保住茶园!"说完再一口吃掉。

姚琦娘又端起一杯酒，说："这杯再敬胡县令，感谢你不近女色廉洁自律……"胡左伟的脸色涨得通红，忽然一拍桌子，站起来说："够了！我是朝廷命官，你不能羞辱……"姚琦娘就放下酒杯，也站起来说："胡左伟，你也知道自己是朝廷命官？你也知道被羞辱的滋味？好，既然知道，我就不多说。"说完看着李旭轮。

自从进到房间后李旭轮就一直没说话，此时他走到胡左伟跟前说："胡左伟，你贪色成性，太过分了！"胡左伟却看了姚琦娘一眼，说："皇嗣殿下，你难道不贪色？"李旭轮愣了一下，就换个话题说："身为朝廷命官，你不但不控制蛊毒，反而百般阻挠，你对得起自己的俸禄吗？"胡左伟却说："皇嗣殿下，圣上在上，天地良心，本官并没有阻挠除蛊。只是这蛊毒究竟因何而起，恐怕皇嗣殿下比我清楚……"

李旭轮勃然大怒，伸手指着胡左伟说："胡左伟，你……胡说！"姚琦娘却上前拉住李旭轮的手，轻轻放下来，对胡左伟说："胡县令，过去的就算了，皇嗣对你还是信任的，希望你尽到自己的职责。"胡左伟低头不语，嘴角却露出不屑的表情。这时狱臣过来对胡左伟说："禀报胡县令，那吴小六关到地牢……"一看气氛不对，就住口了。

姚琦娘看了狱臣一眼，拉着李旭轮走了。

夜晚降临了，姚琦娘和李旭轮一行就在县城住下。姚琦娘让秦坤郧把姚伊娘叫过来，问道："那胡左伟没把你怎么样吧？"姚伊娘红着脸说："没有，我以为只是吃酒……"姚琦娘看着阿妹又心疼又恼火，说："你呀，真不让人省心！"姚伊娘低头看地，忽然抬头说："对了，阿姐，胡左伟为了讨好我，主动对我说那个狱臣也是青石桥镇人，让我吃过饭后去找他。"

姚琦娘沉吟片刻说："也是青石桥镇人……"却不知道下一步该怎么办，就让姚伊娘回房休息去了。李旭轮说："这么些天过去了，朝廷一点儿动静都没有，我写的那封信恐怕真的石沉大海了。"姚琦娘也说："是啊，单凭我们的力量越来越不够，急需朝廷出面帮助，可信送不到，干着急不出汗，怎么办呀？"

两人想了一会儿，还是没有办法。姚琦娘忽然想到那个狱臣，就说："我有个预感，上天让我们认识狱臣，也许是个机缘？或许能从他那里想想办法？"说完看着李旭轮。李旭轮沉吟一下，说："娘子的意思是去找狱臣？"姚琦娘就拉过他耳语几句。随后，两人带着姚伊娘和朱靖塘、秦坤郧离开客舍。

在县监狱门口，姚琦娘让朱靖塘花了几个小钱，就套出了狱臣的住址，随后几个人直奔狱臣家。敲门，狱臣开门，见到几个人时愣了一下。姚瑃娘指着李旭轮说："这是皇嗣殿下。"狱臣急忙跪地磕头，说："小臣拜见皇嗣殿下和皇嗣妃。"李旭轮拉起狱臣，说："免礼平身。进去说吧。"秦坤郧自觉地守在门口。

坐定后，姚瑃娘说："又见面了。听说狱臣也是青石桥镇人？"狱臣说："是。"姚瑃娘又说："可认识吴小六？"狱臣说："认识。"姚瑃娘跟李旭轮对视一眼，说："那我就直说了，我们就是为吴小六而来。"狱臣低头不语，手指却悄然握成了拳头。站在他旁边的朱靖塘伸手按住镰刀柄。姚瑃娘说："青石桥镇蛊毒盛行，你听说了吧？"狱臣说："听说了，小臣也有家人被蛊毒夺去生命。"

姚瑃娘就说："那吴小六为了把蛊毒的消息送到京城，却被胡左伟关押起来，这个，你知道吗？"狱臣却说："这个……不知道，胡县令也不会给小臣说。"姚瑃娘说："我们想请你帮个忙。"狱臣看着姚瑃娘不说话。姚瑃娘又说："把吴小六借出两天。"狱臣愣了一会儿，低头说："不……"他的身体动了一下，用眼睛的余光看了一下朱靖塘。

姚瑃娘一招手，朱靖塘递过来一个袋子，姚瑃娘打开袋子，从里面取出一块金子，放在狱臣面前的桌子上，说："这是给你的报酬。"狱臣抬眼看了一下金子，眉头动了一下。姚瑃娘又说："若借出吴小六，你这是将功补过，今后……皇嗣殿下……不会亏待你的，青石桥镇老百姓也会感谢你的。"姚瑃娘说完给朱靖塘递了一个眼神，他就咳嗽一声。狱臣看了一眼朱靖塘，悄然叹息一声。

狱臣想了好一会儿，伸手拿过金子，抬头说："就两天，用完即还。"姚瑃娘说："好。"随后，狱臣忽然一拍手，说："刚好地牢里有个人犯长得有点儿像吴小六，干脆让他顶替……"姚瑃娘跟李旭轮对视一眼，说："真是天助我也！"随后，狱臣来到县监狱，办了一套假手续，把吴小六放出来，又让另一个人犯顶替他。随后，几个人赶紧离开监狱，回到此前住的客舍。

见到吴小六了，姚伊娘跑上去抱住他就哭了，全然不顾有别人在场。姚瑃娘皱了一下眉头，拉开她，说："姑娘家的，成何体统？"秦坤郧拿来饭食给吴小六吃。茶足饭饱后，李旭轮又拿出一封信递给他，说："六阿兄再辛苦一趟，把这封信送到京城神都，交给太医署的太医令。"吴小六说："可我不认识他啊？"李旭轮说："你只要找到他的府邸，说你来自房州即可。"

吴小六起身要走，姚伊娘又要一起去，姚瑃娘就厉声说："姚伊娘，你还不吸取教训？又想添乱？秦坤郧，把她看住。"秦坤郧便走过去挡在姚伊娘面前。吴小六换上夜行衣，骑上快马，消失在夜幕中。姚瑃娘和李旭轮对着吴小六的背影双手合十道:"菩萨保佑,菩萨保佑!"随后,几个人退掉客舍连夜回到青石桥镇。

然而,当吴小六走到一条偏僻的山路上时,坐骑却被一条绳子绊倒,他随即也摔倒在地。随后,冲过来几个人,居然是那些黑衣人,原来这是他们的"第二职业",在业余时间也干些拦路抢劫的营生。他们用刀指着吴小六,其中一个黑衣人说:"头儿,这人骑着快马,像是个公差。"另一个黑衣人说:"管他呢,我们只要钱……啊,这不是吴小六吗?"吴小六也认出了黑衣人,暗叫一声倒霉。

这时,忽然飞来几个铁珠,不偏不倚刚好打在几个黑衣人的眼睛上,他们"啊"的一声惨叫,一个个手捂眼睛蹲在地上。随后,从树林里转出了释怀悯师父,他伸手拉起吴小六,又扶起马,让吴小六赶快上路。吴小六抱拳施礼后,翻身上马快马加鞭疾驰而去。释怀悯师父看着蹲在地上的黑衣人,说出一句:"作恶多端,必遭报应!"

几个黑衣人回到住处,向韦团儿报告了刚才的事情。韦团儿想了一会儿,赶紧起身来到县城,向胡左伟通报说吴小六逃脱了,肯定是送信去了。胡左伟说:"怎么可能?吴小六还关在地牢里。"韦团儿就冷笑一声,说:"人家抄了你的老底,你还蒙在鼓里,你这县令怎么当的?真是饭桶一个!"

胡左伟涨红了脸,说:"韦团儿,你放……"却又不敢发作,赶紧来到地牢,却发现一个长相酷似吴小六的人,而真正的吴小六却不见踪影。听说狱臣来过,看了手续是假的,赶紧去抓来狱臣,一番审问后知道是姚姆娘指使的,胡左伟怒火中烧,就把狱臣关押起来。次日早上,胡左伟带领一帮武侯和乡兵来到青石桥镇。

胡左伟下令把姚家大院围住,并让乡兵打开大门,他径直走进院子。姚姆娘听说后,赶紧和李旭轮一起走了出来。胡左伟急忙躬身施礼道:"下官给皇嗣殿下和皇嗣妃请安。"李旭轮说:"一大早的就来请安,胡县令真是有心。"胡左伟却说:"发生了一件大事,所以前来打扰。"李旭轮问:"什么大事?"胡左伟就一招手,两个武侯便把狱臣推了过来。

姚姆娘一看便明白了,心里就紧急思考对策。

胡左伟说:"禀报皇嗣殿下,狱臣受人指使放走了吴小六,该如何处置?"李旭轮却避开他的话题,问:"那吴小六所犯何事?为什么要关押他?"胡左伟说:"皇嗣殿下,这不是问题的关键,关键是皇嗣妃指使狱臣放走了吴小六。"姚姆娘就问:"那吴小六去送信,如实报告蛊毒之害,何罪之有?"

胡左伟却又说:"私放朝廷要犯,该当何罪,想必皇嗣殿下比我清楚。"姚姆娘就说："你一口一个'朝廷要犯'，分明是你胡左伟的犯人好不好？"胡左伟却说："皇嗣殿下，为了你们的安全，在抓住吴小六之前，请不要离开这座院子。"说完一招手，几个武侯和乡兵便持刀站在姚家大院大门两侧。姚珥娘大吼一声："敢幽禁皇嗣殿下，不要命了！"胡左伟却转身就走。

姚家大院被围住了，谁都不能出入。姚珥娘和李旭轮气得火冒三丈，却也没有办法。后来，赵鸿垚过来说，只允许孟七娘和潘小娘出入，但也仅限于购买生活用品。然而，姚珥娘却不知这是胡左伟和赵鸿垚的一条毒计。午后，孟七娘和潘小娘出去买药，在一个拐角处被几个乡兵劫持，随后便被带到驿站。

乡兵带着她们走了，韦团儿却从暗处转了出来。

孟七娘和潘小娘被带进一个房间，赵鸿垚和胡左伟早已等候多时。孟七娘好像意识到了什么，就说："你们……要干什么？"潘小娘则浑身颤抖。赵鸿垚走上前一把抱住孟七娘，说："干什么？那要看老子们的兴趣。"孟七娘赶紧说："上次给皇嗣妃……姚珥娘放蛊不成……我再找机会……"赵鸿垚就笑着说："放蛊失手，总得受个惩罚吧？让你家小娘来……嘿嘿……"孟七娘就说："你们放了……我家小娘。"赵鸿垚却大笑一声，说："放了？好不容易逮住的一个雏儿，小嫩货，你说放了？"

随后，赵鸿垚走到潘小娘跟前，潘小娘紧张得直往后退。赵鸿垚笑着说："那些乡兵是饭桶，几次都抓不住你，今天我看谁还来救你！"说完就把潘小娘拎了起来。潘小娘挣扎着说："不……"孟七娘惊恐地说："畜生！你们放了她，冲我来……"回应她的却是赵鸿垚的淫笑和胡左伟的阴笑。赵鸿垚一边笑一边说："天天有女人玩，真好！呵呵，茶园连片，妻妾成群，这才叫人上人！"

胡左伟却摆摆手，说："赵耆老，放下，放下。"赵鸿垚不解地看着胡左伟。胡左伟就说："一个雏儿，什么都不懂，你跟她阿娘做个示范，岂不更好？"赵鸿垚愣了一下，忽然放下潘小娘，拍掌大笑，说："还是胡县令聪明、高雅、会玩，这个办法好，以后就这么玩！"孟七娘就哭着说："畜生！放过我家小娘！"

赵鸿垚却一把抓过孟七娘，剥光她的衣服……

潘小娘浑身颤抖，捂住眼睛。胡左伟却扳过她的双手，推着她走到孟七娘身边。眼前的情景不堪入目，潘小娘闭上眼睛，可赵鸿垚那放浪的声音却强行进入她的耳朵，她流下了眼泪。胡左伟一边抓住她一边说："学会了吧？嘿嘿，要用心学哦，学会了就来伺候我，这可是女人的必备技能哦。"

说完，胡左伟却惊恐地睁大了眼睛……

孟七娘和潘小娘终于回到姚家大院。孟七娘眼神呆滞，一言不发。潘小娘眼露凶光，满脸泪痕，回到房间趴在床上痛哭不止。姚珝娘赶过来问："小娘，到底发生了什么？"潘小娘却只是流泪，一言不发。姚珝娘又去问孟七娘，她却大笑一声，开始解自己的腰带。姚珝娘大吃一惊，赶紧让下人抱住她。孟七娘却笑着说："赵鸿垚，赵耆老，来，上床……"

　　姚珝娘满脸通红，似乎明白了，狠狠地捶了一下桌子。这时，潘小娘忽然跑过来，"扑通"一声跪在姚珝娘面前，哭着说："求皇嗣妃，给我阿娘报仇！"姚珝娘就拉着她问："小娘，到底是怎么回事？你阿娘为什么会疯掉？"潘小娘就擦掉眼泪，说出了那个让她倍感屈辱、痛不欲生的过程。

　　……胡左伟刚要脱潘小娘的衣服，忽然就呆住了，因为他看到一个人站在面前，这人就是韦团儿。她一脚踢在赵鸿垚的屁股上，赵鸿垚便滚在一边，刚要发作，下巴上却又挨了一巴掌，那下巴便脱臼了，疼得他哇哇大叫。韦团儿对孟七娘说："穿上衣服。"孟七娘却呆呆地看着韦团儿。韦团儿就和潘小娘一起给她穿上衣服。韦团儿推了一把潘小娘，说："快走。"潘小娘赶紧拉着孟七娘走了。孟七娘双眼呆滞，神情恍惚，脚步踉跄。

　　随后，韦团儿走到胡左伟跟前，伸手就扇耳光。胡左伟却急速躲过了，还下意识地举手防御，速度之快让韦团儿感到吃惊。她愣了一下，又举起了手，胡左伟却突然像呆住了一样，硬是被韦团儿打了两个耳光。胡左伟说："你……敢打……朝廷命官？"韦团儿看着胡左伟，说："我韦团儿杀人不眨眼，但我就见不得男人欺负女人。若不是跟你们有合作，今天我非杀了你们不可。胡左伟，你如此好色，分不清轻重缓急，若因此误了大事，怎么向梁王交代？"胡左伟却吭哧着说："不用你管。"

　　韦团儿却说："哼！好自为之！"说完走过去又扇了赵鸿垚一耳光，赵鸿垚的下巴便复原了。他捂住下巴惊恐地看着韦团儿。韦团儿纵身一跳，从窗户里飞了出去……听完潘小娘的讲述，姚珝娘恨恨地说："胡左伟、赵鸿垚，我饶不了你们！"随后却长叹一声，拍着潘小娘的肩膀说："这么说，幸好有韦团儿，保住了你的清白！那个韦团儿……真是琢磨不透……"之后便沉默了。

　　那么，孟七娘为什么会疯掉？

　　原来，赵鸿垚在强暴她的时候，兴奋地说："当年给你……破处的时候，我就喜欢……你身上的……味道，几年……过去了……还是忘不掉……没想到你就在镇街上……真是缘分……啊啊啊……"孟七娘顿然明白了，这个赵鸿垚就是当年带头强暴她的男人,就是那个带头夺走她贞操的男人,就是那个带头毁了她一生的男人!想起往事她悲痛万分,忽然听见大脑里"咯噔"一声,随后便是一片空白……

疯了的孟七娘仍然住在姚家大院。

这天深夜,姚家大院的一个角落里。

一个影子在院墙上闪了一下,就不见了,只见那棵香樟树的枝叶在摇晃。陈五娘刚好起夜上厕所,走到厕所门口,忽然听见轻微的说话声,就蹑手蹑脚地走过去。在墙根处一个隐蔽的角落里,一个陌生的男声说:"扇子上的《靖净谣》看清没有?"另一个熟悉的男声说:"扇子上面只有'靖净'两个字,是一个法师写的,没有梁王想要的内容。"

《新唐书》这样评价李旭轮:"长而温恭好学,通诂训,工草隶书。"他诗书画俱佳,曾写过一首《戏题画》:"唤出眼,何用苦深藏;缩却鼻,何畏不闻香。"此诗在坊间广为流传。至于他画在扇子上的那幅兰花图,您也许听说过,因为特殊的缘由,后来被珍藏在大唐皇家博物馆里,成为千古名扇。好了,还是书归正传吧。

那个陌生的男声就说:"梁王说圣上在催问,要他不惜一切代价制出绝世名茶,可前提是必须搞到《靖净谣》。此外,那个《靖净谣》还另有大用处……总之,为了武家江山万代,一定要抓紧时间搞到那个《靖净谣》,然后再杀掉李旭轮。"熟悉的男声就说:"好。敢问你是谁?"陌生的男声说:"我是谁不重要,重要的是别忘了你是谁。"

两个男人出来了,其中一个居然是朱靖塘,另一个用布巾蒙住了脸。陈五娘愣了一下,转身要走。那个陌生的男人跳过来对着陈五娘举剑就刺,陈五娘吓得抱头蹲在地上。朱靖塘急忙伸手挡住陌生男人,低声问:"你要干什么?"陌生男人说:"她偷听了我们说的话,必须死。"说完又举剑来刺,朱靖塘再次拦住他,对陈五娘说:"五娘快走。"

陌生男人就说:"朱靖塘,你敢违反帮规?"朱靖塘愣了一下,说:"她……没听到。"说完拉起陈五娘,推着她走了。陌生男人就举剑刺向朱靖塘,朱靖塘腾挪跳跃闪开了。陌生男子说:"朱靖塘,你必将为今天的冲动付出代价。"说完就跳上围墙,转眼便无影无踪。几个乡兵大约听见了响动,跑过来一看,朱靖塘刚从厕所里出来,打着哈欠。乡兵问刚才是什么声音,朱靖塘说可能是野猫踩下了瓦片,几个乡兵便走了。

朱靖塘回"埔净舍"的时候，却见陈五娘站在门口。陈五娘拉住他径直走进"埔净寮"，反身关上门，悄声说："多谢搭救。"朱靖塘也悄声说："今天的事，你千万不能说出去，否则你我都活不成。"陈五娘点点头，却又问："那人是谁呀？你的同伙？"朱靖塘看着她，摇了一下头，说："你呀……别问，知道了没好处。"

陈五娘笑了一下，却又问："你对扇子那么感兴趣，难道也跟刚才那人有关？"朱靖塘就说："叫你别问怎么还问？"陈五娘却说："你不说我偏要问。"言语间有了一点儿撒娇的成分。陈五娘又说："你刚才……为什么……要救我？"朱靖塘却伸手捂住她的嘴巴。陈五娘居然咬了一下他的手。

朱靖塘急忙抽回手，看着陈五娘说："你咬我干什么？"陈五娘就笑着说："就咬你，咬死你。"说完一脸坏笑，言语中还有了一点儿亲昵的味道。陈五娘看着朱靖塘，朱靖塘也看着陈五娘，两人都不说话，眼睛却传递着某种情愫。是时候揭开一个谜底了。还记得陈五娘曾经悄声念叨"南无阿弥陀佛，保佑情蛊"吗？还记得姚嘉木曾经让朱靖塘饮的那盏茶吗？

那天，陈五娘悄然来到姚伊娘的卧室"埔净谷"，在床底下找到了一个小罐子，打开，倒出一点儿药粉在布巾上，随后收好布巾，又把小罐子放到原位，匆匆忙忙地离开了。回到"埔净苑"，陈五娘打开布巾，对着药粉看了好一会儿，终于下定决心，起身从茶壶里倒一盏茶水，把药粉倒进茶盏里，然后坐在笙蹄上静静地等待……

那些药粉就是情蛊，被放进茶水里。她本来是想给姚嘉木放情蛊，以牢牢拴住他的心，挽回他们之间的婚姻，却误被朱靖塘饮到肚子里。她发现出了差错，便懊悔不已，且有一种羞耻感，却已于事无补。后来，她还想给姚嘉木放情蛊，遂又潜入"埔净谷"，却再也找不到装蛊药的小罐子了。再后来，朱靖塘慢慢就对陈五娘有了好感……

陈五娘说："朱九郎……"

朱靖塘说："嗯……"

陈五娘从腰间取下那个黄色的香囊递给朱靖塘，说："送你了。"朱靖塘接过黄色的香囊，放在鼻子下闻了一下，顿然感到一股浓郁的埔净茶香和兰花香。那一瞬间，他忽然觉得脑袋里一片澄明清澈，一片茶园徐徐展开。与此同时，梁王的影像渐渐隐去，李旭轮的影像渐渐凸显，陈五娘的影像渐渐凸显。多么神奇的埔净茶！多么神奇的黄色香囊！

……

朱靖塘沉浸在黄色的香囊中，有些迷醉。

这时，猛然听见院子里响起一声："赵鸿垚，赵耆老，来，上床……"原来是孟七娘披头散发衣冠不整地跑了出来，却被两个下人紧紧拉住。陈五娘叹口气，眼圈就红了，说："若不是她那个会放盅的阿娘，七娘也不会这样。"朱靖塘却说："都是那个赵鸿垚害的！"随后拉开门闪身走了。陈五娘也走了出来。

姚珻娘和李旭轮刚好从后院出来准备去看孟七娘，他俩发现了朱靖塘和陈五娘的"秘密"，愣了一下。李旭轮说："那个朱靖塘，跟阿嫂倒是挺般配的……"姚珻娘"哦"了一声，说："可惜阿兄休了她……哎，找时间去看……阿兄……"这时，孟七娘却猛然挣脱了向李旭轮冲了过来，嘴里喊"赵鸿垚"，李旭轮急忙躲开，扇子却掉在地上。陈五娘恰好看见了。

姚珻娘对下人说："赶紧把孟七娘关到房间里。"交代一番，随后便和李旭轮回去了。陈五娘急忙跑过去捡起扇子，犹豫了一下，折回来轻轻敲了一下"埥净舍"的门，朱靖塘闪身出来，问："有事吗？"陈五娘就把扇子交给他。朱靖塘接过扇子，对着天上的半个月亮看了一会儿，却并没有新的发现，仍然只有兰花图和"埥净"两个字。

那么，朱靖塘有新的发现吗？

朱靖塘准备收起扇子的时候，忽然感到耳边吹来一阵风，似乎有什么东西叮当作响，扇子上又散发出了熟悉的兰花香。这把扇子很神奇。陈五娘一直盯着朱靖塘的表情，似乎想从中发现什么秘密。然而，朱靖塘的表情很平静，因为这都不是他想要的内容，于是就把扇子还给陈五娘。

陈五娘拿过扇子，赶紧来到"埥净闺"敲门。李旭轮打开门，吃惊地问："阿嫂，有事吗？"陈五娘对李旭轮说："皇嗣殿下，刚才你的扇子掉在地上了。"李旭轮愣了一下，说："我说呢，怎么找不到了。多谢阿嫂。"他伸手接过扇子，挥手让陈五娘走了。姚珻娘看着李旭轮手中的扇子，忽然冒出一句："不知六阿兄把信送到没？"

是啊，吴小六那边什么情况？的确让人牵挂。

这天上午，吴小六回来了，还带来了黄政雄等一干人。走到街上，吴小六说先去姚家大院禀报皇嗣，黄政雄却说要先去驿站传递公文。几个人于是就来到驿站。胡左伟听说后急忙迎出来，一看吴小六，就指着他说："逃犯吴小六，把他抓……"黄政雄急忙按住胡左伟的手，说："朝廷有令，不得为难吴小六，算了吧……"就拉着胡左伟往进走。吴小六也要跟进去，胡左伟却转身指着他说："外面等候!"

走进一个房间,黄政雄拿出一张纸递给胡左伟,说:"这是朝廷公文,要求南州府抓紧时间控制蛊毒,若控制不力造成不良后果,将拿你我是问。"胡左伟接过来一看,内容果然如此,想了一下,却问:"这纸公文不知出自何人之手?魏王知道吗?梁王知道吗?"随即将公文扔在地上。黄政雄"哎"了一声,面露愠色,却弯腰将公文捡了起来。

黄政雄说:"蛊毒事关重大,魏王和梁王乃至圣上肯定知道。"胡左伟又说:"胡某只听梁王的,当然也听魏王的,更听圣上的。"黄政雄说:"此事若再拖延,让圣上知道了,恐怕会有麻烦。"胡左伟就问:"以黄刺史高见,我们该如何应对?"黄政雄说:"朝廷给了药方和不少药材,我都带来了,接下来按方施救,应该可以控制蛊毒。"

胡左伟沉吟片刻,说:"好吧,胡某这就去安排。"黄政雄却站起来说:"走,去拜见皇嗣。"两人出来叫上吴小六,一行人便来到姚家大院,却见门口有不少武侯和乡兵。吴小六一问原来是胡左伟派人把姚家大院给围住了,于是勃然大怒,要跟武侯们动手。黄政雄急忙制止,对武侯们说:"我是南州府刺史黄政雄,带来了朝廷的命令,你们赶快撤走。"

武侯们却说:"我们只听胡县令的。"黄政雄看了一眼胡左伟,胡左伟黑着脸冲武侯们摆摆手,他们便撤退了。随后,吴小六陪着黄政雄和胡左伟走进姚家大院,直奔后院而去,却见姚珻娘和李旭轮走了出来,后面跟着潘小娘、朱靖塘和秦坤郎。黄政雄和胡左伟疾步上前弯腰施礼道:"微臣拜见皇嗣殿下和皇嗣妃。"李旭轮说:"免礼了。你们这是?"

黄政雄就说:"朝廷收到皇嗣殿下的信,非常重视,特命臣来控制蛊毒。"李旭轮急忙说:"太好了!圣上知道这事儿吗?"黄政雄却低头不语,胡左伟也闭口不谈。李旭轮就把目光转向吴小六。吴小六就说:"我把信送到太医署了,一个阉者接的。"李旭轮就轻轻地叹息一声。胡左伟的嘴角露出一丝不易察觉的笑容,恰好被李旭轮看见了,心里便有些不爽。

潘小娘一见胡左伟,眼睛里便冒出了火光。

姚珻娘紧紧拉住潘小娘的手,示意她要冷静。

李旭轮却不冷静了,就用生硬的语气说:"胡左伟,你幽禁皇嗣,今天当着黄刺史的面,这事总得有个说法吧?"胡左伟却笑呵呵地说:"皇权至上,我等要顶礼膜拜!皇嗣在此,我等要全力保护!下官不是幽禁皇嗣殿下,而是为了保护你们，我这也是为皇嗣殿下和皇嗣妃着想。"李旭轮说："哟呵，你倒还有理了？"姚珥娘碰了一下李旭轮的胳膊，悄声说："小不忍则乱大谋。"李旭轮就轻声叹息了一下，狠狠地看了胡左伟一眼。

随后，姚珥娘又说："好了，黄刺史，胡县令，一会儿我们在私塾会合，商量除蛊事宜。"黄政雄和胡左伟答应一声就告退了。李旭轮望着胡左伟的背影，愤愤地说："以后我若得势，一定不会放过胡左伟。"姚珥娘就说："阿郎，你若同他计较，岂不跟他是一类人？阿郎，先放下怨气吧，那些病人还需要我们。"

再来看胡左伟。回驿站的路上，黄政雄说："胡县令，你派兵把姚家大院包围起来，是有些不妥。"胡左伟问："有何不妥？"黄政雄说："那李旭轮毕竟是皇嗣，这事要是传到京城去了，恐怕会引起非议。"胡左伟却说："一个随时都会被废掉的皇嗣，何惧之有？我有梁王撑腰，怕什么？"黄政雄轻轻地摇了一下头。

回到驿站，黄政雄说想去私塾看看，胡左伟却说："黄刺史一路舟车劳顿，住下歇息吧，胡某去就可以了。"黄政雄说："此事非同小可，我们一起去。"胡左伟却说："黄刺史只管歇息，其他的就不用管了。"黄政雄想了一下，叫过几个随从，吩咐道："你们跟胡县令一起去，先重点救治病人，再把带来的药方和药材都分给民众们。"

几个随从答应一声，拎起行李准备出发。胡左伟却说："你们也歇息，东西交给我们就行了。"说完一招手，过来几个乡兵，把黄政雄随从拎在手里的物品接了过去。一个随从不愿交给乡兵，那个乡兵就使劲儿夺了过去。随从面露难色，可看着乡兵凶神恶煞的样子，就用眼神向黄政雄求救，而黄政雄却装作没看见，随从只好作罢。

胡左伟叫过赵鸿垚耳语几句，赵鸿垚便带着乡兵，把那些药材和药方带回了赵家大院。他们没有想到，韦团儿和两个黑衣人在暗处盯着他们，并尾随至赵家大院。赵鸿垚正在看药方，冷不防韦团儿走到跟前，赵鸿垚吃了一惊，药方便飘落在地上。韦团儿捡起药方，看了一眼。什么也没说，转身就走。

赵鸿垚愣了好一会儿，等韦团儿消失了，忽然大怒道："韩益康，你们是干什么吃的？让那个女人自由出入我家？"韩益康急忙走上前来，笑嘻嘻地说："耆老息怒，耆老息怒，那韦团儿……我们根本挡不住。再说，她背后是魏王，我们得罪不起啊！"赵鸿垚气得扇了一个乡兵两耳光。

再说那胡左伟，他安排黄政雄和几个随从在驿站住下，所有人都优先服用了防蛊的汤药。中午时，胡左伟在驿站里宴请黄政雄一行，好酒好菜好茶，还有从乡下挑选的清纯女子陪伴，吃酒作乐，不知疲倦。酒足饭饱后，每个人都由女子陪睡。他们大概忘记了蛊毒正在青石桥镇肆虐，也忘记了姚珝娘说的在私塾会合的约定。

那么，私塾里是什么情况？姚珝娘和李旭轮等几个人早早来到私塾，此时私塾里已人满为患，地上到处都是呕吐物，散发出浓重的酸臭味。又有一个老人被蛊毒夺去了生命，家属简单地哭了两声就止住了，其他人则表情麻木，因为每天都有死人，大家都习以为常了。

姚珝娘让陈五娘和朱靖塘等人把带来的用老茶和药材熬制的汤药分给病人，一个老人喘着气说："天天饮这汤药，没用啊！"随手把汤药泼在地上。陈五娘说："你怎么能这样？这是我们辛辛苦苦熬制的。"老人却"扑通"一声跪在李旭轮脚下，说："求皇嗣殿下救救我们。"李旭轮急忙扶住老人，说："我们正在想办法。"

有一个中年人说："听说黄刺史带来了药方，怎么不用啊？"姚珝娘就对李旭轮说："对呀，应该用朝廷送来的方子。哎，不是说好跟胡左伟在这里会合吗？他们人呢？"转身对秦坤郧说："去看看吧。"随即却又说："还是我去吧。"李旭轮就说："一起去吧。"几个人就往驿站走去。

来到驿站，姚珝娘说找胡左伟和黄政雄，驿卒回答说还在睡觉。姚珝娘就说："都这个时候了，还在睡觉？"说完就要往进冲，却被驿卒拦住了。正争执的时候，胡左伟出来了，衣衫不整的样子，伸着懒腰说："吵什么啊？"一看是李旭轮和姚珝娘等人，急忙整理好衣服，躬身施礼道："微臣参见皇嗣殿下……皇嗣妃……"姚珝娘就说："胡县令，黄刺史带来的药方和药材呢？"

胡左伟却说："这个……本官自有安排。"姚珝娘说："私塾里现在急需那些药方和药材，请胡县令交给我吧。"胡左伟却说："还是由本官亲自安排吧。"姚珝娘说："蛊毒初起的时候，我都参与控制了，胡县令还不放心我吗？"胡左伟却说："不是，朝廷有令，只让本官及僚属施行救治，外人一律不得介入。"

李旭轮就接过话头说："寡人算外人吗？"胡左伟沉吟一下，说："这个……当然不算。"李旭轮就说："那就把药方和药材交给我吧。"胡左伟却说："皇嗣殿下身体金贵，哪能让你劳心费神？还是由下官代劳吧。"说完叫过两个乡兵，交代一番，乡兵便进去了，不久之后又拎着一个袋子出来。随后，胡左伟拱手说："皇嗣殿下，皇嗣妃，下官先去私塾了。"说完带着两个乡兵扬长而去。

李旭轮刚要说话，姚珝娘却说："好，但愿胡县令药到病除。"望着胡左伟的背影，李旭轮说："他这是明摆着不让我们插手，里面肯定有问题。"姚珝娘就说：

"怕我们抢功呗。嗨，只要能治好蛊毒，让他去吧。"李旭轮说要跟着一起去，姚珝娘就说："既然避着我们，何苦去自讨没趣呢？"随后却叫过陈五娘和潘小娘，交代一番，陈五娘和潘小娘便去了私塾。

姚珝娘和李旭轮回到家里没多久，陈五娘就回来禀报，说："那胡左伟用的汤药跟我们原来用的一样。"李旭轮说："不会吧，太医署的太医们医术都不错，应该有更好的方子。"姚珝娘就说："再等等，看看效果再说。哎，五娘，你看到那个药方了吗？"陈五娘说："药方在胡左伟的腰带里，他拿出来看了一眼又塞进去了，藏得很紧。"

第二天，陈五娘和潘小娘回来禀报说那些服用了胡左伟汤药的病人丝毫没有好转。第三天依然如此。第四天还是这样。姚珝娘有些着急了，就说："怎么会这样？难道那些方子不管用？"李旭轮说："可我们根本就没有看到药方啊？谁知道胡左伟是不是按方用药呢？难道他又在搞小动作？"

姚珝娘就愣愣地说："对啊，我们没看到药方，谁知道他们用了哪些药材？不行，这样下去肯定不行，可是……"说完看着李旭轮。李旭轮就沉吟着说："是这样的，除非搞到那些药方？"姚珝娘想了一下，忽然一拍手，说："对，想办法搞到朝廷送来的药方，我们来救治，这样才能变被动为主动。"

可是，怎样才能搞到朝廷送来的药方，仍是个问题。

姚珝娘说："阿郎，我感觉那个黄政雄跟胡左伟不太一样，好像也想控制蛊毒，能不能从他那里入手呢？"李旭轮说："他呀，恐怕早被胡左伟拉下水了。你看他说话时好像还要看胡左伟的脸色。"姚珝娘说："试试吧，死马当作活马医。万一管用呢？"李旭轮想了想，就说："也好，可是，怎样才能找到他呢？我的意思是，这事儿要避开胡左伟。"

姚珝娘说："阿郎，你是皇嗣，召见一个刺史难道不可以吗？"李旭轮却沉默了好一会儿才说："娘子，你有所不知，我这个皇嗣，只是一个名义上的皇嗣，文武百官谁看不出来？曾有官员因私下谒见我而被杀头，从此以后官员们就像躲瘟神一样躲着我，我还敢召见谁呀？谁又敢来私下见我？尤其是品级高的官员更是如此。"

姚珝娘说："这是在青石桥镇，离神都远着呢，怕什么？"李旭轮却说："虽说远离神都，可我觉得到处都有眼线。别的不说，就说那胡左伟，跟朝廷有很深的瓜葛，在他的眼皮子底下，还是谨慎点好。如果那黄政雄还算有点儿良心，在这特殊时期，我更不能害他。"说到胡左伟了，姚珝娘就接着说："那，干脆一起召见胡左伟和黄刺史,怎么样?"李旭轮却摆摆手说:"不妥,干脆还是我去驿站找他们吧。"

随后,李旭轮就和姚珥娘一起来到驿站。

驿卒一看赶紧进去通报。不一会儿黄政雄和胡左伟就走了出来,自然又是一番繁文缛节。李旭轮扬了一下手里的袋子,说:"寡人带来一点儿好茶,今天不谈事,只饮茶。"黄政雄就说:"谢皇嗣殿下和皇嗣妃厚爱。"胡左伟却想,难道真的只是饮茶?只怕是另有所图吧?嘴上却说:"饮茶好,饮茶好。皇嗣殿下,皇嗣妃,请进!"

几个人坐下后,胡左伟要煮茶,李旭轮却说:"还是寡人来吧。"就坐到主人的位置上开始煮茶,煮好后就分到几个茶盏里。他的动作娴熟利落,神情专注,就像一个茶馆的老板。不一会儿就满室飘香。黄政雄端起茶盏饮了一口,咂巴一下嘴巴,说:"嗯,好茶!"胡左伟也附和着说:"好,皇家茶就是好!"

李旭轮却说:"这其实就是本地茶,姚家茶园里生长的。"黄政雄立即奉承道:"天下茶园都是皇家的,姚家茶园当然也是皇家的。"见李旭轮没有接话,黄政雄又说:"经皇嗣殿下的手煮出来的茶,味道就是不一样。"说完看了一眼胡左伟,胡左伟也赶紧说:"对对对,不一样就是不一样。"

这时,姚珥娘递给李旭轮一个眼神,李旭轮就扭头看了一眼后院,说:"胡县令,那两盆兰花长得挺好的,可以带我去看看吗?"胡左伟说:"当然可以。"随后就起身带李旭轮去后院,走之前还特意给黄政雄递了一个眼神。等胡左伟走到后院去了,姚珥娘赶紧问:"黄刺史,那药方上都有哪几样药材?"

黄政雄刚要说话,却听见胡左伟大声咳嗽一声,黄政雄就摆摆手说:"这个,下官……记不得了。"姚珥娘看了一眼茶盏,就伸手蘸上茶水,在茶几上写字。黄政雄明白了,于是就瞟了一眼胡左伟,随后也用手蘸茶水写道:"老茶……"可就在这时,胡左伟又咳嗽一声,黄政雄的手抖了一下,又低声说:"嗨,真记不得了。"他的脸上居然出现了一丝愧色。

姚珥娘叹了一口气,只得作罢。

又坐了一会儿,姚珥娘和李旭轮就起身告辞。

送走李旭轮和姚珥娘,胡左伟和黄政雄回到房间。胡左伟看着桌子上的斑斑茶水,说:"黄刺史,他们是想套出药方吧?"黄政雄说:"不是。"胡左伟却冷笑一声,说:"要不是我咳嗽两声,恐怕你就说出来了。"黄政雄尴尬地笑了一下,说:"胡县令,这药方可是朝廷开出的,让我们来对付蛊毒。"

胡左伟却说:"我只听梁王的,也听魏王的。"黄政雄就站起来说:"胡左伟,梁王、魏王也得听圣上的吧?"胡左伟却说:"有圣旨吗?"黄政雄说:"这个……梁王为什么要……"胡左伟就说:"这里的茶园,谁不喜欢?嗯?黄刺史,若听梁王的,这茶园也有你的份儿;若不听梁王的,小心你的乌纱帽。"这简直是警告了,也是一种侮辱。黄政雄的脸涨得通红,指着胡左伟说:"胡左伟,你还有没有官场的礼数?"

胡左伟却呵呵一笑,说:"黄刺史,我当然懂得官场的礼数,但我更懂得送礼的数量,那些茶园……可不是白送给你的哟。"黄政雄说:"你……"颓然坐在笙蹄上。胡左伟拍了一下他的肩膀,说:"如今我们是盟友,是一条绳子上的蚂蚱,你休想脱套!"黄政雄红着脸直喘粗气。胡左伟却又说:"当然,事成之后,梁王、魏王都不会亏待你。"黄政雄低头不语。

回到休息的房间,黄政雄反复权衡,为了自保,还是决定把药方告诉姚琦娘,但为了避嫌,他就叫过一个可靠的随从医官,把药方说给他听,要他牢记在心,随后便交代一番。吃过晚饭后,黄政雄忽然说肚子疼,就让随从医官去外面药铺买点儿草药。随从医官一离开驿站,赵鸿垚就派乡兵跟踪。

走了一会儿,随从医官忽然看见姚伊娘迎面过来,赶紧跑到她面前,似乎有话要说。姚伊娘正感到纳闷时,忽然一个乡兵跑过来撞到她身上,她就骂:"没长眼睛呀?"乡兵赔着笑脸走了。另一个乡兵则用恶狠狠的眼光看着随从医官。随从医官就快步走到药铺,买了一点儿药材,往回走的时候四下里看了看,确信无人跟踪后急忙拐弯朝姚家大院走去。

可随从医官刚走到姚家大院门口,却迎面撞见另外两个乡兵,不由分说就把他押送回驿站。胡左伟问随从医官:"干什么去了?"随从医官说:"给黄刺史买药。"胡左伟问:"怎么走到姚家大院去了?"随从医官说:"迷路了。"胡左伟冷笑一声,伸手扇了随从医官一耳光。

随从医官说:"你……怎么打人?"胡左伟却说:"打人算什么?"随手从乡兵腰间抽出刀,让乡兵按住随从医官,把他的右手大拇指剁了下来。黄政雄刚好出来,大叫一声:"胡左伟,你……太过分了!"胡左伟却冷冷地说:"这就是私送药方的下场。"说完扔下刀扬长而去。黄政雄急忙让人给随从医官包扎,心里有气却不敢发作。

姚伊娘回来后对姚琦娘说:"阿姐,刚才在街上遇到了黄刺史的随从医官,他好像有话对我说,可没想到一个乡兵撞了我一下,随从医官就走了。"姚琦娘就说:"有话要说？莫非……他想告诉你药方？对，肯定是想告诉你药方。"李旭轮说:"可从乡兵的反应来看，胡左伟肯定有所察觉，或者早就做了防范。这个胡左伟，真是恶吏！"

我发现，历史上的恶吏并不少见，其中一些居然与蛊毒扯上了关系，比如明朝的宦官梁永。这梁永贪婪成性，为人阴险，他长期控制陕西税收，对人民大肆盘剥，吸脂敲髓，奸淫妇女，因此遭到巡按御史徐懋恒的弹劾。梁永怀恨在心，便指使人用蛊毒谋害徐懋恒。福建道监察御史陈宗契知道后，多次上疏朝廷请诛梁永以正国法，梁永最终被处死。

好了，回到《埔净茶歌》中来吧。

鉴于胡左伟是恶吏的情况，姚琦娘决定智取。她考虑很久，就对李旭轮说了自己的想法。李旭轮却惊讶地说:"让我屈尊请那个恶吏吃饭，这合适吗？"姚琦娘急忙跪在地上说:"不这样做怕是拿不到药方啊，请皇嗣殿下体谅。"李旭轮想了好一会儿，有些伤感地说:"可怜啊，我一个堂堂的皇嗣……假如孙梵天还活着，唉……"他随后扶起姚琦娘，说:"娘子请起，我答应就是了。"

主意定下后，李旭轮就让朱靖塘去驿站送口信，说皇嗣要请胡县令和黄刺史吃饭。两人一合计，认为这是李旭轮示好的表现，于是欣然答应下来。酒席就设在姚家大院里，李旭轮和姚琦娘带着姚伊娘和潘小娘参加，朱靖塘和秦坤郧、吴小六在门外守候。黄政雄和胡左伟来到后，又是一番礼节客套，随即入席。李旭轮坐在主位，黄政雄和胡左伟坐在他两侧，连姚琦娘都坐在旁边，这让黄政雄和胡左伟感到很有面子。

酒是陈年"埔净茶酿"，芳香扑鼻，犹如品茗。

姚伊娘斟满酒后，李旭轮举起酒杯说:"黄刺史，胡县令，两位辛苦了，来，敬你们。"胡左伟愣了一下，心想这李旭轮亲自给他敬酒，莫非真的服软了？于是便感到很受用，说声"谢皇嗣殿下"，举杯一口干掉。潘小娘又赶紧给他斟满。酒过三巡后，姚琦娘站起来走过去先敬了黄政雄，又走到胡左伟跟前，说:"胡县令，此前我们有些误会，吃了这杯酒，一笔勾销。"皇嗣妃也如此主动表态，胡左伟当然很高兴，就站起来说:"多谢皇嗣妃理解，胡某先干为敬！"

现场气氛越来越活跃。酒酣耳热之际，李旭轮说:"要是有人跳舞助兴，就更好了。"姚琦娘立即接过话头说:"非常时期，找不到舞女呀！"随后却看着李旭轮，犹豫着说:"要不，我来跳一曲？"黄政雄和胡左伟愣了一下，随即却笑了起来。姚琦娘就起身走到空地上开始跳起了"霓裳羽衣舞"，斜曳裙裾，如花似玉，看得胡左伟直流口水。

片刻之后，姚珘娘舞到李旭轮面前，伸手做出一个邀请的动作。李旭轮会心地一笑，也起身跳起了舞，并且高唱："四海皇风被……千年德水清……戎衣更不著……今日歌功成……"这首歌叫《秦王破阵乐》，由唐太宗钦定。黄政雄和胡左伟等人受到感染，一边拍手一边跟着合唱，气氛十分热烈。

李旭轮越跳越快越激昂，头上居然冒出了汗，他索性解下腰带脱掉外套跳了起来，扭身扬臂、旋转踢踏，并来到胡左伟面前向他伸出了手，这叫"打令"。胡左伟犹豫一下，也起身离席，跟李旭轮跳起了对舞。李旭轮的声音越来越高亢，姚珘娘和姚伊娘、潘小娘的伴唱越来越深情，连胡左伟也受到了感动，当他看到李旭轮赤裸上身且泪流满面时，他也解下腰带脱掉外套搭在笙蹄上，跳起了"拍张舞"……

这正是姚珘娘和李旭轮想要的结果。李旭轮和姚伊娘、潘小娘赶紧挡住胡左伟的视线，姚珘娘迅速从胡左伟的腰带上掏出了那张药方看了一眼，竟然也有陈年老茶，随后便记住了几样药材的名字，又赶紧把药方塞进了腰带。胡左伟很兴奋，又邀请黄政雄一起跳，三个男人便跳起了群舞，直到大汗淋漓，他们仨才结束舞蹈。胡左伟一边穿衣服一边说："好久没这样跳舞了，痛快！"李旭轮伸手指着酒席说："黄刺史、胡县令，请继续吃酒，一醉方休！"

……接下来继续吃酒，胡左伟和黄政雄都出现了醉态。吴小六和姚伊娘扶着胡左伟，潘小娘和朱靖塘扶着黄政雄，走出饭厅将他俩交给乡兵，乡兵们便把他俩扶了回去。姚珘娘赶紧来到"埥净斋"，按照新药方从阿耶那里找到两种药材，又让姚伊娘和吴小六去药铺里买到另外几种药材，回来后配上老茶一起煮了，随后送到私塾里让病人们服用了。然后就开始等待，希望出现奇迹。

忙完这些已到深夜，几个人就往回走去。姚伊娘走了两步忽然说她的一个布巾忘在私塾里了，就转回去拿，吴小六等着她。拿到布巾后两人往回走，两个人的口鼻都被布巾遮住了，彼此看了一眼都觉得样子有点儿滑稽可笑，就取下布巾。姚伊娘说："唉，也不知道这布巾要戴到什么时候？"吴小六说："但愿今天熬的新药管用。"

说着说着就走到吴小六家门口，两只狗正在咬架，忽然冲了过来，姚伊娘吓了一跳，一把抱住吴小六。两只狗跑远了，吴小六就说："好了，没事了。"却并没有松开姚伊娘。姚伊娘也没有松开吴小六。两人就这样抱着。经过一番波折，两颗心慢慢靠近了。或者说，姚伊娘之前放的情蛊，终于显出效果了。吴小六轻声说:"我到家了。"姚伊娘说:"去你家。"

两人相拥着走进吴家。关上门,两人就紧紧地抱在一起,热吻起来。吴小六把姚伊娘放到床上,开始给她宽衣解带。姚伊娘静静地等待着,仿佛这一刻已等了很久。外面传来一阵脚步声,却不能打扰到两人的缠绵……当两人停下来休息时,忽然听见了兵器碰撞的声音,吴小六说:"不好,出事了。"赶紧穿上衣服拿上短刀冲了出来。

那么,外面是怎么回事儿?

原来,李旭轮和姚珝娘走到一个客舍门口时,几个黑衣人刚好从里面出来。秦坤郲赶紧保护李旭轮,朱靖塘则迎上前去,二话不说,挥舞镰刀朝黑衣人砍去。黑衣人急忙迎战,双方便打在一起。那个高个子黑衣男人大概是杀红了眼,突然冲到李旭轮跟前,把手伸向他的腰间。秦坤郲急忙迎战,却因受过伤力不从心。

就在这时,韦团儿出现了,大叫一声:"不许杀李旭轮,我才有资格取他性命。"高个子黑衣男人却不听劝阻,仍朝李旭轮冲去,把手伸向他的腰间,而李旭轮的腰间插着那把扇子。韦团儿飞身而来拔剑挡住,将高个子黑衣男人逼走了。吴小六也挥舞短刀砍杀,黑衣人便都退下了。韦团儿说:"李旭轮,你拿到药方也没用,好戏还在后头,我要慢慢玩死你!"李旭轮气得直跳脚,恨恨地说:"韦团儿,你这险獠,比蛊毒还狠!"

回到家里,姚珝娘捂住怦怦乱跳的胸口,赶紧饮了几口茶水,对李旭轮说:"刚才好险。"李旭轮沉思片刻,说:"是啊,可那些黑衣人来干什么呢?"姚珝娘说:"更奇怪的是,那个韦团儿居然还保护你。"李旭轮说:"哼,她的主子不敢杀我……她是想慢慢折磨我。"姚珝娘就安慰道:"她是痴心妄想。阿郎,以后出门要更加小心。"

话音刚落,就听见孟七娘的声音:"赵鸿垄,赵耆老,米,上床,把茶园还给我……"姚珝娘急忙走过去,只见孟七娘披头散发,衣衫不整,被两个下人按在地上。潘小娘拉着孟七娘的手,神色凄凉。姚珝娘看了一会儿,只觉得鼻子酸溜溜的,就说:"把她关进房间吧。"随后,姚珝娘没好气地说:"整天都是这些破事,再这样下去,我也要疯掉!"李旭轮就劝慰道:"一切都会好起来的……唉,但愿新药方管用!"

那么,新药方到底管用吗?

一连好几天过去了,患者的病情并未好转,也就是说,朝廷送来的新药方对蛊毒并没有特效,这样的结果让姚珝娘感到失望,深深的失望。该想的办法都想到了，仍然控制不住蛊毒，而胡左伟等人不但不配合，还百般阻挠，看样子是想把失败的责任全部推给李旭轮，这实在是一个狠毒的招数。

看着李旭轮愁眉苦脸的样子，姚瑂娘就说："阿郎，出去散散心吧。"两人就走了出去，沿着清凉溪往山林里走。忽然听到从檀铁寺传来悠扬的钟声，两人就停住了，站了好一会儿。太阳照在脸上，恍然像佛光一样。姚瑂娘就说："阿郎……"李旭轮立即接过话头说："去寺院烧炷香吧。"后面这句话两人是异口同声说出来的，彼此就相视一笑，手拉手朝檀铁寺走去。朱靖塘和秦坤郧、吴小六跟在后面。

几个人刚出发，那个高个子黑衣男人便跟了上来。

来到檀铁寺，刚烧完香，释怀悯师父就从大雄宝殿后面转了出来，双手合十道："南无阿弥陀佛，两位施主，别来无恙？"姚瑂娘也双手合十弯腰道："南无阿弥陀佛，师父吉祥！"心里却想，师父平常打招呼可不是这样的哦。李旭轮也学着姚瑂娘的样子，双手合十弯腰说："南无阿弥陀佛。"释怀悯师父就说："请随师父来。"

来到那间禅房"静斋"，释怀悯师父拿出一个袋子递给姚瑂娘，说："悯旭，这是一些十年老茶，或许对控制蛊毒有帮助。"姚瑂娘就接了过来。释怀悯师父又说："李施主，能把你的扇子借贫僧看看吗？"李旭轮就把扇子递给他。释怀悯师父接过扇子看了一会儿，自言自语道："也许，该到扇子发挥作用的时候了。"

……

那么，扇子到底有什么作用？

姚瑂娘充满期待地看着释怀悯师父。他又说："悯旭，记住，只有在本月的月圆之夜，也只有你才能发现扇子上的秘密。"李旭轮就插话说："法师，既然你知道扇子上有秘密，为什么现在不讲出来？"释怀悯师父却说："贫僧只知道扇子上有秘密，却不知道秘密究竟是什么。"

李旭轮又问："法师，既然你武功高强，而且还会神通，为什么不施展法术控制住蛊毒呢？"释怀悯师父就说："佛陀早就说过，神通敌不过因果。各人造业各人担。这场蛊毒，韦团儿说是'群蛊'，在贫僧看来，难道不是一种共业吗？"李旭轮又问："法师，请问这蛊毒还要继续下去吗？"释怀悯师父却说："因果相袭，未来可期。"

他们说话的时候，高个子黑衣男人躲在外面听得很清楚。

当高个子黑衣男人把偷听到的释怀悯师父说的话禀报给韦团儿时，她正在擦拭那把佩剑，她停了下来，说："听说李旭轮小时候的老师后来失踪了，会不会就是释怀悯那个秃奴？他说那扇子上有秘密，神乎其神的，会是什么秘密呢？难道跟蛊毒有关？会不会藏着蛊毒的解药？看来，我们得在这街上住些日子了。"

高个子黑衣男人说："小的也听说那把扇子很神奇，可能跟蛊毒有关，就想把扇子搞到手。那天晚上我并不想杀李旭轮，而是冲着他那把扇子。"韦团儿说："哦，那你怎么不早说？"高个子黑衣男人说："原来拿不准，所以不敢禀报大堂主……大堂主，我们要搞到那把扇子吗？"韦团儿却反问："你说呢？"高个子黑衣男人就说："属下明白。"

韦团儿又问："有什么办法？"高个子黑衣男人说："偷。"韦团儿却说："姚家大院防守严密，李旭轮的那把扇子形影不离，他的侍卫又很厉害……"沉吟片刻，又说："现在离月圆之夜还有几天，我们要抓紧时间，嗯……对了，我们可以散布谣言，扰乱民心，然后再趁乱盗取扇子。"她随后叫过高个子黑衣男人耳语一番。

很快，一个消息就在青石桥镇街上传开了。

这天早上，一个衣衫褴褛的人来到私塾，靠墙坐在地上，开始剧烈地咳嗽。没过多久，另一个面色蜡黄的人也气喘吁吁地来了，也靠在墙上剧烈地咳嗽。衣衫褴褛的人忽然说："哎，听说李旭轮……李皇嗣的那把扇子上有恶毒的咒语，把蛊毒给招来了。"面色蜡黄的人就问："你是说，这场蛊害是他那把扇子上的咒语招来的？"

衣衫褴褛的人说："正是。"面色蜡黄的人就说："难怪，自从他来到青石桥镇，蛊毒就跟着来了，原来跟他的那把扇子有关。我看他整天都拿着扇子，原来在四处放蛊。"他俩的对话引起了别人的注意，有人就插话说："那个皇嗣……李旭轮总在想办法控制蛊毒，不会吧？"衣衫褴褛的人说："这事……也可能他自己并不知道。"

有人就说："宁信其有不信其无。他若真心救我们，就把扇子扔了，或者烧掉。"一些人就附和道："对，扔掉，烧掉。"恰在这时，李旭轮和姚珻娘走了过来。大家忽然都不说话了，盯着李旭轮手中的扇子。姚珻娘走上前问一个老年病人："阿公，感觉好点吗？"老人说："怕是好不了。"姚珻娘说："我们正在想办法，你要挺住。"

老人忽然跪在李旭轮脚下，磕了几个响头，说："恳请皇嗣殿下为民着想。"李旭轮就扶住老人，说："阿公请起，我一直在想办法。"老人说："请皇嗣殿下烧掉你那把扇子。"李旭轮愣了一下，不解地看着姚珻娘。姚珻娘就说："阿公，你说什么?"老人又说:"请皇嗣殿下烧掉扇子。"姚珥娘就说:"阿公,你是烧糊涂了吧?"

这时,衣衫褴褛的人也跪下说:"草民听说蛊毒是那把扇子招来的,所以,请皇嗣殿下看在皇天后土的份上,烧掉那把扇子。"李旭轮的脸色很难看,嘴里就冒出一句:"荒唐。"打开扇子使劲地扇了起来。姚珥娘看了他一眼,转而对众人说:"这些话……你们在哪儿听到的?"面色蜡黄的人又剧烈地咳嗽起来,一边咳嗽一边说:"好多人都在说。"

这时,秦坤郧进来禀报,说街上好多人都在说皇嗣的扇子上有咒语招来了蛊毒。李旭轮的脸色更加难看,忽然收起扇子,气鼓鼓地走了出去。姚珥娘赶紧跟上。来到外面,李旭轮说:"又在造谣,把他们抓起来!"姚珥娘就劝:"阿郎息怒,阿郎息怒,犯不上为这等小事发火。"李旭轮说:"这关乎我的名声,还是小事?"说完就朝驿站走去。姚珥娘紧随李旭轮而去。

朱靖塘愣了一下,赶紧跟了上去。

来到驿站,李旭轮要胡左伟把那些造谣的人抓起来。胡左伟却说:"那些人……可都是病人啊?"李旭轮说:"我看他们是脑子有病,我尽心救治他们,可他们却恩将仇报。"胡左伟说:"皇嗣殿下息怒,那些人中了蛊毒,神志难免有些问题,你何必跟一群病人计较?"李旭轮却吼叫道:"这不但关乎我的名声,还关乎朝廷的名声。胡左伟,你到底抓不抓?你不抓我就找黄政雄!"

胡左伟却说:"黄政雄回州府去了。"这时,赵鸿垚凑到胡左伟跟前耳语几句,胡左伟就笑着说:"下官没说不抓,抓,抓。赵耆老,去抓人。"随后一干人就往外走,然而,刚走出驿站,就看见地上跪着很多人,大家齐声说:"请皇嗣殿下烧掉扇子,以解民难。"李旭轮的脸色通红,气咻咻地说:"我的扇子关你们什么事?愚昧无知!胡左伟,把他们都抓起来!"

姚珥娘赶忙拉住李旭轮的胳膊,轻声说:"阿郎,冷静!冷静!"李旭轮却说:"我无法冷静。"姚珥娘就说:"你应该明白众怒难犯的道理,这个时候更不能草率行事啊!阿郎!"姚珥娘随后面向众人说:"请大家不要造谣,不要信谣,也不要传谣,扇子的事皇嗣殿下一定会妥善处理。"李旭轮却"哼"了一声,抬脚就走,一边走一边说:"看来,对民众真要'教书育人,开智化悟'!这比除蛊更重要!"

赵鸿垚和胡左伟的嘴角露出笑容。

回到姚家大院,走进"埔净闺",李旭轮把扇子扔在床上,端起茶盏"咕咚咕咚"地饮了一通茶水,抹抹嘴说:"气死我了!那些造谣的人实在可恶!"姚珥娘没想到李旭轮会发这么大的火，一时不知道该如何劝解，就给他泡茶饮。等他安静下来，才说："阿郎，你不觉得这事儿有些蹊跷吗？"

李旭轮说："不管蹊跷不蹊跷，反正我不允许别人造我的谣！更不允许别人挑战皇家的权威！"姚晦娘犹豫一下，说："会不会又是一个圈套？我们可不能再被人牵着鼻子走了。"李旭轮想了一下，坐下来说："那，就让谣言流传吗？"姚晦娘说："控制住了蛊毒，治好了病人，谣言就不攻自破。"李旭轮就问："娘子有什么办法吗？难道把扇子烧掉？我决不同意！"

姚晦娘说："不，不用烧掉。"李旭轮问："那，你的意思？"姚晦娘盯着扇子看了一会儿，说："既然他们针对扇子，你就把扇子放在家里，对外就说扇子丢了。他们看不到扇子，自然就不会再议论。你说呢？"李旭轮沉吟一会儿，点点头，把扇子放在枕头下面，端起茶盏冲姚晦娘笑了一下。姚晦娘就说："阿郎，我们除蛊本身就是在'开智化悟'啊！"李旭轮又点点头说："藏起扇子，转移视线，以平民议，也好，也好！"

然而，这正是韦团儿所希望的结果。

这天上午，黄政雄又来到青石桥镇，他和胡左伟、赵鸿垚带着一帮随从、武侯和乡兵，浩浩荡荡地来到私塾。黄政雄、胡左伟和赵鸿垚见到李旭轮和姚晦娘就躬身施礼道："下官给皇嗣殿下和皇嗣妃请安，恭祝皇嗣殿下和皇嗣妃药到病除、旗开得胜。"李旭轮和姚晦娘深感纳闷，秦坤郧和朱靖塘、吴小六则手握武器如临大敌。李旭轮就问："胡县令，你们这是？"

胡左伟说："皇嗣殿下和皇嗣妃体恤民苦，为除蛊日夜操劳。下官愿听皇嗣殿下和皇嗣妃差遣，竭尽全力，万死不辞。"姚晦娘跟李旭轮对视一眼，露出了笑容。随后，胡左伟递过一张纸，又说："这是药方，下官认为还是交给皇嗣殿下和皇嗣妃比较合适。另外，下官命人配制了大批解药，定能除蛊！"

姚晦娘看着胡左伟好像是一脸的真诚，就想，这个胡左伟的态度为什么来了一个一百八十度的大转弯呢？这仍然与韦团儿有关。某天晚上，韦团儿带领两个黑衣人潜入驿站，找到胡左伟和赵鸿垚。胡左伟吓了一跳，上次的事让他心有余悸，这韦团儿实在不好惹，就急忙站起来问："大堂主有何贵干？"

韦团儿就说："胡县令，你手里的那个药方，作用不大。"胡左伟说："怎么会？那可是朝廷给的。"韦团儿就说："朝廷里管这事儿的人，也得看魏王的脸色，魏王不表态，那解药能有多大效果？你说是不是？"胡左伟想了一下，就点头说是。韦团儿又说："李旭轮可能快要拿到解药了，如果他拿到解药，我们将前功尽弃。"胡左伟愣了一下，说："下官听不明白。"

韦团儿笑着说："这场蛊毒终究是要结束的，圣上迟早也是会知道的，否则真就成了祸国殃民。但现在还不能结束，必须再持续一段时间。"胡左伟就问："为什么呀？"韦团儿说："别装了，你们那点儿小心思，还瞒得过我？梁王让你们建贡茶园，可茶农们都反对，你们巴不得用蛊毒把那些反对的人都消灭掉，省得碍手碍脚。所以，是我帮了你们。"

您一定知道，贡茶起源于周武王时期，是老百姓对皇室做出的无偿贡献，这种进贡当然不是自下而上的自愿行动，而是自上而下的强制性的无偿掠夺，以满足穷奢极欲的生活需求。唐朝的贡茶制度更为严苛，几乎覆盖了所有的名茶产区，青石桥镇也不例外。后人说到贡茶时居然以此为荣，那是因为他们不了解贡茶的历史以及邪恶之处……不好意思，又跑题了，赶紧打住。

胡左伟和赵鸿垚对视一眼，只觉得后背上冷飕飕的。

韦团儿又说："而我，要用蛊毒把李旭轮的名誉搞臭，彻底搞臭，让他身败名裂，保不住皇嗣的位置。"赵鸿垚急忙说："我们也是为朝廷……"韦团儿却冷笑一声，说："呸！你们趁着蛊毒肆虐，大肆侵占死绝户的茶园，以为我不知道？解了蛊毒，你们还能轻易霸占茶园吗？"胡左伟和赵鸿垚脸色一暗，低头不语。韦团儿又说："所以，我们各取所需，必须携手合作。"

胡左伟问："解药在哪里？"韦团儿说："这个你不用知道，你只管搅局，表面除蛊，实则捣乱，分散李旭轮他们的注意力，并把看守姚家大院的人都撤走，剩下的我来做。"胡左伟说："好，我们合作，各取所需。哎，对了，如果我没猜错的话，说扇子招来了蛊毒也是你安排的吧？"韦团儿轻轻一笑，说："猜吧，使劲儿猜！"扭身就走了……这就是胡左伟突然热心"除蛊"的真实原因。

这当儿，李旭轮急忙拉住胡左伟，说："好，我们齐心协力，共同除蛊！"胡左伟一招手，乡兵们抬来了药材，垒起了锅灶，架起了铁锅，熬起了汤药，一会儿便烟雾缭绕，私塾院子里人欢马叫。若不是乡兵们个个都用布巾捂住口鼻，外人还以为在举行什么庆典活动哩。李旭轮和姚珥娘受到感染，便和众人一起行动起来。

忙起来就显得人手不够，胡左伟就把驿站里的驿卒和乡兵都调了过来，赵鸿垚也把自家的家丁和下人都叫了过来。姚珥娘受到启发，也把自家的下人和在门口守卫的乡兵都叫过来。这正是韦团儿所希望的结果，她带着两个黑衣人，趁着众人正忙得热火朝天时潜入姚家大院，盗走了扇子。

天啊，扇子被盗走了？究竟是怎么回事儿？

那天，私塾里。朱靖塘正跟在李旭轮后面警戒，坐在地上的一个中年人用怪异的眼神看了他一眼。那人用布巾遮住了口鼻，还裹着头巾，所以看不清他的真实相貌，但总感觉有点儿面熟。朱靖塘走近他时，那人突然在朱靖塘的脚下丢了一个纸团，并朝朱靖塘指了一下。朱靖塘看到了，于是趁人不备弯腰捡起纸团，随后来到一个僻静的角落，展开一看，纸团上写着四个字：保护扇子。

朱靖塘看了那人一眼，那人冲他点了一下头，旋即低下头去。朱靖塘明白了，就想，难道还有人想打扇子的主意？联想到胡左伟和赵鸿垚的反常举动，更加坚定了这种判断。不，不能让别人毁掉扇子，我还要看到扇子上的《靖净谣》呢。想到这里，赶紧收起纸条，装着没事一样来到李旭轮旁边。

恰在这时，姚珻娘走过来对陈五娘说："阿嫂，家里的老茶还有吗？"陈五娘说："还有，前不久阿耶又从乡下收了一大袋子。"姚珻娘手里抓着一把茶叶，一边看一边说："胡左伟带来的这些老茶不太好，还是用我们的吧。阿嫂辛苦一趟，回去拿过来。"陈五娘答应一声，转身就走。朱靖塘忽然说："陈五娘，我帮你拿。"

姚珻娘看了看朱靖塘，跟李旭轮相视一笑，招手让朱靖塘跟陈五娘去了。朱靖塘刚走，姚珻娘忽然想起了一件事，赶紧追上去轻声补充一句："朱靖塘，顺便看看扇子。"朱靖塘答应一声就走了。李旭轮就问："娘子，你有什么担心吗？"姚珻娘说："小心为妙。"李旭轮又问："那扇子真有那么大作用吗？"姚珻娘却说："阿郎，扇子是你的，我怎么知道？"心里却想，扇子上的那些文字，还有后续的吗？

李旭轮的脑海里忽然就出现这样的情景：在一个豪华典雅金碧辉煌的房间里，一个老师将一把扇子递给一个学生，说，这把扇子是老师的老师送给老师的，老师今天送给你，你要好好保管这把扇子，关键时候对你有用……老师三十多岁，学生十二岁，老师叫王仁慈，学生叫李旭轮；老师被宽大的白袍包裹着精瘦的身子，头戴白帽，手捧茶壶，整个人被一团蓝光笼罩着，那眼神像极了释怀悯师父……

在另一个房间里，王仁慈在教李旭轮画兰花，说，这叫交凤眼，这叫破凤眼……忽然，房间里烧起了大火，王仁慈把李旭轮抱在怀里往外冲，李旭轮安然无恙，王仁慈却被烧伤了脸……那把扇子上不仅隐藏着老师所说的秘密，也凝聚着李旭轮对老师的感情。这些年来，他无论走到哪里，无论身处何种险境，都跟扇子形影不离，可以说扇子是他的精神寄托！

李旭轮说出了心中的隐情，姚珝娘也深受感动。

回到姚家大院，陈五娘直奔"埥净岩"去拿老茶，朱靖塘却显得心不在焉。忽然，朱靖塘说肚子疼，赶快跑向茅房，经过厨房门口时，只见房门大开，有个瘦黑衣人在里面，正在打火镰，而他的旁边就放着扇子。朱靖塘情知不妙，就大叫一声："干什么？"瘦黑衣人一见来人赶紧抓起扇子飞身出门。朱靖塘急忙追赶。瘦黑衣人跳上墙头就跑了。朱靖塘飞身追了上去。

陈五娘听见响动走出"埥净岩"，看见了这一幕。

瘦黑衣人从院墙头翻身下来，把扇子交给早已守候在此的韦团儿，韦团儿接过扇子纵身一跃，就跳出十丈开外。瘦黑衣人转身抽出剑向朱靖塘刺来，朱靖塘也拔出镰刀迎战，一边打一边说："烧毁了扇子，梁王饶不了你们！"瘦黑衣人愣了一下。打了三五个回合后瘦黑衣人渐渐处于下风，便找个空子跳出圈外，朱靖塘则紧追不舍，心里却在想，韦团儿跑到哪儿去了呢？

韦团儿回到了一家客舍。她把扇子打开，只见上面画着一幅兰花图，还写着"埥净"两字。这把扇子她曾经见过，李旭轮很小的时候就经常拿在手里，正是他手摇扇子的儒雅风度迷倒了她，所以韦团儿才对李旭轮萌生了爱意。韦团儿见到扇子了既感到亲切也感到伤心，看了一阵，她就把扇子扔在地上，抬脚准备踩上去。

那个瘦黑衣人冲了进来，大叫一声："大堂主，不能毁坏扇子！"说完跑过去从地上捡起扇子。韦团儿不解地问："为什么？"瘦黑衣人说："刚才那个朱靖塘说，梁王不让毁掉扇子。"韦团儿愣了一下，伸手拿过扇子又看了一会儿，说："这么说，那朱靖塘有可能是梁王的人？"瘦黑衣人说："或许是梁王安插在李旭轮身边的。"韦团儿说："嗯……可梁王要留着扇子干什么呢？"

回头再说陈五娘，她看见朱靖塘翻墙出去了，就知道出事了。她有些担心，就从大门跑出去绕到后面，却不见朱靖塘的身影。就在这时，另一个胖黑衣人飞奔而来，后面的朱靖塘紧追不舍。胖黑衣人突然一把抓住陈五娘，把剑架在她的脖子上，对朱靖塘说："别过来，否则我杀了她。"朱靖塘愣了一下，说："你别乱来，放过她。"

陈五娘惊恐地叫道："朱九郎……"

朱靖塘说："陈五娘，别怕……"

胖黑衣人挟持着陈五娘后退，退到一个拐角处，他一把将陈五娘推倒在地，转身就跑了。朱靖塘赶紧上前扶起陈五娘，陈五娘呜呜地哭了起来。朱靖塘安慰她说："好了，没事了。"陈五娘一边哭一边说："那人是谁呀？朱九郎，你不会……有事吧？"朱靖塘说："我没事，只是他们……偷走了扇子。"

"啊？扇子？"陈五娘大吃一惊，"那扇子可是皇嗣的宝贝，丢了扇子，你如何交代呀？"朱靖塘皱着眉头看着远处的茶园，好一会儿才说："先别告诉皇嗣，我去把扇子找回来。"陈五娘就说："你去哪里找啊？"朱靖塘说："扇子肯定在韦团儿那里。"陈五娘说："韦团儿？那个女人太狠毒，你不能去！"说完伸手拽住朱靖塘。

朱靖塘就说："扇子是皇嗣的宝贝，弄丢了，我担当不起啊！再说，扇子上可能有……解药……必须找到！"陈五娘就说："那，我陪你一起去。"朱靖塘惊讶地看着陈五娘，说："很危险，你敢去？"陈五娘重重地点点头。朱靖塘愣了一会儿，就说："五娘，多谢你的好意，但你真的不能去……这样吧，你赶快去禀报皇嗣，这事儿还是不能隐瞒，我去找扇子……"

陈五娘不敢怠慢，赶紧来到私塾向李旭轮禀报说扇子丢了。李旭轮大吃一惊，急问："怎么回事？快说！"陈五娘就说："是黑衣人干的……朱九郎没追上……"李旭轮问："那，朱靖塘人呢？"陈五娘说："去找黑衣人了，说要拿回扇子。"姚珻娘一听扇子丢了，心里也很着急，就丢下手里的活，赶紧过来问："就他一个人去追？"陈五娘："是。"

姚珻娘跺了一下脚，说："嗨呀，这再过几天就月圆了，关键时候又出这事，还让人活吗？"李旭轮就说："这朱靖塘，怎么这么不小心？小六郎，小六郎——"吴小六走过来说："皇嗣殿下，有何吩咐？"李旭轮就说："你跟秦坤郧分头去找扇子。"姚珻娘却说："不行，阿郎，他们都走了，你身边空虚，这是安全隐患！若有人趁机袭击……怎么办？"

李旭轮却说："丢了扇子，我活着还有什么意思？"姚珻娘就脱口而出："丢了扇子，又不是丢了江山。"李旭轮愣了一下，就定定地看着姚珻娘。姚珻娘这才意识到说漏嘴了，就紧张地看着李旭轮，甚至要跪下请罪。李旭轮却拉住他，摆了摆手，随后便走出私塾，来到清凉溪边。姚珻娘也跟了上去。

初春到了，天地间已荡漾着柔和的风，远处的茶园已开始春心萌动，冒出了尖尖的嫩芽。从山上传来一阵悠扬的钟声，李旭轮知道那是檀铁寺的钟声。此时，释怀悯师父正一边听着钟声，一边在纸上写着一个个"茶"字。忽然，释怀悯师父停了下来，放下笔，双手合十，说："南无阿弥陀佛，扇子平安吉祥！朱九郎平安吉祥!"

再说那朱靖塘,在街上转了两圈,却始终找不到黑衣人,就失望地往回走。走到清凉溪边时,刚好碰到李旭轮和姚姆娘,朱靖塘双腿一软跪在李旭轮跟前,说:"皇嗣殿下,扇子丢了,属下罪该万死,请皇嗣殿下惩罚!"李旭轮却站着不动。姚姆娘就拉起朱靖塘说:"起来吧,以后注意就是了。当务之急是找回扇子。"

李旭轮转身说:"那个韦团儿,会藏在哪里呢?那家客舍去找了吗?"朱靖塘说:"找了,没有。"吴小六说:"会不会在那个农家小院里?"朱靖塘说:"也去找了,没有。"李旭轮叹息一声,忽然折身往私塾走,几个人赶紧跟上。来到私塾,李旭轮想找胡左伟却不见踪影,问一个乡兵胡左伟到哪儿去了,回答说不知道。李旭轮随即转身往驿站方向走。

胡左伟和黄政雄、赵鸿垚正在驿站里吃酒,胡左伟一边吃一边说:"哼哼,我们这一搅和,韦团儿应该得手了吧?有她出面牵制李旭轮,除蛊必受影响,又要多死几个茶农……"猛然从窗户里看见李旭轮和姚姆娘走进了驿站,三人急忙放下酒杯出来迎接。李旭轮开口就说:"黄刺史、胡县令,私塾那边忙得不可开交,你们却躲在这里吃酒,好意思吗?"

胡左伟就笑着说:"这……忙了半天,总得吃口饭吧?皇嗣殿下,要不一起吃点?"李旭轮却露出厌恶的表情,说:"胡左伟,寡人丢了一样东西,希望你能找回来。"胡左伟眼珠一转,说:"什么东西?"李旭轮说:"这个……扇……"姚姆娘急忙说:"山上的老茶,对祛除蛊毒大有帮助。"胡左伟就看了一眼赵鸿垚,赵鸿垚就说:"请问是黑衣人……"胡左伟就咳嗽一声。赵鸿垚急忙改口说:"什么人干的?"

李旭轮就说:"没错,就是那个韦团儿干的,寡人要你们抓住她。"赵鸿垚沉吟片刻,说:"丢的到底是什么东西?皇嗣殿下如此着急?"李旭轮勃然大怒:"丢什么东西重要吗?抓紧时间去抓韦团儿。"赵鸿垚却说:"丢什么东西很重要。"姚姆娘就说:"不跟你说了是山上的老茶吗?"胡左伟给赵鸿垚递了一个眼神,赵鸿垚就住口了。

胡左伟说:"皇权至上,我等要顶礼膜拜!皇嗣殿下的东西,不管是什么,都是重要的。对皇嗣殿下的吩咐,下官们必须照办!只是这办案需要时间,还请皇嗣殿下理解。赵鸿垚,快去办案!"说完一挥手,赵鸿垚便带着几个乡兵走了。李旭轮还想说什么,姚姆娘就拉了他一下,随即带着手下人离开了。胡左伟一挥手,又跟黄政雄进去吃酒了。

当晚月光清淡，照无眠。

夜深人静了，李旭轮跟姚珥娘都还没睡，一个坐在桌前发呆，一个站在窗前发愁，桌子上的茶盏正冒着热气，潘小娘站立一边不住地打瞌睡。陈五娘拎来开水给茶壶添满，悄声对姚珥娘说："珥娘，愁也没用啊，早点歇下吧。"姚珥娘抬头看看陈五娘，说："阿嫂，我没事。朱靖塘恐怕也睡不着，去看看他吧？"陈五娘说："这……"脸却微微红了。

陈五娘拎着水壶来到前院，在"靖净舍"门上敲了三下，里面便有了响动。此时的朱靖塘也睡不着，翻来覆去时眼前总是晃动着扇子的影子。丢了扇子，拿不到《靖净谣》，他无法向梁王交代；丢了扇子，坏了大事，他无法向李旭轮交代；丢了扇子，影响除蛊，他无法向姚珥娘交代。越想越睡不着，忽然听见敲门声，就赶紧穿衣起床来到门外。

在陈五娘示意下，朱靖塘跟她走到墙角一丛竹子后面。陈五娘说："还在为扇子的事烦心吗？"朱靖塘点点头。陈五娘就说："扇子真有那么大作用？"朱靖塘说："我也不知道。"陈五娘说："要是真能用扇子治好蛊毒，也算功德无量！蛊毒害死了那么多人，还有姚家……大郎……能救活他们该多好！"说着说着就哽咽了。

朱靖塘心里有点儿酸溜溜的，就说："是啊，姚嘉木要是还活着……可惜他休了你……"陈五娘听出了朱靖塘话中的意味，她心里却是五味杂陈，这时忽然发现朱靖塘也热泪盈眶，就惊讶地问："你怎么也哭了？"朱靖塘说："五年前，我阿娘也死于蛊毒……我痛恨放蛊的人……"陈五娘就说："所以，一定要找到扇子！解除蛊毒！"朱靖塘擦掉眼泪点点头。

陈五娘忽然问："那扇子上是不是有'靖净'两个字？"朱靖塘就说："对啊。"陈五娘就说："可能在靖净山上的茶园里。"朱靖塘问："你说什么？"陈五娘说："我说韦团儿可能在茶园里。"朱靖塘想了一下，一拍手，说："走，去茶园。"随后却又说："你回去歇着，我去就行了。"陈五娘却说："一起去。"

就在这时，"嗖"的一声，一个飞镖扎在树干上，朱靖塘大吃一惊，赶紧取下飞镖。飞镖上面穿着一张纸，打开一看，上面写着"茶园"两字。朱靖塘跟陈五娘对视一眼，自言自语道："奇怪，来送信的究竟是谁？难道是上次给我纸团的人？"随后便往外走。陈五娘追上来说："我也去。"朱靖塘就说："太危险，你不能去。"陈五娘坚持要去，朱靖塘只好答应。出大门的时候，陈五娘对姚家的一个家丁耳语了几句。

夜幕下的靖净山一片清幽，茶园里一片静谧，也有几分神秘。韦团儿果然来到茶园，她打开扇子对着清淡的月光看了又看，却看不出什么名堂，就低声说："这上面除了'靖净'两个字，其他什么都没有。也就一个破扇子，梁王却还当个宝，到底是为什么？你们说，到底是为什么？"没有人回答。

"扇子上的秘密，哪里是你这个庸俗女人看得到的？"一个声音从暗处飘了过来，让韦团儿吓了一跳。她急忙问："谁？"几个黑衣人立即握住武器做好战斗准备。这时，朱靖塘从暗处走了过来，用手指着韦团儿。韦团儿见只有他跟陈五娘，就说："朱靖塘，能找到这里，也算你聪明。这扇子对你很重要吗？"朱靖塘说："对除蛊很重要。"

韦团儿说："梁王……"朱靖塘突然回身，一掌打在陈五娘的脖子上，她便软软地倒了下去。朱靖塘说："不错，这把扇子对梁王很重要，所以，请你还给我。"韦团儿说："我要是不愿意呢？"朱靖塘说："事成之后，我帮你除掉李旭轮。"韦团儿却说："李旭轮不能死，我要让他不得好活，生不如死。"朱靖塘说："我也可以让他生不如死。"

韦团儿说："我怎么信你？"朱靖塘说："我在李旭轮身边潜伏了三年都没有暴露……信不信由你。"这时，一个黑衣人飞身而来，对韦团儿耳语几句，韦团儿就愣了一会儿，说："既然这样，这扇子要它还有什么用？"随手把扇子扔给朱靖塘，转身就走了。刚走两步，却见秦坤郧和吴小六冲了过来，双方又是一场打斗，韦团儿不敢恋战，应付几下就跑了。

紧接着，姚珝娘和李旭轮、姚伊娘、潘小娘也走了过来。朱靖塘急忙把扇子交给李旭轮。李旭轮拿着扇子看了又看，一把拉住朱靖塘，兴奋地说："朱九郎辛苦了，辛苦了。"朱靖塘赶紧抱拳还礼。这时，姚珝娘发现陈五娘躺在地上，赶紧把她拉起来，掐了人中，终于醒了过来。姚珝娘问她怎么回事儿，她却说是被黑衣人打的。随后，几个人便离开茶园往回走去。

陈五娘找个空子，跟朱靖塘走在一起，悄声问："你刚才为什么打我？"朱靖塘愣了一下，说："怕你受到惊吓，更怕你被黑衣人伤害，所以……让你……躺下休息……装死……"陈五娘问："真的？"朱靖塘说："真的。不让你来你偏要来。"言语中虽有责怪，却更多的是关心。陈五娘心生欢喜，就拉住了朱靖塘的手。

再来说韦团儿。回到驻地后，一个黑衣人问："大堂主，为什么要把扇子还给朱靖塘？"韦团儿说："刚接到密报，圣上下旨要全力除蛊，我们还要扇子干什么？"黑衣人说："小的听不明白。"韦团儿就说："我估计，扇子上有蛊毒的解药，所以姚珥娘拼死要夺回。可如今，圣上说要全力除蛊，我们再阻拦就是抗旨不遵，明白吗？"黑衣人说："明白了。"

……

圣上下旨要全力除蛊，这是真的吗？

第三天上午，一个宦官来青石桥镇宣读当朝皇帝的圣旨，要官民全力除蛊，若有懈怠者将予严惩不贷。李旭轮和姚珥娘率领黄政雄、胡左伟、赵鸿垚等一干人马跪地接旨，口呼："圣上英明，吾皇万岁万岁万万岁！"地动山摇，好不壮观！惹得一些被蛊毒戕害已久的病人也热泪盈眶。胡左伟喊完"万岁"犹嫌不足，又说："皇权至上，我等要顶礼膜拜！全力除蛊！"吴小六却鄙视了胡左伟一眼，悄声说："骗人！"

黄政雄和胡左伟、赵鸿垚不敢怠慢，赶紧使出浑身解数全力除蛊，他们把几家客舍征用过来当作救治病人的场所；把药铺的药材和茶铺的老茶都收购起来用来熬药汤；把全县所有的郎中都征召过来参与救治病人。与此同时，朝廷下发的一批除蛊物资也送来了，有药材、粮食、茶叶、衣服、布巾，当然，也有铜钱。这些物资都堆放在驿站，由胡左伟统一发放。尤其是那一袋一袋的铜钱，看得胡左伟眼馋。负责押送物资的官员被胡左伟安顿在驿站里好吃好饮好玩。

然而，除蛊效果却并不明显。

病人服用了汤药后并没有明显好转，黄政雄和胡左伟转而来找姚珥娘，希望她能想个办法。姚珥娘正忙得满头大汗，就潦草地说："解铃还须系铃人，你们去找韦团儿吧。"说的本是一句气话，胡左伟却当了真，就跟赵鸿垚一起找到韦团儿，让她交出解药。韦团儿却两手一摊，说："我也没有解药。"胡左伟就说："蛊毒不是你放的吗？怎么会没有解药？"韦团儿却说："放屁！老娘什么时候放蛊了？别胡说八道！"

胡左伟头上直冒冷汗，说："你……这么快就不认账了？"韦团儿说："谁爱认账谁去认，反正老娘不认。"胡左伟就说："罢了，不认就不认吧。治不好蛊毒，圣上怪罪下来，恐怕魏王也担当不起呀！"韦团儿就说："我真的没有解药。"胡左伟就说："那，你给我们的不是解药？"韦团儿说："我给你们的，只是预防中蛊的药，不是解药；只能预防，不能治疗。"胡左伟长叹一声，脸色苍白。

那么，扇子上的秘密，真的跟解药有关吗？

姚珥娘一边忙碌一边想，一边焦急地等待。好不容易等到月圆之夜，她早早在自家后院里"靖净闺"门口摆上桌子，放上香炉和茶水、糕点。月上中天的时候,她点燃香烛,焚香叩拜,嘴里不住地念叨:南无阿弥陀佛,南无阿弥陀佛。此时月光皎洁,天空湛蓝,姚晦娘的眼睛里澄明清澈,李旭轮站在一边神情肃穆。

朱靖塘站在姚晦娘侧面,有点儿紧张。姚森伯、姚伊娘、吴小六、秦坤郎、潘小娘、陈五娘等人站在远处,大气都不敢出。只见姚晦娘拿过扇子,慢慢打开,将扇面朝向月亮。这时,就在这时,奇迹发生了!只见扇面上金光闪闪,渐渐显出了一个"谣"字,且跟原来的"埔净"两字是同一书体;紧接着又显出几行字:

南江多浩荡,浓雾踏波浪,云缠雨绕叠峰秀,林木苍翠漫照光。根深抱岩土,叶茂沐朝阳,早春二月披晨露,埔净山上采茶忙。芽开含精华,轻风送灵爽,融情化意通天地,饱受煎熬出靓汤。此间有茶女,慈悲又善良,巧借佳茗来疗伤,除蛊祛疠赛金枪……

随后,金光散去,那些字也慢慢消失。

啊,多么神奇!多么激动人心!

姚晦娘双手颤抖,把这几句话牢记在心。说来奇怪,站在她侧面的朱靖塘居然也能看见那些字,把它们都记在心里,暗想,难道这就是梁王想要的《埔净谣》吗?忽然想起了梁王的吩咐:你要想办法拿到扇子,并且看清写在上面的《埔净谣》后,再杀掉李旭轮。记住,一定要记住那些字,在此之前你要保护他……

朱靖塘伸手握住镰刀,紧紧地盯着李旭轮。此时李旭轮满脸是泪,和姚晦娘一起跪在地上,双手合十道:"求菩萨保佑我青石桥镇民众!求菩萨保佑我青石桥镇民众!南无阿弥陀佛!"这是朱靖塘第一次看见李旭轮如此虔诚如此伤感。这几年他经历过那么多的艰难,都没今天这样伤感过,这让朱靖塘深感震惊!

朱靖塘下意识地从腰间取下黄色的香囊放在鼻子下闻了一下,顿然感到一股浓郁的埔净茶香和兰花香。那一瞬间,他忽然觉得脑袋里一片澄明清澈,一片茶园徐徐展开。与此同时,梁王的影像渐渐隐去,李旭轮的影像渐渐凸显,陈五娘的影像渐渐凸显。多么神奇的埔净茶!多么神奇的黄色的香囊!

正在檀铁寺里的释怀悯师父也看见了《埔净谣》那些文字在空中飘散,像佛光一样在空中飘散。释怀悯师父一挥手,那些文字就钻入朱靖塘的大脑里。他只觉得脑海里"哐啷"一声,清爽了很多,原来的迷乱、焦虑和苦闷好像都被那些文字给逼出了大脑。与此同时,梁王的吩咐也不复存在,取而代之的只有《埔净谣》和释怀悯师父的声音"南无阿弥陀佛"。另一个长得酷似姚嘉木的僧人自言自语道:"难怪朱靖塘那么卖力地去寻找扇子,原来如此!"

啊,多么神奇!多么令人欢喜!

可就在这时,忽然传来一个声音:"朱靖塘,赶快动手!杀死李旭轮!杀死现场所有人!"话音刚落,就见一条黑影闪了一下就不见了。朱靖塘掏出镰刀冲到李旭轮旁边,吴小六和秦坤郧赶紧护住李旭轮。朱靖塘却大喊一声:"站住!"拔地而起追击那个黑影陌生人去了。

追到一片竹林里,蒙面黑影站住,指着朱靖塘说:"我两次派人递纸条帮你拿到了扇子,如今你看到了扇子上的那些文字,为什么不杀李旭轮?"朱靖塘瞬间明白了在私塾和姚家大院里给他传递纸条的人就是这个蒙面黑影,就问:"你究竟是谁?"蒙面黑影说:"我们都是梁王的人。梁王对你寄予厚望,你为什么不杀死李旭轮?"

朱靖塘犹豫一下,说:"李旭轮……皇嗣他为除蛊呕心沥血,我……不忍心。"蒙面黑影说:"梁王的命令,你难道也不听吗?"朱靖塘低头不语,好一会儿才说:"皇嗣是好人。"蒙面黑影勃然大怒,说:"你想背叛梁王?"说完举剑就刺。朱靖塘侧身躲过,一连躲了三次,手臂被划了一剑,就说:"这一剑,我还给你了。"随即举起镰刀对打起来,蒙面黑影很快便招架不住,落荒而逃。

再来看姚家大院的情况。姚珝娘嘴里念叨《靖净谣》那几句话,心里却在想,究竟是什么意思呢?当念到"除疾祛疠似金枪"时,反复念了几遍,忽然说了一句"明白了",起身就往前院跑,李旭轮赶紧跟上,姚森伯等人也赶紧跟上。来到阿耶的"靖净斋",姚珝娘找出了一个袋子,打开,拿出了几只蜢螂,说:"'金枪'就是'金蜢'的意思,指的是蜢螂。蜢螂加十年老陈茶'极品靖净茶'和今年的炒青新茶熬制成汤药,可解蛊毒。"

李旭轮忽然就想到那天晚上在"靖净斋"时释怀悯师父把扇子往旁边的蜢螂上放了一下旋即又拿起来交给李旭轮的情景;又想到释怀悯师父曾对姚珝娘说的那句"茶中极品,解惑安民",方才明白原来释怀悯师父早已暗示。可师父为什么不明说呢?难道真是天机不可泄露抑或机缘尚未成熟?不管怎样,总算有了解药!姚珝娘指挥众人赶紧分头行动,捣碎蜢螂,配上老茶和新茶,还有樟树籽,熬成汤药。姚家大院里飘荡着一股独特的药香。

正忙碌的时候,却见朱靖塘回来了,手臂上留着血印。吴小六和秦坤郧一见朱靖塘,赶紧挡在李旭轮前面,拿出武器指着朱靖塘。陈五娘叫一声"朱九郎",

就要奔过去,却被姚珃娘拉住了。朱靖塘扔掉镰刀,"扑通"一声跪在李旭轮面前,一边磕头一边说:"属下罪该万死,求皇嗣殿下惩罚。"

李旭轮问:"究竟怎么回事?"

朱靖塘说:"属下原本是梁王安插在皇嗣殿下身边的,为了盗取扇子上的《埥净谣》。"李旭轮大吃一惊,愣愣地看着朱靖塘,说:"你辜负了我对你的信任。"姚珃娘插话道:"你盗取《埥净谣》干什么?"朱靖塘说:"圣上爱饮茶,梁王就在全国各地搜寻上等好茶;他听说皇嗣殿下扇子上有一篇《埥净谣》,可作为制茶宝典,就让属下设法看到《埥净谣》,以此制作出绝世茗品,敬献给圣上。"

姚珃娘说:"原来是这样。还有呢?"

关于此次事件,《南州府志》曾记载说:"皇嗣途经此地,遇蛊害,领众除之。"而《青石桥轶闻》上却有详细的记述,这正是我创作的依据。坊间对那个草蛊婆的传闻更是神乎其神,因其厉害而使人恐惧,后人便常拿她的大名来吓唬不听话的孩子,甚至把她供奉到了土地庙里,不知是何居心。好了,又扯远了,赶紧转回正题吧。

对于姚珃娘的提问,朱靖塘就说:"梁王让属下记下《埥净谣》的内容后,就……"李旭轮急问:"就什么?快说!"朱靖塘说:"就杀死……皇嗣殿下。""啊!"众人一片惊讶,吴小六和秦坤郧急忙用武器指着朱靖塘,生怕他会跳起来行凶。李旭轮又问:"刚才那个蒙面黑影是你同伙吧?"

朱靖塘说:"是,他经常给属下传递梁王的指令,但属下从未见过他的真面目。"李旭轮问:"你刚才干什么去了?"朱靖塘说:"追赶那个蒙面黑影去了。他让属下杀了皇嗣殿下,但属下不愿意,他就想除掉属下,却被属下打跑了……"李旭轮来回走动几步,又问:"那,你为什么不愿刺杀寡人?"

朱靖塘抬头看了一眼李旭轮,说:"属下跟随皇嗣殿下这几年,发现皇嗣殿下心地善良,厚道仁慈,尤其是面对这次蛊毒,皇嗣殿下忍辱负重,竭尽全力救治民众,跟胡左伟、赵鸿垚……还有……梁王完全不同,所以,属下不愿再跟他们干了……属下愿意追随皇嗣殿下……属下朱靖塘从此以后要忠于正义,不再忠于邪恶!"

李旭轮却大喝一声:"朱靖塘,你……"

这时,陈五娘却"扑通"一声跪在李旭轮面前,说:"民女陈五娘替朱九郎求情,恳请皇嗣殿下不要杀他。"李旭轮愣了一下,跟姚珃娘对视一眼,问:"陈五娘,你为什么要替朱靖塘求情?"陈五娘说:"因为他是个好人。"李旭轮就盯着朱靖塘看了一会儿，接着问："你怎么知道他是个好人？"陈五娘犹豫了一下，说："有一次奴家在树林里差点儿被黑衣人侮辱，是朱靖塘救了奴家……"

姚珝娘愣了一下，就和李旭轮对视一眼。

陈五娘又说："后来朱靖塘送奴家回家，被吴小六看见了，引起了误会，但后来朱靖塘被冤枉的时候，却不肯说出那件事，他宁可自己受委屈，也要保全奴家的名声，他是个好人，求皇嗣殿下原谅他……"说着说着就哭了起来。吴小六愣了一会儿，忽然低下了头，说："原来这样，也不早说。"

姚珝娘接着问："陈五娘，你说的句句都是实话？"陈五娘说："禀报皇嗣妃，奴家如果说了假话，就中蛊而死。"姚珝娘就走上前拉起陈五娘，说："阿嫂，起来吧，我相信你。"说完看着李旭轮。李旭轮犹豫了一下，就说："朱靖塘，你这几年保护寡人也算尽心尽力，虽有罪恶目的，但如今毕竟幡然醒悟，迷途知返，且是受人蛊惑所致，所以……功过相抵，你起来吧。"

朱靖塘却还跪在地上。姚珝娘就说："皇嗣殿下原谅你了，快起来吧。"朱靖塘这才站起来，早已满脸泪痕。姚珝娘看着李旭轮说："阿郎，朱靖塘讲的事关重大，要不要禀报圣上？"李旭轮沉吟片刻，说："朱靖塘人微言轻，单凭他一面之词圣上未必相信……嗯，当务之急是除蛊，以后再说吧。"

这时，陈五娘走了过去，犹豫了一下，伸出手指着朱靖塘的手臂说："你受伤了？"随即掏出布巾为他包扎。陈五娘和朱靖塘挨得很近，且动作有几分亲昵。姚珝娘看着笑了一下，对吴小六说："六阿兄，去把止血膏拿来。"吴小六答应一声，就和姚伊娘一起去了，旋即拿来止血膏给朱靖塘敷上。

姚珝娘说："好了，这事儿说清了，汤药也熬好了，大家赶快拿去让病人服用。"众人赶紧行动，把汤药抬到私塾和几家客舍，让病人服下，然后就是焦急的等待。其间姚珝娘因为紧张，端茶盏的手都在颤抖。没过多久，私塾里的几个中年病人就从烦躁癫狂状态渐渐平静下来，继而吐出了牛毛一样的东西，病情开始好转。

也在私塾里的姚珝娘听到这个消息，扔掉茶盏，兴奋地大叫一声说："太好了！说明汤药有效！伊娘，小六，你们都择茶去！择茶去！"说完激动地抱住了李旭轮，而李旭轮也眼含泪光。其他人惊讶地看着他们，或许他俩觉得有些太过于情绪化了，就赶紧走到另一个房间，却见病人依然睡在地上，身下铺着稻草；再看碗里，依然是水一样的稀粥。

姚珝娘就问："朝廷不是送来了棉被和粮食吗？怎么还这样？"几个病人听见

了，急忙围过来跪下说："皇嗣妃，皇嗣殿下，救救我们吧！我们要吃饭，再这样下去，非饿死不可！"姚琋娘看着他们一个个都面黄肌瘦的，有的甚至是皮包骨头，就对李旭轮说："吃饭是大事儿，阿郎，这……得想个法子呀？"

李旭轮说："朝廷送来的东西都放在驿站里，归胡左伟管。"姚琋娘就说："阿郎，你是皇嗣，难道管不了吗？"李旭轮犹豫一下，说："他们可不像你这样想。唉，但愿别再出什么差错。"姚琋娘就说："走，去驿站。"拉起李旭轮就走。来到驿站，却找不到胡左伟，一问驿卒，回答说胡左伟陪上面来的官员到乡下视察去了。

李旭轮就说："这里正是紧要关头，去乡下干什么呢？不是避重就轻吗？"姚琋娘发现驿站的地上堆放着一些上面送来的物品，就说："那些东西怎么都堆在那里？快发下去呀？"驿卒却说："等待下发的。"姚琋娘就说："私塾里的那些病人急需，我来领一些吧。"驿卒却说："没有胡县令的批条，谁都不能领取。"

姚琋娘就指着李旭轮，对驿卒说："这是皇嗣殿下，他批准，行吗？"驿卒却说："我们只听胡县令的，不然要挨板子。"姚琋娘就说："睁开你的眼睛看看，这是皇嗣殿下，若耽误了除蛊大事，是要掉脑袋的。"驿卒却躬身施礼道："小的给皇嗣殿下和皇嗣妃请安。"之后便站着不动了。姚琋娘气得跺了一下脚，说："你……"李旭轮却低声对她说："跟他计较什么呀？"随后拉着姚琋娘转身就走了。

李旭轮和姚琋娘来到一家客舍，里面住满了染上蛊毒的病人，自从饮了姚琋娘新熬的汤药，病情基本得到控制，目前正在好转。但大家急需的食品和日常生活用品却很缺乏，跟私塾里的情况一样。看来这的确是个问题。再到另一家客舍去，却被武侯和乡兵拦住不让进，而且那武侯大都是新面孔，人数也多了不少，显然是新增加的。

这是怎么回事？姚琋娘和李旭轮正感到疑惑的时候，忽然听见一个苍老的声音从客舍里传出来："皇嗣殿下，救救我们！"姚琋娘感觉声音有些熟悉，就说："谁在叫？"里面却传出另一种声音："再喊就掐死你！"声音低沉却凶狠。苍老的声音却又说："皇嗣妃，茶园……"后面的声音却被憋在喉咙里。

姚琋娘就对门口的一个武侯问道："里面到底怎么回事？"那个武侯却说："回皇嗣妃的话，里面的人不服管教，训诫了一下……没事了……"姚琋娘跟李旭轮对视一眼。吴小六就走上前说："这是皇嗣殿下，要进去视察，请把门打开。"那个武侯却说："有胡县令的批条吗？"吴小六说："我说这是皇嗣殿下，皇嗣殿下，你耳朵聋了吗？"

武侯却说："我们只认胡县令。"吴小六就指着那个武侯，说："你……不想干了吗？"武侯却挥挥手说："走开！"吴小六就厉声说："你这军汉（骂人的话），狗眼看人！"那武侯一瞪眼，也说："田舍儿（骂人的话），你找死吗？"吴小六和朱靖塘手握武器，几个武侯也抽出砍刀，双方剑拔弩张。姚珝娘一看这阵势，赶紧把吴小六和朱靖塘劝开，随即便离开了。

姚珝娘想了一下，说："去找赵鸿垚。"

来到赵家大院，这里的防备要松一些，守在门口的乡兵知道吴小六和朱靖塘的厉害，所以不敢阻拦，几个人就直接进去了。刚走到院子里，却看见两个黑衣人一闪身，就从院墙头上消失了。姚珝娘愣了一下，就见赵鸿垚走了出来，脸上的表情很冷漠，转而却又笑眯眯地说："小臣恭迎皇嗣殿下和皇嗣妃。"李旭轮和姚珝娘也不答话，径直就往客厅走。

赵鸿垚疾走几步抢先进入客厅，吩咐下人换上茶水，并请李旭轮和姚珝娘落座。姚珝娘开口就说："赵耆老，找不到胡县令，所以来找你。"赵鸿垚就说："请皇嗣妃吩咐。"姚珝娘说："朝廷送来的那些物品，得赶紧分给病人们，大家都急等着用啊。"赵鸿垚却两手一摊说："这事胡县令说了算，赵某做不了主呀。"

姚珝娘就问："胡左伟到哪里去了？"赵鸿垚说："上面来的官员说下去体察民情，他不得不陪同。"李旭轮说："恐怕这是借口吧？"赵鸿垚说："回皇嗣殿下的话，小臣真的不知道。"姚珝娘就说："紧要关头，你们一个找不到，一个不知道，若误了除蛊大事，怕是担当不起吧？"

赵鸿垚却端盏饮茶，并不接话。

吴小六就说："赵耆老，刚才那黑衣人是怎么回事？"赵鸿垚愣了一下，却冷冷地说："本官在跟皇嗣殿下和皇嗣妃说事，你是什么东西，也来插话？"吴小六就红着脸说："你……"李旭轮就说："吴小六是寡人的随从。"赵鸿垚却说："皇嗣殿下的随从更应该懂规矩。"言语间有一点儿不屑。李旭轮受了奚落却又不好发作，只好生闷气。

姚珝娘就朝李旭轮摆了一下手，说："赵耆老，跟黑衣人来往，你就不怕被他们染黑吗？"赵鸿垚却笑嘻嘻地说："天下乌鸦一般黑，谁又敢说自己多白呢？是不是呀皇嗣妃？"姚珝娘也被噎得说不出话来。赵鸿垚却又说："我不管黑白，我只要结果。"李旭轮就说："为了结果，就可以不择手段吗？"赵鸿垚却冷笑一声，说："哼，岂止是我，所谓君道王道，不都这样吗？"

李旭轮愣了一下，随即站起来说："告辞！"

赵鸿垚也端起茶盏说："韩管家……送客！"

韩益康就走过来做出一个请的手势。姚珻娘冷笑一声，和李旭轮一起离开了。走出赵家大院，李旭轮只觉得一口气堵在胸口，很难受，就扶住一棵榆树，神情凄然。姚珻娘陪他站了一会儿，心情沉重地说："眼看除蛊就要大功告成，却又生出这些事来，他们这是故意刁难！前两天他们表现得还不错，今天怎么又退回去了？真是莫名其妙！"

李旭轮叹息一声，说："他们可能还是冲我来的，就见不得我好！我连累了大家！"姚珻娘就劝慰道："阿郎，不至于吧？不要那样想！"李旭轮却说："他们欺负我是个没用的皇嗣，一个被变相流放的皇嗣。都是势利眼，墙倒众人推，我倒霉就算了，却也拖累了娘子……"难过得说不下去了。姚珻娘急忙抱住李旭轮，也是热泪盈眶。

那么，胡左伟和赵鸿垚到底想干什么？

那是某天晚上，韦团儿再次找到赵鸿垚，随手扔给他一包东西。赵鸿垚打开一看，竟然是两块金子，他高兴得眉毛都快掉下来了，赶紧请韦团儿坐到太师椅上，弓着身子端上一盏茶。韦团儿品了一口茶，说："这茶，有十年了吧？"赵鸿垚满脸堆笑地说："大堂主也是行家，这茶刚好放了十年，正是味道醇厚的时候。"

韦团儿笑了一下，放下茶盏，说："茶叶存放越久，味道就越醇厚；可事情拖得越久，麻烦就会越多。赵耆老，是不是这样的？"赵鸿垚一听这话就意识到韦团儿显然不是来品茶的，却没听明白她的意思，就点点头又摇摇头。韦团儿就说："除蛊的事要是再拖上一段时间，会有什么后果？"赵鸿垚说："会死更多人。"

韦团儿说："那，李旭轮会怎么样？"赵鸿垚说："他会很着急，也会受到牵连。"韦团儿说："那就拖延时间，让他受到牵连。"赵鸿垚在心里权衡了一下，说："大堂主，除蛊这事不是圣上的旨意吗？拖延怕是不好吧？"韦团儿站起来走到赵鸿垚面前，伸手摸了一下他的脸，赵鸿垚就浑身颤抖了一下。韦团儿说："圣上说让除蛊，可没说时限呀，一年，两年，三年都可以……我们奉旨除蛊，可困难重重，需要很长时间……不是吗？"

赵鸿垚眨巴了一下眼睛，说："嗯……对对对……需要很长时间。"一双眼睛却死死地盯着韦团儿那高耸的胸脯，恨不得把她的衣服都扒下来。韦团儿朝他笑了一下，伸手抓过他的一只手按在自己的胸脯上，妩媚地笑了一下，很靓丽，很惊艳。赵鸿垚浑身颤抖，眼睛眯成了一条缝，就伸出另一只手去抓韦团儿的胸脯。

"啪"的一声脆响，赵鸿垚的脸上红了一片。

赵鸿垚赶紧缩回手，说："你……你怎么打我？"韦团儿笑着说："瞧你那色眯眯的样子，我看着恶心。"赵鸿垚的心情瞬间从沸点降到冰点，摸着生疼的脸，说："你这母夜叉……翻脸如翻书！"韦团儿又伸出手，赵鸿垚急忙躲避。韦团儿就放下手，说："想办法拖延时间，让李旭轮他们前功尽弃，事成之后另有重赏，明白吗？"赵鸿垚说："明白。"

韦团儿走了出去，纵身从院墙上飞走了。

赵鸿垚把韦团儿的想法告诉了胡左伟。胡左伟合计一下，认为这一定是魏王的意思。有魏王和梁王撑腰，他就不怕落个除蛊不力的罪名。胡左伟说："只要我们不明着反对除蛊，只是暗中懈怠，拖延时间，他们就抓不住把柄！另外，除蛊需要老茶，可以在这上面做些文章……"赵鸿垚点头称是。

胡左伟又说："至于茶园的事……要悄悄地进行，断不能留下任何把柄。"赵鸿垚笑着说："那些死绝户开不了口啦！"胡左伟却说："还有没死绝的呢？"赵鸿垚就拍着胸脯说："胡县令放心！属下一定谨慎行事。"交代完这些，胡左伟就找个借口躲到乡下，让李旭轮和姚珘娘找不到他，干着急不出汗。

李旭轮这边呢，麻烦接踵而至。这天下午，姚珘娘正在私塾里忙碌，陈五娘过来说："禀报皇嗣妃，熬汤药的老茶用完了。"姚珘娘头也不抬地说："回家去拿。"陈五娘却说："家里的老茶早就用光了。"姚珘娘抬头说："从茶农家搜集到的那些老茶呢？哦，都堆在驿站里，拿不出来，唉，真是急死人了。"

姚珘娘和李旭轮只好又硬着头皮来找赵鸿垚，让他把驿站里的老茶拿出来以解燃眉之急。赵鸿垚却还是那句话："驿站归胡县令直接管，小臣无权干涉。"李旭轮再也忍不住了，就说："你这是推卸责任。"赵鸿垚却笑着说："谢皇嗣殿下体谅。"姚珘娘就说："你拿出来，我们出钱买。"赵鸿垚仍然笑着说："小臣拿不出来，不过小臣家里倒是还有一些十年老茶……"

姚珘娘站起来走到赵鸿垚面前说："我家的老茶都捐出来了，好多家的老茶都被征用了……"赵鸿垚却不接话。姚珘娘一咬牙说："你家还有多少老茶？我买。"赵鸿垚却说："不卖。"姚珘娘问："为什么？"赵鸿垚说："可以拿茶园换。"姚珘娘指着赵鸿垚说："你……趁火打劫，真卑鄙！"赵鸿垚仍然笑眯眯地看着姚珘娘，不气不恼。

姚珘娘回到座位上坐下，端起茶盏饮了几口，说："开个价吧。"赵鸿垚就说："好，姚珘娘……皇嗣妃真是个爽快人！"姚珘娘气得把茶盏放在桌子上，李旭轮却碰了一下她的胳膊，递了一个眼神，轻声说："立字据。"姚珘娘明白了，就说：

"不过，赵鸿垚，我们得立个字据……"

赵鸿垚却急忙摆摆手说："立字据就算了，算了。"姚㛮娘就说："我出双倍的价格。"赵鸿垚想了一会儿，拍了一下手，韩益康走了出来，赵鸿垚对他耳语一番，他转身进去了，没过多久就拿出了一张纸，赵鸿垚接过那张纸递给姚㛮娘。姚㛮娘一看原来是一张字据，写着姚㛮娘和赵鸿垚双方自愿用茶园交换老茶，但丝毫没提及除蛊的事。

姚㛮娘忽然问："这日期怎么是去年？"赵鸿垚说："只要双方自愿，去年今年还不都一样？"姚㛮娘说："那可不一样！应据实书写。"赵鸿垚却说："那就算了。"姚㛮娘思忖片刻，一拍桌子说："好吧，就依你这个'老妖'，成交！"赵鸿垚却笑嘻嘻地说："多谢皇嗣妃夸奖！合作愉快！"

立好字据，赵鸿垚让下人拎出一袋老茶交给姚㛮娘，姚㛮娘抓起一片茶叶放在嘴里嚼了一下，还是那熟悉的味道，熬成汤药仍能除蛊，心里稍微舒服一些，就把袋子递给朱靖塘，随后便告辞了。走到大门口，姚㛮娘突然问："赵鸿垚，可以请教一个问题吗？"赵鸿垚大约还沉浸在得到茶园的喜悦之中，没防备姚㛮娘会这么问，就笑嘻嘻地说："你说，你说。"

姚㛮娘就指着他的鼻子，轻声问："你和胡左伟身为官员，都有禄米和职田收入，可你们还强占那么多茶园，甚至强占茶农的永业田，真是胆大妄为！你们就不知足吗？真是贪得无厌！"赵鸿垚却笑了一下，看看李旭轮站在稍远的地方，就低声说："呵呵，溥天之下莫非王土，有人知足过吗？"姚㛮娘愣了一下，说："你这样做，就不怕遭报应吗？"赵鸿垚也愣了一下，随即却说："报应？什么叫报应？那都是骗人的！"姚㛮娘"哼"了一声，扭身就走。

走到清凉溪畔，望着远处的茶园，经过了一个冬天的压抑后依然是一片翠绿，姚㛮娘忽然就热泪盈眶，说："赵鸿垚那些人，他们口口声声叫我'皇嗣妃'，表面上很恭敬我，其实根本不把我当回事儿，我连自家的茶园都保不住，阿郎，为什么会这样？"李旭轮愣了一会儿，就说："我只是名义上的皇嗣，生得高贵，活得卑微，走得艰难，他们也没把我当回事儿啊！我保护不了我的两个妃子，也保护不了你家的茶园……"

李旭轮难过得说不下去了。姚㛮娘忽然扑在他的怀里，放声大哭，把这些天的愤懑和委屈都发泄出来，直哭得李旭轮和吴小六、朱靖塘也红了眼眶……李旭轮拍打着姚㛮娘的后背，说："我真想与世无争，跟你过清静日子，可我做不到啊……娘子，嫁给我，你后悔吗？"姚㛮娘忽然意识到自己太过伤感了，就止住哭声,慢慢平静下来,擦掉眼泪说:"阿郎,今生今世,我们有福同享,有难同当!"

李旭轮更加抱紧了姚姆娘。

姚姆娘又说:"赶快回去,熬药汤!"

有了老茶,汤药便被源源不断地供应给病人们服用,蛊毒逐步得到控制。这天傍晚,姚姆娘和李旭轮走在回家的路上,来到一个拐角处,忽然从后面赶上来一个人,"扑通"一声跪在地上,用苍老嘶哑的声音说:"皇嗣殿下,救救我们!"李旭轮和姚姆娘转身一看,原来是教私塾的杨老先生,就赶紧把他扶起来,吃惊地问:"杨老先生,怎么回事?"

……

杨老先生一番哭诉,让李旭轮感到震惊。

杨老先生就说:"那个赵鸿垚太狠毒,把我们关在客舍里,要我们拿茶园或者金钱来换解药,我们不同意,他们就不给治疗,还变着法子折磨我们,今天又死了好几个中蛊的人,有的人实在扛不过去,只好拿茶园换解药……"李旭轮大吃一惊,说:"竟然有这样的事?"姚姆娘就问:"杨老先生,你同意了吗?"

杨老先生就掀起上衣,身上有一道道血印,他说:"我不同意,他们就打我……"说完已是老泪纵横。李旭轮就替杨老先生拉下衣服,说:"杨老先生,你受苦了!我身为老师,没保护好私塾,也没保护好学生,更没保护好你!惭愧呀!"杨老先生说:"皇嗣殿下,你是好人,怪就怪那个该死的赵鸿垚!"姚姆娘就问:"杨老先生,赵鸿垚让那些病人用茶园换解药,留下字据了吗?"

杨老先生说:"有,但字据上都说是茶农自愿捐献茶园给官府做'官焙'茶场,而且字据都由赵鸿垚单方保管,他还威胁说谁要是说出去了就杀谁全家,可怜那些茶农……"李旭轮就说:"真是无法无天,我要上报朝廷。"姚姆娘却说:"可是,证据呢?得想办法搞到那些字据呀!"李旭轮就说:"那你说怎么办?"

姚姆娘忽然问:"哎,杨老先生,你是怎么出来的?"杨老先生就说:"有两个乡兵是我学生,我说头疼想拿点药,他们就偷偷把我放出来,一会儿还得回去,不然会连累他们俩。"姚姆娘想了一下,拉住杨老先生的手说:"杨老先生,能不能帮个忙?"杨老先生说:"什么忙?"姚姆娘就说:"你再进去后想办法把字据带出来。"

杨老先生点头同意,随后便赶紧走了。

吴小六一直侍卫在李旭轮和姚姆娘的后面,把杨老先生的话都听在耳里。几个人闷闷不乐地回到家里,一夜难眠。第二天在姚家厨房里吃早饭的时候,吴小六也是没情没绪的样子,姚伊娘问他怎么了,他就把杨老先生说的事情讲了出来。恰在这时,潘小娘端着饭菜进来了,那饭菜还原封不动。姚伊娘就问她怎么回事,潘小娘回答说:"皇嗣和皇嗣妃都吃不下。"

陈五娘就接过话头说:"啊,吃不下?心情不好吗?"朱靖塘说:"出了这些事,心情能好吗?"陈五娘就说:"唉,好不容易搞到老茶,辛辛苦苦熬成汤药,可那些病人却用不上,那个赵鸿垚,良心让狗吃了吗?"潘小娘一听见赵鸿垚的名字,就恨恨地说:"赵鸿垚就是一条疯狗!真想去告他!"吴小六听到这里,忽然就有了一个想法。

吃过饭,吴小六把姚伊娘拉到前院,说:"皇嗣和珥娘遇到了难处,我们得想办法帮帮他们。"姚伊娘说:"六阿兄有什么办法?"吴小六说:"我想去找那个杨老先生,让他搞到字据,我再送到京城去,把赵鸿垚和胡左伟的丑行揭露出去,扳倒他们,除蛊就没有阻力了。"他很为自己的想法感到得意,就定定地看着姚伊娘。

姚伊娘说:"有把握吗?"吴小六说:"试试吧,刚好在那个客舍门口守卫的乡兵我认识。"姚伊娘说:"我跟你一起去。"两人随后便来到客舍,却不见那两个熟悉的乡兵,而是换成了从县城来的武侯,凶神恶煞般地看着吴小六。吴小六就问:"原来守在这里的乡兵呢?"武侯说:"回老家了,你有事吗?"

吴小六想了一下,说:"我是杨老先生的亲戚,想找他写几个字。"武侯却不由分说地把他推开。吴小六一下子就火了,说:"我是皇嗣的侍卫,你敢推我?"武侯说:"你来捣乱,推你怎么了?"吴小六气急之下,就说漏了嘴:"你们抢夺茶园……不要推我……"武侯说:"你胡说,谁抢夺……"

这时,赵鸿垚突然出来了。吴小六一看见他就暗叫一声不好,赵鸿垚却已走到吴小六跟前,笑眯眯地说:"你不是那个……吴小六吗?怎么成了杨老先生的亲戚?你到底想干什么?"吴小六不想节外生枝更不想跟赵鸿垚发生冲突,就降低音量说:"我……"两个武侯抽出佩剑走了过来。

姚伊娘急忙笑着说:"是这样的,我们俩要办喜事了,想请杨老先生写副对联……嘿嘿嘿……"说完亲昵地搂住吴小六的腰。吴小六愣了一下,也赶紧说:"对对对,我俩要办喜事了……嘿嘿嘿……"赵鸿垚看了吴小六和姚伊娘一会儿,忽然笑着说:"一朵鲜花插在牛粪上!"

吴小六立即红了脸,说:"你……说谁呢?"赵鸿垚说:"杨老先生没空,你们要是再不离开,我就说你们阻碍公干,把你们抓起来。"吴小六就说:"吓唬谁呢?"姚伊娘赶紧拉着吴小六跑了。来到街上,吴小六还回头冲着客舍方向说:"你才牛粪呢,你们全家都是牛粪!"姚伊娘笑了起来,说:"跟他计较什么呀,管它牛粪不牛粪,只要鲜花愿意就好。"

吴小六看着姚伊娘,忽然问:"伊娘,你刚才说的是真的?"姚伊娘却笑嘻嘻地说:"我要是骗你呢?"吴小六愣了一下,忽然就在她的脸上亲了一口。姚伊娘心想,那情蛊真是有用哦。他们这亲昵的举动,刚好被出来散步的姚珝娘和李旭轮看在眼里,姚珝娘就说:"等除蛊这事完结了,就给他俩办喜事。"李旭轮说:"是啊,应该有点喜气了。"

然而,喜气未到,噩耗先至。

这天下午,吴小六和姚伊娘去乡下收老茶,走到清凉溪边时,却发现沟渠里躺着一个人,上前一看原来是杨老先生,已经断了气,可身上却没有任何伤痕,一只鞋子趿拉在脚上,吴小六扒拉一下,那只鞋子就掉了下来。吴小六捡起鞋子一看,里面竟然藏着一块布,上面还写着红色的字。

吴小六不敢怠慢,拉起姚伊娘就跑。可他们哪里知道,一双眼睛正盯着他们。他们刚离开,那个人也赶紧走了。吴小六找到姚珝娘和李旭轮,把那块布交给姚珝娘。姚珝娘打开一看,惊叫一声,说:"啊!用血写的?血书?"赶紧交给李旭轮。李旭轮仔细看了,就说:"杨老先生记下了赵鸿垚他们强迫蛊毒病人用茶园换解药的过程,这是他用生命换来的证据!"

姚珝娘愣了好一会儿,就说:"是我害死了杨老先生。"李旭轮说:"娘子,不要自责,是赵鸿垚他们害死了杨老先生。你把血书收好,我们赶紧去溪边。"姚珝娘接过血书藏进腰间,随后几个人就来到清凉溪边,一见到杨老先生的尸体,姚珝娘忍不住哭了起来。李旭轮就对朱靖塘说:"赶快去报官。"朱靖塘抬脚就跑了。

不一会儿,赵鸿垚带着几个武侯和乡兵来到现场,看了一会儿杨老先生的尸体,赵鸿垚问:"谁先看到杨老先生的尸体的?"吴小六说:"我。"赵鸿垚说:"绑了,带走。"两个武侯便走到吴小六身边。吴小六说:"你们凭什么抓人?"赵鸿垚说:"我怀疑你杀害了杨老先生。"吴小六说:"你放屁!"伸手向腰间掏武器,却被武侯用刀抵住脖子。

姚伊娘忽然冲到赵鸿垚跟前,说:"放了六阿兄。"赵鸿垚却说:"除非人是你杀的。"姚伊娘说:"我跟他一起看见杨老先生的尸体。"赵鸿垚就一挥手说:"把姚伊娘也带走!"两个乡兵便走过来扭住姚伊娘的胳膊。姚珝娘就厉声说:"赵鸿垚，你随便抓人，有证据吗？"赵鸿垚却说："现在没有，回去就有了。皇嗣妃着什么急呀？"

李旭轮气得双手颤抖，指着赵鸿垚说："赵鸿垚，你太过分了，我、我要弹劾你……"赵鸿垚就弯腰施礼道："能受到皇嗣殿下弹劾，小臣深感荣幸！惊扰到皇嗣殿下，小臣万分抱歉！"随后却一挥手，说："带走！"姚珛娘对着赵鸿垚的背影说："赵鸿垚，他们俩若伤了一点皮毛，我饶不了你！"赵鸿垚却扬长而去。

这时，朱靖塘气喘吁吁地跑了回来，说："驿、驿站……进不去……"忽然看见吴小六和姚伊娘被带走了，而李旭轮正在愤怒中，他便抽出镰刀指着赵鸿垚的背影，喊了一声："赵鸿垚！"赵鸿垚停住脚步，回头看了朱靖塘一眼。朱靖塘就指着赵鸿垚，说："镰刀虽土，也能杀人！真想杀了你这狗鼠辈！"赵鸿垚却笑着说："好啊，来吧！"说完就踱步而去。

姚珛娘气得一屁股坐在地上。

然而，吴小六和姚伊娘被关在驿站的囚室里，这次却没有遭到刑讯逼供，相反还得到了优待。吃饱饮足后，赵鸿垚来了，开口就问："小六郎，你是不是在杨老先生身上发现了什么？"吴小六想了一下，随即摇了一下头。赵鸿垚就指着他的脸，笑着说："没说实话……嗯，是不是一块布呀？"吴小六低头不说话。

赵鸿垚就说："交出那块布，你们就自由了。"

姚珛娘派朱靖塘来看吴小六和姚伊娘，吴小六就向他转述了赵鸿垚的意思。朱靖塘回去禀报给姚珛娘和李旭轮，李旭轮就说："赵鸿垚这是怕证据落在我们手里，他若拿不到，恐怕会对吴小六他俩动刑。"姚珛娘想了好一会儿才说："那块血书对他重要，对我们也重要，有了他，我们才有可能扳倒赵鸿垚和胡左伟，若让赵鸿垚拿回去，我们就是'竹篮打水一场空'啊！"

李旭轮说："娘子的意思是不交出去？可这样六阿兄和阿妹就有危险呀！"姚珛娘说："危险哪里都有，不交出血书，赵鸿垚就拿我们没办法，阿妹他们反而更安全。"李旭轮想了一会儿，忽然转身说："朱靖塘，请你去转告吴小六和姚伊娘，他们吃苦了，我李旭轮感谢他们！熬过了这一阵子，我给他们当证婚人！"姚珛娘惊讶地看着李旭轮，随即却笑了起来。

正说着释怀悯师父来了，带着一群僧人和信众。李旭轮和姚珛娘急忙施礼道："南无阿弥陀佛，师父这是？"释怀悯师父说："一来做法事，为生者消灾，为死者超度；二来布施，这些施主都是善人，他们带来了粮食、被子和药材，还有铜钱，都愿意听悯旭居士调遣。"姚珛娘就兴奋地说："太好了，解了燃眉之急！"

接下来，姚海娘就和那些信众们一起把带来的物品分给饱受蛊毒摧残的病人们，那些病人们面黄肌瘦、浑身肮脏、感激涕零，看着让人心酸。释怀悯师父还在檀铁寺开设了"乞丐养病坊"，以隔离收治患蛊病之人。情况很快就得到改善，一些病人已开始康复，蛊毒正在被赶走，取得最后的胜利似乎已指日可待。

再来看胡左伟那边的情况。这天傍晚，赵鸿垚来到乡下一座僻静的院子里。胡左伟正在独自品茶，抬头问："杨老先生写的血书拿到了？"赵鸿垚回答道："没有。"胡左伟猛然把茶盏砸在赵鸿垚的头上，骂道："饭桶，这件事都办不好！"

赵鸿垚忍住气说："属下再想想办法。"胡左伟又问："听说你为了卖老茶，跟姚海娘签了字据？"赵鸿垚说："是，她愿出双倍的价格，她家的茶园可是最好的！属下愿分你一半……"胡左伟却指着赵鸿垚的鼻子说："你呀，真对不起'老妖'这个称号，那字据就是证据……算了，签了就签了吧。接下来有什么打算？"

赵鸿垚说："想办法拿到血书。"胡左伟说："不是想办法，而是不惜一切代价，绝不能让血书外传，明白吗？"赵鸿垚问："不惜一切代价，包括杀人吗？就像杨老先生那样……"说完做出一个捂嘴的动作。胡左伟说："这还用问吗？"赵鸿垚就说："明白。"胡左伟摆摆手，赵鸿垚便退下了。

那么，如何才能拿到血书呢？

赵鸿垚决定再跟姚海娘做笔交易，就在一个上午来到姚家大院，要求拜见李旭轮和姚海娘。下人禀报后，姚海娘和李旭轮合计了一下，就让赵鸿垚进来了。走进"靖净堂"，赵鸿垚犹豫一下，忽然双膝跪在地上说："小臣拜见皇嗣殿下和皇嗣妃。"李旭轮端坐上座，面无表情地说："免礼平身，起来坐吧。"

赵鸿垚在笙蹄上坐定，姚家下人给他端来一盏茶，他品了一口，竖起大拇指说："姚家的茶，就是好！"姚海娘："以后就成赵家的了。"赵鸿垚不解地问："皇嗣妃什么意思？"姚海娘说："那块茶园，我跟你做了交易，阿耶知道了会骂死我。"赵鸿垚就"哦"了一声，放下茶盏，说："嘿嘿，好茶，好茶……皇嗣妃一言九鼎……以后想饮茶尽管说。"

姚海娘就问："赵耆老专为品茶而来？"赵鸿垚就笑了一下，说："这个，当然……有公干……那个，为杨老先生的事……"李旭轮就说："有话直说。"赵鸿垚就说："杨老先生身上有样东西，听说在你们手上。"姚海娘就问："什么东西？"赵鸿垚说："皇嗣妃肯定知道，何必问我？"

姚海娘说："我只知道杨老先生死于非命，而凶手至今逍遥法外，还请赵耆老明察。"赵鸿垚就说："那就不要绕圈子了，杨老先生身上有份血书，对破案很有帮助，或者说是本案的关键证据，所以，请皇嗣妃还给小臣。"姚晦娘就说："你不抓凶手，却抓报案人，这是什么道理？"赵鸿垚却说："交出了血书，吴小六和姚伊娘自然就消除了嫌疑。"

李旭轮说："我大唐律法可不是这样规定的。"赵鸿垚就双手抱拳说："回皇嗣殿下的话，这里是青石桥镇，情况有所不同，应特殊对待。"李旭轮反问一句："赵耆老怎么知道杨老先生身上有血书？"赵鸿垚愣了一下，说："这个……属下报告的。"李旭轮接着问："既然属下知道，为什么不直接拿到，还要绕这么大个弯子？"

赵鸿垚的脸色很不自然，急忙端盏饮茶，说："后来才知道，后来才知道……"李旭轮就站起来走到赵鸿垚跟前说："只能说那份血书对你很重要，而不是对破案很重要，对不对？"赵鸿垚急忙摆手说："皇嗣殿下，不能这么说，不能这么说。"姚晦娘也站起来说："你这是拿血书跟吴小六和姚伊娘做交易吗？"

赵鸿垚愣了一会儿，又恢复了正常状态，说："当然，皇嗣妃可以这么理解。"姚晦娘就说："那我告诉你，血书没有，但若吴小六他俩伤了一点儿皮毛，我决不会放过你。"赵鸿垚也站起来说："给你们说句露底的话，那份血书不光我要，胡县令也要，还有……"他用手指了一下天，说："……也要，你们看着办。"说完拱了一下手，转身就走。

望着赵鸿垚的背影，姚晦娘想了一下，就问李旭轮："阿郎，他是在暗示我们吗？"李旭轮就说："看来，这青石桥镇的水，深得很啦！"姚晦娘就问："那，他在暗示谁呢？"李旭轮就说："想要我命的人。"姚晦娘急忙问："阿郎的意思，他们拿不到血书，会威胁到阿郎的生命安全？"李旭轮点点头，说："可以这么理解，但也不完全这样。"

姚晦娘就问："阿郎，究竟该怎么理解？"李旭轮说："只要血书在我们手里，他们暂时还不会把我怎么样。"姚晦娘就说："那个赵鸿垚太阴险，我担心……"李旭轮却说："这些年来，想要我命的人有好多，一个婢女都敢诬告陷害我，那些大小官员更不用说，他们本是一些趋炎附势见风使舵的人，知道我奈何不了他们……"说完却停住了，看着窗外一只在树枝上跳来跳去的鸟。

李旭轮继续说："我已把生死看得很淡，只是连累了娘子……"姚晦娘急忙说："阿郎，我们是夫妻，就该为你分担。"李旭轮紧紧拉住姚晦娘的手，说："只是，因为我，发生了一场蛊毒，让那些无辜的民众跟着倒霉，我深感内疚啊！"神情有些忧郁。姚晦娘就说："阿郎，这事不怪你，再说……不是已经控制住蛊毒了吗?马上就要大功告成了,应该高兴才是呀!"

正说着,院子里忽然传来一声:"赵鸿垚,赵耆老,来,上床,把茶园还给我……"姚晦娘急忙出来看,就见孟七娘披头散发衣衫不整地跑了出来,手里还拿着一张纸。两个下人慌忙拉住她,潘小娘也奔过去抱住她。姚晦娘就对下人说:"你们看紧点儿,别让她乱跑。"

这时,另一个下人过来禀报说,大门口来了几个茶农,嚷着要见皇嗣。姚晦娘想了一下,就回到"埥净堂"对李旭轮说了,随后两人一起来到大门口。几个茶农急忙跪下说:"请皇嗣殿下主持公道。"李旭轮就问:"什么事?"其中一个老年茶农说:"赵鸿垚让我们用茶园换解药,我们为了活命不得不同意,可治好了蛊毒,丢了茶园,照样活不成,求皇嗣殿下为我们做主。"

李旭轮就问:"拿茶园换解药,你们可是自愿的?"一个中年茶农说:"不同意就拿不到解药,还要挨打,这哪是自愿的?"李旭轮又问:"那,你们愿意把这事儿写下来吗?"老年茶农说:"就怕赵鸿垚知道……"中年茶农就说:"怕什么?被他知道了无非是活不成,可没了茶园照样活不成……愿意写!"

可就在这时,赵鸿垚却带着一群武侯和乡兵冲了过来,不由分说地把几个茶农抓了起来。李旭轮就大吼一声:"赵鸿垚,你怎么随便抓人?"赵鸿垚就双手抱拳说:"回皇嗣殿下的话,这些人散布谣言,必须抓回去训诫。再说,他们在姚家大院门口扰乱秩序,我这是保护皇嗣殿下……"

李旭轮就说:"按律,这事该由胡左伟出面吧?"赵鸿垚却说:"胡县令回县城处理要务,已委托小臣办理……皇嗣殿下,皇嗣妃,告退。"说完拱了一下手,带着武侯和乡兵,押着几个茶农,耀武扬威地走了。姚晦娘就说:"这个赵鸿垚,还有那个胡左伟,趁着蛊害,不知霸占了多少茶园!逼死了多少茶农!真是为官一任,祸害一方!"

李旭轮就说:"污吏猛于蛊,等我上位……"

李旭轮害怕别人听到,所以只说了半句话。姚晦娘听懂了他的话,就说:"治得了蛊,未必治得了污。"李旭轮就问:"娘子,此话怎讲?"姚晦娘却拉着他回到"埥净闺",说:"阿郎,还记得扇子上的那些字吗?"李旭轮说:"你都说好几遍了,当然记得。"姚晦娘就说:"你把它们写下来。"随后便铺好纸张,拿来毛笔递给李旭轮。

姚晦娘开始念叨:"南江多浩荡,浓雾踏波浪,云缠雨绕叠峰秀,林木苍翠漫照光。根深抱岩土,叶茂沐朝阳,早春二月披晨露,埥净山上采茶忙。芽开含精华，轻风送灵爽，融情化意通天地，饱受煎熬出靓汤。此间有茶女，慈悲又善良，巧借佳茗来疗伤，除蛊祛疠赛金枪……"

您可能听说过，很久很久之前，在江湖术士间曾经流传着一首神秘歌谣，因出现在靖净山上，歌以山名，故而叫《靖净谣》。但只闻其名，不见其形，谁也没见过这首歌谣，直到李旭轮和姚珘娘相逢在靖净山。后来，完整版的《靖净谣》被收录在《南州府志》里，铭刻在山崖上，以供世人欣赏。

李旭轮就挥笔在纸上写下了上述文字。姚珘娘看着那些字，若有所思地说："阿郎，我怎么觉得这像是一个药方？而且还意犹未尽？"李旭轮点点头，说："对，就是药方，不但能治蛊毒，还能治……"说完看着姚珘娘。姚珘娘就问："还能治什么？"李旭轮却说："以后你就知道了。"稍停一下，李旭轮却又说："只怕是病入膏肓……"

姚珘娘不解地问："阿郎是说？"李旭轮却话锋一转说："赵鸿垚、胡左伟那些人，那些……贪官污吏，就像毒瘤一样长在我大唐江山社稷的肌体上，若任其发展，必然蔓延全身，危及生命，贻害无穷，必须尽早铲除。所以，那份血书，要尽快送到京城。"姚珘娘说："既然这样，就赶快行动吧。"

李旭轮却又说："可我又担心血书再遭拦截，根本到不了阿娘……圣上的手上。"姚珘娘就说："不试怎么知道？成败在此一搏！"李旭轮想了一下，说："好！让朱靖塘把血书送到京城去。"姚珘娘却说："那个朱靖塘……可靠吗？"李旭轮沉吟一下说："我感觉他是真心改过，再说，现在没有其他人可用呀？还有，他未必放得下陈五娘，所以，不用担心……"说完笑了一下，姚珘娘也笑了。

李旭轮又说："释怀悯师父曾说的那个神秘人物，这个时候可以派上用场了。"姚珘娘问："你是说……阿兄？"李旭轮点点头。姚珘娘就说："这些日子真是委屈阿兄了。"李旭轮却说："躲在檀铁寺里与世无争，真让人羡慕！"细心的读者一定还记得，姚珘娘的阿兄叫姚嘉木，他不是中蛊身亡了吗？难道会有奇迹出现？请听我慢慢道来。

随后，姚珘娘却说："那个赵鸿垚肯定有防备，会不会又像上次送信一样？"李旭轮扇了几下扇子，说："我倒有个办法。"姚珘娘说："什么办法？"李旭轮说："给姚伊娘和吴小六举行婚礼。"姚珘娘惊叫一声，说："办婚礼？这个时候？"李旭轮点点头。姚珘娘说："可他们被关起来了呀。"李旭轮说："就在驿站里办，热热闹闹地办，这样才能分散赵鸿垚的注意力。"

姚珘娘想了一会儿，拍手说："好！"

随后，姚娒娘和李旭轮来到驿站，对姚伊娘和吴小六说了这个想法。姚娒娘又说："阿姐知道这样做委屈你们了，但这也是权宜之计，希望你们能理解。"姚伊娘和吴小六大吃一惊，但考虑到目前的处境，就答应下来。姚伊娘红着脸，看着姚娒娘，忽然冒出一句很怪异的话："阿姐，茶好，我才好！"姚娒娘就笑着摇了一下头。随后，姚娒娘和李旭轮找到赵鸿垚，说了他们的打算。

赵鸿垚说："办婚礼是你家的私事，可那吴小六和姚伊娘他俩是人犯，关在驿站囚室里，不能出来，怎么举行婚礼？"姚娒娘说："就在囚室里举行。"赵鸿垚一听此言，惊得下巴都快掉下来了，说："在囚室里举办婚礼？从未听说过。"姚娒娘就说："那就让你见识一下。"赵鸿垚说："这……没有先例，恐怕不行。"

李旭轮就接过话头说："按律也没说不行。"赵鸿垚说："这……有这么急吗？"姚娒娘就说："我家阿妹和吴小六情投意合，互生爱慕，早已私订终身，如今蒙冤被关在囚室里，假若让他们成婚了，即便把那囚室坐穿，他们也心甘情愿！"说完已是热泪盈眶。李旭轮赶紧掏出布巾给姚娒娘擦掉泪水。

赵鸿垚想了一下，说："好吧。"

接下来，姚家就开始婚礼的准备工作，并放出风声，轰动了整个青石桥镇。有人说，天啊，在囚室里举办婚礼，真稀罕！有人说，这么急？是不是怀上了掩不住了？有人说，我看那姚伊娘跟吴小六经常在一起，肯定是！这话传到姚娒娘耳朵里，她气得直跺脚，但终究是忍下了。

而赵鸿垚也没闲着，急忙把这事禀报给胡左伟。胡左伟想了一会儿，说："既然你已答应，就让他们办吧。但要加强防范，小心有诈！"赵鸿垚又增派一些武侯到驿站，说是为了保障婚礼安全。举行婚礼这天下午，姚森伯带着姚娒娘和李旭轮、朱靖塘、秦坤郧、陈五娘、潘小娘等人早早来到驿站。武侯却把朱靖塘和秦坤郧挡在外面。

恰在这时，释怀悯师父来了。姚娒娘一见喜出望外，急忙双手合十道："南无阿弥陀佛，师父怎么来了？"释怀悯师父也双手合十道："南无阿弥陀佛，当初娒娘结婚，就是贫僧做的证婚人，今天伊娘出嫁，贫僧自然要来。不过，今天贫僧不做证婚人，只做添福人。"姚森伯就说："大头和尚，茶瘾又犯了？"释怀悯师父却说："南无阿弥陀佛，你这茶头药师！"

走进囚室，姚娒娘和陈五娘、潘小娘开始给姚伊娘梳妆打扮，众人在一边等候。傍晚时分，梳妆打扮完了，就开始娶亲。此时的姚伊娘身穿高腰红黑间色裙，小团花对襟窄袖襦，外罩锦绣半臂衫，再搭上一条细长的泥金帔巾，脚蹬云头缎鞋。姚㛅娘把姚伊娘拉到姚森伯跟前,姚伊娘"扑通"一声跪在地上,磕了三个头,眼含热泪说:"阿耶,女儿不孝,空长十七岁,谢谢你把我养大……"姚森伯扶起姚伊娘说:"伊娘,如此简陋的婚礼,是阿耶对不住你呀……"说着已泣不成声。其他人都热泪盈眶。

　　随后,姚㛅娘和陈五娘一左一右扶着姚伊娘,从囚室这头走到囚室那头,吴小六正在等候,旁边站着两个小伙子。姚㛅娘忽然唱起歌来:今日分别泪涟涟,嘴巴说话喉咙哽。从前姐妹同玩耍,放牛打柴一路行。山歌唱得过山坳,笑语飞上九天云。过了今朝进他乡,哪年哪月才回门……

　　陈五娘和潘小娘一起合唱,凄婉的歌声让人心头发颤。

　　外面天色已暗,很多乡民都围拢在驿站四周,来看这场奇怪的婚礼,负责保卫的武侯和乡兵也伸长脖子往里看。趁这机会,朱靖塘悄然从人缝中挤了出来,直奔私塾,解下拴在私塾门口的一匹马,翻身上马,疾驰而去。然而,朱靖塘没想到,赵鸿垚一直在暗中关注着他,他一离开驿站,赵鸿垚就带着武侯跟了上去。

　　婚礼仍在进行。姚㛅娘把姚伊娘交给吴小六,姚伊娘和吴小六便跪在姚森伯面前行了跪拜礼。随后,李旭轮大声说:"我,李旭轮,当今皇嗣,现在宣布——姚伊娘和吴小六喜结良缘,白头偕老!愿他们筑好家、饮好茶、生好娃!"说完看着释怀悯师父笑了起来。众人一片呼叫喝彩。

　　释怀悯师父就走上前,说:"南无阿弥陀佛!贫僧祝福一对新人饮好茶、筑好家、生好娃!"众人又是一片哄笑。释怀悯师父却一脸严肃地说:"祝愿他们像皇嗣殿下和皇嗣妃一样慈悲善良,心怀天下!"说完走上前把一个袋子交给吴小六,说:"这是茶树的种子,希望你们种下善良的因,结出善良的果。"

　　回头再看朱靖塘,他快马加鞭离开镇街,走到一个拐弯处,忽然听见后面传来一阵急促的马蹄声,回头一看原来是赵鸿垚等人追上来了。赵鸿垚指着朱靖塘说:"我就知道婚礼有诈,你们想瞒天过海,没那么容易。交出血书,我们相安无事,否则……"朱靖塘冷笑一声,说:"否则怎样?"赵鸿垚说:"让你命丧黄泉。"朱靖塘就说:"有种放马过来。"

　　赵鸿垚一挥手,两个武侯便冲上去挥刀就砍。就在这时,忽然从背后的山林里传来几声嘶吼:"赵鸿垚,海狗鞭酒;赵鸿垚,海狗鞭酒;赵鸿垚,海狗鞭酒!"声音哀婉低沉、如泣如诉,让人浑身起鸡皮疙瘩。与此同时,一阵狂风从山林里吹了过来,飞沙走石,而那声音却还在持续,且更加哀婉凄凉。赵鸿垚吓得心惊肉跳,紧紧抓住缰绳。武侯们也个个惊慌失措。

朱靖塘却出其不意地跳下马，躲过武侯，直奔赵鸿垚而来。赵鸿垚根本没有防备，朱靖塘瞬间来到他面前，脚尖点地腾空而起，用镰刀在他的脖子上一划，赵鸿垚愣了一下，便一头栽倒在地。朱靖塘看了一下镰刀，说："镰刀虽土，也能杀人！我说过要用镰刀杀了你这贪官！"趁着武侯们愣神的工夫，朱靖塘飞身上马，扬长而去。一个穿着僧袍的人也悄然离开山林。

……

再来看那些武侯们，他们赶紧扶起赵鸿垚，却已气绝身亡。他们不敢耽搁，驮着赵鸿垚的尸体回到青石桥镇街上，来到赵家大院告诉了韩益康。韩益康急忙来到乡下禀报胡左伟。胡左伟惊了好一会儿，说："那份血书如果送到京城，让圣上看到了，我们就完了！不行，得赶紧把朱靖塘追回来。"

胡左伟就亲自带领一帮武侯追赶朱靖塘。可那朱靖塘也是聪明人，根本就不走官道，而是专走小路，胡左伟追了好久始终见不到他的身影。胡左伟寻思一会儿，就来到一家饭店，饱餐一顿后，借来笔墨写了一封信，让一个武侯火速送往京城。随后，胡左伟命武侯把饭店的人全部杀掉。

回到青石桥镇已是次日凌晨，胡左伟直奔驿站，却见驿站门口有不少武侯和乡兵在来回走动，里面还有灯光摇曳，他带着武侯就冲了进去，李旭轮和姚姤娘等一干人都坐在地上。胡左伟愣了一下，急忙拱手施礼道："皇嗣殿下，皇嗣妃，你们这是？"李旭轮面无表情地说："等你呀。"胡左伟就说："下官听不明白。"

李旭轮站起来走到胡左伟面前说："胡左伟，你终于露面了。若不是为了血书，你恐怕还要躲在乡下。"胡左伟脸色一暗，说："不是躲，是公干。"李旭轮指了一下堆在远处的物品，说："蛊毒病人急需的物品，你却让它们躺在这里睡大觉，什么意思？"胡左伟就说："这个……我交代赵鸿垚要分发下去，是他，对，是他不听话，耽误了……"

李旭轮就冷笑一声。

胡左伟终于回过神来，就问："皇嗣殿下，请问朱靖塘到哪里去了？"李旭轮说："去了他该去的地方。"胡左伟说："他杀死了赵鸿垚，畏罪潜逃了吧？"李旭轮愣了一下，说："这个，寡人真不知道。不过……朱靖塘为什么要杀死赵鸿垚？"胡左伟说："抓到朱靖塘自然就清楚了。"姚姤娘接过话头说："那赵鸿垚作恶多端，该杀！"胡左伟就说："皇嗣殿下，下官怀疑你指使朱靖塘杀害了赵鸿垚，王子犯法与民同罪，皇嗣殿下，你说该怎么办？"

李旭轮哈哈一笑，说："胡左伟，那你就把我关起来吧，我就在这驿站住下了。"姚玘娘也站起来说："我也住下。"秦坤郧和陈五娘等人也站起来说："我们也住下。"这个情况让胡左伟没想到，他思忖一下，说："既然你们愿意，那本官就成全你们。在抓住朱靖塘之前，你们都不许离开。"一招手，几个武侯便把门锁上了。

李旭轮急忙说："请让释怀悯法师出去，他是僧人，与此事无关。"胡左伟却说："既然跟你们在一起，就与此事有关。"说完扬长而去。释怀悯师父却说："贫僧愿意跟你们待在一起，这是缘分。"姚森伯就说："他是想饮茶了，来，沏茶。"陈五娘赶紧拎起茶壶给释怀悯师父沏茶。

释怀悯师父饮了几盏茶，走到李旭轮旁边坐下，说："李施主，你今天在婚礼上说的那几句话，可是学贫僧的？"李旭轮就笑着说："让法师见笑了。"释怀悯师父又说："贫僧也教不了你多少东西。"李旭轮愣了一下，只觉得他的声音有点耳熟，却没往深处想。释怀悯师父又说："李施主，可以借你的扇子看看吗？"

李旭轮就把扇子递给释怀悯师父。释怀悯师父接过扇子，打开，盯着扇面上的兰花，自言自语道："这叫交凤眼，这叫破凤眼……"李旭轮听着他的声音的确有点耳熟，就忍不住问："法师也会画兰花？"释怀悯师父说："会。"李旭轮却盯着释怀悯师父的脸，问："敢问……法师的脸？"

释怀悯师父说："贫僧曾说过，在一场大火中烧伤了。"李旭轮问："在什么地方烧伤的？"释怀悯师父说："在一个高贵典雅的地方。"李旭轮问："当时还有谁？"释怀悯师父说："还有一个孩子。"李旭轮问："孩子多大？"释怀悯师父说："十几岁。"李旭轮愣了好一会儿，又问："孩子姓什么？"释怀悯师父说："李。"

李旭轮猛然站起来，却又慢慢坐下去，再问："请问法师……俗姓是什么？"释怀悯师父说："王。"李旭轮怔了一下，又问："请问法师……老家在哪里？"释怀悯师父说："襄州。"李旭轮就站起来说："老……"释怀悯师父却双手合十道："老僧法名释怀悯。"李旭轮又慢慢坐了下去。释怀悯师父就看着他说："李施主，一切都是最好的安排。如今蛊毒已被控制住，彻底清除已指日可待，此乃苍生之福啊。"

李旭轮想了一下，就问："师父，这蛊毒是命中注定要来的吗？"释怀悯师父说："共业感召，该来的一定会来。"李旭轮又说："可是，放蛊的人因我而来，我也就间接地带来了蛊毒，是这样吗？"释怀悯师父却说："一些事端也是业障，打掉业障就行了。李施主，过去了就过去了，没必要挂在心上。"

李旭轮就自言自语道："这样的日子，什么时候才是尽头？"释怀悯师父就说：

"塞翁失马焉知非福？看似远离权力中心，其实也是远离灾祸中心。就像这场蛊害，身处其中倍感煎熬，可置身事外却能看清世道人心。"好多年了，李旭轮没有听过这样的话语了，他真想叫声"老师"，却又不敢贸然。

李旭轮忽然觉得心里很难过，眼圈就红了。姚珃娘一看他神色不对，急忙过来安慰。过了一会儿李旭轮恢复正常了，就说："也不知道朱靖塘怎么样了？"陈五娘听到这话，急忙凑过来问："朱靖塘他去哪里啦？"姚珃娘就说："出了趟远门。"陈五娘就说："难怪呢，他昨晚见到我了好像有话要说。还送了我一个荷包。"说完拿出荷包看了一下，脸上飞起一朵红云。

姚珃娘急忙背过脸，心里开始为朱靖塘祈祷。

翻阅史书的时候，我还发现隋朝宫廷中也发生过一次无形的蛊乱。据说那独孤逸茶瘾极大，却无钱买好茶。其丫鬟徐阿尼喜欢拜猫鬼，每天深夜子时，她摆上供品焚香祭拜猫鬼，因子属鼠，子时拜猫，意为用鼠祭猫。她越拜越灵，猫鬼就经常把别人家的东西偷来给她。独孤逸知道了，就唆使徐阿尼让猫鬼把别家的好茶偷给他，后来发展为偷物偷钱。

再后来，独孤逸的妹妹当了皇后，他因此做了大官，欲望越来越大，就命徐阿尼施展法术，让猫鬼请皇后赏钱给他。猫鬼果然经常进入皇宫，向独孤皇后索取好酒佳肴财物。最后发展为猫鬼大肆从皇宫中盗取金银财宝，以供独孤逸挥霍享受。此事被人告发后，隋文帝杨坚大怒，下令将徐阿尼赶走，并将独孤逸贬为庶人，猫鬼之蛊也就消失了。

好啦，言归正传，继续我们的故事吧。

那么，朱靖塘的情况怎样？他顺利来到神都，顺利把李旭轮写的信和杨老先生写的血书送到圣上手上。第三天下午，朱靖塘陪着圣上特使（后来叫钦差）回到青石桥镇。刚走进镇街，几个武侯和乡兵便呼啦啦地围了上来，随后胡左伟也出现了，用敌视的目光看着朱靖塘。朱靖塘就用镰刀指着胡左伟，说："你们想干什么？这是圣上特使，谁敢造次？"胡左伟愣了一下，就听特使说："去驿站听旨。"胡左伟就赶紧往驿站跑去。来到驿站门口，朱靖塘大喊一声："圣旨到。"

李旭轮和姚珃娘等人急忙跑出来跪地接旨。特使说："圣上口谕，皇嗣除蛊有功，应予嘉奖，就让他留在青石桥镇督办贡茶事宜，事成之后再奉旨回宫。"李旭轮等了一会儿，特使又说："圣上有几句话要说给官员听：天下是朕的天下，江山是朕的江山，说是这样说，理是这个理，但土地要人管，轿子要人抬，水能载舟亦能覆舟，逼得人家活不下去了就要造反。有人打着贡茶的旗号让茶农捐献茶园，恐怕是为了中饱私囊吧？这是要官逼民反吗？真是愚蠢！"

胡左伟的额头上沁出了密密的汗珠。

特使顿了一下，接着说："圣上还有几句闲话要说给众人听：人们都说蛊这种东西很阴毒，可有人偏要以蛊服人，这便是蛊惑人心。我也差点儿被迷了心智，可见其害之大！依我看，这世上最毒的是人心！人心毒于蛊！所以呀，有人迷了心智，说我儿不是我儿，想用蛊毒摧毁他的心志，还想除掉他。错！我说，我儿还是我儿，我儿永远都是我儿！"

现场鸦雀无声，李旭轮的内心却波澜起伏。顿了一下，特使又说："圣上还说，这世上或许就没有蛊，蛊由心生，除得了蛊毒，却除不了心毒。所以，奉劝某些人要洗心革面，还我大唐一个朗朗乾坤！"话音刚落，李旭轮已满脸泪痕，急忙俯首叩拜，说："臣接旨。圣上英明！吾皇万岁万岁万万岁！"其他人也呼喊："吾皇万岁万岁万万岁！"

李旭轮起来后，胡左伟忽然跪在他脚下说："罪臣叩拜皇嗣殿下。"李旭轮就问："下跪者何人？"胡左伟说："本县县令胡左伟。"李旭轮问："何罪之有？"胡左伟说："除蛊不力。"李旭轮又问："该当何罪？"姚珥娘急忙走过来拉了一下李旭轮，并对他耳语几句，李旭轮就说："起来吧。"

胡左伟却没有起来，而是跪着挪到特使跟前说："禀报特使公，下官多次命本镇耆老赵鸿垚全力除蛊，可他却不当回事儿，敷衍塞责，以致酿成大祸；他贪腐成性，罪不可赦；他还杀死了揭露他恶行的杨老先生，真是罪该万死！他被朱靖塘杀死也是死有余辜！"特使略一沉思，说："对这种贪官，圣上一贯要求严惩。他……该死！该死！"说完便看着李旭轮，李旭轮就说："胡左伟，起来吧。"胡左伟这才爬了起来。

接下来，胡左伟设宴给特使接风，由李旭轮和姚珥娘作陪。从县城里请来的庖人（厨师）带来一道名菜"浑羊殁忽"，就是烤全羊，羊肚子里藏着一只烧鹅；吃的酒是"宜城九酝"，为当时顶级佳酿。席间，胡左伟极力巴结李旭轮和姚珥娘，简直到了令人作呕的地步。胡左伟甚至说："胡某原来受梁王蛊惑，看不清形势，对皇嗣殿下和皇嗣妃有所冒犯，请原谅！下官今后一定改过自新，重新做人！"李旭轮和姚珥娘笑而不语。吃完饭后，逮住一个空子，李旭轮把特使叫到一边问："特使公，圣上还说什么了吗？"特使说："没有。皇嗣殿下还想听什么？"

李旭轮说："不是这个意思……嗯，我是想，这里发生了这么多事，有人放蛊害人，有人杀人灭口，有人强占茶园，有人大肆贪腐，我在信里都写了，这事儿总得有个说法吧?"特使就笑着说:"回皇嗣殿下的话,蛊毒是天灾,这不已经祛除了吗?杀人那事……你是说杨老先生吧?那不是赵鸿垚干的吗?嗨,那赵鸿垚作恶多端,是官场败类,死得好,死得好!"

李旭轮叹了一口气,又说:"还有朝廷送来的那些物品,不能一直堆在那里呀?"特使就说:"嗯,是的……那个胡左伟,胡左伟!"胡左伟赶紧跑了过来,特使就说:"那些零碎物品,也不能闲着,赶紧发下去呀?"胡左伟说:"好好好!"立即安排属下去分发物品。

回到家里,姚珥娘笑着说:"特使带来了福音,太好了!再看看胡左伟那个丑态,真是可笑!"李旭轮就说:"久在官场,为了生存,不得不那样做。只怕他是嘴上说一套,背后做一套!"说完却捧着茶盏闷闷不乐。姚珥娘就问:"阿郎,这蛊毒基本被控制住了,你怎么反倒不高兴呀?"

李旭轮就说:"有一天在驿站里,我悄悄问驿卒,朝廷下拨的物品怎么少了很多?是不是发给病人了?驿卒却说都被胡左伟和赵鸿垚私分了。我今天想给特使说这事,可他却总是避重就轻,好像在为胡左伟推脱责任。我就不想再说了,可心里却想,有些事情,恐怕比蛊毒还厉害!"

这时,朱靖塘进来了,李旭轮急忙说:"朱靖塘,正要找你,我的那封信还有那份血书怎么样?送到了吗?刚才一直没空问。"朱靖塘说:"回皇嗣殿下的话,信和血书我送到了圣上那里,可后来听说圣上又转交给了大理寺。"李旭轮问:"那,大理寺他们怎么回复?"朱靖塘说:"他们说要……呈送给魏王。"李旭轮愣了一下,扇子就停在空中不动了,随后却说:"唉,又落到魏王的手上……好了,你下去吧。"

等朱靖塘走了,姚珥娘就问:"阿郎,听你的口气,情况不太妙?"李旭轮就来回踱步,好一会儿才说:"那魏王把持朝政,很多事情并不禀报圣上,我担心他拿到了信和血书,反倒会销毁证据,以求自保,也就是说,他根本就不可能向圣上禀报胡左伟和……梁王他们强占茶园的事,我怀疑胡左伟他们还有更大的阴谋。"

姚珥娘就问:"那,圣上为什么要嘉奖你?还让你督办贡茶?"李旭轮就说:"蛊毒是祸害,是人祸也是天灾,圣上当然希望控制住,魏王在这个问题上绝不敢抵制,嘉奖我也是为了安抚人心。可督办茶园,只怕又是一个新的陷阱。"说完,忽然从柜子上拿过一个木盒子,打开,从中取出一张纸,说:"这是赵鸿垚和胡左伟送给我的茶园地契,他们用这种手段,不知拉拢了多少官员,恐怕特使也……"

李旭轮的判断是对的。来看驿站这边。

当晚，胡左伟把特使安排在一个高档的房间里。为了试探特使，他叫来两个绝色女子，吩咐道："好生伺候这位主人。"特使却板着脸说："我是宦官。"胡左伟愣了一下，头上直冒冷汗，急忙躬身说："对不起对不起对不起。"特使却又笑着说："不过……也好这口。"胡左伟转而一笑，退了出去。

第二天早上，胡左伟又来到特使住的房间，屏退属下，关上房门，拿出一张纸递给特使，笑眯眯地说："请特使公笑纳。"特使接过来一看，原来是一张茶园的地契，已办在他的名下，就折起来塞进腰间，却随口问："听说你跟那赵鸿垚抢了不少茶园？"胡左伟脸色一红，说："那都是谣传，不，都是赵鸿垚干的，都是他干的，嘿嘿。"特使就笑着说："没说实话。你这人不好玩。"

胡左伟哈哈一笑，从腰间又拿出一块金子递给特使，特使接过来又随便塞进腰间，随后端起茶盏说："对，都是赵鸿垚干的，嘿嘿……哎，这个……此地产的茶还真好饮。"胡左伟就说："那就请特使公常来饮。"特使说："以后少不了打扰胡县令。"胡左伟就说："胡某深感荣幸……敢问特使公，在圣上面前侍候，也常见到梁王吧？"

特使就饮了几口茶，慢慢品了一会儿，才说："胡县令有话要带给梁王吗？"胡左伟眼珠转了一下，说："胡某给梁王准备了一些上等好茶，当然，也有你的份。"特使却说："胡县令，你对皇嗣的态度变得真快，是不是把皇嗣当主子了？"胡左伟愣了一下。特使又说："梁王可不喜欢这样的人。"胡左伟急忙俯首叩拜，紧张地说："胡某只是面上应酬，并未当真，请特使公明察！"

特使又说："圣上虽嘉奖了皇嗣，可没说让他回宫；魏王和梁王仍然深受圣上信赖，这其中的意味，要用心揣摩……起来吧……"胡左伟就站了起来。特使笑了一下，忽然又说："那个韦团儿，在哪里呀？"胡左伟愣了一下，急忙说："这个……下官不知道。"特使说："应该知道，应该知道。"

胡左伟急忙让武侯去找韦团儿。可武侯前脚刚走，韦团儿后脚就来到驿站。当她出现在胡左伟面前的时候，胡左伟惊得嘴巴都合不拢。这个女人像影子一样来去无踪，让人恐怖。韦团儿躬身施礼道："见过特使公。"特使朝胡左伟摆了一下手，他便转身走出去并把门关上了。

特使看着韦团儿说："没能阻止住除蛊，魏王并不怪你。"韦团儿说："谢魏王恩典。"特使又说："接下来，有更重要的任务。"韦团问："什么任务？"特使说："圣上让李旭轮督办贡茶园，魏王就让你想办法，把贡茶园办砸，让李旭轮在圣上面前再次出丑，最终把他拉下皇嗣的宝座，明白吗？"韦团儿赶紧说："属下明白。"

这真是，一波未平，一波又欲起。

与此同时，李旭轮和姚姆娘正在一家客舍里查看，绝大部分病人都康复离开了，剩下几个危重的也得到更好的照顾。又来到其他客舍和席棚里查看，里面的病人也都只剩几个，看来蛊毒真的是被控制住了。来到私塾里，情况大都一样。忽然想起了什么，姚姆娘和李旭轮对视一眼，同声说："杨老先生。"于是就朝镇街上走去。

来到一处院落前，敲了一会儿门，出来一个小伙子，这是杨老先生的儿子，小杨先生，他的手臂上还缠着黑纱，一见李旭轮和姚姆娘就要跪下，李旭轮急忙拉住他，问："这位小郎，请问杨老先生……"小杨先生说："已经入土为安了。"李旭轮问清了坟墓的地点，就和姚姆娘一起往坟地走去。

坟地在镇街东面，埥净山脚下。远远看去，比原来多出了不少新坟，一个一个的坟头就像馒头一样，也像倒扣的茶盏；坟头与坟头之间挤得密密麻麻的，彼此之间几乎没有了界线。李旭轮忽然想起了老师曾经说的一句话：没有界线就没有底线。而坟头里面长眠的人，大都是被蛊毒夺去了生命。

李旭轮和姚姆娘站在杨老先生的墓前鞠了三个躬，而姚姆娘早已潸然泪下。李旭轮就对着杨老先生的墓碑说："杨老先生，你用生命换来血书，我一定不会让你的血白流！"又来到吴母的坟前，姚姆娘终于控制不住放声大哭起来。李旭轮又来到孙梵天和"雪兰花"的坟前，也是神情肃穆。

过了一会儿，李旭轮为姚姆娘擦干了眼泪。

抬头看向远处，茶园里已经有人开始忙碌了。如今已是初春，再过一段时间就要采茶了，季节不等人啊。想到这里，姚姆娘和李旭轮急忙回到家里，叫来姚伊娘和吴小六。姚姆娘问："阿妹，去茶园里看过吗？得赶紧上肥。"姚伊娘说："正准备去哩，阿姐，你也去吗？"姚姆娘沉吟一下说："阿妹，以后茶园的事主要靠你了，你要多费些心思。"

姚伊娘不解地看着姚姆娘。李旭轮就走过来说："伊娘，是这样的，我让阿姐以后帮我督办贡茶园，这样一来，就没时间经管自家的茶园了……"姚伊娘愣了一下，忽然拱起双手，笑着说："请皇嗣殿下和皇嗣妃放心，伊娘一定尽心尽力。"吴小六一听也赶紧说："小六愿意跟娘子一起经管茶园。"李旭轮却笑了起来，走到吴小六跟前说："小六郎，让你经管茶园可是大材小用哦。"

姚珥娘和吴小六都不解地看着李旭轮。李旭轮就说:"我想让小六郎做我的贴身侍卫,跟朱靖塘和秦坤郧一样,你们说怎么样?"姚珥娘看了看吴小六,说:"六阿兄,你愿意吗?"吴小六看了看姚伊娘,姚伊娘点点头,吴小六就说:"愿意。"李旭轮就拍了拍他的肩膀。这时,姚珥娘却说:"阿郎,我们去檀铁寺吧?"李旭轮愣了一下,随即却说:"我也正有此意。"

檀铁寺里,佛音缭绕。

释怀悯师父正双腿盘坐在蒲团上,闭着眼睛念诵"南无阿弥陀佛",轻轻地拨动着手里的念珠。忽然,他睁开眼睛,起身走到火炉前,拨旺了里面的炭火,放在炉子上的水壶便发出了"吱吱"的声音。就在这时,姚珥娘和李旭轮等人走了进来。姚珥娘双手合十施礼道:"南无阿弥陀佛,师父吉祥。"李旭轮也双手合十道:"南无阿弥陀佛。"

释怀悯师父还礼后,让几个人坐下,并给每人倒了一盏茶,说:"这是贫僧自己种的茶,尝尝吧。"姚珥娘端起来闻了一下,只觉得有一股别样的香气,就说:"好茶。"姚伊娘就接了一句:"茶好,我才好!"姚珥娘就说:"是我们才好,我们。"姚伊娘于是就说:"对,茶好,我们才好!"说完还吐了一下舌头,众人便都笑了起来。

释怀悯师父一边煮茶一边说:"若论制茶,师父倒是有些长处,但若论煮茶,还是悯旭居士见长。"李旭轮就说:"那就请悯旭居士给我们煮茶吧,这里距龙潭顶更近,师父当年开掘出来的泉水更为清冽甘甜,佳茗需佳水,佳水需佳人,请吧。"说完还站起来做了一个邀请的动作,把众人包括释怀悯师父又都给逗笑了。

姚珥娘也不推辞,就起身坐到招待的座位上,开始煮茶。潘小娘站在旁边帮她打下手。但姚珥娘的煮法并不是当时流行的煮法,而是借鉴了李旭轮的泡茶法,以煮代泡,并不把茶叶碾碎,而是保留完整的叶片,也不添加姜蒜等佐料,保留茶叶的原味,这样煮出来的茶汤色泽更加明亮,香气更加浓郁,味道更加醇厚,浓得似乎难以化开。后来,这种煮茶法渐渐流行开来,但仍以饼茶为主,而泡茶法则以散茶为主。

释怀悯师父饮了一盏茶,大为赞赏。李旭轮也说:"娘子这种煮茶法,让人耳目一新。"姚珥娘就笑着说:"还是阿郎教我的。"李旭轮就说:"青出于蓝而胜于蓝。"姚珥娘也笑了一下,却转换话题说:"师父,弟子今天来……想请师父教给阿妹姚伊娘制茶的技法。"说完给姚伊娘递了一个眼神。姚伊娘急忙站起来躬身施礼道:"请师父赐教。"

释怀悯师父就说:"要说制茶,贫僧其实也没有什么独门绝技,但有一点是必须要牢记的……"姚伊娘瞪大眼睛看着释怀悯师父。释怀悯师父饮了一盏茶,接着说:"所谓'茶性易染',意思是茶叶很容易受到外界环境的影响。但贫僧认为,茶叶更容易受到制茶者性情的影响,而性情有善有恶,若以善入茶,则茶品必高三分;若以恶入茶,则茶品必低三分。所以,制茶者在制茶时除了要用心外,还要用善。"

您还记得前面对朱靖塘的预警吗?故在此省略一个情节。

众人听着,只觉得有些玄妙。

我却还想补充两句:以茶为镜,可以知善恶。

读者诸君,不知您是否认同?

回到现场吧,姚珥娘或许赞同我的这个观点,她想了一下,就接过话头说:"师父,弟子以为,煮茶也是这个道理,若煮茶者以善入茶,则茶味必高三分。"说完看着释怀悯师父。释怀悯师父就点头示意她继续说下去。姚珥娘又说:"弟子平常煮茶时除了讲究用水、火候、温度、时间外,还特别讲究心境,把心情调整到近乎虚空的状态,并且在心里默念经文,力求达到心茶合一的境界。"

释怀悯师父说:"正是这样。若说种茶、采茶、制茶、煮茶的妙方,冥冥之中上天早已做了暗示。"姚珥娘急忙问:"师父,如何暗示的?"释怀悯师父就指了一下李旭轮:"那把扇子上暗藏玄机呀!"姚珥娘说:"师父,是《埼净谣》那几句话吗?弟子早就记下了。"释怀悯师父却说:"不只是那几句。"李旭轮就赶紧从腰间掏出扇子,打开,却见上面依然只是一幅兰花图和"埼净"两字。

站在旁边的朱靖塘也盯着扇子,脑海里却再次闪过蒙面人的样子。释怀悯师父又端起一盏茶,对着李旭轮说:"治国如弄茶。来,贫僧敬皇嗣殿下一盏。"说完一饮而尽。李旭轮愣了一下,也一饮而尽。随后,李旭轮站起来,走到释怀悯师父面前,说:"请师父开示。"释怀悯师父就说:"圣上命皇嗣殿下监制贡茶,这也是一次积德行善的机会,若皇嗣殿下体恤民苦,善待茶农,则善莫大焉!"

李旭轮细细体味了一下释怀悯师父的话,就弯腰施礼道:"谢师父提醒。"随后,他对姚珥娘等人挥了一下手,几个人便知趣地出去了。李旭轮走到释怀悯师父跟前,忽然跪了下去,说:"老师……"释怀悯师父赶紧扶起他,说:"老僧担当不起……老僧只是法师呀……"说完闭上眼睛双手合十,嘴里念念有词。李旭轮想了一会儿,忽然说:"弟子若有难,可来问师否?"释怀悯师父就说:"贫僧虽不才,愿助一臂力。"

李旭轮转身就走,眼睛里带着晶莹的泪光。

回去的路上,李旭轮有些闷闷不乐,脚步踢踢踏踏的。姚琦娘就没话找话地说:"我感觉师父今天话里有话,他在提示什么吗?"李旭轮就叹了一口气,摇摇头。姚琦娘又问:"阿郎,心里有事吗?"李旭轮就站在山路上,看着远处的茶园,说:"成也茶园,败也茶园。这里的蛊毒除掉了,我却高兴不起来,总觉得还有不少烦恼堆积在心上,这是为什么?"

姚琦娘看着李旭轮,说:"师父刚才说,那梁王用蛊毒控制了胡左伟和赵鸿垚、韩益康等人,让他们贪得无厌,并死心塌地地替梁王争权夺利,霸占茶园,网罗女色。可那胡左伟至今仍执迷不悟,可见中蛊之深!阿郎,你是因为这个吗?"李旭轮叹了一口气,说:"我在想,若心里不起贪念,蛊恐怕就很难加害于人;但若中了这样的'贪蛊',该用什么样的解药?"

李旭轮说完,快步向山下走去。

走到一片茶园时,却看见陈五娘正在给茶园施肥,姚琦娘就走过去问:"阿嫂,你怎么来干活呀?不是有长工吗?"陈五娘就直起腰说:"几个长工被耆老叫走了,说是要征用他们做、做什么……官焙……"姚琦娘"哦"了一声,冲吴小六递了一个眼神,吴小六赶紧帮忙干活,朱靖塘则从陈五娘手里接过装粪的篮子。

这时,姚森伯急步走了过来,对旁边茶园的两个男人说:"你们两个赶快回去,韩耆老要召见。"两个男人问:"韩耆老?哪个韩耆老?"姚森伯就说:"就是那个韩管家韩益康呀,人家现在是耆老了,高升了。"两个男人又问:"什么事呀?这么急?"姚森伯说:"还不是贡茶园的事!"两个男人这才不情愿地离开茶园。

姚琦娘走上前说:"阿耶,你怎么亲自来了?"姚森伯说:"大伙儿都忙着哩,哎……皇嗣殿下……"说完赶紧拱手施礼。李旭轮急忙走上前拱拱手说:"丈人,辛苦了。"姚森伯却说:"苦不苦不重要,重要的是季节不等人,马上就要采茶了,可如今人手不够,我怕误了农时呀!"李旭轮想了一会儿说:"兵来将挡水来土掩,丈人,我们先回去吧。"

回到姚家大院,李旭轮命朱靖塘去请胡左伟和韩益康。而此时的胡左伟正跟韦团儿缠在一起。这天下午,胡左伟正在驿站的住处独自饮茶,韦团儿悄无声息地来到面前。胡左伟吓了一跳,急忙起身说:"大堂主,你……"韦团儿不答话,却挥拳打了过来,胡左伟急忙躲开,急问:"你这是干什么?"韦团儿又是一拳,胡左伟又躲开了。韦团儿又飞起一脚,胡左伟也躲开了。

韦团儿抓起桌子上的茶壶朝胡左伟扔去。胡左伟却伸手稳稳地接住了。韦团儿又扔出一个飞镖,也被胡左伟接住了。随后,韦团儿坐下,端过茶盏饮了一口水,说:"能接住我的飞镖,不错嘛。"胡左伟笑着说:"饮茶饮茶。"韦团儿又说:"胡县令,隐藏得够深的啊。"胡左伟仍然说:"饮茶饮茶。"韦团儿又说:"如果我没猜错的话,你原来也是梁王府的人,对吧?"

胡左伟愣了一下,仍然笑嘻嘻地说:"饮茶饮茶。"韦团儿凑到胡左伟跟前说:"梁王派你来,也是为了对付李旭轮吧?"胡左伟看着韦团儿,尤其是看着她那裸露出的半个酥胸,咽下了口水。韦团儿心里明白,就笑了一下,伸出手指轻轻地点在胡左伟的鼻子上,说:"坏男人。"随即弹身坐在胡左伟的怀里。胡左伟哈哈一笑,抱起韦团儿就扔到床上,随即压在她身上……

桌子上的茶盏里还冒着热气。

激情过后,韦团儿抱住胡左伟说:"这下,你该告诉我实情了吧?"胡左伟却说:"你都猜到了,还用我说吗?"韦团儿说:"这么说,你跟我的任务是一样的?"胡左伟就说:"梁王早就派我来这里当县令,主要是为了茶园、贡茶,后来,没想到李旭轮也来了……这是巧合,嘿嘿,巧合……那,大堂主是怎么知道的?不会是硬猜吧?"

韦团儿笑着说:"上次我扇你耳光,你虽没还手,但你下意识地伸手阻挡,出手之快不像常人。后来你可能意识到了,就故意拿开手让我扇耳光……呵呵,真会装!"胡左伟说:"梁王有交代,不到万不得已不能露出武功,以免招惹是非。"韦团儿又说:"梁王让你搞到上好的贡茶,还让你负责贡茶园事宜,可没想到半路上杀出个李旭轮,且受圣上之命督办贡茶园,凌驾在你头上,你这心里,恐怕不好受吧?"

胡左伟眼珠一转说:"人家是皇嗣,始终都骑在我的头上,这有什么不好受的?"韦团儿刮了一下胡左伟的鼻子,说:"你这滑头,不说实话。只怕那李旭轮跟你们不是一条心,坏了你们的好事!"胡左伟就说:"那,只要大堂主跟我们是一条心就行。"韦团儿就说:"这个好说,不过,你总得有所表示吧?"

……

胡左伟问:"想要什么?"

韦团儿说:"茶园。"胡左伟愣了一下,说:"你一个单身女子,要茶园干什么?"韦团儿却说:"老娘虽单身,可也知道茶园的价值,值钱的东西谁嫌多呀你说是不是呀胡县令?"说完抱住胡左伟亲了一口。胡左伟想了一会儿,说:"唉,僧多粥少啊。你不知道,朝中的好多高官在这里都有茶园,可这里的土地是有定数的,不够分呀。"

韦团儿说："假如我是替魏王要呢？"胡左伟愣了一下，急忙改口说："这个……好说好说……来吧美人……"随即翻身又把韦团儿压在身下……可就在这时，外面响起了敲门声，胡左伟大喝一声："谁？"一个声音回答说："禀报胡县令，刚才朱靖塘来传话，说皇嗣请你去姚家大院议事。"胡左伟愣了片刻，说："知道了。"颓然倒在床上。

韦团儿想了一下，赶紧起身穿上衣服，并悄然从腰带里摸出一粒药丸丢在茶盏里，随即给茶盏重上水，端给胡左伟，笑着说："请胡县令用茶。"胡左伟发现此时的韦团儿眉眼含笑，多了几分妩媚，便也笑着接过茶盏一饮而尽，放下茶盏后说："姚嘉木说的海狗鞭酒……你真的能搞到？"韦团儿眼见胡左伟饮下了茶水，她的嘴角便露出一丝不易察觉的笑意，并不回答。

可胡左伟哪里想到韦团儿会给他下蛊呢？

事情是这样的：放"群蛊"失败后，韦团儿被魏王召回了神都。魏王询问："让皇嗣把贡茶园办失败，有把握吗？"韦团儿说："请魏王指教。"魏王就说："在胡左伟和韩益康身上想想办法。"韦团儿说："属下一直跟他们有联系。"魏王说："听说那胡左伟和赵鸿垚利用蛊祸大发横财，抢夺了不少茶园？"韦团儿说："听说是梁王……"

魏王急忙伸手制止，说："那都是胡左伟跟赵鸿垚干的……这个胡左伟很贪婪，韩益康也很贪婪，但他们贪得还不够，要让他们贪得更多，贪占茶园，贪占补偿款，贪占女色……越多越好。"韦团儿不解地看着魏王。魏王就说："那么多茶园被他们贪占了，办贡茶园必然受影响，李旭轮会答应吗？这样的话，他们双方必然会起更大的冲突，我们可坐收渔利。"

韦团儿点点头，却问道："那，茶园都被胡左伟他们贪占了，皇家的利益就会受损。"魏王却哈哈一笑，说："让他们贪占只是利用他们，他们名下的茶园永远都是皇家的，只是让他们暂时拥有；一旦他们失去了利用价值，就除掉他们，那茶园还不是皇家的？"韦团儿浑身颤抖了一下。魏王就伸手摸了一下她的下巴，用低沉的声音说："听说那个草蛊婆会制一种'贪蛊'，用茶园里的毒蛇和老鼠制成，让人服用后变得贪得无厌……"韦团儿赶紧说："属下明白，这就回去办理。"

韦团儿回到青石桥镇后，带着几个黑衣人径直来到乡下，走进一间茅草屋。草蛊婆正坐在地上闭目养神，忽然睁开眼睛说："你说过只针对李旭轮，但没想到你放了'群蛊'，而且是最厉害的'蛰蛊'，以毁其心志，你不守信用。"韦团儿却笑了一下，说："我也是受人控制，身不由己。"草蛊婆说："这不是理由。有时候刀口降低一下，就会少死很多人。你说话不算数。你太狠毒！"

韦团儿忽然指着草蛊婆，说："你放蛊，就不狠毒了？"草蛊婆却说："可我从不放'群蛊'。再说了，我放蛊，只是为了报复。"韦团儿愣了一下，问："报复谁？"草蛊婆说："报复那些恩将仇报、颠倒黑白、草菅人命的人！报复那些强暴我女儿的男人，可我始终不知道他们是谁……唉，我小女儿当初不想学放蛊，我不该打骂她，唉，真后悔……"

韦团儿继续说："据说你女儿被强暴的时候，拼命喊叫，很多人听见了却无动于衷，所以，他们也该死，'群蛊'就是针对他们的。"草蛊婆却说："他们只是少数，你不该伤及无辜。赵鸿垚让我小女儿给姚姆娘下蛊失败后，她为了自保，差点儿毒死自己，也算报应。可你没想到，那种蛊药遇上酸枣仁毒性大降。"韦团儿吃惊地问："你为什么要骗我？"草蛊婆说："你滥杀无辜，我可不想助纣为虐。"

韦团儿就蹲下去接着问："你说话并不像山野之人，你到底是谁？"草蛊婆却说："你是来拿'贪蛊'的，我是谁重要吗？"说完随手扔过来一个袋子，说："贪吧，贪吧，使劲儿贪吧。"韦团儿捡起袋子打开看了一下，里面是几粒药丸，她收起袋子转身欲走。草蛊婆看着韦团儿的背影说了一句："美人蛊，美人蛊，你是他的美人蛊。"韦团儿顿了一下脚步，赶紧走了。没过多久，韦团儿便寻找机会把"贪蛊"放在茶水中让胡左伟饮用了。

那么，"贪蛊"对胡左伟有作用吗？按下不表。

再说朱靖塘离开驿站来到赵家大院，门口有两个乡兵在值守，但他们知道朱靖塘的厉害，所以一见朱靖塘就赶紧躬身施礼，随后便飞快地进去通报韩益康。没过多久韩益康就跑出来迎接朱靖塘，拱手施礼道："哎哟，是朱侍卫呀？光临寒舍有何贵干？"朱靖塘就说："皇嗣有请。"说完转身抬脚就走。韩益康却赶紧拉住他的胳膊说："朱侍卫，朱壮士，请留步。"朱靖塘不解地问："有事吗？"

韩益康笑着说："请进去饮盏茶。"朱靖塘说："公务在身，不必了吧？"韩益康再次弯腰施礼道："一盏清茶而已，请壮士给个面子。"朱靖塘想了一下，抬脚就走进院子。韩益康赶紧让下人重新煮茶，他拉着朱靖塘来到客厅，把朱靖塘安置在上座的太师椅上，搞得朱靖塘莫名其妙。

韩益康对着朱靖塘拱手施礼道："请受小臣一拜。"朱靖塘急忙站起来说："你这是干什么？"韩益康就趋前一步，说："小臣能有今天，全仗朱壮士。"朱靖塘越发不解了，就问："你什么意思啊？"韩益康就笑着说："假若朱壮士不杀了赵鸿垚，我韩益康能坐到耆老的宝座上吗？你看……"随手指着客厅里的摆设和下人，接着说:"他死了,胡县令就任命我当耆老。我花点儿小钱,这赵家大院就成了我的,这里的摆设,这里的一切都成了我的……"

韩益康又压低声音说:"还有,他的女人们……也成了我的……嘿嘿,你说,我是不是要感谢你?"朱靖塘却说:"那是你自己的运气好。"韩益康却一招手说:"拿来。"一个下人端着一个托盘走了过来。韩益康伸手从托盘里拿起一个手镯,双手递给朱靖塘,说:"朱壮士,这是小臣的一点儿心意,请笑纳。"

朱靖塘愣了一下,却摆摆手说:"这……太贵重了,朱某不敢领受。"韩益康却拉过朱靖塘的手,把手镯塞进他的手里,说:"朱壮士也不容易,收下吧,以后还要请朱壮士在皇嗣面前替我美言几句。"朱靖塘犹豫了一下,就收下了。韩益康笑着说:"嗨,当官好,当官好,酒色财气真不少!"随后,朱靖塘和韩益康一起往姚家大院走去。

刚好在姚家大院门口遇见胡左伟,韩益康急忙上前拱手说:"下官见过胡县令。"胡左伟暗中用手指了一下朱靖塘,努了一下嘴。韩益康就悄声说:"我试探了一下,没有不贪财的人。"胡左伟笑了一下,迈步往进走去。来到"堉净堂",李旭轮和姚珨娘已在门口等候。胡左伟和韩益康急忙躬身施礼道:"下官参见皇嗣殿下和皇嗣妃。"李旭轮说:"免礼平身,快进来吧。"

走到吴小六身边时,吴小六咳嗽一声,胡左伟愣了一下,没说什么。朱靖塘则把手里的镰刀晃了一下,秦坤郎也对胡左伟笑了一下,胡左伟忽然就感到脊背上冷飕飕的。坐下后,下人给胡左伟和韩益康送上茶水。胡左伟一边饮茶一边想,会是什么事呢?潘小娘一直站在姚珨娘的身后,一双眼睛不时看一眼胡左伟,眼神里射出愤怒的光。胡左伟也不时瞟一眼潘小娘,心想,如此标致的人,就怪那个韦团儿,咳!

这时,就听李旭轮说:"今天请两位父母官来,是想跟你们商议一下贡茶园的事。"胡左伟和韩益康对视一眼,没有出声。李旭轮接着说:"深蒙圣上厚爱,把监制贡茶的重任交付于我,我实在感到惶恐之至,同时也感到肩上的压力,所以,要完成圣上交办的任务,还要有劳两位臣公的大力支持。"

胡左伟和韩益康赶紧表态说:"下官愿尽心辅佐皇嗣殿下完成任务,为此常住驿站办公。"李旭轮笑着说:"很好,很好。春茶很快就要开采了,胡县令,你有什么安排吗?"胡左伟说:"回皇嗣殿下的话,我已抽调全镇棒劳力去贡茶园里施肥除草,到采茶时仍然会征用他们。"李旭轮沉吟一下说:"嗯,如此一来就能确保贡茶园按时采茶,按时将贡茶送到神都。可那些茶农家里也有茶园吧?他们自家的茶园该怎么办呢？"

　　胡左伟和韩益康对视一眼，韩益康就说："贡茶催得急，只能先保贡茶，私家的茶园先缓一缓，没有关系。"姚珝娘却接过话头说："谁说没有关系？茶叶是按季节长的，错过了季节，嫩芽就变成了老叶，这样的茶卖不出价钱，茶农的亏损可就大了。"韩益康又看了一眼胡左伟，胡左伟给他递了一个眼神，他又说："蛊毒害死了不少人，如今人手确实不够，小臣也不知道该怎么办。"

　　李旭轮用征询的目光看了一眼姚珝娘，姚珝娘就说："如此说来，贡茶不……"李旭轮赶紧说："胡县令，你有什么办法吗？"胡左伟就说："下官以为，还得在茶农身上想办法。"李旭轮站起来说："哦，说说看。"胡左伟说："让茶农们日夜劳作，白天到贡茶园采摘，晚上在自家茶园干活，两不误。"

　　姚珝娘就说："这样连轴转，受得了吗？"胡左伟说："采茶的高峰期也就那么几天，克服一下就是了。"姚珝娘却说："这样的话，就要苦了茶农。"胡左伟说："只要圣上高兴，皇嗣殿下顺利完成任务，那些茶农，辛苦一些也值！"姚珝娘叹了一口气，不说话。李旭轮想了一下，说："只好这么办了，把工钱给够，相信茶农会理解的。"

　　胡左伟却说："没有工钱，都是自愿劳动。"姚珝娘就说："白干？"胡左伟说："茶农们愿意为圣上效力，以此来向朝廷表忠心。"姚珝娘愣了一下，端起茶盏开始饮茶。李旭轮来回踱了几步，站在胡左伟面前说："胡县令，以前征用民夫也是这样吗？"胡左伟说："也是。"李旭轮沉默一会儿，说："好吧，那就这样办，给茶农把话说清楚，千万不要过度扰民，更不要激起民愤。"

　　胡左伟和韩益康赶紧说："下官明白。"

　　李旭轮又说："还有一件事，嗯，这次蛊害中死了不少人，有些是绝户，他们的茶园如何处置？"胡左伟说："朝廷已令我把那些死绝户的茶园收归官府，转成贡茶园。"李旭轮说："总数有多少？统计了吗？"胡左伟说："正在统计，结果出来了再禀报皇嗣殿下。"李旭轮点点头说："好吧，今天就到这里，你们回去吧。"

　　胡左伟走到"靖净斋"门口时，瞥见姚森伯正在煮茶，略一犹豫，拐脚就走了进去，韩益康急忙跟上。姚森伯赶紧站起来说："哎哟，胡县令和韩耆老来了，快请坐快请坐。"胡左伟和韩益康坐下后，姚森伯奉上茶水，笑呵呵地问："什么风把两位官郎吹过来了？"胡左伟就说："皇嗣召见，岂敢不来？"姚森伯呵呵笑了起来。

　　韩益康饮了一口茶，说："姚里正，你家大娘如今做了皇嗣妃，你也跟着富贵了，真是鸡犬升天啊。"姚森伯低头不语。胡左伟白了韩益康一眼，说："姚里正，如今你也算是皇亲国戚，那么，对开办贡茶园的事，你有什么想法？"姚森伯说："微官听胡县令的。"胡左伟就说："那好。如今有不少忠义之士主动捐出茶园，给官府用来开办贡茶园，对此，姚里正以为如何？"

姚森伯却低头饮茶，并不回答。胡左伟就说："我很早就跟你说过，希望你也捐出一些茶园，毕竟你姚家是大户，捐一点不碍事。再说了，如今你家大娘是皇嗣妃，捐给皇家就是捐给你家，你说是不是？"姚森伯忽然笑着问："请问胡县令，那些自愿捐出茶园的都是谁呀？"胡左伟说："这个……嗯……"转头去看韩益康。韩益康就说："这个……有不少人家。"

姚森伯紧问一句："原来的赵鸿垚捐了吗？如今的韩耆老捐了吗？"韩益康端盏饮茶，答不上来了。胡左伟却说："赵鸿垚捐过，我相信韩耆老也会捐，是不是呀韩耆老？"韩益康急忙说："对对对，一定捐，一定捐。"姚森伯就举起盏子说："那我替皇嗣妃谢过两位了，只要韩耆老捐出茶园，我一定跟上。"胡左伟呵呵一笑。

姚森伯却又说："我家的茶园被那赵鸿垚霸占了一些，这事儿胡县令想必听说了吧？"韩益康急忙接过话头说："那是你家珦娘卖给赵鸿垚的，还立有字据。"姚森伯却呵呵一笑，说："那叫强……买……"胡左伟就站起来说："既然是买卖，一个愿打一个愿挨……姚家的靖净茶就是好饮，走了！"随后便告辞了。

胡左伟刚走到大门口，却见一个女人披头散发地冲了过来，大声说："赵鸿垚，赵耆老，来，上床，把茶园还给我……"他认出这是孟七娘，便露出厌恶的神色，赶紧躲开了。孟七娘却追着胡左伟喊叫："胡县令，把茶园还给我……"胡左伟快步走开了，孟七娘也被姚家几个下人抓了回去。胡左伟一边走一边念叨："想拿回茶园，让你女儿来。"韩益康听见了，笑了一下。

次日早上，胡左伟刚吃完早饭，属下忽然来禀报说皇嗣和皇嗣妃来了。胡左伟不敢怠慢，急忙出来迎接。走进驿站，李旭轮开口就说："胡县令，贡茶园目前有多少？我想看看明细。"胡左伟说："这个……"李旭轮说："怎么？不方便吗？"胡左伟就说："不，没什么不方便。"随后就让一个手下人拿来了明细。李旭轮坐下来仔细看了，又把明细还给胡左伟。

片刻之后，李旭轮又说："我听说那孟七娘家的茶园，是被赵鸿垚强占去的，如今赵鸿垚死了，茶园是不是该还给人家了？"胡左伟却说："这个……是赵鸿垚手里的事，下官不太清楚。"姚珦娘就插话说："孟七娘是怎么疯的，这个你应该知道吧？"胡左伟却摇摇头说："不知道。"姚珦娘"哼"了一声，忽然瞥见李旭轮递过来的一个眼神,就说:"那个赵鸿垚,死了活该!"

李旭轮又问:"那些死绝户人家的茶园,总共有多少?"胡左伟想了一下,说:"这个……数字在韩耆老那里,下官不太清楚。"李旭轮就转身对吴小六说:"吴小六,去把韩益康找来。"吴小六得令而去。胡左伟眼珠转了几下,悄声问:"皇嗣殿下,可否借一步说话?"李旭轮就站起来跟着胡左伟走到庭院里。胡左伟说:"敢问,皇嗣殿下,对茶园感兴趣吗?"

李旭轮说:"寡人不才,平生有三大爱好,一是写字,二是饮茶,三是烧香。"胡左伟笑了一下,说:"太好了,那,送给皇嗣殿下一片茶园,可好?"李旭轮却说:"赵鸿垚和胡县令上次已经送了,寡人不敢多受。"胡左伟:"此地茶园价值甚高,你值得拥有。这些都是官府掌控的口分田,手续都办好了。"说完从腰间掏出一张地契递给李旭轮。李旭轮没有接地契,却哈哈一笑说:"溥天之下莫非王土,既然那贡茶园都是皇家的,还需要送我吗?"

胡左伟讨了个没趣,就解嘲道:"那是那是,下官愚钝……"这时韩益康跑来了,胡左伟急忙收起地契,说:"赵……不,韩耆老,死绝户人家的茶园总共有多少?赶快禀报皇嗣殿下。"一边说一边给韩益康递了一个眼神。韩益康就想了一会儿,说:"差不多五十多亩。"李旭轮就问:"有名册吗?"韩益康回答:"正在登记造册,完了一定呈报皇嗣殿下。"李旭轮点点头,转身就走了,姚珻娘赶紧跟上。

看着李旭轮和姚珻娘走远了,胡左伟"哼"了一声,说:"不过是个傀儡,装什么清高?"韩益康就问:"胡县令,怎么了?皇嗣不买账吗?"胡左伟却笑着说:"他不买账没关系,只要梁王买账就行。"韩益康赔着笑脸说:"对对对,梁王买账……"胡左伟却话锋一转说:"刚才他跟我提到孟七娘家的茶园,难道他察觉到了,想从这里入手?"

韩益康就说:"不会吧?"胡左伟却说:"那个赵鸿垚做事太马虎,难免会留下一些把柄。"说完盯着韩益康。韩益康就说:"胡县令,你盯着我干什么?"胡左伟就说:"韩益康,我待你怎么样?"韩益康说:"当然好了,还用说吗?"胡左伟就说:"赵鸿垚死了后,我让你接替耆老的职位,也默许你接管了他的家产和女人,就是看你还算忠诚,以后你要尽心辅佐我才是。"

韩益康急忙跪下说:"效忠县令,万死不辞,肝脑涂地。"胡左伟扶起他,说:"好了,本县令心领了。今后,你要想办法替赵鸿垚擦干净屁股,不能有任何的闪失。"韩益康说:"下官明白。"随后又说:"至于孟七娘家的茶园,下官倒是有个主意。"胡左伟就说:"说来听听。"韩益康就凑到胡左伟耳边说了几句,胡左伟笑着说:"好,你去安排吧。"

这天晚上,姚珴娘让朱靖塘和陈五娘一起去把私塾的卫生打扫一下,说明天早上要开学了。两人刚走进私塾,忽然从墙头上传来一声"朱靖塘",朱靖塘抬头一看,一条黑影已离开墙头。陈五娘喊了一声"小心",朱靖塘随即把她拉到墙角坐下,叮嘱她千万不要乱动。陈五娘忽然抱住朱靖塘,说:"我怕。"朱靖塘拍了拍她的后背,说:"有我在,别怕。"随后纵身一跃跳上墙头。

一个蒙面人站在桑树下,手里的佩剑寒光闪闪。朱靖塘走上前问:"你究竟是谁?"蒙面人说:"原来是你的同道人,而今仍然可以是同道人。"朱靖塘问:"什么意思?"蒙面人说:"对你的背叛,梁王本来很恼火,但念及你人才难得且事出有因,决定原谅你一次。那扇子上的秘密还没最后揭晓,所以,你还有立功赎罪的机会。"

朱靖塘觉得蒙面人说话有点耳熟。

朱靖塘说:"我要是不愿意呢?"蒙面人说:"梁王说了,事成之后,给你享不尽的荣华富贵。"朱靖塘说:"皇嗣很善良,不能害他。"蒙面人说:"梁王说了,只要能拿到扇子上的秘密,也就是完整的《靖净谣》,可以不杀他。"朱靖塘想了一会儿,忽然抽出镰刀指着蒙面人说:"你走吧,我不想再见到你。"

蒙面人冷笑一声,纵身一跃,眨眼就不见踪影。就在蒙面人纵身一跃的时候,朱靖塘从腰间掏出几片茶叶朝他打去,那茶叶就像飞镖一样,一片片地扎进了蒙面人的发髻。茶叶当然是姚珴娘制作的靖净茶,带有独特的香气,朱靖塘想以此来追踪蒙面人。

朱靖塘赶紧走进私塾,只见陈五娘正靠在墙角瑟瑟发抖,他赶紧上前一把抱住陈五娘,陈五娘扑在他的怀里,颤着声音问:"朱九郎,你没事吧?那人是谁呀?"朱靖塘说:"我没事。"陈五娘又问:"那人是谁呀?"朱靖塘说:"不认识。"陈五娘忽然看着朱靖塘,说:"你会不会……又把我打晕?"朱靖塘笑着说:"不会啦。"随即在她脸上亲了一下。

陈五娘笑了起来,又说:"那人为什么一直盯着你不放?还是为扇子吗?"朱靖塘说:"他……也许是吧。"随即却抱住陈五娘亲了起来,双手也在她身上抚摸起来。陈五娘脸颊绯红,低声娇喘……过了好一会儿,朱靖塘搂着陈五娘,说:"今天的事别告诉皇嗣和皇嗣妃,好吗?"陈五娘点点头,却又问:"为什么呀?"朱靖塘说:"我不想让他们担心。"

次日上午,私塾如期开学了。

姚珝娘和李旭轮吃过早饭后就来到私塾，胡左伟和韩益康也来了，随后就有家长陆陆续续地送孩子来读书。蛊毒夺去了几个孩子的生命，读书的学生便少了一些，这让人唏嘘不已。杨老先生也去世了，只好又聘请了一个姚姓中年先生。私塾里很干净，姚珝娘陪着李旭轮转了一圈，忍不住夸了陈五娘几句。

　　上课之前，姚先生请李旭轮讲话。李旭轮就拿过毛笔，在纸上写下"家国天下"四个字，随后举起来向学生们展示，赢得一片叫好。姚先生说："皇嗣殿下果然写得一手好字，姚某佩服之至。"胡左伟凑上前一看，只见字体潇洒飘逸，不同凡响，想了一下，忽然对韩益康耳语一番。

　　韩益康就躬身施礼道："皇嗣殿下给私塾题词，是我们莫大的荣耀，小臣代表青石桥百姓，多谢皇嗣殿下恩赐墨宝。这墨宝……小臣替青石桥百姓收藏。"说完就从李旭轮手里接过那张纸，小心翼翼地折起来收好。胡左伟站在朱靖塘前面，朱靖塘似乎从他的发髻上闻到了一股特别的茶香味。

　　这时，释怀悯师父忽然出现了，嘴里说："有家才有国，有国才有家。家就是国，国就是家。"胡左伟就斜眼看着释怀悯师父，说："你这和尚，既已出家，还谈什么家国？"姚珝娘和李旭轮就瞪了胡左伟一眼。释怀悯师父却说："贫僧虽出家，但未出天下，贫僧仍是天下人。"

　　胡左伟就笑道："天下人？我们不都是天下人吗？还需要你在这里指教？真是笑话！"释怀悯师父就双手合十道："施主说得没错，大家都是天下人，既然都是天下人，就应为天下人着想。南无阿弥陀佛，善哉善哉！"胡左伟就指着释怀悯师父说："这和尚……"姚珝娘赶紧走过来说："师父，请这边来。"

　　姚珝娘把释怀悯师父带到旁边的房间里，双手合十道："师父，别跟他计较。南无阿弥陀佛。"释怀悯师父就说："善恶皆有报，时候尚未到。"随后从褡裢里拿出一个纸包递给姚珝娘，姚珝娘接过纸包，不解地看着释怀悯师父。释怀悯师父就说："纸包里是一些茶叶，你用它泡水后给李施主研墨，写出来的字有一种独特的香味。"释怀悯师父说完就离开了，一边走一边念叨"家就是国，国就是家"。

　　姚珝娘望着释怀悯师父的背影，心里感到有些纳闷。

　　潘小娘和陈五娘站在离姚珝娘不远的地方，韩益康一直关注着她们俩。趁着陈五娘去上茅厕的机会，韩益康凑到潘小娘跟前，低声说："潘小娘，想不想拿回你家的茶园？"潘小娘警惕地看着他，并不回答。韩益康说："我跟赵鸿垚不一样，我很同情你们，如果想拿回茶园，就来找我。"说完就躲开了。

　　回到姚家大院，潘小娘的脑海里总是装着茶园的地契，那是她一家的生存之本，也是她继母付出惨痛代价却未能拿回的东西，原本就属于他们的东西。她回味着韩益康的话，虽说不相信，却总是难以抗拒，于是就找个空子来到赵家大院，在门口说要找韩益康。守在门口的乡兵进去通报后，让潘小娘进去。潘小娘却说："让韩耆老出来。"

乡兵准备过来拉潘小娘，她却一步跳开，指着乡兵说："别乱来，我是皇嗣妃的义妹！"乡兵无奈，只好再去禀报韩益康。没过多久韩益康出来了，手里拿着一张纸，对潘小娘说："进来吧。"潘小娘却说："地契呢？"韩益康扬了一下手里的纸。潘小娘说："让我看看。"韩益康就举着纸，远远地让她看了。她虽识字不多，但"茶园"两个字还是认得的，就跟着走了进去。

潘小娘一走进院子，就被两个乡兵抱住绑了起来，潘小娘刚要喊叫，却被布巾堵住了嘴巴，她惊恐地瞪大眼睛，嘴里"呜呜呜"地叫着。韩益康就笑嘻嘻地说："胡县令等你好久了，小美人，快去吧？"两个乡兵抱起潘小娘就走。就在这时，门口忽然传来一阵叫喊："小娘，潘小娘——"

韩益康走出来一看，原来是孟七娘，披头散发衣衫不整，冲着韩益康大叫："潘小娘，潘小娘，我家小娘呢？你把我家小娘藏哪了？"不一会儿门口就围了很多人，有人就说，光天化日，私藏妇女，这是要干什么？还有人说，这是绑架妇女，还有没有王法？韩益康暗叫一声不好，赶紧喊住乡兵，给潘小娘松绑并把她推了出来，随即就关门闭户。

潘小娘抱住继母孟七娘，放声大哭。

这时，姚家两个下人急匆匆地赶来，一把拉住孟七娘，说："稍不留神你就跑出来了，赶快回去！"扯着孟七娘就走，潘小娘也跟着走了。回到姚家大院，下人把这事禀报给姚珝娘，姚珝娘就问潘小娘："是真的吗？"潘小娘"扑通"一声跪在地上，哭着说："禀报皇嗣妃，我是想……拿回地契呀！呜呜呜……"

姚珝娘就说："幼稚！愚蠢！他们夺走了地契，还会还给你？你阿娘的教训还不够深刻吗？"潘小娘哭得上气不接下气。姚珝娘就扶起她，替她擦掉眼泪，说："好了，幸亏你阿娘去得及时，没出事就好。"李旭轮悄然站在身边，说："那个胡左伟，越来越放肆了。"姚珝娘就说："是啊，可我们也拿他没办法呀？"李旭轮就说："我就不信扳不倒他。"

姚珝娘就看着李旭轮，说："阿郎，他背后的势力太大，扳不动呀！"李旭轮沉吟一下，说："关键是手里要有证据，铁证如山，他也不好抵赖。"姚珝娘说："杨老先生用生命换来了血书，可结果呢？还不是落在魏王手里？"李旭轮叹了一口气，说："只要能送到阿娘……圣上手里，就好办了。"说完看了一眼潘小娘，忽然问："潘小娘，你家那张地契在韩益康手里，是吗？"

潘小娘点点头。李旭轮就说："那张地契……很重要……"姚玳娘说："阿郎，你的意思……"李旭轮却说："好了，回房吧。"姚玳娘看了一下潘小娘，就说："那个胡左伟三番五次对潘小娘图谋不轨，虽说没得逞，但已太过分。俗话说'打狗也要看主人'，潘小娘毕竟是我的丫鬟，不能就这样算了。"李旭轮却说："娘子，不要冲动。"

姚玳娘就说："还不要冲动？再忍下去他们就要骑在头上撒尿了！"李旭轮拉住姚玳娘的胳膊说："我记得娘子曾经劝我要像靖净茶一样，宽厚恭谨知忍让，娘子怎么反倒忘了呢？"姚玳娘就说："可我也说过忍无可忍时便无须再忍。"李旭轮就说："可现在我们还不是他们的对手啊！等我们办好了贡茶园，掌握了足够的证据，再反击他们，或许能成……"

姚玳娘就说："可我咽不下这口气……"李旭轮转身看着远处的茶园，好一会儿才说："娘子，你带潘小娘去驿站叫骂一顿，也好，让他们知道你是不好欺负的，但……仅此而已。娘子，明白我的意思吗？"姚玳娘想了一下，说："娘子明白。"随后便拉着潘小娘走了。李旭轮叫过吴小六交代一番，吴小六和秦坤郧便跟着姚玳娘去了。姚伊娘刚好回来遇见了这事，听说了也要去，李旭轮坚决不同意，她只好待在家里。

来到驿站门口，姚玳娘破口大骂："胡左伟，你这无耻的好色之徒，你给老娘出来！敢做敢当，躲在里面当缩头乌龟算什么本事？"乡兵过来想阻止，可一看是姚玳娘，只好退下了。很快就围过来一些民众，大家叽叽喳喳地议论着。姚玳娘就把胡左伟和韩益康的丑行向大家公布了。

而胡左伟呢？此时正在跟韦团儿幽会哩。

话说这韦团儿虽身为女人，却并未多尝男女之欢，自从她被李旭轮抛弃后，感情的大门便被关闭。不承想前几日跟胡左伟苟且一回后，再次尝到了性爱的滋味，居然春心萌动，难以自禁了。此时她正跟胡左伟翻云覆雨哩，猛然听见外面的叫骂声，急问胡左伟是怎么回事。胡左伟仔细听了一下，明白了，就说："是那姚玳娘，不用管。"

韦团儿却立即起身穿衣，说："此事不可小觑。"胡左伟却嬉皮笑脸地说："没事，再玩一会儿吧？"韦团儿却甩手扇了他一耳光，指着他说："再玩，要掉脑袋知道吗？"胡左伟捂住脸说："你……又打我？再打老子就还手了。"韦团儿说：

"就你那三脚猫的功夫？对付吴小六还差不多，被那个朱靖塘追得满地跑，能跟我比？"

……

胡左伟指着韦团儿说："你……母夜叉……"

韦团儿甩手又是一耳光，说："我说过，老娘平生最讨厌欺负女人的男人，你对那个潘小娘念念不忘，总想着霸王硬上弓，迟早会坏了大事。"胡左伟就说："你、你这是嫉妒，赤裸裸的嫉妒！"韦团儿却哈哈一笑，说："我嫉妒什么？笑话！我可以勾引男人，但就是看不惯男人欺负女人，你有本事去勾引人家呀？记住，你色心不死，老娘还要打！"

胡左伟赶紧捂住脸。韦团儿忽然软下语气说："姚珥娘在门口叫骂，你若不回应，等于承认有这回事，这样一来你将丢尽脸面。"胡左伟说："可是，真没有，我根本就没碰着那潘小娘啊？"韦团儿就说："那就把责任全推给韩益康，让她姚珥娘去找韩益康。再说，用这事来搅搅局，也未尝不可……"说完冷笑几声。胡左伟点点头，赶紧起身穿衣。

胡左伟终于走出驿站，对着姚珥娘躬身施礼道："微臣不知皇嗣妃驾到，有失远迎，请恕罪。"姚珥娘就指着胡左伟的鼻子，厉声说："胡左伟，你三番五次欺负潘小娘，虽没得逞，但你色心不改，今天必须给个说法。"胡左伟笑嘻嘻地说："皇嗣妃，这话关系到微臣的名节，也关系到潘小娘的名节，可不能乱讲哦。"

姚珥娘愣了一下，说："名节？你还知道名节？脸都不要了，还要什么名节？"胡左伟说："皇嗣妃，话不能这么说。今天这事，的确是冤枉了微臣。"姚珥娘说："你倒喊起冤来？"胡左伟说："皇嗣妃，既然此事跟潘小娘有关，还是让她说吧。"姚珥娘就对潘小娘说："你说吧。"潘小娘就说："那个韩益康……用茶园地契把我……骗到赵家大院，进去就把我绑起来了……"

胡左伟说："这跟我有什么关系？"潘小娘说："韩益康他说'胡县令等你好久了，小美人，快去吧'……"胡左伟哈哈一笑，说："一派胡言！我身为县令，还要他韩益康帮我找女人？"姚珥娘说："说说这事怎么办吧？"胡左伟一挥手，说："把韩益康带来对证！"没过多久韩益康就跑过来了，一看这场面就明白了，就在心里急寻对策。

姚珥娘问："韩益康，你把潘小娘叫到赵家大院绑起来，想干什么？"韩益康说："让她去看茶园地契，但没绑她。"潘小娘就大声斥责道："胡说，你撒谎！"韩益康就说："皇嗣妃，小臣只是想让她看看茶园地契，并无其他意思。"姚珥娘就追问:"看茶园地契是什么意思?"胡左伟赶紧插话说:"韩益康,你做事如此鲁莽,如此草率,还不向皇嗣妃赔罪?"

韩益康说:"我没……"胡左伟甩手就扇了他一耳光,说:"你还不知错吗?"韩益康被打晕了,好一会儿才反应过来,发现胡左伟不住地对他眨眼睛,虽然不情愿,还是跪在了姚琋娘面前,低头说:"小臣办事不力,考虑欠妥,请皇嗣妃恕罪。"姚琋娘想了一下,说:"今天我把话挑明了,潘小娘是我的义妹,我是当今皇嗣的娘子,以后谁敢对潘小娘不轨,别怪我不客气!"

撂下这句话,姚琋娘就带着潘小娘走了。

韩益康跟着胡左伟走进驿站,刚进入一个房间,胡左伟又打了韩益康两个耳光。韩益康捂住脸说:"胡县令,你怎么还打?"胡左伟就说:"混账!你居然说是我让你找潘小娘,关键时候出卖老子,要你何用?"韩益康赶紧跪下说:"胡县令,我错了,我下次一定改!你大人不记小人过!"胡左伟停了一下,说:"你办事怎么比那个赵鸿垚还草率!我算看错你了。"

韩益康赶紧表态说:"小的也是想让胡县令高兴高兴快活快活,只是有些心急了,不过……是一片忠心!"胡左伟想了一会儿,就说:"起来吧。"韩益康就站了起来。韦团儿却走过来说:"还有茶园地契,韩益康,你轻易就露了底,这可是要招来杀身之祸哦!"胡左伟一听,说:"对啊!茶园地契!"猛然一脚将韩益康踹倒在地,说:"你真是成事不足败事有余!"

韩益康赶紧又跪下磕头叩拜,甚至哭了起来,一边哭一边说:"小的还用手镯……试探朱靖塘,能拉下水……"韦团儿用鄙夷的目光看着韩益康,说:"现在哭有个屁用,起来吧……那个朱靖塘,拉下水又能怎么样?"韩益康就站了起来,说:"他能看到……"胡左伟急忙咳嗽一声,走到韦团儿跟前说:"哎哎,这是我的事儿。"韦团儿却说:"你的就是我的,我的还是我的,哈哈哈!"

胡左伟"哼"了一声,脸色很难看。

韦团儿忽然盯着胡左伟,说:"那个朱靖塘,恐怕是另有所图吧?"胡左伟却摆出一副无可奉告的样子。韦团儿就换了个话题:"你们知道李旭轮今天为什么没出面吗?"胡左伟和韩益康对视一眼,摇了摇头。韦团儿说:"他不出面,说明姚琋娘在他心里没什么地位……或者他有更深远的考虑。"韩益康就说:"嗨,这男女之情……他又能怎样?不过是个没用的皇嗣。"

韦团儿瞪了韩益康一眼,说:"你懂什么?"韩益康又说:"我们背后有梁王,大堂主背后有魏王,还怕他不成?"韦团儿说:"别忘了,是圣上命他督办贡茶园的，敢跟他公开作对，就是跟圣上公开作对，所以，我们只能是私底下……"韩益康急忙说："对对对，私底下，私底下搞小动作，大堂主英明……"胡左伟白了他一眼，他赶紧住口了。

韦团儿又说："至于那个潘小娘，要忍一忍……"胡左伟有些不高兴了，就说："大堂主，这事不归你管吧？"韦团儿哈哈一笑，说："胡县令，你真不识好歹。我敢说你的大事最终会败在那个潘小娘和这个韩益康身上。"韩益康愣了一下，气呼呼地说："你……"胡左伟也说："大堂主言重了吧？"随即走上前拉住韦团儿的手，递上一个媚眼。韦团儿却"哼"了一声，甩手而去。

再来看姚家大院。这天下午，姚伊娘一手拿着一个本子，一手拉着吴小六，来到"靖净闺"门口。姚伊娘说："民女参见皇嗣殿下和皇嗣妃。"姚珻娘赶紧把她拉进去，说："怎么结婚了还像个小孩子？"姚伊娘笑了一下，把本子递给姚珻娘，说："阿姐，这是你交代的任务，全镇死绝户人家的茶园共有一百多亩。"姚珻娘接过本子翻了一下，说："准吗？"吴小六接过话头说："这只是镇上和郊区的，偏远的地方还没去。"

姚珻娘就把本子递给李旭轮，他也翻了一下，说："一百多亩，居然是韩益康公布数字的两倍。怎么误差这么大？是他们统计不准吗？"姚珻娘就说："阿郎，恐怕不是误差，而是故意隐瞒。"李旭轮点点头说："如果是隐瞒，这胆子也太大了。"姚伊娘就插话说："有个人说他一个亲戚死绝户了，可亲戚家的茶园莫名其妙就变成了赵鸿垚家的，如今成了胡县令的。"

吴小六也说："我上次去送信的时候，就遇到过这事，只是那片茶园现在是韩益康的。"李旭轮说："看来，他们趁着蛊害霸占了不少茶园，如此一来，贡茶园的数量就会大大减少，这可怎么办呀？"姚珻娘就沉吟一下，说："阿郎，恐怕当务之急是要督办好贡茶，马上就要采茶了，茶园的事只能往后推了。"李旭轮点点头说："对，先顾眼前。这样，明天去茶园看看。"

次日一大早，姚珻娘就和李旭轮、姚森伯、姚伊娘等人来到茶园，此时春风荡漾，天气暖和，茶园里一片油绿，却看不到忙碌的人群。姚森伯忽然说："在贡茶园。"一行人于是就来到贡茶园，只见这里果然有很多人，正在给茶树除草、施肥、浇水，一片忙碌，可每个人都是无精打采的样子。旁边有乡兵在监工，不时地呵斥一声。

李旭轮走进茶园对一个中年男人说："这位郎君，累不累呀？"中年男人没好气地说："白天晚上连轴转，怎么不累？"李旭轮就说："谁让你们来干活的？"

中年男子说:"还不是那个该死的皇嗣?"李旭轮愣了一下。吴小六赶紧说:"大胆……"李旭轮却伸手制止住吴小六,又问:"那,有工钱吗?"中年男子说:"哪里有工钱?说是要为皇嗣表忠心,尽义务,把我们从乡下叫上来干活儿,嗨,这皇嗣……"

李旭轮就拉着中年男子的手,说:"你辛苦了。"中年男子就好奇地问:"你是?"姚玳娘说:"他正是皇嗣殿下。"中年男子大吃一惊,慌忙伏地叩拜,说:"小的是乡巴佬,有眼不识泰山,不认识皇嗣殿下,请恕罪。"李旭轮急忙把他拉起来。其他人听说了也赶紧跑过来跪拜,之后却说:"皇嗣殿下,这样日夜连轴转,我们受不了,请可怜可怜我们吧!"李旭轮说:"可我没有……"

这时胡左伟和韩益康走了过来。李旭轮就问:"胡县令,他们日夜连轴转干活,恐怕不妥吧?"胡左伟说:"皇嗣殿下,这是采茶前的准备工作,为了早日制好贡茶,只能如此了。"李旭轮说:"可我没说让他们连轴转呀?"胡左伟说:"皇嗣殿下奉旨督办贡茶,我等都听你的。"李旭轮说:"这……不妥吧?"胡左伟就接过话头说:"皇嗣殿下是说贡茶不妥吗?"

姚玳娘立即说:"贡茶并无不妥。皇嗣殿下这是体恤民力,不妥的是你胡县令的办法。"胡左伟就说:"那,以皇嗣妃之见,怎么能在人手少时间紧的情况下赶制出上等贡茶?"姚玳娘不说话了,这的确是一个问题。胡左伟就说:"你们既然没更好的办法,那就按我的办法来。"

胡左伟随后对茶农们说:"赶制上等贡茶,既是对女皇陛下表忠心,也是对皇嗣殿下表忠心,这是无上的光荣!皇嗣殿下亲临监制,我等必须全力完成!不得有误!"韩益康赶紧举手高呼:"全力完成!不得有误!全力完成!不得有误!"几个乡兵跟着高呼口号,茶农们却表情淡漠,目光呆滞。

李旭轮面无表情地转身就走,回到家里,闷闷地饮了两盏茶,打开扇子呼啦啦地扇了起来,忽然又停住扇子,说:"他们这是把我架在火上烤!"姚玳娘就说:"如今这情况,时间紧、任务重,若想顺利制作贡茶,只能让茶农辛苦;若想体恤民力,恐怕完不成贡茶任务,两难呀!两者只能取其一,阿郎要三思呀!"

李旭轮却说:"我宁愿完不成任务。"姚玳娘大吃一惊,急忙说:"妾身知道阿郎体恤民力,可你知道完不成任务的后果吗?"李旭轮就说:"那就请阿娘……圣上裁减任务。"姚玳娘急忙跪下说:"阿郎,万万不可,你要明白你现在的处境,若因此惹恼圣上,恐皇嗣之位不保,岂不正中了那些人的毒计?"

李旭轮却说:"我这个皇嗣……唉,不要也罢……"姚玳娘急忙说:"皇嗣殿下，千万不能这样说，你不只是为自己保住皇嗣之位，也是为天下人保住皇嗣之位。天下众人与少数茶农，孰轻孰重，请皇嗣殿下掂量！"李旭轮想了一下，伸手扶起姚玥娘，说："八郎明白了，制茶一事还要请娘子多多辛苦。"姚玥娘就靠在李旭轮的胸膛上，轻声说："妾身定不辜负阿郎！"

很快就到了采茶的时候。姚伊娘跟几个下人一大早就去姚家茶园采茶。李旭轮和姚玥娘忙完公事后也来到姚家茶园，只见茶树上都冒出了尖尖的嫩芽，想到这些嫩芽即将变成阿娘盏中的爱物，李旭轮的心情也好起来，就跟着他们几个一起采茶。可渐渐地他就发现了问题，赶紧问："伊娘，怎么只是我们茶园里有人，其他茶园呢？"

姚伊娘就说："其他人都去了贡茶园，晚上才来自家茶园采茶。"姚玥娘问："阿耶，是这样吗？"姚森伯说："是的。"李旭轮又问："那，我们家为什么不去贡茶园采茶？"姚伊娘回答道："因为你是皇嗣呗，韩耆老照顾我们。"说完还吐了一下舌头。李旭轮不再说话，拉着姚玥娘就跑到贡茶园，果然看见到处都是采茶的人，其间充斥着乡兵的喝叫声。

晚上时，李旭轮和姚玥娘再次来到私家茶园，果然看见很多茶农在自家茶园里忙碌，他们披星戴月地采茶，有的甚至举着火把或蜡烛。因为黑暗，所以采茶的速度很慢，而且看不清叶片的大小，经常出现失误。有人就骂："该死的胡县令，该死的韩耆老！让老子白天给皇宫义务采茶，晚上黑灯瞎火的来采自家的茶，这叶片都看不清，能制出好茶吗？"还有人骂："都是那个皇嗣的主意，该死的！"

李旭轮黑着脸，一言不发地走了。

这天上午，姚玥娘和李旭轮刚走出姚家大院大门口，忽然来了几个茶农，倒地叩拜，哭着说："皇嗣殿下，求你体谅一下我们吧。"李旭轮赶紧把一个老人拉起来，问他怎么了？老人就说："我们没日没夜地采茶，可稍有停歇，那些乡兵就打我们，我们哪受得了这个？皇嗣殿下，你就收回成命吧，再这样下去，怕是会出人命呀。"

李旭轮背过身去，不知该说什么。姚玥娘就对茶农们说："大伙都起来吧，我们会想办法的，快回去干活吧。"几个茶农就站起来走了。姚玥娘忽然对李旭轮说："阿郎，我去找胡左伟。"李旭轮就说："你去找他？有用吗？"姚玥娘说："有没有用见了再说。"李旭轮说："那，我一起去。"姚玥娘却说："这事阿郎不宜出面。"说完急匆匆地走了。李旭轮招了一下手，朱靖塘就跟了上去。

来到驿站，姚玥娘径直闯了进去，驿卒看见姚玥娘怒气冲冲的样子和朱靖塘手里那把镰刀,也不敢阻拦。姚珥娘大叫一声:"胡左伟!"过了好一会儿,胡左伟才从里面走了出来,衣衫有些不整。姚珥娘就说:"胡左伟,人家都忙得团团转,你倒是清闲得很呀!"胡左伟整理了一下腰带,却说:"我在处理公务。皇嗣妃有何吩咐?"

姚珥娘就笑着说:"我来保胡县令的官位。"胡左伟愣了一下,说:"皇嗣妃开玩笑哦,我这不还在县令的位置上吗?"姚珥娘说:"今天在,明天就不一定了。"胡左伟又愣了一下,忽然笑着说:"皇嗣妃过虑了,还是先考虑一下自己的安危吧。"姚珥娘就说:"我这不正在考虑吗?我们的安危可是跟你胡县令绑在一起的。"

胡左伟迟疑一下,说:"皇嗣妃有话直说吧。"姚珥娘沉吟一下,就说:"好,那我就直说了。胡县令,在赶制贡茶这个事情上,我们的目标是一致的,那就是顺利赶制出贡茶,让圣上满意。所以,我们是一条线上的利益共同体,一损俱损,一荣俱荣。"胡左伟却撇撇嘴说:"那可不一定,督办贡茶是皇嗣的事,与我何干?"

姚珥娘就说:"胡县令,难怪你对赶制贡茶这么不上心,原来是在打小算盘呀。"胡左伟急忙说:"有吗?我有打小算盘吗?我很尽心呀!"姚珥娘笑了一下,说:"督办贡茶固然是皇嗣的职责,但你作为地方官,也绝不能置身事外。假若把贡茶的事办砸了,皇嗣有一份责任,你也难逃追究。"

胡左伟说:"别拿这个吓唬我。"姚珥娘继续说:"假如贡茶办砸了,皇嗣大不了不做皇嗣,但不至于是死罪,照样是王,照样享受荣华富贵。可你呢,若把贡茶办砸了,你将罪责难逃,轻则削去官职,重则砍去脑袋。到时候,你的主子会保你吗?别忘了,皇嗣是圣上的亲生儿子,你可不是你背后主子的亲生儿子!所以,在这件事上,只有跟我们合作,才能保全你自己!"

胡左伟愣了好一会儿,头上冒出了冷汗。

姚珥娘注意到了,微微笑了一下。胡左伟忽然说:"可如今人手确实不够,我有什么办法?"姚珥娘就说:"你可以从全县征用民夫啊,稍加调教就会采茶了。"胡左伟沉吟一下,说:"哎,这个办法好,这个办法好。多谢皇嗣妃指点。"姚珥娘笑了笑,转身就走。

胡左伟回到县衙后不敢耽搁,赶紧从县内其他地方抽调民夫,主要是茶农,限期来青石桥镇采茶,第二天就有人来帮忙采茶,随后陆续来了不少人,总算没有耽误采茶,姚珥娘和李旭轮这才松了一口气。然而,另一个难题却接踵而至,那就是制茶的人手更是紧缺，此地制茶的能手原本就不多，在蛊害中又死了几个，剩下的便不够用了，若想在短时间内蒸炒制出上等好茶，很难！

姚㻗娘和姚伊娘带着自家的下人赶来帮忙，人手还是不够。正发愁的时候，释怀悯师父来了，还带来了十几个僧人和十几个信众，原来都是制茶的好手。姚㻗娘高兴极了，居然跪在释怀悯师父面前说："南无阿弥陀佛，南无阿弥陀佛，南无阿弥陀佛！"释怀悯师父扶起姚㻗娘，说："悯旭快快请起。"

姚㻗娘站起来了，释怀悯师父又说："还记得扇子上的那些字吗？那篇《靖净谣》！"姚㻗娘说："记得。"释怀悯师父就说："制茶的时候一边制一边念叨，会有奇效。"姚㻗娘问："我们都要念吗？"释怀悯师父却说："不，你一人念就够了。"朱靖塘在一边隐隐约约听见了，眉头皱了一下，心想，《靖净谣》剩下的文字会念出来吗？

于是，制茶的时候，姚㻗娘就按师父吩咐的，一边制一边念叨：南江多浩荡，浓雾踏波浪，云缠雨绕叠峰秀，林木苍翠漫照光……茶越蒸越香，从来没有过的异香，引得好多茶农来围观。那些茶农也跟着念叨，渐渐地，所有制茶人制出来的茶都异香扑鼻，人们深感惊讶，就说这是老天的眷顾，好让圣上品饮绝世名茶。您也许觉得不可思议，以为我在糊弄您，但事实的确如此。在靖净山上，茶人至今保留着一边制茶一边念叨《靖净谣》的习惯，不信您可以去实地考察一番。

姚㻗娘听了人们的对话，暗自偷笑。

朱靖塘听了，心想，这不是完整的《靖净谣》。

韦团儿听见了，却冷笑一声。

贡茶主要是"蒸青饼茶"，但姚㻗娘在技术上做了改进，用先蒸后炒的方式制作了一部分"蒸青散茶"，还制作了一点儿"炒青绿茶"。回顾制茶简史，您一定听说过"蒸青团茶不如蒸青散茶，蒸青散茶又不如炒青绿茶"，这句话叙述的应是绿茶杀青方式的演进。炒青绿茶在明朝时才发展起来，其实在唐朝时就已出现，不过仅限于个别地区，其代表人物就是姚㻗娘。后来，南建县的茶人们在此基础上又发明了红茶和青茶，最著名的就是小种红茶、功夫红茶和铁观音、岩茶，并影响到黄茶、黑茶、白茶的制作工艺……

那些贡茶用牛皮纸包好后放在篮子里，集中保存在驿站里，等候运往神都，期间由武侯和乡兵看管——毕竟是御用贡品，谁都不敢掉以轻心。这天晚上，韦团儿带着两个黑衣人悄然摸到驿站，韦团儿让手下人躲在暗处等候，自己则大摇大摆地走进驿站。两个武侯上前阻拦，却挨了她两耳光，武侯刚要拔刀，一个乡兵对他耳语几句，武侯便退下了。

韦团儿径直走进胡左伟的房间，不一会儿房间里就传出浪笑声，而且声音越来越大，越来越浪，外面的武侯和乡兵都听得面红耳赤，抓耳挠腮，坐立不安，几个人轮番上茅厕。随后，房间里传出韦团儿的声音："你……不怕……我……给你……放蛊……吗？"又传出胡左伟的声音："不怕……你……就是……我的……蛊……奶奶！"就在这时，两个黑衣人急速靠近驿站，将点燃的火把扔到茶叶堆上，不一会儿便燃起了熊熊大火。

几个驿卒大声呼喊，很快便乱作一团。韦团儿和胡左伟正在缠绵，韦团儿忽然说："外面有情况，快去看看吧？"胡左伟却轻描淡写地说："茶叶烧着了。"韦团儿惊问："你怎么知道？"胡左伟说："你告诉我的。"韦团儿愣了一下，问："我什么时候告诉你的？"胡左伟说："你今晚一来我就知道了，还那么大声浪叫，是想引开武侯们吧？嘿嘿！"

韦团儿有一种被人揭穿的感觉，甩手就打了胡左伟一耳光。胡左伟就说："你这母夜叉，翻脸如翻书呀？"韦团儿翻身骑在胡左伟身上，说："你耍我？说，你是不是跟那个姚瑃娘商量好了？烧的茶叶是不是假的？"胡左伟就说："没有，没有。"韦团儿伸手又打耳光。胡左伟就指着韦团儿说："你再打我就还手了。"韦团儿却还不住手。胡左伟就猛一挺身跳了起来，韦团儿扑过来又打，两人便开战了，拳来脚往，倒也十分精彩。

打了一会儿，胡左伟忽然坐在地上说："我们这不是浪费时间吗？"韦团儿也停下来，说："真的茶叶放在哪里？快说。"胡左伟就说："你为什么要跟茶叶过不去？"韦团儿说："我是跟李旭轮过不去，我要让他把贡茶搞砸，让他威信扫地，让他做不成皇嗣，让他不得好活……"

胡左伟却大喝一声："够了！贡茶搞砸了，我也活不成你知道吗？"韦团儿却说："你活不成跟老娘有什么关系？"胡左伟就笑嘻嘻地说："瞧你刚才在床上的浪叫，怎么现在像换了个人？你就不心疼你的奸夫郎？"胡左伟说话的时候韦团儿已穿好衣服，就拔剑指着他说："真正的贡茶放在哪里？快说。"

胡左伟仍然笑嘻嘻地说："不知道。"韦团儿举剑就刺，胡左伟左躲右闪，渐渐处于下风，就说："你这女人真狠毒！茶叶已经在路上了！你死了这条心吧！"韦团儿愣了一下，急忙跳起从窗户里飞了出去。胡左伟在后面举着一个黑色的物件说："大堂主，你的肚兜忘了。"韦团儿一回手射出一个飞镖，飞镖顶着肚兜擦着胡左伟的耳根飞过，将肚兜钉在墙上。胡左伟举着手嗅了一下。

韦团儿回到客舍,抓起茶盏先饮了两盏茶水。

随后,韦团儿一招手,几个黑衣人便围拢过来。韦团儿说:"我们上当了,烧的根本不是贡茶。"一个黑衣男人问:"大堂主,贡茶在哪里?"韦团儿说:"我估计正在路上。我们要守住几个出口,盯住吴小六、朱靖塘和秦坤郧,绝不能让他们把贡茶运出去。赶快行动!"黑衣人便得令而去。

再来看姚家大院的情况。

姚珨娘打开一个纸包,里面是一些"蒸青团饼",已掰成了细碎的散茶。李旭轮的鼻子嗅了一下,赶紧过来抓起几片茶叶反复看了起来,只见茶叶呈扁平的样子,就像宝剑一样,颜色嫩绿偏黄,柔中带刚,就说:"好香,哪来的茶?怎么之前没有见过?"姚珨娘说:"这是师父前不久送的,你当然没见过啦。"李旭轮说:"赶快尝尝吧。"姚珨娘却说:"阿郎,这不是饮用的。"李旭轮说:"那,做什么用呀?"

姚珨娘并不回答,而是抓起一把茶叶放在茶壶里,往茶壶里倒入开水将茶叶泡开,然后倒出茶水,很浓,就像蜜汁一样;很香,就像兰花一样。随后,她把茶汁倒入砚台,拿过一个墨锭在砚台里研磨起来。不一会儿,房间里便飘散着一种奇异的香气,混合着茶香与墨香的香气。李旭轮吸了一下鼻子,不解地看着姚珨娘。姚珨娘说:"阿郎,以后妾身就这样为你磨墨。"

李旭轮朝潘小娘示意一下,潘小娘赶紧在书桌上铺开一张纸。李旭轮拿过毛笔饱蘸墨汁,在纸上写下四个字:茶香醉人。随后,李旭轮拿起纸张闻了一下,又递给姚珨娘闻了一下,姚珨娘说:"这字上有一种特有的香气。"李旭轮说:"就是茶香。"姚珨娘也说:"对,就是茶香,靖净山的茶香。"

随后,姚珨娘朝潘小娘摆摆手,她便出去了,把门也关上了。姚珨娘说:"阿郎,你不是要写封信给圣上吗?现在就写吧?"李旭轮说:"可,写些什么呢?把这里的真实情况都写下来吗?"姚珨娘却说:"嗯,就写贡茶吧,写这里的百姓如何自愿赶制贡茶敬献圣上……"李旭轮却说:"可这……不真实呀?"姚珨娘就拉着李旭轮的手,说:"阿郎,如今对我们来说,自保比真实重要!"

李旭轮想了一会儿,坐到书桌前开始写信。

信写好了,李旭轮交给姚珨娘,姚珨娘用牛皮纸把信封好后装进一个袋子里,说:"信和贡茶一起送走。"随即让潘小娘叫来姚伊娘,如此这般吩咐一番,姚伊娘便去准备了。李旭轮却有些忧心忡忡地说:"就怕那个韦团儿再来使坏……唉,阿兄去送最合适了……"姚珨娘却说:"可阿兄目前还不能露面……成败在此一搏,听天由命吧!"随即双手合十道:"南无阿弥陀佛!"

那么,韦团儿有什么动静吗?

黑衣人已开始分头行动。韦团儿带着几个人飞速来到一个偏僻的小路,从这里可前往神都,她预感贡茶会经过此地。等了两个时辰,终于来了一队人马,赶着马车,车上放着麻袋,押送的人正是吴小六和朱靖塘。韦团儿一挥手,几个黑衣人便围了上去。吴小六和朱靖塘赶紧抽出兵器,指着黑衣人说:"这是朝廷贡茶,你们想干什么?"

"要的就是贡茶!"韦团儿走出来说,"识相点,把贡茶留下,人可以走,不然……格杀勿论!"吴小六就说:"这是贡茶,你们不要轻举妄动,否则……脑袋搬家!"韦团儿说:"哈哈哈,我倒要看看谁的脑袋搬家!上!"几个黑衣人便围了上去,吴小六和朱靖塘赶紧迎战,赶车的人则抱头蹲在地上。打了一阵,三个乡兵体力不支,退到山林里去了,只有吴小六和朱靖塘在坚持。

韦团儿抽出佩剑朝朱靖塘刺来,两人便打在一起。那把剑在韦团儿手里舞得虎虎生风密不透风就像刮起了一股旋风,这功夫确实了得!朱靖塘也不甘示弱,一把镰刀在手,韦团儿也占不到便宜,两人大战几十回合仍不见胜负。吴小六被几个黑衣人围住,渐渐就处于下风,他瞅准一个机会跳出圈外,旋到朱靖塘身边,给他递个眼神。就在这时,两个黑衣人用剑挑开麻袋,一看果然是茶叶,他们便拎起麻袋,把茶叶倒进旁边的水沟里。

朱靖塘大叫一声:"不……混账!"吴小六拉了他一把,两人见大势已去,急步跳开,钻入树林里旋即便没了身影。身后传来韦团儿的狂笑:"李旭轮未能及时将贡茶送到,严重失职,削去皇嗣头衔……哈哈哈!"她的笑声传到姚家大院,姚瑇娘和李旭轮也轻轻一笑。就在这时,吴小六和朱靖塘回来了。姚瑇娘急问:"六阿兄,情况怎么样?"

吴小六说:"瑇娘……皇嗣妃算得很准,韦团儿果然拦截了……"朱靖塘接过话头说:"可惜了那些茶叶,都是茶农精心蒸炒的,唉!"李旭轮就端过两盏茶分别递给他们俩,两人接过茶盏,说声"谢皇嗣殿下",咕咚咕咚一口气饮下。李旭轮说:"韦团儿没看出异常吧?"吴小六抹了一下嘴,说:"应该没有。皇嗣妃,若贡茶送不到的话……"姚瑇娘看着窗外,自言自语道:"阿耶他们应该快到了吧?"

就在这时,胡左伟和韩益康急匆匆地来了,见面就说:"皇嗣殿下,皇嗣妃,听说那韦团儿劫了贡茶?"姚瑇娘就说:"胡县令消息真灵通。"胡左伟说:"那个母夜叉真不是盏省油的灯!这贡茶送不到……接下来要怎么办?"李旭轮就说:

"你是县令，应该有办法。"姚姆娘也说："胡县令，你是官府，如果韦团儿再敢对贡茶使坏，就是跟朝廷作对。"

胡左伟就说："嗯，是这么个理，那，胡某去准备了。"胡左伟和韩益康拱手施礼后便告退了，临走之前悄然瞥了一眼姚姆娘。等胡左伟和韩益康走远了，姚姆娘忽然笑了起来，一边笑还一边说："明修栈道暗度陈仓……"李旭轮愣了一下，也笑了起来。朱靖塘和吴小六感觉有点儿莫名其妙。原来，姚姆娘让吴小六和朱靖塘押送的贡茶是假的，真正的贡茶由姚森伯和姚伊娘押送，从水路走了。他们逆流而上，从南江到唐白河，一路辗转来到神都，终于把贡茶送到了。

在进入神都城时，守门的士兵要看过关公文，姚森伯说这是皇嗣送来的贡茶。士兵急忙禀报给统领，统领不敢怠慢，赶紧禀报给魏王，随后，姚森伯和姚伊娘以及贡茶便被带到魏王府。姚森伯和姚伊娘拱手施礼道："小民参见魏王。"魏王武承嗣上下打量一下姚森伯，说："来者何人？"姚森伯说："小民是南州府南建县青石桥镇姚家庄的里正姚森伯。"

武承嗣端详了一会儿姚森伯，问："听说皇嗣娶了你的大女儿姚姆娘？"姚森伯说："是。"武承嗣又问："听说皇嗣在那里很逍遥自在？"姚森伯说："皇嗣正奉圣上之命督办贡茶事宜，公务繁忙，没有时间，所以让小民和小女押送贡茶前来复命。"武承嗣又问："这一路上没遇到劫道的吧？"姚森伯说："当今圣上治理有方，天下太平，所以，一路顺利。"

武承嗣沉吟片刻，说："好了，贡茶留下，由本王送呈圣上，你们可以回去了。"姚伊娘就说："那贡茶是皇嗣和皇嗣妃亲自做的，一定要送给圣上。"武承嗣就说："你怀疑本王不会送到吗？"姚森伯急忙躬身施礼，说："小女天真纯朴，心直口快，并无其他意思，请魏王殿下不要计较。"随后拉着姚伊娘快步离开。

……

不敢耽搁，姚森伯和姚伊娘第二天就启程回去。

魏王的心腹，也就是此前来过的特使邱公却在他们之前赶到青石桥镇。邱公找到韦团儿，她一见立即抱拳施礼道："邱公，你怎么来了？"邱公说："姚姆娘已将贡茶送到神都，你知道吗？"韦团儿大吃一惊，说："啊？不是被我们捣毁了吗？"邱公说："你们捣毁的是假的，真正的贡茶从水路运到了神都，那姚姆娘用了'明修栈道暗度陈仓'的计谋，你上当了。"

韦团儿气急败坏地说："这个姚姆娘，我、我要杀了她！"邱公说："魏王让我告诉你，既然姚森伯已在神都公开露面，就不能再拦截贡茶了；既然失手了，这也是天意，此事到此为止。接下来，你要在贡茶园上多想些办法。"韦团儿说："属下明白。但，另有一事却不明白。"邱公说："请讲。"韦团儿看了一下四周，邱公一挥手，几个随从便退下了。

韦团儿说："那个胡左伟，不知有什么来头？"邱公问："有什么异常吗？"韦团儿说："此次押送贡茶，他倒是跟姚晦娘配合得很好。"邱公说："贡茶是送给圣上的，送给皇室的，他作为地方官，职责所在呀。"韦团儿说："我担心他被姚晦娘和李旭轮收买了。还有那个朱靖塘，总感觉怪怪的……"

邱公却哈哈一笑，说："韦团儿，你是多虑了吧？胡左伟和朱靖塘他们俩不用担心，也不要多问，我反倒担心你……"韦团儿说："属下听不明白。"邱公说："我担心你为情所困，关键时候下不了手。"韦团儿的脸上浮现出一层红云，低头不说话。邱公又笑眯眯地说："不过，你也是那胡左伟的一个蛊，美人蛊。"韦团儿惊讶地看着邱公。邱公就说："你是他的美人蛊，他才会听你的，他听你的就等于是听魏王的，明白吗？"韦团儿点点头。邱公又说："好了，魏王对你是充分信任，你只管放手去干。"韦团儿赶紧说："谢魏王栽培。"

当天晚上，邱公又悄然来到驿站，跟胡左伟会面。当他出现在胡左伟面前时，胡左伟老半天回不过神来，回过神来后赶紧招手让两个女子走，邱公却在一个女子下巴上捏了一下，笑了起来。胡左伟也笑了，这就像一个暗号，对上了，双方便都是自己人，无须相互防范，无须遮遮掩掩，说话便可直奔主题。胡左伟命人换上好茶，说："邱公肯定带来了好消息？"

邱公饮了一口茶，说："贡茶送到神都了。"胡左伟说："这在下官意料之中。"邱公说："何以如此自信？"胡左伟就说："当姚晦娘听说贡茶被韦团儿捣毁后，流露出的表情不忧反喜，我就知道他们另有安排。"邱公说："聪明！不过那李旭轮可是抢了你的功劳哦。"胡左伟说："不敢贪功，就怕有过。"邱公就笑着说："你能有如此认识，也不枉梁王栽培。记住，凡是圣上喜欢的，做臣子的一定要让她得到；凡是圣上不喜欢的，做臣子的一定不要让她看到。"

胡左伟就说："谢邱公指教。按属下的理解，这贡茶园么，肯定是圣上喜欢的，至于这皇嗣嘛，嘿嘿……"邱公就指着胡左伟，说："你呀，就是滑头……听说你对那李旭轮和姚晦娘都很客气？"胡左伟说："他毕竟顶着皇嗣的名头。不过，客气归客气，我时时刻刻都记着我是梁王的人。邱公，依你之见，接下来该如何应对？"

邱公就站起来走动几步，说："圣上让李旭轮督办贡茶，却又不出官方公文，也不划定他的具体职责范围，其实也就是个名头，用这个名头把他圈禁在这里，这等于变相流放。邱某以为，这是圣上仅存的一点母子情，不忍杀害他……但并不等于想一直让他当皇嗣，你明白我的意思吗？"

胡左伟说："所以，我们要有两手准备？表面上维持他恭敬他，暗中做手脚？"邱公点点头，说："不过，凡事都要留有余地。梁王跟魏王不一样，当前朝中局势微妙，圣上在立侄和立子之间依然犹豫不决……不过，梁王对你还是很信任的……"胡左伟赶紧从腰间掏出一张纸递给邱公，邱公接过来打开一看，又是一张茶园地契，就笑了笑，塞进腰带里。

胡左伟又问："请教邱公，那些贡茶送到圣上那里没有？"邱公说："哎，这事你不说我倒忘了。贡茶送到了，圣上品了说好，夸了魏王，夸了梁王，夸了皇嗣，当然，其中也有你的一份功劳。"胡左伟立即神采飞扬，笑了一下，赶紧拱手施礼道："谢主隆恩！皇权至上，我等要顶礼膜拜！谢梁王栽培，谢邱公提携。"邱公就端起茶盏，斜了胡左伟一眼。

胡左伟又问："那，再请教邱公，皇嗣有没有给圣上说什么？"邱公就放下茶盏说："听说皇嗣给圣上写了一封信。"胡左伟急问："什么内容？"邱公就说："也就表表忠心而已，这是人家母子俩的私事，你问那么多干什么呀？"胡左伟笑了一下，拍了一下手，随后门便打开了，韩益康带着两个小姑娘走了进来。

不一会儿，从驿站的房间里就传出小姑娘凄惨而压抑的叫声，还有两个男人放荡的笑声。叫声和笑声从驿站里传出来，在四周回旋，在天上徘徊，在风中飘散，刚好从旁边经过的姚森伯和姚伊娘都听见了。他们皱了一下眉头，略一停顿，随即便快步回家，姚珥娘和李旭轮早已在大门口等候。

姚珥娘拉着姚森伯的手说："阿耶辛苦了。"李旭轮也上前拱手施礼道："丈人辛苦了……送到了？"姚森伯就说："送到了。"李旭轮问："那，交给圣上了？"姚森伯说："我们一进城就被魏王的手下人拦下了，魏王他说一定会面呈圣上。"李旭轮眼睛里的光慢慢暗淡下去。姚珥娘注意到了，就悄声说："阿郎，放心吧，魏王肯定会面呈圣上的。"

姚伊娘立即接过话头说："我特意交代魏王，那贡茶是皇嗣殿下和皇嗣妃亲自做的，皇嗣殿下让你一定面呈圣上，你们猜他怎么说？"吴小六就问："怎么说？"姚伊娘就做出拱手施礼的样子说："魏王说，遵命。"几个人都笑了起来。李旭轮却怎么也高兴不起来。姚森伯就说："好了，到此为止，贡茶的事不要再说了。"

吴小六又问："伊娘，这一路上长了不少见识吧？"姚伊娘想了一会儿，说：

"哎，我在神都的大街上，听见有小儿说'茶好，我才好，我们才好'！奇怪，他们怎么知道我姚伊娘说的话？"几个人又笑了起来。姚伊娘又说："还有小儿唱歌，歌词的意思是'此间有茶女，活泼又善良，巧借佳茗来疗伤，除蛊祛疬似金枪'，奇怪，他们怎么知道这些词？还有人说'武氏亡唐、茶女救唐'……"

姚森伯闻听此言大吃一惊，急忙用手捂住姚伊娘的嘴，说："你瞎说什么呀？"随后"扑通"一声跪在李旭轮面前，说："皇嗣殿下，小女胡言乱语，请恕罪！"姚伊娘这才意识到说错话了，吓得脸都白了，也赶紧跪下了。姚珻娘和吴小六以及朱靖塘、秦坤郢、潘小娘等人都跪下了。现场气氛十分压抑，让人喘不过气来。

李旭轮站立一会儿，叹一口气，伸手把姚森伯扶了起来，又把姚珻娘扶了起来，随后拉着姚珻娘转身走了。走进"埥净闺"，李旭轮让潘小娘留在外面，随手关上门。姚珻娘再次跪在李旭轮面前，说："皇嗣殿下，阿妹愚昧无知，请不要计较。"李旭轮伸手拉起姚珻娘，嘴唇动了动，却终究没说出话来。

过了一会儿，李旭轮说："娘子，泡茶。"姚珻娘就打开炉子，炉子上的水壶很快就响了起来；她把新茶放在茶壶里，水开后她拎起水壶冲到茶壶里，把第一遍水倒掉，这叫"洗茶"，然后赶紧冲第二遍水，立刻便茶香满室。李旭轮静静地看着姚珻娘泡茶，心里却像茶壶中的茶叶一样起起伏伏。

姚珻娘倒了一盏茶水递给李旭轮。他端起来闻了一下，轻啜一口，顿觉唇齿留香回味无穷。饮了几盏茶，额头上微微出汗，只觉得心旷神怡，积郁在胸中的一股情怀也要抒发了，于是就说："娘子，磨墨。"姚珻娘就用释怀悯师父送的茶叶冲泡成茶水，然后研磨出清香四溢的墨汁。李旭轮已铺好纸张，提笔饱蘸墨汁，在纸上写下：此地有珻娘，乐做品茶人。

写完后，把毛笔放在桌子上，静静地看着姚珻娘。

姚珻娘也静静地看着李旭轮。

眼泪从李旭轮的眼眶中滚落下来，一滴，两滴，三滴……姚珻娘看呆了，叫一声"阿郎"，紧紧地抱住李旭轮。李旭轮也紧紧地抱着姚珻娘。许久之后他们才松开，李旭轮说："把这幅字装裱了，挂在'埥净堂'里。"姚珻娘不解地看着李旭轮，李旭轮就说："我要让人们知道，我也'乐不思蜀'。"姚珻娘想了一会儿终于明白了，就打开门，吩咐潘小娘去办理。

看着潘小娘的背影，扭动腰肢的动作已日渐成熟和妩媚，姚珻娘忽然有了一个想法，就说："阿郎，妾身有个想法，不知该不该说？"李旭轮说："但说无妨。"姚珻娘就说："阿郎觉得潘小娘怎么样？"李旭轮说："挺勤快的，挺懂事的。"姚㛖娘说:"那,阿郎收作偏房,怎么样?"李旭轮愣了一下,摆摆手说:"这个……她是娘子的丫鬟……不行不行……"

姚㛖娘就问:"阿郎,你是觉得她出身卑微吗?"李旭轮叹了一口气,说:"我到了这步田地,一些人避之唯恐不及,我还嫌弃谁呀?我是怕给你们带来灾祸,就像刘妃和窦妃……"姚㛖娘说:"要是我们愿意呢?"李旭轮拉住姚㛖娘的手说:"娘子,谢谢你的情义!"姚㛖娘又说:"要装就要装得像,让他们感觉你沉湎在温柔乡里,心无他顾,让他们放松警惕……"

李旭轮半晌无语,姚㛖娘心里便明白了。

再来看朱靖塘,他也听见了姚伊娘说的那些话,尤其是那几句《埥净谣》,心里却感到莫名其妙的烦躁。晚饭后,刚好不归他执勤,于是就躺在床上胡思乱想。月光从窗户里照进来的时候,他睡不着了,就起身走出姚家大院,信步在清凉溪边走动。恰在这时,韩益康走了过来,老远就喊:"朱壮士,难得有此雅兴啊!"说着人已来到跟前。

韩益康拍了拍朱靖塘的肩膀,说:"一个人呢?"朱靖塘就闷闷地说:"不是废话吗?"韩益康干笑一声,说:"冒昧地问一下,朱壮士成家没有?"朱靖塘说:"没有。"韩益康又问:"可有中意的人?"朱靖塘的脑海里立马闪过陈五娘的身影,嘴上却说:"你问这个干什么?"韩益康就说:"随便问问,我的意思是男大当婚,没别的意思。"

停了一下,韩益康指着附近的茶园,说:"我们这里是茶乡,有名的茶乡,这都是上好的茶园,朱壮士对此难道就不动心吗?"朱靖塘就说:"有话快说,绕什么弯子?"韩益康就笑着说:"好,痛快。"随即从腰带上拿出一张纸递给朱靖塘。朱靖塘接过来借着淡淡的月光一看,原来是一张茶园的地契,就不解地看着韩益康。

韩益康就说:"这是胡县令送给你的,一点心意。"朱靖塘愣了一会儿,却把茶园地契递给韩益康,说:"无功不受禄。"韩益康却不接地契,说:"胡县令只是敬慕朱壮士的武功,没别的意思。"朱靖塘犹豫一会儿,慢慢收回手,把地契塞进腰带里。韩益康看在眼里,嘴角荡起一层笑意,就指着茶园说:"有了茶园,安家,娶妻,生活,都没问题。不瞒你说,朝中的一些高官显贵,在这里也有茶园……"

韩益康说完就走了,留下朱靖塘发呆。

朱靖塘独自走了一会儿,却在青石桥上遇见了陈五娘。那陈五娘好像在等他,笑吟吟地看着他。月光下的陈五娘更有几分妩媚，浑身散发着成熟女人的气息。朱靖塘走上前，看着陈五娘说："五娘，我有了茶园，就在这里安家，娶你……不，我要带你远走高飞，卖掉茶园……"

陈五娘看着朱靖塘，说："九郎，今天怎么了？"朱靖塘一把抱住她亲吻起来，随后朱靖塘把她抱到青石桥下面的草地上，两人激情融合在一起……许久之后，朱靖塘和陈五娘穿好衣服，起身准备回去，却突然看见一个蒙面人站在面前。朱靖塘急忙把陈五娘掩在身后，说："你想干什么？"

蒙面人说："梁王说，那篇《靖净谣》剩余的部分，要抓紧时间搞到手，记住，是完整的。这事办好了，你们就可以卖掉茶园远走高飞。"朱靖塘问："你到底是谁？"蒙面人说："我是谁不重要，关键要记住你是谁，谁会给你荣华富贵。记住月圆之夜，扇子。"说完就脚尖点地，很快就不见了踪影。

陈五娘偎依在朱靖塘的怀里，说："我怕……"朱靖塘说："有我在，不怕啊。"陈五娘问："那人是谁呀？声音有点儿耳熟。"朱靖塘没有接话。陈五娘又说："九郎，你不会杀了皇嗣吧？你曾经在他面前忏悔过。"朱靖塘就说："不会，我怎么敢杀皇嗣？"陈五娘就说："你要当着我的面发誓，快发誓。"朱靖塘笑了一下，就跪在地上说："我朱靖塘发誓，绝不杀皇嗣。"陈五娘笑了，吻了一下朱靖塘。

找个时间，姚珴娘把潘小娘叫到房间，让她坐在笙蹄上，还给她倒了一盏茶。潘小娘慌忙站起来说："皇嗣妃，我自己来。"姚珴娘就把她按下去，笑着说："一家人，客气什么呀？"潘小娘看着姚珴娘笑了一下，低下头。姚珴娘就说："小娘，你服侍我跟皇嗣有一段时间了吧？"潘小娘点点头。姚珴娘问："你觉得皇嗣怎么样？"

潘小娘没想到姚珴娘会问这个问题，想了一下，就说："这个……皇嗣他……挺好的，很善良……"姚珴娘就说："那，你愿意嫁给这样的男人吗？"潘小娘愣了一下，红着脸说："皇嗣妃，你……"姚珴娘就扶住潘小娘的肩膀说："看着我，回答问题。"潘小娘的脸红得像朝霞，抬头看看姚珴娘，旋即又低下头。

姚珴娘说："小娘，你知道吗？皇嗣很不容易。堂堂一个皇嗣，流落到乡间，身边只有我一个女子相伴，这样的日子连一个王都比不上。我体谅他的苦衷，所以，我想让你也跟了他……服侍他，照顾他……"潘小娘的脸更红了，两只手局促不安地绞在一起。姚珴娘就说："等他度过了这段艰难的时光，今后你也会享受到荣华富贵……"

潘小娘就低声说："我听皇嗣妃的。"

随后，姚珝娘就查验了潘小娘的身子，确信她是处女后，便开始操办李旭轮跟她的婚事。姚珝娘给黄政雄、胡左伟和韩益康都发了帖子。办喜事这天，婚礼在驿站里举行，而且是中午，跟当地习俗完全不一样。黄政雄、胡左伟和韩益康都到场了。姚珝娘担任主持人，她说："皇嗣殿下说他很喜欢这个地方，很喜欢这里的靖净茶，他要永远住在这里。今天是他和潘小娘大喜的日子，我们衷心希望他们倒在温柔乡里长醉不醒。"

黄政雄笑了笑，胡左伟却撇了撇嘴。黄政雄就悄声说："胡县令，那个潘小娘，早知如此你就给她放个情蛊，嘿嘿……"胡左伟轻轻地"哼"了一声。韩益康就说："再给他一些茶园，把他彻底拴在这里，回不了神都，当不成皇嗣。"胡左伟白了韩益康一眼，说："你懂个屁！"他便干笑一声不说话了。

这时，释怀悯师父走了进来，说："这么重要的事，怎么没人通知贫僧？"姚珝娘赶紧上前说："师父，此事起得匆忙，来不及通知你，抱歉。"释怀悯师父就说："贫僧不请自到，还是来证婚的。此地山好、水好、茶好、人好，连皇嗣殿下都乐此不疲，说明真好！好了，还是那句话，筑好家、饮好茶、生好娃……"

韦团儿却走了进来。姚珝娘一见便愣住了，吴小六、朱靖塘和秦坤郧都伸手按住武器。姚珝娘却摆摆手，迎上前说："大堂主大驾光临，不胜荣幸。"韦团儿却像没看见她似的，径直走到李旭轮面前，冷笑一声说："你倒真的把姚家大院当成了东宫？"姚珝娘就说："他是皇嗣，所住的地方自然是东宫。我听说庐陵王在房州时，住的地方跟东宫差不多，光随从就有三百多人……"

韦团儿却冷笑一声，说："此一时，彼一时，你还真把自己当成了皇嗣妃？"姚珝娘立即红了脸，说："你，放肆！"韦团儿转身看着姚珝娘，说："你以为这个皇嗣妃那么好当？那你得先打听一下原来的皇嗣妃是怎么回事？德不配位，必有灾殃，哼哼！"姚珝娘气得说不出话来。

李旭轮就走到韦团儿面前说："你有气就冲我撒，与她无关。"韦团儿就说："看来你们很恩爱啊！是故意气我吗？"李旭轮就低声说："今天是我大喜的日子，给点面子……我欠你的下辈子还……"韦团儿却大声说："我要你这辈子还！"说话时眼圈就红了，恨恨地看着李旭轮。朱靖塘和吴小六、秦坤郧赶紧围了上来。李旭轮却挥手让他们退下。

韦团儿看着李旭轮，低声说："你真会装！我跟你没完！"李旭轮愣了一下。胡左伟就说："干脆今天连你一起娶了，就算还清了。"韦团儿却大怒道："胡左伟，你放屁！再说老娘就阉了你！"胡左伟就红着脸说："你这母夜叉！"韦团儿却转身走了，一边走一边说："美人蛊，美人蛊，你是他的美人蛊！"走到释怀悯师父身旁时，故意撞了一下他，随后就说："你这秃奴！人家结婚，你来凑什么热闹？难道你也想娶妻？"释怀悯师父却双手合十道："南无阿弥陀佛，善哉善哉！"

韦团儿就看着释怀悯师父说："秃奴，你整天念叨南无阿弥陀佛，那南无阿弥陀佛能带给你什么好处？权势？金钱？美女？"释怀悯师父就说："超脱轮回，普度众生。"韦团儿又说："自己都度不了，还度别人？笑话。"释怀悯师父："贫僧正在度自己，也在度你，南无阿弥陀佛。"

韦团儿猛然扇了释怀悯师父一耳光，说："你不是有神通吗？使出来呀！"释怀悯师父却依然双手合十道："南无阿弥陀佛。贫僧只深信佛法，深信因果，善有善报，恶有恶报。"姚珥娘气呼呼地说："韦团儿，你如此辱佛，小心遭到报应！"韦团儿却冷笑一声，一跺脚，带着几个黑衣人扬长而去。天上悬着一个大太阳，照着韦团儿脸上的泪光，还有李旭轮脸上的惆怅。

婚礼结束后，潘小娘被安排在后院另一个房间里，姚珥娘给房间取了个名字叫"靖净窝"。给潘小娘梳妆打扮等一应事项，都由陈五娘完成。夜幕降临后，李旭轮和潘小娘进入洞房歇息。在此之前陈五娘按照惯例要把新人的衣服拿出来清洗，她却没发现李旭轮的那把扇子。因为那天刚好是月圆，陈五娘便有了一个想法。

陈五娘不甘心，犹豫了一下，就来到"靖净闱"，却见姚珥娘正在独自饮茶，一盏一盏地饮，像是赌气似的，心绪就像茶水一样，似乎浓得难以化开，又似乎不想化开。陈五娘心里明白了八九分，就说："阿妹……皇嗣妃，茶要慢慢品，日子要慢慢过，时间长了就适应了。"姚珥娘抬头看了一眼陈五娘，指了一下笙蹄，说："阿嫂，坐下饮盏茶。"

陈五娘就坐下了，姚珥娘给她倒了一盏茶。陈五娘端起茶盏，站起来说："来，我敬阿妹，也敬皇嗣妃。"说完一饮而尽。姚珥娘也饮了这盏茶，说："阿嫂说得对，这日子得慢慢过，还长着呢。"陈五娘又说："我看阿妹是富贵命，好日子还在后头哩。"一边说一边四处张望，猛然看见那把扇子搁在书桌上，眉头就跳了一下。

姚珥娘注意到了陈五娘的举动，就说："谢阿嫂的吉言，只要皇嗣平安无事，就好。"陈五娘就笑呵呵地说："会的，会的。"又看了一眼扇子。姚珥娘就说："阿嫂好像有事？"陈五娘急忙摆摆手说："没有没有。我得走了。"姚珥娘却说：

"再坐一会儿嘛，陪我说说话。"陈五娘就说："好的，好的。"

姚珻娘忽然问："阿嫂，那个朱靖塘怎么样？"陈五娘惊了一下，说："这个……不知道……"脸色有些不自然。姚珻娘忽然叹口气，又说："阿兄走了……阿嫂一个人也不容易。"陈五娘就低下头，忽然抬头说："你阿兄他休了我！"姚珻娘看着陈五娘叹了一口气，忽然起身从书桌上拿起扇子，扇了几下，自言自语道："扇子有风，拿在手中，谁要想借，可是不中。"

陈五娘盯着扇子，心里怦怦乱跳。姚珻娘忽然话锋一转说："我想起了去年中秋时我们一起赏月，朱靖塘也在场，当时他们说用这把扇子扇风会格外凉快，阿嫂听到了吗？"陈五娘说："没有。"姚珻娘问："那，你想试一下吗？"陈五娘点点头却又摇摇头，耳边忽然回响起蒙面人说的话"记住月圆之夜，扇子"。

姚珻娘就把扇子递给陈五娘，说："你去试试吧，刚好今天是十五。"陈五娘却不接扇子。姚珻娘就说："阿嫂，怎么了？是想让我陪你一起去吗？"陈五娘这才反应过来，赶紧双手接过扇子，说声"多谢皇嗣妃"，站起来就出了门，径直来到前院，找到朱靖塘，两人就在月光下打开扇子。

姚珻娘暗中跟了出来，躲在角落里看着他们。

扇子在明亮的月光下被打开了，然而，上面仍然是那幅兰花图和"靖净"两字，并没有朱靖塘想要的《靖净谣》。陈五娘说："奇怪，这上面的兰花怎么不香了？也不摇晃了？"朱靖塘把扇子摇来晃去，兰花依然静止不动，也不再发出香气，他就说："我也闻不到兰花香了，跟这香囊一样，真是奇了怪了！"说完伸手拍了一下挂在他腰间的那个黄色的香囊。

失望至极！朱靖塘只好说："算了，快把扇子还给皇嗣妃。"姚珻娘听到这里赶快回到"靖净闺"。不一会儿，陈五娘就进来了，把扇子递给姚珻娘，说："果然很凉快！皇嗣妃晚安！"说完扭身就走了。姚珻娘笑了一下，随后拿起扇子走出房间，在月光下打开扇子，她依然闻到了从扇面上散发出来的兰花香，画在扇面上的那株兰花依然跳起了舞。

奇怪！真是奇怪！

随后，姚珻娘叫来吴小六，如此这般交代一番，吴小六得令而去。找个时机，姚珻娘对李旭轮说了当晚的事。姚珻娘说："阿郎，看来那个朱靖塘还是不死心，还想搞到扇子上完整的《靖净谣》。"李旭轮问："那，怎么办？赶走他？或者除掉他？"姚珻娘却说："他武功高强，我们恐怕对付不了。"

李旭轮就问："娘子说怎么办？"姚珻娘就说："我有一种感觉，刚才已经验证了，就是我能看到扇子上的《埧净谣》，而朱靖塘他不能，所以，只要他看不到完整的《埧净谣》，就不会把皇嗣怎么样，相反，他还会保护你。我们现在可是人手紧缺呀！"李旭轮说："他要是威胁你说出《埧净谣》的完整内容呢？"

姚晦娘两手一摊，说："可我现在也不知道呀？"李旭轮沉吟一下，说："不行，这样太危险了。"姚晦娘想了一会儿，就说："富贵从来险中求，冒一次险又何妨？再说，我已让吴小六做好必要的防范，应该没事。此外，我还有个办法……"随后，姚晦娘贴着李旭轮的耳朵说了几句悄悄话，李旭轮连连点头。

第二天早上，姚家大院"埧净堂"里。

李旭轮端坐在正位上，姚晦娘和潘小娘坐在两侧，陈五娘和另一个姑娘侍奉在两边。李旭轮手里摇着扇子，随后，他把扇子放在茶几上，指着扇子说："这把扇子跟了我好多年，成了我的知己，甚至是我生命的组成部分……"朱靖塘的目光钉在扇子上，眉头跳了一下。李旭轮又说："有人说这把扇子很神奇，还有人想尽一切办法要搞到扇子上的《埧净谣》……"说完看了朱靖塘一眼。

朱靖塘的目光赶快从扇子上收回来，与陈五娘的目光交会了一下，又急速移开。李旭轮又说："过去的事情就过去了，寡人对你们还是信任的。但是，要妥善保管这把扇子。为此，寡人决定封吴小六、朱靖塘为'带扇侍卫'，在寡人睡觉的时候，不用扇子的时候，扇子就由你们俩保管，不得有误。"吴小六和朱靖塘立即说："属下遵命。"朱靖塘暗中长舒了一口气。

这天深夜，天上飘着半个月亮，地上躺着一个人儿。李旭轮早已就寝，把扇子交给朱靖塘保管。朱靖塘睡不着，就拿着扇子悄然来到院墙角落处，打开扇子，对着月光看，扇子上依然没他想要的《埧净谣》。正感到失望的时候，树枝忽然一动，蒙面人又来了，低声问："怎么样？看到了吗？"朱靖塘摇摇头，却问道："你来干什么？"蒙面人说："助你一臂之力。"

朱靖塘说："不需要，你走吧。"蒙面人却说："他们已经不信任你了。"朱靖塘说："不，他们还让我保管扇子。"蒙面人就说："那是在试探你，也是麻痹你。"朱靖塘说："你胡说。"蒙面人说："你还能看到兰花跳舞吗？还能闻到兰花香吗？"朱靖塘摇摇头。蒙面人就说："可那个姚晦娘能看到也能闻到，所以她才敢把扇子交给你。"

朱靖塘想了一下，说："你到底是谁？为什么对这些都很清楚？"蒙面人说："我是谁不重要，重要的是姚晦娘，只有她才能看到完整的《埧净谣》，你要从她那里想办法。"说完一个跳跃就不见了踪影。朱靖塘正在发呆的时候，忽然从院墙外面传来了打斗的声音，他立即纵身跳出院墙，就看见那个蒙面人和韦团儿正在缠斗。

蒙面人渐渐体力不支，朱靖塘就跳过去帮忙，跟韦团儿交上了手，蒙面人借机跑了。朱靖塘因为没带镰刀，赤手空拳和韦团儿打了几十个回合，基本平手。韦团儿忽然抽出佩剑刺来，朱靖塘躲了几下，渐渐招架不住了，当韦团儿再次刺来时，他下意识地伸手向腰间，却掏出了那把扇子，用扇子挡住了韦团儿的剑。

说来令人称奇，只听"叮当"一声，韦团儿的剑被弹开了，并且飞了出去。韦团儿愣了一下，赶紧跳开，捡起佩剑，指着朱靖塘说："你……手里是扇子？"朱靖塘也愣住了，举起扇子看了看，头上居然冒出了冷汗。韦团儿说："朱靖塘，为什么要跟我作对？"朱靖塘说："各事其主。再说了，你深夜来此，鬼鬼祟祟，想干什么？"

韦团儿说："要你管！"随后纵身一跃就不见了踪影。那么，韦团儿来这里究竟是为什么？当天晚上，她心情不太好，或者说自从李旭轮娶了潘小娘后，她的心情一直就不好。晚上睡不着，就趁着月色出去散步，竟然鬼使神差地走到了姚家大院。潘小娘的卧室在后面一排房间里，没有围墙，或者说房屋的后墙就是围墙。当晚李旭轮在潘小娘的房间里过夜。

李旭轮和潘小娘的剪影投射在窗户上，韦团儿看到了；李旭轮和潘小娘男欢女爱的声音从窗户里溜出来，韦团儿听到了。她的心里很不是滋味，或者说是酸溜溜的滋味，忍不住就想起了过去。那是她小时候，随母亲在宫中侍奉武则天，并陪皇子们玩耍，认识了武则天的小儿子李旭轮。李旭轮英俊潇洒，成了很多宫女的梦中情人，自然也包括韦团儿。

渐渐长大的韦团儿也是貌美如花，并且因为常年练功，身体健壮。她频频对李旭轮暗送秋波，终于引起了他的注意。他们开始幽会，也体会到了肌肤之亲的美妙。然而，由于她出身卑微，坐不了主位。武则天察觉后严厉追问李旭轮，而李旭轮却不敢承认他跟韦团儿之间的私情。不久殷王李旭轮娶了王妃，韦团儿还是一个奴婢，并且李旭轮从此就冷落了她。

她迷茫、怨恨、绝望，却毫无办法。

她发誓不放过李旭轮，并且投入魏王的阵营，成了一个狠毒的女人，这一切，她都认为是拜李旭轮所赐。然而，当她听到李旭轮和潘小娘男女交合的声音后，心里却荡起了柔情蜜意，反倒恨不起来李旭轮了。她在自己编织的情网中苦苦挣扎。

恰在这时，蒙面人经过这里，看见韦团儿正在发呆，并且也听见了房间里传出的男欢女爱声，就笑了一下，伸手去抱韦团儿。韦团儿猛然惊醒过来，甩手就扇了蒙面人一耳光。蒙面人说："你这母夜叉，打耳光上瘾啊？"韦团儿又举起手。蒙面人急忙躲开，笑着说："嘿嘿，你是不是……干那事……也上瘾呀？"韦团儿挥拳就打，两人便交起手来……

……

房间内的李旭轮，也听到了外面的响动。

他翻身下床靠窗站立，听出了韦团儿的声音，内心也很复杂。不知什么时候潘小娘也站在李旭轮的身边，身子瑟瑟发抖。李旭轮就问："你怕吗？"潘小娘点点头却又摇摇头。李旭轮伸手将潘小娘揽在怀里。潘小娘初尝男欢女爱，正是含雨带露的时候。绯红的脸颊、娇嫩的身子让李旭轮心生爱恋，便把她紧紧搂在怀里，说："别怕，有我在。"

潘小娘点点头，问："皇嗣殿下，他们在干什么呀？"李旭轮说："他们为我而来。"潘小娘说："为什么要冲着你？"李旭轮说："因为……我是皇嗣……"潘小娘听不懂，却点点头。正在这时，外面传来姚琦娘的声音："皇嗣殿下，你没事吧？"李旭轮惊喜地说："是娘子来了。快去开门。"随即松开潘小娘。潘小娘眉头皱了一下，赶紧把门打开。

姚琦娘冲进来拉着李旭轮的肩膀，说："皇嗣殿下，你……"李旭轮说："我没事。"见吴小六、朱靖塘和秦坤郾都站在门口，李旭轮就摆摆手说："没事了，你们去睡吧。"三个人这才转身走了。李旭轮又说："娘子，把你也惊醒了？"姚琦娘说："他们是为扇子来的吧？"李旭轮说："不清楚。"姚琦娘说："他们太猖狂了，我们不能坐以待毙呀。"

李旭轮说："对，应该反戈一击，可要从哪里入手呢？"姚琦娘接过话头说："就从茶园入手，把胡左伟他们干的那些事揭露出来，先扳倒胡左伟。至于那个韦团儿，恐怕……"李旭轮就问："恐怕什么？"姚琦娘看着李旭轮说："恐怕只有阿郎才能安抚。"李旭轮脸色一暗，叹了一口气。

这时，潘小娘忽然跪了下来，神情哀伤地说："妾身求皇嗣殿下皇嗣妃……"姚琦娘愣了一下，就问："小娘，什么事呀？"潘小娘说："求皇嗣殿下皇嗣妃帮我拿回茶园，那是我家的生活来源，我阿娘为了茶园……"她难过得说不下去了。李旭轮叹一口气，递给姚琦娘一个眼神。姚琦娘就把潘小娘扶起来，说："好了，别哭了，我跟皇嗣会想办法的，啊！"潘小娘慢慢止住哭声。

姚珅娘犹豫一下，把潘小娘推到李旭轮的怀里，自己转身走了出去，脸上带着一层忧郁。第二天上午，姚珅娘带着潘小娘来到赵家大院，说要找韩益康。韩益康出来后急忙躬身施礼道："呵呵，两位皇嗣妃驾到，有失远迎。请！"做出一个恭请的动作。姚珅娘却说："韩耆老，该把潘小娘家的茶园还给她了吧？"

韩益康眼珠一转，说："嗨呀，真是不巧，小臣这几天也想着这事，可万没想到……"姚珅娘问："没想到什么？"韩益康苦着脸说："没想到那张地契不见了。"姚珅娘愣了一下，忽然笑着说："你真会撒谎，比那赵鸿垚毫不逊色。"韩益康就说："小臣说的是实话，很多事都是那赵鸿垚做的，小臣并不知情，也找不到东西……"

姚珅娘就盯着韩益康，说："你倒是很会推脱责任。不过我告诉你，如今的潘小娘已不是原来的潘小娘，她是皇嗣妃！不给她面子，就是不给皇嗣面子。我限你三天之内把茶园还给潘小娘，不然……你看着办！"说完拉着潘小娘昂首挺胸地走了。

韩益康愣了好一会儿，回过神来后赶紧来到驿站，把这事禀报给胡左伟。胡左伟却淡淡地说："别管她。"韩益康说："可她是皇嗣妃啊，气势足得很！"胡左伟就说："你难道不知道皇嗣妃需要朝廷册封吗？没有册封，就不是真正的皇嗣妃。叫她一声'皇嗣妃'，那是我对她的恭维，我这也是留条后路嘛，在心里不必当真。"韩益康说："可她们后面还有皇嗣李旭轮，他可是真正的皇嗣。"

胡左伟就说："真正的皇嗣又能怎样？这是什么地方？"韩益康说："是青石桥。"胡左伟就说："对，这里是青石桥，不是神都，也不是长安，他一个皇嗣，不在神都待着，也不在长安待着，为什么？"他用眼睛逼视着韩益康。韩益康就说："这个……请胡县令指教。"胡左伟就说："一条离开水的龙就不是龙，你怕他什么？"

韩益康一拍手，说："明白了，可是，既然他碍手碍脚的，何必留着？"胡左伟却说："这世上能取他性命的，只有圣上。我们不取他性命，也是为自己留后路，懂吗？"韩益康点点头，又问："那个韦团儿，会不会取他性命？"胡左伟想了一下说："那韦团儿武功极高，我跟她交过手……"韩益康就问："啊，胡县令跟她……"

胡左伟急忙摆摆手说："我跟她……嘿嘿……男女之间嘛……这个，依我看，韦团儿因爱生恨，心狠手辣，真说不准。不过，各人做事各人担，管她呢？"韩益康说："那是，那是。"胡左伟却话锋一转说："恐怕还得赶制一批贡茶。"韩益康说："啊？还要，不是刚送到吗？"胡左伟就说："贡茶送到京城后，圣上赏了一些给王公大臣，饮了都说好，可有的人分得很少，不够饮，魏王就吩咐我们再赶制一批。"

韩益康说："可这季节马上就要过了呀。"胡左伟说："所以要抓紧时间，你马上去安排，就说是……"招了一下手，韩益康就把耳朵凑到胡左伟的嘴边，胡左伟对他耳语一番，韩益康连声说"好好好"，得令而去。他回到赵家大院，叫过几个乡兵吩咐一番，随后，他便带着乡兵们拿着刀剑来到茶农家，挨家挨户通知上山采茶。

有茶农说："不是刚采过吗？怎么又采？"韩益康说："让你去你就去，哪有那么多废话？"茶农还想争辩，可看着韩益康的凶相和乡兵手里的刀剑，只得服从，遂拎着竹篓上山去。消息很快传到李旭轮和姚珝娘那里，姚珝娘就说："这个韩益康，搞什么鬼？刚采过茶，再采茶树哪里受得了！真是竭泽而渔！"

李旭轮摇着扇子说："只怕又是胡左伟的主意。不行，我得去找胡左伟。"说完就转身出门。姚珝娘和吴小六、朱靖塘、秦坤郧赶紧跟上。然而，来到驿站一问，驿卒回答说胡左伟到乡下去了，不知道具体地方。李旭轮想了一下，转而来找韩益康。而韩益康正在茶园里监督茶农劳动哩。他坐在田埂上，由两个乡兵打着伞，他手摇扇子，饮着茶水，好不惬意。

李旭轮大叫一声："韩益康！"韩益康一个激灵站起来说："小臣在。"李旭轮走到他跟前说："是你让茶农继续采茶的？"韩益康点点头又摇摇头。李旭轮说："你如此不体恤民力，枉为父母官！"姚珝娘也说："过度采茶，犹如杀鸡取卵！你生长在茶乡，难道不懂得这个道理？"韩益康的脸一阵红一阵白，他忽然说："这是上面的安排，与我何干？"

姚珝娘紧问："上面谁安排的？"韩益康说："魏王，怎么啦？"姚珝娘跟李旭轮对视一眼，不说话了。李旭轮轻轻叹了一口气。韩益康忽然得到了一种胜利者的快感，就坐下去跷起二郎腿，斜眼看着李旭轮和姚珝娘。李旭轮却问："这事，圣上知道吗？"韩益康愣了一下，说："这个……跟你有什么关系？"姚珝娘忽然指着韩益康的脸说："大胆韩益康，你怎么敢跟皇嗣殿下这样讲话？就不怕掉了脑袋？"

韩益康这才收起二郎腿，想了一下，说："回皇嗣殿下和皇嗣妃，小臣不知道。"李旭轮"哼"了一声，转身就走。姚珝娘急忙跟上。回到家里，李旭轮坐在桌前铺开纸张写信，抬头写"禀报圣上"。姚珝娘就走过来按住李旭轮的手，李旭轮不解地问："娘子，你这是？"姚珥娘说："如果真是魏王的意思，阿郎给圣上写信，让魏王知道了，肯定又要记恨你。"

李旭轮说："可是，他们这样胡作非为，圣上岂能容忍？"姚珥娘却说："阿郎，还是想一想圣上能否容忍你吧。"李旭轮就问："这也不能做，那也不能做，让我督办贡茶难道也只是个名头！"姚珥娘就拿过毛笔，在纸上写下四个字：韬光养晦。李旭轮看着那四个字想了一下，长叹一声。

这天下午，姚珥娘正跟李旭轮泡茶聊天，姚伊娘风风火火地跑过来，气喘吁吁地说："不好了不好了。"姚珥娘急问："怎么了？失火了？"姚伊娘就说："我刚才在茶园里，听到有人在骂……"姚珥娘就问："骂谁？"姚伊娘看了一眼李旭轮，低头说："骂皇嗣殿下。"李旭轮就站起来问："骂我？怎么骂的？"

姚伊娘说："茶农说皇嗣为了在圣上面前邀功请赏，逼迫我们没完没了地赶制贡茶，真是坏了良心！"李旭轮忽然一拳砸在桌子上，说："胡说八道！混账！诬蔑！"姚伊娘赶紧跪下说："请皇嗣殿下息怒，民女只是转述。"姚珥娘就扶起姚伊娘，说："起来吧，皇嗣不是怪你。"姚珥娘想了一会儿，忽然对李旭轮说："皇嗣殿下，妾身带你去一个地方。"李旭轮不解地看着姚珥娘，姚珥娘就拉着李旭轮出了门。

李旭轮被姚珥娘拉着来到"靖净堂"，姚珥娘指着挂在墙上的那幅书法作品"此地有珥娘，乐做品茶人"，对李旭轮说："阿郎，好看吗？"李旭轮点点头，却仍不解地看着姚珥娘。姚珥娘却不说话，而是把李旭轮拉到上座坐下，她自己则开始煮茶，一招一式都像行为艺术，不一会儿便茶香满室。她端一盏给李旭轮，说："阿郎，请用茶。"

李旭轮端起茶盏饮了一口，说："娘子，你到底是什么意思？"姚珥娘就放下茶盏，说："阿郎，韩益康等人诬蔑你逼茶农制茶，此事看似对你不利，其实正好对你有利。"李旭轮疑惑地问："此话怎讲？"姚珥娘说："此话如果传到圣上耳朵里，一方面圣上会认为你尽心督办贡茶；另一方面圣上也许以为你沉湎茶事玩物丧志。而一个玩物丧志的皇嗣，对圣上有什么威胁呢？"

李旭轮站起来想了一下，又走到书法作品前看了一会儿，然后来到姚珥娘面前，伸手端起茶盏递给姚珥娘，说："娘子，请饮茶。"随后，李旭轮又说："吴小六，请韩益康过来议事。"吴小六得令而去。不一会儿，韩益康就来了，见到李旭轮后只是拱了一下手，眼睛里满是疑惑。李旭轮一招手，说："韩耆老，坐。"韩益康就坐下了，下人立即端上茶水。

等韩益康饮了一口茶，李旭轮就问："韩耆老，这茶味道怎么样？"韩益康急忙说："好好好。"李旭轮就指着姚珝娘说："这是皇嗣妃亲自煮的，用今年的新茶，用靖净山上的'息龙泉'的水，用陶制的罐子……"姚珝娘接过话头说："最重要的，是用心。"韩益康更加疑惑了，心想叫我来难道真的是品茶？只好附和道："皇嗣妃煮茶的手艺就是不一般。"

李旭轮又指了一下挂在墙上的书法作品，说："韩耆老，那是寡人写的，怎么样？"韩益康看了一眼，急忙说："早就听说皇嗣殿下写得一手好字，今日一见，果真如此。小臣佩服之至！"说完还拱了一下手。李旭轮就笑着说："寡人来到茶乡，灵感大发，文思泉涌，真心喜欢上这个地方，只想做一个悠闲自在的茶人，别的都如过眼烟云，唯有茶与书，才能永恒！来，饮茶！"

李旭轮端起茶盏一饮而尽。

韩益康也端起茶盏一饮而尽。

走出姚家大院，韩益康想了好一会儿，赶紧来到乡间找到胡左伟。此时天色已晚，胡左伟正搂着两个姑娘吃酒，看见韩益康来了，就指着旁边的座位说："来得正好，吃酒，吃酒。"酒博士给韩益康斟满一杯酒，韩益康端起来说："敬胡县令。"仰起脖子一口吃掉。胡左伟就问："有事吗？"韩益康就把李旭轮请他饮茶的事说了出来。

胡左伟问："你怎么看？"韩益康说："下官以为，那个李旭轮来到这里后又是娶妻，又是纳妾，如今还沉迷茶事，这说明他胸无大志，对魏王梁王根本构不成威胁，何惧之有？"胡左伟沉吟片刻，说："有道理，但也不能掉以轻心。还是要看紧点。另外……"胡左伟拍了拍两个姑娘，又对其他人挥挥手，几个人便退下了。胡左伟招招手，韩益康凑到胡左伟跟前，胡左伟对他密语一番。

韩益康就说："好，下官这就去办。"

这天上午，胡左伟带着韩益康等一队人马来到姚家大院，李旭轮在"靖净堂"里接待他们。胡左伟躬身施礼道："禀报皇嗣殿下，朝廷来了公文，要微臣当众宣读。"李旭轮一挥手说："念吧。"胡左伟就打开公文，念道："青石桥镇盛产好茶，此乃天赐爱物。皇嗣受圣上之命督办贡茶，也算劳苦功高。"姚珝娘和李旭轮对视一眼，笑了一下。

胡左伟继续念道："然而，皇嗣却不体恤民力，为了邀功请赏而逼迫茶农赶制贡茶，如此劳民伤财，令茶农苦不堪言，只好冒死来告御状。圣上龙颜大怒，命皇嗣闭门思过，好好反省，各地官员也要引以为戒。"听了这话，李旭轮只觉得心里很凉,就像冰水一样凉。他目光呆滞,脸色苍白。

胡左伟躬身说:"皇嗣殿下,微臣念完了。"姚珥娘赶紧拉了一下李旭轮的手,李旭轮这才反应过来,说:"哦,念完了?那,公文呢?"胡左伟说:"按照规矩,要存放在县衙里。"李旭轮"哦"了一声姚珥娘就对李旭轮悄声说:"感谢。"李旭轮于是就起身拱手施礼道:"谢过朝廷!谢过胡县令!"随后,姚珥娘拉着李旭轮一起把胡左伟送到大门口。

送走胡左伟等人,李旭轮回到"靖净堂",脸上阴云密布,频频举盏饮茶。姚珥娘也不敢多言,只好陪着饮茶。正闷闷不乐的时候,释怀悯师父来了。姚珥娘赶紧跑上前双手合十道:"南无阿弥陀佛,师父怎么来了?"释怀悯师父说:"师父化缘路过贵府,顺便来讨盏茶饮。"李旭轮也站起来说:"师父,请坐。"

释怀悯师父就坐下了。姚珥娘给他端上茶水,他轻啜一口,笑着说:"这是伊娘制作的茶吧?"姚珥娘大吃一惊,说:"师父怎么知道?"释怀悯师父说:"有一股慌慌张张的味道。"姚珥娘笑了一下,李旭轮却眉头紧皱。又品了一口茶,释怀悯师父才说:"这茶原本很好,可惜呀,春光短暂,地力有限,每年也就产那么一点,不可贪婪。"

姚珥娘就说:"是啊,物以稀为贵。"释怀悯师父却话锋一转,说:"当今圣上体察民情,虽说让茶区办贡茶,却也珍惜民力,并不过度索取,此乃我大唐子民之福。"李旭轮听了这话,似乎听出了一点意味,就说:"太宗皇帝曾说'为君之道,必须先存百姓,若损百姓以奉其身,犹割股以啖腹,腹饱而身毙'。只可惜有很多人不懂这个道理。"

释怀悯师父说:"当今圣上懂。"李旭轮的眉头动了一下,似乎心有所悟。释怀悯师父又说:"李施主,在这个问题上,你和圣上的看法是一致的,可谓心有灵犀。"李旭轮就说:"可圣上并不知道我的真实想法呀。"释怀悯师父就说:"太宗皇帝说'疾风知劲草,板荡识诚臣',贫僧还要加上一句'日久见人心'。若用佛家的话来讲,就是'只管种因,自有结果'。时间长了,圣上自然会明白的。"

李旭轮就站起来说:"可是,想到那些人对我的诬陷,我这心里就难受,咽不下这口气。莫非,那些人中了诬蛊?"李旭轮脸上的愁云还没有散尽,忍不住低声叹息一下。释怀悯师父忽然对姚珥娘说:"悯旭,让师父来煮茶。"姚珥娘便站起来让释怀悯师父坐在煮茶的位置上。

释怀悯师父一边煮茶一边说:"茶性'俭',所以煮茶之水不能多加,否则味道就淡薄。"姚珥娘频频点头。释怀悯师父又说:"茶叶在这壶中是孤独的,备受煎熬的，可正是因为这孤独，这煎熬，所以才有浓郁的茶香，这就把茶叶与一般的草叶区别开来。我如果没记错的话，扇子上的《靖净谣》中有句话叫作'饱受煎熬出靓汤'，说的就是这个道理。所以，很多时候，要学会忍，要懂得熬。"

李旭轮慢慢坐下去，端起茶盏饮了一口，说："师父，接下来我该怎么做？"释怀悯师父就说："写信。"李旭轮就问："写信？给谁写信？"释怀悯师父说："给圣上。"李旭轮跟姚珻娘对视一眼，有点疑惑不解。释怀悯师父就说："你给圣上写信，顺着那些诬告你的人的意思，多检讨自己没有牢记圣上的教诲，不够体察民情，不够体恤民力，以后坚决改正，努力跟上圣上的思想，顺便再提一下这里茶农的艰难。记住，只是顺便提一下，而且是轻描淡写地。"

姚珻娘琢磨了一会儿释怀悯师父的话，忽然说："妙，真是妙！"释怀悯师父和李旭轮就看着姚珻娘。姚珻娘站起来说："这样一来，让圣上感觉到你跟她还是一心的，并且对圣上是言听计从；同时也禀报了这里的真实情况。可谓一举两得。"李旭轮也笑了起来，端起茶盏说："谢过师父。"

随后，李旭轮对潘小娘和吴小六等人挥了一下手，他们几个便退下了。姚珻娘也要退下，可李旭轮却说："娘子请留下。"随后，李旭轮关上房门，"扑通"一声跪在释怀悯师父面前，说："老师……"释怀悯师父愣了一下，赶紧站起来拉起李旭轮，走到墙边指着墙上的书法作品，说："此地有珻娘，乐做品茶人。茶好，书好，人好。哈哈哈！记住，写信时要用茶墨。"说完打开房门，笑着走了。

李旭轮微微叹息一声，和姚珻娘一起将释怀悯师父一直送出大门，看着他的背影消失。随后，李旭轮赶紧拉着姚珻娘回到"靖净闺"，铺开纸张给圣上写信，自然是由姚珻娘在一边研墨，字体上散发出一股独特的香气，靖净茶香。写好信，李旭轮叫过吴小六，让他骑上快马赶紧送到神都。吴小六不敢耽搁，当即就出发了。

李旭轮心情不错，晚饭时还吃了一些酒，随后就决定在潘小娘的房间里过夜。姚珻娘看了李旭轮一眼，忽然拉过潘小娘，贴着她的耳根交代一番，潘小娘红着脸点点头。随后，姚珻娘拿过扇子递给朱靖塘，说："要好生保管。"朱靖塘双手接过扇子，说声"属下明白"，躬身退下。

在"靖净窝"里，潘小娘玉体娇嫩，极尽缠绵，让李旭轮欲罢不能，愈加爱怜。一番激情后，潘小娘抱着李旭轮问："皇嗣殿下……"李旭轮就说："小娘，以后在家就不用叫我'皇嗣殿下'。"潘小娘就问："那叫什么？"李旭轮说："就像珻娘那样叫'阿郎'。记住了？"潘小娘点点头。李旭轮就说："叫一个？"潘小娘就轻声说:"阿郎。"李旭轮说:"这就对了。哎,你刚才想说什么?"

潘小娘就说:"阿郎,我家那份茶园地契对你是不是很重要?"李旭轮说:"那是胡左伟他们强占农民茶园的证据,如果搞到我们手里,对扳倒胡左伟他们会有帮助。"潘小娘说:"胡左伟和赵鸿垚,他们太狠毒……"忍不住哭了起来。李旭轮就紧紧地抱住潘小娘,她受到了恩宠,于是就在心里发誓要帮助李旭轮。

次日上午,潘小娘说出去散散心,就由陈五娘陪着走出姚家大院。在清凉溪边走了一会儿,折身就来到驿站门口,对驿卒说要找胡县令,驿卒赶紧通报。不一会儿,胡左伟走了出来,一看潘小娘,眼睛顿然亮了。这潘小娘也就十五岁,出落得水灵灵的,再加上经过姚珝娘和李旭轮的调教和性爱滋润后,更多了几分成熟的妩媚。让胡左伟垂涎三尺。

胡左伟赶紧说:"嘿嘿,皇嗣妃潘小娘驾到,微臣恭候。"潘小娘伸出手看着胡左伟。胡左伟问:"什么意思?"潘小娘说:"我家的茶园地契。"胡左伟眼珠一转,说:"在里面,请随我来。"陈五娘拉了一下潘小娘,她却推开陈五娘的手。陈五娘也想往里走,却被乡兵拦住了,她急得直跺脚。

一走进房间,胡左伟就忍不住拉住潘小娘的手。潘小娘说:"放开。"胡左伟却嘻嘻笑着,猛然抱住潘小娘。就在这时,忽然飞来一个石子,打在胡左伟的后脑勺上。他叫一声:"谁打我?"抬头就看见韦团儿站在眼前。胡左伟气恼地说:"又是你这母夜叉!獠贼!"韦团儿一扬手,一粒石子准确无误地飞进胡左伟的嘴里。他急忙吐出石子,顺便吐出了一颗牙。

胡左伟就放开潘小娘,挥拳朝韦团儿打来。

就在这时,姚珝娘带着朱靖塘赶了过来,她指着胡左伟的鼻子,厉声说:"胡左伟,你想干什么?潘小娘是皇嗣妃,你不想活了?"胡左伟愣了一下,说:"我没干什么,是她来找我说事……"韦团儿就上前拉过潘小娘交给姚珝娘,说:"什么事都没有,因为有我在。"姚珝娘看着韦团儿,冷冷地说:"谢了。"韦团儿却说:"你应该替他管好后宫。"胡左伟就说:"顺便也管好你这母夜叉!"韦团儿却昂着头扭身走了,一边走一边说:"胡左伟,我来就是想提醒你,好色成性必坏大事!"

姚珝娘看了一眼潘小娘,伸手打了她一耳光,说:"你身为皇嗣妃,怎么能随便到这里来?难道你忘了……要不是陈五娘给朱靖塘一个暗示,你今天就……"潘小娘赶紧跪下说:"皇嗣妃,阿姐,皇嗣说茶园地契很重要,我就想拿回来……呜呜呜……"胡左伟听到这里眉头皱了一下,下意识地摸了一下腰带。

这时，姚伊娘却跑了过来，指着胡左伟说："你这色狼，就不怕遭到报应？"胡左伟就绷着脸说："大胆刁民，敢诬蔑朝廷命官？你敢再说一句，本县令就把你抓起来。"姚伊娘就说："你别太过分，等我家阿郎从神都回来，有你好戏看！"胡左伟愣了一下，仔细看果然没见吴小六，头上便冒出冷汗。姚珝娘却指着姚伊娘说："你瞎说什么？回去！"姚伊娘便转身走了。

姚珝娘拉起潘小娘说："回去吧。"潘小娘就说："皇嗣妃，阿姐，今天的事……别告诉皇嗣好吗？"姚珝娘并不说话，拉起潘小娘就走。回到姚家大院，姚珝娘把潘小娘拉进"靖净闺"，反身关上门，跪在李旭轮面前说："妾身没管好小娘，请皇嗣殿下治罪。"潘小娘也赶紧跪下了。李旭轮正在练字，被说得丈二和尚摸不着头脑，就拉起姚珝娘和潘小娘，问："怎么回事？"

姚珝娘就说了刚才的事。李旭轮大吼一声："混账！"潘小娘浑身哆嗦了一下，再次跪下，哭着说："都是妾身不好，妾身知罪了，求皇嗣殿下不要杀我……"李旭轮又大吼一声："胡左伟，混账！"潘小娘哭得更厉害了，说："求皇嗣殿下不杀……"李旭轮说："你呀，真是幼稚！念你也是一番好心，这次就算了。起来吧！"潘小娘还在哭泣。姚珝娘就说："还不谢过皇嗣殿下？"潘小娘就说："谢过皇嗣殿下。"姚珝娘伸手拉起潘小娘，替她擦掉眼泪。

这天早饭后，姚森伯匆匆来到"靖净闺"。

姚森伯拱手施礼道："小臣见过皇嗣殿下和皇嗣妃。"李旭轮拉住他说："丈人不必拘礼，有事吗？"姚森伯就说："今天一大早，我去茶园里看看，几个茶农围着我说，他们的茶园被县衙征用为贡茶园了，可官府给的补偿款实在太低。"李旭轮问："有多低？"姚森伯说："每亩才给二十个铜板。"李旭轮问："原来给多少？"

姚森伯想了一下，说："原来给过一百二十多个铜板。茶农说，补偿太低了，他们不愿意，可那些公差、乡兵，还有那些恶少，天天上门逼迫，不答应也不行。茶农让我给皇嗣殿下说说，再这样下去，还让不让人活了？"李旭轮沉吟一下，说："走，去找胡左伟。"随后便带着姚森伯和姚珝娘等一干人来到驿站。

必要的礼节过后，李旭轮就让姚森伯把刚才说的又复述一遍，然后问："胡县令，是这样吗？"胡左伟说："是这样的。"李旭轮就问："那些死绝户的茶园不都充作贡茶园了吗？还不够吗？"胡左伟说："不够。"李旭轮又问："死绝户的茶园大概有一百多亩吧？"胡左伟却端盏饮茶，并不回答。

姚珝娘给李旭轮递了一个眼神，李旭轮就问："补偿款怎么那么低？"胡左伟两手一摊说："朝廷就给这么多，我有什么办法？"李旭轮就问："朝廷就给这少吗?"胡左伟说:"皇嗣殿下是不相信微臣吗?"李旭轮端起茶盏饮了一口茶水,放下茶盏说:"我信不信不重要,重要的是那些茶农信不信。"

胡左伟就硬着脖子说:"茶农不信又能怎么的?"李旭轮就笑着说:"胡县令身为朝廷命官,不会不懂得'水能载舟亦能覆舟'的道理吧?"胡左伟眼珠转了一下,说:"皇嗣殿下,这话可是你说的,要是其他人说的,本官就当场抓起来送交大理寺。"李旭轮说:"你……"姚晦娘却接过话头说:"胡县令,办好贡茶园,上可安君心,下可安民心,这两头都不能偏废,这也是圣上的旨意,皇嗣按照圣旨办事,有错吗?"

胡左伟端起茶盏却又放下,说:"补偿款就那么多,我也没办法。"李旭轮就说:"那,朝廷下拨的钱款应该有账目吧?寡人想看看。"胡左伟端起茶盏饮了一会儿,放下茶盏:"账目是朝廷机密,上头交代不能外传。"李旭轮问:"寡人看也是外传?"胡左伟说:"下官没接到朝廷的明示,请皇嗣殿下理解。"说完还拱了一下手。李旭轮还要说话,姚晦娘却拉了他一下,李旭轮想了一会儿,站起来说:"告辞。"转身就走。

胡左伟赶紧起身说:"恭送皇嗣殿下皇嗣妃。"

李旭轮气鼓鼓地走了,走到青石桥畔时忽然站住了,说:"说是让我督办贡茶,可账目不让我看,什么都不让我知道,还怎么督办?我……不过是个摆设,是个傀儡。"姚晦娘站在身后,一时不知说什么才好,只能陪着他伤感,好一会儿才说:"阿郎,还记得师父说的话吗?熬。"

山上又传来悠扬的钟声,李旭轮知道那是从檀铁寺里发出来的,是释怀悯师父敲响的。他敢肯定释怀悯师父就是他当年的老师王仁恕,可他为什么不肯相认呢?身后忽然又传来姚晦娘的声音:"阿郎,还记得'饱受煎熬出靓汤'这句话吗?"又说:"阿郎这些年,不就是忍过来的吗?眼下为什么不能再忍一忍?"听到这里,李旭轮的心情居然好了一些,就说:"也不知吴小六把信送到没?"

姚晦娘说:"但愿能让圣上看到。"

牵挂吴小六的,还有姚伊娘。她此时正在漫无目的地散步,走着走着就走到驿站附近,遇到了陈五娘。姚伊娘就问:"阿嫂,干什么呀?"陈五娘说:"刚去寺院烧香了。伊娘,你这是?"姚伊娘笑着说:"随便走走。哎,阿嫂,下次去寺院也叫上我哦。"随即对着檀铁寺方向双手合十,嘴里念念有词。陈五娘就笑道:"你是为你的小六郎祈祷吧?"

牵挂吴小六的,还有胡左伟。此时他正跟韩益康在密室议事。他说:"怎么就让吴小六去了神都？那些武侯干什么吃的！"韩益康顿了一下，说："这个……那吴小六他去神都干什么？"胡左伟说："估计跟贡茶园有关，反正不是什么好事……哎，对了，补偿款的事不能让茶农乱讲，要封口……"韩益康点点头，说："那，吴小六怎么办？"胡左伟低声说："你要这么办……"

这天傍晚，一匹快马踏入青石桥镇地界，走到一个拐弯处，马却被绳索绊倒了，骑在马上的吴小六也栽倒在地。韩益康一招手，从树林里钻出几个武侯，他们将吴小六五花大绑起来，关押到乡下一个农家小院里。吴小六奋力挣扎，吼叫："为什么抓我？"胡左伟走出来，手里举着一个袋子，说："这是从你马上搜到的，你私贩贡茶，抓你活该。"

吴小六就说："放屁！老子没有私贩贡茶，你们栽赃陷害！"胡左伟伸手扇了他一耳光。吴小六说："你敢打我？我是皇嗣的侍卫！"胡左伟却笑着说："皇嗣的侍卫算个什么东西？皇嗣又算什么？你们说，皇嗣算什么？"韩益康跟几个武侯都笑了起来，说："算个屁！"胡左伟就捏了一下吴小六的下巴，说："听见没？算个屁！"吴小六瞪着眼睛说："放肆！你就不怕丢了官帽？"

胡左伟却哈哈大笑，说："皇嗣现在是自身难保，还管得了我的官帽？我的官帽是梁王给的，不是他皇嗣！我只听命于梁王！"吴小六气得胸脯剧烈地起伏。胡左伟又说："皇嗣派你去神都，干什么？"吴小六笑着说："想知道吗？"胡左伟说："当然。"吴小六努了一下嘴，胡左伟就凑到他面前。吴小六却冲胡左伟的脸吐了一口唾沫。

……

胡左伟擦了一把脸，恼羞成怒地说："放肆！"

胡左伟随即却换了一副笑脸，说："我不信撬不开你的嘴，打！"两个武侯便举起鞭子抽打吴小六。吴小六说："胡左伟，你贪污补偿款，不得好死！各位武侯兄弟，他跟韩益康贪污的那些补偿款你们有份吗？跟着他干，有什么好处？"两个武侯犹豫了一下，胡左伟就恶狠狠地说："给我往死里打！"

也许是心有灵犀，姚伊娘感到隐隐的不安。这天上午，姚伊娘忽然来到"靖净闺"门口，神色有些忧郁，想进去却又犹豫不决。姚珝娘就问："阿妹，有事吗？"姚伊娘就怯生生地说："阿姐，六阿兄怎么……"姚珝娘就说："快回来了，放心。"李旭轮走了过来，说："放心吧。"姚伊娘急忙说："见过皇嗣殿下。"李旭轮说："免礼，进来吧……"

就在这时，忽然"嗖"的一声，一个飞镖钉在门框上。秦坤郿大叫一声"保护皇嗣",朱靖塘赶紧掏出镰刀警惕地看着院墙。李旭轮从门框上拔下飞镖,从飞镖上拿下一张纸条,展开一看,上面写着"吴小六被胡左伟关在桃花坡"。李旭轮把纸条递给姚海娘,姚海娘看过后就问:"桃花坡?"李旭轮也问:"奇怪,谁送来的纸条?"姚海娘琢磨了一会儿,就对李旭轮说了自己的想法,李旭轮点点头。

姚伊娘立即接过话头说:"我要去桃花坡找六阿兄!"姚海娘却说:"别添乱了。"姚伊娘说:"我保证不添乱。"说着眼圈就红了。姚海娘想了一下,点头同意。夜幕降临后,李旭轮和姚海娘带着朱靖塘、秦坤郹、姚伊娘等人准备出发,姚森伯却赶来说也要去。李旭轮就说:"丈人,你在家安歇,不用去了。"姚森伯却说:"这么大的事,我哪能安歇?那吴小六也是我女婿……再说,那个地方我熟悉……"李旭轮双手握住姚森伯的手,点点头。

这时,陈五娘走过来也要去,李旭轮却不答应,说人多了会影响速度。陈五娘就用求助的眼神看着朱靖塘。朱靖塘就说:"皇嗣殿下,带上陈五娘吧,多个人手多份力气。另外,我听说那桃花坡是个声色场所,女人出入也许更方便……"朱靖塘轻易不开口,李旭轮反倒不好拒绝了,于是就带上了陈五娘。

一行人离开镇街,沿着乡间小路走了三里多,就到了桃花坡。一片竹林掩映着一座房子,房子上挂着一块牌子,牌子上写着"桃花源"三个字。外面停着两辆马车和几顶轿子,里面灯火通明,鼓乐声和嬉笑声不时传出,还有妙龄女子和官员模样的人进进出出,门口有守卫的武侯。果然是个声色犬马之地。此地距县城也就五六里路,距州府不过十多里路,离官道大约一里路,地理位置绝佳。

李旭轮他们观察了一会儿,只见武侯不时巡逻,把守很严,一时找不到下手的机会。正着急的时候,小路上传来了脚步声,李旭轮打个手势,几个人便隐藏起来。脚步声走近了,一个男子说:"昨天刚送酒来,今天怎么又送?"一个女子说:"听说那个吴小六被关在这里,他酒量很大,胡县令为了让他说话,就顿顿请他吃酒。"姚海娘跟李旭轮对视一眼,嘀咕两句,忽然叫过朱靖塘吩咐一番。

随后,朱靖塘和秦坤郹悄然摸上去,朱靖塘一掌打在那个男人的脖子上,男人就晕倒了。女子吓得一声尖叫,朱靖塘赶紧捂住她的嘴巴。姚海娘就说:"别怕,我们不伤你性命,但你要配合我们。"女子惊恐地点点头。姚海娘就说:"脱下外衣。"女子却摇摇头。秦坤郹就用剑顶住她的脖子。女子只好脱掉外衣,还有头上的帽子。姚海娘拿起衣服说:"阿妹,来换上。"

姚伊娘换上了女子的衣服。姚海娘就说:"阿妹,你把酒送进去,搞清六阿兄的具体房间,当然,如果能见到他最好,搞到他带回的消息……"姚伊娘点点头,浑身却开始颤抖起来。姚琦娘看着她说:"怎么?害怕吗?"姚伊娘点点头又摇摇头。姚琦娘叹息一声,犹豫起来。姚森伯就说:"我跟伊娘去吧?"姚琦娘说:"这……不行,危险。"姚森伯却说:"就这样吧……哎,我换上那男子的衣服……"

接下来,姚琦娘忽然从地上抓起一把尘土,抹在姚伊娘的脸上,并使劲地抱了一下妹妹。随后,姚森伯和姚伊娘一人拎着一个酒坛子走了。刚走到"桃花源"大门口,守卫的武侯问:"干什么的?"姚森伯就说:"送酒的。"武侯检查了一下,就放行了。一个武侯带着他们走进院子,穿过回廊,来到最里面的一个房间。刚走到房间门口,就听见从里面传出一声:"有酒有肉,才叫享受。酒还没来呀?"分明是吴小六的声音。

姚伊娘一阵惊喜,就抱紧了酒坛子。武侯打开门,让两人进去。姚森伯故意咳嗽一声,姚伊娘扭头看了他一眼,他就暗中给姚伊娘递了一个眼神,姚伊娘就低着头加快了步伐。等她走进房间,姚森伯忽然滑倒在地,"哐啷"一声,酒坛子打碎了,酒都流了出来。里面的武侯听见了,赶紧冲了出来,说:"怎么回事?"

姚伊娘趁机快步走到吴小六面前,说:"阿郎……"吴小六瞬间便愣住了。姚伊娘赶紧说:"带回什么消息?"吴小六就说:"朝廷给的补偿款是每亩一百二十个……"这时几个武侯进来了,姚伊娘赶紧把酒坛子放在地上,转身就走。而外面的姚森伯呢,武侯见他打翻了酒坛子,就把他一顿暴打,他故意大声喊叫:"别打了,别打了,我不是故意打翻酒坛子……"

这话刚好被韩益康听见了,总觉得耳熟,于是就赶紧走过来,一看是姚森伯,大吃一惊,急忙禀报给胡左伟,胡左伟就让武侯把姚森伯和姚伊娘抓了起来。姚伊娘一边挣扎一边说:"胡左伟,你们贪污补偿款,天理不容!"躲在外面的姚琦娘一听这话就明白里面出事了,和李旭轮紧急商量后,当即冲到"桃花源"门口。

几个武侯上来阻拦,李旭轮大声说:"我是当今皇嗣李旭轮,谁敢阻拦,格杀勿论!"一个武侯不听劝阻上前举刀便砍,却被朱靖塘用镰刀割破喉咙放倒在地。其他武侯一见赶紧后退。胡左伟和黄政雄走出来,武侯们又围了上来,胡左伟就大喝一声:"退下!"随后笑着说:"哦,皇嗣殿下和皇嗣妃驾到,有失远迎!"

姚琦娘说:"胡左伟,收起你这虚伪的一套,吴小六在哪里?"胡左伟沉吟一下,说:"这个……那吴小六私贩贡茶,被抓起来了。"姚琦娘说:"恐怕又是你捏造的罪名吧?"胡左伟却说:"本官正在审理案件,皇嗣殿下和皇嗣妃若无要事,请进去饮茶。"说完做出一个恭请的动作。

李旭轮就说:"黄刺史,你身为朝廷命官,怎能容许属下胡县令胡作非为?你对得起圣上吗?"黄政雄红着脸说:"这个……微臣并不知情呀!"李旭轮说:"恐怕你也被拉下水了吧?"胡左伟就咳嗽一声说:"皇嗣殿下,不要乱讲哦。"李旭轮就说:"圣命我监制贡茶,吴小六奉我之命去向圣上复命,怎么是私贩贡茶?我看你们这是栽赃陷害,故意跟我李旭轮过不去。"

黄政雄急忙拱手说:"皇嗣殿下……"胡左伟却又咳嗽一声,说:"若皇嗣殿下自己去复命,微臣绝不阻拦,但那吴小六不一样。"姚玶娘就接过话头说:"恐怕是吴小六摸清了你的老底吧?"胡左伟就说:"你……过分!"姚玶娘就冷笑一声说:"胡左伟,过分的是你!自从皇嗣来到此地,你便百般刁难,你一个小小县令,谁给你的勇气和胆量?我奉劝你认清形势,为自己留个退路!"

胡左伟却脖子一别,说:"微臣知恩图报,只知道进,不懂得退。"李旭轮就笑道:"真是个忠义之人,只可惜站错了队!"胡左伟却说:"那倒不一定,走着瞧呗!"黄政雄给胡左伟递了一个眼神,胡左伟却装着没看见。姚玶娘就问:"胡左伟,我阿耶和阿妹呢?还有吴小六呢?我让你放了他们。"胡左伟却并不答话。

黄政雄一招手,说:"放人!"胡左伟却瞪了他一眼,黄政雄便尴尬地笑了一下。胡左伟说:"吴小六留下!其他人放掉。"没过多久,姚森伯和姚伊娘走了出来。姚森伯衣服上脏兮兮的,脸上还有伤痕。姚玶娘就指着胡左伟,说不出话来。李旭轮拉住姚森伯的手拍了一下,说:"丈人,回去吧。"

这时,韦团儿却转了出来,拍拍手说:"都来了,真热闹呀!"朱靖塘和秦坤郿赶紧掏出武器,护住李旭轮。韦团儿却伸出双手挥舞一下,说:"我今天不是来打架的。"姚玶娘问:"那你来干什么?"韦团儿却不理睬她,径直走到胡左伟跟前说:"放了吴小六。"胡左伟吃惊地问:"你说什么?"韦团儿说:"我让你放了吴小六。"胡左伟愣了一下,说:"我为什么要听你的?"

韦团儿就伸手摸了一下胡左伟的下巴,抛了一个媚眼。对她这样公然调情,黄政雄赶紧背过身去,姚玶娘则露出厌恶的表情。胡左伟就说:"你……干什么?注点意!"韦团儿就对他耳语道:"放了吴小六,我就侍候你。"胡左伟盯着韦团儿的胸脯看了一会儿,挥了一下手。不一会儿,武侯就押着吴小六走了出来。

姚伊娘冲上去抱住吴小六哭了起来。

韦团儿走到李旭轮面前,朱靖塘和秦坤郿赶紧做好战斗准备。李旭轮却摆摆手说:"退后。"朱靖塘和秦坤郿便退到后面。韦团儿对李旭轮说:"皇嗣殿下,可否借一步说话?"李旭轮便跟韦团儿走到旁边。姚玶娘给秦坤郿递了一个眼神,秦坤郿便跟朱靖塘手握武器死死地盯着韦团儿。

李旭轮问:"韦团儿,有事吗?"韦团儿说:"你知道我为什么让胡左伟放掉吴小六吗?"李旭轮说:"不知道。"韦团儿笑着说:"为了你。"李旭轮不解地问:"为了我?"韦团儿说:"为了你……不得好活!"李旭轮生气地说:"你……什么意思?"韦团儿低声说:"我要慢慢折磨你的身边人,最后把他们一个一个地杀掉,我要让你在孤独寂寞痛苦中死去!"

李旭轮指着韦团儿说:"你……如此狠毒!"韦团儿却说:"这都拜你所赐。"李旭轮愣了好一会儿,才说:"你为什么要耿耿于怀?"韦团儿说:"怎么?你负了我,难道还要我感恩戴德吗?"李旭轮就说:"当时我不承认跟你的私情,也是为了保护你。"韦团儿却指着李旭轮说:"胡说!虚伪!你是为了保全你自己!在你们眼里,皇权永远比情义重要!"李旭轮就摊开双手说:"如果我不生在皇家,我一定会娶你,可生在皇家,我能自己做主吗?"

韦团儿却说:"别给自己找借口了,怪只怪你太懦弱,无情无义!"李旭轮有些生气了,就说:"古往今来,还不都这样?你不过是一个宫女,想太多了吧?"韦团儿气得胸脯剧烈起伏,伸手向腰间准备拔剑。朱靖塘和秦坤郧赶紧冲了过来。韦团儿却慢慢举起手,指着李旭轮说:"好个李旭轮,你终于说了实话,枉费我对你的一片深情!我是宫女怎么了?我偏不信这个邪!我得不到你,我也要亲手杀了你!"

朱靖塘和秦坤郧用刀剑指着韦团儿。韦团儿却说:"我现在不杀他,他的命早晚是我的。"说完大步走进"桃花源",一个武侯上前阻拦,却被她一巴掌打翻在地。姚珦娘就冲着韦团儿的后背骂:"你这獠货!"韦团儿却说:"胡左伟,她骂你呢。"胡左伟就冷笑一声。随后姚珦娘走到李旭轮跟前抱住他,哭了起来。李旭轮抚摸着她的后背,眼圈也红了。片刻之后,他们几个人便往回走去。

当晚有一弯月亮,挂在天上。陈五娘拉着朱靖塘的手走在最后,她忽然指着天上的月亮说:"九郎,你看那月亮,像不像你的镰刀?"朱靖塘看了一眼天空,说:"像。"陈五娘又说:"一把普通的镰刀,在你手里倒成了神器!太厉害了!"姚珦娘听见他们说话,看了一眼天空,忽然对李旭轮说:"阿郎,扇子借我用一下。"李旭轮就从腰间抽出扇子递给姚珦娘。

姚珦娘拿着扇子等朱靖塘走过来,就打开扇子对着月光,问:"朱九郎,你来看,这扇面上有什么?"朱靖塘看了一会儿,说:"还是兰花图和'埩净'两个字。"姚珦娘又问:"看得到兰花跳舞吗?闻得到兰花香吗?"朱靖塘摇摇头。姚伊娘拉着吴小六赶紧跑过来:"我来看看。"看了一会儿也摇摇头。朱靖塘就问:

"敢问皇嗣妃，你闻得到兰花香吗？"姚珥娘却说："天机不可泄露。"

这时，一个声音却从山坡上传来："心存善念，才能看得到兰花跳舞，闻得到兰花香。"众人转头看去，原来是释怀悯师父。姚珥娘赶紧双手合十道："南无阿弥陀佛，师父安好！"李旭轮和陈五娘也双手合十道："师父安好！南无阿弥陀佛。"朱靖塘就问："请问法师，我也心存善念，为什么看不到兰花跳舞？闻不到兰花香？"

释怀悯师父却说："施主，善念不是说在嘴上的，是存在心里深处的。"说完便不见了踪影。朱靖塘愣了好一会儿。姚珥娘就把扇子交给朱靖塘，说："好好保管，你这'带扇侍卫'！"说完深深地看了他一眼，朱靖塘只觉得耳根发热，下意识地握紧了陈五娘的手。陈五娘就悄声说："跟我一起念佛吧，也让你心存善念。"说完就低声笑了起来。

再来看韦团儿。她走进"桃花源"，来到一个雅致的包间，独自吃起酒来。没过多久，胡左伟走了进来，陪她吃酒。吃了一会儿，两人就滚到床上，手忙脚乱地宽衣解带……激情消退后，胡左伟搂着韦团儿。此时的韦团儿脸颊绯红，香汗淋漓，那个妩媚劲儿跟刚才的母老虎判若两人，让胡左伟欲罢不能。

胡左伟想起了正事，就问："哎，为什么要放吴小六？"韦团儿说："你抓吴小六，是要让李旭轮知道，这里是你说了算，是你背后的梁王说了算，这是对李旭轮的一个警告，对不对？"胡左伟说："就算是吧。"韦团儿又说："你抓了吴小六，梁王那里肯定知道，自然明白你的一片忠心。但是，如今的吴小六可不是原来的田舍儿吴小六。他是皇嗣的侍卫，你抓了不放，这就是跟皇嗣过不去了，消息万一传到圣上那里，恐怕梁王也不好交代。"

胡左伟说："也不知那吴小六带回来什么消息，万一对我不利呢？"韦团儿说："胡左伟，你就这么不自信？朝中有梁王，还怕什么？再说了，吴小六回来好几天了，也不见有什么对你不利的消息传来，说明什么？说明平安无事。"胡左伟琢磨一下，说："对呀，哎，你在圣上身边待过，就是不一样。"

韦团儿却换了个话题："那些补偿款，我也要一份。"胡左伟就问："你说什么？"韦团儿说："我也要分补偿款。"胡左伟却笑着说："嗨，你一个单身女子，要补偿款干什么？别开玩笑了。"韦团儿就说："正因为我单身，无依无靠的，所以要有足够的钱。"胡左伟说："不是有我吗？怎么叫无依无靠？"

韦团儿就一把抓住胡左伟的命根子，说："我说正经的，给不给？"胡左伟就说："给，给还不行吗？哎哟，姑奶奶，你放手……"韦团儿这才松开手。胡左伟吸了一口气说："盯着补偿款的不止你我，还有大大小小的官员，都得罪不起，这事得好好合计一下。"韦团儿却话锋一转说："梁王交给你的任务，恐怕不止茶园吧？"

胡左伟就笑了一下，忽然问："哎，你今天跟李旭轮说什么了？"韦团儿一瞪眼，说："关你什么事？"胡左伟就说："你一会儿说要杀他，一会儿又说不杀，真搞不懂究竟怎么想。"韦团儿就叹了一口气，说："我只是别人的一个棋子，主子让干什么就干什么。没错，我是受魏王指使对付李旭轮，可魏王也要根据圣上的态度变化来调整策略，所以难免摇摆不定。依我看，当今能取李旭轮性命的，只能是圣上，其他任何人敢这样，都会被诛灭九族。"

胡左伟却说："我看你对那李旭轮是旧情难忘呀，莫非他也给你放了情蛊？"韦团儿就说："魏王对我有知遇之恩，我只忠于魏王和圣上。"胡左伟就笑嘻嘻地说："皇嗣对你有欢爱之情，让你念念不忘，对吗？"韦团儿伸手打了胡左伟一耳光，说："混账！"胡左伟捂住脸说："你这母夜叉，说翻脸就翻脸？"韦团儿却换了一副笑脸，说："我是你的美人蛊……"

再来看姚家大院的情况。回到家，姚伊娘赶紧让吴小六脱下衣服，只见他身上有一道道的血印，就把胡左伟破口大骂一顿，随后用布巾蘸药水将伤口清洗一遍。吴小六却像没事似的，说着一路的见闻。这时，李旭轮和姚珥娘来了。李旭轮问："小六郎，刚才人多不好问，信送到了吗？"吴小六说："送到了。"李旭轮问："交给谁了？"吴小六说："刚好遇到一个官员，叫，叫……哎，对了，叫狄仁杰。我就把信交给他了，他答应一定转交给圣上。"

李旭轮急忙拉住吴小六的手说："真的？"吴小六说："真的。"李旭轮说："太好了！那狄仁杰正直善良、忠诚厚道，一定会把信交给圣上。"说完笑呵呵看着姚珥娘。姚珥娘第一次发现李旭轮笑得这么开心，也替他高兴。吴小六又说："万没想到那狄仁杰居然认识嘉木阿兄，还问起过他，可惜阿兄中蛊死了……"李旭轮愣了一下，忽然说："大家辛苦了，我请大家吃夜宵！"陈五娘赶紧去通知厨房，不一会儿就来喊大家吃饭。

众人都入座后，李旭轮端着酒杯站起来，面朝北方说："孩儿遥祝阿娘龙体健康、寿比南山！"说完举杯一吃而尽。吴小六赶紧给他又斟满一杯酒。李旭轮又端起酒杯，面朝西方说："弟遥祝阿兄平安健康！"说完举杯又一吃而尽。吴小六又赶紧斟满酒。李旭轮端起酒杯，走到姚森伯面前说："丈人，小婿敬你一杯。"姚森伯急忙站起来说："皇嗣殿下，使不得使不得……"李旭轮却一口吃掉，说：

"今天是家宴,不谈国事。"姚森伯便举杯一吃而尽。

那天的李旭轮兴致很高,挨个敬了酒,连朱靖塘和秦坤郧都入席就座,这让他俩感到诚惶诚恐。给姚伊娘敬酒的时候,李旭轮已有了几分醉态。姚伊娘就说:"皇嗣殿下,别……"李旭轮却打断她的话:"别叫皇嗣……叫姐夫……"姚伊娘愣了一下,姚珝娘就冲她笑了一下。姚伊娘就说:"姐夫,别吃醉了。"

李旭轮却说:"姐夫没醉……哎,五娘……阿嫂,再去拿酒来……"见陈五娘没动,李旭轮就说:"快去呀……我有的是酒……朝廷给我的俸禄吃不完……不过也被县里克扣不少……"姚珝娘冲陈五娘挥挥手,陈五娘便出去了,不一会儿便抱着酒坛子回来了。给朱靖塘敬酒时,李旭轮说:"来,阿嫂,不,五娘,一起吃……"陈五娘红着脸低着头。姚珝娘就说:"阿嫂,端起杯子吧。"

陈五娘端起酒杯。李旭轮说:"祝你们……嘿嘿……话在酒中!"举起杯子一吃而尽。陈五娘跟朱靖塘对视一眼,也一吃而尽。朱靖塘吃了酒,却背过身擦眼睛。就在这时,外面却传来一声:"赵鸿垚,赵耆老,来,上床,把茶园还给我……"众人当即就愣住了。潘小娘急忙跪在地上说:"阿娘坏了皇嗣殿下的兴致,请恕罪!"

李旭轮却拉起潘小娘说:"是他们坏了我的兴致。不,他们也坏不了我的兴致。小娘,我李旭轮一定要为你阿娘讨回公道。"潘小娘就哭着说:"谢皇嗣殿下……妾身将以死相报……"姚珝娘也眼泪哗哗的,走过去抱住李旭轮和潘小娘。随后,李旭轮对姚珝娘说:"娘子,我们去唱歌跳舞,好不好?"姚珝娘愣了一下,李旭轮却不由分说地拉起她就走。

来到院子里,姚珝娘问:"阿郎,唱什么呢?"李旭轮想了一下,取下扇子递给姚珝娘,说:"就唱《埥净谣》吧,用《庆善乐》的曲调。"姚珝娘却说:"可那《埥净谣》不是完整的呀?"李旭轮说:"反正今天月儿也未圆,不完整就不完整吧。"姚珝娘就打开扇子,用《庆善乐》的曲调唱了起来:

南江多浩荡,浓雾踏波浪,云缠雨绕叠峰秀,林木苍翠漫照光。根深抱岩土,叶茂沐朝阳,早春二月披晨露,埥净山上采茶忙。芽开含精华,轻风送灵爽,融情化意通天地,饱受煎熬出靓汤。此间有茶女,慈悲又善良,巧借佳茗来疗伤,除蛊祛疠赛金枪……您也许已经知道了,李旭轮后来命乐工安金藏给《埥净谣》谱了曲,每逢盛典必定演唱,而民间则更愿意把它当作驱蛊的咒语。

姚珝娘唱歌的时候,李旭轮就和潘小娘跳舞。他们舞姿优美,顾盼生辉,博得众人称赞。姚珝娘把扇子举在头顶,对着月色一边唱歌一边扇动。她看见扇面上的兰花翩翩起舞，闻到了兰花香。然而，扇面上除了"埥净"两个字，却看不到其他文字。朱靖塘紧紧地盯着扇子，紧紧地盯着姚珧娘，却并没有新的发现。

这时，李旭轮说："都来吧，一起踏歌。"于是，吴小六、朱靖塘、秦坤鄺和姚伊娘都加入踏歌的行列。他们手臂相挽，有节奏地整齐地跺踏地面，边踏边唱歌，气氛非常热烈。然而，他们不曾想到，一个人正在暗中窥视他们。院墙头上忽然响起"啪"的一声。吴小六大喝一声："保护皇嗣……"朱靖塘箭步跃上院墙头。

朱靖塘跃上院墙头时，一条黑影已走远了。

朱靖塘想去追，但又怕中了调虎离山之计，而且李旭轮也不让他追，于是就退了回来。李旭轮说："宵小之人，让他去吧。"姚珧娘说："外面不安全，赶快进屋。"李旭轮却说："放心，他们不敢取我性命。当今敢杀我的，只有一人。"这话他说得轻描淡写，众人却听得心惊肉跳。说完，李旭轮把扇子交给朱靖塘，嘱咐他要好好保管，随后便和姚珧娘回房休息。

回到"埥净闺"，李旭轮开始煮茶，似乎没有睡意。姚珧娘陪他饮了几盏茶，就问："阿郎，刚才院墙头那人会是谁呢？"李旭轮却说："肯定是为扇子而来。"姚珧娘急忙说："啊？那你还把扇子交给朱靖塘？"李旭轮就笑着说："交给他才安全呀。"姚珧娘想了一下，说："我明白了，信任有时候其实也是一种束缚。"李旭轮点点头，说："再说了，扇子上的《埥净谣》只有娘子才能看到，我怕什么？"

姚珧娘就说："阿郎，你说真是奇怪，那扇子上的《埥净谣》为什么只有我一个人才能看到完整的呢？"李旭轮就笑着说："师父不都说了吗？心存善念，才能看见。"姚珧娘若有所思地说："心存善念，心存善念……如果朱靖塘心存善念，也能看到。换句话说，如果他看到了，说明他心存善念，他就不会加害阿郎……"李旭轮点点头。姚珧娘也看着李旭轮笑了起来。

我还读到一个事件，也跟蛊婆有关。

南朝宋文帝的女儿东阳公主听说巫蛊婆严道育擅长巫蛊之术，便将其招入府中，后又推荐给太子刘劭。这刘劭因犯错常被父亲宋文帝责骂，便怀恨在心伺机报复。后来，刘劭、刘濬、东阳公主姐弟三人联合起来，在严道育的指点下，拿了一块玉，刻成宋文帝的样貌，埋在含章殿前，诅咒其早日驾崩。事情败露后，刘劭兄弟把责任全推给严道育，并拼命道歉，才得到宋文帝的原谅。这起巫蛊事件虽未成功，却埋下刘劭日后弑父篡位的祸根。

闲话少叙，继续我们的《埥净茶歌》。

朱靖塘这边呢，也正为这事苦恼哩。当晚近在咫尺，他却看不到扇子上的兰花跳舞，也闻不到花香，难道真的像释怀悯师父说的那样？他不是心存善念？他想到这里就拿着扇子走到外面，对着弯月又看了起来，还是看不到他想看到的内容。这时，树枝又晃动了一下，蒙面人再次出现了。

朱靖塘低声问："你到底想干什么？"蒙面人说："梁王又催了，要抓紧时间。"朱靖塘就说："还不到月圆之夜，急什么？再说了，《埩净谣》的内容只有姚珲娘看得到。"蒙面人说："不管怎样，一定要搞到。现在朝中形势复杂，梁王急着用上等贡茶献给圣上。"朱靖塘沉吟一下，说："释怀悯法师说，心存善念才能看到《埩净谣》，我们这样怕是不妥吧？"蒙面人却说："别听那个秃奴胡说八道！那是骗你的。记住，下个月圆之夜，务必搞到《埩净谣》！"

蒙面人说完就跳了出去。

朱靖塘想了一夜，做出一个决定。

这天下午，朱靖塘抽空带着陈五娘来到一片茶园，从这头走到那头，指着茶园说："五娘，这茶园怎么样？"陈五娘说："好啊，当然好啊。"朱靖塘转身看着陈五娘说："这茶园是我的，也是你的。"陈五娘却不解地看着他。朱靖塘又说："这茶园是我买的，为你，也为我。以后我们就在这里生活，哪里也不去了。"陈五娘猛然抱住朱靖塘，喜极而泣。

又过了几天，朱靖塘带着陈五娘来到一座宅院，对她说："五娘，我租下了这座院子，以后我们就住在这里，好不好？"陈五娘老半天才回过神来，有些茫然地说："好是好，可九郎你要离开皇嗣吗？"朱靖塘说："我是说以后，我不可能当一辈子侍卫。我要陪你在这里终老。"陈五娘感到一阵巨大的惊喜，一把抱住朱靖塘亲吻起来，随后他们便倒在床上……

许久之后，朱靖塘搂着陈五娘，什么话都不想说。这时，忽然响起了敲门声。朱靖塘赶紧穿衣起来，打开门一看就傻眼了，原来是李旭轮和姚珲娘站在面前。朱靖塘愣了好一会儿，才说："皇嗣殿下……皇嗣妃……"李旭轮走进院子，四下看了看，说："挺宽敞的，不错嘛！朱靖塘，这是你租下的？"

朱靖塘说："是，哦……不不不……"李旭轮就笑了，拍了拍朱靖塘的肩膀，说："是就是么，有什么不敢承认的？"朱靖塘头上冒出了冷汗，低着头思忖一会儿，说："皇嗣殿下……是怎么知道的？"姚珲娘就走过来，递给他一张纸条。朱靖塘接过来一看，纸条上写着"小西街三号院，朱靖塘"。朱靖塘不解地看着姚珲娘。姚珲娘就说："有人朝我们房间里扔了这张纸条。"

朱靖塘急忙跪下说："请皇嗣殿下、皇嗣妃恕罪。"李旭轮却说："何罪之有？"朱靖塘说："属下背着皇嗣殿下在外面租房。"李旭轮却哈哈一笑，说："这算什么？朝中那些宦官们，大都有自己的外宅。你作为我的侍卫，想在外面住得好一些，有什么不对吗？"朱靖塘急忙磕头说："谢皇嗣殿下理解！"

姚珝娘就说："只是，不管租房还是买房，这钱的来路一定要正，我们担心……"李旭轮咳嗽一声，姚珝娘就说："起来吧。"朱靖塘站了起来，忽然进去拉出了陈五娘。陈五娘脸色绯红，低头看地。姚珝娘看着陈五娘，想了一下，就走上前说："阿嫂……你……"陈五娘赶紧跪下说："皇嗣妃，对不起……"姚珝娘却伸手拉起陈五娘，说："阿嫂，什么都不用说了。"

李旭轮走过来，说："择日子不如撞日子，本皇嗣今天就成全你们，好不好？"陈五娘跟朱靖塘对视一眼，点点头。李旭轮于是就说："本皇嗣宣布，朱靖塘和陈五娘今日完婚……"陈五娘一把抱住姚珝娘哭了起来。这时，站在外面的吴小六、姚伊娘、潘小娘、秦坤郿等人都走了进来，向一对新人道喜。吴小六把一个纸包递给陈五娘，说："阿嫂，这是一点儿新茶。"姚珝娘说："新茶送新人。"姚伊娘就说："茶好，我才好！"李旭轮就笑着说："哎，是我们才好！"几个人都笑了起来。

……

消息传到驿站，胡左伟大吃一惊，随后便大发脾气，连续摔碎了两个茶盏。冷静下来后，胡左伟便对韩益康说："唉，本来想借题发挥，挑拨朱靖塘跟李旭轮、姚珝娘之间的关系，让他尽快搞到《埨净谣》，可没想到那个李旭轮和姚珝娘将计就计，成全了朱靖塘和陈五娘，倒办成了一件好事。嗨，真会收买人心。这样一来，朱靖塘就会彻底倒向他们。"

韩益康却说："那朱靖塘也是个反复无常的小人，前阵子发誓要洗心革面，后来又故技重演，我以为把他拉下水了，可如今他却想洗手不干了……做人怎么能这样！"胡左伟说："拿人家的手软，那些茶园可不是白给他的，想洗手不干？哼……"韩益康急忙接过话头说："贼船好上不好下哟。"胡左伟就瞪了他一眼，说："说谁贼船呢？"韩益康赶紧笑着说："是贵船，贵船……"

胡左伟来回踱了几步，说："这月亮怎么还不圆？哎，他朱靖塘既然想有个家，我们就从那陈五娘身上下手，月圆之夜……哼哼……"韩益康躬身听着，说："月圆之夜，属下带人……"胡左伟却摆摆手，又说："这事先放下，当务之急还是贡茶园。前天来了一份公文，朝廷不让再征用茶园了，让我们另找荒地建贡茶园，对此你怎么看？"

韩益康立即说："荒地建茶园？怎么可能？茶树生长也要好几年呀？谁出的馊主意？"胡左伟说："还不是那帮不懂农事的官员！其中就包括黄政雄，说是要体恤民力，不要过度扰民。哼，故作清廉！"韩益康就说："不让征用茶园，就完不成贡茶园的面积呀！而且肯定会耽误夏季贡茶的采摘。另外，不让征用，我们就没有机会虚报截留补偿款呀？"

胡左伟瞪了韩益康一眼，说："韩益康，你满脑子只想着私利，就不能高尚点儿吗？要多为朝廷着想，多为百姓着想，明白吗？"韩益康就说："属下明白。"胡左伟却一伸手说："我的那份补偿款，算好了吗？"韩益康赶紧说："算好了算好了。"随即从腰带上取下一个袋子交给胡左伟。胡左伟掂了掂，韩益康说："全部兑换成了金子，成色绝对足！"

胡左伟打开袋子，掏出一块金子看了起来。金子亮闪闪的，沉甸甸的，他笑得眯缝起眼睛，随后把金子装进袋子里，说："我想到一个办法，让茶农们把茶树移栽到荒地里，你觉得怎么样？"韩益康想了一下，竖起大拇指说："这个办法好，既不用征地，又种了茶树，而且种下就可采茶，可谓一举两得，真是高！"胡左伟就说："那，你去安排吧。"韩益康就领命而去。

韩益康很快就把茶农代表们召集起来，让他们限期把茶树移栽到官府选定的荒地里去。一个黑黑的胖胖的中年汉子说："这个时候移栽茶树，恐怕活不成吧？"韩益康说："活不成也要移栽，这是命令，知道吗孟老二？"孟老二就问："这是谁的命令？"韩益康说："本官奉皇嗣之命，怎么，不服吗？"看着韩益康严肃的面孔和乡兵们手里的刀剑，孟老二不说话了，茶农们都不说话了。

茶农们不敢抗命，只好把自家茶园里一半的茶树移栽到荒地里，荒地里很快就"长"满了绿色的茶树，充满了勃勃生机。胡左伟和韩益康站在地头，高兴极了。姚森伯却匆匆跑来，说："胡县令，韩耆老，这……这个时候茶树不能移栽呀。"胡左伟就说："怎么不能移栽？这不挺好吗？"姚森伯说："只怕过几天就不好了。"胡左伟就说："别说这丧气话好吗？"

姚森伯就叹口气说："简直是胡闹！"韩益康说："姚里正，怎么说话呢？"姚森伯又说："你们这是糟蹋茶树，真是败家子！"胡左伟就沉下脸说："姚里正，没让你家移栽茶树，已经对你很客气了，别不知足哦。"姚森伯跺了一下脚，转身就走了。回到家里，他跟姚莓娘和李旭轮说了这事，姚莓娘和李旭轮也大吃一惊，赶紧跑到茶园去，只见一株株茶树已被移栽到荒地里，荒地里一片青绿。

姚玳娘指着茶园说:"好看倒是很好看,可谁知道能管多久?"李旭轮说:"娘子,这茶树能成活吗?"姚玳娘俯身在一株茶树根部看了一会儿,又抓起一把土看了一会儿,说:"每棵茶树都适应了原来的环境,这里土质很差,恐怕很难成活。"李旭轮就说:"这就是'拔苗助长'!胡左伟和韩益康真不懂吗?不行,得阻止他们。"

姚玳娘却说:"阿郎,这是贡茶园,恐怕是上头的意思,你阻止得了吗?再说,已经既成事实了……要阻止,最好不要建贡茶园。"李旭轮吃惊地看着姚玳娘,姚玳娘却转过身去看着茶树,心里有点难过。李旭轮叹息一声,坐在田埂上。这时,姚伊娘跑过来说:"阿姐,韩益康也要移栽六阿兄家的茶树,怎么办呀?"姚玳娘就说:"不移栽,看他敢怎样?"

李旭轮就说:"但愿那些移栽的茶树能成活。"

然而,没过多久,移栽后的茶树就开始落叶、凋敝,慢慢就枯死了,新辟的贡茶园里又恢复了荒芜的景象。姚玳娘和李旭轮站在茶园边,都不说话,只觉得心里很难过。这时,孟老二带着一群人走过来,"扑通"一声跪在李旭轮面前说:"皇嗣殿下,请收回成命吧?"李旭轮急忙拉起孟老二,不解地问:"收回什么成命?"孟老二说:"茶树不能再移栽了!请皇嗣殿下收回成命!"

李旭轮跟姚玳娘对视一眼,姚玳娘就说:"这位郎君,移栽茶树,不是皇嗣殿下的意思呀!"孟老二就疑惑地说:"可是,那韩益康说是皇嗣殿下让移栽茶树的。前不久移栽的都死掉了,他又让我们移栽。再这样下去,我们的茶树都要死绝了,还让人活吗?"李旭轮就说:"我没说过移栽茶树,那是韩益康瞎编的。"姚玳娘就说:"该死的韩益康,又在胡说八道搬弄是非!"

李旭轮扭头就走,姚玳娘急忙跟上,孟老二和一群茶农也跟了上来,走到另一片茶园时,恰好遇到了胡左伟和韩益康。李旭轮就问:"韩益康,我什么时候说过移栽茶树?"韩益康看了看胡左伟,又看看李旭轮,就说:"我不知道啊?"李旭轮就拉过那个孟老二,说:"你说吧。"孟老二就说:"韩耆老,你那次召集我们时说皇嗣殿下让移栽茶树,怎么,你忘了?"

韩益康沉吟一下,说:"我没说过这话,你别胡说。"孟老二就说:"你说过的话又不认账,那我们移栽茶树算怎么回事呀?"韩益康就说:"你们自愿支持开辟贡茶园,自愿支持皇嗣监制贡茶,这是好事呀!"姚玳娘就插话说:"韩益康,你倒是两面灵光啊。移栽茶树明明是你的主意,你却把责任都推到皇嗣身上,现在又死不认账,真是个卑鄙小人!"

韩益康气得脸红脖子粗的，指着姚珥娘说："你……"胡左伟就摆摆手说："好了，好了，韩益康也是一番苦心，上为朝廷分忧，下为百姓解难……"人群中却发出一阵讥笑。胡左伟顿了一下，继续说："当然，也为皇嗣殿下着想……"李旭轮却冷冷地说："谢谢！不需要！"胡左伟继续说："贡茶园是天大的事，谁敢跟贡茶园作对，就是跟圣上作对！"

人群中一片肃静，可怕的肃静。

孟老二忽然说："死了那么多茶树，怎么办？谁赔我们？"马上就有人接过话头说："对，我们要赔偿！"孟老二就说："韩益康要赔偿我们的损失！"韩益康就指着孟老二说："放肆！信不信我现在就把你抓起来？"李旭轮就说："韩益康，此事因你而起，你不检讨自己，却要抓这些茶农，这公平吗？"胡左伟却说："皇嗣殿下，我们都是替你办事。"

李旭轮却勃然大怒，指着胡左伟的鼻子说："够了！你是在为自己办事！我看这事你才是主谋。"茶农们就说："胡县令要赔偿我们的损失！"胡左伟就气势汹汹地说："放肆！你们不想活了吗？"孟老二就说："这样下去，还能活吗？你要赔偿……"茶农们便齐声说："赔偿！赔偿！赔偿！"一边说一边朝胡左伟和韩益康走去。李旭轮和姚珥娘想阻拦却阻拦不住。胡左伟和韩益康一看势头不对，赶紧跑了。

李旭轮和姚珥娘对茶农安抚一番，也回去了。

胡左伟回到驿站后，气得打了韩益康几个耳光，说："成事不足败事有余！"韩益康委屈地说："胡县令，你不是说要把贡茶园办砸吗？我可是按你的意思做的。"胡左伟就说："既然说是李旭轮指使的，就一口咬定。可你当他的面却不敢承认，左右摇摆，搞得我们很被动，你知道吗？你怎么这么笨呢？"

韩益康低眉顺眼地说："属下很笨，请胡县令指教。"胡左伟又说："照你这样办下去，贡茶园办砸了，也把我们自己砸死了。"韩益康低头不说话了。胡左伟坐了下去，又说："那些茶农实在可恶，决不轻饶。"随即一拍手，进来了一个武侯。胡左伟交代一番，武侯便出去了。韩益康忽然说："胡县令，那些茶农们看样子想闹事。"胡左伟没好气地说："还用你说吗？"

韩益康就说："属下以为，这不完全是坏事。"胡左伟端起盏子准备饮茶，忽然又放下盏子说："什么意思？"韩益康就说："让茶农们闹起来，然后我们密报朝廷，就说是李旭轮煽动的。"胡左伟琢磨一会儿，站起来拍了拍韩益康的肩膀说："你有时候也不笨么。"韩益康笑了一下。胡左伟又说："那些茶农要是吃了梁王的蛊酒，就会乖乖地交出茶园，不过这就便宜了李旭轮。"韩益康忽然冒出一句："听说还有诬蛊……"胡左伟却摆摆手，对韩益康耳语几句，他就连连点头。

这天下午，姚伊娘正在吴家茶园里忙活，韩益康忽然走过来，让她把自家的茶树移栽一半到新辟的贡茶园里去。姚伊娘说："移栽的都死了，你没看见吗？"韩益康说："正因为死了，所以要再移栽。"姚伊娘说："我凭什么听你的？"韩益康说："你是皇嗣的亲戚，要带头支持他的工作。"姚伊娘冷笑一声说："别再打着皇嗣的旗号了，告诉你，我绝不移栽茶树！"

韩益康一挥手，几个武侯便走过来开始用铁锹挖茶树。姚伊娘就大声喊叫："住手！你们不能挖茶树！"可武侯们根本不听，很快就挖起了一棵茶树。姚伊娘眼看阻止不了他们，急忙跑回家叫来了吴小六。吴小六大吼一声："混账！"伸手去夺武侯手里的铁锹，武侯不给，双方便争夺起来。随后，武侯们围上来殴打吴小六，一番混战后三个武侯都倒在地上哀叫。

他们混战的时候，韩益康却悄悄地溜走了，不一会儿就带着胡左伟赶来，身后跟着一群武侯和乡兵。胡左伟一挥手说："武侯们正在执行公干，却惨遭吴小六殴打，这是公然藐视官府，给我拿下！"几个武侯便冲了上去。姚珥娘和李旭轮闻讯也赶来了，李旭轮就说："胡县令且慢，这是误会！"胡左伟却说："皇嗣殿下，微臣正在办案，请不要干扰。"姚伊娘就说："胡县令，这又是你下的一个套吧？"

胡左伟却并不理会姚珥娘，一挥手，武侯和乡兵们便围了上去。姚珥娘暗中给吴小六递了一个眼神，吴小六瞅个空子撒腿便跑，武侯和乡兵立即追赶，吴小六却已跑得无影无踪。胡左伟就发号施令道："吴小六殴打武侯，罪不可恕，杀无赦！"姚伊娘就跳起来大叫："胡左伟，你这混蛋！"胡左伟就指着姚伊娘说："再敢辱骂本官，把你也抓起来。"

姚珥娘就走过去拉住阿妹，让她不要再说了。李旭轮走到胡左伟面前说："胡县令，你这是罗织罪名，逼良为娼！"胡左伟却背过脸不说话。姚珥娘也走到胡左伟跟前说："胡县令，我们前世无仇，今生无怨，你为什么要苦苦相逼？"胡左伟说："谁逼你们了？分明是你们自找的。"姚珥娘就笑着说："胡县令，你相信因果吗？"胡左伟却脖子一仰，说："本官只信皇命。什么因果，那都是骗人的把戏！"

姚珥娘顿了一下，忽然走到朱靖塘面前，伸手夺过镰刀。李旭轮急忙说："娘子，不能……"胡左伟也指着姚珥娘说："你不要乱来啊。"姚珥娘却抚摸着镰刀，说："这把镰刀专杀贪官，那个赵鸿垚曾被它斩杀，下一个嘛……"说着用镰刀指着胡左伟,大声说:"就是你!"说完把镰刀还给朱靖塘,冷笑地看着胡左伟。

胡左伟涨红了脸,气得说不出话来。

再来看吴小六,他一口气跑到埥净山上,终于甩掉了武侯和乡兵。可到哪里躲藏呢?正犹豫的时候,忽然听见了悠扬的钟声,他灵机一动,就来到了檀铁寺。刚走进山门,就见释怀悯师父站在门口,像是迎接他。吴小六惊讶地问:"法师,你怎么知道我要来?"释怀悯师父就说:"贫僧不只在等你,贫僧在等众生。"吴小六愣住了,又听释怀悯师父说:"随我来吧。"

吴小六跟着释怀悯师父走进一间禅房,遇见了另一个僧人,像极了姚嘉木。吴小六愣了一下,说:"哎,阿兄……"那个僧人却低着头快步走了。释怀悯师父移开靠墙的一个柜子,露出一个暗洞,他就让吴小六钻进去,叮嘱他千万不要出声。随后,释怀悯师父把柜子挪到原位。恰在这时,外面响起急促的脚步声和吵闹声。释怀悯师父赶快走出去,就见几个武侯和乡兵正和僧人对峙。

胡左伟说:"本官捉拿要犯,谁敢阻拦,格杀勿论!"释怀悯师父就走上前说:"南无阿弥陀佛,这是佛门净土,不得无礼!"胡左伟就说:"你这秃奴,谁无礼了?"释怀悯师父:"南无阿弥陀佛,施主不得无礼!"胡左伟就说:"你们包庇人犯,这才是无礼,不,这是罪过!"

释怀悯师父就说:"贫僧没看到有人犯进来。"韩益康说:"我们明明看见吴小六跑进来了,你眼瞎啊?"释怀悯师父说:"贫僧确实没看到,其他僧人也没看到。"胡左伟一挥手说:"搜。"其他僧人还要阻拦,释怀悯师父就说:"让他们搜。"武侯和乡兵便进入房间翻箱倒柜搜查,折腾老半天却是一无所获。

胡左伟走到释怀悯师父跟前说:"我怀疑你们把吴小六藏起来了,快交出来!"释怀悯师父却说:"施主不是已经搜查过了吗?"胡左伟就指着释怀悯师父:"是你把他藏起来了。"释怀悯师父却闭上眼睛双手合十,嘴里念念有词。胡左伟勃然大怒,指着一个少年僧人说:"把他捆起来,狠狠地打!"

两个武侯便把少年僧人捆起来,几个乡兵对他拳打脚踢,少年僧人疼得在地上打滚。韩益康又从旁边拿来一根棍子,使劲地抽打少年僧人,少年僧人发出一声声惨叫。释怀悯师父依然闭着眼睛嘴里念念有词。胡左伟大喝一声:"杀了他!"一个武侯就挥刀朝少年僧人砍去。

紧要关头,释怀悯师父飘移过来,伸出两根指头夹住武侯的刀刃,武侯怎么也抽不出去。释怀悯师父猛然松手,那个武侯便摔倒在地。其他武侯和乡兵围住释怀悯师父举刀便砍,却根本靠近不了释怀悯师父,往往还没搞清是怎么回事,人已经倒在地上了。韩益康气不过，就从地上捡起一把刀挥舞着冲过来，释怀悯师父侧身躲过，顺手一拉，韩益康便一头栽倒在大雄宝殿门口，而且是跪姿。胡左伟明白遇到了高手，一边后退一边说："秃奴，你、你等着！撤！"一挥手，带着一干人走了。

回到驿站，胡左伟想了又想，做出一个决定，于是就带着随从来到一家客舍，这里是韦团儿的藏身之地。韦团儿一点儿也不感到惊讶，反倒笑着说："胡县令，是来请老娘出手相救吧？"胡左伟吃惊地问："你怎么知道？"韦团儿说："你们满山追吴小六，动静那么大，哪个不知道？"胡左伟说："可没想到遇到一个秃和尚，功夫十分了得，所以……"

韦团儿笑着说："我倒想会会那个秃和尚。"胡左伟说："开个价吧。"韦团儿却说："不，这次义务帮忙。"胡左伟愣了一下。韦团儿就摸了一下他的下巴，拍了拍他的脸，说："只要能让李旭轮难堪，老娘就愿意！"胡左伟也笑了，也伸手摸韦团儿的下巴。韦团儿却甩手打了他一耳光。胡左伟气恼地说："你这母夜叉……打脸上瘾啊？"

韦团儿就说："权当我的报酬了……你们移栽茶树，恐怕是搬起石头砸自己的脚！"胡左伟就问："什么意思？"韦团儿却一拍手说："出发。"带着几个黑衣人直奔檀铁寺而去。刚走到山上，离檀铁寺还有一段距离时，释怀悯师父却站在路中间。双目微闭，就像入定了一样。

韦团儿围着释怀悯师父转了两圈，说："你这秃奴，整天念念叨叨的，就不能干点正事？"伸手打了释怀悯师父一耳光。释怀悯师父却岿然不动，依然像入定一样。韦团儿又打了他一耳光，释怀悯师父依然岿然不动。韦团儿感觉受到了羞辱，就拔出佩剑朝释怀悯师父刺去。释怀悯师父虽然闭着眼睛，却灵巧地躲过剑锋。韦团儿一连刺了三下，都被他躲开了。

韦团儿大吼一声，飞起来举剑朝释怀悯师父的脖子上砍去。释怀悯师父伸手抓住剑，一翻手，一挥手，韦团儿便坐在地上。释怀悯师父也坐在地上，睁开眼睛说："南无阿弥陀佛，韦施主别来无恙？"韦团儿气得直喘粗气，恨恨地瞪着释怀悯师父。释怀悯师父又说："韦施主被仇恨蒙蔽了双眼，不认得贫僧了？"

韦团儿就说："你这秃奴，胡言乱语什么？起来接招！"释怀悯师父却说："交凤眼，破凤眼，一交一破即为兰……"韦团儿举起的剑却停在空中，愣了好一会儿，问："你说什么？"释怀悯师父便重复一遍："交凤眼，破凤眼，一交一破即为兰……"韦团儿吃惊地说："你怎么知道这句话？你是谁？"释怀悯师父却反问：

"当年你跟李旭轮一起学画兰花,时常念叨这句话吧?"

韦团儿更加疑惑了,就问:"你到底是谁?"释怀悯师父却自顾自地说下去:"你们本是青梅竹马两小无猜,他母亲却逼迫他另娶别人,这不是他的错,你为什么要记恨于他呢?他是负了你,可他身不由己不能自主,又该怨谁?"韦团儿愣了好久,说:"我不管过程,我只看结果。他负了我,就要付出代价!"释怀悯师父说:"凡事皆有因,你不管因,却追问果,冤冤相报何时了?"

韦团儿就问:"你为什么要替他说话?你到底是谁?"释怀悯师父说:"贫僧是为你们说话,放下怨恨吧!"韦团儿却猛然站起来说:"我做不到!谁叫他当年那样绝情!"释怀悯师父也站起来,看着韦团儿说:"其实……他心里一直有你。"韦团儿愣了一下,就说:"你胡说。"释怀悯师父说:"他画在扇子上的兰花,其中暗藏你的名字。"

韦团儿吃惊地问:"真的吗?鬼才信!"释怀悯师父就说:"'韦'字藏在兰花叶片中,'团'字在石头上,'儿'字在地上。信不信随你。不过,贫僧奉劝你一句,凡事适可而止。你给他制造那么多麻烦,害死了他的两个妃子,你还嫌不够吗?退一万步讲,这也算两清了,若再不依不饶,当心遭到报应!"说完拂袖而去。

韦团儿就喊:"你到底是谁?"

释怀悯师父答:"释怀悯。"

胡左伟跑过来问韦团儿:"你怎么让那个秃奴走了?"韦团儿一瞪眼,说:"你去追呀?"说完扭身就走。胡左伟愣了一下,说:"这母夜叉,搞什么鬼?放过了那个秃奴。"一招手,带着手下人也离开了。走在下山的路上,胡左伟朝韩益康招招手,韩益康赶紧跑过来。胡左伟问:"那些闹事的茶农?"韩益康说:"都抓起来了。"胡左伟点点头说:"好。"

这天晚上,姚珆娘和李旭轮正在"靖净闱"里煮茶,姚伊娘忽然走了进来。姚珆娘就说:"为了你的小六郎吧?"姚伊娘就低声说:"阿姐……我担心……"李旭轮沉吟一下,说:"如果我没猜错的话,六阿兄应该在一个安全的地方。"姚伊娘急忙问:"什么地方?"姚珆娘就说:"我也猜到了,是……檀铁寺,对不对?"李旭轮笑着点点头。

姚伊娘就说:"啊?檀铁寺?那……什么时候才能回来?"姚珆娘就说:"阿妹,放心,你的小六郎没事,等这阵风过了就回来了。"姚伊娘低下头,忽然又抬起头说:"听说胡左伟他们抓不到六阿兄,就抓了一些茶农。"李旭轮急问:"真的吗？"就在这时，外面忽然响起"啪嗒"一声，好像从院墙外面扔进来一些东西，刚好砸在"埥净闱"的门上，把姚伊娘吓了一跳。

朱靖塘正在值守，他赶紧过去查看，却闻到一股臭气，仔细一看原来是猪粪。他大叫一声："谁？"飞身越过院墙，就见两个人拎着篮子转身就跑。朱靖塘赶上去抓住其中一个，原来是个少年郎，他厉声问："干什么？"少年瑟瑟发抖，就是闭口不说话。

朱靖塘把少年拎进姚家大院，来到"埥净闱"门前。李旭轮和姚珝娘、姚伊娘已经出来了，正在纳闷地上那些猪粪是哪里来的。朱靖塘把少年扔在地上，说："就是他干的。"姚珝娘就问："怎么回事？谁让你干的？"少年还是不说话。朱靖塘就说："你这是侮辱皇嗣和皇嗣妃，要被治罪的，知道吗？"少年哭了起来，忽然跪在地上一边磕头一边说："皇嗣殿下饶命！皇嗣妃饶命！"

姚珝娘就说："为什么要这样做？"少年一边哭一边说："我阿耶……被抓走了，有人说是……皇嗣让抓的，说他带头闹事……可我阿耶……没闹事，他只是不愿移栽茶树……"姚珝娘跟李旭轮对视一眼，继续说："你阿耶是不是黑黑的胖胖的叫孟老二？"少年说："是。"姚珝娘又说："谁告诉你是皇嗣抓走你阿耶的？"少年说："几个武侯说的。"

姚珝娘就说："所以你就来扔猪粪？"少年点点头。姚珝娘看了一眼李旭轮，说："皇嗣没有让人抓你阿耶，是胡左伟和韩益康他们干的。即便这样，你也不能扔猪粪，知道吗？"少年点点头。李旭轮走过来盯着少年看了一会儿，说："你叫孟佼然吧？"少年说："是。"李旭轮就说："小小年纪就知道为父报仇，不错，起来吧。"孟佼然便站了起来，脱下自己的上衣，却又俯身把地上的猪粪一点一点地捡起来，然后用上衣包着猪粪走了。

望着孟佼然的背影，李旭轮说："长太息以掩涕兮，哀民生之多艰。"姚珝娘接过话头说："是啊，蛊毒刚除，又来贡茶，也是因为贪……"忽然看着李旭轮，说："阿郎，我……失言了，对不起，请原谅！"李旭轮却摆摆手。姚珝娘就说："是那些贪官污吏，搞得民不聊生！"李旭轮却说："一半是冲我来的，所以，我愧对乡亲！"

姚珝娘吃惊地看着李旭轮，说："阿郎，你吃了这么多苦，就不要自责了。"李旭轮却眼含热泪说："如果天要灭我李旭轮，就冲我来好了，为什么要连累这些人？为什么呀？"难过得说不下去了，猛然抱住姚珝娘，浑身颤抖。站在一边的潘小娘和姚伊娘也潸然泪下。朱靖塘和秦坤郖都伸手抹着眼睛。

上午时，姚伊娘拎着一个篮子走出姚家大院。

篮子里装着酒菜。姚伊娘要去哪里？她要去檀铁寺，给吴小六送好吃的。她一边走一边念叨："从前有座山，山上有座庙，庙里有个老和尚……"然而，刚一出门，她就被武侯和乡兵盯上了，尾随着她一路来到檀铁寺。她走进寺院，找到释怀悯师父，说她想见吴小六。释怀悯师父本来不同意，但经不住她的一再恳求，就带她来到那间禅房，挪开柜子，让吴小六出来。

就在这时，胡左伟带着武侯和乡兵冲了进来。吴小六眼疾手快，飞身跃起跳出窗户就跑了，武侯和乡兵赶紧去追。胡左伟指着释怀悯师父：："秃奴，窝藏要犯，该当何罪？"释怀悯师父却闭着眼睛并不回答。也许是慑于释怀悯师父的武功，胡左伟就说："等着，抓住了吴小六，再找你算账。"说完就走了。姚伊娘就低垂着脑袋，说："对不起师父，我又惹祸了。"释怀悯师父却说："惹祸的是他们。"姚伊娘就用哭腔说："我的小六郎，菩萨保佑……"

吴小六钻进了茶园，刚好有几个茶农在干活，就把他藏在一个隐蔽的山洞里。胡左伟带着武侯和乡兵追来了，问茶农看到吴小六没有，茶农却并不回答。韩益康就说："胡县令问话呢，你们都聋了吗？"一个瘦高的茶农就说："我们眼瞎，看不见。"这时，一个武侯发现地上有新鲜的脚印，顺着脚印找到那个隐蔽的山洞。那个瘦高的茶农急忙大叫一声："小六，快跑！"

吴小六冲出山洞拼命奔跑，眨眼又不见了踪影。胡左伟恼羞成怒，就把几个茶农都抓了起来，命令他们跪在地上。胡左伟高声说："吴小六，我知道你就在附近，赶快出来，不然我就对他们动刑。"随即一挥手，武侯就用鞭子抽打茶农。茶农发出了惨叫。胡左伟又说："吴小六，你如果是条汉子，就赶紧出来，你出来了我就放过他们。"

那个瘦高的茶农却说："小六，别听这狗官的，你是好样的……"胡左伟勃然大怒，从武侯手里拿过刀朝瘦高的茶农脖子上砍去，瘦高的茶农当即倒地身亡。其他茶农惊呆了，随即跳起来跟武侯们扭打在一起，胡左伟指着茶农们说："你们……想造反吗？杀无赦！"武侯们便大开杀戒，几个茶农便血洒茶园。

消息传到镇街上，茶农们悲愤难抑，他们上山抬回了几个茶农的尸体，聚在一起商量对策。其中一个满脸络腮胡子的茶农说："胡左伟和韩益康，还有那个赵鸿垚，那些贪官污吏，他们强占茶园，贪污补偿款，毁坏茶树，坏事做绝！前几天刚抓了几个人，今天又杀了几个，这日子没法过了，不如反了！"

另一个矮个子的茶农却说："不，那些事只是胡左伟和韩益康干的，找他们算账就行了。"其他茶农就附和道："对，找胡左伟和韩益康算账，让他们偿命！"很快就达成了共识，茶农们随后便拿着镰刀、菜刀、铁锹，抬着死者的尸体，朝驿站走去。沿路上一些茶农听说了，纷纷加入进来，很快就汇集了一百多人，浩浩荡荡地朝驿站走去。

李旭轮和姚玥娘听说了，赶紧跑出来，问明情况后，李旭轮就劝阻茶农说："大家要冷静，不能冲动，更不能使用暴力。"可狂怒的茶农们根本就听不进去，继续往前走，李旭轮和姚玥娘等人反倒被裹挟着一起走了。来到驿站，茶农们把死者放在大门口，高喊："杀人偿命！严惩凶手！"躲在里面的胡左伟和韩益康命武侯和乡兵们顶住，武侯和乡兵们便跟茶农们对峙在一起。

胡左伟走出来，厉声问："你们想干什么？造反吗？"矮个子茶农说："我们不造反，只要杀人偿命！"胡左伟指着躺在地上的死者，说："他们包庇要犯，死有余辜！"李旭轮就说："胡左伟，话不能这么说，即便他们包庇要犯，也罪不至死。你太过分了！"胡左伟却指着李旭轮说："皇嗣殿下，我怀疑你煽动茶农造反！"姚玥娘就说："胡左伟，你还想栽赃陷害吗？"

几个茶农就说："此事与皇嗣无关！胡左伟，我们要你杀人偿命！"胡左伟感到了恐惧，就说："谁敢乱来，格杀勿论！快把李旭轮抓起来……"茶农们却再也控制不住了，一起朝驿站里涌去。武侯又杀了两个茶农，其余的茶农便跟武侯对打起来，居然也杀死了一个武侯。茶农越来越多，胡左伟感到害怕了，就从密道里溜了出去。

胡左伟回到县衙，赶紧调派兵力，又向南州府衙求援，黄政雄亲率兵丁前来镇压，两股武力在青石桥镇会合，终于把茶农们镇压下去。十几个茶农在冲突中丧命，其余的都被抓了起来。李旭轮和姚玥娘受到牵连，也被抓了起来。他俩和茶农们都被关押在县城监狱里。武侯们抓捕朱靖塘时，他却成功逃脱了，秦坤郧则被抓了起来。

……

在胡左伟的住宅，他正跟黄政雄和韩益康一起饮茶。

黄政雄试探着问："胡县令，你打算怎么处置李旭轮？"胡左伟说："就说他煽动茶农造反，交给朝廷处理。"韩益康插话说："是交给魏王还是梁王？"黄政雄瞪了他一眼，说："交给大理寺。"胡左伟就说："这下他算完了，圣上肯定不会放过他，轻则削去皇嗣，重则砍掉脑袋。"韩益康就说："砍头？不会那么严重吧？他可是皇嗣呀？"

胡左伟就说:"嗨,你不知道圣上的手段,看看他的两个哥哥的下场吧。再说了,他这个皇嗣本来就含义不明,也许圣上根本就没当回事。"黄政雄就问:"何以见得?"胡左伟就说:"圣上不许他离开青石桥镇半步,这不是变相圈禁吗?不给他建别院,只给一点俸禄,还比不上庐陵王,这分明是要置他于死地。"韩益康就说:"杀了也好,省得碍手碍脚。"

胡左伟点点头,脑海里忽然闪过这样的情形:某天晚上,韦团儿找到胡左伟,传达魏王的最新指示:"魏王希望你出面向朝廷禀告李旭轮谋反。"胡左伟大吃一惊,就说:"那李旭轮没有谋反,我怎么禀告?难道要诬告吗?"韦团儿点点头。胡左伟就说:"啊?真的是诬告?诬告皇嗣谋反,万一败露了,可是要诛灭九族的。"韦团儿看着胡左伟,说:"当然,魏王也不会亏待你,说吧,需要什么条件?"

胡左伟就问:"为什么要找我?"韦团儿说:"你是地方官,你出面禀告李旭轮谋反,朝廷才会相信。"胡左伟想了一会儿,说:"这事儿风险太大……我要青石桥镇一半的茶园……否则我不干。"韦团儿就把他开的条件如实禀报魏王。魏王却大发雷霆,说:"胡左伟这个不知天高地厚的东西,干脆要一半江山好了!"想了一会儿,魏王却叫过韦团儿,对她耳语一番。

韦团儿回到青石桥镇后再次找到草蛊婆,对她说了魏王的意思。草蛊婆说:"皇嗣,呵呵,皇嗣也有谋反的时候,让他也尝尝被诬告的滋味儿。"随后便递给韦团儿一个小陶罐子,说:"里面有两颗药丸,一颗白色的是用白蛇制成的,一颗黑色的是用黑蛇制成的,这叫'诬蛊'。给胡左伟放蛊之前,你要在纸上写上'李旭轮谋反'这几个字,然后把纸烧掉,把纸灰跟药丸掺和在一起。放蛊的时候,你让胡左伟白天吃黑色的药丸,晚上吃白色的药丸。如此一来,那胡左伟一定会死心塌地地诬告李旭轮谋反。"

韦团儿将信将疑地问:"有那么神奇吗?"草蛊婆却笑着说:"有猛蛊壮胆,一些人就会做出他们平常不敢做的事。嘿嘿,他们是'蛊胆英雄'!"韦团儿又问:"看样子,你对诬告李旭轮谋反很感兴趣,能告诉为什么吗?"草蛊婆就说:"当年他的祖上曾经听信谗言,诬告别人谋反,而今他被诬告谋反,这不是报应吗?还有,他的祖上是不是谋反呢?风水轮流转,哈哈哈……"笑声令人毛骨悚然。韦团儿不敢久留,赶紧离开了。

回到镇街上,韦团儿找到一个恰当的时机,再次跟胡左伟共度云雨,两人从白天缠绵到晚上。按照草蛊婆的交代,韦团儿趁机给胡左伟放了"诬蛊"。从此以后，胡左伟就像着了魔一样认定李旭轮会谋反，不顾一切地寻找李旭轮谋反的证据，并有意激将李旭轮往这个方向走，终于逼迫茶农们聚众闹事。胡左伟借机以谋反的罪名把李旭轮和姚玳娘抓了起来。这便是整个事件的由来。

　　可怜那李旭轮却还被蒙在鼓里。李旭轮此时正和姚玳娘坐在监狱囚室的地上，两人的神情都有些落寞，相顾无言。许久之后，李旭轮说："此番进来，恐怕是凶多吉少，连累了娘子。"姚玳娘就说："既然是夫妻，就该同甘共苦。"李旭轮叹口气说："我们俩要是一个能出去就好了，吴小六也不在，可惜呀……"姚玳娘明白了李旭轮的意思，就对他耳语几句。

　　这时，胡左伟和黄政雄、韩益康走了进来。黄政雄说："皇嗣殿下，委屈了……"胡左伟却咳嗽一声，黄政雄就不说话了。李旭轮冷冷地看着胡左伟，说："胡县令，为什么抓我们？"胡左伟笑了一下，说："还用问吗？你们煽动暴民叛乱……"李旭轮还要说话，姚玳娘就暗中碰了一下他的手，李旭轮就咽下了想说的话。姚玳娘忽然捂住肚子，做痛苦状。

　　李旭轮急忙问："娘子，你怎么了？"姚玳娘就说："阿郎，肚里的孩子……"随后看着胡左伟说："胡县令，我怀孕了，需要保胎，请放我出去。"胡左伟却说："不行，你们是要犯。"姚玳娘就呻吟起来。黄政雄看着胡左伟，说："胡县令，这……要是出事了可不好交代呀。"胡左伟却说："一切由我负责。另外，把姚家大院门口的乡兵都撤走！"说完掉头就走。

　　姚伊娘来探监的时候，拉着姚玳娘的手不住地哭泣，只怪自己又添乱了。姚玳娘反倒安慰她，趁看守的狱卒不备，悄声说："回去让阿耶找胡左伟，花钱把我弄出去，越快越好。"姚伊娘点点头，赶紧回去对阿耶说了。姚森伯思忖片刻，急忙来找胡左伟。走进胡左伟的府邸，胡左伟正在给一株兰花浇水。姚森伯拱手施礼道："下官参见胡县令。"

　　胡左伟没有说话。姚森伯站了好一会儿，又说："胡县令，下官……"胡左伟这才转身说："有事吗？"姚森伯说："是为小女姚玳娘的事。"胡左伟说："她是死罪。"姚森伯说："下官明白，所以，请胡县令通融……"胡左伟挥了一下手，属下和用人便都退下了。胡左伟就走到姚森伯跟前说："她是死罪，怎么通融？"姚森伯说："相信胡县令有办法。"

　　胡左伟笑了一下，说："当然喽，她是受李旭轮唆使，情有可原。"姚森伯赶紧说："那是那是，请胡县令明示。"胡左伟笑了一下，说："你家的茶园不错，茶树都没死吧？"姚森伯说："承蒙胡县令关爱，我家的茶树长得还不错，不过，也有你的……"胡左伟看着姚森伯不说话。姚森伯就伸出五根手指说："一半给你。"胡左伟却说："我要全部。"

"啊?"姚森伯一声惊叫,旋即就捂住了嘴。胡左伟说："不愿意就算了。死罪,嗨,死罪哟……"姚森伯赶紧说："愿意愿意。"胡左伟说："这就对了。"随即招了一下手,姚森伯凑到他跟前,胡左伟压低声音说:"姚珘娘的事可大可小,我禀报梁王,可放她一条生路。"姚森伯就抱拳施礼道:"多谢胡县令。"

姚森伯赶紧回家拿出了全部的茶园地契,举在手里看了半天,眼泪忍不住流了下来。姚伊娘、潘小娘和陈五娘都哭了。随后,几个人一起来到县城。姚森伯一个人走进胡府把茶园地契交给胡左伟,胡左伟把地契举在手里看了又看,说:"好,多好的茶园!"姚森伯说:"胡县令,该放人了吧?"胡左伟却说:"我还有一个条件。"姚森伯愣了一下,说:"你?说话不算数?"

胡左伟就笑着说:"官场游戏,有时千万别当真。不过,这是最后一个条件,你做到了我就放人。"姚森伯气呼呼地说:"请讲。"胡左伟说:"你让潘小娘来找我。"姚森伯瞬间明白了他的意思,就指着他说:"胡县令,你……太过分了!"站起来就走了。胡左伟在后面说:"姚里正,我等着哦。"

姚森伯从胡左伟府邸出来后,眼圈红红的,忽然蹲在地上潸然泪下。姚伊娘和陈五娘赶紧过来扶住他,姚伊娘急问:"阿耶,你怎么了?他们把你怎么了?"姚森伯看了一下,问:"小娘呢?"姚伊娘说:"她去买吃的了。"姚森伯叹息一声,就说出了胡左伟的条件。姚伊娘愣了一下,就破口大骂:"该死的胡左伟,畜生!千刀万剐!"

找个机会,姚伊娘又进到监狱里,把胡左伟的要求对姚珘娘说了。姚珘娘还在满心等待出去哩,闻听此言当即晕了过去。李旭轮气得浑身颤抖,双拳紧紧抵在一起。姚伊娘就哭着说:"阿姐,阿姐……"李旭轮猛然大声吼叫:"来人,快来人……"狱卒闻声而至,一看姚珘娘晕倒了,不敢怠慢,赶紧叫来了郎中。郎中掐了姚珘娘的人中,人总算醒了过来,却是目光呆滞,神情凄然。

再来看姚家大院的情况。姚伊娘和姚森伯、陈五娘、潘小娘等人回到家里,都闷闷不乐,黯然神伤,却是束手无策。想了好久,姚伊娘忽然来到"埥净窝"门口,敲门。潘小娘打开房门,问:"伊娘,有事吗?"姚伊娘"扑通"一声跪下,说:"小娘,求求你,救阿姐。"

潘小娘赶紧去扶姚伊娘,说:"伊娘,你干什么呀?快起来。"姚伊娘却说:"救阿姐,你不答应我就不起来。"潘小娘就问:"我救阿姐?"姚伊娘点点头说:

"现在只有你能救阿姐。"随后便说了胡左伟的条件。潘小娘瞬间便脸红了,胸脯剧烈地起伏,骂道:"胡左伟,你这狗鼠辈!"姚伊娘说:"小娘,我知道让你为难,可也实在没办法,阿姐出来了才能救皇嗣……"

潘小娘想了一会儿,说:"阿姐待我恩重如山……我也是皇嗣的妃子……我答应你。"姚伊娘赶紧站起来一把抱住潘小娘,两人相拥而泣。随后,潘小娘关上房门,开始精心打扮自己。镜中的她花容月貌,丝毫不输后来的杨玉环。她打扮好了,在姚伊娘的陪同下来到县城,径直走进胡左伟的府邸。下人通报后,胡左伟亲自出来迎接她。胡左伟拍着手说:"大美人,你终于来了!"

潘小娘却直视着胡左伟。

胡左伟把潘小娘带到卧室,把她放倒在床上。潘小娘说:"你说话要算数,否则我做鬼都不放过你。"胡左伟说:"做鬼干什么?做人多好!我要做一回皇嗣……皇嗣能玩你,我也能玩你……"随后便急不可耐地脱掉潘小娘的衣服……许久之后,潘小娘穿好衣服,目光呆滞地走出胡左伟的府邸。她的大脑里一片空白,不,不断地闪回着她和姚瑅娘、李旭轮在一起的快乐时光,那些像茶水一样浓得难以化开的快乐时光。

黄昏降临了,残阳如血啊!

等候在外面的姚伊娘拉着潘小娘,准备陪她去监狱。忽然,潘小娘挣开姚伊娘,大声说:"胡左伟,你不得好死!阿姐,皇嗣,来生再会……"猛地冲过去把头撞到门口的柱子上,鲜血洒落在地上。姚伊娘大叫一声,跑过去抱住潘小娘,可潘小娘满脸是血,已闭上眼睛,身体在慢慢冷却。姚伊娘喊叫:"小娘,是我害了你呀!"她那悲哀的哭声让路人也潸然泪下。

这个消息传到姚瑅娘那里,她再次昏厥过去。

而胡左伟却还不想释放姚瑅娘。黄政雄就说:"胡县令,凡事适可而止,不能太过。"胡左伟却说:"你懂什么?岂能放虎归山?"这句话让黄政雄听了很不开心,就说:"那姚瑅娘不管怎么说也是皇嗣妃,如今身怀有孕,她怀的可是皇家的骨血,你不放她出去,万一有个闪失,你担待得起吗?还有那潘小娘,你把她……这要让圣上知道了,可是死罪呀!放姚瑅娘出去,你等于为自己留了条退路,懂吗?"

胡左伟却说:"我有梁王撑腰,怕什么?"黄政雄就说:"可那李旭轮毕竟是圣上的儿子,亲生儿子,他的案子必须由圣上裁决,梁王都无权干涉。我知道梁王有自己的野心,可万一他失败了,就会把一切责任都推给你。他是圣上的侄儿，而你呢，只是他的一枚棋子，所以，我劝你千万不要把事情做绝，要给自己留退路。"

胡左伟说："黄刺史，你怎么为要犯说话？"黄政雄就说："胡县令，我在为你着想。"胡左伟想了一下，一招手，韩益康来到跟前，胡左伟说："让姚姆娘出去。"韩益康说："好的，下官这就去办。"胡左伟转头对黄政雄说："黄刺史，记住，是给我们留退路。你跟我是一条绳子上的蚂蚱，别想撇清自己。"黄政雄摇摇头，闭上眼睛。

姚姆娘被姚森伯等人接了出去。几个人收拾起潘小娘的尸体，雇了一辆马车，往青石桥镇方向走去。当他们走到靖净山脚下的时候，却遇见了释怀悯师父。姚姆娘一见师父就哭了起来。释怀悯师父就说："悯旭，现在不是哭的时候，快随师父上山。"随后带着姚姆娘往靖净山上走去。其他人则回到姚家大院。

释怀悯师父为什么如此着急呢？

再来看胡左伟这边的情况。他饮了一会儿茶，忽然叫过韩益康，说："我这心里总不踏实，怎么回事儿？"韩益康说："你最近操劳过度，休息一下就好了。"胡左伟站起来走了几步，说："只有那姚姆娘能看到完整的《靖净谣》，我们可以拿释放李旭轮作为交换条件，逼她说出《靖净谣》。"韩益康就说："搞到《靖净谣》了，就放掉李旭轮吗？"胡左伟却说："放掉是假，搞到《靖净谣》是真。不行，那姚姆娘不能放出去，把她抓回来，快，把她抓回来……"

韩益康领命而去，很快就来到姚家大院，见姚森伯和姚伊娘、陈五娘坐在"靖净堂"里，就问："姚姆娘呢？"姚森伯回答："我还想问你呢。"韩益康说："不是你们把她接回来了吗？"姚森伯却说："还我女儿。"端起茶盏朝韩益康砸去。韩益康躲过茶盏，一挥手说："搜。"武侯们就四处搜寻，却怎么也找不到姚姆娘。韩益康无奈，留下几个武侯监视姚家大院，他返回县城向胡左伟复命。

第二天早上，韦团儿却来到姚家大院，带着几个黑衣人，扛着一口棺材。姚伊娘警惕地看着她，说："你……想干什么？"韦团儿就说："帮你们安葬潘小娘。"姚伊娘说："不用了，你走吧。"韦团儿却说："我知道你们现在人手不够，可我安葬潘小娘也不是为了你们。"姚伊娘问："那，为了谁？"韦团儿说："我见不得男人欺辱女人，那潘小娘命苦，我同情她。"

姚伊娘说："你真这样想？"韦团儿说："走吧，我们已挖好了坑。"姚森伯就站起来说："好吧。"几个黑衣人走过来把潘小娘装进棺材里，一行人就走出姚家大院来到墓地。墓地里又多了不少新坟，就像馒头一样。安葬完潘小娘，姚伊娘看着韦团儿说:"多谢。"韦团儿却说:"我想看看李旭轮的扇子。"姚伊娘愣了一下,跟陈五娘对视一眼。陈五娘就说:"扇子……好像在皇嗣手里。"

韦团儿扭身就走,很快便来到县城监狱里,说要见李旭轮。狱卒赶紧禀报给胡左伟,胡左伟想了一下,说:"这个女人惹不起,让她见吧。"韩益康提醒道:"胡县令,当心有诈。"胡左伟却笑着说:"那韦团儿是李旭轮的死对头,不用担心。"韩益康就嘀咕一句:"真是你的美人蛊……"胡左伟就问:"你说什么?"韩益康赶紧说:"我说没人……顾得上她……"胡左伟一挥手,狱卒便得令而去。

韦团儿走进监狱,在一间囚室里终于见到了李旭轮,只见他正坐在地上闭目养神。韦团儿咳嗽一声,李旭轮睁开眼睛,有些惊讶地看着她。韦团儿盯着李旭轮看了好一会儿,说:"坐牢的滋味不好受吧?"李旭轮说:"我这些年的生活,不就像人间地狱吗?跟坐牢有什么区别?"韦团儿说:"那就把牢底坐穿!"李旭轮就说:"你是来杀我的吧?请干脆点,我的刘妃和窦妃还在等我。"韦团儿愣了一下,说:"我说过不杀你,要让你不得好活!"

李旭轮却笑了一下,并不说话。

韦团儿就说:"你的扇子呢?"

李旭轮闭目养神,并不回答。

韦团儿就说:"我去找了释怀悯法师,他说你画在扇子上的兰花图暗藏玄机……能让我看看吗?"李旭轮就说:"看了又怎样?不看又怎样?"韦团儿说:"让我了却一桩心事。"李旭轮却沉默不语。韦团儿就凑到他面前说:"你不相信我,难道也不相信那个法师?"李旭轮想了一下,就掏出扇子递给韦团儿。

韦团儿迫不及待地打开扇子,又看到了那幅兰花图,仔细看,果然像释怀悯师父说的那样,"韦"字藏在兰花叶片中,"团"字在石头上,"儿"字在地上。她一连看了好几遍,愣了好一会儿,心情极为复杂。她问:"这幅兰花图,为什么不早告诉我?"李旭轮说:"没有机会。"韦团儿却说:"你骗人!"李旭轮就说:"我的一切都是阿娘说了算。"

韦团儿叹了一口气,忽然问:"那个释怀悯法师,为什么知道这些?"李旭轮却闭口不答。韦团儿迟疑了一下,把扇子递给李旭轮。李旭轮却说:"麻烦你把扇子交给姚晦娘。"韦团儿问:"为什么?"李旭轮说:"如果我死了,留给她作为纪念。"韦团儿愣了一下,说:"我要让你不得好活!"收好扇子抬脚走出囚室,眼角却闪着泪光,还莫名其妙地打了狱卒一耳光。

随后,韦团儿又来到姚家大院,说要把扇子交给姚晦娘,姚伊娘说:"阿姐不见了。扇子交给我吧。"韦团儿却说:"我要当面交给她。"转身就走,走了两步却又回头说:"他在牢里没受苦。"姚伊娘急忙问:"胡左伟不会杀他吧?"韦团儿却冷笑一声说:"他敢?能杀他的,只有圣上!谁若私自杀了皇嗣,必被诛灭九族。而我,要让他不得好活!"说完就走了。

　　回到住处,韦团儿叫来几碟菜一壶酒,关上门独自吃了起来。她一连吃了好几杯酒,不由得想起了曾经跟李旭轮在一起的美好时光,越想心里越难受,就哭了起来。这时,忽然"嗖"的一声,一个飞镖突破窗户纸钻了进来,钉在桌子上。韦团儿赶紧抓过飞镖,从上面取下纸条,就见上面写着"不得感情用事"。她赶紧追出去,大喊:"你是谁?"回答她的却是摇晃的树枝。

　　那么,姚珺娘躲到哪里去了?

　　姚珺娘跟着释怀悯师父一起上了靖净山。走在路上,姚珺娘说:"师父,为什么不让我回家?"释怀悯师父说:"胡左伟反悔了。"姚珺娘愣了一下,说:"对,以他的做派,肯定会反悔。"又说:"师父,皇嗣让我赶快向朝廷禀报,越快越好。"释怀悯师父却说:"胡左伟的人把守在各个关口,怎么出去?先安顿下来再说。"姚珺娘说:"可是,一定要送出消息……"释怀悯师父说:"车到山前必有路,别担心。"

　　翻过一座山头,来到一座院落,青砖黑瓦,花红柳绿,这是一个老居士的家。刚走进院子,吴小六就迎了出来,说:"珺娘……皇嗣妃辛苦了。"姚珺娘惊喜一番,叹息一声,遂躬身施礼谢过老居士。这里很僻静,很安全,老居士的房子也足够大,几个人便住了下来。老居士也是茶人,他拿出上好的茶招待,让姚珺娘有一种回到家的感觉。

　　释怀悯师父向老居士要来笔墨纸砚,并亲自用随身带来的茶叶泡水后研墨,让姚珺娘把事情经过写下来,尤其是胡左伟逼死潘小娘的事情,详详细细地写了下来,写到悲伤处,姚珺娘的眼泪便滴落在纸上。她写好信后交给释怀悯师父,说:"师父,让阿兄去送信吧?他该露面了……"释怀悯师父却说:"现在还不到关键时候。"说完便回檀铁寺去了。

　　这天晚上,陈五娘回到租住的地方,正准备睡觉时,忽然响起轻微的敲门声。陈五娘紧张地问:"谁?"一个熟悉的声音说:"我。"陈五娘赶紧打开房门,朱靖塘闪身进来,反身关上房门。陈五娘猛然扑在他的怀里,问:"你跑哪里去了?"朱靖塘说:"躲在山上。"陈五娘指指外面,低声说:"小心有人。"朱靖塘就说:"我观察过,没事。"

陈五娘就问："你接下来……"朱靖塘却急忙打断她的话："姚家情况怎么样？"陈五娘就简要说了一下。朱靖塘就问："扇子在哪里？"陈五娘说："在韦团儿手里，说要交给姚珻娘，可又不知道她在哪里。"朱靖塘就念叨："扇子，姚珻娘。"陈五娘愣了一下，急忙说："哎，朱靖塘，你是为扇子才回来的吧？难道在你眼里，我还没有扇子重要？你还有多少秘密没告诉我？"

朱靖塘就说："不是这样的，你想多了。"陈五娘却揪住朱靖塘的耳朵说："朱靖塘，我可警告你啊，不管扇子对你多重要，你都不能干昧良心的事，更不能伤害珻娘和皇嗣，不然我就死在你面前！"朱靖塘就拉住她的手，说："扇子不只是对我重要，是对我们重要，如果搞到扇子上的《埔净谣》，我俩就远走高飞，我发誓绝不滥杀无辜！"

可就在这时，一个低沉的声音却在外面响起："朱靖塘，你终于露面了。"陈五娘怔了一下，赶紧躲在朱靖塘的怀里。朱靖塘也大吃一惊，急忙跑出来，见一个蒙面人站在院墙头。他飞身跃上院墙头，蒙面人就跳下院墙头，朱靖塘紧追不舍。忽然听见院子里传出来陈五娘的喊叫，朱靖塘猛然意识到上当了，赶紧返回去，就见另几个蒙面人劫持了陈五娘。

朱靖塘就厉声问："你们想干什么？"领头的蒙面人说："借你娘子一用。"朱靖塘就说："放开她！"蒙面人就说："大后天就是十五了，你要用《埔净谣》来换陈五娘。"朱靖塘往前走几步，蒙面人就用刀顶住陈五娘的脖子，说："你再上前一步，我就杀掉她。"朱靖塘想了一下，就停下脚步，说："我答应你们，但若伤了我家娘子一点皮毛，我饶不了你们。"领头的蒙面人一挥手，几个人便带着陈五娘走了。

第二天上午，朱靖塘刚打开房门，却见韦团儿站在面前，手里拿着一把扇子。朱靖塘大吃一惊，伸手握住镰刀的手柄。韦团儿却笑着说："朱壮士，朱侍卫，不用紧张。"朱靖塘问："你想干什么？"韦团儿就举了一下扇子，说："本来我想亲自把扇子交给姚珻娘，可仔细一琢磨，还是让你交给她吧。"朱靖塘就伸手说："拿来吧。"

韦团儿却笑着说："急什么？你说，李旭轮为什么一定要把扇子交给姚珻娘？"朱靖塘想了一下，说："那是人家两口子的事。"韦团儿却说："不全是。我猜想，可能是这扇子上有什么东西，只有姚珻娘才能看见吧？就像此前的除蛊秘方？"朱靖塘沉吟一下，说："释怀悯法师说过，扇子上的秘密只有心存善念才能看到。"

韦团儿就打开扇子，指着扇面说："是吗？这扇子上有姚珻娘才能看见的秘密，可上面也有我韦团儿才能读懂的内容，你相信吗？"朱靖塘就说："相信。"韦团儿就说："看来你也是个实在人，我就不为难你了。你把扇子交给姚珛娘的时候，请替我带句话给她，就说这扇子我韦团儿也有份！让她好生保管！"说完把扇子交给朱靖塘，转身扬长而去。

可是，姚珛娘在哪里？

朱靖塘想了一会儿，就从一条偏僻的小路往山上走。他一出动，武侯们便跟踪上了。快走到檀铁寺时，朱靖塘忽然遇到了吴小六，两人都大吃一惊。朱靖塘问："六阿兄，你躲哪里了？"吴小六就说了藏身的地方，随即问："朱九郎，你要去哪里？"朱靖塘就说要把扇子送给姚珛娘。吴小六说要回去把李旭轮写的诗文带出来，两人便分手了。

朱靖塘按照吴小六指的路线，果然找到了老居士的家，见到姚珛娘了，就把扇子交给她。姚珛娘问："皇嗣还说什么了？"朱靖塘说："这个……韦团儿没告诉我。但韦团儿她有句话要我带给你。"姚珛娘就问："什么话？"朱靖塘就说："她说这扇子她韦团儿也有份！让你好生保管！"姚珛娘想了一下，问："朱九郎，这句话，你怎么理解？"朱靖塘犹豫一下，就说："属下愚钝，理解不了。"

姚珛娘看着扇子说："这扇子，恐怕你也有份吧？"朱靖塘急忙低头说："属下不敢。"姚珛娘就笑着说："扇子，善男子；扇子，善女子。这扇子，我们大家都有份！天下人都有份！哈哈哈！"朱靖塘忽然感到后脊梁上冷飕飕的，或许他已经预感到，几个武侯已经跟踪上来埋伏在四周。

这天早上，天麻麻亮。

檀铁寺里，释怀悯师父早早起来了，随即叫来两个僧人，把姚珛娘写的那封信交给他俩。一个僧人说："师父，万一被官兵搜出来怎么办？"释怀悯师父沉吟一下，说："听天由命。一切皆是因果。"叮嘱一番后就让他们上路了。释怀悯师父站在山顶上一直看着他们走远，嘴里始终念念有词，手里的念珠忽然掉落地上散开，他心里顿然有了一种不好的预感。

果然如此。两个僧人走到本县地界时，被官兵拦住了，随后便从他们身上搜到了这封信，便把两人抓了起来。胡左伟亲自审问，要他们交出幕后指使者，僧人却坚称是他们自愿的，没受任何人指使，胡左伟一怒之下便杀掉了两个僧人。随后，胡左伟派人把两个僧人的首级送到檀铁寺，释怀悯师父罕见地流下眼泪，一整天都不说话。

而胡左伟呢，正高兴地坐在府邸里饮茶呢。他忽然叫过韩益康，问："僧人的脑袋送到檀铁寺,释怀悯那个秃奴有什么反应?"韩益康说:"一言不发。"胡左伟想了一下,说:"哼,敢跟我作对!遇人杀人,遇佛杀佛。走,去监狱会会李旭轮。"随后便带着一班随从来到囚室。

李旭轮正在闭目养神。胡左伟在他身边站定,说:"皇嗣殿下,考虑怎么样了?"李旭轮却不说话。胡左伟又说:"何必受这苦呢?还是承认吧?"李旭轮还是不说话。胡左伟就说:"那个释怀悯,他指使僧人送信,被我抓住了,杀了。"李旭轮睁开眼睛说:"你说什么?"胡左伟继续说:"杀鸡儆猴,那个释怀悯若继续对抗官府,照杀不误。"

李旭轮就站起来说:"胡左伟,你就不怕遭到报应?"胡左伟哈哈一笑,说:"报应?皇嗣殿下,你如今的处境,是不是报应呢?若按佛家的说法,你如今生不如死,不,你这些年都如履薄冰胆战心惊,是不是前世作恶太多呢?或者说是你们李家作恶太多呢?"李旭轮气得浑身颤抖,用手指着胡左伟说:"你、你、你,大逆不道!"

胡左伟却笑着说:"皇嗣殿下,我说到了你的痛处吧?"李旭轮就说:"大逆不道,你这乱臣贼子!"胡左伟却说:"如今的天下姓武,不姓李,你怎么能说我大逆不道呢?"李旭轮大声说:"如今这天下还姓李!"胡左伟就哈哈一笑,用手指着李旭轮:"这话可是你说的,大家都听到了吗?"韩益康等人赶紧说:"听到了。"李旭轮颓然坐在地上。

胡左伟就凑近李旭轮说:"还是承认你指使茶农谋反吧?因为你是皇嗣,所以前十天我不用刑,不然……你知道我的老师是谁吗?是来俊臣。"李旭轮一听浑身颤抖了一下。胡左伟注意到了,就接着说:"识时务者为俊杰。"李旭轮却说:"我要禀报圣上。"胡左伟就说:"你以为还有机会吗?再说,或许圣上正等着你招供呢,还有魏王,梁王,他们都等着你招供呢。"

李旭轮就问:"胡左伟,你我原本不相识,为什么跟我过不去?"胡左伟就说:"不是我跟你过不去,是魏王和梁王跟你过不去,因为你挡了别人的太子路。实话告诉你吧,梁王派我来这里,本是为了贡茶园,但没想到你却来了,怪只怪你命不好,撞到我的刀口上。"李旭轮什么都明白了,于是就开始打坐,不再开口。

胡左伟回到县衙,想了一会儿,忽然叫过韩益康,问:"那个秦坤鄢呢?"韩益康说:"关在监狱里。"胡左伟说:"杀掉,警告李旭轮。"韩益康随后就把秦坤鄢押到李旭轮的囚室里。秦坤鄢知道难免一死,就跪在李旭轮面前说:"皇嗣殿下,属下无能,让你受苦了。属下先走,来生还做你的侍卫!"李旭轮伸手想抱住秦坤郢，却被武侯拦住了。

李旭轮就说："秦坤郢，秦四郎，是我连累了你，来生我给你当侍卫！"秦坤郢流下了眼泪，随后却冲韩益康叫骂道："韩益康，你这混蛋，我做鬼也不会放过你！"韩益康一挥手，武侯便砍下了秦坤郢的脑袋，鲜血喷溅到李旭轮的袍子上。李旭轮忽然对着秦坤郢的尸体深深弯下腰去，热泪盈眶。

……

然而，李旭轮还是不肯屈服。

胡左伟又想到了一个招数。他叫来韩益康，问："李旭轮曾经写过几个字，叫'家国天下'，还记得吗？"韩益康说："记得记得，那四个字属下收藏着呢。"胡左伟说："是时候派上用场了，赶快拿来。"韩益康得令而去，不一会儿就拿来了。胡左伟展开纸张，那四个字"家国天下"便呈现在面前。随后，他拿过一张纸，模仿李旭轮的笔迹，写下"李家天下"四个字。

韩益康不解地问："胡县令，这是什么意思？"胡左伟说："我一直在琢磨，单纯说李旭轮煽动茶农谋反，即便魏王梁王相信，圣上未必相信，尚不能置李旭轮于死地。可李旭轮说'如今这天下还姓李'，这句话提醒了我。为什么？因为当今圣上最不愿听或者说最害怕听到的，就是这句话。我们把'李家天下'这四个字呈给圣上，就说是李旭轮写的。有了这四个字，圣上绝不会放过李旭轮。"

胡左伟停了一下，又说："还有，李旭轮曾经化名'喻荈廷'，谐音'御荈'，这'御荈'可是贡茶呀！说明他早有野心。"如果我不提醒，您可能已经忘了"喻荈廷"这个名字，或许李旭轮并非有意，但却真的留下了"御荈"这个历史公案。从此以后，靖净茶也被称作"靖净御荈"，跻身著名贡茶行列。

韩益康就说："可是，那李旭轮毕竟是圣上的亲生儿子呀？"胡左伟说："那又怎么样？想想李弘，看看李贤，都是她亲生的，还不都是她杀的？"韩益康说："可那都是坊间传说，或许是谣传呢？"胡左伟说："宁信其有，不信其无。就这么办。来，你再写封告密信，一起送到神都去。"韩益康随即就写了信，胡左伟密封好，让驿臣用八百里加急送到神都。

我还想再介绍一起巫蛊案，也是发生在汉武帝时期。负责宫廷侍卫和京都防御工作的江充深得汉武帝赏识，权倾一时，他便飞扬跋扈，连戾太子都不放在眼里，因而得罪了戾太子。江充担心戾太子登基称帝后不会放过自己，就诬告戾太子用巫蛊之术诅咒汉武帝。戾太子为了自保，杀死江充后出走。汉武帝盛怒之下派兵追剿戾太子，双方大战三天三夜，殃及数万人死亡，戾太子兵败后被迫自杀。

后来，经忠臣苦劝，汉武帝终于意识到自己犯了大错，而且还失去了太子和皇后，悲痛万分，于是就向天下发布《轮台罪己诏》，说"朕即位以来，所为狂悖，使天下愁苦，不可追悔。自今事有伤害百姓，靡费天下者，悉罢之！"以表示承认自己的错误。我想借用一句古话，过而能改，善莫大焉。当然，这也只是汉王朝的一个背影，就此打住。

对胡左伟的做法，黄政雄感到害怕，就想撤退。于是就给胡左伟写下一封信，说回南州府处理要事，并从柜子里拿出几张茶园的地契一起装进信封，把信封交给一个县丞，黄政雄就带着随从骑马走了。然而，还没走出本县地界，就被胡左伟追上了。胡左伟拿出那封信晃了一下，说："黄刺史，想全身而退吗？"

黄政雄就说："胡县令，你走的是一条不归路，悬崖勒马吧。"胡左伟却哈哈一笑，说："没错，这就是一条不归路。如果我们赢了，就是他们的不归路；如果他们赢了，就是我们的不归路。反正都是不归路，就看鹿死谁手。常言道，'富贵从来险中求'，成败在此一搏！"

黄政雄就说："胡县令，既然你不听劝，你就继续走你的不归路，本官没那个胆识，也不想那个富贵，只想过清静日子，就此分道扬镳吧。"胡左伟却说："身在官场，你岂能置身事外？就像那个李旭轮，他一直想过清静日子，可又能怎样？谁让他生在皇家？"黄政雄就说："求胡县令放过本官。那些茶园地契，本官动都没动，都放在驿站的房间里，现在还给你吧。"

胡左伟却冷笑一声，说："既然收下了，哪有还回来的道理？你还得回来吗？"黄政雄就说："怎么？你想诬陷本官？"胡左伟就说："呸！你已受贿，还想装廉洁？真是虚伪！"黄政雄叹息一声，打马想走。胡左伟一招手，说："拿下这个贪官！"几个武侯一拥而上，将黄政雄拿下，随即关押起来。

这些日子，一片悲哀的气氛笼罩在青石桥镇上空。贡茶园里移栽的茶树几乎都枯死了，那些被移栽的私茶园里活着的茶树也不多了，茶农们损失惨重。眼看夏茶采收季节到来，很多茶农却无茶可采，生计便成了问题。一些抗争的茶农被杀的杀，关的关，镇街上、茶园里、人群中，到处弥漫着恐怖的气息。死者家属以泪洗面，敢怒不敢言，悲情正在酝酿。

三月十三这天傍晚，几个血气方刚的年轻茶农实在忍受不了，就密谋到神都去告状，但他们不认识路，就想请吴小六带路。可怎么才能找到吴小六呢？他们就来到姚家大院，找到姚伊娘，说了他们的想法。姚伊娘说："这个办法好是好，可我也不知道六阿兄在哪里啊。你们先回吧，等找到他了再说。"几个年轻人就回去了。

年轻人们刚走,一个身影忽然从院墙头上翻了下来,裹着头巾,浑身破烂烂的脏兮兮的,就像一个乞丐。姚伊娘赶紧问:"你是谁?"来人急忙伸出手指"嘘"了一声,取下头巾,一把抱住姚伊娘。姚伊娘仔细一看,原来是吴小六,猛然就抱住了他。进到屋里,姚伊娘问:"你跑哪里去了?"吴小六说:"这两天风声紧,我就躲在我家不敢过来。"姚伊娘问:"回来有事?"吴小六说:"走,去'靖净闺'。"

两人来到"靖净闺",找出了李旭轮写的一些诗文,用布包起来。姚伊娘抽空说了几个年轻茶农的想法。吴小六就说:"我得赶紧走了,你让他们去山里老居士家找我。"并说了详细路线,说完便翻墙走了。姚伊娘赶紧找到那几个年轻人,对他们说了吴小六的意思。几个年轻人就动身去找吴小六,姚伊娘要跟他们一起去,可他们却说:"这事哪能让女人参与?你回去吧。"

年轻人们走了,姚伊娘却暗中跟着,被一个年轻人发现了,就把她往回推。姚伊娘就大喊:"吴小六让我跟你们一起去,你们不能抛下我。"年轻人们却飞快地跑了,终于摆脱了她。可是,两个乡兵却听见了,便悄然跟踪上几个年轻人。几个年轻人翻过靖净山找到老居士家,跟吴小六会合后,便从偏僻的小路出发了。

然而,他们还是被截住了,吴小六因有武功幸运逃脱,其他年轻人拼命反抗,两人被杀,其余被抓。武侯从一个年轻人身上搜出了茶农们控告胡左伟和韩益康的血书,随即押着年轻人带着血书来到县衙,将血书送呈给胡左伟。胡左伟看完血书,冷笑一声,说:"大胆草民,敢告本官,杀!"被抓的三个年轻人也被杀了。

胡左伟问:"今天是什么日子?"韩益康回答:"十三。"胡左伟就说:"后天就是十五,天气怎么样?"韩益康说:"问过风水先生,说十五那天天气不错,可能有月亮。"胡左伟就捋着胡须,说:"但愿能看到完整的《靖净谣》。"韩益康想了一下,就说:"胡县令,下官想请教一个问题。"胡左伟就说:"请讲。"

韩益康就说:"既然姚珒娘能看到《靖净谣》,为什么不跟她合作?"胡左伟就说:"她是皇嗣妃,是梁王的死对头,怎么可能合作?"韩益康又问:"胡县令,下官斗胆问一句,扇子上的那篇《靖净谣》真有那么灵吗?"刚才那个问题只是铺垫,这个问题才是关键。胡左伟就转身看着韩益康,有些得意地说:"梁王想用《靖净谣》的秘诀制作上等贡茶献给圣上,以取悦于她,为自己谋取更大的权势。"

胡左伟顿了一下,又说:"但是,这只是梁王的目的之一。他的另一个目的,是想用《靖净谣》中的制茶秘诀控制天下茶园。然而,这还不是他的最终目的。"

韩益康赶紧问："那，他的最终目的是什么？"胡左伟沉吟一下，说："江湖上有个传说，说用《埥净谣》中的制茶秘诀，可以制作出长生不老茶……"

"啊？"韩益康惊得眼珠子都快掉下来了。胡左伟斜了他一眼，继续说："梁王若搞到了长生不老茶献给圣上，你说，圣上能亏待他吗？梁王能亏待我们吗？"韩益康赶紧说："是是是。"胡左伟坐了下来，韩益康赶紧给他端上茶水。韩益康又问："既然这样，那梁王为什么不早点搞到扇子？不，扇子上的《埥净谣》？"

胡左伟就说："可能是机缘未到，不是谁都能看到那篇《埥净谣》，我估计只有姚晦娘才能看到。当然，这都是江湖术士说的，还有人说是袁天罡说的，我倒但愿这是真的。"韩益康就谄笑着说："你一直不杀姚晦娘，就是为《埥净谣》吧？"胡左伟就说："这个……搞到《埥净谣》主要是朱靖塘的事，我只是后来才知道。"

胡左伟忽然盯着韩益康，说："今天我向你露了底，你要严守秘密，不得告诉第三人，不然……"随后做出一个割脖子的动作。韩益康赶紧跪下，说："下官明白，下官誓死追随胡县令和梁王。"胡左伟就说："起来吧。看来，我让你兼任县衙主簿并没看错你。"

韩益康就爬了起来。胡左伟又问："那四个字，还有你那封告密信，都送到神都了吧？"韩益康回答："送到了，据说到了魏王手里。"胡左伟说："有什么回音吗？"韩益康说："暂时没有。"胡左伟沉吟一下，说："派个人到神都守着，随时等候指令。"韩益康应了一声，赶紧去安排。

正说着，一个乡兵匆匆来禀报说韦团儿来了。可乡兵刚说完，韦团儿就走了进来，另两个乡兵上前阻拦，却被韦团儿各打了一耳光。胡左伟愣了一下，赶紧站起来说："大堂主，大美人，你来了，有失远迎。"随即一挥手，韩益康等人都退下了。韦团儿就说："告诉你那些部属，以后不准再拦老娘。"胡左伟就笑着点点头。

胡左伟凑到韦团儿跟前，色眯眯地说："大美人，你来有事吗？"韦团儿也笑眯眯地说："想你了。"胡左伟心花怒放，拉起韦团儿就走进卧室，手忙脚乱地宽衣解带，几乎是撕扯着韦团儿的衣服。一番激情澎湃后，韦团儿就问："你打算怎么处置李旭轮？"胡左伟说："等朝廷的消息。"韦团儿又问："要是李旭轮拒不招供呢？"胡左伟说："我有那四个字，不怕他不招供。"

韦团儿就问："哪四个字？"胡左伟就说："我仿照李旭轮的笔迹写下'李家天下'，已派人送给魏王了，只要到了圣上那里，李旭轮必死无疑。我记得当年李贤在巴州时写下了'还我李唐天下'，就被圣上处死了。"韦团儿愣了一下，却冷笑一声，说："只怕圣上杀了李旭轮，也会砍下你的脑袋。"胡左伟沉下脸说："你怎么讲话呢？"

韦团儿就说："李贤写的那几个字是真的，圣上不得不杀他，即便如此，还差点处死了丘神绩。可你却伪造李旭轮的字迹，即便一时骗过了圣上，有朝一日圣上发现了或者后悔了，会放过你？"胡左伟想了一会儿，觉得韦团儿说得有道理，不觉惊出了一身冷汗，急问："那，该怎么办？"

韦团儿笑着说："没想到胆大包天的胡县令也有害怕的时候？放心吧，有梁王给你撑腰，你怕什么？大不了往那个韩益康身上推。"胡左伟琢磨一下，就指着韦团儿，笑嘻嘻地说："你这人，高，实在是高！在圣上身边待过就是不一样。"随后又要抱韦团儿。韦团儿却推开他，开始穿衣服。

胡左伟问："你要走？"韦团儿说："去看看李旭轮。"胡左伟就问："看他干什么？"韦团儿说："给他送行。"胡左伟就用酸溜溜的语气说："是旧情难忘吧？"韦团儿甩手就打了他一耳光。胡左伟捂住脸说："你这母夜叉……"韦团儿又举起手，胡左伟就用被子捂住脑袋。韦团儿说："记住，能杀李旭轮的只有圣上，连梁王和魏王都不配！"

胡左伟顶着被子说："那你呢？"韦团儿说："我跟你都是人家的棋子，用完了就成弃子。"说完从地上拎起一把夜壶扣在胡左伟的头上。胡左伟大叫："你这獠夜叉！混蛋！"韦团儿冷笑着走了。她到街上买了酒菜，拎着装酒菜的篮子来到监狱。狱卒一看是她，都知道她的厉害，便客气地放行。韦团儿拎着篮子走进囚室，把篮子放在地上，看着李旭轮。李旭轮睁开眼睛，看了一下篮子，说："没想到给我送行的，原来是你。"

韦团儿说："我说过让你不得好活。"李旭轮说："可我要死了。"韦团儿打开篮子拿出酒菜，斟满两杯酒，递给李旭轮一杯，说："来，干杯。"随即一吃而尽。李旭轮却把酒倒在地上，低声说："这杯敬刘妃。"韦团儿愣了一下，又给李旭轮斟满一杯酒，她举起酒杯说："来，干杯。"李旭轮又把酒倒在地上，说："这杯敬窦妃。"韦团儿又愣了一下，忽然扔掉杯子。

韦团儿沉默片刻，说："该还你的，我会还给你。"李旭轮却站起来说："我的刘妃、窦妃，至今生不见人死不见尸，两条人命啊，你拿什么还？"韦团儿也站起来说："你还想怎样？"李旭轮就大声说："她们俩温柔贤淑，孝顺大度，你却用巫蛊陷害她们，你怎么下得了手？我要让你偿命！"

韦团儿愣住了，随即就说："李旭轮，是你先负了我！这也是报应！"李旭轮哭着说："我要让你偿命！"伸手要打韦团儿，韦团儿却一掌把他拍在地上。李旭轮坐在地上，却抓起酒坛子"咕咚咕咚"地吃起来。韦团儿站立片刻，就蹲下说："我也是别人的棋子，是别人的工具，我有什么办法？"

李旭轮抡起酒坛子就朝韦团儿砸去。她闪身躲开，酒坛子砸在一个狱卒的身上，狱卒冲进来说："放肆！"韦团儿一耳光抽得狱卒转了几个圈倒在地上。韦团儿指着李旭轮，对惊呆的狱卒说："他是朝廷要犯，你们看紧点，但若伤他一点皮毛，我饶不了你们！"狱卒们虽不归她管，但都知道她的厉害，于是齐声说："明白。"

离开监狱，韦团儿再次找到草蛊婆，开口就说："你的诬蛊下得太重了，把那李旭轮害苦了。"草蛊婆就说："怎么？你心疼李旭轮了？真是旧情难忘！"韦团儿说："我只想让他不得好活，不想让他死。"草蛊婆却说："哼哼，与其卑微地活，不如痛快地死。"韦团儿愣了一会儿，就逼视着草蛊婆，问："你到底是什么人？"

草蛊婆笑了一下，说："反正我活不过今天，告诉你也不妨……我的父亲跟着李旭轮的祖上南征北战，立下了汗马功劳，后来却被诬告谋反，父亲被处死，母亲和我都被打入掖庭贬为奴隶。有江湖人士看不下去就把我救了出来，陪我躲在这荒山野林里，娶我为妻，教我武功，我又学会了放蛊……我给李旭轮放蛊，也算报了世仇……我的身世就这么卑贱，像你一样。"

韦团儿吃惊地问："像我一样？你知道我是谁？"草蛊婆看着韦团儿，说："你的爷爷也是朝廷重臣，因反对皇帝另立太子而被冤杀，你成了宫廷奴婢；后来你接受训练，因武功高强成了圣上的贴身保镖。再后来，圣上成立一个暗杀组织'天鹰堂'，让你当堂主……我没说错吧？"

韦团儿愣了好一会儿，又问："你还知道什么？"草蛊婆就说："魏王、梁王都找我要过蛊毒。"韦团儿倒吸了一口冷气，心想这个草蛊婆知道得太多了，太危险了，随即起身抽出宝剑割开了她的喉咙。草蛊婆面色平静地指着韦团儿，说："你不该绑架我徒弟并给她放蛊……所以，我也给你放了蛊，你的功力将逐渐下降……"韦团儿大叫一声，急忙抓住草蛊婆的手，问："什么蛊？解药在哪里？"草蛊婆却微笑着闭上了眼睛。

韦团儿蹲在地上，呕吐起来。

来看姚姆娘那边的情况。

十五这天晚上，天上悬着一盘月亮，四周没有一丝云彩，那月亮就显得孤立无援,却更加光芒四射。月光洒在靖净山上,洒在老居士家的院子里,落下满地银辉。周遭很安静,偶尔有几声狗吠,却显得愈加安静。然而,四周却有不少眼睛,正严密监视着这座房子。

月上中天的时候,姚珊娘走到院子里,朱靖塘和吴小六跟了出来。院子里摆着一个香案,上面安放一个香炉。姚珊娘点燃香炷,对着檀铁寺方向拜了三拜,把香炷插进香炉里。随后,她缓缓地举起扇子,打开,将扇面对着月亮。这时,奇迹再次出现,只见扇子上的兰花跳起了欢快的舞蹈,散发出了浓郁的兰花香,渐渐变成了茶香。随后,扇子上发出了金光,出现一些文字,姚珊娘轻声念叨:

南江多浩荡,浓雾踏波浪,云缠雨绕叠峰秀,林木苍翠漫照光。根深抱岩土,叶茂沐朝阳,早春二月披晨露,靖净山上采茶忙。芽开含精华,轻风送灵爽,融情化意通天地,饱受煎熬出靓汤。此间有茶女,慈悲又善良,巧借佳茗来疗伤,除蛊祛疠赛金枪。李郎九五尊,避祸躲野乡,茶中悟出不争意,清心寡欲知忍让。泱泱大中华,处处闻茶香,人人皆识其中味,天下和睦基业长。

这应该就是《靖净谣》的完整版了。朱靖塘屏声静气地听着,可姚珊娘的声音很小,他根本听不清,他想靠近一点,却被吴小六拉住了。随后,那些文字渐渐消失,一个一个就像茶叶一样,纷纷掉落在茶园里。读到这里,您应该明白了,靖净山上生长的茶叶为什么能成为贡茶,至今仍享誉天下。

这时,就在这时,几个人忽然冲进院子,原来是韩益康和武侯、乡兵,其中一个蒙面人厉声说:"朱靖塘,赶快记住《靖净谣》。"朱靖塘犹豫一下,蒙面人就推出陈五娘,把刀架在她的脖子上。陈五娘就哭着说:"九郎……"朱靖塘猛然跳到姚珊娘旁边,一把搂住她的脖子,伸手掏出镰刀,说:"快把《靖净谣》告诉我。"吴小六用短刀指着朱靖塘说:"朱靖塘,别乱来!快放开皇嗣妃!"朱靖塘却说:"都别过来,否则我就杀了她!"

姚珊娘就说:"朱靖塘,你果然不知悔改!"朱靖塘就低声说:"对不起皇嗣妃,我是为了五娘。你只要告诉我《靖净谣》内容,我绝不伤害你。"于是,姚珊娘就开始背诵《靖净谣》。陈五娘却大叫一声:"阿妹,不要……朱靖塘,你忘恩负义……蒙面人是胡县令!"她猛然挣脱蒙面人朝朱靖塘扑来。蒙面人却跳上去用剑捅进陈五娘的后背。陈五娘倒在血泊中,用手指着朱靖塘。

朱靖塘呆住了,随即放开姚珻娘,大吼一声,挥起镰刀就朝蒙面人砍去,却被几个武侯挡住,双方便打斗起来。蒙面人乘机逃走了。吴小六赶紧保护姚珻娘回到房间。几个武侯却追了过来。这时,释怀悯师父从天而降,一番拳打脚踢。韩益康和那些武侯乡兵丢下几具尸体后,抱头鼠窜而去。释怀悯师父指着那些人,极其罕见地骂道:"瞎屡生(唐朝话,意为不能醒悟)!"

朱靖塘赶紧回到院子里抱起陈五娘,可她已气绝身亡,朱靖塘便大哭起来,悲凉的哭声响彻在夜空中。这时,姚珻娘悄然站在他的身旁,轻轻拍了一下他的肩膀,说:"人死不能复生,节哀吧!"朱靖塘就站起来,忽然"扑通"一声跪在姚珻娘面前,一边磕头一边说:"朱某罪该万死!请皇嗣妃严惩!"

姚珻娘擦掉眼泪,说:"他们劫持五娘逼你干的,不怪你。起来吧。"朱靖塘愣了一下,却把头贴在地上。释怀悯师父就走过去拍了一下他的头,说:"贫僧相信你这次真的醒悟了,起来吧。"朱靖塘便站了起来。释怀悯师父从地上捡起那个黄色的香囊递给朱靖塘,他接过来下意识地放在鼻子下闻了一下,居然又能闻到埥净茶香了。那一瞬间,他的脑袋里又变得澄明清澈,一片茶园徐徐展开。

随后,几个人草草掩埋了陈五娘的尸体。

安顿下来后,姚珻娘睡不着,又来到院子里,举起扇子对着月光,却看不到那篇《埥净谣》了。但她记住了,于是就背诵起来。释怀悯师父悄然站在她身边,说:"这不仅是制茶的秘方,也是治国的秘方。可惜呀,那些想得到它的人却不懂得这个道理。他们想要长生不老茶,幻想身体长生不老,幻想江山长生不老,却不懂得这个道理!"

姚珻娘就说:"师父,要是皇嗣看到了这篇《埥净谣》,该多好?"释怀悯师父就说:"他会知道的。"姚珻娘就说:"也不知道……他现在……怎么样了?"说着眼泪就掉了下来。释怀悯师父就说:"命中注定必遭此劫,这是他的业障,也是你的业障,打掉这些业障,以后就好了。"

停了一下,释怀悯师父又说:"悯旭,师父有个想法……"姚珻娘就说:"师父请讲。"释怀悯师父就字斟句酌地说:"师父想带你到监狱去跟李旭轮会合。"姚珻娘惊讶地问:"为什么呀?"释怀悯师父就悄声说了几句。姚珻娘沉思片刻,点点头,说:"师父说得对,胡左伟不敢杀我们,否则会被诛灭九族。可是,那胡左伟要是向我要《埥净谣》,怎么办?"

释怀悯师父说:"你就给他。"姚珻娘不解地问:"怎么能让他得逞呢?"释怀悯师父说:"悯旭,你忘了师父说过的'以善入茶'吗?"姚珲娘说:"没忘。"释怀悯师父就说:"运用《靖净谣》秘诀,以善入茶,加上特定的天时、地利、人和,达到精行俭德、利人济物、天人合一,才能制作出绝世好茶,单靠《靖净谣》是没用的。所以,只有你才能做得到,他们得到《靖净谣》也没用。"也许您已经意识到了,释怀悯师父的这番话虽有些玄妙,但含义深刻,并且影响深远,至今仍被茶人奉若经典。

姚珲娘想了一下,恍然大悟。

这时,侍卫在旁边的朱靖塘忽然跪下说:"属下还有个秘密要禀报皇嗣妃。"姚珲娘就说:"快说吧。"朱靖塘就说:"梁王为了清除异己,让一个巫蛊婆制作出了世上最厉害的蛊毒,叫作……'惑蛊',就是将金蚕、金龟子、瓢虫等硬壳甲虫捉回来后,分别供奉在陶罐里喂养,巫蛊婆每天沐浴斋戒,敬神施法,将巫术施加在毒虫上,如此七七四十九天,这些虫子就成了蛊虫,放蛊者让人吃下蛊虫后可以迷乱人的心智,控制人的灵魂……"

朱靖塘停了一下,又说:"梁王要巫蛊婆交出解药,以防误伤自己人,可巫蛊婆却神秘死去,临死前说解药就隐藏在皇嗣扇子上的《靖净谣》里……"姚珲娘大吃一惊,只觉得后脊梁上冷汗直冒,就说:"用蛊毒清除异己?控制民众?这梁王真卑鄙无耻!"释怀悯师父就说:"靖净靖净,土靖茶净,解除蛊惑,以安万民。"

这时,朱靖塘又说:"靖塘想出家,请师父收我为徒。"释怀悯师父却说:"先做好在家人,再做出家人。你在尘世的使命还未完成,尚不能出家。但你有此一念,说明你已真正心存良善,师父也为你高兴。起来吧,以后要用心保护皇嗣,你仍然可以看到扇子上的兰花跳舞,闻到兰花香。"随手把朱靖塘拉了起来。

李旭轮此时正坐在囚室里闭目养神。他忽然睁开眼睛,大叫一声:"笔墨伺候!"狱卒赶紧送来了笔墨纸砚。李旭轮却说:"我不用这种墨锭,我要用自己的。"狱卒问:"你自己的墨锭在哪里?"李旭轮说:"在家里的书桌上,旁边有一包茶叶,一并拿来。"狱卒赶紧去姚家大院取来墨锭和茶叶。

李旭轮又让狱卒拎来开水,把茶叶泡好,然后用茶水磨墨,随后铺开纸,挥毫写起来,标题是:辞皇嗣书。写好后便交给狱卒,说:"让胡左伟赶快送到神都,交给圣上。"狱卒急忙把《辞皇嗣书》送交胡左伟。胡左伟接过来一看,愣了好一会儿,随后对韩益康说:"这个李旭轮,他说自己才疏学浅,恳请圣上废掉他这个皇嗣。天下还有这样的事?"

韩益康就说:"自己不想当皇嗣了,拉下他岂不更容易?"胡左伟点点头说:"嗯,不过,能有一份认罪书更好,一方面认罪,另一方面自觉罪孽深重,所以请辞皇嗣,这样就天衣无缝了。"韩益康就竖起大拇指说:"胡县令就是高,属下佩服之至。"胡左伟却说:"可是,他要是不写认罪书,该怎么办呢?"

是啊,该怎么办呢?

没想到释怀悯师父帮助胡左伟解决了这个问题。这天上午,下人禀报胡左伟,一个和尚和一个女子求见,胡左伟让带进去,原来是释怀悯师父和姚姆娘。胡左伟大吃一惊,一招手,几个武侯便把两人围起来。姚姆娘就说:"胡县令,我是来投案的。"胡左伟愣了一下,说:"你……骗人?"释怀悯师父就说:"贫僧可以做证。"

胡左伟就问:"本官怎么信你?"释怀悯师父就说:"这位姚姆娘施主心地善良,不想再因为他们而死人,所以恳请贫僧带她来投案,请求宽大处理。"胡左伟沉吟一下,说:"好,有此态度,定当从轻。不过,我也有一个要求。"姚姆娘说:"什么要求?"胡左伟就说:"我要你说出那篇完整的《靖净谣》。"

姚姆娘说:"没问题。不过,请胡县令放过其他人,包括释怀悯师父、我阿耶、吴小六、朱靖塘、姚伊娘等,这事原本就跟他们无关。"胡左伟有些犹豫不决。姚姆娘就说:"你若不答应,我就是死,也不会说出《靖净谣》。"胡左伟思忖一下,点点头。

胡左伟让人取来笔墨纸砚,姚姆娘口述《靖净谣》,胡左伟一字不差地记录下来。随后,他一挥手说:"来人,把姚姆娘带到监狱去。"释怀悯师父却说:"贫僧想去见见皇嗣。"胡左伟警觉地问:"干什么?"释怀悯师父就说:"送他一程,也算超度。"胡左伟想了想,就同意了。

来到囚室,李旭轮一看姚姆娘和释怀悯师父来了,大吃一惊,急忙站了起来。姚姆娘发现李旭轮瘦了很多,神情异常疲惫,就一把抱住他哭了起来,一边哭一边贴着他的耳朵说:"师父让你写份认罪书,对我们会有帮助。"李旭轮说:"我没罪呀?"姚姆娘就说:"听师父的没错,而且要用茶墨写。"李旭轮想了一下,便点头同意。

姚姆娘开始用茶水给李旭轮磨墨。磨好了,李旭轮就挥笔写了一份认罪书交给狱卒,狱卒赶紧交给胡左伟。胡左伟如获至宝,举着认罪书说:"没想到,真没想到,刚得到《靖净谣》,又得到认罪书,真是双喜临门!这下,梁王、魏王定会重重赏我!"韩益康赶紧躬身说:"南州刺史很快就是胡县令的,属下提前祝你高升！"胡左伟就说："那就把这几样宝贝送到神都去！"

韩益康派驿卒快马加鞭赶往神都。释怀悯师父目送狱卒走远后，赶紧来到姚家大院。姚伊娘和吴小六、朱靖塘已经回来了，正坐在"埍净堂"里，一个个愁眉苦脸的。是啊，最近发生的事情太多，几乎让人崩溃。释怀悯师父就说："怎么不泡茶呀？"随即开始烧水泡茶，一边泡茶一边说："即便杀头，也要先饮盏茶。"

姚森伯就说："你个茶痴！"释怀悯师父端一盏茶水递给姚森伯，说："茶头，你不该难过。"姚森伯不解地说："不该难过？又死了几个人，皇嗣、珆娘生死未卜，我怎么不难过？"说完眼圈就红了。释怀悯师父就说："世人重果，佛家重因。一些劫难是注定的，过了就好了。"

姚伊娘就问："师父，我阿姐和皇嗣不会死吧？"释怀悯师父就说："他们还有使命没完成呀。"姚伊娘低头想了一会儿，又抬头说："师父，既然你能未卜先知，为什么不直接救他们？"释怀悯师父饮了一盏茶，说："佛祖说过，神通敌不过因果。其实，贫僧一直在帮你们，但各人造业各人担，这是铁律。"

姚伊娘想了一下，点点头。

吴小六和朱靖塘也点点头。

姚森伯就举起茶盏说："大头和尚，敬你。"

释怀悯师父又说："拿笔墨纸砚来。"吴小六飞快地拿来了。释怀悯师父又让吴小六和朱靖塘守在大门口，随后便铺开纸，写了一封信，让姚森伯过目。姚森伯看完信，问："你打算怎么办？"释怀悯师父说："送到神都，交给圣上。"姚森伯问："怎么能躲过胡左伟的耳目？"释怀悯师父就说："贫僧自有办法。"随后把信塞进信封装进褡裢里，又叫过吴小六，对他耳语一番。

……

当晚，姚家大院里响起了一阵鼓乐声。

胡左伟派来的乡兵一打听，原来是释怀悯师父来做法事，超度亡灵。随后，几个僧人和姚森伯、姚伊娘、吴小六、朱靖塘等人来到坟地，继续做法事。有不少居民前来围观，场面十分热闹。由于已经抓住了李旭轮和姚珆娘，胡左伟就放松了警惕，几个乡兵看了一阵，只见吴小六和朱靖塘都忙着做法事，他们就离开了。随后，朱靖塘和吴小六立即起来，悄然钻出人群，骑上快马飞驰而去，一个往南，一个往北。

吴小六往南边走了一阵，出了青石桥镇地界后，立即折身向北，从另一条小路往北奔去。走到一个岔路口，忽然看见一个裹着头巾的僧人骑马站在前面。吴小六正纳闷时，却见僧人取下头巾。吴小六定睛一瞧，顿然惊叫起来："啊？是你？你还活着？"僧人急忙摆摆手说："路上再跟你解释，快走！"僧人又包好头巾，两人随即打马而去。

然而，没走多远，却见韩益康带着几个武侯骑着马拦住了去路。韩益康说："胡县令猜得没错，你们做法事果然有诈，送信是真。吴小六，快交出老秃奴写的信，我免你一死。"吴小六说："我要是不交呢？"韩益康一挥手，几个武侯便举起了砍刀。这时，骑在马上的那个僧人忽然扯掉头巾，大喝一声："韩益康，还认得我吗？"韩益康定睛一瞧，愣住了，随即大叫道："啊？姚嘉木，你不是死了吗？你，你，你……是人是鬼？"几个武侯也面面相觑。

僧人就笑着说："我是冤魂，来索命的……"

韩益康浑身颤抖，栽倒马下，武侯们也有点儿惊慌。

趁这工夫，吴小六策马冲过去，挥刀刺杀了两个武侯，僧人姚嘉木则赶紧跑到前面。其他武侯仍然呆若木鸡，吴小六便追姚嘉木而去。走了一会儿，感觉安全了，姚嘉木就勒住马，回望了一下，说："那个韩益康，还有那个赵鸿垚，一直想饮我带回的海狗鞭酒，不过我更愿意给他们灌一碗醒盅汤，可惜呀，赵鸿垚他再也饮不到了。"吴小六愣愣地看着姚嘉木，用手揉揉眼睛，还用手掐了一下自己的胳膊，忽然冒出一句："我是在做梦吗？阿兄，你真的没死干净？千万别吓唬我！"这句话把姚嘉木给逗笑了。

那么，姚嘉木是如何起死回生的？

吴小六很想知道，作者我很想知道，相信读者也很想知道。姚嘉木就做了解释：他中盅而亡且被安葬后，一个白胡子老人托梦给姚珝娘，说盅只吃人的灵魂，不吃肉体，因姚嘉木是误中盅毒，毒性不大，且没有诅咒，这叫"殢"（其实是假死），用刺猬加上姚珝娘自己的血可以救活姚嘉木，但姚珝娘却有可能终身不育。

姚珝娘醒来后就告诉了李旭轮，李旭轮立马同意，并催她赶快救姚嘉木。于是，姚珝娘就让下人找来刺猬，她刺破手指，用鲜血喂养刺猬。一个漆黑的夜晚，她跟李旭轮和释怀悯师父以及另外三个僧人一起来到坟地，放出刺猬。那只刺猬在坟地里到处搜寻，结果在墓碑旁边将盅擒获。盅的形状像一条无头的赤蛇，蜷缩成一圈。

随后，几人合力挖开坟墓，只见姚嘉木的尸骨尚未损坏，于是就把盅杀死烧成灰，合着陈年埡净茶以及"龙脑香"一起熬成汤药灌入姚嘉木的口中。不久之后姚嘉木真的醒了过来，居然死而复生！可此时的姚嘉木极度虚弱，细声说："阿妹，把我……藏到……檀铁寺去，不能……走漏……消息……"姚珥娘问："阿兄，为什么呀？"姚嘉木说："我做了……一个……好长的梦，梦里……一个……白胡子老人……交代我的……"

姚珥娘跟释怀悯师父对视一眼，释怀悯师父想了一下，说："嗯，隐藏起来也好……或许冥冥之中上天已做了安排？嗯，贫僧预感到……关键时候，姚嘉木施主会发挥巨大作用，但愿……南无阿弥陀佛！"随后，释怀悯师父就把姚嘉木藏在檀铁寺疗养，并化装成和尚。他养好了身体后，每天和僧人们一起念经、干活、饮茶，跟此前的他判若两人。

吴小六就像听天书一样，愣了好一会儿，忽然问："既然皇嗣妃能用刺猬解蛊毒，为什么不早点儿解除那场'群蛊'呢？"姚嘉木就说："韦团儿给其他人下的'群蛊'毒性很大，且有恶毒的咒语，所以其他人中毒很深，珥娘想救也救不了，并且她只能救一人。"吴小六"哦"了一声，快马加鞭而去。他们要去哪里？要干什么？暂时按下不表，

再来看那些武侯，他们缓过神来后把韩益康扶上马回到镇街上，向胡左伟禀报。胡左伟吃惊地说："天啊，那个姚嘉木居然没死，不可思议，不可思议……"随后让武侯给韩益康泼了一盆凉水，韩益康这才清醒过来。胡左伟就说："一个死活人就把你吓成这样？快去追！"韩益康不敢怠慢，只好硬着头皮带着武侯去追赶吴小六和姚嘉木，却是心有余悸，于是就应付了一下，转身回去。而胡左伟呢，他认为李旭轮和姚珥娘已成瓮中之鳖，只要把证据送到神都，便可大功告成。于是他焦急地等待着上面的回音，期间整日吃酒作乐，好不快活，对韩益康的消极怠工也就不再计较。

那么，吴小六和姚嘉木情况怎么样？

他俩顺利来到神都，为了避人耳目，就在一个毫不起眼的客舍住了下来。姚嘉木以前常来神都贩茶，认识一些官场人士，就四处打点，却无人敢相助。姚嘉木只好去找狄仁杰，却被告知他已被贬到彭泽任县令。无奈之下，姚嘉木只好带着吴小六来到皇嗣的住所，把释怀悯师父写的信交给一个乐工。随后，两人便开始焦急地等待。

这天，邱公忽然来到南建县，仍然是以特使的身份。胡左伟赶紧跪地接旨。邱公说："圣上旨意，南建县令胡左伟审理皇嗣李旭轮煽动茶农谋反一案有功，擢升南州刺史。黄政雄就地免职。"胡左伟大喜过望，急忙磕头说："谢主隆恩！吾皇万岁万岁万万岁！皇权至上，我等要顶礼膜拜！"双手颤抖着接过圣旨。邱公就

说:"胡县令,哦不,胡刺史,恭喜恭喜!"胡左伟就说:"多谢邱公提携,胡某定当回报。"邱公却露出一个含义不明的笑。

胡左伟就屏退下人和随从,问:"邱公,那李旭轮和姚玥娘该如何处置?"邱公说:"这个,圣上没说,我想,可能是要你见机行事吧?"胡左伟想了一下,就说:"请邱公指教。"邱公却笑了一下,说:"皇嗣是圣上的亲生儿子,你看着办吧。"胡左伟还是不明白,就从腰间掏出一块玉佩,塞进邱公的手里,说:"请指教。"

邱公接过玉佩把玩了一会儿,说:"美玉就是美玉,打碎了还是美玉。圣上都不着急,你着什么急?再等等,让圣上裁决。我估计很快大理寺就要派人来。"胡左伟赶紧点头称是。随后,胡左伟把邱公安排在"桃花源"住下,整日美酒美茶美女相伴,沉醉在温柔乡里。

玩了三天,邱公回神都去了,胡左伟也要去南州府上任。为了安全起见,他就把李旭轮和姚玥娘押解到州府监狱。一队武侯和乡兵们全副武装,如临大敌。李旭轮和姚玥娘被铁链绑住手脚关在囚车里。虽然是在夜间出发,但还是走漏了消息,一些茶农就赶来送行,却被武侯们驱赶。茶农们就跪在地上,面朝囚车,说:"皇嗣殿下,皇嗣妃,你们受苦了,请受小民一拜!"

一个老人说:"皇嗣殿下为民请命,却遭此劫难,天理何在?"武侯赶紧过来把老人拎走,现场一片恸哭。胡左伟一招手,一行人就出发了。李旭轮就向茶农们挥手道别,说:"乡亲们,我李旭轮连累了大家,对不住你们,大家各自珍重!"不少茶农追着囚车,却被乡兵们打跑了。

胡左伟目睹这番情景,叹了一口气。韩益康就说:"这……民心……大大的坏!"胡左伟却轻蔑地说:"哼,不过是草民,韭菜一样的草民!"韩益康就冒出一句:"草民如韭菜,不割白不割!"胡左伟看了他一眼,说:"看来,我得推荐你当县令!"韩益康赶紧说:"谢胡刺史隆恩!"

然而,当他们走到一个山坳处时,却被一队人拦住了去路,这队人都穿着黑衣,为首的正是韦团儿。胡左伟一见韦团儿,稍稍愣了一下,赶紧说:"呵,是大堂主大美人啊,你也是来送行的吗?"韦团儿就说:"对。"韩益康就说:"胡县令高升,大堂主是来祝贺的吧?"

韦团儿却说:"我是来给李旭轮送行的。"胡左伟就说:"真是旧情难忘……好了,心意已到,请让开吧。"韦团儿却说:"留下李旭轮,你们走。"胡左伟惊问:"你说什么?"韦团儿就说:"把李旭轮留下。"胡左伟说:"他是朝廷要犯,必须带走。"韦团儿就用手指着胡左伟,说:"胡左伟,我说留下李旭轮,你没听见吗?"

胡左伟愣了一下,笑着说:"你想跟他再续前缘共度云雨吗?"韦团儿也笑着说:"老娘我愿意。"胡左伟说:"好了,本官没时间跟你闲扯,让开。"韦团儿却拔出了佩剑。胡左伟这才意识到韦团儿来者不善,赶紧给武侯们递个眼神,武侯们便做好了准备。胡左伟说:"本官押解朝廷要犯,谁敢阻拦,格杀勿论!"韦团儿一挥手,说:"上!"几个黑衣人便挥刀冲了过来。武侯急忙迎战,双方打在一起。胡左伟指着韦团儿说:"韦团儿,你这是谋反,死罪!"韦团儿却哈哈一笑,说:"李旭轮是我的,谁也别想带走。"

就在这时,朱靖塘也带着一群年轻茶农冲了过来,跟乡兵们交上了手。地上很快就躺着几具尸体,有武侯的,有乡兵的,也有黑衣人和茶农的。朱靖塘一连杀了好几个乡兵,渐渐逼近了胡左伟。胡左伟有些懊悔,他自认为防范很周密,却怎么也没想到半路上杀出了一个韦团儿。他也拔剑参加了战斗,大叫:"顶住!顶住!奋勇杀敌者,每人赏茶园半亩!"武侯和乡兵闻听此言,立马来了精神。

朱靖塘靠近胡左伟,两人交上了手。朱靖塘说:"胡左伟,没想到你就是蒙面人,隐藏得好深。"胡左伟说:"我们都效命于梁王,不要内斗。"朱靖塘却说:"我现在效命于皇嗣。"胡左伟说:"背叛梁王,绝没有好下场!"朱靖塘说:"你杀了我娘子,此仇不报,愧为丈夫!"说完挥舞镰刀朝胡左伟砍去。胡左伟渐渐招架不住,朱靖塘举起镰刀砍在他的脖子上,他用手指着朱靖塘,慢慢倒在地上。

朱靖塘说:"镰刀虽土,也能杀人!"

朱靖塘又说:"我说过,要用镰刀杀了你这贪官!"

韦团儿就说:"胡左伟已死,不要再打了。"韩益康一看胡左伟真的死了,就赶紧溜走了。其余武侯和乡兵便也四散而逃。韦团儿用剑把囚车的木头砍断,把李旭轮和姚瑃娘放了出来。李旭轮看着韦团儿说:"为什么救我?"韦团儿说:"我说过要让你不得好活。"李旭轮就说:"杀了胡左伟,这下,我没谋反也谋反了,跳进黄河也洗不清!你真是添乱!"

韦团儿就气呼呼地说:"你!不讲良心!"姚瑃娘就说:"阿郎,想想下一步该怎么办吧?"韦团儿就说:"接下来官兵肯定会来抓捕我们,附近有个山洞,我们去那里躲避一下。"李旭轮却说:"要去你去,我不跟你们同流合污。"韦团儿就说:"都这时候了还清高?你就愿意任人宰割吗?"姚瑃娘就说:"阿郎,暂避一下吧?然后再想办法。"

李旭轮还是不愿去,韦团儿一招手,上来几个黑衣人架起李旭轮就走。一群人来到一个隐秘的山洞，暂时住了下来。李旭轮还愤愤不平，说："我没谋反，是你们绑我来的。"韦团儿就说："你真是死脑筋，那胡左伟诬告你谋反，圣上虽说信了，可没说要处死你。此番胡左伟押解你，是想找借口杀掉你，形成既成事实，知道吗？"

李旭轮就说："他不敢！你……把我交给大理寺吧，让他们来审理。我要让阿娘相信我没有谋反。"韦团儿就冷笑一声，说："我看你是逆来顺受惯了，真是扶不起的刘阿斗！"李旭轮就跳起来说："我要杀了你这个贱人！"姚珝娘赶紧把李旭轮拉住，说："阿郎，不要冲动。她……说得没错，事已至此，保命要紧，得赶紧想个办法。那个韩益康可是逃跑了……"

再来看韩益康那边。他带着武侯和乡兵逃回县城，又赶紧派驿卒把情况报告给朝廷。过了几天，朝廷又派邱公来了，任命韩益康为南建县县令，同时派来了羽林卫，要把李旭轮、姚珝娘和韦团儿等要犯捉拿回神都。邱公说："魏王说了，如遇反抗，除了李旭轮，其他人可就地斩首。魏王还说了，那个韦团儿竟敢背叛他，抓住了要腰斩！"

韩益康就问："那，圣上……怎么说？"邱公瞪了他一眼，说："难道魏王还不能代表圣上？不过，那李旭轮可是圣上的亲生儿子……"韩益康眼珠转了一下，赶紧说："下官明白了。"随后就从腰间拿出几张茶园地契交给邱公。邱公接过地契看了一眼，笑眯眯地说："韩县令放心，有我在，魏王就是你的后台。"韩益康赶紧躬身施礼。

随后，随邱公来的羽林卫统领指挥士兵四处搜捕李旭轮和韦团儿等人，他们到所有人家明察暗访，翻箱倒柜，搞得鸡犬不宁，还把住所有路口，找遍了一切可以藏身的地方，却还是找不到。邱公就对韩益康说："挖地三尺，也要找到。"韩益康赶紧回答："下官遵命。"邱公交代一番便回神都去了。

李旭轮和韦团儿等人在山洞里躲了几日，每天以野果和山泉充饥，有时去打些野兽，生活有些艰难。这天傍晚，韦团儿的手下人打了一只野兔，用火烤了，送了半只给她。韦团儿看看半躺在地上的李旭轮，就撕下一条兔子腿走过去递给他。李旭轮也许是饿了，接过来就往嘴里塞，忽然看见姚珝娘咽下了口水，就把兔子腿递给姚珝娘，韦团儿却一把夺了过来，转身坐在地上大吃大嚼起来。

姚珝娘"哼"了一声，瞪了韦团儿一眼。

这时，朱靖塘拎着一个水袋走了进来，把水袋递给李旭轮。李旭轮饮了一口，忽然看见韦团儿似乎被噎住了，就把水袋递给她。韦团儿接过水袋，刚要饮水，姚珲娘却冲过来劈手夺过水袋，自己饮了起来。韦团儿白了姚珲娘一眼，又开始大吃大嚼起来。

过了一会儿，韦团儿对李旭轮说："扇子借我看看。"李旭轮就把扇子递给她。韦团儿打开扇子，那幅兰花图又呈现在眼前。她目不转睛地看着，脑海里又呈现出过去的情景，仿佛穿越回去了，就对李旭轮说："哎，你当初怎么想到把我的名字画在兰花里？"李旭轮愣了一下，看看姚珲娘，而她已闭上眼睛，李旭轮就没有说话。

韦团儿又问了一遍，李旭轮就说："过去的就过去了，问这干什么？"韦团儿却继续问："既然画了，为什么不告诉我？如果早告诉我，就不会有后来的……"李旭轮说："现在说这些，有意思吗？"韦团儿就说："我不说，你怎么知道？"言语间就有了几分温柔。姚珲娘却闭着眼睛说："自作多情。"韦团儿就问："你说什么？"姚珲娘就说："我说你自作多情。"

韦团儿一下子回到了现实，愣了一下，就拿着扇子走到姚珲娘面前，指着扇子说："你睁开眼睛看看，这扇子上明明写着我韦团儿的名字，是皇嗣写的，十几年前写的。"姚珲娘果然就睁开眼睛说："那又怎样？还不是被抛弃了？"韦团儿顿时红了脸，指着姚珲娘说："你？敢再说一遍吗？"姚珲娘就用鄙视的眼光看着韦团儿，说："我说你被皇嗣抛弃了！怎么，不敢承认吗？"

韦团儿气得胸脯剧烈起伏，猛然拔出佩剑指着姚珲娘。朱靖塘见状也举起镰刀对着韦团儿。几个黑衣人赶紧过来围住朱靖塘，而几个年轻茶农也跟黑衣人对峙起来。李旭轮却闭目养神，并不理会，仿佛两个女人吵架跟他没有任何关系。韦团儿就把扇子扔给他，气呼呼地说："李旭轮，算我白救你一场，我们走！"

这时，释怀悯师父却走了进来，说："韦施主且慢。"韦团儿就停住脚步，看着释怀悯师父说："你这秃奴，怎么哪里都有你？你是怎么找到这里的？"释怀悯师父就说："南无阿弥陀佛，是你们的吵架声把贫僧引来的；如果你们的声音再大一点，官军也会被引来。羽林卫都来了，正四处抓你们呢。"韦团儿说："你……"却一屁股坐在地上。

释怀悯师父走到里面，姚珲娘赶紧站起来双手合十道："南无阿弥陀佛，师父……"李旭轮也站起来说："师父好！南无阿弥陀佛！"释怀悯师父就说："身处险境，十万火急，却还在这里争风吃醋，你们真拿这里当后宫了？悯旭，你就不能忍让一下吗？"姚珲娘红了脸低了头，韦团儿也看着自己的鞋子。

释怀悯师父走到李旭轮跟前说："关键时候是韦团儿救了你，皇嗣殿下，可不能再内斗了啊！"韦团儿却说："我不是救他，我是不想让别人杀他，我要让他不得好活！如果哪天圣上让我杀他，我照杀不误！"释怀悯师父叹息一声，走到韦团儿跟前说："韦施主啊，你就是嘴硬！你的心思，贫僧最清楚不过了。"

韦团儿却笑着说："我的心思你最清楚？我说你一个和尚，清楚一个姑娘的心思，你这和尚当得太不专业了吧？难道也被人放了情蛊？"姚晦娘就说："韦团儿，不得无礼！"李旭轮也说："韦团儿，不许胡说，师父是……"韦团儿就说："好啊，你们都冲我来，我偏要骂这个秃奴！"释怀悯师父却说："韦团儿，你出身户婢，深得圣上宠信，我没说错吧？"韦团儿就惊讶地问："你怎么知道？"释怀悯师父继续说："我还知道魏王拉拢你就是为了对付李旭轮。可魏王却不知道，你心里从未放下李旭轮，我说得对吗？"

韦团儿愣了一下，却说："你个秃奴，在这里谈论男女之情，好意思吗？"释怀悯师父却说："贫僧虽是出家人，却也是有情生命，更以天下苍生为念！"韦团儿就"哼"了一声。释怀悯师父继续说："魏王武承嗣自己想当太子，所以就想除掉李旭轮，几次建议杀掉他，但圣上都不同意，因为她毕竟还残存一点母子情。圣上不允许，魏王就不敢对李旭轮下手……我说得对吗？"

韦团儿站起来，看着释怀悯师父，说："好你个出家人，不专心念佛，对这些事情倒是很关心。"释怀悯师父就说："普度众人需要到众生中去呀！贫僧接着说，那次你举剑刺向李旭轮，被'雪兰花'挡住了，后来你很后悔，说本意是想吓唬李旭轮，并不是真的要杀他。为此你还给'雪兰花'立了碑，我说得没错吧？"

韦团儿大吃一惊，说："你怎么什么都知道？你到底是谁？"释怀悯师父继续说："你虽为魏王爪牙，但毕竟没有杀李旭轮，没有铸成大错，这其中固然有圣上残存的一点仁慈，但也有你残存的一点善良。假如你因爱生恨走向极端，一怒之下杀了李旭轮，那么，整个历史都将改写！"

韦团儿沉吟一下，说："你这秃奴，越说越玄乎！我不杀李旭轮，是为了让他不得好活！"释怀悯师父就拍着手说："好一个不得好活！韦团儿，正是这句话，暴露出了你心底的真实想法，你希望李旭轮好好活着！可能连你自己都不知道，你这次救了李旭轮，说明你心底的善良被唤醒了。善哉善哉，南无阿弥陀佛！"

韦团儿就追问："你到底是谁？"

释怀悯师父就说："贫僧释怀悯！"

随后，释怀悯师父走到李旭轮面前说："胡左伟模仿你的笔迹写下'李家天下'几个字，诬告你要谋反，通过魏王呈交圣上后，圣上大怒，所以派兵前来围剿。"李旭轮勃然大怒,说:"胡左伟,死有余辜!"随即却跪倒在地,面朝北方,哭着说:"圣上,阿娘,孩儿没有谋反,都是那胡左伟诬告的,请圣上明察,不要冤杀孩儿。"

释怀悯师父就拉起李旭轮,说:"圣上只是要把你押解回神都,并没说要取你性命,事情还有回旋的余地,再说,师父已写了封信让吴小六和姚嘉木送到神都,如果不出意外,应该已经到了。"李旭轮赶紧躬身施礼道:"谢过师父!"释怀悯师父却说:"贫僧现在最担心的是姚茶头……"

那么,姚森伯的情况怎么样?

韩益康带着羽林卫来到姚家大院,把姚森伯、姚伊娘和几个下人都抓了起来,要他们说出李旭轮的下落。姚森伯就说:"我们一直待在家里,不知道他们到哪里去了。"韩益康就说:"那我就用你们把他们引出来。"随后就把姚森伯和姚伊娘绑在关帝庙前的石柱上,放出风声说要砍头示众。

关帝庙前聚集了很多民众,但都是被武侯们强行拉来的,大家看着被绑在石柱上的姚家父女,心情都很沉重。姚森伯自知难逃此劫,想了一会儿,就有了主意。他对韩益康说:"放了我,我带你们去找李旭轮。"姚伊娘急忙说:"阿耶,不要。"姚森伯却冲女儿笑了一下,说:"伊娘,要好好活着!"

韩益康就说:"姚森伯,敢耍滑头,我就杀了你。"姚森伯说:"我用里正的荣誉保证不耍滑头。"韩益康一挥手,两个武侯便给姚森伯松了绑。姚森伯活动了一下手脚,忽然从武侯腰间抽出砍刀,举起来朝韩益康砍去,骂道:"我杀了你这狗官!"韩益康吓得面如土色,叫道:"杀了他!"另一个武侯就挥刀砍向姚森伯,姚森伯便倒在血泊中。

姚伊娘大叫:"阿耶……"

围观的女人们都捂住了眼睛。

随后,韩益康却把姚伊娘放了回去。一个武侯不解地问:"韩县令,为什么要放她?"韩益康就说:"让她帮我们找到李旭轮和姚珝娘。"看着武侯不解的眼神,韩益康又说:"这个女子头脑简单,行事草率,盯住她,肯定能发现破绽。"武侯便跟踪上姚伊娘。她哭着回到家里,越哭越伤心,索性就坐在院子里恸哭起来。

远在山洞里的释怀悯师父正在念诵"南无阿弥陀佛",手里的念珠忽然落在地上,同时他的心里也"咯噔"一声,就预感到姚森伯出事了。恰在这时,李旭轮忽然倒在地上,姚珝娘赶紧问:"阿郎,你怎么了?"李旭轮脸色苍白,呼吸急促。释怀悯师父走过来看了一下,说:"连日劳顿,加上急火攻心,得赶紧用安神药。"

姚琦娘就问："师父，这里哪有安神药呀？"释怀悯师父就说："镇上药铺里有。"

姚琦娘沉吟一下，站起来说："师父，我下去拿药。"释怀悯师父想了一会儿，说："目前也只能你去了。"姚琦娘就对朱靖塘说："朱九郎，你随我去吧？"朱靖塘却看着李旭轮说："我走了，谁保护皇嗣？"韦团儿就说："姚琦娘，派我的人陪你去吧？"姚琦娘犹豫一下，抱拳施礼道："谢了。"随后便带着一个黑衣人走出山洞。

姚琦娘趁着夜色悄然来到镇街上，找到一家药铺，敲开门，说要抓些安神的药材。老板原来是小杨先生，他一看是姚琦娘，赶紧把她跟黑衣人拉进去，关上门，说："现在街上到处是兵丁，要抓你们，你怎么还敢回来？"姚琦娘说："皇嗣病了，情况危急，没办法呀。"小杨先生赶紧抓药，一边抓一边说："再给你一些老茶，配着煮了……哎，你在山里怎么煮呀？干脆我给你打好的粉吧，还有茶末，直接用水饮下……"

姚琦娘接过药要走时，小杨先生又说："你阿耶，嗨……"姚琦娘就问："我阿耶怎么了？"小杨先生就说了姚森伯的事。姚琦娘顿然呆住了，药包也掉落下来。过了好一会儿，她终于缓过神来，强打起精神，拎起药包就出了门。路过自家门口时，姚琦娘忍不住停下脚步看了一会儿，可就在这时姚伊娘却走了过来，一眼看见了姚琦娘。

姚琦娘担心姚伊娘又来添乱，急忙低头就走，黑衣人赶紧跟上。姚伊娘却叫了一声："阿姐！"黑衣人拉着姚琦娘跑了起来。姚伊娘就追了上来，一边追一边喊："黑衣人，你这坏蛋！快放开我阿姐！"正在地上睡觉的士兵听见喊声，赶紧爬起来，抓住了姚琦娘和黑衣人。姚琦娘看着姚伊娘，恨恨地说："你就是个猪脑子，总是添乱！"姚伊娘就哭着说："阿姐，我不是故意的。"

山洞里。释怀悯师父手握念珠，忽然停住了，随后便问："谁带茶了？"韦团儿就从腰间取下一个袋子交给他。释怀悯师父接过袋子，打开，从中取出一些茶叶，闻了一下，是正宗的老茶，具有浓郁的苦香味。他坐在地上，用手把茶叶碾碎，随后把茶末捧在手心，对着茶末缓缓吹气，闭上眼睛，嘴里念念有词。过了一会儿，他的头上冒出热气，顺着下巴滴落在手心里，跟茶末融合在一起。当手心里储满汗水时，他让朱靖塘掰开李旭轮的嘴，把茶末灌进李旭轮的嘴里。

释怀悯师父说："凑合着吧，但愿有用。"

再说姚琦娘和黑衣人被扭送到驿站，次日一大早被带到韩益康面前。韩益康就说："哈哈，我说得没错吧，果然是那个姚伊娘帮了我们。"姚琦娘瞪着韩益康，说：“你想怎样？”韩益康就笑着说：“皇嗣妃，让你受惊了。请坐！”随即让人给姚珻娘搬来一张凳子。姚珻娘却坚持站着。韩益康就说："也好，站着看更精彩！"

韩益康一招手，一个武侯便把黑衣人踢倒在地，指着他问："说，李旭轮和韦团儿躲到哪里了？"黑衣人却闭口不答。武侯便开始用刑，黑衣人发出了惨叫。姚珻娘就别过头去。黑衣人终于扛不住了，就说出了李旭轮和韦团儿藏身的地方。随后，韩益康押着姚珻娘和黑衣人进了山，直奔山洞而去。

再来看山洞里的情况。李旭轮服了药，出了一身汗，脸色慢慢恢复了红润。他睁开眼睛，又看见了一张慈祥的脸庞，那是释怀悯师父，思绪却恍惚回到十几年前。释怀悯师父说："轮儿，你终于醒了，太好了！"李旭轮愣了一下，说："你叫我什么？轮儿？你叫我轮儿？老师……老师啊……"李旭轮哭了起来。

释怀悯师父就说："轮儿……"

韦团儿听见了，赶紧走过来，愣愣地看着释怀悯师父，说："你叫他轮儿？你是……"李旭轮一边哭一边说："他是……我的老师……"韦团儿就说："老师？老师？你是老师？"释怀悯师父就说："没错，我是他当年的老师王仁恕。当然，也是你的老师！"韦团儿愣了一下，忽然双膝跪下，说："老师……"眼泪就流了下来。

释怀悯师父起身扶起韦团儿，说："好了，别哭了。"韦团儿就擦干眼泪，看着释怀悯师父，脑海里不断闪现出一幅幅画面，最让她难忘的，是她陪李旭轮读书时，老师教他们画兰花，交凤眼，破凤眼，一交一破即为兰……好一会儿才问："老师，这些年……到底是怎么回事？"

释怀悯师父沉吟一会儿，说："那场大火烧毁了我的脸，我感到无脸见人，此外我也知道有人容不下我，就悄然离开了，后来就来到檀铁寺落发为僧。"李旭轮问："老师，谁容不下你？"释怀悯师父顿了一下，说："自然是嫉恨你的人……这跟那把扇子也有关系。"李旭轮跟韦团儿对视一眼，惊讶地说："扇子？"随即拿出扇子看了一下。

释怀悯师父就说："说起这把扇子，我就想起了家父。他生长在茶叶世家，学会了制茶的绝技，后来考上进士进入仕途。在官场浸淫多年，家父目睹了争权夺利的残酷和血腥，深有感触，就把对官场的感悟和制茶的心得糅合在一起，在扇子上写成了一篇《靖净谣》。因家父深谙术数，所以那篇《靖净谣》只有在天时、地利、人和都具备的情况下才能由特殊的人看到。"

释怀悯师父停顿一下，又说："家父临终前把扇子交给我，让我转交给轮儿，说多年后这把扇子上的《靖净谣》将有大用场。后来江湖上就有了传言，说用这把扇子上的《靖净谣》，可以制作出长生不老茶，于是很多人就想得到扇子，甚至有人放了一把火……我暂时离开你，也是为了分散那些人的注意力。"

……

哦，原来如此！

李旭轮就问："那，既然有人想得到《靖净谣》，为什么一直等到现在才动手？"释怀悯师父就说："我刚才说过，那篇《靖净谣》只有在天时、地利、人和都具备的情况下才能由特殊的人看到，而姚珻娘就是那个特殊的人，她的出现是命中注定的。轮儿，明白了吧？"您一定还记得那几句话：从前有座山，山上有首歌，歌里有玄妙，这山就是靖净山，这歌就是《靖净谣》……

李旭轮想了一下，说："老师，我怎么觉得我流落此地，好像也是一场阴谋？"释怀悯师父就说："老师也这么认为！我感觉好像是梁王和魏王合谋，故意把你赶到这里，让你遇见姚珻娘，让姚珻娘读出《靖净谣》，然后再想办法让圣上除掉你，这样一来他们既得到了长生不老茶，又清除了对手，终极目的是得到长生不老权，并用'惑蛊'控制天下人。"

李旭轮沉吟一下，说："追求长生不老也无可厚非……可是……老师，你是不是专门在这里等我？"释怀悯师父点点头说："老师我也懂一些术数。"众人都用惊讶的目光看着释怀悯师父。过了一会儿，李旭轮又问："老师，你父亲为什么要把扇子交给我？你又怎么知道姚珻娘就是那个特殊的人？"释怀悯师父思忖一会儿，说："这个，天机不可泄露，但我可以告诉你的是，家父的老师是袁天罡，而那个孙梵天，是……老师的徒弟……""啊？"李旭轮和韦团儿同时发出一声惊叫，很多事情便都能解释通了。

再来看姚伊娘。她知道自己又闯了祸，心里非常难受，就沿着街道漫无目的地走，一直走出了镇街，往山里走去。走一阵坐下来哭一阵，越哭心里越伤心，越伤心就越想念阿耶、阿姐和吴小六，越想念就越伤心，就接着哭，哭累了就躺在草丛里，后来就睡着了。忽然，她梦见有人在动她的衣服，一个激灵醒了过来，睁开眼睛一看原来是几个士兵。

姚伊娘惊恐地说："你们，不要过来！"

一个士兵来拉姚伊娘的胳膊，说："你……"

姚伊娘哭着说："不要过来呀！"

这时，一个人走过来看了一下，忽然说："伊娘，怎么是你？"姚伊娘仔细一看，竟然是吴小六！她愣了一会儿，揉揉眼睛，没错，眼前这人正是吴小六，而旁边站着一个身穿僧袍的人，居然是姚嘉木！姚伊娘吃惊地说："你是……阿兄，你、你、你……"姚嘉木就说："阿妹，是我。"吴小六扶起姚伊娘，对她简单说了姚嘉木起死回生的过程。姚伊娘愣了一会儿，猛然上前抱住姚嘉木，叫声"阿兄啊"，扑在他的怀里放声大哭起来。

　　姚嘉木轻轻地拍着姚伊娘的后背，等她平静下来后，就问："阿妹，你怎么在这里？"姚伊娘就说："阿耶被韩益康杀死了，阿姐被抓了，皇嗣生死不明……阿兄，小六郎，快去救阿姐和皇嗣……"说完又哭了起来。吴小六就拔出短刀说："血债要用血来偿！"姚嘉木则双手合十说："作恶者必遭报应！南无阿弥陀佛！"

　　吴小六跟一个军官说了几句，一队人就朝镇街上走去。姚伊娘问："阿郎，你这是怎么回事？"吴小六答："他们是官军，来救皇嗣的。"姚伊娘猛地抓住吴小六的胳膊，快步走了。来到驿站，驿卒一见吴小六，赶紧冲上前来。吴小六就指着驿卒说："圣上特使来了，谁敢放肆！"特使邱公就走过来问："韩益康呢？"驿卒说："到山里抓要犯去了。"邱公问："具体位置？"驿卒说："山洞里。"邱公说："赶快带路！"驿卒赶紧跑到队伍前面。……

　　中午，山洞里。

　　释怀悯师父正在说话，一个黑衣人忽然跑进来说："不好了，韩益康带着羽林卫来了。"韦团儿说："老师，麻烦你保护皇嗣和……皇嗣妃，其他人跟我来。"说完就冲了出去。羽林卫已经来到山洞口，韩益康大叫："除了李旭轮，其他人一律斩首！"韦团儿也大叫一声："韩益康，拿命来！"随即挥剑刺了过去。两个羽林卫士兵护住韩益康，跟韦团儿对打起来。

　　朱靖塘也冲了出来，黑衣人和年轻茶农都冲了出来，纷纷跟羽林卫交上了手。那羽林卫果然厉害，士兵个个骁勇善战，黑衣人和年轻茶农渐渐处于下风，死伤惨重。韦团儿一连杀了好几个羽林卫，羽林卫统领便跳过来对付她，两人大战几十个回合，又有几个羽林卫士兵加入进来。恰在这时，那个草蛊婆给韦团儿放的蛊开始发作，韦团儿突然浑身颤抖，呕吐起来，她便疲于招架，渐渐力不从心。统领瞅准一个空子，一刀捅进韦团儿的胸脯，韦团儿慢慢倒在地上。

　　李旭轮大叫一声："韦团儿，你不能死！"

　　就在这时，吴小六赶到了，他大叫一声："都停下！圣旨到！"正在打斗的双方便停了下来。邱公走上前拿出圣旨，说："皇嗣李旭轮和南建县县令韩益康接旨。"李旭轮和韩益康赶紧跪下。邱公就说："经查，所谓皇嗣李旭轮煽动茶农谋反一案，实为胡左伟诬告，现予平反。鉴于胡左伟已死，其他人不再追究责任。

钦此。"李旭轮和韩益康就说："谢主隆恩！吾皇万岁万岁万万岁！"

李旭轮和韩益康都站了起来。这时，姚珣娘等人看到姚嘉木了，自然是万分惊讶。姚珣娘急忙跑过来说："阿兄，这是真的吗？关键时候，你真的派上了大用场！"姚嘉木使劲儿地点点头。姚珣娘看着姚嘉木，她的眼睛里涌出了泪水，却笑着说："阿兄，你穿着僧袍倒是挺好看的。"李旭轮看着姚嘉木点头致意，姚嘉木则拱手施礼。姚伊娘看了姚嘉木一眼，悄然走到吴小六身边拉住了他的手。

姚嘉木笑着对众人说："我大难不死，多亏佛祖保佑！多亏众乡亲牵挂！嘉木这厢有礼了。"随后便深深弯下腰去。韩益康看见姚嘉木时也愣了一下，随即却走到李旭轮跟前说："皇嗣殿下……"李旭轮却跑过去抱起韦团儿，她已经气息奄奄。李旭轮说："韦团儿，你睁开眼睛。"韦团儿就睁开眼睛，看着李旭轮。李旭轮就说："你不能死，不能死啊！"姚珣娘也哭着说："韦团儿，你要挺住！"

韦团儿却用虚弱的声音说："皇……嗣……殿……下……"李旭轮说："我在……"韦团儿说："抱……紧……我……我……中……蛊……了……"李旭轮就抱紧了韦团儿，感觉她的身体在慢慢变凉。韦团儿说："皇嗣……殿下，李旭……轮，下辈子……我……还要……让你……不……得……好……活……"说完就垂下双手，闭上眼睛。

李旭轮泪如雨下，一声长啸："啊——"

邱公走到韩益康身边悄声说："是我保住了你的县令。"韩益康就说："邱公就是我的再生父母！"邱公随后走到李旭轮旁边，躬身施礼道："皇嗣殿下，圣上让你一月之内返回神都。"李旭轮擦干眼泪，忽然觉得百感交集。邱公又说："圣上知道了这里的情况，让下官带来一些钱款，补偿给那些受害的茶农，并安抚在蛊毒中死者的家属，这些事很繁杂，我们还是到驿站去商议吧？"

姚伊娘就说："我那死去的阿耶呢？"

吴小六跟着说："让韩宜康偿命！"

韩宜康愣了一下，转头看邱公，邱公却转头看李旭轮。李旭轮沉思一下，冲姚伊娘和吴小六摆摆手，随后却看着韩益康，说："韩益康！"韩益康赶紧说："微臣在。"李旭轮说："把韦团儿安葬了吧。"韩益康说："是。"一挥手，几个乡兵便抬起韦团儿的尸体，用武器挖了一个坑，将她安葬了。李旭轮走过来对着坟头深深鞠了一个躬。韩益康瞅准机会，忽然跪下说："皇嗣殿下，微臣以前受胡左伟蛊惑，鬼迷心窍，干了一些荒唐事，求皇嗣殿下宽恕。微臣以后一定唯皇嗣殿下马首是瞻。"

李旭轮面无表情地说:"知道了。起来吧。"

韩益康赶紧爬了起来。

那么,情况为什么会有这么大的逆转呢?在回去的路上,姚嘉木揭开了谜底:"魏王收到胡左伟送呈的模仿皇嗣殿下笔迹写的'李家天下'和皇嗣殿下自己写的《辞皇嗣书》以及《认罪书》后,赶紧交给圣上。圣上大怒,就命羽林卫前来捉拿皇嗣殿下。后来,我们把释怀悯师父写的那封信送到神都,送到皇嗣殿下府上,一个叫安金藏的人收下了。"

"安金藏?"李旭轮说,"他是个乐工。"

姚嘉木继续说:"第二天,圣上下诏命来俊臣查处皇嗣殿下谋反一案。来俊臣把皇嗣殿下府里的人都抓起来刑讯逼供,不少人经不住拷打,都违心地招供了,可那个安金藏却毫不畏惧,为给皇嗣殿下洗脱罪名,就说'皇嗣绝不会谋反,若不相信我的话,我只有用剖心来证明',说完就拔出佩刀刺入自己的腹中,肠子都流到地上。"

"啊?"众人大吃一惊,急问:"后来呢?"

姚嘉木接着讲:"圣上听说此事后大为吃惊,命人将安金藏抬到宫中,让太医给他治疗。太医把肠子放回腹中,用桑白皮做成线缝合,并敷上药。那安金藏命真大,过了一晚,第二天居然活了过来,真是奇迹!奇迹!"李旭轮听了,长舒了一口气。

姚嘉木又说:"圣上亲自来看安金藏,他就撕开衣服,从衣服夹层中掏出释怀悯师父写的那封信交给圣上。圣上看了信,沉默了好久,才说'茶墨,茶香……看来皇嗣确实是冤枉的',第二天就下诏终止案件审理,并派特使带着官军来保护皇嗣殿下。整个经过就是这样。"

姚珝娘就感慨地说:"好险!"

释怀悯师父却说:"一场虚惊。"

李旭轮忽然想起一个问题:"老师,你在信中写了些什么?"释怀悯师父就说:"我在信中说皇嗣殿下用'茶墨'写的'辞皇嗣书'和'认罪书',字里行间都有一股茶香,龙潭顶上的茶香,而胡左伟模仿的'李家天下'几个字不是用'茶墨'写的,没有茶香。我估计圣上肯定闻出来了。另外,我还说皇嗣殿下一向爱茶,并提出'以茶为镜,可以知善恶',估计这句话也打动了圣上。"

李旭轮就笑着说:"难得老师一番苦心!"

回到镇街上,李旭轮对邱公说:"去驿站议事吧。"邱公却摆摆手,说:"皇嗣殿下这几天辛苦了，先回去休息吧？抽空微臣来你这里商议。"李旭轮说："就现……"姚珝娘急忙扯了一下李旭轮的衣服，他就说："好吧，稍后再说。"邱公和韩益康一直把李旭轮等几个人送到姚家大院，随后便离开了。

来到姚家大门口，李旭轮对释怀悯师父说："老师，进去饮茶吧？"释怀悯师父却说："寺院里还有事，贫僧得回去了。另外，贫僧建议给'茶头'老友办法场会，要回去准备呀。"随即便带着姚嘉木告辞了。姚嘉木的眼角却闪烁着晶莹的泪光。姚珝娘和李旭轮走进院子，只见到处都凌乱不堪，物是人非。来到"靖净斋"，看着阿耶的茶具，姚珝娘止不住流下了眼泪，就问："阿妹，阿耶的后事怎么办的？"姚伊娘就说："几个好心人安葬了阿耶。"

姚珝娘就恨恨地说："韩益康，我不会放过你！"

李旭轮一拳打在墙上，眼含热泪。

这时，孟七娘又跑了出来，笑嘻嘻地说："赵鸿垚，赵耆老，来，上床，把茶园还给我……"姚珝娘走过去拉着孟七娘，想起往事，悲愤难抑，抱住她就哭了起来。而孟七娘居然"呵呵"地笑着，让姚珝娘的哭声多了一份哀痛！哭了一阵，姚珝娘擦掉眼泪，就让吴小六把孟七娘送回房间。姚珝娘在院子里站了好一会儿，心情才慢慢平静下来。

李旭轮和姚珝娘回到"靖净闺"，赶紧烧水泡茶，一连饮了好几盏，依然感觉没滋没味。李旭轮沉吟片刻，说："娘子，阿耶的事……不要太难过……我会给姚家一个交代……"姚珝娘抬起头，用湿漉漉的目光看着李旭轮，缓缓举起茶盏，说："阿郎，谢谢你……你更要给天下人一个交代！"李旭轮回味了一下姚珝娘的话，点点头，说："对，要给天下人一个交代！"姚珝娘就挤出一个笑脸，说："阿郎，来，干杯！"

放下茶盏，李旭轮说："娘子，我们去驿站议事吧？"姚珝娘却说："阿郎，等等吧，邱公自然会来找你。"李旭轮站起来说："这事比较急，还是我们过去吧。"姚珝娘却说："他是特使，他都不急，阿郎何必这么着急？"李旭轮沉吟一下，说："对哦，他是特使。"随后便坐了下来。姚珝娘递一盏茶给他，说："那个邱公，说不定正和韩益康在商议要事呢，他们有意避开你，阿郎应该看出来了吧？"李旭轮想了一下，说："娘子的意思？"姚珝娘就说："阿郎，先让他们去办，我们静观其变。"李旭轮想了一会儿，点点头。

姚珝娘说得没错，邱公正和韩益康议事呢。饮了几盏茶，邱公立即叫来韩益康，关上房门，说："朝廷这次拨了不少钱款下来，你打算怎么安排？"韩益康眼珠一转，说："一切听从邱公指教。"随手递给邱公一个镯子，邱公接过来把玩一会儿，随即塞进腰间。

邱公就说："死掉了多少茶树？多少茶农受害？还有，在蛊害中究竟死了多少人？死绝户的茶园究竟有多少？贡茶园究竟有多少？你那里都有准确的数字吗？"韩益康说："邱公想要的数字，下官这里有；朝廷想要的数字，下官这里也有。"邱公就问："李旭轮想要的数字呢？"韩益康说："听邱公的。"邱公就指着韩益康，说："滑头，滑头。"

随后，邱公说："老规矩，那些钱款发一半，留一半。"韩益康说："明白。"邱公又说："要尽快安抚茶农，帮他们买来茶树苗种下……唉，那个胡左伟太愚蠢，怎么能随便移栽茶树呢？那是茶农的生存之本，不动这个，他们即使受了再大的委屈也不会反抗，真是愚痴！"韩益康赶紧说："是是是，下官一定吸取胡左伟的教训。"

找个时间，邱公和韩益康来到姚家大院。李旭轮和姚珥娘在"靖净堂"里接待他们。邱公说："关于如何安抚茶农一事，韩县令提了个方案，请皇嗣殿下过目。"韩益康就呈上几张纸。李旭轮接过来看了一会儿，说："就这样吧，赶快把钱款分下去。"邱公说："好。皇嗣殿下还有什么指教？"李旭轮却说："你是特使，你说了算。"邱公愣了一下，随即和韩益康交换一下眼神，说："微臣遵命。"

邱公停顿一下，又说："皇嗣殿下、皇嗣妃，圣上听说了《靖净谣》的事，也想看看。"姚珥娘跟李旭轮对视一眼，说："既然圣上说了，我们当然遵命。"随后便让下人拿来笔墨纸砚。姚珥娘亲自磨了"茶墨"，姚伊娘铺好纸张，李旭轮提笔写下了《靖净谣》。邱公看完《靖净谣》，就竖起大拇指恭维道："皇嗣殿下的字体飘逸俊秀，文如其人呀！"李旭轮却面无表情。

邱公带着《靖净谣》，喜滋滋地回去复命了。

接下来的几天里，韩益康带着随从到茶农家送补偿款，并安抚在蛊害中死亡者的家属。人们收到钱后大都高呼一声"圣上英明"和"吾皇万岁"，整个镇街都沸腾了。茶农们买来新茶树补栽，大家又看到了希望。然而，被赵鸿垚和胡左伟、韩益康等人强占的茶园却无人提起，成了一个谜，直到"甘露之变"，直到如今，都没有揭开。

这天傍晚，释怀悯师父带着弟子来给姚森伯做法事。几个僧人在姚家大院里诵经念唱，随后便来到坟地。又增加了几座新坟，姚森伯的坟墓和陈五娘的相距不远。僧人们围着坟墓转了几圈，释怀悯师父一直沉默不语，眼角居然有泪光闪动。姚珻娘和姚伊娘的眼睛早已红肿。朱靖塘跪在陈五娘的坟前，双手深深地插进泥土中。穿着僧袍的姚嘉木则在陈五娘的坟前恭恭敬敬地行了大礼。

李旭轮又到潘小娘坟前烧了几张纸，看着纸灰在空中飞舞盘旋，渐渐变成了刘妃、窦妃和潘小娘的面容，似乎还有韦团儿和"雪兰花"的面容。他想，自己身为一个男人，却无法保护自己的女人，她们死于非命自己却不能替她们报仇，他感到深深的悲哀！就像木偶一样立在地上，面色凝重，此时无泪胜有泪！

过了一会儿，李旭轮说："找个时间把'雪兰花'的坟迁过来。"姚珻娘接过话头说："还有韦团儿的。"李旭轮点点头。回去的路上，李旭轮跟姚珻娘故意走在后面。李旭轮一边走一边说："韦团儿说她是一个棋子，我何尝不是呀？"姚珻娘就说："阿郎，你是有什么打算吗？"李旭轮说："即便是棋子，也要发挥棋子的作用。"随后便说了自己的想法。

第二天，李旭轮和姚珻娘带着笔墨纸砚，带着姚伊娘等人来到茶农家，了解茶园损失情况。茶农一见急忙跪地磕头，李旭轮就拉起茶农说："免礼免礼……你家的茶树死的多不多？"茶农说："两亩，死光了。"李旭轮问："官府补偿你多少？"茶农说："五十个铜板。"李旭轮跟姚珻娘对视一眼，说："那，你还满意吗？"茶农说："这个……那……韩县令雷声大雨点小。不好说。"

姚珻娘就说："我们把你说的都记下来，你签个字画个押好吗？"茶农说："好。"姚珻娘就递给他几张纸，茶农便在纸上按了手印。来到孟老二家，那个朝李旭轮门上扔猪粪的少年孟佼然正在练字，一见李旭轮和姚珻娘来了，赶紧跪地说："小民拜见皇嗣殿下和皇嗣妃。"李旭轮拉起他，说："这里是乡下，以后就不用行此大礼。"

孟佼然却说："此地是茶乡，更应讲礼，是为茶礼。"李旭轮吃惊地说："小小年纪就有如此见识，厉害呀！"谁知孟佼然却又说："皇嗣殿下以后治理天下时，更应以茶入礼。"这句话让李旭轮目瞪口呆，不知道该怎么回答，或者说不知道该不该接话。恰在这时，孟老二回来了，拉住孟佼然说："小孩子家，不要胡说！皇嗣殿下恕罪！"一边把孟佼然推了出去。

李旭轮长出了一口气，这才发现后背上凉飕飕的，就笑着转移话题："孟老二，你家的补偿款拿到没？"孟老二说："拿到了。"李旭轮问："满意吗？"孟老二说："嗯……满意满意。"孟佼然却在外面说："他骗人，他昨晚还在骂韩县令，说补偿款又被克扣了……"孟老二就跳起来说："小狗日的，胡说什么呀？"

李旭轮就伸手制止住孟老二，招一下手，姚伊娘就把孟佼然拉了进来。李旭轮就说:"孟佼然,你说的是真的吗?"孟佼然说:"真的。"李旭轮就看着孟老二说:"小孩子不会骗人,你为什么不敢说实话?"孟老二就垂下头,抱住脑袋,说:"你们不知道那韩益康的手段,比赵鸿垚还狠……"

李旭轮叹息一声,起身告辞。走出门了忽然转身说:"孟佼然,以后莫入仕途。"孟佼然似懂非懂地点点头。您一定知道了,孟佼然记住了李旭轮的话,长大后果然没有进入仕途,而是成了山水田园派大诗人。李旭轮又到其他茶农家查问,胆大的就说了实话,签了字画了押;胆小的则闭口不谈。李旭轮把这些记录收集好,放在书柜里。

然而,李旭轮的行动却没有逃过韩益康的眼睛,他前脚刚走,武侯后脚就到,逼问孟老二给李旭轮说了什么,孟老二说没说什么。武侯不相信,就用刀架在脖子上逼问他。孟佼然就站出来说:"你们太过分!简直是强盗!"武侯勃然大怒,甩手就打了他一耳光,孟佼然大哭起来。孟老二一看儿子受了委屈,跳起来就打了武侯一拳,两个武侯就把他按在地上痛打。

吴小六刚好来找孟老二,看见武侯正在打他,就过来拉架,武侯一看是吴小六就更来气,照他脸上就打了一拳。吴小六火冒三丈,就跟武侯对打起来。就在这时,又来了几个武侯,一拥而上把吴小六抓了起来,关进了县城监狱。姚伊娘听说后赶紧来找姚珝娘,哭着要阿姐救吴小六。姚珝娘就没好气地说:"跟你们说了,皇嗣马上就要回神都了,让你们注意,不要再添乱了,你们就是不听。"

李旭轮就摆摆手说:"既然出事了,那就想办法解决。走,去会会韩益康韩县令。"随后便坐马车来到县城府衙,找到韩益康。韩益康弓着身子:"微臣恭迎皇嗣殿下皇嗣妃。"李旭轮和姚珝娘也不答话,直接走了进去。坐定后,韩益康开口就问:"皇嗣殿下,皇嗣妃,今天来为私还是为公?"李旭轮就说:"普天之下莫非王土。"韩益康笑了一下,改口说:"皇嗣殿下指教。"

李旭轮就问:"吴小六犯了什么事?"韩益康说:"殴打武侯。"李旭轮问:"为什么殴打?"韩益康说:"武侯正在制服孟老二的时候,他去干扰公干。"李旭轮问:"武侯为什么要制服孟老二?"韩益康说:"孟老二殴打武侯。"李旭轮问:"孟老二为什么要打武侯?"韩益康说:"因为他儿子孟佼然乱讲,被武侯训斥,孟老二太过护子,所以……"李旭轮问:"孟佼然乱讲什么?"

韩益康笑了一下,端起茶盏说:"皇嗣殿下、皇嗣妃请饮茶。"李旭轮却追问:"孟佼然乱讲什么了?武侯为什么去孟老二家?"韩益康站了起来,笑着说:"皇嗣殿下,这很重要吗?"李旭轮就说:"很重要。"韩益康沉吟一下,说:"据我所知,那孟佼然还讲了一句,'皇嗣殿下以后治理天下时,更应以茶入礼',皇嗣殿下点头表示认可,我没说错吧?"

李旭轮猛然站起来指着韩益康说:"你胡说!"

姚珻娘也站起来说:"孟佼然没说过这样的话。"

韩益康就说:"好几个武侯都听见了,怎么会没说过?皇嗣殿下,这话要是让圣上知道了,会有什么结果?"李旭轮就问:"你想怎样?"韩益康就说:"听说皇嗣殿下手里有让茶农签字画押的东西,如果肯交给微臣保管,嘿嘿,孟佼然那句话,我们大家就都没听见,吴小六也可以回家。"

李旭轮说:"你是在跟我讲条件吗?"韩益康就说:"微臣不敢,微臣是为皇嗣殿下着想。"李旭轮就说:"你是怕事情败露吧?"韩益康却说:"天下那么大,皇嗣殿下为什么要盯着一个小小的青石桥镇?"李旭轮却反问:"青石桥镇难道不属于天下?"韩益康笑了一下,说:"皇嗣殿下应以大事为重,不要在这等小事上浪费时间。"李旭轮就指着韩益康说:"你们盘剥百姓,这样的事还是小事?"

韩益康却弯下腰说:"皇嗣殿下,我这条件怎么样?"姚珻娘就接过话头说:"皇嗣答应你。"李旭轮惊讶地看着姚珻娘,她却拉起李旭轮就走了。回到家里,李旭轮问:"为什么要答应他?"姚珻娘说:"阿郎,如今形势微妙,若不答应韩益康,恐怕又生事端,小不忍则乱大谋啊。"李旭轮说:"那,就这样交出去?"姚珻娘却说:"不全交,留几份。"

随后,李旭轮就让朱靖塘把茶农签字画押的证据交给了韩益康。韩益康就把吴小六和孟老二释放了。然而,韩益康让武侯逐户排查,经过仔细核对,发现少了三份,知道李旭轮还是不想放过他,于是就决定铤而走险。这天傍晚,他以饯行为名义,把李旭轮和姚珻娘请到"桃花源"。李旭轮本来不想去,姚珻娘就说:"去吧,看那韩益康还有什么招数。"

来到"桃花源",自然是高规格招待。酒酣耳热之际,一个武侯进来对韩益康耳语几句,韩益康点点头,冲着李旭轮笑了一下,李旭轮也笑了一下。韩益康的笑容可做如下解读:李旭轮和姚珻娘离开姚家大院后,两名蒙面人就悄然潜入"埨净闱",一番寻找后终于找到了那三份茶农签字画押的证据,塞进腰间后赶紧来禀报韩益康。

李旭轮的笑容可做如下解读:姚珻娘在留下三份证据的同时,找到一个擅于模仿别人写字的人仿制了三份。他们把真迹送到释怀悯师父那里保管,假的则藏在家里。也就是说,蒙面人偷走的,是假的。此事双方都不再提,彼此倒也相安无事。但有一件事，李旭轮却不曾忘记，就给姚㻞娘递个眼神，姚㻞娘就说："韩县令，我有一事相求。"

韩县令就说："皇嗣妃请讲。"姚㻞娘就说："孟七娘家的茶园，该还给她了吧？"韩益康迟疑一下，说："这……都是那赵鸿垚和胡左伟干的呀？"姚㻞娘就说："他们当恶人，你当好人，这不挺好吗？"韩益康笑了一下，不置可否。姚㻞娘就说："那孟七娘实在可怜，拿回茶园了生活就有了保障。"韩益康还是不说话。

李旭轮就说："韩县令，我用那把扇子跟你交换。"韩益康眼睛一亮，说："真的？皇嗣殿下，这是真的？"李旭轮就说："真的。"韩益康就举起一杯酒，说："成交。"随后，韩益康让一个武侯回去取来孟七娘家的茶园地契，交给姚㻞娘，李旭轮就把扇子递给韩益康，然后便告辞了。

送走李旭轮和姚㻞娘，韩益康迫不及待地打开扇子，看到了兰花图和"靖净"两个字，却闻不到传说中的兰花香，也看不到传说中的兰花舞，但他仍很开心，因为这把扇子毕竟是皇嗣的爱物，能据为己有体现了他的能力和地位，就像胡左伟睡了潘小娘一样。他这样认为，却没想到正是这把扇子让他倒了大霉。

那么，李旭轮怎么舍得用扇子交换茶园地契呢？

原来这是姚㻞娘的主意。她想替孟七娘拿回茶园地契，但她知道韩益康一定会百般推诿，于是就想到这个办法。李旭轮问她为什么要这样做，她就对李旭轮耳语一番。李旭轮想了一会儿，就同意了。虽然同意了，但心里还是不舒服，以至于从"桃花源"回来后还恨恨地说："那个韩益康太过分，居然横刀夺爱！"姚㻞娘就安慰他说："他只是暂时替你保管，阿郎，扇子终究还是你的。"

李旭轮长叹一声，说："还我……"

姚㻞娘紧张地看着李旭轮，示意他不要说。

李旭轮却缓缓吐出两个字："……扇子。"

找个时间，姚㻞娘把孟老二叫到家里，把孟七娘的茶园地契交给他，说："把这些茶园租出去，每年的租金应该够七娘一家生活。"孟老二说："谢皇嗣殿下和皇嗣妃。"说着就要跪下，却被姚㻞娘拉住了，说："这本来就是七娘的。以后她还要靠你们照顾。"随后，姚㻞娘递给孟老二一个袋子，说："这些钱你留着，权当是照顾七娘的辛苦费。"

孟老二却推辞不受，说："七娘是我阿妹，照顾她是应该的，怎么能问你要钱？"姚㻞娘就说："七娘在我家辛苦这么多年，我没保护好她，还有潘老三，还有潘小娘……想到他们我心里就感到内疚……"难过得说不下去了。孟老二就说：

"皇嗣妃不要这么说，那是他们的命，能遇到你这么好的主子，也是他们的福。"

姚珝娘擦掉眼泪，说："这也是皇嗣殿下的意思，收下吧。"孟老二这才接过钱袋子。随后，姚珝娘和李旭轮带着孟老二来到一间偏房，让下人打开门。孟七娘目光呆滞，衣服凌乱，她一见姚珝娘，就笑嘻嘻地说："赵鸿垚，赵耆老，来，上床，把茶园还给我……"姚珝娘让下人把孟七娘的东西收拾好，让孟老二带她回去。孟老二走了几步，又回头给姚珝娘和李旭轮鞠了一躬。

姚珝娘终于哭了起来。其他人也潸然泪下。

这天上午，李旭轮和姚珝娘来到私塾。姚先生正在给学生们上课，一见李旭轮和姚珝娘急忙躬身施礼道："小民姚安阳给……"李旭轮急忙拉住他，说："你是老师，就免了。"姚安阳忽然说："请皇嗣训话！"学生们就把期待的目光投向李旭轮，其中就有孟佼然那双清澈的大眼睛。李旭轮走到讲案前站定，环顾一下四周，说："诸位弟子，我今天跟大家讲四个字'以茶入礼'。"说完顿了一下。

学生们静静地看着李旭轮，孟佼然的表情最为专注。李旭轮继续说："什么叫'以茶入礼'？就是要把饮茶融入日常的礼节之中，客来一盏茶，既解了渴，又表达了情义，何乐而不为？我大唐本就是礼仪之邦，如果人人都明白这个道理，用饮茶的方式待人接物，联络感情，天下就会更加和谐，大家说是不是？"

学生们都说："是。"

李旭轮接着说："大家可能想不到吧？这四个字是孟佼然教我的。""啊？"大家惊讶地看着孟佼然，孟佼然羞涩地低下了头。李旭轮就问："孟佼然，那天你就对我说了这四个字，是不是？"孟佼然站起来回答："是。"李旭轮就说："小小年纪就有如此见识，孺子可教！姚先生，以后要悉心栽培呀！"姚安阳急忙拱手施礼道："姚某遵命！"

随后，姚安阳请李旭轮题词，李旭轮大笔一挥，写下了"以茶入礼"这四个字。消息传到韩益康那里，他想了一会儿，放下茶盏，说："他李旭轮是想撇清什么吧？莫非他知道我们把孟佼然讲的那番话密报魏王了？"一个武侯说："应该不会知道。"韩益康就笑着说："想撇清，没那么容易。"

据说武承嗣把孟佼然的那句话禀报武则天后，她问孟佼然是谁？武承嗣回答说是一个七岁小儿。武则天当即就笑了，说童言无忌，一个小儿就让你们紧张成这样？武承嗣说，关键是李旭轮的态度，很爱听这句话。武则天就说，皇嗣协助朕治理天下，没问题呀？武承嗣又说，李旭轮私自唱《庆善乐》，那可是皇帝专用的。武则天却说，那《庆善乐》是他父亲钦定的，唱唱也不妨。武承嗣碰了一鼻子灰，怏怏地走了。

尾　声

　　李旭轮扳着指头数，离出发的日子越来越近了。
　　这天晚上，朱靖塘刚要入睡，外面忽然响起一声，他赶紧起来追了出去，就见两个蒙面人站在院子里。朱靖塘问："你们是谁？想干什么？"蒙面人说："梁王说那《靖净谣》没用，是假的，只要你拿到真的《靖净谣》交给梁王，就免你一死。"朱靖塘说："我要是不愿意呢？"蒙面人说："拿命来。"说完就挥刀砍来，朱靖塘赶紧迎战，吴小六听见了也赶紧过来助战，双方缠斗在一起。
　　这时，姚琦娘和李旭轮走了出来，姚琦娘说："那《靖净谣》是真的，只因梁王存心不良，所以制作不出长生不老茶。"蒙面人愣了一下，招呼一声，又来了好几个蒙面人，直奔李旭轮和姚琦娘而去。朱靖塘和吴小六大叫一声，冲过去护住李旭轮和姚琦娘。蒙面人便把他们四人团团围住，情况十分危急。
　　这时，释怀悯师父从天而降，三下两下便打翻了好几个蒙面人，其他蒙面人便落荒而逃。姚琦娘和李旭轮赶紧过来谢过释怀悯师父，随后便到"靖净堂"里饮茶。姚琦娘问："师父，世上真有长生不老茶吗？"释怀悯师父却端起盏子说："饮茶，南无阿弥陀佛。"李旭轮也问："师父，世上真有长生不老茶吗？"释怀悯师父又端起盏子说："饮茶，南无阿弥陀佛。"姚伊娘再问："师父，世上真有长生不老茶吗？"释怀悯师父再端起盏子说："饮茶，南无阿弥陀佛。"
　　姚琦娘忽然笑着说："哎哎哎，择茶去，择茶去！"
　　天快亮的时候，释怀悯师父说："差不多快到了。"随后就从褡裢里掏出那三份茶农签字画押的证据交给李旭轮。天亮后，镇街上忽然传来一阵车马声，那声音随后就来到姚家大院。姚琦娘等人出来一看，原来是羽林卫来了，要接李旭轮回神都。羽林卫统领躬身施礼道："微臣恭请皇嗣殿下上路。"
　　李旭轮就问："那，皇嗣妃呢？"羽林卫统领说："圣上只允许你一人回去。"

李旭轮愣了一下，不安地看着姚晦娘。姚晦娘迟疑一下，就说："阿郎，你先回去，妾身再等等。"李旭轮忽然对着姚晦娘弯下腰说："娘子，等我回去禀报圣上后，马上派人来接你去神都。"

姚晦娘微笑着，忽然走进去端出一盏茶双手奉给李旭轮，深情地唱了起来："送夫一里转门东，双脚落地手插胸，双手摸郎金钱手，得场欢喜得场空；送夫二里转门西，一对鸳鸯起翅飞，鸳鸯起翅飞千里，飞去千里几时归……"唱着唱着姚晦娘已热泪盈眶，尤其是那句"得场欢喜得场空"隐含着一股悲凉，那其实是她的真情告别，也是她内心真实的写照，只可惜人们没有听出来，李旭轮也没有听出来，直到后来他才恍然明白姚晦娘那天何以如此忧伤。那是浓得像茶一样化不开的深情厚谊！最后终究是化开了。

李旭轮接过茶盏一饮而尽，眼角已挂着泪花。他一招手说："笔墨。"很快就有人抬来桌子拿来笔墨纸砚。李旭轮挥毫写下了一首诗：埔山无字空矗立，净水有浪卷沙去。茶乡和风拂面暖，好景一路收眼底。写完双手捧起纸张送给释怀悯师父。释怀悯师父接过来念了一遍，说："好诗！哎，还是藏头诗啊，埔、净、茶、好！好好好！谢皇嗣殿下！"

李旭轮忽然看着释怀悯师父，说："老师在上，我想敬一下'埔净茶神'，如何？"释怀悯师父问："现在？"李旭轮说："我马上就要走了，恐怕以后没有机会。"释怀悯师父说："那，去龙潭顶旁边的土地庙？"李旭轮指了一下庭院，说："来不及，就这里吧。"释怀悯师父立即喊："小六，嘉木，你们几个快去搬香案……"

香案很快就被搬来了，吴小六和穿着僧袍的姚嘉木在香案上面摆满了点心、水果、香烛、茶盏等。释怀悯师父点燃一炷香递给李旭轮，李旭轮面朝埔净山上的龙潭顶方向跪下，众人一起跪在李旭轮后面。李旭轮说："寡人来到茶乡，承蒙茶神和乡亲们照顾，在此一并谢过。"说完点头施礼。

随后，李旭轮念道："一盏茶，敬茶仙，再把茶种撒满山；来年长出朱雀来，根扎土地嘴唱天；二盏茶，敬祖先，香茶一盏泡丰年；饮口清茶享清福，子孙后代都平安；三盏茶，敬土地，不湿不水不燥干；平地坡地茶叶绿，感恩戴德报万年！"

吴小六将茶盏递给李旭轮，李旭轮把一盏茶泼到地上，一盏茶递给释怀悯师父，另一盏茶自己端着，跟释怀悯师父碰了一下茶盏，然后一饮而尽。李旭轮转过身，忽然指着吴小六说："哎，小六，想不想跟寡人走？"吴小六愣愣地问：

"我？去……干什么呀？"李旭轮笑着说："继续做寡人的贴身侍卫，保证有酒有肉，好不好？"

吴小六脸涨得通红，看看姚伊娘又看看姚珦娘，姚珦娘轻轻地点了一下头。吴小六就说："好！"姚伊娘喊一声"六阿兄"，忽然走过来紧紧地抱住了吴小六。随后，姚伊娘松开吴小六，唱起歌来："红丝带子绿丝绸，默念情哥在心头；吃茶吃水都想你，眼泪落在茶盏头；娘问女儿哭什么，渣渣落在眼睛头……"

吴小六受到感染，不断地眨巴眼睛，脸色更红了。朱靖塘就碰了一下他的胳膊说："你不也会唱歌吗？"吴小六于是就扯开嗓子唱了起来："太阳出来照靖净，情妹给我送茶来，青茶绿茶都不爱，只爱情妹好人才，饮口香茶拉妹手，南江南建难分离，在生之时同路走，死了也要同棺材……"姚伊娘猛然扑进吴小六的怀里。后来，她随吴小六来到神都，当然，也顺便带去了放蛊的才艺。

李旭轮不知不觉就捧起了姚珦娘的手。

另外几个姑娘齐声唱道："深山春暖吐萌芽，姊妹雨前试采茶；嫩叶莫争多与少，筐携落日共还家；采罢茶叶绣手帕，绣的鸳鸯与茶郎；哥揉茶来又犁田，姐采茶来又插秧；去插秧来茶叶老，去采茶来秧要黄；茶老秧黄不要紧，只要姐在郎心上……"

歌声婉转悠扬，透着几分伤感，众人纷纷落泪。

姚珦娘把一包茶叶递给李旭轮，说："阿郎，这是极品靖净茶，带着路上饮……"李旭轮接过茶叶猛然转身坐上马车，一队人马便出发了，走到靖净山上时，他回头看了一眼，目光所及之处是一大片翠绿的茶园，微风吹过，波叠浪涌，茶园那头就是一片房屋，那里住着一个美丽的女子，名字叫姚珦娘，人称"茶珦娘"。

补 白

以下内容为坊间传闻。

回到神都,李旭轮即刻进宫觐见阿娘武则天,并将所带的极品靖净茶呈送给阿娘品尝。武则天饮了几次后赞不绝口,就问这茶的来历,李旭轮如实禀报,顺带着也把他跟姚琲娘的事情说了出来,随后便紧张地看着母亲,等母亲的目光扫到他脸上时,他却又慌忙低下头。

武则天盯住李旭轮看了一会儿,终于想起了他那两个被处决的妃子刘氏和窦氏,或许心底仅存的一点母爱被唤醒了,武则天于是就笑了一下,说:"听说那姚琲娘很会制茶,能看到《靖净谣》?"李旭轮说:"是。"武则天就说:"那篇《靖净谣》朕也看过,写得不错,但若能据此制出长生不老茶,恐怕只是个传说……"

武则天又问道:"听说那姚琲娘提出要'以善入茶,以茶养廉,以廉为政'?"李旭轮紧张不安地说:"是。"武则天就说:"这话说得好。朕还听说饮了姚琲娘制作的靖净茶,会让人变得清心寡欲?"李旭轮迟疑着回答道:"这个……请阿娘指教……"武则天笑了一下,说:"如此说来,那个姚琲娘的确不是一般人物,不然怎能让我轮儿放不下?朕倒是想会会她。"这句话让李旭轮浑身的血液加速流动,他万分期待母亲后面的话。

武则天又说:"既如此,何不把她接回宫里?"

那一瞬间,李旭轮忍不住热泪盈眶,仿佛这些年的隐忍都值了。他用颤抖的声音说:"孩儿不敢擅自做主!"武则天就对侍立左右的官员说:"宣姚琲娘进宫!"李旭轮赶紧跪下叩拜,说:"谢圣上隆恩!谢阿娘隆恩!"武则天伸手拉起李旭轮,忽然问:"你那把形影不离的扇子呢?"李旭轮低头说:"被人夺走了。"

武则天问:"被谁夺走了?"李旭轮说:"被那南建县县令韩益康夺走了。"随后就把韩益康如何勾结邱公强占茶园、贪污补偿款、盘剥百姓的丑行说了出来,并呈上那三份茶农签字画押的证据。武则天勃然大怒，让人把邱公和韩益康抓起来交给大理寺审理。没过多久，邱公和韩益康便被杀头了，黄政雄则官复原职。

这天早上，姚琣娘被带到武则天面前。行完大礼后，武则天下去拉住姚琣娘的手左看右看，点点头说："不错，真是个标致的人儿！"此后，姚琣娘几乎每天都鼓动李旭轮去看望母亲，每次去时她都亲自为武则天冲泡靖净茶，陪武则天聊天，给她讲一些茶乡的传说。渐渐地，饮用靖净茶成了武则天日常生活中必不可少的内容，姚琣娘也成了武则天身边必不可少的人。李旭轮与母亲之间的隔阂在慢慢消除，怨气也在慢慢化开……

许多年后，李旭轮再次登基当上了皇帝。

此时的李旭轮以姚崇、宋璟为宰相，在他们的辅佐下，革除弊政，整修纲纪，拨乱反正，使朝政呈现出一派振兴气象，史称"复有贞观、永徽之风"。

然而，正当李旭轮踌躇满志时，姚琣娘却不辞而别，并给他留下了一封信："阿郎，如今朝政看似平静，但太子和太平公主的矛盾已不可调和，宫廷内斗一触即发，到时候必将殃及天下黎民，更多的人会因此而无辜丧命……阿郎，为避免这场祸乱，你要痛下决心及时将皇位禅让给太子，以平息争端、断绝后患……若有可能，希望我们在净土世界相会……"

李旭轮不相信姚琣娘已离他而去，就让金吾卫统领朱靖塘派人四处寻找，还密令侍卫总管吴小六回乡一探究竟。虽然南建县县令姚嘉木全力配合，却还是找不到姚琣娘的身影。李旭轮伤感了好一阵子，但他明白这是天意，于是渐渐平静下来。此后的日子里，李旭轮时常回想起跟姚琣娘一起品茶、除蛊的美好时光，姚琣娘的温情和靖净茶的平和早已沁入他的心脾，耳边时常回响起姚琣娘在信中说的那些话……

我想，李旭轮一定记住了那些话，那些话也一定对他产生过作用。难道不是吗？十几年前，他请求将储君之位让于阿兄李显，避免了兄弟相残殃及无辜；后来，当他的儿子李隆基和他的阿妹太平公主发生内斗时，他又果断将皇位禅让给儿子，避免了朝政倾覆、天下大乱……对此，欧阳修评价说："盖自高祖以来，三逊于位以授其子，而独睿宗（李旭轮的庙号）上畏天戒，发于诚心。"

司马光在《资治通鉴》中如此评价李旭轮："相王宽厚恭谨，安恬好让，故经武、韦之世，竟免于难。"后人曾总结说，李旭轮三让天下，他一让母亲，应系情非得已；后来两次分别让位给皇兄及儿子，虽也事出有因，但和他结识姚琣娘、常饮靖净茶也很有关系，是靖净茶的平和养成了他宽厚恭谨、安恬好让的性格，而又正是这种好让无争的性格，让他在宫廷波诡云谲的政治斗争中，经历了武则天和韦皇后两个专政集团，都能幸免于难，成为千古奇谈。

我完全同意这种说法，但我更愿意从历史发展的角度来评价李旭轮，比如说，李隆基上位后采取了一系列积极措施，加上广大人民群众的辛勤劳动，使得天下大治，经济迅速发展，国力空前增强，唐朝进入全盛时期，中国封建社会达到顶峰阶段，被史家称为"开元盛世"，成为后世治国理政的梦想样本。

我想这其中也有李旭轮的功劳，因为他顺应了历史发展的潮流，懂得仁慈敦睦、顾全大局、急流勇退、推贤举能，从某种意义上来说是他成就了李隆基，也成就了一个清明盛世。可以这么说，李旭轮为"开元盛世"的出现奠定了一定的基础，他是一个重要过渡，是乐曲高潮前的重要序章。而成就李旭轮的是谁呢？当然离不开释怀悯师父、姚珧娘和埔净茶，还有那场蛊祸。所以，当李旭轮终于得知姚珧娘已经出家且准备兴建一座寺院时，他虽伤感了一阵，仍欣然赐名"太平莲寺"，寄寓"天下太平"。

据说李旭轮在晚年时经常看着扇子，念叨："南江多浩荡，浓雾踏波浪，云缠雨绕叠峰秀，林木苍翠漫照光。根深抱岩土，叶茂沐朝阳，早春二月披晨露，埔净山上采茶忙。芽开含精华，轻风送灵爽，融情化意通天地，饱受煎熬出靓汤。此间有茶女，慈悲又善良，巧借佳茗来疗伤，除蛊祛疬赛金枪。李郎九五尊，避祸躲野乡，茶中悟出不争意，清心寡欲知忍让。泱泱大中华，处处闻茶香，人人皆识其中味，天下和睦基业长。"后来，这篇完整的《埔净谣》成为当地民歌，茶农们上埔净山采茶时经常唱起，一直传唱至今。

二〇一三年构思
二〇一四年初稿
二〇二一年改定
于厦门致远堂